W0363384

Sie möchten keine Neuerscheinung verpassen?
Dann tragen Sie sich jetzt für unseren Newsletter ein!

www.ylva-verlag.de

Von Lee Winter außerdem lieferbar

Aus der Rolle gefallen

Requiem mit tödlicher Partitur

Nichts als die ungeschminkte Wahrheit

Aus dem Englischen
von Anne Sommerfeld

lee winter

Widmung

Für Charlotte, die enthusiastischste Liebhaberin meiner Eisköniginnen, die ich je getroffen habe. Mögen unsere unnahbaren Göttinnen lange regieren.

Kapitel 1

Die Apokalypse

Die Apokalypse traf ein, als Maddie Grey Shampoo in den Augen hatte, erst halb wach war und das Krächzen der prähistorischen Rohrleitungen auszublenden versuchte.

»Mads! Armageddon ist da!« Ihr Mitbewohner, Simon Itani, hämmerte gegen die Badezimmertür und erschreckte sie beinahe zu Tode.

»Was zur Hölle?«, rief Maddie. Ihr Kindheitsfreund hatte eine Menge charakterlicher Vorzüge, aber er war sicher nicht weise genug, das Ende der Welt voraussagen zu können.

»Dein Boss hat dir geschrieben. Sieht offiziell aus. Das ist also die einzig mögliche Schlussfolgerung.«

Ihr Boss schrieb ihr nie irgendwelche Nachrichten. Vielleicht hatte Simon recht. Maddie stellte das Wasser ab, trocknete sich schnell ab und zog ausgewaschene Shorts und ein T-Shirt an. Während sie sich die Haare mit einem Handtuch trocken rieb, betrachtete sie im Spiegel die trüben Augen mit dunklen Ringen darunter. Schon wieder kein Schlaf. Keine große Überraschung. Immer häufiger hatte sie Albträume, in denen sie sich verlief und den Weg nach Hause nicht mehr fand. Ihr Unterbewusstsein war nicht gerade subtil. Gewöhnlich war es entweder dieser Albtraum oder ein unbehaglicher Sex-Traum von der Ex-Freundin, die sie seit drei Jahre nicht gesehen hatte. Jedes Mal wachte sie verunsichert, erregt und genervt auf. Es war irgendwie erbärmlich, sich nach Rachel zu sehnen, nur weil ihre Ex-Freundin jetzt wieder in Sydney war.

Erneut wurde gegen die Tür geschlagen, doch dieses Mal klang es lauter. »Hast du was Anständiges an?«

Maddie warf ein letztes Mal einen Blick auf ihr Spiegelbild und verzog das Gesicht. »Schwer zu sagen.«

Die Tür schwang auf und ließ viel zu viel Tageslicht herein.

Urgh. »Du stehst besser in Flammen.« Maddie funkelte Simon finster an. Kein verkohltes Haar.

»Nein, etwas viel Aufregenderes.« Er strich sich mit den Fingern durch den getrimmten drei-Tage-Bart an seinem Kiefer.

»Was, aufregender als ein Feuer?« Sie griff nach ihrer Trainingshose, schob ein Bein hinein und zog sie über ihre Shorts. Das klang nach einer Krise, für die sie sich ruhig angemessen anziehen konnte.

»Jap!« Simon warf Maddie ihr Handy zu. »Sehr. Was du wissen würdest, wenn du nicht den ganzen Morgen verschlafen hättest. Es ist schon elf und es hört sich an, als würde dein Boss nicht warten können.«

Maddie fing das Telefon auf. »Jetzt halt mal die Luft an«, grummelte sie. »Ich arbeite die Nachtschicht. Irgendwann muss ich auch schlafen.« Sie las die SMS und ihr Magen zog sich angstvoll zusammen. »Sie bestellen alle für ein Nachmittags-Meeting ein. Vermutlich sind die Gerüchte wahr. Diese Firma, die uns letztes Jahr aufgekauft hat? Die Besitzerin hat unsere Existenz bemerkt und kommt heute wahrscheinlich vorbei, um uns auszuweiden.«

Simon nickte mit einem wenig überraschten Gesichtsausdruck.

Sie kniff die Augen zusammen. »Du Schlange. Du hast die Nachricht gelesen?«

Simon hob unschuldig die Hände. »Nur, weil der Name deines Chefs angezeigt wurde. Ich musste doch nachsehen, ob es wichtig genug ist, den Zombie aus der Dusche zu zerren.« Er kratzte seinen Bauch. »Also sie ist wirklich auf dem Weg? *Die* Elena Bartell? Diejenige, die kleine Zeitungen schreddert, um ihr Imperium zu füttern? Und dabei verdammt heiß aussieht?«

»Sieht so aus.« Maddie warf der Nachricht einen letzten, mürrischen Blick zu. »War ja klar, dass du dich mehr für ihr Aussehen interessierst als für ihre Vorgehensweisen.«

»*Au contraire*, Mads, ich interessiere mich für beides. Diese Frau ist ein verdammtes Medien-Genie. Wir haben auf der Wirtschaftsschule eine Fallstudie über sie durchgeführt. Lass mich dir erklären, wie sie ihre erste Million zusammen –«

»Kann es gar nicht erwarten, diese Geschichte zu hören. In der Zwischenzeit bin ich mir nicht mal sicher, ob ich heute Abend noch einen Job habe. Und da du bald wieder nach Sydney ziehst, ist das eine totale Katastrophe. Wie soll ich die Miete für diesen Schuhkarton allein und ohne einen Job zusammenbekommen?«

»Könnte schlimmer sein. Du könntest den beschissenen Job tatsächlich *mögen*, den du verlierst. Ich habe gesehen, dass du dich dafür wappnen musst, zur Arbeit zu gehen. Aber jetzt …« Er grinste sie an.

Maddie schnaubte. »Erstens könntest du wenigstens so tun, als hättest du Mitleid mit mir. Zweitens werde ich nicht wieder kellnern.«

»Aber deine Arbeitszeiten wären erträglich. Und du würdest tatsächlich wieder mit Menschen reden. Das kann nur von Vorteil sein.«

»Na schön, es ist vielleicht nicht perfekt, für die *Hudson Metro News* zu arbeiten. Aber es ist ein Job im Journalismus – endlich. Ich bin gut darin. Wenn ich kellnere, werden dagegen Menschen verletzt.« Maddies Gedanken schweiften zu ein paar bedauerlichen Vorfällen. Zumindest waren die Haare des Kochs nachgewachsen. Na ja, abgesehen von den Augenbrauen.

»Komm schon, Mads, bist du nicht nach New York gekommen, um *Den Traum* zu leben? Und nicht, um das Leben hier nur zu ertragen?«

An ihrem Kiefer zuckte ein Muskel. Sie hasste es, wenn Leute über *Den Traum* sprachen. New York war niemals ihr Traum gewesen, obwohl es sozialer Selbstmord wäre, so etwas zuzugeben. In Wahrheit wachte sie jeden Morgen mit einem schweren Herzen auf. Die Helligkeit, der Geräuschpegel und die andauernde Hektik gaben ihr das Gefühl, nicht mehr als ein toter Pixel auf einer Anzeigetafel am Times Square zu sein. Ihre Freunde Zuhause in Australien wollten stellvertretend durch Maddie die große Welt erleben. Was sollte sie also sagen? *Es ist toll. So toll. Ja. Einfach. Wow.* Jeden Tag litt sie mehr und mehr darunter, die Erwartungen aller anderen nicht erfüllen zu können. Warum passte sie nicht in diese Stadt, in die jeder passte?

Simon redete noch immer. »Du hängst in der beschissenen Nachtschicht fest, verbringst deine Tage nur mit schlafen und siehst kaum die Sehenswürdigkeiten um dich herum. Worauf ich also hinaus will: Hurra, verdammt nochmal, hurra! Du wirst aus einem Job entlassen, den du hasst. Wir feiern das heute Abend gebührend. Okay?« Er hielt inne und ließ seinen Blick über ihre Klamotten gleiten. »Und zieh dich nicht um. Dieses Outfit schreit förmlich *werft meinen Arsch hier raus.*«

Maddie sah an sich hinab. Er hatte nicht ganz unrecht. Sie musste müder gewesen sein als sie gedacht hatte. Die Verhaftung im Drogenmilieu, an der sie die ganze Nacht gearbeitet hatte, hatte sie ausgelaugt. »Ich arbeite heute nicht mal.«

Sie gähnte. »Ich muss mich nicht aufhübschen, wenn ich frei habe. Das ist die australische Art.«

»Berühmte letzte Worte. Ernsthaft, willst du meinen Rat?«

»Scheiße, nein. Du könntest dich nicht mal anständig anziehen, wenn dein Leben davon abhinge und mein Tag ist auch so schon katastrophal genug. Also hau ab und lass mich in Ruhe in Fahrt kommen.«

Sein Lachen drang durch die Tür, während Maddie sie mit einem Tritt hinter ihm zuschmiss. Simon hatte allerdings ein gutes Argument angebracht. Nur was trug man bitte zur Apokalypse?

Maddie schleppte sich zur Arbeit. Eine dunkle Sonnenbrille sollte die einsetzenden, der Müdigkeit geschuldeten Kopfschmerzen abwehren. Ihre vollständig in schwarz gehaltene Kleidung passte eher zu einer Gothic-Rock-Band als zu einem Geschäfts-Meeting.

Auf der Fahrt zur Arbeit hatte sie den Lebenslauf von Elena Bartell studiert, den sie heruntergeladen hatte, bevor sie in die U-Bahn gestiegen war. Geschäftsführerin und Verlegerin von einem Dutzend Zeitungen und Magazinen. Sie hatte kurze, stilvoll geschnittene und rabenschwarze Haare, blasse Gesichtszüge und trug maßgeschneiderte Designer-Klamotten. Ihr haftete eine gewisse Präsenz an und in ihren kühlen Augen lag ein gefährlicher Ausdruck, als wäre sie eine schlanke Sci-Fi-Action-Heldin.

Den Angaben nach war sie vierzig, aber sie sah Jahre jünger aus. Sie war offensichtlich medienscheu – ironisch, wenn man ihren Beruf bedachte und wie sehr die Kameras sie liebten. Bartell war als Mode-Journalistin für das *CQ*-Magazin rasend schnell aufgestiegen und schon als zukünftige Chef-Redakteurin angesehen worden. Stattdessen war sie damals von der Bildfläche verschwunden.

Ein Jahr später trat sie als neue Besitzerin einer Gruppe erfolgloser, örtlicher Zeitungen wieder in die Öffentlichkeit. Innerhalb eines Jahres hatte sie dafür gesorgt, dass diese Zeitungen Profit abwarfen; nach zwei Jahren hatte sie ihre erste Million verdient. Mit gerade einmal fünfunddreißig Jahren hatte sie das erste Mal eine halbe Milliarde Dollar erreicht.

Es gab nur eine Publikation, die der Medien-Mogul aus dem Nichts erschaffen hatte – *Style International*, ein Mode-Magazin, das es weltweit in fünf verschiedenen

Ausgaben gab: *Style NY*, *Sydney*, *Tokyo*, *London* und *Paris*. Diese persönliche Investition verriet Maddie, dass Mode für Bartell wichtig und ihr Job bei *CQ* nicht nur ein Sprungbrett gewesen war. Sie hatte eine Leidenschaft dafür – oder es zumindest irgendwann mal gehabt.

Maddie sah an sich hinab und betrachtete ihr Outfit. Sie zuckte zusammen. Ihre gewagte Entscheidung aus Erschöpfung und einem Hauch von Rebellion heraus, erschien ihr jetzt nicht mehr so klug.

Sie las weiter und fand eine kurze Erwähnung eines Ehemanns im Jahr 1999. Der Reporter, der später Autor geworden war, war jedoch zwei Jahre später schon wieder Geschichte. Jetzt gab es einen zweiten Ehemann. Richard Barclay. Anwalt. Sie warf einen Blick auf sein Foto und unterdrückte ein Schaudern. Er mochte vielleicht das perfekte Aussehen für eine Zahnpasta-Werbung haben, aber sein Gesichtsausdruck war der eines selbstgefälligen Mistkerls.

Zwei Haie waren also einander verfallen? Das passte. Nach allem, was sie gelesen hatte, schien Bartell nichts mehr zu lieben, als eine Firma bis auf die Grundmauern einzureißen, wenn sie noch ein paar Dollar herausquetschen konnte. Man hatte ihr sogar einen Spitznamen gegeben, der zu ihrer Art mit Unternehmen umzugehen passte: Tigerhai. Maddie steckte ihr Handy ein und starrte aus dem Fenster in die unterirdische Dunkelheit. Würde *Hudson Metro News* das nächste Opfer der rasiermesserscharfen Zähne des Medien-Moguls werden?

Während sie sich der Union Station näherten, dachte Maddie über die Aussicht nach, gefeuert zu werden. Simon hatte recht, obwohl sie es niemals zugeben würde. Acht Monate arbeitete sie bei der Zeitung und sie hasste ihren Job. Abgesehen von einer Sache – sie tat endlich das, was sie ihren Freunden und ihrer Familie immer vorhergesagt hatte. Sie war Journalistin in New York.

Der Zug fuhr in den Bahnhof ein. Maddie betrat den Bahnsteig und rümpfte die Nase, als ihr der vertraute Gestank von Urin und verfaulendem Müll entgegen schlug. Es war an der Zeit, sich der Apokalypse zu stellen.

Für einen Boten des Untergangs war Elena Bartell ausgesprochen schön und modisch im Steampunk-Look gekleidet. Breite Silberschnallen verzierten ihre ebenholzfarbenen Stiefeletten, die sich unter einer schwarzen, maßgeschneiderten Hose abzeichneten. Sie standen in starkem Kontrast zu ihrem blütenweißen

Leinenhemd, das sie unter einer seidigen, schwarz und silbern bestickten Weste trug. Die Kette einer Taschenuhr verlief von einem Knopf zu der Westentasche.

Maddie war fasziniert. Wie unerwartet.

Bartells Haltung strahlte Macht und Kontrolle aus und zog jeden Blick auf sich. Obwohl sie neben dem Redakteur, dem Geschäftsführer und dem Chef der Nachrichten stand, die alle mindestens fünfzehn Zentimeter größer waren als sie, war sie mit Leichtigkeit die autoritärste Person im Raum.

Bartells Augen waren von einem klaren Blau und stechend scharf, als ihr Blick musternd durch den Raum schweifte. Sie lächelte schwach, während sie im Hintergrund vorgestellt wurde.

»… eine Freude, unsere neue Eigentümerin kennenzulernen: Elena Bartell.« Maddies Redakteur trat applaudierend zurück. Er war ein gestresst aussehender Mann mit Brille, den sie noch nie getroffen hatte – so niedrig war ihr Platz in der Firmenhierarchie.

Bartell stand vor den achtzig Mitarbeitern der *Hudson Metro News* und wartete, bis der höfliche Beifall abebbte. Sie hielt die daraufhin folgende Stille aufrecht, bis nur noch das Klingeln eines Handys in der Ferne und das gedämpfte Geräusch eines Druckers zu hören waren. Als sie sprach, war ihre Stimme beherrscht und tief. Trotzdem erreichte sie mit Leichtigkeit das Ende des Raums, wo Maddie halb versteckt hinter einer Säule stand.

»Ich bin sicher, dass mir mein Ruf vorauseilt«, sagte Bartell trocken. »Ich bin sicher, dass man Ihnen allerlei schreckliche Geschichten über mich erzählt hat. Ich weiß, wie man mich nennt und jede dieser Bezeichnungen ist kreativer als die vorige. Und ich bin mir sicher, dass man Ihnen erzählt hat, welche rücksichtslosen Dinge ich mit Ihrer Zeitung anstellen werde.« Sie hielt inne und ließ ihren Blick durch den Raum schweifen. »Und all das ist wahr.«

Ein panisches Murmeln breitete sich in der Menge aus.

Sie musterte die Anwesenden kühl. »Es ist an der Zeit, dass *Hudson Metro News* endlich Rückgrat zeigt oder aus dem Spiel aussteigt. Die Fakten lügen nicht. Sie arbeiten für ein unterdurchschnittliches Pendler-Schundblatt, das nur einen Reporter im gesamten Berichterstattungsteam hat, der zeitnah Neuigkeiten herausbringt, und nur einen einzigen Anzeigenvertreter, der die Umsatzziele erreicht. Die Online-Präsenz Ihrer Zeitung ist ein Witz. Ein hin und wieder aktualisierter Wetterbericht, zwei Tage zurückliegende Titelseiten und nur zwei Zeilen, die darauf hinweisen, wo man Anzeigen kaufen kann. Ganz zu schweigen davon, dass dieses Blatt es aus finanzieller Sicht verdient, eingestellt zu werden. Es wäre ein Gnadentod.«

Maddie zuckte zusammen. Na schön, das hier war vielleicht nicht die beste Zeitung der Welt, aber es war sicher nicht so schlimm, oder?

»Natürlich«, fuhr Bartell fort, »könnte ich Kapital in die Zeitung stecken, Ihren Online-Auftritt mit einer schneidigen Website aufbessern und Ihnen ein Team aus den besten Marketingspezialisten zur Seite stellen, um die Bekanntheit der Marke zu steigern. Aber wir befinden uns in einem gesättigten Markt und Sie haben nichts, was Sie von anderen Zeitungen unterscheidet. Ich würde nur Geld verschwenden.«

Maddies Herz raste. Sie betrachtete die aschfahlen Gesichter um sie herum.

»Allerdings«, sagte Bartell, »passieren die kuriosesten Dinge, wenn man mit dem Rücken zur Wand steht. Hin und wieder sind Menschen im Todeskampf dazu fähig, mich zu überraschen. Fazit ist: Sie stehen unter Bewährung. Ich gebe Ihnen sechs Wochen, um mich zu beeindrucken.«

Erleichtertes und geschocktes Keuchen erfüllte den Raum.

Die Medien-Milliardärin hob die Hand. »Ich werde für diesen Zeitraum hier sein. Das gibt mir die Möglichkeit herauszufinden, wer Talent hat. Und ob Sie die finanzielle Investition verdienen oder es eine bessere Lösung ist, die Zeitung einzustellen. Falls Sie sich zurückgehalten haben, können Sie sich in den nächsten sechs Wochen beweisen. Aber seien Sie gewarnt – mein Ruf, inkompetente Mitarbeiter auf der Stelle zu entlassen, ist keine Lüge. In sechs Wochen, am fünfzehnten März, werde ich wissen, ob einer von Ihnen das gewisse Etwas hat. Enttäuschen Sie mich nicht. Es ist zu Ihrem eigenen Wohl.«

Fünfzehnter März? Die Iden des März? Maddie blinzelte.

Bartells Blick glitt durch den Raum und blieb an Maddie hängen. Sie musterte ihr Outfit von oben bis unten und eine Falte bildete sich auf ihrer Stirn, als sie die Brauen zusammenzog. »Das wäre alles. Wir sind hier fertig.« Sie verließ den Raum ohne ein weiteres Wort.

Der Geschäftsführer richtete seine rote Seidenkrawatte, murmelte etwas Vages und Beschwichtigendes darüber, dass sie ihren neuen Boss beeindrucken sollten und beendete das Meeting.

Maddie sah Bartell hinterher. *Wir sind hier fertig*? Wie sozial inkompetent war die denn?

»Heilige Scheiße«, sagte Terry, der Reporter für Gerichtsprozesse. »Ich muss meine Frau anrufen. Der Hai wird uns ausweiden. Ich konnte es in ihren Augen sehen.« Er warf einen kurzen Blick auf Maddies Outfit. »Ihr hat nicht gefallen, was du anhast, hm? Hast du die Info nicht bekommen, dass sie heute kommt?«

»Heute ist mein freier Tag«, wehrte sich Maddie. »Ist ja nicht so, als würde ich einen Mantel aus frisch getöteten Baby-Robben tragen.«

Terry lachte bitter auf. »Wenn ja, würde sie wahrscheinlich auch so einen haben wollen.«

»Ja.« Maddie seufzte. In sechs Wochen würde sie sicher keinen Job mehr haben. Eine Sache, die sie über alle Zeitungen wusste, war, dass niemand der Totengräber-Schicht irgendeinen Wert zusprach. Mitarbeiter wie sie wurden nicht gesehen oder gehört und ihre Jobs waren niemals sicher. Mit diesem ernüchternden Gedanken ging sie den kleinen Grüppchen aus dem Weg, die über Bartells Rede diskutierten, und hielt auf den Fahrstuhl zu. Es gab ein Bett, in das sie wieder kriechen musste.

Als sie den Flur erreichte, schlossen sich die Fahrstuhltüren gerade. Sie erkannte einen Schatten dahinter und sie rief ihm zu, dass er die Türen aufhalten sollte. Die Türen schlossen sich weiter. Maddie rannte hinüber und streckte ihren Arm in die Öffnung. Die Türen hielten an und öffneten sich dann langsam wieder. Sie schlüpfte hinein und sah sich Elena Bartell von Angesicht zu Angesicht gegenüber. Die Frau wirkte verärgert darüber, einen Eindringling zu haben. Offensichtlich widersprach es Bartells Religion, mit Lakaien im selben Aufzug zu fahren.

Maddie konnte Bartells Parfüm riechen − eine sanfte, leicht würzige Note, die in ihr den Drang auslöste, sich vorzubeugen, um mehr davon zu erhaschen. Sie stach auf den bereits leuchtenden Knopf für das Erdgeschoss ein, weil sie von diesem willkürlichen Gedanken irritiert war, und lehnte sich an die Wand – so weit wie möglich von Elena Bartell entfernt. Sie richtete ihren Blick nach oben an die Zahlen, die abwärts zählten.

»Mutige Wahl«, sagte Bartell plötzlich und zerstörte damit die Hoffnung, dass Maddie diese Fahrt unbeschadet überstehen würde. »Hat Ihre Garagen-Band gleich Probe?«

»Heute ist mein freier Tag.« Maddie war überrascht, angesprochen zu werden. »Ich hab nicht erwartet, zu Ihrer besonderen Iden des März-Rede hergerufen zu werden. Ausgerechnet der Tag, an dem Cäsar erstochen wurde? Interessante Wahl.«

»Eine Vertreterin der Millenniums-Generation, die sich mit Geschichte auskennt? Sieh mal einer an.«

Maddie zuckte mit den Schultern.

»Ich schätze, es sind schon verrücktere Dinge passiert.« Bartell musterte Maddies Kleidung, als würde sie sich davon bis auf den Grund ihrer Seele beleidigt fühlen. »Also tragen Sie das … freiwillig?«

Maddie runzelte die Stirn, als sie ein Glitzern in diesen kühlen Augen sah. »Ja«, sagte sie mit möglichst neutraler Stimme. »Das tue ich. Es ist bequem.«

»Obwohl Sie wussten, dass ich heute herkomme, um Sie alle zu beurteilen.«

»Haben Sie vor, mich aufgrund meiner Kleidung zu feuern?«, fragte Maddie höflich und drehte sich um, damit sie Bartell besser ansehen konnte.

»Was, wenn ich es tun würde?« Der Ausdruck in Bartells Augen war herausfordernd. »Die Kleiderwahl drückt Professionalität aus und zeigt, ob eine Person ernst genommen werden will. Im Gegensatz zu, sagen wir, als wäre man um vier Uhr morgens aus einem Nachtclub gekrochen.«

»Das ist …« Maddie schüttelte ungläubig den Kopf. »So …«

»Sprechen Sie weiter.« Bartells Gesichtsausdruck forderte Maddie gerade zu heraus.

»Wenn Sie Menschen aufgrund ihrer Kleidung feuern, könnten Sie brillante Mitarbeiter verlieren. Was, wenn jemand unglaubliches Talent besitzt, sich aber beim besten Willen nicht anständig anziehen kann? Inwiefern ist das guter Geschäftssinn?«

Bartell sah sie scharf an. »Und *sind* Sie das? Ein unglaubliches Talent? Gekleidet in einen Gothic-Sack, der nur darauf wartet, dass ich mir die Mühe machen, ihn auseinanderzunehmen?«

Maddie stand der Mund offen. Sie verschränkte die Arme fest vor ihrem Körper und dem Gothic-Sack. »Das hab ich nicht gesagt«, murmelte sie.

»Was machen Sie hier?«

»Die Nachtschicht. Ich schreibe kurze Berichte darüber, was mitten in der Nacht passiert. Manchmal übernimmt die Tagesschicht meine Texte dann. Manchmal auch nicht.« *Scheiße. Ich plappere.* Maddie kam hastig zum Punkt. »Kriminalität. Ich schreibe über Kriminalität. Vor allem. Und, ähm, Nachrufe.«

Daraufhin zuckte Bartells Mundwinkel, was Maddies Verärgerung nur noch weiter antrieb.

»Und Sie stammen nicht aus New York. Nicht mit diesem Akzent.«

»Sydney.«

»Dann leben Sie *Den Traum*? Die Landmaus kommt hierher, um das Stadtvolk mit ihrem unglaublichen Talent und beklagenswertem Modebewusstsein zu verzaubern?«

»Hey, Sydney ist kein ländliches Kaff. Ich bin für einen Tapetenwechsel hierhergekommen. Und ich mache das Beste daraus.« Maddie wollte lässig klingen, zuckte aber innerlich zusammen, als ihr klar wurde wie steif sich ihre Worte angehört hatten. Wie privilegierte Gleichgültigkeit.

Bartell sah sie abwägend an. »Es hört sich so an, als wären Sie lieber wieder Zuhause. Vielleicht sollte ich Ihnen einen Gefallen tun und sie sofort feuern.« Ihre Stimme senkte sich und nahm einen sanften, aufgeladenen Tonfall an. »Sie können wieder nach Sydney zurück kriechen und erleichtert sein, dass es vorbei ist.«

»Nein! Das kann ich nicht!«

»Nein? Tja dann, Nachtschicht-Mädchen, *sind* Sie eine gute Journalistin?«

»Ich…« Der Fahrstuhl wurde langsamer. Maddie suchte verzweifelt nach einer Antwort. Die Professoren an der Universität waren der Meinung gewesen, dass sie Talent hatte. Andererseits gab es nichts Spektakuläres, das sie nach acht Monaten bei der *Hudson Metro News* vorweisen konnte. Nichts außer kurzen Polizeiberichten und berührenden Nachrufen, die wahrscheinlich niemand las.

»Wenn Sie eine einfache Frage nicht beantworten können«, sagte Bartell und sah sie dabei so durchdringend an, dass es sich wie eine Röntgenuntersuchung anfühlte, »stellt sich Ihre kleine, geheime Angst vielleicht als wahr heraus: Sie gehören *nicht* hierher.«

Maddie starrte sie an, als sich die Türen mit einem Klingeln öffneten. Stand ihr *ertrinkt in New York* ins Gesicht geschrieben?

»Oh, und upgraden Sie Ihre Garderobe. Ich will diese Neuinterpretation eines geschundenen Poeten nicht sechs Wochen lang ansehen müssen.«

Bartell glitt aus dem Fahrstuhl und ließ Maddie allein zurück, sodass sie mit den Zähnen knirschen konnte. »Tja, wir können uns nicht alle den Steampunk von gestern leisten, nicht wahr?«, murmelte sie vor sich hin. Sie stieß sich von der Rückwand ab und trat zwei Schritte aus dem Fahrstuhl heraus, bevor sie erstarrte.

Bartell stand direkt um die Ecke und sah sie an, die Hand in ihrer Tasche vergraben.

Hat sie das gehört?

Der Ausdruck auf Bartells Gesicht war hart, als sie ihr Handy hervorzog. Sie wirbelte auf dem Absatz herum und drückte den Rücken durch, die unglaublich teuer aussehende Hermés-Handtasche fest an die Schulter gepresst. Sie marschierte durch das Foyer, drückte eine Taste auf ihrem Handy und fing an, Befehle hinein zu bellen.

Eine blonde Frau, die nur aus Absatzschuhen und knochigen Ellbogen zu bestehen schien, nahm Bartell vor den riesigen Glastüren des Gebäudes eilig in Empfang und deutete auf einen schwarzen BMW, in dem der Fahrer bereits wartete.

Gute Arbeit, dachte Maddie. *Du hast es bei einer einzigen Fahrt mit dem Fahrstuhl geschafft, dafür zu sorgen, dass du nie wieder einen Job bei einer Zeitung oder Zeitschrift der Bartell Corp. bekommst. Nirgendwo. Weltweit.*

Und das waren eine *Menge* Zeitungen.

Sie hätte definitiv im Bett bleiben sollen.

An diesem Abend nahm Maddie an Simons Vorstellung von Spaß teil – und die beinhaltete Alkohol. Eine Menge Alkohol. Besonders Flaschen in seltsamen Farben, deren Inhalt ihr Mitbewohner miteinander mischte und exotische, hausgemachte Cocktails damit herstellte.

Nachdem sie Simons dritte Kreation ausgetrunken hatte – von ihm ›Autositzbezug‹ genannt – gestand Maddie, was im Fahrstuhl passiert war.

Anstatt jedoch Mitleid mit ihr zu haben, lachte er aus voller Kehle. »Was hab ich dir gesagt!«, sagte er schnaubend. »Das war es, du bist erledigt. Du bist tot! Ich meine, du bist ja schon wie ein Todesser rumgelaufen.« Er kippte etwas hinunter, das widerlich grün aussah.

»Nein, das liegt nur an ihren absonderlich hohen Mode-Idealen. Ich meine, ich hab ein bisschen nach Goth ausgesehen, aber nicht *so* schlimm. Ich … das ist Straßenkleidung. Ich hab normal ausgesehen!«

»Du hast wie ein Mitglied eines satanischen Kults ausgesehen. Aber das ist in Ordnung, Mads. Nun, gehen wir deinen Tag nochmal durch: Elena Bartell, weltbekannte Medien-Milliardärin, hat dir die Meinung gesagt, weil du unprofessionell ausgesehen hast. Dann hast du wieder wenig Begeisterung für deinen Job, New York und das Leben allgemein aufgebracht. Anschließend konntest du ihr nicht mal sagen, dass du eine gute Journalistin bist. Und schließlich … Die perfekte Kirsche oben drauf … Hast du sie beleidigt und gesagt, sie hätte sich mit der Mode von gestern aufgebrezelt.«

»Steampunk von gestern kann heiß aussehen. Es ist nicht meine Schuld, dass sie es falsch verstanden hat. Wenn du es genau wissen willst, sah sie ziemlich nach H. G. Wells aus. Die aus dieser Serie, *Warehouse 13*?« Maddie schlürfte ihren Drink.

Er hob die Hände. »Die schon wieder – du und deine vornehmen britischen Schauspielerinnen.«

»Außer, dass Bartell nicht vornehm ist, sondern nur kalt.«

»So kalt, dass sie einfach in ihren Wagen gesprungen und weggefahren ist, anstatt dich auf der Stelle zu feuern?«

»Ähm. Ja.«

»Dann hör auf, dir darüber den Kopf zu zerbrechen. Wenn sie so dünnhäutig wäre wie du denkst, hättest du bereits deinen Marschbefehl erhalten.«

»Es ist immer noch Zeit. Wahrscheinlich finde ich ihn auf meinem Tisch, wenn ich mich morgen Abend einstemple.« Maddie starrte ihn an und hielt ihm ihr Glas entgegen, damit er nachschenkte. »Dieses Mal will ich das gelbe Zeug.«

Während sich Simon ihrem Cocktail widmete, fragte er: »Meinst du nicht, dass eine Milliardärin andere Sorgen hat als ein Mädchen von der Nachtschicht einer zweitklassigen Zeitung, die sie ausweiden will?«

»Vermutlich schon.« Sie leerte ihr Glas mit einem Schluck.

»Du vermutest es? Ich wette, dass Madam-Schwingende-Sense dich mittlerweile vergessen hat.«

»Gutes Argument.« Maddies Gesichtsausdruck hellte sich auf. »Eigentlich sogar ein tolles Argument! In Elena Bartells Weltvorstellung bin ich doch nur eine Amöbe, richtig?« Sie spürte, wie Hoffnung in ihr aufwallte und reichte Simon erneut ihr Glas. »Grün mit etwas Gelb. Bei dem blauen Zeug sieht meine Zunge danach aus wie eine Echse aus dem Outback.«

»Du bist vielleicht noch unbedeutender als eine Amöbe«, stimmte Simon liebenswürdig zu, während er einschenkte. »Einzellige Organismen werden vielleicht sogar noch vor dir wahrgenommen. Keine Angst. Prost.«

»Prost.« Sie stieß mit ihm an. »Moment mal, sind Amöben nicht schon einzellige Organismen?«

»Das fragst du den BWL-Absolventen?« Simon sah sie aus zusammengekniffenen Augen an, bevor er seinen Drink hinunterstürzte.

Sie lachte und hatte zum ersten Mal seit Stunden wieder ein positives Gefühl.

BlogSpot: Aliens von New York

Von Maddie as Hell

Heute saß eine alte Frau auf der Mülltonne vor meinem Wohngebäude in Williamsburg neben einer Autowerkstatt. Sie hat ihren Müllsäcken und einem chaotischen Haufen aus Decken, Kleidung, Zeitungen und Essensverpackungen sanft vorgesungen. Schief singend und mit ein paar fehlenden Zähnen hat sie sich sanft im Rhythmus gewiegt. Eine zottelige, weiße Pusteblume, an ein paar Stellen haarlos, aber nichts destotrotz unbeugsam. In dem umgedrehten Hut vor ihr glänzten ein paar Münzen. Als ich an ihr vorbeigegangen bin, ist mir aufgefallen, dass einer der Säcke in Wahrheit ein kleines Kind war. Das Mädchen, sie war ungefähr zehn Jahre alt, hatte alte, alte Augen. Sie hat mich oder die Frau neben sich nicht angelächelt. Sie hat in die Ferne gestarrt.

Ich habe den Takt des Liedes für einen Augenblick auf mich wirken lassen, bevor ich ein paar Geldscheine in den Hut geschmissen habe. Das hat mir ein breites, zahnloses Lächeln eingebracht.

Pass auf sie auf, dachte ich.

Als ich gegangen bin, war ich mir nicht sicher, wen von beiden ich gemeint habe.

Kapitel 2

Geschichten von der Dunklen Seite

Elena Bartell schürzte die Lippen, als sie am Telefon dem einfältigen Geplapper der angeblich herausragenden Chefredakteurin ihrer australischen Modezeitschrift lauschte. In Sydney mochte es zwar gerade erst kurz nach vier Uhr morgens sein, aber sie hatte Fragen, die beantwortet werden mussten. Sie war in ihrem Auto von dem Pendler-Schundblatt verschwunden, dem sie einen Vollstreckungsaufschub gegeben hatte. Obwohl sich Elena wahrscheinlich nicht die Mühe machen sollte, wenn die katastrophal gekleidete Berichterstatterin im Fahrstuhl das Niveau der Mitarbeiter wiederspiegelte.

Ihr Blick glitt aus dem Fenster, als sie die seltsame Begegnung gedanklich Revue passieren ließ. Die Journalistin hatte unter ihrem goldroten Kurzhaarschnitt ein ausdrucksstarkes Gesicht. Elena war die Intelligenz in ihren intensiven, grünen Augen aufgefallen. Es waren die einzigen Augen gewesen, die erkennend aufgeleuchtet hatten, als sie das Datum genannt hatte, an dem sie das Schicksal der Zeitung verkünden würde.

Allerdings schien ihr geschichtliches Wissen der einzige Lichtblick zu sein. Eigentlich konnte sich das Nachtschicht-Mädchen glücklich schätzen, dass sie noch nicht gefeuert war. Aber Elena war so verblüfft darüber gewesen, dass man sie beleidigt hatte, dass sie einfach nur weggehen konnte. Nicht, dass es wichtig war. Die anmaßende Australierin würde den Schnitt ebenso wenig überleben wie ihre unterdurchschnittlichen Kollegen.

Da sie gerade von verfluchten Australiern sprach … Elena presste die Lippen zusammen und hielt sich das Handy ein Stück vom Ohr weg. Jana Macy plapperte noch immer vor sich hin und versuchte, ihren Arsch zu retten.

»Genug!«, fauchte Elena ins Handy. »Deine Ausreden sind absurd. Es gibt keinen Grund, warum sich die Auflage der *Style Sydney* in einer Abwärtsspirale befinden sollte. Steigere die Absatzzahlen, und zwar schnell. Versuch dich daran zu erinnern, dass ihr ein Imprint des weltweit führenden Mode-Magazins sein sollt. Druck ein paar tatsächlich tiefgründige Mode-Artikel. Mit den Geschichten, die du rausgebracht hast, würde ich nicht mal das Angestelltenbadezimmer tapezieren. Und triff ein paar harte Etat-Entscheidungen, oder ich komme runter und mache das selbst – und ich fange mit deinem Vertrag an. Wir sind hier fertig.« Sie beendete das Gespräch mit einer heftigen Bewegung ihres Daumens.

»Felicity«, sagte sie, ohne ihre Stabschefin anzusehen, die auf der anderen Seite der großzügigen Rückbank saß. »Ich glaube, dass ich dir gesagt habe, dass ich eine neue Assistentin haben will, wenn ich bei *Hudson Metro News* ankomme. Und trotzdem sehe ich nur dich in diesem Fahrzeug. Habe ich mich nicht klar genug ausgedrückt? Hattest du das Gefühl, dass es optional ist, mir eine Vollbesetzung zu verschaffen?«

»Nein, Elena. Es ist nur so, dass sie sich verfahren hat.« Felicity fing an, auf ihrem Handy herum zu tippen. »Oder so etwas. Ich habe ihr gesagt wann«, ihre Stimme nahm eine verzweifelt hohe Tonlage an, »ich habe ihr gesagt wo. Ich habe ihr gesagt, dass sie nicht zu spät kommen soll. Und sie beschreibt mir immer weiter ihre Versuche, hierher zu finden. Aber sie ist immer noch kilometerweit entfernt.«

»Feuer sie. Besorg mir eine Assistentin, die nicht geografisch unfähig ist. Wir sind ein internationales Unternehmen, man könnte also annehmen, dass es eine Voraussetzung zur Anstellung ist, eine Karte lesen zu können.

Felicity zeigte keine Reaktion auf den Befehl. Warum sollte sie auch? Persönliche Assistenten ließen sich wie Schuhe austauschen, wenn sie Ansprüchen nicht genügten.

Der Rekord für die am längsten durchhaltende Assistentin lag bei einem Jahr, neun Monaten und zwei Wochen. Zumindest hörte sie ständig, wie Felicity das ihren neuen Assistenten erzählte. Die Titelverteidigerin war Colleen, ein plumpes, schottisches Mädchen mit einem süßen Gesicht, unverständlichem Akzent, leuchtend roten Haaren und einem fotografischen Gedächtnis. Elena hatte dem Mädchen persönlich eine Empfehlung geschrieben, als sie weitergezogen war. Dieses Ereignis war so selten, dass die verblüffte Frau heftig geweint und so alarmierend geschluchzt hatte, dass Elena ihre Großzügigkeit sofort wieder bereute.

Elena scrollte durch ihre Text-Nachrichten und blieb bei einer hängen. Ihr Ehemann wollte ihre Anwesenheit bei einer weiteren Party. Die Krankenversicherungsfirma, für die Richard arbeitete, veranstaltete mehr Partys als Strafverfahren gegen sie liefen. Sie seufzte, als sie die Einladung musterte. War ja klar.

Sie schrieb ihm zurück.

Ich würde lieber zusehen, wie Schlaghosen ein weiteres Comeback feiern. Außerdem dachte ich, dass du da eine Tagung hast? Miami? Was hat sich geändert?

Sie kannte die Antwort bereits. Er war damit beschäftigt, sich beim neuen Vizepräsidenten einzuschleimen – einem Mann, der noch keine Lieblinge in der Firma hatte, weswegen alle karrieresüchtigen Menschen damit beschäftigt waren, sich bei ihm einzuschleimen. Richard war unersättlich in seiner Jagd nach Status und Macht. Auf keinen Fall würde er sich diese Möglichkeit entgehen lassen. Es war ironisch, dass die Leute dachten, *er* wäre der charmante, weniger ehrgeizige Teil ihrer Partnerschaft.

Elena hatte nicht das Bedürfnis verspürt zu erwähnen, dass sie die Ehefrau des Vizepräsidenten kannte. Richard hätte sonst darauf bestanden, dass sie diese Verbindung ausnutzte. Sie und Richard betrachteten Macht sehr unterschiedlich. Für ihren Ehmann ging es darum, sein Ego zu stärken, Aufmerksamkeit zu bekommen und dafür zu sorgen, dass die Menschen ihn bewunderten. Für Elena bedeutete Macht, eine Firma zu finden, die am Boden lag und die alle anderen für einen hoffnungslosen Fall oder für wertlos hielten und sie dann wiederauferstehen zu lassen. Einer Leiche Leben einhauchen? Einen Herzschlag nach dem absoluten Tod hervorzurufen? *Das* war Macht.

Ihre Fähigkeit war es, in dem Wald aus medialem, totem Holz noch Möglichkeiten und Talente zu finden. Aber die meisten Leute konzentrierten sich nur auf die Zerstörung und die Abstriche, die sie dafür machen musste. Niemand sah die zurechtgestutzten Unternehmen, die nach ihrem Eingriff neu wachsen konnten. Nur wenige konnten verstehen, mit welchem Geschick sie wirklich vorging.

Elena ließ das Handy in ihre Handtasche fallen. Ihre Gedanken wanderten in die übliche Richtung: ihre unterschätzten Fähigkeiten in einer lang vergangenen Zeit. Eine Zeit, über die sie sich besser nicht weiter den Kopf zerbrach.

»Ich werde mich vorübergehend bei *Hudson Metro News* einquartieren«, sagte sie zu Felicity. »Ich habe sie darüber informiert, dass ich ihnen sechs Wochen Zeit gebe, um sich zu beweisen. Du wirst auch von dort aus arbeiten.«

Felicity konnte ihre Verwirrung nicht verbergen. »Ernsthaft? Oh, richtig, tut mir leid. Ich meine, natürlich meinst du es ernst. Wann tust du das schon nicht?« Ihre Stabschefin warf Elena einen gequälten Blick zu.

Der Gesichtsausdruck konnte nur wenig verbergen – im Moment strahlte er Bestürzung, Schrecken und einen Hauch von Widerwillen aus.

»Gibt es ein Problem?«, fragte Elena warnend. Sie musste sich bei niemandem rechtfertigen. Wobei Felicity lange genug bei ihr war, um hin und wieder eine Frage stellen zu dürfen. Aber nicht heute.

»Nein«, sagte Felicity hastig. »Es ist nichts.«

»Bist du dir auch ganz sicher? Ich würde nicht wollen, dass du deine aufschlussreichen Gedanken zurückhältst«, sagte Elena mit sanfter Stimme. Nur ein Idiot würde ihre Worte für bare Münze nehmen. Und Felicity war kein Idiot.

Ihre Augen weiteten sich. »N-nein. Es wäre mir eine Ehre, mit dir in einem Gebäude zu arbeiten, dass so groß ist wie ein Fischglas und entsprechend duftet«, antwortete sie höflich und mit abgehackter Stimme.

Überraschung schoss durch Elena. »Du warst drin?«

Felicity nickte. »Es riecht wie der Hudson, nach dem es benannt wurde. Ich meine die unteren Etagen – die Werbungs- und Finanzabteilungen. Die Mitarbeiter unseres Buchhaltungsteams waren ganz grün um die Nase, als ich sie letztes Jahr besuchen musste. Es war zu der Zeit, als du sie aufgekauft hast. Ich musste ein paar Dokumente zur Sorgfaltspflicht einsammeln, die gerade fällig waren.«

»Instandhaltungskosten …«, murmelte Elena leise. »Setz sie auf die Liste der ausstehenden Probleme für das kleine Schundblatt.«

»Ja, Elena.« Felicitys Kopf wippte auf und ab. »Darf ich dich fragen … Du hast gesagt, du hättest sie darüber informiert, dass du sie sechs Wochen lang beurteilen würdest. Was wirst du wirklich dort machen?«

Elena musterte sie und war beeindruckt, wie flink der Verstand ihrer Stabschefin manchmal sein konnte.

»Warum fragst du?«, wollte sie wissen.

»Bei den meisten neuen Übernahmen weißt du nach ein paar Tagen oder einer Woche schon, wie die Zukunft für das Unternehmen aussieht. Und normalerweise reicht es, wenn du die Bücher durchgehst. Ich meine, ich weiß, dass du die *Hudson* zusammen mit einer Reihe anderer Pendler-Zeitungen bekommen hast, also weißt du vielleicht nicht genug über sie, aber trotzdem … *Sechs Wochen*?« Unter Elenas intensiver Musterung verlor sie sich langsam. »Es ist nur, ähm, interessant …«

»Ja, es ist interessant, nicht wahr? Irgendwelche weiteren Fragen?« Sie verlieh ihrer Stimme einen stählernen Ton.

Felicity schrak daraufhin zurück und schüttelte den Kopf.

»Gut. Du musst einen unserer Anwälte in London anrufen. Er soll meinem nichtsnutzigen Ex-Ehemann klarmachen, dass er meinen Namen nicht in Interviews erwähnen darf, um sich besser zu verkaufen.« Ihre Stimme wurde eiskalt. »Erinnere den lieben Spencer daran, dass die Verschwiegenheitsklausel, die er bei unserer Scheidung unterschrieben hat, Zähne hat. Teure Zähne. Oh, und wenn er sich noch einmal den Erfolg meiner Karriere anrechnet, werde ich ihn auf die schwarze Liste setzen. Er wird sein nächstes Buch bei einem Verlag unterbringen müssen, der nicht zur Bartell Corp. gehört. Und wie viele gibt es davon heutzutage noch auf beiden Seiten des Atlantiks?«

»Ja, Elena.« Felicity schrieb sich eine Notiz. »Und ich bin nicht sicher. Nicht viele.«

»Mhm. Kontaktiere das australische Führungsteam, den staatlichen Bilanzbuchhalter, die Anwälte und Don McKay vom Gremium und sag ihnen, dass sie sich die Tabellen ansehen sollen, die ich ihnen per Mail schicke. Irgendetwas läuft beim *Style Sydney* falsch und es muss an der Wurzel aufgehalten werden, bevor es schlimmer wird. Ich brauche Erklärungen. Ich will, dass Don dabei ist, falls wir etwas Drastisches tun müssen … und etwas Teures.«

Elena wartete einen Augenblick ab. »Anschließend buchst du meinen Lexus für eine Tour. Ich will zu Martha's Vineyard fahren und Stan davon überzeugen, zu verkaufen. Vielleicht ist er auf heimatlichem Boden eher zu einem Kompromiss bereit. Und sag Perry *nein*, ich werde auf dem Publisher Ball kein Pink tragen; ich bin keine sechzehnjährige Abschlussballkönigin oder ein Teewärmer. Es ist mir egal, wie *auserlesen der Schnitt* oder *brillant der Designer* ist, den er fördern will. Er ist der Art Director eines weltweiten Mode-Magazin-Imperiums – sag ihm, dass er auch so denken soll. Ich will gewagt, nicht trostlos auftreten. Und ich bin sehr gut in der Lage, mir mein eigenes Kleid zu suchen, wenn er das nicht versteht …«

Sie hielt inne, als sie sich an die bizarre Fahrstuhlfahrt mit der grünäugigen Mode-Tragödie erinnerte. Elena konnte noch immer nicht glauben, dass sie von der Nachtschicht-Journalistin beleidigt worden war. Wie … enttäuschend. Sie würde herausfinden müssen, wer sie war. Es war sehr lange her, seit ihr jemand eine Beleidigung direkt ins Gesicht gespuckt hatte. Und es war nie ein Untergebener gewesen, den sie noch immer bezahlte.

»Wir sind hier fertig«, presste sie hervor.

BlogSpot: Aliens von New York

Von Maddie as Hell

Sie haben versprochen, mich zu besuchen. Sie haben es nicht getan. Die Gründe türmen sich auf wie unbezahlte Rechnungen. Ich verstehe es. Sie sind beschäftigt. Das Leben kann verrücktspielen. Aber ich sehne mich nach einer Prise Heimat und wünschte, ich könnte mir ein Ticket nach Hause leisten.

Ich will das Summen der Zikaden im Sommer und das sanfte Klick-Klick-Klick der Sprinkleranlage im Garten hören.Ich will den Geruch aufnehmen, der mich an die salzige Luft des Bondi Beach und den Duft von Essig auf Fish and Chips erinnert, der sich auf Papierresten über den Sand verteilt. Ich will das Aroma von frisch gemähtem Gras und Eukalyptusbäumen und den schwachen Geruch von Desinfektionsmittel im Zug an der Bondi Junction, der immer den Anfang des Wochenendes einleitet, in der Nase haben.

Ich will sie schmecken. In den Willkommens-Küssen und auf ihren gebräunten Wangen will ich den einzigartigen, beinahe staubigen Geschmack der Luft von Zuhause wiederfinden.

Als sie versprochen haben, mich zu besuchen, haben sie da bereits bewusst gelogen? Glauben sie, dass ich sie nicht brauche, weil mein bester Freund hier ist? Selbst wenn wir nicht in inkompatiblen Schichten arbeiten würden, hat mein Mitbewohner New York bereits in sich aufgenommen. Er ist zu einem Teil der Stadt geworden, vor der ich zurückschrecke.

Ich vermisse sie.

Kapitel 3

New York-Syndrom

Maddie ließ sich auf ihre Couch fallen und dachte über ihre Optionen nach. Es war fast Mittag und sie war nun offiziell wach. Sie hatte sich sogar angezogen und war bereit, sich dem Tag zu stellen. Den Kater ihres lustigen Abends hatte sie weggeschlafen, aber Simon war ganz schön am Ende gewesen, als er sich zu seinem Praktikum geschleppt hatte. *So ein Weichei*, dachte sie liebevoll. Sie gähnte. Andererseits …

Sie fühlte sich kaum mehr wirklich wach. Anfangs hatte sie angenommen, dass ihr System durch die Nachtschicht durcheinandergebracht wurde. Sie kam für gewöhnlich um viertel vor zwei Uhr morgens nach Hause, lief in ihrer Wohnung auf und ab oder kochte sich etwas Kleines, bis sie müde wurde oder ein zerknitterter Simon aus dem Bett kroch und etwas nach ihr warf. Dann fiel sie ins Bett und schlief bis Mittag.

Aber es war schlimmer geworden. Vielleicht lag es an den schlechten Träumen. Sie schlief immer später und später ein. Maddie seufzte und wünschte sich, sie könnte einfach an den Strand fahren und sich von der Sonne wieder Leben einhauchen lassen. Aber sie näherten sich dem Ende des bissigen New Yorker Winters. Sie vermisste es definitiv, Simon dabei zuzusehen, wie er sich beim Surfen halb ertränkte. Er trainierte seit Jahren und konnte noch immer keine Welle über stehen bleiben. Er war der reinste Hai-Snack. Sie gähnte erneut.

Vielleicht sollte sie ein wenig Hausarbeit erledigen, oder halbherzig versuchen, sich von einer Work-Out-DVD inspirieren zu lassen. Maddie starrte den stummen Fernseher an. Dann den Boden. Vielleicht auch nicht.

Sie stand auf und ging in die Küche, um ihre Vorräte zu überprüfen. Der mühselige Marsch zum Supermarkt, um weitere Backzutaten zu kaufen, würde ihr guttun. Das war doch fast schon wie New York zu erleben, oder? Wenn man die Augen zudrückte?

Als sie allmählich auch das Interesse an dieser Idee verlor, dachte sie über ihre letzte Möglichkeit nach. Sie konnte ihre Website updaten. Maddies geheimer Blog über ihre Erfahrungen hier füllte die Stunden zwischen Wachsein, sich schuldig fühlen, weil sie sich nicht wie eine echte New Yorkerin verhielt, und zur Arbeit gehen. Nicht einmal Simon wusste, dass sie diesen Blog hatte. Ihre Arbeitszeit machte es schwer, auf der Arbeit Kontakte zu knüpfen. Durch diese Plattform fühlte sie sich weniger einsam, nicht wie ein Alien. Und es tat gut, von Leuten zu hören, die sich ebenso fehl am Platz fühlten wie sie.

Maddie beschloss, dass sie nicht länger darüber nachdenken wollte, wie schlecht sie mit dieser New York-Erfahrung umging. Es gab wichtigere Dinge, um die sie sich Sorgen machen musste. Zum Beispiel nicht arbeitslos zu werden. Und heute Abend würde sie ihre erste Schicht seit dem unglücklichen Zusammentreffen mit Elena Bartell antreten müssen.

Vielleicht sollte sie einfach noch ein Nickerchen machen und das alles ausblenden. Sie ging wieder zur Couch, ließ sich darauf fallen und zog sich die Decke bis zum Kinn. Das würde nicht schaden.

Um kurz vor fünf kam Maddie an ihren Schreibtisch und fuhr sich mit den Fingern durch ihre frisch geschnittenen, roten Haare. Nachdem sie ihren großen Rucksack auf dem Tisch abgestellt hatte, wühlte sie darin nach dem Behälter mit ihrem Abendessen. Sie brachte ihn zum Bürokühlschrank und kam mit einer dampfenden Tasse Kaffee zurück.

Die Nachtschicht war nicht so aufregend, wie sie anfangs geglaubt hatte, als sie den Job angeboten bekam. Das war ein Schock gewesen – ein Anruf aus heiterem Himmel. Jemand hatte den Lebenslauf gesehen, den sie überall verteilt hatte, als sie in New York angekommen war. Sie war so aufgeregt gewesen. Das war endlich ihre Chance, sich zu beweisen.

Ihre Freunde hatten es mit ihren Glückwünschen auf Facebook und ihren E-Mails gut gemeint. Sie kündigten an, dass Maddie schon bald Pulitzer-Preis-verdächtige Artikel schreiben würde. Aber all das war nur Druck. Sie hatte ihr Bestes gegeben, sich in die Artikel gestürzt und versucht, von den Chefs der Zeitung bemerkt zu werden.

Stattdessen wurde alles, was sie in der Nacht ausgrub, von den Kriminalreportern der Tagesschicht aufgenommen und weiterentwickelt. Sie hatten den Luxus, dass tagsüber Menschen um sie herum waren, die sie interviewen konnten. Sie konnten ihre Jobs sogar innerhalb des New York Police Department erledigen, weil es dort ein Büro für alle Medienkanäle gab.

Aber Maddie? Tja, wer war um Mitternacht noch wach und wollte mit ihr über Einbruchsstatistiken oder kriminelle Trends sprechen?

Maddie rief die Seite der Nachrichtenagentur auf ihrem Computer auf. Es waren Zusammenfassungen von Eilmeldungen verschiedener Presseagenturen wie AP, Reuters und AFP, für die ihre Zeitung angemeldet war. Diese Zusammenfassungen glitten in Hülle und Fülle über ihren Bildschirm. Während die Worte ihren Bildschirm ausfüllten, überflog sie sie mit leidenschaftslosem Blick und suchte nach einer Geschichte, die sie ausweiten konnte. Sie mussten zu ihrem Gebiet passen. Kriminalität. Sofern die Person nicht tot, nahezu tot oder kurz vor einer Verhaftung war, las sie weiter.

Nachdem sie nichts gefunden hatte, was die Leser der *Hudson Metro News* interessieren würde, nahm sie ihr Handy. An der Trennwand ihres Schreibtisches hing eine laminierte Liste von siebenundsiebzig Polizeirevieren aus allen fünf Stadtteilen. Theoretisch durfte sie keines davon direkt anrufen. Deshalb galt ihr erster Anruf des Abends immer dem stellvertretenden Leiter für öffentliche Informationen – dem DCPI, wie es in der Jobbezeichnung hieß. Bruce Radley hatte jetzt normalerweise Dienst.

»Hi, hier ist Maddie von *Hudson Metro News*«, sagte sie, nachdem Radley ihren Anruf angenommen hatte. »Irgendwas passiert?«

»Das Übliche, Miss Grey. Ich habe Ihnen und allen anderen bereits per E-Mail die täglichen Pressemeldungen geschickt.«

Radley hörte sich immer so leidend an, als würde sie ihn belästigten. Allerdings war es sein Job, die ganze Nacht von den Medien angerufen zu werden. Er nannte sie aus Prinzip beim Nachnamen und zog den Titel ‚Miss' in die Länge, weil es niemals Ms. war. Wahrscheinlich irgendein passiv aggressiver Mist.

»Ja, das sehe ich«, sagte Maddie höflich und legte sich auf eine kleine Information fest, die ihr ins Auge gefallen war. »Der Serien-Juwelendieb der Longley Avenue – wovon reden wir hier? Kronjuwelen, die Weihnachtsbaumkugeln alter Damen, oder…?«

»Es gab eine Einbruchsserie in den Wohnungen von Pensionären. Ich glaube nicht, dass die gestohlenen Waren viel wert sind.«

Sie malte auf ihren Notizblock. »Okay. Ich hoffe, Sie fassen die Diebe. Hey, diese Drogenrazzia vor zwei Tagen war ziemlich beeindruckend«, sagte sie so gelassen wie möglich. »Vierzehn Verhaftungen.«

Der Trick, Informationen aus einem diensteifrigen Felsen wie Radley herauszubekommen war es, über etwas vollkommen Uninteressantes zu reden und dann nebenbei zu erwähnen, was man wirklich wissen wollte. Manchmal wurde der Kerl unachtsam und bemerkte es gar nicht, sodass er ein paar Informationen preisgab. Aber nicht oft.

»Mmm, ja, ich habe Ihren kleinen Artikel genossen, Miss Grey«, sagte Radley, aber Maddie erkannte seine Vorsicht. *Verdammt.* »Warum wollen Sie das nochmal aufwärmen?«

»Oh, ich frage mich nur, warum bei dreizehn der Betroffenen die Anklage fallen gelassen wurde. In den Nachrichten wurde doch ein riesen Rummel darum gemacht. Vierzehn Verhaftungen! Großer Durchbruch gegen den Drogenhandel! Und jetzt, nichts. Alle von ihnen frei, bis auf einen.«

»Das steht alles in der Meldung. Die ist gestern rausgegangen – an Ihrem freien Tag, nehme ich an.«

»Es steht aber nicht in der Pressemitteilung.« Maddie runzelte die Stirn und rief die besagte E-Mail auf. »Hier steht nur, dass gegen einen von denen ein Verfahren eingeleitet wird. Ich habe nachgesehen und –«

»Was soll ich sagen, Miss Grey? Das sind alte Nachrichten. Die Anklage blieb an einem hängen; für die anderen kann ich nicht sprechen.«

»Aber –«

»Sonst noch etwas? Irgendetwas, das nicht von gestern ist?«, fragte er jetzt übertrieben schnippisch.

Maddie fragte sich, wo sie da hineingestolpert war. Waren die Verhaftungen von Anfang an Müll gewesen? Ein Vorwand, um es in die nächtlichen Nachrichten zu schaffen? Und als alle mit dem Rücken zur Wand standen, haben sie die unsinnigen Anklagepunkte fallen gelassen und es nur bei der schuldigen Person durchgezogen? War der verbliebene Beschuldigte überhaupt schuldig? Das klang alles sehr verdächtig. Maddie wusste, dass sie der Sache nachgehen musste, wenn sie nicht vor Neugier sterben wollte.

»Welches Revier kümmert sich um das Gebiet, in dem die Razzia stattfand?« Sie blätterte durch ihre Notizen von vorgestern. »Das 101te?«

»Miss Grey, es ist sehr ratsam, sich mit allen Fragen an mein Büro zu wenden, anstatt die einzelnen Reviere zu belästigen. Außerdem werden Ihre Anfragen ohnehin an mich weitergeleitet. Wie Sie sehr genau wissen.«

»Ich verstehe.« Sie unterstrich das Revier auf ihrem Notizblock. »Sie schicken mir also eine Presseerklärung, warum dreizehn Verhaftungen fallen gelassen wurden? Andernfalls rufe ich einfach beim 101ten an und frage direkt.«

»Das können Sie nicht. Es wird *dringend* angeraten …«

Er konnte ihr anraten, was er wollte, aber er konnte sie nicht wirklich davon abhalten, das Telefon zu nehmen und anzurufen. Sie fragte sich, ob sein Gepolter bei den restlichen Medienvertretern wirkte. Waren die anderen Journalisten folgsam und hielten sich an seine willkürliche Regel? Das hatte man ihr so nicht beigebracht. Maddie tippte mit dem Kugelschreiber auf ihrem Notizblock und unterbrach seine Rede über die Regeln des NYPD. Sie hatte es schon dutzende Male gehört.

»In Ordnung, wann kann ich also mit Ihrer Stellungnahme rechnen?« Sie malte einen Kreis um die 101 und schrieb *Queens* daneben.

»Ich melde mich später bei Ihnen, Miss Grey«, sagte er abweisend und legte auf.

Maddie verdrehte die Augen. Sicher. Sie würde weder heute Nacht noch sonst irgendwann eine Stellungnahme von ihm bekommen. Falls doch, wäre diese höchstens einen Absatz lang, würde keine Neuigkeiten enthalten und ihr in den nächsten dreißig Sekunden per E-Mail zugeschickt werden. Irgendwo herauskopiert und eingefügt. Sie könnte ihre Uhr danach stellen. Maddie suchte die Nummer des 101ten Reviers heraus und wählte.

»Hi, hier ist Maddie Grey von der *Hudson Metro News*, könnte ich bitte mit dem leitenden Ermittler sprechen?«

»Sie hat bereits Feierabend.«

»Was ist mit demjenigen, der gerade die Leitung hat?«

Maddie aktualisierte ihre E-Mails. Nichts.

»Er ist beschäftigt. Und sollten Sie nicht ohnehin das DCPI anrufen?«

»Ja, aber ich brauche eine kleine Erklärung, bei der mir das DCPI nicht helfen kann. Es geht nur um den Hintergrund der Drogenrazzia im Redfern House vor zwei Tagen. Könnten Sie dem Stellvertreter ausrichten, dass er mich anrufen soll, sobald er Zeit hat? Es dauert nur eine Minute.

»Ich sage ihm, dass Sie angerufen haben. Name?«

»Maddie Grey von *Hudson Metro News*, Kriminalabteilung. Meine Nummer is–«

Klick.

Sie seufzte angesichts der subtilen Botschaft, dass er sie nicht zurückrufen würde. Genau in diesem Moment bekam sie eine E-Mail von Radley.

Vierzig Sekunden. Er wurde langsamer.

Das NYPD kommentiert die Drogenoperation am Sonntag um 00:40 Uhr nicht weiter. Ein Verfahren läuft gegen Ramel Aiden Brooks, 18. Ihm wird der Besitz von mehrfachen Rauschmitteln, besonders große Mengen Vicodin, Ecstasy, Marihuana und Oxycodon vorgeworfen. Die Verhaftung fand in einer Wohnung der New York Wohnungsbehörde im Redfern House, Far Rockaway statt.

Also nichts Neues und kein weiterer Kommentar. Und wenn sie tatsächlich jemand aus dem Revier zurückrufen würde, würde sie sich einen Lotto-Schein kaufen. So war das Leben. Die Tagesschicht bekam eben die ganzen Informationen zu fassen. Leitende Ermittler hatten zum Beispiel geregelte Arbeitszeiten und neigten dazu, zurückzurufen.

Gott, dieser Job konnte langweilig sein.

Maddie arbeitete sich durch die restlichen Presseerklärungen des NYPD in ihrem Postfach. Ein Exhibitionist drehte seine Runden in Parks voller Kinder. Die Beschreibung war lächerlich – Trenchcoat und Armeestiefel. Sonst nichts. In der Bronx hatte es eine Schießerei gegeben, aber bis auf ein aufgemotztes, schwarzes Muscle-Car gab es keine Verluste. Die Einbruchsstatistiken ließen sie innehalten. Sie schrieb sie auf. Die Statistiken betonten die sichersten und gefährlichsten Bereiche in New York. Keine Überraschungen. Es war die gewöhnliche Ausbeute des Abends.

Maddie warf einen Blick auf ihre Uhr. So spät schon? Sie ging zur Büroküche und nahm ihre Brotbüchse. Darin befanden sich ein einfaches Schinkensandwich, ein trauriges, kleines Tim Tam (das letzte Schokoladengebäck aus Australien, bis ihre Mutter ihr mehr schickte) und eine Dose Diät-Cola. Ein Festmahl. Es war zwar nicht die appetitlichste Auswahl, aber die Mitarbeiterkantine hatte schon vor

Stunden geschlossen und sie konnte sich nicht den vielen Menschen stellen, die selbst um diese Uhrzeit noch auf den Straßen unterwegs waren.

Zurück an ihrem Tisch lehnte sich Maddie auf ihrem Stuhl zurück und dachte über ihre Existenz nach. In letzter Zeit tat sie das häufig. *Warum bin ich so schlecht darin, New York zu knacken – persönlich und beruflich? Wie konnte ich nur denken, dass ich es jemals schaffen werde?* Sie hatte keine Ahnung und drohte, daran zu ersticken.

Sie warf ihrer Cola einen mürrischen Blick zu, öffnete den Verschluss und trank einen Schluck. Es war nicht so, dass sie nicht lang genug hier war. Das konnte sie nicht als Ausrede benutzen. Scheiße, Simon war nur halb so lang in New York wie sie. Er war mit einer geselligen Seele geboren worden und schien in kürzester Zeit fast jeden zu kennen. Alle liebten Simon.

Ihr Telefon klingelte, also stellte sie ihre Dose zurück auf den Tisch und hielt sich den Hörer ans Ohr. »Maddie Grey, *Hudson Metro News*.«

»Sergeant Malloy, Leitender Ermittler im 101ten Revier. Sie hatten Fragen zur Drogenrazzia im Redfern House vor zwei Tagen?«

Geschockt suchte Maddie hektisch nach einem Kugelschreiber. Die Tatsache, dass er sie zurückgerufen hatte, bedeutete, dass er aktiv nach ihrer Nummer hatte suchen müssen, da sein Mitarbeiter sie nicht aufgeschrieben hatte. Malloy schien *wirklich* mit ihr sprechen zu wollen. »Ja«, sagte sie mit donnerndem Herzen.

»Das ganze Ding war das Baby der Queens Drogeneinheit. Hat nix mit uns zu tun. Rufen Sie nicht wieder an. Nacht.«

Die Leitung war tot. Maddie starrte das Telefon an. *Oder er wollte wirklich offiziell klar machen, dass sein Büro in nichts Zwielichtiges verwickelt ist.*

»Hey, *Chica*.«

Sie zuckte zusammen.

Lisa Martinez, die Sekretärin des Redakteurs, war gleichzeitig die Klatsch-Spürnase des Büros. Sie schob ihr Handy in ihre Tasche und lächelte Maddie an. »Hab schon wieder mein Handy vergessen. Musste nochmal zurückkommen, um es zu holen.«

Lisa und Maddie waren nicht wirklich Freunde, aber sie gingen freundlich miteinander um. Lisa berichtete ihr häufig vom Klatsch der Tagesschicht, den Maddie als einsame Nachteule verpasste.

»Hast du das neue Etwas gesehen? In der Lobby?« Sie beugte sich über den Tisch und bot Maddie damit einen unerwarteten Ausblick auf ihre großzügige Ausstattung.

»Was für ein Etwas?« Maddie hob den Blick etwas höher.

»Oh, ein süßes Etwas namens Jake. In eine Uniform des Sicherheitsdiensts gequetscht. Und Muskeln bis zu den Nasenlöchern!« Ihr Blick wurde glasig. »Tu nicht so, als würdest du nicht auch ein gutes Stück davon haben wollen.«

Sowas von gar nicht.

Lisa warf ihre Haare zurück und erzählte mit faszinierter Stimme: »Ich glaube, er kommt aus Texas. Er hat diese Art zu sprechen. Du weißt schon – langgezogene Wörter, als könnte er es nicht ertragen, sich zu beeilen. Der kann mich abtasten, wann immer er will. Hab ich recht?« Sie sah Maddie nach Zustimmung suchend an, als wären sie Kumpanen.

In den acht Monaten, die Maddie bereits bei *Hudson Metro* arbeitete, hatte Lisa ihre vollkommene Gleichgültigkeit zu weiblicher Kameradschaft noch nicht bemerkt. Vor allem was Themen anging, an denen sie nicht das geringste Interesse hatte. Zum Beispiel Männer mit traumhaften Muskeln. Oder Männer überhaupt.

»Ich hab ihn auf dem Weg hierher getroffen. Er scheint nur fünf Wörter zu kennen«, sagte Maddie grinsend. »Und keines davon ist länger als drei Buchstaben. Worüber würdet ihr zwei überhaupt reden?«

Lisa kicherte lauthals los, was dafür sorgte, dass sich ihr gewaltiger Busen unter ihrer Bluse hob und senkte. Erneut warf sie ihre langen, dunklen Haare zurück. »Ha, *chica*, du scheinst zu glauben, dass ich meine Männer wegen der Konversationen aussuche.«

Maddie zwang sich zu einem Lächeln. »Ah. Also, war irgendwas los? Ich war gestern nicht da. Was hab ich verpasst?«

»Oh, Liebes, es geht sowas von los!« Lisa senkte die Stimme zu einem verschwörerischen Flüstern, obwohl sie die einzigen Personen in diesem Teil des Gebäudes waren. »Also, Jake wurde von der Bartell Corp. hergebracht, weil der Tigerhai glaubt, dass unser Sicherheitsdienst nachts beschissen ist.«

»Das ist er auch«, sagte Maddie. »Ich meine, Garry ist ein netter Typ, aber ein Siebzigjähriger mit schlechtem Herzen und zwei künstlichen Hüftgelenken sollte um Mitternacht nicht unsere erste Verteidigungslinie sein.«

»Tja, die Boss-Dame scheint dem offensichtlich zuzustimmen, denn *zzzt* …« Sie fuhr sich mit dem Finger über die Kehle. »Kein Garry mehr. Hallo, Jake.« Ihre Augen leuchteten auf.

»Lisa, du bist verheiratet«, sagte Maddie leicht belustigt.

»Stimmt, aber ich bin noch nicht tot. Wie auch immer«, fuhr Lisa fort und sah sie ohne Reue im Blick an. »Die zweite große Bombe ist, dass unser großer *Jefe* verschwunden ist.« Sie deutete hinter Maddie.

Maddie wirbelte herum, um einen Blick auf die Glasfront des Büros ihres Geschäftsführers in der Ecke zu werfen. Ihr Kleinraumbüro war so nah, dass sie häufig Fetzen seiner Telefonate mithören konnte. Die umgekehrte Variante funktionierte auch. Kollegen warfen ihr immer mitleidige Blicke zu, wenn sie herausfanden, wo ihr Schreibtisch stand. Niemand wollte unter Barry Bourkes allsehendem Blick sitzen.

Die einzige Person, die noch näher bei Bourke saß als Maddie, war seine Sekretärin. Melissa hatte einen langen Tisch, der direkt hinter Maddie und vor dem Büro ihres Chefs stand. Seinem nun *vollkommen leeren* Büro.

Maddie runzelte die Stirn. Plötzlich wurde ihr bewusst, dass Melissa ihr heute Abend nicht das Ohr abgekaut hatte, wie sie es für gewöhnlich zwischen fünf und sechs tat, wenn die Sekretärin langsam ihren Arbeitstag beendete. Maddies Blick fiel auf Melissas Tisch. Er war genauso leer wie das Büro des Geschäftsführers. Wie zur Hölle hatte sie das übersehen können? Na gut, sie war irgendwie mit ihren eigenen Berufsaussichten beschäftigt gewesen. »Bartell hat ihn also gefeuert? Und Melissa auch?«

»Jap. Einfach so. Ich nehme an, dass Elena sein Büro wollte.« Lisa lachte. »Und Melissa ist mit ihm gegangen. Ihre Wahl. Anscheinend stimmen die Gerüchte über die beiden.«

»So viel zu Bartells toller Rede, dass sie uns sechs Wochen gibt, um uns zu beweisen.«

»Ja, aber was hat Bourke erwartet? Seine Spesen sind … waren … *irrsinnig*. Ich weiß es; ich hab ein paar der Rechnungen in die Buchhaltung gebracht.«

»Ich bezweifle, dass Bartells Spesen geringer sein werden. Komm schon, die Frau hat einen Privatjet, Himmel nochmal.«

»Aber der wird uns nicht in Rechnung gestellt. Weißt du, von der buchhalterischen Seite aus betrachtet spart sie der Zeitung bereits einen Haufen Geld damit, dass sie Bourkes gierigen Hintern rausgeworfen hat.«

»Das wirkt auf mich trotzdem ziemlich willkürlich.« Maddie schüttelte den Kopf. »Woher weiß sie, dass Bourke kein Genie war? Sie kennt ihn kaum.« Die Unterhaltung mit Bartell im Fahrstuhl über ihren möglichen Rauswurf nagte noch immer an ihr.

»Tja, du wirst schneller als der Rest von uns wissen, wie sie so ist«, sagte Lisa mit einem Glitzern in den Augen. »Mensch, jetzt wo sie hinter dir sitzt, wirst du so ziemlich alles hören können, was sie vorhat. Also, vergiss nicht, mir den wirklich guten Klatsch weiterzuerzählen.«

Hinter mir sitzt. Maddie sah zurück auf das gläserne Büro und ihr wurde bang ums Herz. Sie war sich verdammt sicher, dass sie der Frau nicht so nah sein wollte. »Ähm, nein. Ich glaube, dass es mich nur ruiniert, wenn ich hier die Hobby-Spionin gebe. Ich brauche diesen Job, um die Miete zu bezahlen, vor allem, da mein Mitbewohner bald auszieht.«

»Oh«, sagte Lisa und zog einen Schmollmund. »In Ordnung. Na ja, genieß es trotzdem, gewissermaßen auf ihrem Schoß zu sitzen. Ihr zwei werdet euch in den nächsten Wochen verdammt oft sehen. Sie wird dich jeden Tag von ihrem Schreibtisch aus wie *el demonio* beobachten!« Lisa lachte aus vollem Herzen und winkte zum Abschied.

Maddie rief sich Bartells abfällige Stichelei ins Gedächtnis. *Ich will diese Neuinterpretation eines besiegten Poeten nicht sechs Wochen lang ansehen müssen.* Es würde mehr als nur unbehaglich werden, wenn Bartell ihr Anblick wirklich missfiel. Allerdings hatte Maddie keine normalen Arbeitszeiten, sodass es kein Problem werden würde, dass Bartell von ihrer Garderobe wenig beeindruckt war.

Es war auch nicht so, als würde eine hoch erfolgreiche, weltberühmte Medien-Milliardärin stundenlang in einem winzigen, geborgten Büro sitzen wollen. Die Tatsache, dass sie für sechs Wochen da sein würde, war schon seltsam genug. Aber nach Feierabend hier zu sein?

Maddie war bestimmt vor ihr sicher.

BlogSpot: Aliens von New York

Von Maddie as Hell

Erwartungen gehören zu den mächtigsten, unsichtbaren Kräften des Lebens. Sie verschnüren uns die Kehle enger als jede Krawatte. Wir machen uns über sie lustig. Leugnen, dass sie existieren und tun so, als würden wir uns nicht dafür interessieren. Und doch können wir uns nie ganz von ihnen lossagen. Erwartungen bestimmen unsere Welt. Wir können Job, Partner oder Leben durch Erwartungen gewinnen, aber auch verlieren.

Wir sind süchtig nach Erwartungen. Ich bin wirklich ein Erwartungs-Junkie. Seht mich nur an, wie ich das Leben führe, das von mir erwartet wird. Ich könnte glücklich Zuhause versagen. Stattdessen sieche ich hier elendig vor mich hin.

Ich weiß, dass es eine ziemliche Verschwendung mentaler Energie ist, sich an Erwartungen zu klammern. Sie sind nicht real. Sie existieren einzig und allein in unseren Gedanken.

Und trotzdem gehe ich immer wieder für einen weiteren Schuss zurück.

Warum?

Kapitel 4

Gewohnheiten von Medienmoguln

Wie sich herausstellte, wusste Maddie nicht das Geringste über die Gewohnheiten von extrem erfolgreichen Medienmogulen. Es zeigte sich, dass Elena Bartell den Großteil ihres Tages außerhalb des Büros verbrachte – wie Lisa sie informierte – und erst gegen drei Uhr nachmittags mit einer blonden Frau im Schlepptau bei *Hudson Metro* auftauchte. Es war dieselbe Frau, die Maddie am ersten Tag bei ihr gesehen hatte. Nun saß sie an Melissas altem Tisch vor Bartells Büro und Maddie war genau eine hundertachtzig-Grad-Drehung ihres Stuhls von ihr entfernt.

Der Name der Blonden war Felicity Simmons. ›Zugeknöpft‹ beschrieb sie noch nicht einmal annähernd. Sie war hochnäsig und empfindlich und auf alle möglichen Arten versnobt, als wäre sie auf einer Privatschule mit Rhetorik-Stunden vollgepumpt worden. Allerdings war sie ihrer Chefin übertrieben ergeben. Hin und wieder blitzte jedoch ihr Akzent durch und ein Hauch der nasalen Aussprache des Mittleren Westens war herauszuhören. Maddie grinste. Die Frau war also eine echte Hochstaplerin.

»Was ist so interessant?«, wollte Felicity wissen, als sie Maddie beim Starren erwischte.

Wo sollte sie anfangen? Der feste, mit Haarspray getränkte Dutt und der harte, kantige Körper, der sie wie eine osteuropäische Ballerina aussehen ließ? Die außergewöhnlich breiten Augen und hervorstechenden Wangenknochen? Oder die dünnen Lippen, die mit purpurnem Lippenstift bedeckt waren und sie wie eine Emo-Bibliothekarin aussehen ließen?

»Gibt es irgendetwas, das Sie nicht tun? Wo bekommen Sie bis morgen früh die Karten für diese Show her?«, fragte Maddie. »Weiß Ihre Chefin nicht, dass alles ausverkauft ist?«

Sie hatte Bartells abgehackten Befehl gehört, als sie zur Arbeit gekommen war. Seit Monaten konnte niemand Karten für *Song of Eternity* bekommen.

»Sie weiß es«, sagte Felicity mit knapper Stimme. »Sie weiß auch, dass ich Kontakte zur Anwaltskanzlei habe, die die Show ausrichtet.« Sie schnaubte. »Und normalerweise ist das überhaupt nicht meine Aufgabe. Aber Elena hat im Moment keine persönliche Assistentin.«

Sie wirkte erschüttert, mit den Nerven am Ende und vollkommen erschöpft. Nicht, dass Bartell die Frau zu schätzen schien. Nach dem, was Maddie gesehen hatte, war Bartell Felicity gegenüber fordernd und respektlos.

»Warum kündigen Sie nicht?«, fragte Maddie. »Wenn sie so viel Arbeit macht.«

»Kündigen!« Felicity sah sie missbilligend an. »Sind Sie wahnsinnig? Wissen Sie überhaupt, was mein Job ist?«

Maddie zuckte mit den Schultern. »Ein niederer Handlanger für die Herrscherin der Medien.«

»Das bin ich nicht. Und sie ist … kompliziert.«

»Sie ist gemein zu Ihnen. King-Kong-großes-Miststück gemein.«

Felicity verdrehte die Augen. »Ja, na ja, es ist nicht persönlich. Niemand versteht sie.«

Das *so wie ich* blieb unausgesprochen. Maddie hatte es trotzdem herausgehört.

»Und Sie wären überrascht, wenn Sie nur die Hälfte der Dinge wüssten, die sie täglich ertragen muss und wie viele Bälle sie gleichzeitig jongliert«, fuhr Felicity fort. »Aber nein, Sie sind wie die Schundpresse. Sie konzentrieren sich nur darauf, wie sie die Dinge angeht und nicht, was sie eigentlich tut. Aber was wissen Sie schon? Sind Sie nicht das Sterbeanzeigen-Mädchen?«

»Und Verbrechen.« Maddie grinste sie an. »Es ist der Kassenschlager für Pendler-Zeitungen.«

»Ich bin sicher, dass es faszinierend ist.«

»Kommen Sie schon, es ist ein Talent, eine großangelegte Drogenrazzia in einhundertfünfzig Worten wiederzugeben«, sagte Maddie und ignorierte den Sarkasmus ihres Gegenübers. »Aber Sie haben recht, nach einer Weile wird es langweilig.«

Felicitys Gesichtsausdruck spiegelte Unglauben wider. »Und Sie erzählen mir das … warum?«

Maddie grinste. »Ich habe Sie fälschlicherweise für einen Menschen gehalten und dachte, dass wir uns locker unterhalten.«

»Sie liegen mit beidem falsch. Und ich habe eine tatsächliche Karriere, um die ich mich kümmern muss. Das bedeutet, dass Elena organisiert ist und ihren Zeitplan einhält, dass ich ihre Kontakte auf dem neuesten Stand halte und alles besorge, was sie braucht – einschließlich der Karten für *Song of Eternity*. Es bedeutet nicht, dass ich mir das Geschwafel einer Bürogehilfin anhöre, die in ein paar Wochen arbeitslos sein könnte.«

»Wow. Tiefschlag.« Maddie war irgendwie beeindruckt davon, wie wenig es Felicity zu interessieren schien, ob sie gemocht wurde oder nicht. Sie und ihre Chefin waren wie füreinander geschaffen.

Felicity warf ihr einen unbeeindruckten Blick zu.

Maddie verstand den subtilen Hinweis und widmete sich wieder ihrer Arbeit.

Die Stunden gingen ineinander über und plötzlich war es beinahe Mitternacht. Maddie sah sich um und wie üblich war das Büro verlassen. Sofia, die Reinigungskraft, war irgendwo mit ihrem Staubsauger am Werk, aber Maddie konnte sie nicht sehen. In Bartells Büro brannte noch immer Licht, obwohl die Frau nirgends zu sehen war. Maddie seufzte und beschwerte sich grummelnd über wenig umweltbewusste Medien-Führungskräfte, die zum Treibhauseffekt beitrugen, als sie sich erhob und zum Büro ging. Sie steckte den Kopf hinein, griff um die Ecke und betätigte den Lichtschalter.

»Wer war das?«, sagte eine aufgebrachte Stimme irgendwo im Raum.

Maddie zuckte erschrocken zusammen, schaltete das Licht wieder ein und sah sich um.

Ein dunkler Kopf tauchte vom Boden hinter dem Tisch auf und Maddie starrte direkt in die Augen einer wütenden Elena Bartell. Maddie streckte den Hals und konnte eine Yogamatte auf dem Boden unter Elena erkennen. Hoppla. Scheiße.

»Ich habe mich gedehnt!«

»Tut mir leid«, sagte Maddie. »Wirklich. Ich dachte, Sie wären schon weg. Und –«

»Und Sie dachten, dass Sie einen Baum im Amazonas retten würden, oder was?« Bartell erhob sich, streckte die Arme über den Kopf und wiegte sich von links nach rechts. Ihre Arme waren definiert und ganz offensichtlich an Training gewöhnt. Durch ihre neue Haltung wurde ihre Brust nach vorn gestreckt.

Maddies Wangen wurden hieß. »Ich … äh …«

Bartell ließ den Nacken kreisen, als würde sie die Wirbel darin verschieben und wandte dabei den Blick nicht von Maddie ab. »Oh, sehr erleuchtend. Gott sei Dank sind Sie Journalistin, wo es Voraussetzung ist, mit Worten umgehen zu können.«

Maddie verzog das Gesicht. »Ja. Ähm, ich wusste nicht, dass Sie hier sind. Denken Sie nur mal daran, wie viel Geld ich Ihnen hiermit gespart hätte, wenn Sie wirklich nicht dagewesen wären und so?«

»Mm.« Bartell streckte die Arme nach vorn. »Da Sie hier sind und mein kleines Zeitfenster der Entspannung ruinieren, können Sie sich auch nützlich machen. Chai Latte mit fettfreier Milch, extra heiß.«

»Ähm, Sie wissen, dass ich keine persönliche Assistentin bin, richtig? Und wenn es in unserer Küche Chai Latte gibt, verkaufe ich mein Haus.«

»Wer hat gesagt, dass Sie ihn aus der Küche holen sollen? Und Sie haben kein Haus, das Sie verkaufen können; ich wäre überrascht, wenn Sie nicht in einer gemieteten Besenkammer leben würden. Und was die Sache mit der persönlichen Assistentin angeht … Sie scheinen auch nicht wirklich eine Journalistin zu sein, also wäre das ein Schritt nach oben.«

Maddie verkniff sich eine verärgerte Antwort auf diesen Seitenhieb. Nicht wirklich eine Journalistin? Woher zur Hölle wollte sie das wissen?

»Es tut mir leid, dass ich mich nicht eindeutiger ausgedrückt habe. Ich bin nicht ihre persönliche Assistentin. Ich bin ihre Junior-Kriminal- und Nachruf-Schreiberin«, sagte sie höflich. Das musste jetzt endgültig ihren beruflichen Selbstmord bedeuten. Trotzdem, sie würde auf keinen Fall einen mitternächtlichen Abstecher zu dem durchgehend geöffneten Starbucks am Times Square machen. Und zwar von heute an, bis Bartell die *Hudson Metro News* auseinandernahm und weiterzog. Sie wollte keine neue Felicity werden, die kriecherisches Verhalten in neue Höhen trieb.

Bartell musterte sie und trommelte heftig mit den Fingerspitzen gegen ihre eigenen Hüften.

Maddie hatte das Gefühl, nur noch drei Sekunden von ihrer Entlassung entfernt zu sein. Als sie entschied, dass Rückzug die beste Verteidigung war, fügte sie hastig hinzu: »Aber ich sollte wieder an die Arbeit gehen und es tut mir leid, dass ich Ihre Yoga-Sache ruiniert habe.«

Sie ging zu ihrem Schreibtisch zurück und spürte die ganze Zeit einen finsteren Blick auf sich. Ihre Schultern sackten nach unten. Ernsthaft, was hatte sie getan, um Bartells Zorn auf sich zu ziehen? Wie konnte irgendjemand so sauer sein, weil jemand ein Licht ausgemacht hatte? Oder war es etwas anderes? Sie war nicht immer noch sauer wegen der Sache mit dem Steampunk von gestern, oder? Gott, war es das? Es sah jedenfalls aus, als würde Bartell sie von Grund auf hassen und Maddies Verhalten half der Sache nicht gerade.

Was sollte sie also dagegen tun? Herumsitzen und die nächsten sechs Wochen den Kopf hängen lassen? Sie spielte mit der Schneekugel des Sydney Harbour auf ihrem Schreibtisch, schüttelte sie und sah zu, wie die höchst unwahrscheinlichen Schneeflocken nach unten fielen. Jetzt war es aus, richtig? Sie hatte ihre neue Chefin bereits verärgert und konnte es nicht rückgängig machen. Deshalb sollte sie einfach … sie selbst sein. Aufhören, sich den Kopf zu zerbrechen. Tun, was sie normalerweise tun würde.

Sie stellte den Sydney Harbour nachdrücklich wieder an seinen Platz und öffnete ihren Browser, um die Mitteilungen der Nachrichtenagenturen und die Presseerklärungen zu lesen. Später würde sie sich mit einem weiteren Anruf bei der Drogeneinheit von Queens quälen. Eine formelle Bitte um ein Interview durch das DCPI hatte zu nichts geführt. Vielleicht würde es die Drogeneinheit bald satt haben, von der verrückten Australierin genervt zu werden und sie tatsächlich zurückrufen? Oder auch nicht.

Als Maddie am nächsten Tag zur Arbeit kam, saß eine neue persönliche Assistentin neben Felicity – eine ängstliche junge Frau, deren lange Beine praktisch bis zu ihrem Kinn reichten und die das Gleichgewicht eines neugeborenen Kätzchens hatte. Wenn sie versuchen würde, sich auf ihren Plateau-Schuhen fortzubewegen, hätte sie vielleicht auch die leise Chance, ihren Job zu schaffen. Maddie beobachtete aus dem Augenwinkel, wie die schreckhafte Assistentin bei jedem von Bartells Befehlen auf und absprang und ihr Gesichtsausdruck immer panischer wurde.

Maddie drehte sich in ihren Stuhl herum, als das Mädchen für eine weitere Besorgung verschwand, und fing Felicitys Blick auf. »Ich gebe ihr drei Tage. Sie ist eine menschliche Kernschmelze.«

»Großzügig. Ich erwarte, dass sie noch heute Abend kündigt. Ich habe sie tränenüberströmt im Badezimmer gefunden. Hat gesagt, dass ihre Arbeitssituation nicht so ist, *wie sie es erwartet hat.*« Felicitys Finger flogen nach oben, um

Anführungszeichen in die Luft zu malen. »Hat sie ernsthaft geglaubt, dass es ein Kinderspiel sein würde, für eine weltweite Medien-Legende zu arbeiten?«

Maddie zuckte mit den Schultern und ihr Blick huschte wieder zu der unbeholfenen Frau, die auf wackligen Beinen und mit einem Stapel Papiere unter dem Arm zurückkam. »Oh-oh.« Die Frau fiel mit dem Gesicht voran vor Elena auf den Boden, wobei sie einen Schrei von sich gab, der laut genug war, um jeden Blick auf der gesamten Etage auf sich zu ziehen. Sie hielt sich den Knöchel.

»Himmel, sie hat ihn sich verstaucht.« Felicity nahm das Telefon. »Ich werde einen Ersatz buchen und mich dann auf die Suche nach einer neuen Assistentin machen. Mit diesem Knöchel wird sie in nächster Zeit nicht laufen.«

»Ich hole etwas Eis.«

»Machen Sie sich nicht die Mühe. Ich rufe ihr auch ein Taxi. Sie kann sich Zuhause darum kümmern.«

Maddie schüttelte über Felicitys Abgebrühtheit den Kopf und ging trotzdem in die Büroküche. Nachdem sie das Eis im hinteren Teil des Gefrierfachs gefunden hatte, wickelte sie es in ein Küchentuch. Maddie ging zurück, ignorierte Bartells kalten Blick aus ihrem Büro und reichte es der Assistentin, die nun auf ihrem Stuhl saß.

Riesige, tränennasse Augen sahen Maddie an. »Danke«, flüsterte die Assistentin und legte sich das Eis auf den Knöchel. »Es tut wirklich weh. Und Elena hat mich gerade gefeuert.«

»Oh«, sagte Maddie. »Nun, so läuft das bei ihr. Oft. Zumindest wurde mir das gesagt.«

Die nassen Augen vor ihr weiteten sich noch weiter und ihre Aufmerksamkeit konzentrierte sich auf etwas hinter Maddies Schulter.

Sie drehte sich um und stellte fest, dass Bartell keinen Meter hinter ihnen stand und sie musterte.

»Ich glaube, dass Sie Arbeit zu erledigen haben«, sagte sie zu Maddie. »Ich bin der Ansicht, dass Kindermädchen den Aufgaben einer Journalistin nicht näherkommt als persönliche Assistentin. Oder habe ich Ihre Berufsbeschreibung falsch verstanden, als Sie es mir erklärt haben?«

Maddie tätschelte der jungen Frau sanft das Bein und erhob sich. »Sie hatte Schmerzen.«

»Genau wie ich, als ich mir das Geheule anhören musste.«

Maddie warf ihr einen düsteren Blick zu und kehrte an ihren Schreibtisch zurück. *Von all den unhöflichen, unerträglichen, gefühllosen Miststücken ...* Aufmüpfig warf sie einen finsteren Blick über ihre Schulter.

Der Sicherheitsbeamte mit den Muskeln bis zu den Nasenlöchern war gekommen, um der verwundeten Frau aus dem Gebäude zu helfen. Bartell ignorierte das Geschehen und saß mit einem gleichgültigen Ausdruck auf dem Gesicht wieder an ihrem Computer.

Himmel. Elena Bartell war nicht nur eiskalt wie ein Fisch, sondern wie schockgefrostetes Sushi. Maddie richtete ihre Aufmerksamkeit wieder auf ihre Arbeit. Sie musste einen Nachruf verfassen. Eine Lehrerin war nach fünfzig Berufsjahren verstorben. Maddie musste Menschen aussuchen, die mit ihrer Leserschaft harmonierten – zum Beispiel Geschäftsführer, Prominente, Sportstars – aber es war ihr überlassen, wenn niemand Berühmtes gestorben war. Mrs. Mavis Swenson sah aus, als hätte sie ein bodenständiges Leben geführt, bis Maddie las, was ihre Kinder als ihre Hobbys angegeben hatten. Bergsteigen? Abseilen? Sie stellte Maddie meilenweit in den Schatten.

Maddie war sechsundzwanzig und der Fehltritt in ihrer Laufbahn hatte sie verdammt viel Zeit gekostet. Sie hatte zweieinhalb Jahre verloren, als sie ihr vierstufiges Zertifikat im Gastgewerbe gemacht hatte, um ins Familiengeschäft einzusteigen. Stattdessen hatte sie dann aber sechs Monate vor ihrem Abschluss zu Journalismus gewechselt. Ihre Eltern waren entsetzt gewesen und hatten sie angefleht, zumindest den Kurs zu beenden. Sie hatte keinen Sinn darin gesehen. Sechs Monate lang etwas tun, das sie hasste? Nein danke. Der Nachteil an dem neuen Karriereweg war, dass sie nun das Gefühl hatte, die älteste Junior-Reporterin in der Geschichte zu sein. Und dass sie noch immer auf der Stelle trat.

Ein paar Stunden später erregte etwas in ihrem Augenwinkel ihre Aufmerksamkeit. Felicity versuchte der Ersatz-Assistentin ihre Aufgaben zu erklären. Nicht, dass sie dabei besonders sorgfältig war.

»Das ist Elenas Büro. Sie ist Gott. Tun Sie, was Gott sagt, sobald sie es sagt. Dann werden wir keine Probleme miteinander haben. Verstanden? Gut. Und jetzt holen Sie die Chai Latte-Bestellung, die ich aufgeschrieben habe. Los!«

Als die Frau verschwand, ließ sich Felicity mit einem betrübten Seufzen auf ihren Stuhl fallen.

»Wie schaffen Sie Ihre Arbeit, wenn Sie ständig neue Assistenten und Aushilfskräfte einweisen müssen?«, fragte Maddie und drehte ihren Stuhl, um Felicity anzusehen.

»Ich würde sehr viel mehr schaffen, wenn mich die Tote-Menschen-Zuständige nicht belästigen würde.«

Maddie ignorierte den Seitenhieb. Sie wusste mittlerweile, dass das für Felicity beinahe freundlich war. »Hey, was machen Sie *tatsächlich* für Ihre Chefin? Sie sind keine persönliche Assistentin, weil Sie die weiter für sie anstellen. Ich habe es auf etwas zwischen *was auch immer Elena will* und *irgendetwas mit Recht* eingegrenzt. Also, was ist es?«

»Beides. Ich bin ihre persönliche Stabschefin. Ich habe einen Magister in Betriebswirtschaftslehre und ein rechtswissenschaftliches Diplom von Harvard. Ich hätte meine eigene Kanzlei eröffnen können.«

Maddie starrte sie an. Sie schien für all das zu jung zu sein. »Warum haben Sie das nicht getan?«

Felicity sah sie einen Augenblick mit offenem Mund an. »Also ehrlich. Sehen Sie sich an, für wen ich arbeite! Ich war Zeugin von einigen der wichtigsten Entwicklungen der Medienbranche in diesem Jahrzehnt. Ich bin die Frau, die beinahe einhundert Anwälte aus der ganzen Welt anrufen, wenn Sie Geschäfte mit Elena machen. Ich sorge dafür, dass die Titanic nicht auf den Eisberg zusteuert, vielen herzlichen Dank.«

»Oh? Einhundert Anwälte? Ich meine … ist das gut?«

»Oh mein Gott, können Sie wirklich so … so … *australisch* sein? Elena ist eine Legende. Und ich bin ihre rechte Hand. Sie verlässt sich auf mich. Ich bin immer auf dem neuesten Stand. Ich bereite Verträge zur Unterzeichnung vor und ich berate sie in der Risikoabschätzung, wenn sie neue Firmen kauft. Wie diese.« Sie deutete auf das Nachrichtenbüro.

»*Sie* sind also der Grund dafür, dass sie hier ist? Sie haben ihr gesagt, dass sie die Zeitung kaufen soll?«

»Seien Sie nicht albern, so etwas hätte ich niemals getan. Wenn es nach mir gegangen wäre, würde diese erbärmliche Zeitung bereits auf dem Grund des Hudson liegen. Sie war Teil eines Pakets aus Zeitschriften, die sie zu einem Spottpreis bekommen hat. Ein paar der anderen Veröffentlichungen in diesem Paket haben Gewinn versprochen.«

»Wenn dieser Ort so ein Loch ist, warum denkt sie dann darüber nach, die Zeitung zu behalten? Und bleibt sechs Wochen hier, um darüber nachzudenken? Das scheint mir für jemanden wie sie eine lange Zeit zu sein.«

Ein verwirrter Ausdruck huschte über Felicitys Gesicht. »Elena ist eine brillante Geschäftsfrau. Ich bin sicher, dass sich ihre Strategie zeigen wird. Selbst, wenn jemand es nicht sehen kann, sie hat *immer* eine. Sie denkt zehn Schritte weiter als der Rest. Ich lerne hier eine Menge. Es ist eine unglaubliche Gelegenheit.«

»Ja?« Maddie musterte sie einen Augenblick. »Warum sehen Sie dann ständig so leidend aus?«

Ein leises Lachen erklang aus dem Glasbüro hinter Felicity und die beiden Frauen erstarrten. Panik trat in Felicitys Augen, während sie Maddie schweigend anflehte, ihr zu sagen, ob Bartell ihr Gespräch mit angehört hatte. Maddie hob den Blick und traf direkt auf Bartells. *Oh scheiße.* Sie hatte alles gehört.

Maddie senkte den Blick wieder und nickte Felicity kaum merklich zu.

Jegliche Farbe wich aus Felicitys Wangen.

Maddie wollte sie schütteln. Sie nahm ihren Job viel zu ernst. Natürlich hatte Felicity wenigstens einen Job. Und sie hatte einen großartigen Karriereweg und Aussichten für die Zukunft, während sie zudem für jemanden arbeitete, den sie vergötterte. Denn eins war sicher, die Frau war bis über beide Ohren in ihre Chefin verliebt. Oder zumindest war sie schwer in die Vorstellung von ihr verliebt.

Ziemlich scheiße für sie, dachte Maddie mitleidig und griff hinter sich nach Mrs. Swensons Akte. *Oh großartig. Hat den Kilimandscharo bestiegen als sie dreißig war.*

Alles klar. Maddie hatte kein Recht, Felicity Simmons zu verurteilen. Oder sonst irgendjemanden.

Eine Flut aus Tränen begrüßte Maddie, als sie am nächsten Tag zur Arbeit kam. Einer Frau aus der Finanzabteilung, Josie oder so, wurde von ihren Kollegen der Rücken getätschelt.

»Was hat Ihr Boss jetzt getan?« Maddie ließ ihren Rucksack auf den Tisch fallen und wandte sich an Felicity, die einen Ausdruck vollkommener Verärgerung auf dem Gesicht hatte.

Die Stabschefin warf Maddie einen frostigen, bösen Blick zu. »Natürlich geben Sie ihr die Schuld. In Wahrheit wurde das Kind dieser Frau von der Schule nach Hause geschickt, weil es eine Krankheit hat, die irgendetwas mit einer großen Menge an Erbrochenem mit sich bringt. Der Vater ist mit dem Jungen Zuhause, aber ich vermute, dass ihr Abteilungsleiter darauf besteht, dass Josie hierbleibt und ihren Artikel über den Geschäftshaushalt von New York City einreicht, anstatt nach Hause zu ihrem Sohn zu gehen. Obwohl es mir graust, wenn ich mir vorstelle, welche Art von Bericht sie in der Verfassung einreichen wird. Aber um ehrlich zu sein, ist das ihre eigene Schuld. Sie hätte an all das denken müssen, bevor sie Kinder in die Welt setzt.«

Maddie erstickte beinahe an der Absurdität dieser Aussage. Sie fragte sich, ob Felicitys Ballerina-Dutt zu festgezogen war. »Ähm, was? Josie hätte *bevor* sie Kinder hat eine Lösung dafür finden müssen, dass ihr Sohn eines Tages krank werden und es mit einer großen Nachrichtensache kollidieren könnte? Ergibt das in Ihrem Kopf Sinn?«

»*Bitte*. Eltern spielten die Elternkarte viel zu oft aus. Sie bekommen an den Feiertagen frei, dürfen immer früher nach Hause oder wegen einer Aufführung, einem Konzert, oder was auch immer zur Schule gehen. Sie sehen mich nicht heulen, weil jemand in meiner Familie Schnupfen hat. Wenn Sie ernsthaft an Ihrer Karriere interessiert sind, ist es einfach: pflanzen Sie sich nicht fort.«

»Felicity.« Bartells Stimme war noch kälter als ihr Blick, als sie sich aus dem Büro lehnte. »Wo sind die Londoner Verträge? Und warum ist meine neueste Aushilfe verschwunden? Ich brauche sie. Jetzt.«

Felicity sprang von ihrem Stuhl auf, als wäre er kochend heiß. »Elen– I-ich werde sie suchen. Ich glaube, dass sie nur herauszufinden versucht, wie der Kopierer funktioniert.« Sie eilte davon.

»Was soll dieser *Lärm*?« Bartell runzelte die Stirn. Sie trat ein paar Schritte aus ihrem Büro heraus und ihr Blick glitt zu der untröstlichen Frau, die nun versuchte, mit zwei Fingern zu tippen, während sie die Tränen aus ihrem Gesicht wischte.

»Die Finanz-Reporterin«, sagte Maddie. »Josie. Sie schreibt den Artikel zum Geschäftshaushalt.«

»Muss ein schrecklicher Haushalt sein.«

Maddie unterdrückte ein Lachen, weil sie nicht sicher war, ob Elena es ernst meinte.

»Sie macht eine Szene. Inakzeptabel.« Bartell marschierte auf die aufgelöste Frau zu.

Alle Blicke im Büro wandten sich ihnen zu, als die imposante Chefin der Bartell Corp. an den Computerturm von Josies Schreibtisch klopfte, um ihre Aufmerksamkeit zu bekommen. »Warum sind Sie hier?«, fragte Bartell mit angespannter Stimme. »Sie haben ein krankes Kind und sind auf der Arbeit?«

»W-was?«, schniefte Josie.

»Ich werde nicht zulassen, dass ein menschlicher Inkubator in diesem Büro sitzt und riskiert, alle anzustecken.«

»Aber es ist nicht… nicht anstecken. Ich meine… man kann sich nicht mit gastroösophagealem Reflux anstecken, es ist –«

»Gehen Sie nach Hause«, sagte Bartell und richtete sich zu voller Größer auf. »Unverzüglich. Und ich will Sie hier nicht wieder sehen, bis Sie nicht vollkommen sicher sind, dass Sie den Rest der Belegschaft – und vor allem mich – nicht mit irgendeinem ekelhaften Keim anstecken werden.«

»A-aber der Haushalts –«

»Nach Hause«, sagte Bartell. »*Sofort.*«

»Ms. Bartell, dürfte ich Sie bitte sprechen?« Dave Douglas, der Nachrichtenchef, schaltete sich mit einem zusammengekniffenen Gesichtsausdruck ein. Sein Blick huschte immer wieder zu seiner Finanz-Reporterin zurück.

»Nein! Ich habe *keine* Minute Zeit. Ich habe eigentlich eine Konferenzschaltung mit Hong Kong. Stattdessen verschwende ich meine Zeit in gefährlicher Nähe zu dieser lauten, infizierten … Person.« Bartell sah zurück zu Josie, die auf ihrem Stuhl erstarrt war. »Was habe ich gesagt? *Gehen Sie*! Und kommen Sie nicht wieder, bis es sicher ist, sich in Ihrer Nähe aufzuhalten.«

Bartell machte auf dem Absatz kehrt und marschierte zurück in ihr Büro.

Ein Hauch von Wut huschte über Daves Gesicht und er biss die Kiefer zusammen. Er deutete auf einen Mann, der nicht weit entfernt von der Finanz-Reporterin saß. »Übernehmen Sie, Robert. Deadline ist in einer Stunde. Ich glaube, das meiste ist schon fertig. Richtig?« Er sah zu Josie, um ihre Bestätigung einzuholen.

Josie nickte zwischen ihrem Schniefen. Sie schob den Ordner zu Robert und murmelte ihm ein paar Anweisungen zu.

Als Bartell an Maddies Tisch vorbeikam, hielt die Medien-Milliardärin angesichts ihrer offenen Neugier inne. »Haben Sie eine Meinung dazu?«

»Nein«, sagte Maddie. »Aber Josie riskiert genauso wenig, hier eine Krankheit zu verbreiten, wie Sie es tun.« Sie senkte die Stimme und ging das Risiko ein. »Und ich glaube … vielleicht wissen Sie das auch.«

Bartells Augen blitzten warnend auf. »Ich bin sicher, dass es noch mehr Kilimandscharo-besteigende Lehrer gibt, die ihre Lobpreisungen mehr brauchen als ich ihre medizinische Meinung.«

Überraschung durchflutete Maddie. »Sie haben meinen Nachruf gelesen?«

»Jemand musste es tun«, sagte Bartell. »Ich bezweifle, dass Ihre Leser es tun, wenn man bedenkt, wo der Nachruf versteckt war. Also, warum arbeiten Sie nicht? Wir sind hier fertig.«

Maddie drehte sich wieder um und sah zu, wie Josie mit einem vollkommen erleichterten Gesichtsausdruck praktisch aus dem Gebäude rannte. Sie fragte sich, ob noch jemand den Gefallen verstanden hatte, den die Präsidentin der Bartell Corp. ihrer Mitarbeiterin getan hatte. Sie konnte die ungläubigen Gesichter der restlichen Angestellten sehen und wie sie verstohlene Blicke austauschten. Wahrscheinlich würden sie in weniger als zwei Minuten online unter oberschlauen Pseudonymen über ihre teuflische Chefin mit Keimphobie reden.

Aber Maddie kannte die Wahrheit. Welcher Mensch, der panische Angst vor Keimen und Ansteckung hatte, machte schon Yoga auf einem heruntergekommenen Büroboden?

Wie … unerwartet.

BlogSpot: Aliens von New York

Von Maddie as Hell

Jemand sagte mal: »Sei du selbst, alle anderen sind schon vergeben.« Das ist mit Sicherheit der schwierigste Rat, der jemals jemandem gegeben wurde.

Wir alle tragen Masken. Wir alle sind geübte Lügner, die immer versuchen sich für das auszugeben, was andere in uns sehen sollen oder wollen. Das ist ganz natürlich, oder? Wir wollen nicht, dass Fremde wissen, dass wir insgeheim nervös oder schüchtern, feige oder eingeschüchtert sind. Dass wir nicht mutig genug oder klug genug oder reich genug sind oder dass wir kaum mit allem zurechtkommen. Deshalb täuschen wir Leichtigkeit und Perfektion in unserem Leben vor. Ich gebe zu, dass ich ein grinsendes Selfie vom Times Squares mit dem Titel #lifegoals gepostet habe. Ich bin eine Hochstaplerin. Aber #ertrinkelangsam oder #verlorenundbeschämt ist nicht gerade ein Hit.

Man weiß nie wirklich, was hinter der Maske eines anderen Menschen versteckt ist, bis man eine Ecke zu fassen bekommt und anfängt, sie abzuschälen. Es erfüllt mich mit Ehrfurcht, dass eine Person einer anderen erlauben kann, so etwas zu tun. Willentlich zu sagen: Hey, das bin ich. Magst du mich immer noch?

Der Rat mag richtig sein – aber, bei Gott, er verlangt so viel von uns.

Kapitel 5

Exotische Kugeln und Exorzismen

Maddie kam kurz vor zwei Uhr morgens Zuhause an. Sie war unruhig und wurde von dem Verlangen zu Backen überwältigt. Heftig. Das kam manchmal vor. Glücklicherweise beschwerte sich Simon nie zu sehr darüber, vom Geräusch des Quirls oder dem Klingeln der Eieruhr geweckt zu werden. Von all den Ticks, die man haben konnte, zahlte sich das Backen zumindest auch für Simon aus, da er morgens immer kosten durfte. Trotzdem schuldete sie ihm eine Menge dafür, seinen Schlafrhythmus ständig zu ruinieren.

Maddie summte, als sie die Zutaten in ihrer Schüssel verrührte. Quinoaflocken, Proteinpulver mit Vanillegeschmack, Mandeln, Chai-Gewürz, Medjool Datteln und Kokos. Sie dachte an Bartell … *Elena*, korrigierte sie sich selbst … und ihr nächtliches Verlangen nach Chai-Tee. Der Geschmack von Maddies exotischen Proteinkugeln würde wahrscheinlich jeden Genießer des Getränks begeistern.

Während sie arbeitete, dachte sie an Josie, die so verzweifelt hatte nach Hause gehen wollen, und Dave, der sein *das ist verrückt, wir haben einen verdammten Abgabetermin*-Gesicht aufgesetzt hatte. Maddie runzelte die Stirn und gab noch ein paar Kokosflocken mehr hinzu.

Elena war wie ein Gewitter über sie gekommen und hatte Josie einen Gefallen getan, der als gehässige Zurechtweisung getarnt war. Es war ziemlich genial gewesen, wenn Maddie jetzt darüber nachdachte. Elena hätte den Nachrichtenchef bei der Angelegenheit nicht übergehen können, ohne seine Autorität zu zerstören. Und er braucht den Respekt seiner Belegschaft, um effektiv sein zu können. Also hatte sie es wie eine merkwürdige, persönliche Abneigung aussehen lassen. Ihr Abteilungsleiter wahrte sein Gesicht, Josie konnte nach Hause gehen und Elena … Na ja, sie erschien durch diese Sache kleinlich, seltsam und ohne jegliche Empathie. Sie hatte ihre Tigerhai-Maske gut eingesetzt.

Niemand sonst mochte verstanden haben, was sie getan hatte, aber Maddie schon. Sie fragte sich, was wirklich unter dieser Maske lag. Elena hatte vielleicht zugelassen, dass sich dieser eine Riss zeigt, aber sie erschien sonst absolut undurchdringlich. Nahm sie dieses zweite Gesicht zumindest Zuhause ab? Sicher tat sie das. Während Maddie rührte, entschied sie, dass es nicht wichtig war. Trotzdem verdiente die Frau einen kleinen Dank für den ritterlichen Einsatz ihrer dunklen Künste.

Sechszehn Stunden später war Maddie wieder auf der Arbeit. Sie warf einen Blick auf die Uhr. Es war beinahe vier, also war sie eine Stunde zu früh. Ihr Blick glitt zu dem leeren Eckbüro.

Elena saß nicht an ihrem Tisch. Felicity und die Aushilfe waren auch nirgends zu sehen. Die typische, schwarz glänzende Handtasche, die auf Elenas Schreibtisch stand, verriet Maddie aber, dass sie nicht allzu weit weg sein konnte.

Sie zog eine kleine Dose aus ihrem Rucksack und legte sechs kleine Kugeln auf einen Teller. Sie stellte ihn auf Elenas Tisch und arrangierte die Anordnung des Gebäcks drei Mal, bevor sie zufrieden war. Dann zog sie sich zurück.

Als Maddie zu ihrem Tisch zurückging, raste ihr Herz und sie hatte das Gefühl, als hätte sie etwas Besonderes geleistet. Das war lächerlich. Sie hatte einfach nur heimlich Essen auf den Tisch ihrer Chefin gestellt. Essen, das sie vielleicht nicht einmal anrühren würde. Denn, wenn sie so darüber nachdachte, war es wirklich lächerlich, fremdes Essen anzunehmen, wenn man der Boss war, den alle leidenschaftlich hassten.

Okay, sie hatte das nicht wirklich durchdacht. Es war eine dumme Idee gewesen. Wirklich dumm. Himmel. Maddie schob ihren Stuhl zurück, um den Teller zurückzuholen. Stattdessen fiel ihr Blick direkt auf Elena, als diese gerade eine Kugel vom Teller nahm, sie einen Moment musterte und dann fein säuberlich davon abbiss.

Maddie schluckte gleichzeitig mit Elena. Ein überraschter Ausdruck huschte über Elenas Gesicht und sie zeigte die Andeutung eines Lächelns. Dann wandte Elena sich einfach wieder ihrem Computer zu.

Maddie drehte sich zu ihrem eigenen Bildschirm und lauschte darauf, ob sie ein Spucken hören würde. Sie wartete angespannt geschlagene fünf Minuten lang.

Als nichts passierte, versuchte sie, wieder an die Arbeit zu gehen. Ihr Herz schlug erst langsamer, als sie sich daran erinnerte, dass Elena nicht wusste, von wem die Süßigkeit kam. Es gab eine Menge Leute, die um vier Uhr nachmittags noch immer im Gebäude waren. Es hätte von jedem sein können.

Während ihrer Schicht schielte sie noch acht oder neun Mal in Elenas Büro und am Ende war der kleine Teller beinahe leer. Nicht, dass sie sich deswegen den Kopf zerbrochen hätte oder sowas.

Nein, überhaupt nicht.

Bei ihrem zehnten Blick sah Elena sie direkt an und schenkte Maddie ein schwaches Lächeln, während sie sich die letzte Kugel in den Mund schob.

Nicht zum ersten Mal fragte sich Maddie, was zur Hölle Elena wohl dachte.

Elena kaute langsam und dachte über Madeleine Grey nach. Ihre kleinen Kugeln waren ein äußerst unerwartetes Geschenk gewesen. Die Art, wie die Junior-Kriminal-Reporterin sie so furchtsam beobachtet hatte, als sie die erste Kugel probiert hatte, hatte ihr sofort die Identität des Bäckers verraten. Was die Kugeln selbst anging – sie waren großartig. Nicht, dass sie Maddie das mitteilen würde. Es war vergebliche Mühe, sich zu sehr mit der Belegschaft anzufreunden, vor allem, wenn sie wahrscheinlich in ein paar Wochen entlassen wurden. Ihre Stimmung verdüsterte sich bei dieser Erinnerung. Die Zahlen der *Hudson Metro* waren schlimmer als sie erwartet hatte. Ihre Pläne standen nun fest. Sie würde Felicity anweisen, die nötigen Anrufe zu machen.

Ihre Gedanken glitten wieder zu Madeleine. Was wusste Elena über sie? Sie kam aus Sydney. Sie war Reporterin. Sie hatte höchstwahrscheinlich Heimweh, worauf die Unterhaltung im Fahrstuhl deutlich hingewiesen hatte. Sie wirkte … unglücklich. Madeleine war sich wahrscheinlich nicht einmal bewusst, wie oft sie auf die Tafel mit den weltweiten Zeitzonen auf der hinteren Wand blickte. Ihr Kopf neigte sich nach links, wo die Uhr für Sydney hing, dann sackten ihre Schulter hinunter. Außerdem nahm sie beim Telefonieren oft ihre Sydney Harbour-Schneekugel in die Hand, streichelte sie, schüttelte sie und stellte sie dann mit einem leichten Tätscheln wieder an ihren Platz. Das war ganz sicher nicht das Verhalten einer Person, die sich auf eine neue Stadt einließ.

Elena betrachtete die Kokosflocken, die auf den Teller gefallen waren.

Madeleine. Auch bekannt als Maddie. Wie viele australische Reporter gab es in New York wohl mit so einem Namen? Sie hielt abrupt inne, als sie die Erkenntnis traf. Nachdem sie sich ihrem Computer zugewandt hatte, tippte sie eine Adresse ein, die sie in- und auswendig kannte. Elena verpasste niemals *Aliens von New York*. Als sie den Blog vor achtzehn Monaten entdeckt hatte, hatte sie alle vorherigen Einträge auch gelesen. Sie waren aufmerksam, nuanciert, manchmal wunderschön und immer traurig. Die Autorin konnte den Schmerz der Einsamkeit besser einfangen als irgendjemand anderes.

Elena konnte das ein bisschen zu gut nachfühlen. Während sie ihr mediales Imperium jonglierte, hatte sie nicht viel Zeit für enge Freundschaften – aber das bedeutete nicht, dass sie gegen die Leere immun war, die ihre Lebensweise mit sich brachte. Selbst ihr Ehemann fühlte sich an manchen Tagen eher wie ein stellvertretender General an als jemand, der wirklich daran interessiert war, die Frau hinter dem Erfolg kennenzulernen.

Maddie as Hell fing die Feinheiten der menschlichen Fehler, Hoffnungen und Schwächen ein. Ihr Wahrnehmungsvermögen war faszinierend, wie ein Geheimnis, das nur mit wenigen Auserwählten geteilt wurde. Elena hatte sich immer vorgestellt, dass die Bloggerin sehr viel älter, weise, mit uralten Augen und einer inneren Ruhe sein musste.

Es war nervenaufreibend zu wissen, dass *Maddie as Hell* nicht uralt oder mit Weisheit getränkt war. Sie war nur eine verlorene, junge Reporterin mit Heimweh. Jemand, der glücklos war, chaotisch und unergründlich … eine Art moderner Tragödie … und trotzdem schrieb sie Worte, die etwas in Elena bewegten.

Sie schüttelte den Kopf, schloss den Blog und drehte sich zur Seite, um das Paradoxon besser studieren zu können, das ihre Junior-Kriminal-Reporterin darstellte. Elena kaute langsam und mit Bedacht. Und beobachtete.

Jetzt, da Maddie einen Riss in Elenas Maske gesehen hatte, war sie neugierig darauf, mehr davon zu erleben. Sie redete sich ein, dass sie einfach nur gelangweilt war. Es hatte überhaupt nichts mit dem seltsamen Gefühl zu tun, das sie immer überkamen, wenn sich dieser intensive Blick auf sie richtete und sie musterte, als wäre sie etwas Interessantes. Etwas, das es zu ergründen gab.

Elena tat das manchmal. Maddie wusste, dass sie nichts hineininterpretieren sollte. Im System des globalen Imperiums dieser Frau war Maddie noch immer ein einzelliger Organismus ohne Bedeutung.

Lisa hatte mit einer Sache recht gehabt. Maddie war gut platziert, um Elenas Unterhaltungen mit anzuhören. Häufig bekam sie Fetzen der Telefonate mit. Manchmal sprach Elena mit ihrem Ehemann und der Ton in ihrer Stimme war schwer zu entschlüsseln. Er war weder kalt noch warm. Die Tonlage schien niemals über geschäftlich oder, hin und wieder, zufrieden hinauszugehen. Es war immer gleich und … Sie hielt inne und war überrascht, als sie es endlich herausfand. Beinahe gelangweilt. Ja, das war es.

Elenas Mann langweilte sie? Himmel. Maddie verspürte einen Funken Mitleid.

Die einzige Wärme, die Maddie je in Elenas Stimmte hörte, war für jemanden namens Oscar reserviert. Ihre Vermutung über eine verbotene Affäre wurde jedoch abrupt unterbrochen, als Elena ihre Haushälterin darum bat, Oscar kastrieren zu lassen und ihm die Krallen zu schneiden.

Maddie bekam außerdem immer mit, wenn jemand zu Geschäftsbesprechungen kam. Hin und wieder tauchten Männer in billigen Anzügen und mit Aktenrollen unter dem Arm auf, ohne Blickkontakt zu einem Mitarbeiter der *Hudson Metro News* herzustellen. Manchmal waren die Anzüge teuer, ihre Blicke nicht durchtrieben, aber selbstgefällig. Sie schüttelten Elenas Hand mit Autorität, ehe sie auf den Besucherstuhl verwiesen wurden und sich die Tür schloss.

»Vorstandsmitglieder«, sagte Felicity einmal, als sie Maddies neugierigen Blick bemerkte. »Ein notwendiges Übel.«

»Ich dachte, Bartell Corp. wäre Elenas Firma? Ist sie nicht die Königin über alles, was sie besitzt? Warum muss sie sich mit jemandem abgeben, den sie nicht um sich haben will?«

»Ja, natürlich gehört ihr die Firma. Aber es ist eine öffentliche und börsennotierte Firma. Sie ist die Präsidentin und leitende Geschäftsführerin. Trotzdem gibt es noch einen Vorstand, den Vorstandsvorsitzenden und den CEO, mit denen sie freundlichen Umgang pflegen muss. Und den CFO, falls es große Ausgaben gibt.«

»Richtig«, sagte Maddie und wurde neugierig. »Sagen sie oft nein?«

Felicity verengte die Augen. »Selbst einmal ist noch zu oft. Sie glauben, dass sie ihre Geschäftsideen aus einer Laune heraus macht. Aber sie hat immer einen Plan, selbst wenn sie nicht klug genug sind, um ihn zu sehen.«

Maddie musterte die Männer in den Anzügen. Nur einer von ihnen hatte Elenas Arm berührt und sie hatte die vertraute Geste zugelassen. Sein Foto hing in einem Rahmen an der Wand hinter Elenas Schreibtisch. »Wer ist der Große mit den silbernen Haaren?«

Felicity verzog das Gesicht, als hätte sie gerade eine Zitrone verschluckt. »Frank Harkness. Sie kennen sich schon sehr lange. Er war ihr Mentor, als sie gerade im Bereich Medienfirmen angefangen hat. Er ist das einzige Vorstandsmitglied, das sie wirklich mag.«

Maddies Blick glitt zu den restlichen Männern. »Die sehen alle aus, als würden sie Beerdigungen ausrichten.«

Felicitys purpurne Lippen zogen sich einmal zusammen, dann stieß sie ein seltsames, scharfes Geräusch aus.

Maddie musterte sie verwirrt, bevor ihr bewusst wurde, dass es ein Lachen war.

»Ja«, sagte Felicity nickend. »Das tun sie.«

Felicity straffte sich, als hätte sie sich plötzlich daran erinnert, dass es unprofessionell war, am Arbeitsplatz zu lachen. »Genug mit der Fragestunde. Widmen Sie sich wieder den Toten. Ich muss eine wichtige Rede schreiben.«

Maddie verstand den Wink und drehte sich zu ihrem Computer.

Zehn Sekunden später warf Felicity ihren Stift hinunter und hustete.

Maddie wirbelte wieder herum. Die Stabschefin sah aus, als würde sie ihr zu gerne etwas mitteilen. »Ja?«

»Es ist Elena«, sagte Felicity und vibrierte förmlich vor unterdrückter Begeisterung. »Ich schreibe eine Rede, weil sie New Yorks Geschäftsfrau des Jahres ist.« Sie strahlte. »Natürlich ist es nur richtig. Ich meine, wer sonst hat getan, was sie geschafft hat? Eine kleine Nachrichtenagentur in einen weltweiten Konzern verwandeln?«

Ja, wer sonst? Maddie lehnte sich zurück. Nun. Diese Neuigkeiten verdienten eine Art von Anerkennung.

Als Elena am nächsten Tag zur Arbeit kam, schwirrte ihr Kopf von den absurden Budgetkürzungen, die Jana Macy für *Style Sydney* vorgeschlagen hatte. Macy glaubte ernsthaft, dass es zu den *ernsthaften Kürzungen* gehörte, die Elena von ihr verlangt hatte, wenn sie die kostenlosen Magazine im Eingangsbereich ihres

Gebäudes entfernte? Die Frau war verrückt. Sie würde sie feuern müssen. Elene seufzte. Nichts als Inkompetenz existierte um sie herum.

Elena ließ ihre Hermes-Handtasche auf den Tisch fallen und hielt inne. Eine seltsame Pflanze stand darauf. Sie setzte sich und musterte sie wachsam. Die Pflanze hatte einen hellen, glänzenden Grünton und dünne Stämme. Sie sah ein wenig aus wie grüner Baldrian.

»Felicity«, sagte sie leise knurrend, »warum steht Baldrian auf meinem Tisch?«

Felicity stolperte in ihr Büro. »Ich … oh … habe überhaupt keine Ahnung. Ich dachte, du hättest sie reingestellt … Ich meine … Ist das …? Ich glaube nicht, dass es Baldrian ist. Meine Schwester arbeitet in einem Kräuterkunde-Laden; ich könnte sie fragen, was es ist. Ich meine, wenn du möchtest?«

»Ein Kräuterkunde-Laden?« Elena musterte sie und war verblüfft, dass es in Felicitys Familie jemanden gab, der nicht geradewegs die Karriereleiter nach oben kletterte.

»Sie ist das schwarze Schaf in der Familie. Ich meine … Hippie, Öko, Kristalle, das ganze Programm«, sagte Felicity, als wäre es ein grauenvolles Geständnis. Sie nahm ihr iPhone heraus, machte ein Foto von der Pflanze und drückte ein paar Tasten auf ihrem Handy.

Elenas Blick glitt an ihr vorbei, aus dem Büro heraus. Der Tisch der Kriminal-Reporterin war leer, aber da es noch nicht einmal annähernd fünf Uhr war, konnte Grey nicht die Täterin sein. Dieses Mal. Sie ließ ihren Blick nach anderen Verdächtigen umherschweifen.

»Es ist eine *Angelica archangelica.*« Ihre Stabschefin lächelte. Sie war vermutlich stolz darauf, dass ihre Schwester das Unkraut identifiziert hatte. Während sie weiterlas, verschwand das Lächeln von ihrem Gesicht.

»Was ist?«, fragte Elena.

»Ach, nichts, es ist … wahrscheinlich, also …«

»*Felicity.*« Sie richtete ihren kühlen Blick auf sie, bis die Frau einknickte.

»Es hat viele Namen, Brustwurz, ähm, Engelwurz, Meisterwurz. Beliebt in …« Felicity schluckte schwer. »Hexenkunst und …« Sie verzog das Gesicht und zuckte zusammen.

Hexenkunst? Elena spürte, wie ihre Verärgerung wuchs. »Und?« Sie wartete und trommelte mit den Fingern auf der Tischplatte.

»Exorzismen.«

Sie warf Felicity einen langen, kalten, starrenden Blick zu. Tja, es war eine Weile her, seit ein Untergebener einen frontalen Angriff gestartet hatte. Zumindest war dieser hier originell. In den vergangenen Jahren hatte sie bereits Haifischzähne, Sexspielzeuge, Voodoo-Puppen und Teufelshörner erhalten. »Ich verstehe. Wir sind hier fertig.«

»Ich glaube nicht, dass, wer auch immer das getan hat … Ich meine, vielleicht war es nur ein W-Witz.«

»Wir sind hier *fertig*.« Und damit schmiss Elena die Pflanze in ihren Mülleimer, spannte den Kiefer an und konzentrierte sich auf die Arbeit.

Maddie war in ziemlich großartiger Stimmung, als sie zur Arbeit zurückkehrte. Morgens hatte sie ihr grünes Geschenk eingeschmuggelt. Ihr letzter Blog-Eintrag war gut aufgenommen worden. Einer ihrer Leser, Jason, hatte ihr wirklich viele Komplimente dazu gemacht. Er war alleinerziehender Vater, der die Isolation seiner Stadt stärker als die meisten spürte. Es fühlte sich gut an, dass sie ihm geholfen hatte, sich wieder stärker mit anderen verbunden zu fühlen.

Sie setzte sich auf ihren Stuhl und drehte sich dann sofort, um einen Blick in das Büro hinter sich zu werfen, wie es in letzter Zeit zu ihrer Gewohnheit geworden war. Elena hatte etwas an sich, das Maddie anzog. Sie konnte es nicht erklären, selbst, wenn sie es versuchen würde. Elena war wie ein aufregendes Rätsel, das man lösen wollte.

Der Ausdruck auf dem Gesicht der Medien-Milliardärin ließ Maddie jedoch erstarren. Sie hatte sich über ihren Tisch gebeugt und tippte hektisch. Ihre Mundwinkel waren nach unten gezogen. War sie wütend? Vielleicht war sie auch einfach nur fokussiert. Maddie strengte sich an, um mehr zu sehen, konnte aber die Pflanze nicht erkennen, die sie heute Morgen platziert hatte. *Hm.*

Sie war sich nicht hundertprozentig sicher, ob sie exakt die richtige Art der *Angelica* ausgewählt hatte, aber ihre Internetsuche gestern Nacht hatte als Bedeutung *Inspiration* angegeben. Nach Felicitys Aussage hatte Elena eine kleine Firma in einen weltweiten Konzern verwandelt. Das war etwas Inspirierendes.

Maddie widmete sich der Arbeit, bis sie ein scharfes Geräusch hinter sich hörte und herumwirbelte. Elena hatte den Hörer aufgeknallt und funkelte das Telefon nun böse an. Maddie flüsterte Felicity zu: »Welche Laus ist ihr denn heute über die Leber gelaufen?«

»Irgendein zwielichtiger Abschaum hat ihr ein mieses Geschenk hinterlassen.« Felicity sah finster drein, als würde sie wünschen, den Verdächtigen zu selbst finden und zu erwürgen. Und ihm dann auch noch einmal tot die Haut abzuziehen.

Maddie rutschte der Magen in die Kniekehlen. »W-was?«

»Eine Hexen-Pflanze. Kannst du dir das vorstellen? Sie wird bei Exorzismen und so weiter benutzt. Elena hat sie natürlich weggeschmissen. Menschen sind widerlich.«

Maddies Blick richtete sich nach unten. Ein zerknittertes, grünes Blatt ragte aus dem Mülleimer hervor.

Oh. Sie musterte die tiefen Falten auf Elenas Gesicht. Ihr Geschenk war nach hinten losgegangen. Spektakulär.

»Du hast nicht zufällig gesehen, wer das auf ihren Schreibtisch gestellt hat?«, fragte Felicity. »Sie veranstaltet eine Hexenjagd nach der Person. Wortspiel nicht beabsichtigt.«

»Nein, ich habe niemanden gesehen.« Na ja, das war die Wahrheit. Ihr Magen rutschte noch tiefer.

»Was ist *dein* Problem? Du siehst aus, als hätte jemand deinen Welpen erschossen. Mit einer Bazooka.«

»Nichts.« Maddie drehte sich wieder zu ihrem Schreibtisch. »Ich muss noch ein paar Nachrufe schreiben. Keine Ruhe für die Toten.«

Felicity schnaubte. »Wie auch immer. Ist ja nicht so, als würde es mich interessieren.«

Maddie rief die Website auf, die sie gestern Nacht halb schlafend gefunden hatte. Die Seite, auf der stand, dass *Angelica* für Inspiration standen. Mit der überwundenen Müdigkeit konnte sie nun sehen, dass es nur ein Almanach war, den ein Bauer zusammengestellt hatte. Sie suchte weiter und fand heraus, dass es in Wahrheit mehr als sechzig Varianten dieser Pflanzenart gab. Und sie hatte es natürlich geschafft, die Exorzismus-Pflanze auszuwählen.

Maddie musste das wieder geradebiegen. Sie rief Simon an. Ihr erneuter Backwahn der letzten Nacht würde hilfreich sein. Sie brauchte nur einen Lieferjungen.

Später am Abend, als Elena ihr Büro verließ, schlich sich Maddie mit ihrem Friedensangebot und einem Ausdruck der Originalseite zu Engelwurz herein, die behauptete, die Pflanze wäre inspirierend. Außerdem schrieb sie noch eine Notiz.

Um jegliche Missverständnisse zu klären, gebe ich Ihnen mehr Engel und weniger Teufel.

Und dann stellte sie einen ihrer beliebten Velvet-Angel-Cupcakes daneben.

Gott sei Dank hatte Simon nicht alle davon gegessen.

Maddie hoffte, dass es ausreichen würde, und machte sich wieder an die Arbeit. Sie war sich vage bewusst, dass Felicity zum Feierabend ihre Sachen zusammenpackte und sich das Büro um sie herum leerte. Sie arbeitete weiter hart, bis ein Schatten auf ihren Tisch fiel.

»Was soll das bedeuten?«, fragte Elena mit leiser Stimme, während sie den Cupcake mit Fingerspitzen hielt. »Machen Sie sich über mich lustig?« Sie stellte das Gebäck auf Maddies Tisch.

»N-nein!« Maddies Augen weiteten sich und ihr Magen machte einen Satz. »Niemals. Ich meine, was ich geschrieben habe.«

»Was soll das dann? Dass Sie mir Geschenke wie bei einer Schnitzeljagd in meinem Büro hinterlassen?«

Maddie errötete. Eine Schnitzeljagd? So sah sie es?

»Ich wollte nur sagen, gut gemacht.« Maddie fühlte sich schrecklich unter diesem brennenden Blick. »Aber es tut mir leid, wenn Sie es als eine Art Angriff gesehen haben. Es war ein Versehen. Ich wollte Sie nicht beleidigen. Machen Sie sich keine Sorgen. Es kommt nicht wieder vor.«

Elena sah sie lange an, so lange, dass Maddie anfing, sich auf ihrem Stuhl zu winden.

»Sie haben wirklich nicht gewollt, dass diese lächerliche Pflanze ein Verweis auf Hexerei ist?«

Maddie schüttelte entschlossen den Kopf. »Ich hatte keine Ahnung, dass es mehr als eine Bedeutung gibt.«

»Wofür gratulieren Sie mir?«

»Geschäftsfrau des Jahres. Das ist großartig!«

»Ist es? Das dritte Jahr in Folge. Ich vermute, dass die Organisation, die den Preis verleiht, einfach zu faul ist, jemand anderen zu finden. Ich könnte ein Zimmer mit all den Schmuckstücken und Titeln füllen, die mir unzählige Organisationen anhängen wollen. Sie wollen nur die Publicity, die sie durch mein Auftreten bekommen.«

Maddie blinzelte. »Sie glauben also nicht, dass es eine Ehre ist?«

»Ich mache nichts davon für die Ehre. Wenn die Leute mir Auszeichnungen verleihen wollen, weil ich einfach nur meinen Job mache, kann ich sie wohl nicht davon abhalten. Ich werde aufs Stichwort erscheinen, Felicitys Rede vorlesen – ohne Zweifel eine Variation ihrer vorherigen beiden – lächeln, winken und wieder gehen. Es ist gut für die Publicity und die Aktienkurse, aber das ist alles.«

»Ähm.« Maddie versuchte, ihren Schock zu verbergen. Weil das alles so undankbar klang, ganz zu schweigen von … kalt. »Sie wollen nicht einmal hören, dass Sie etwas gut gemacht haben? Das ist irgendwie traurig, finden Sie nicht?«

Elena funkelte sie an. »Sie können mich nicht verurteilen. Ich beschäftige weltweit Tausende Mitarbeiter und die verlassen sich darauf, dass ich die Dinge richtig mache – und nicht auf irgendwelchen Preisverleihungen herumgondle. Ich mache einen einzigen Fehler und Zeitungen und Magazine müssen schließen. Sie haben keine Ahnung, wie es ist, ich zu sein, oder die Konzentration aufrecht zu erhalten, die ich brauche, um meinen Job so gut zu machen, wie ich es tue. Sie kennen mich überhaupt nicht.«

»Nein, ich kenne Sie nicht.« Maddie atmete tief ein und sagte das wahnwitzigste, was ihr je über die Lippen gekommen war. »Also sagen Sie es mir. Ich würde Sie gern kennenlernen. Wirklich.«

»Wie bitte?« Elena lehnte sich auf den Fersen zurück. »Ist das so eine australische Sache, einfach solche Aussagen auszuspucken?«

»Wissen Sie, das werde ich häufig gefragt.« Maddie schenkte ihr ein kleines Lächeln. »Ob ich einfach immer nur sage, was ich denke, oder ob mehr dahintersteckt. Ich bin mir bei der Antwort selbst nicht ganz sicher. Ich weiß, dass ich sehr direkt sein kann, aber ist das so schlimm? Und Sie haben meine Frage nicht beantwortet – würden Sie trotzdem gern mit mir reden? Außer uns ist niemand hier. Ich bin verschlossen wie ein Tresor, ich verspreche es.«

Elena starrte sie an, als wäre sie nicht sicher, was sie mit diesem ungewöhnlichen Vorschlag anfangen sollte. »Ich …« Sie hielt inne. »Nein.«

»Oh.« Maddie schluckte. *Ja, natürlich. Was hab ich mir dabei gedacht?* Sie spürte, wie ihr Gesicht rot wurde und ihre Ohrenspitzen brannten. »Ich … Es ist in Ordnung. Ich muss wirklich manchmal die Klappe halten und nicht –«

»Ich muss einen Vertrag überprüfen. Und einen Bericht abgeben.« Elena warf einen Blick an die Wand, an der die Zeitzonenanzeige hing. Sie runzelte die Stirn. »Um zehn.«

»Oh!« Maddie konnte ein Lächeln nicht unterdrücken. Elena hatte ihr Angebot nicht als einen schlechten Witz abgetan. Sie sagte einfach nur, dass sie beschäftigt war. »Ich meine, also dann an einem anderen Abend? Ich gebe zu, dass ich noch vorlauter bin, wenn ich Kaffee intus habe. Aber ich kann auch sehr amüsant sein. Die Hälfte der Zeit hab ich keine Ahnung, was mein Mund tut. Mir wurde gesagt, dass es manchmal erstaunlich sein kann, mir zuzuhören.«

Elena zog die Lippen nach oben. »Darauf wette ich. Aber nein. Ich habe Arbeit zu erledigen.« Sie wollte gehen, hielt dann jedoch inne, drehte sich um und nahm den Cupcake, den sie vor ein paar Minuten auf Maddies Tisch hatte fallen lassen. »Es wäre eine Schande, ihn verkommen zu lassen.«

»Ja.« Maddie versuchte, gelassen zu klingen. Als sich Elena umdrehte, grinste sie aber so breit, dass ihre Wangen schmerzten.

»Und hören Sie auf zu lächeln«, sagte Elena auf dem Weg zu ihrem Schreibtisch, ohne sich umzudrehen.

Wie hat sie das gemacht?

»Es ist blendend«, fügte sie hinzu.

Maddie lachte.

Gut, das hätte schlimmer laufen können.

BlogSpot: Aliens von New York

Von Maddie as Hell

Ich erinnere mich an die Zeit, als ich Fahrradfahren gelernt habe. Ich habe mich vom Gehweg vor unserem alten Haus in der Mitchell Street in South Penrith abgestoßen. Ich habe wie verrückt gewackelt. Mein älterer Bruder hat sich vor Lachen die Seiten gehalten und mir Kommentare zugerufen und meine Mutter hat ihm gesagt, dass er ruhig sein soll und mich stattdessen ermutigt.

Ich bin runtergefallen. Es hat weh getan. Ich bin wieder aufgestiegen. Es hat noch etwas mehr wehgetan. Ich bin wieder aufgestiegen.

Die Menschen sagen, dass das Leben wie Fahrradfahren ist. Ich glaube, dass sie damit vielleicht meinen, dass es manchmal wehtut, aber irgendwann besser wird.

Heute habe ich mich daran erinnert, wie es ist, zu lächeln.

Ich frage mich, ob es später wehtun wird.

Kapitel 6

Eine Übung in Toleranz

Es wurde eine … Sache zwischen ihnen. Oh, wie Elena die Ungenauigkeit dieses Worts hasste. Nachts, wenn niemand mehr da war, teilte Madeleine immer häufiger Dinge mit ihr. Als wäre Elena eine ganz gewöhnliche Person und nicht die Leiterin einer weltweit agierenden, Multi-Millionen Dollar Organisation, die jeden, inklusive Madeleine, mit einem Fingerzeig feuern konnte.

Anfangs hatte sie versucht, die Frau von den Gesprächen abzubringen. Distanz war erforderlich. »Ich bin sicher, dass Sie lieber über tote Menschen schreiben würden«, hatte Elena eine Nacht vorgeschlagen. »Ich weiß, dass *ich* das vorziehen würde.«

Madeleine hatte nur gelacht.

Heute Abend trug sie ein abgetragenes T-Shirt irgendeiner Grunge-Band, die es wahrscheinlich nie aus ihrem Keller in Seattle herausgeschafft haben sollte. Die dunkelblaue Jeans schmiegte sich perfekt an ihren Hintern. Und die Stiefel, schwarz und glänzend … Na ja, den Stiefeln konnte Elena zustimmen. Sie besaß selbst ein paar in diesem Stil, obwohl ihre keine Imitationen waren. Aber das T-Shirt war eine Abscheulichkeit. Grau, nichtsagend und ohne jede Form. Es schaffte es absolut nicht, Madeleines reizvollen Körper in Szene zu setzen.

»Warum tragen Sie das?«, fragte sie. »Grauenvolle Rockbands als Arbeitskleidung?«

»Sie mögen *Alice in Chains* nicht?« Maddie schien fasziniert zu sein. »Wissen Sie, der einzige Vorteil an der Nachtschicht ist es, dass ich mich anziehen kann, wie ich will. Es ist ja nicht so, als würde ich jemanden sehen.«

»Sie sehen mich.« Elena warf ihr einen bedeutsamen Blick zu.

Madeleine hielt inne. »Oh. Ja. Ich schätze, nun ja, das stimmt. Sie wollen also, dass ich mich für Sie anziehe?« Sie riss die Augen auf. »Oh scheiße. Das klang falsch.«

Elena unterdrückte ein belustigtes Schnauben. Die sich windende Madeleine gefiel ihr wirklich am besten. Sie fragte sich, wann das passiert war – im Zusammenhang mit dieser Frau irgendetwas am besten zu finden. »Warum überhaupt Rockband-T-Shirts?«

»Es ist nicht nur Rock. Es ist Grunge. Sie waren ein Protest gegen die langweilige Gleichheit der Musik der 90er, ein fundamentaler Aufschrei, dass Musik mehr als ein in Massen produzierter, vorhersehbarer Brei sein sollte.«

»Bis all die Grunge-Bands aus Seattle herausgerissen wurden, Plattenverträge unterschrieben haben und zu einem massenproduzierten, vorhersehbaren Brei wurden.« Elena grinste. »Tut mir leid, aber Ihre Protest-Musik hat sich verkauft.«

»Oh, es ist nicht meine Musik.«

»Was?«

»Ich mag Grunge-Musik nicht wirklich:« Sie schenkte Elena ein strahlendes Lächeln. »Mir gefallen nur die T-Shirts.«

Elena spürte, wie sich Kopfschmerzen anbahnten. Madeleine war einfach unglaublich. Sie durchschauen zu wollen war, als würde man seine Steuerabrechnung in Blindenschrift anfertigen müssen. Während man high war.

»Sie mögen keinen Grunge«, wiederholte Elena.

»Nö.«

»Ich werde das wahrscheinlich bereuen, aber was reizt Ihren Musikgeschmack? Lauter, australischer Pub-Thrash?« Selbst während sie das sagte, konnte sie es sich nicht wirklich vorstellen. Nicht bei jemandem, der solche Blogs wie Madeleine verfasste.

Madeleine lächelte sie geheimnisvoll an. »Zu schwer zu erklären. Ich werde es Ihnen zeigen müssen.«

Elena runzelte die Stirn. »Wie?«

»Morgen.«

Als sie am nächsten Abend von einem Geschäftsessen zurückkam, fand Elena einen USB-Stick auf ihrem Schreibtisch. Er hatte einen kleinen Aufkleber: *Music 4 E.* Sie warf einen Blick auf den Schreibtisch der Kriminalreporterin. Madeleine telefonierte, während ihre Finger ruhelos mit ihrer Schneekugel spielten. Elena konnte Fetzen des Gesprächs hören. Irgendwelche Nachuntersuchungen bei einer Drogen-Razzia.

Nun. Es war eine Erleichterung, nicht in ein weiteres, rätselhaftes Gespräch hineingezogen zu werden. Sie hatte wirklich viel zu tun. Zum Beispiel ein *Skype*-Gespräch mit einem Verleger in Chicago, der darüber nachdachte, an sie zu verkaufen. Er stand so kurz davor zu unterschreiben, dass sie es beinahe schmecken konnte. Außerdem musste Elena noch immer die Anmerkungen zum Budget für die *Style Sydney* überprüfen, die ihr Buchhalter ihr geschickt hatte. Also hatte sie absolute keine Zeit und kein Interesse, den USB-Stick an ihren Computer anzuschließen.

Es war ohnehin verdammt unverschämt. Ihr einfach so Dinge zu hinterlassen.

Sie war nicht einmal annähernd neugierig.

Der USB-Stick starrte sie an. Elena funkelte böse zurück.

Sie würde ihn einfach aus ihren Gedanken verbannen. Vielleicht morgen, wenn sie weniger zu tun hatte. Oder übermorgen.

Fünfzehn Minuten später warf Elena den Stift weg und schob den USB-Stick in das Laufwerk. Sie wühlte ihre Kopfhörer heraus, steckte sie ein und warf einen verstohlenen Blick in Madeleines Richtung.

Noch immer am Telefon. Hervorragend.

Sie drückte auf *Play*.

Vier Minuten später schloss sie das Musikvideo und starrte ihren Bildschirm an. Nachdem sie den USB-Stick entfernt hatte, zog sie in Erwägung, ihn frustriert durch den Raum zu werfen. Warum bestand Madeleine darauf, sich in keine Schublade stecken zu lassen?

Es war wie ihr *Aliens von New York*-Blog. Elena wechselte zu der Registerkarte, die sie vorhin geöffnet hatte. Was hatte Madeleine geschrieben? Sie hatte sich daran erinnert, wie es ist, zu lächeln? Elena war sich sehr bewusst, was den Blog inspiriert hatte. Das war ihre Schuld. Auf gewisse Weise ermutigte sie Madeleine. Das wollte sie nicht. Es war eine schreckliche Idee, eine Freundschaft mit einer Angestellten einzugehen. Sie wusste das. Aber ein Teil von ihr weigerte sich, mit harten Bandagen zu kämpfen und für die nötige Distanz zu sorgen. Und jetzt musste sie es wirklich wissen – wie konnte eine Person so merkwürdig und widersprüchlich sein? Wie konnte sie jeder Schublade und jeder Bezeichnung trotzen?

»Also?«

Elena riss den Kopf nach oben und stellte fest, dass Madeleine nur wenige Meter von ihr entfernt stand. Entschlossen schloss sie das Browser-Fenster. »Also was?« Sie warf ihr einen stählernen Blick zu und hoffte, dass man ihr nicht ansah, dass sie beinahe bei etwas erwischt worden war.

»Was halten Sie von Veruca und Trinix?«

Elena schob den USB-Stick hektisch über den Tisch zu Madeleine. »Das können keine echten Namen sein.«

»Wahrscheinlich nicht.« Sie ignorierte das kleine Gerät.

»Lettische Folk-Sänger also«, sagte Elena nüchtern. »Mitten im Wald, mit tanzenden Nymphen.«

»Jap.«

»Tanzenden, lesbischen Nymphen.«

»Das ist auch meine Vermutung. Obwohl es bei all dem aufsteigenden Nebel schwer zu sagen ist.«

»Es hat sich angehört wie Kate Bush auf LSD.«

Madeleine legte den Kopf schräg. »Okay. Ich stimme zu. Und ich mag Kate Bush auch.«

»Ebenso wie ich.« Elena musterte sie. »Wie um alles in der Welt haben Sie die gefunden?«

Madeleine zuckte mit den Schultern, als sie sich auf den Besucherstuhl fallen ließ. »Ein Freund von mir hat sie in einem Blog erwähnt, den ich, ähm … lese. Heißt das, Sie mögen sie?«

»So weit würde ich nicht gehen.« Eine laute Melodie ertönte und Elena wandte sich um. Ihr *Skype*-Anruf. Verdammt. Sie war nicht bereit für den Mann. »Wir sind hier fertig«, murmelte sie Madeleine zu und war beunruhigt, wie schnell sie sich hatte ablenken lassen. Es war unprofessionell. Sie war niemals unprofessionell.

Sie nahm keine Bewegung wahr und sah wieder auf. Madeleine musterte sie zurückhaltend.

»Wir sind hier fertig«, wiederholte Elena und fragte sich, warum sie sie beim ersten Mal nicht gehört hatte.

Madeleine zuckte zusammen. Mit starren Bewegungen verließ sie das Büro und schloss die Tür hinter sich mit einem lauten Klacken. Da Elena nur selten ihre Bürotür schloss, war es eine betonte Handlung.

Elena runzelte über die Reaktion die Stirn. Ihre Brauen waren noch immer zusammengezogen, als sie den eingehenden Videoanruf annahm. »Nathaniel, guten Abend.«

Er fing mit den üblichen Höflichkeiten an, aber Elenas Blick glitt wieder zum Kriminaltisch. Ihre Reporterin war mit angespannten Schultern darüber gebeugt. Sie war doch sicher nicht beleidigt? Es war ganz sicher nicht das erste Mal, dass Elena jemanden auf diese Weise entlassen hatte. Es bedeutete nichts. Oder war es das Wegschicken selbst und nicht die Art, wie sie es getan hatte?

Elenas Stirnrunzeln wurde intensiver. Noch ein Grund, warum diese... Freundschaft eine törichte Idee war. Sie war Madeleines Boss. Madeleine musste das sicher mittlerweile begriffen haben.

Warum fühlte ich mich dann so unruhig?

Ein Räuspern ertönte.

Elena zwang ihre Aufmerksamkeit wieder dahin zurück, wo sie hingehörte. »Nathaniel, wo stehen wir bei unserer Abmachung?«

Drei Nächte vergingen und keine von beiden sprach die andere an. Das passte Elena gut. Ohne Madeleines Geplapper über Dinge, die absolut keine Wichtigkeit besaßen, schaffte sie viel mehr Arbeit. Und der Abstand bekräftigte ihre Ansicht, dass sie von Anfang an nicht freundschaftlich miteinander hätten umgehen sollen.

In der vierten Nacht trug Elena eines ihrer Lieblings-Outfits zur Arbeit, das aus einer Weste, Hose, Stiefeln, einem blütenweißen Hemd und einer Taschenuhr bestand. Und in dieser Nacht fiel ihr Madeleines Reaktion dazu auf.

Eigentlich wäre es ein Wunder, wenn Madeleine irgendetwas fertigbekommen hätte, weil sie den Großteil des Abends damit verbrachte, Elena zu beobachten. Ihr Blick klebte gewissermaßen an ihr und trotzdem schien sie sich ihrer Handlung nicht bewusst zu sein. Verspätet erinnerte sich Elena daran, dass sie dieses Outfit getragen hatte, als Madeleine sie bei ihrer ersten Begegnung verspottet hatte. Deshalb vermutete sie, dass die intensiven Blicke nicht unbedingt schmeichelhaft waren.

Als sie das Büro verließ, spürte sie erneut den Blick auf sich.

»Was?«, fragte sie mit wachsender Verärgerung. Sie blieb direkt vor Madeleine stehen. »Beleidigt Sie meine Garderobe wirklich so sehr, dass Sie den ganzen Abend Löcher hinein starren müssen?«

»Hm? Gott, nein!« Madeleine zuckte zusammen. Röte breitete sich auf ihren Wangen aus. »Denken Sie das? Dass es mir nicht gefällt?«

»Ich *weiß*, dass es Ihnen nicht gefällt. Ich kann mich sehr gut an Ihr Urteil erinnern. Ich habe gehört, wie Sie es als *Steampunk von gestern* abgetan haben.« Verächtlich kräuselte sie die Lippen.

Madeleine schüttelte den Kopf. »Hey, Sie haben das falsch verstanden. Meiner Meinung nach ist Retro-Steampunk das heißeste, was jemals geschaffen wurde. Himmel, ich habe alle *Warehouse 13*-Episoden, in denen H.G. Wells zu sehen ist, um es zu beweisen.«

Elena blinzelte sie an. »Sie denken, dass ich mich anziehe wie ein alter, toter, männlicher Autor?« Das war unerklärlich. Hatte sie Madeleine so sehr beleidigt, dass sie sie nun wieder offen angriff?

»Oh wow. Nein! Weit davon entfernt.« Madeleine schrieb sich selbst eine Notiz. »Morgen. Warten Sie bis morgen, dann werden Sie es sehen.«

Elena seufzte und ging weiter. Vielleicht lagen in ihrer Zukunft fliegende, ukrainische Kühe, die im Nebel tanzten.

Der nächste Tag bescherte ihr Felicity, die sich über die neue persönliche Assistentin beschwerte sowie ein sich ausbreitendes, schwarzes Loch im Budget von *Style Sydney* und eine DVD, die auf ihrem Tisch lag. Elena kniff die Augen zusammen, als sie das Bild auf der Hülle sah. Die Fernsehserie *Warehouse 13* schien Science-Fiction zu sein. Definitiv nichts für sie. Und sie hatte definitiv keine Zeit dafür. Nicht nach den Zahlen aus Sydney.

Den Großteil des Abends ignorierte sie die DVD. Außerdem ignorierte sie die verstohlenen Blicke, die Madeleine ihr zuwarf. Sie wollte zweifellos herausfinden, ob sich die DVD auf Elenas Schreibtisch bewegt hatte. Das machte ihren Entschluss, sich das verdammte Ding überhaupt nicht anzusehen, noch eiserner. Sie hatte keine Zeit für solchen Unsinn.

Um zehn Uhr rief sie Amir an, damit er den Wagen vorfuhr und sie nach Hause brachte. Sie nahm die DVD, um sie mit einer entschlossenen Warnung von »Es reicht« auf Madeleines Tisch fallen zu lassen.

Stattdessen sah sie das hoffnungsvolle Leuchten in Madeleines grünen Augen, während sich ihr Blick auf Elenas Hand heftete, in der sie die DVD festhielt. Elena presste die Lippen aufeinander, um sich jeglichen Kommentar zu verkneifen und schob die DVD in ihre Handtasche.

Und falls hinter ihr ein leises, erleichtertes Seufzen erklang, entschied sie, es zu ignorieren.

Am nächsten Tag empfing sie ein begieriger Blick. Elena ignorierte ihn, ging in ihr Büro und ließ die Handtasche auf den Tisch fallen. Ja, sie hatte ein paar Folgen geschaut. Aber sie wollte mit Madeleine kein langes Gespräch über die imponierende Schönheit einer klugen, hinreißenden Frau aus dem neunzehnten Jahrhundert (mit umwerfenden Steampunk-Westen) starten. Ganz besonders wollte sie kein *Ich hab es ja gesagt* hören. Es war schlimm genug, zugeben zu müssen, dass Madeleines Mode-Beleidigung am Tag ihrer ersten Begegnung tatsächlich ein Kompliment gewesen war.

Sie griff in ihre Tasche, zog die DVD heraus und ging zu Madeleines Tisch, auf dem sie die Disc ablegte. »Akzeptabel«, sagte sie in einem Tonfall, der keine weitere Diskussion zuließ. Nachdem sie hastig auf dem Absatz kehrtgemacht hatte, ging Elena zurück in ihr Büro – erleichtert, dass sie dem Gespräch ein Ende bereitet hatte, bevor es überhaupt begonnen hatte. Sie war wirklich viel zu beschäftigt. Als sie es sich auf ihrem Stuhl bequem machte, warf sie einen Blick zurück auf Madeleine und hielt inne.

Der Gesichtsausdruck der jungen Frau drückte pure Euphorie aus.

Elenas Herz machte einen peinlichen, zufriedenen kleinen Salto, weil sie diesen Ausdruck auf Madeleines Gesicht gezaubert hatte. Sie spannte den Kiefer an. Das war absurd. Es sollte sie nicht interessieren, was Madeleine Grey dachte. Sie war nur eine hin und wieder ganz interessante Angestellte.

Ihre Gedanken gaben einen abfälligen Laut von sich.

Einige Abende später schob Madeleine eine Platte mit knusprigen, goldenen Gebäckstücken auf ihren Tisch. »Probieren Sie«, sagte sie fröhlich. »Das sind meine hausgemachten Apfelküchlein. Sie werden mir danken.«

Kannte die Hartnäckigkeit dieser Frau keine Grenzen?

»Ich glaube nicht, dass ich mich für die drei zusätzlichen Stunden auf dem Laufband bedanken werde«, erwiderte Elena, obwohl die Küchlein wirklich köstlich rochen.

»Laufband, hm? Na los, nur einen. Den Rest gebe ich Sofia. Sie verdient ein paar Zusatzleistungen, weil sie hinter den Chaoten in diesem Büro aufräumt.«

»Das stimmt.« Elena starrte auf die verlockenden kleinen Gebäcke.

Madeleine streckte die Hand aus und schnappte sich selbst einen, ehe sie einen großen Bissen nahm. Sie verdrehte die Augen. »Mmh.« In ihren Augen lag ein fast sündhaftes Glühen.

»Wissen Sie, es gehört sich nicht, die Geschenke einer anderen Person zu essen.«

»Ich wollte nur beweisen, dass sie nicht vergiftet sind. Na los. Nur einen Biss.«

Ungeachtet ihrer inneren Proteste gab Elena nach. *Oh*. Ihre Geschmacksnerven gaben angesichts dieser göttlichen Empfindungen einen begeisterten Stepptanz zum Besten. Der Geschmack von Äpfeln, Rosinen und Zimt explodierte in ihrem Mund. Sie zwang sich, die obszönen, anerkennenden Geräusche zu unterdrücken, die sich in ihr aufbauten.

Madeleines Kochkünste waren besser als Sex – was nicht viel aussagte, wenn man bedachte, dass Elena die Schlafzimmeraktivität für ziemlich überbewertet hielt. Diese Bündel aus Glück, die vor ihr lagen … waren allerdings wie eine Umarmung des Himmels. Oder, wie sie Madeleine schließlich sagte, als sie wieder sprechen konnte: »Sie haben einen gewissen Reiz.«

Dieses unglückliche Zugeständnis stellte sich als Fehler heraus. Die Frau schien sich diebisch zu freuen.

»Ich wusste es.« Madeleine strahlte sie an. »Sie sind insgeheim ein richtiger Kalorien-Fan. Ich mache scharfe Käse-Sticks, die Sie lieben würden. Morgen Abend?«

Elena erbebte beinahe bei dem Gedanken. Nichtsdestotrotz schüttelte sie vehement den Kopf. »Ganz und gar nicht.«

Madeleines Freude wurde ein wenig gedämpft.

»Ich werde nicht hier sein«, sagte Elena, verblüfft von ihrem plötzlichen Bedürfnis, sich zu erklären. »Ich habe Meetings. Es ist an der Zeit, die *Style International*-Teams wieder aufzurütteln. Sie teilen ihre Ausgaben nicht so sehr miteinander, wie sie sollten. Es übersteigt die Kosten. Was hat es für einen Sinn, Schwester-Veröffentlichungen zu haben, wenn kein Content Sharing besteht?«

»Ah, verstehe. Das sind die Dinge, die Sie nachts wachhalten?« Madeleine kaute auf ihrem Gebäck herum.

»Nein. Diese Dinge lassen sich schnell richten. Was mich nachts wachhält ...« Sie hielt inne und erkannte, dass sie kurz davor gewesen war, einer nahezu Unbekannten etwas Persönliches zu offenbaren. »Was mich wachhält ist, wie ich die Nachruf-Schreiberin dazu bringe, tatsächlich Nachrufe zu schreiben, anstatt die Chefin zu spielen.«

Ein Hauch von Enttäuschung huschte über Madeleines Gesicht, aber sie nickte trotzdem. »Ich verstehe. Ich bring das hier eben zu Sofia, dann gehe ich wieder an die Arbeit.« Sie nahm die Platte mit den Süßigkeiten und wandte sich zum Gehen.

»Eigentlich ...« Elena streckte die Hand aus und schnappte sich noch einen Kuchen. »Ich bin sicher, dass Richard auch gern einen hätte.«

Madeleine musterte sie einen Moment lang und lächelte dann. »Richtig. *Für Richard.*« Sie zwinkerte ihr zu.

Elena sah sie böse an, seufzte und winkte sie dann davon. Toll, nun würde sie das Gebäck ihrem Ehemann geben *müssen*, um Madeleine das Gegenteil zu beweisen. Verdammt, die Frau war wirklich unerträglich.

Nichtsdestotrotz war ein Teil von ihr – der Teil, der es manchmal satt hatte, so isoliert zu sein – von den Aufmerksamkeiten der jungen Frau und ihren Versuchen, ein Gespräch zu beginnen, verzaubert. Ihr wurde bang ums Herz, als ihr aufging, dass es immer schwieriger wurde, Madeleine auf Abstand zu halten.

Wenn sie ehrlich war – und wann war sie das nicht? – ließ Elena diese Gespräche zu, weil es keine Zeugen gab. Weil es neu war, jemanden zu haben, der sich nicht den Rücken ausrenkte, um sich verzweifelt ihre professionelle Anerkennung zu holen. Es war selten, dass sie ein wenig geneckt wurde. Und vor allem war es anders, von jemandem wie ein normaler Mensch behandelt zu werden.

Falls Madeleine all das in dem fehlgeleiteten Versuch tat, ihren Job zu retten, musste sie mittlerweile wissen, dass Elena harte Arbeit und klare Resultate wichtig waren – nicht Kochen und Geplauder. Eigentlich war sie sich ziemlich sicher, dass Madeleine sich dessen nicht nur sehr bewusst war, sondern sich auch nicht sonderlich für ihren Job interessierte.

Außerdem tolerierte sie Madeleines freundliche Annäherungsversuche, weil die Frau ehrlich war. Es war unwiderstehlich. Wie ein Atemzug frischer Luft nach all den Jahren voll Bekannten, die sich für die Verfolgung ihrer eigenen Ziele grün und blau logen. Was für Absichten hatte diese seltsame Australierin? Oder war sie, wie ihr Blog häufig vermuten ließ, einfach nur einsam und verloren? Wusste Madeleine überhaupt, warum sie die Hälfte der Dinge tat, die sie tat?

»Warum verschwenden Sie Ihre Zeit damit, mich kennenlernen zu wollen? Ich werde in zwei Wochen nicht mehr hier sein«, fragte Elena. »Sollten Sie sich nicht nach einem neuen Mitbewohner oder so etwas umsehen?« Sie hatte mittlerweile die gesamte Simon-kehrt-nach-Sydney-zurück Geschichte gehört.

»Sofia kennt alle meine Geschichten. Und sie lacht nicht mehr über meine Witze.«

»Also bin ich … Frischfleisch?«

»Ich würde es nicht wirklich so formulieren.«

»Oh, wie würden Sie es denn formulieren?«

»Na ja … Sie sind hier und ich bin hier und es ist manchmal schön, Gesellschaft zu haben. Meinen Sie nicht?«

»Verstehe.«

Elena sollte wirklich aufhören, Madeleine zu ermutigen, indem sie sich mit ihr einließ. Es war nicht fair. Dieses enge Verhältnis war eine vorübergehende Sache. Sie würden beide weiterziehen und das war es dann. Es hatte keinen Sinn, Verbindungen zu bilden, die den natürlichen Vorgang nur schwerer machten.

Madeleine durchquerte den Nachrichtenraum und bot ihre Kuchen der etwa fünfzigjährigen Reinigungskraft an, die emsig mit einem Wagen voller Staubwedel, Lappen und Eimer vorbeieilte. Selbst von ihrem Schreibtisch am anderen Ende des Flurs aus konnte Elena sehen, wie sehr sich das Gesicht der Frau aufhellte. Sie umarmte Madeleine glücklich.

Elena konnte die Reaktion der Frau definitiv verstehen. Madeleine bereitete Essen zu, dass selbst die Götter in die Knie zwingen konnte. Sie seufzte und richtete den Blick wieder auf ihre Ordner. Ablenkung konnte sie so kurz vor den Deadlines zweier kritischer Geschäftsabschlüsse nicht gebrauchen.

Zwei Abende später tauchte ein dampfender Chai Latte auf Elenas Schreibtisch auf. Sie machte sich nicht einmal die Mühe, den Kopf zu heben. »Ich bin mir ziemlich sicher, dass Sie sagten, Sie wären nicht meine persönliche Assistentin.«

»Bin ich nicht.« Madeleine nahm ihr gegenüber auf dem Besucherstuhl Platz.

Elena runzelte über diese Dreistigkeit die Stirn, was die andere Frau jedoch nur zum Lachen brachte.

»Wenn ich es wahllos tue und nicht auf einen Befehl oder aus einer Verpflichtung heraus, sollte er dann nicht besser schmecken?«, fragte Madeleine. »Das ist zumindest eine Theorie von mir.«

Elena nahm die Tasse und nippte daran. Er schmeckte genau gleich. »Ich würde noch an dieser Theorie arbeiten, Madeleine. Wenn es Ihnen also nicht ausmacht…« Sie deutete auf ihre Arbeit.

»Hey, nennen Sie mich Maddie. Ich werde es keinem verraten. Ich meine, obwohl ich es mag, dass Sie meinen Namen so französisch aussprechen, reagiere ich normalweise nicht auf den Namen.« Sie grinste.

Worüber grinst sie denn jetzt? Sie tat das häufig. War Elenas Gesellschaft wirklich so amüsant? Wohl kaum.

Madeleine blieb auf dem Stuhl sitzen, der nicht zu ihrem eigenen Schreibtisch gehörte, wo sie eigentlich sitzen und arbeiten sollte. Elena dachte darüber nach, sie dorthin zurück zu schicken. Stattdessen räusperte sie sich und legte den Stift ab. »Warum sind Sie überhaupt hier?«

Madeleine runzelte die Stirn und verschränkte die Arme. »Was meinen Sie? Ich mache die Nachtschicht. Oder meinen Sie die Zeitung? Es war der erste Job, den ich hier finden konnte.«

»Ich meinte New York. An dem Tag, als wir uns kennengelernt haben, meinten Sie, dass sie *das Beste aus den Dingen* hier machen. Das war die schwache Zusammenfassung ihres Lebens, wenn ich mich recht erinnere.«

»Ich… nehme an, dass stimmt.« Madeleine tippte sich mit den Fingern auf das Knie. »Ich vermisse mein Zuhause wirklich. Den Strand, alle meine Freunde, den endlosen Sommer, Tim Tams mit doppelter Schokolade, Kricket im Garten. Was den Lebensstil angeht … der ist hier völlig anders. Aber die Wahrheit ist, dass ich nicht zurückgehen kann.« Sie hob den Blick und wirkte etwas betrübt.

»Warum?«

»Ich fühle mich schuldig. Ich kann nicht einfach packen und wieder Nachhause verschwinden.«

Eine Maske legte sich über ihr Gesicht, etwas, das Elena den ganzen Monat noch nicht gesehen hatte. Sie stellte fest, dass sie den offenen Gesichtsausdruck vermisste, den Madeleine üblicherweise trug. »Schuldig?«

»Ja. Ich habe eigentlich studiert, um Catering Manager zu werden. Ich hatte den Kurs fast abgeschlossen, bevor ich mir selbst eingestanden habe, dass ich alles daran hasse.«

»Warum haben Sie es dann getan?«

»Meine Eltern haben eine eigene Catering-Firma in South Penrith. *Party to Go*. Ich sollte sie irgendwann übernehmen. Und ich habe es versucht. Aber ich war einfach … Es war zwecklos. Sicher, ich kann kochen, aber ich kann nichts leiten. Ich hasse Management. Das Schreiben ist meine Leidenschaft. Meine Eltern waren am Boden zerstört, als ich es hingeschmissen habe und stattdessen zu Journalismus gewechselt bin.«

»Aber wie sind Sie von dort nach New York gekommen?«, fragte Elena.

»Im ersten Jahr meines Journalismus-Studiums schmissen meine Uni-Freunde eine Party und wir alle hatten halb betrunken die geniale Idee, uns online bei der Green Card-Lotterie anzumelden. Die Chancen waren so gering, dass ich mitgemacht habe.« Sie zuckte mit den Schultern. »Hinterher hatte ich es total vergessen. Aber zwei Jahre später waren meine Freunde bei mir und haben darüber gemeckert, nicht gewonnen zu hatten. Ich habe zugegeben, dass ich mir nicht mal die Visa-Seite angesehen habe, auf der die Namen veröffentlicht werden. Sie haben verlangt, dass ich auf der Stelle nachsehe, also …« Sie schüttelte den Kopf. »Ich meine, es war verrückt. Nur fünfzigtausend Menschen auf der ganzen Welt werden ausgewählt. Ich habe mich eingeloggt und da stand er. Mein Name. Als berechtigt gekennzeichnet.«

»Ach herrje«, sagte Elena langgezogen.

»Ja.« Maddie sah sie ironisch an. »Meine Freunde haben vor Begeisterung geschrien. Selbst meine damalige Partnerin war eifersüchtig, obwohl sie es hasst zu reisen. Und meine Eltern meinten nur *Tja, wenn du dem Familienunternehmen schon den Rücken kehrst, verstehen wir es zumindest, wenn du stattdessen nach New York kannst. Das ist eine einmalige Gelegenheit*. Also habe ich mich …«

»Verpflichtet gefühlt?«, fragte Elena. Ihr Gedanken wanderten zu dem Wort *Partnerin*. Meinte sie …? Ja, sie war ziemlich sicher, dass sie es so meinte. Das würde auch die lettischen, lesbischen Musik-Nymphen erklären. Oder auch nicht.

»Ja.« Madeleine rutschte tiefer auf dem Stuhl. »Wie konnte ich ihnen sagen, dass das nicht mein Traum war? Wer kommt nach New York und ist nicht begeistert? Ich fühlte mich jeden Tag wie eine Schwindlerin.«

»Tun Sie es noch immer?«, fragte Elena, obwohl sie die Antwort bereits kannte.

Ein Schatten huschte über Madeleines Gesicht. Sie antwortete nicht; zuckte nur mit den Schultern. Der hilflose Blick sagte alles.

»Verstehe«, sagte Elena. »Sie arbeiten in einer Stadt, in der die ganze Welt leben will und Sie fühlen sich elend?«

Madeleine widersprach nicht. Ihr Blick begegnete Elenas. »Nicht vollständig. Zumindest nicht… in letzter Zeit.« Die Worte waren so leise und wogen so schwer in ihrer Bedeutung, dass in Elena alle Armglocken schrillten. Sie schob die Papiere vor sich herum und spielte dann mit ihrem Stift, während sie sich fragte, was sie darauf antworten sollte.

Ein klingelndes Telefon durchbrach die angespannte Stimme.

Madeleines Augenbraue zuckte. »Das ist meins. Ich muss rangehen. Genießen Sie Ihren Latte.«

Elena nippte an ihrem Getränk und sah zu, wie Madeleine ganz geschäftlich wurde. Sie war über ihren Schreibtisch gebeugt am Telefon und schrieb eifrig mit. Tatsache war, dass Madeleine sie verwirrte. Madeleine, die sie kaum kannte und die so viel von sich preisgegeben hatte. Elena konnte sich nicht vorstellen, bei irgendjemandem, nicht einmal bei ihrem Ehemann, ihre Schutzschilde so weit herunterzufahren und ihr wahres Ich zu zeigen. Madeleine war wirklich anders. Rätselhaft und voller Widersprüche. Und was meinte sie damit, dass sie sich in letzter Zeit nicht mehr elend fühlte? Es hörte sich sehr danach an, als würde sie ihre gemeinsamen Abende meinen. Nun, diese Zeit würde bald vorbei sein.

Elena neigte den Kopf, sodass sie die Seite von Madeleines Gesicht sehen und ihr Gespräch überraschend gut verstehen konnte. Die Akustik in ihrem Büro war hervorragend und hatte ihr die Möglichkeit gegeben, eine große Menge an Informationen der Menschen um sie herum aufzuschnappen.

Madeleine knallte das Telefon nach unten, schnappte sich ihre Jacke und stopfte den Notizblock in ihren Rucksack. »Ich habe eine Spur in Queens. Bin seit Ewigkeiten da dran und endlich hat sich etwas ergeben. Muss los«, rief sie Elena zu. »Wir reden später.«

Queens? »Um *diese* Uhrzeit?«

»Er sagt, dass er nur jetzt kann. Seine Mutter ist gerade zu ihrem zweiten Job aufgebrochen.«

Mutter? Wie alt war ihre Quelle?

Elena schluckte die Worte hinunter, die sie beinahe aussprechen wollte. *Pass auf dich auf.* Sie war ein Medien-Mogul und Madeleine war ihre Kriminalreporterin.

Das war alles Teil ihres Jobs. Sie musste nicht verhätschelt werden. Elena machte sich wieder an die Arbeit und entschied, nicht mehr daran zu denken.

Es war wohl kaum ihre Schuld, dass ihr Gehirn entschied ihren Entschluss zu ignorieren.

BlogSpot: Aliens von New York

Von Maddie as Hell

Bruno, der eine Autowerkstatt neben meinem Wohnhaus betreibt, hat mir mal gesagt: »Wenn die Welt zu überwältigend wird und sich die Dinge zu groß anfühlen, als dass wir sie reparieren können, ändere einfach deine kleine Ecke davon.«

Ich habe versucht, das zu tun. Um Ein Uhr morgens hielt ich die Hand eines weinenden, jungen Mannes und gab ihm ein Versprechen, das sein Leben verändern soll. Ich ging nach Hause und schrieb seine Geschichte auf. Einen Tag später wird sie der Welt gehören. Was wird die Welt daraus machen? Wird sie das richten, was falsch läuft, oder mich zu einer Lügnerin erklären?

Bruno sagt auch, dass wir unser Motoröl öfter wechseln müssen. Macht daraus, was ihr wollt.

Um eine Ecke der Welt zu verändern, klickt hier: Ramel Brooks-Kampagne

Kapitel 7

Innerstes Heiligtum

Maddie beendete ihr Telefonat mit Simon, der für seine Rückkehr nach Hause packte und feststellen musste, dass er nicht genug Platz für all den Touristen-Kram hatte, der sich in den letzten zehn Monaten angesammelt hatte. Nein, sie wollte seine Taschenlampe der Freiheitsstatue nicht behalten, ebenso wenig wie das verdammt große, gelbe Kissen in Form eines New Yorker Taxis. Nach fünfzehn Minuten Feilschen konnte sie ihn davon überzeugen, fast all seinen Mist einzupacken und nach Hause zu schleppen.

Bei dem Gedanken an Zuhause schüttelte sie ihre Schneekugel liebevoll. Sie sehnte sich danach, an den Strand zu gehen und ihre Spinnweben im Kopf vom Wind davontreiben zu lassen. Zu schade, dass hier nur Wetter für Regenmantel und Stiefel herrschte, sonst hätte sie den Orchard Beach in der Bronx ausprobiert. Sie würde ein paar Monate warten müssen. Ihr Telefon klingelte erneut und sie warf einen Blick auf die Uhr an ihrem Computer. Gerade mal kurz nach sechs.

»Hölle, Maddie, es ist die reinste *Hölle*!«, sagte Felicity ohne eine Begrüßung. »Ich muss an zwei Orten gleichzeitig sein. Und du bist die einzige in diesem verfluchten Büro, mit der ich spreche, abgesehen vom offensichtlichen.«

Maddie versuchte, ihre Aussage auseinander zu nehmen. »Du bittest mich um einen Gefallen.«

»Ja, ich brauche einen Gefallen und ich kann nicht …« Eine Pause folgte und Felicity rief jemandem zu: »Können Sie nicht schneller fahren? Ich musste vor fünf Minuten am Flughafen sein. Verstehen Sie das? *Comprendes*? Himmel …« Ihr schneller Atem drang wieder näher an Maddies Ohr.

Maddie rieb sich über die Stirn. »Sag mir einfach, was du brauchst.«

»Richtig, ja! Auf meinem Schreibtisch in der dritten Schublade liegt ein grüner USB-Stick. Fass nichts anderes an. Du musst ihn zu ihrem Büro bringen.«

Maddie runzelte die Stirn. Sie richtete ihren Blick auf den leeren Glaskasten hinter sich. »Ihr Büro? Aber …«

»Ja! Gott, bist du geistig beeinträchtigt? Nicht diese Flohbude in deinem Gebäude. Ich meine offensichtlich Bartell Towers. Oberster Stock. Gib den USB-Stick niemandem sonst, nicht den Sicherheitsleuten, nicht jemandem, der ein Assistent zu sein behauptet, niemandem außer *ihr*. Hast du das verstanden? Ich werde dich erwürgen, wenn du ihn jemandem außer Elena gibst. Das ist wichtig.«

Maddie verdrehte die Augen. »Warum ich? Ich soll die Kriminalberichte schreiben. Kannst du nicht jemandem aus ihrem Team schicken? Wie ihren Fahrer oder …« *Irgendjemanden, nur nicht mich.*

Die Vorstellung, Elena noch einmal gegenüberzutreten, nachdem sie letzte Nacht ihre halbe Lebensgeschichte mit ihr geteilt hatte, war nervenaufreibend. Sie wusste nicht, warum sie so viel preisgegeben hatte. Maddie hatte viel zu viel erzählt und dann eine schlaflose Nacht damit verbracht, darüber nachzudenken, wie sie sich wohl angehört haben musste. Wie peinlich. Zumindest war ihr dieses Mal die schmerzhafte *Wir sind hier fertig*-Abfertigung erspart geblieben, die sie daran erinnerte, dass sie in Elenas Welt nur den Status eines einzelligen Organismus hatte. Ungeachtet dessen war es wahrscheinlich das Beste, so viel Zeit wie möglich verstreichen zu lassen, bevor sie sich wiedersahen.

»Nein!«, sagte Felicity. »Niemand sonst kann das tun! Ich brauche jemanden, der weiß, wo mein Schreibtisch ist, damit die Person nicht die halbe Nacht damit verschwendet, sich durch die Schubladen der anderen zu wühlen. Und ich brauche jemanden, der mindestens eine halbe Gehirnzelle hat. Du bist qualifiziert, wenn auch nur *knapp*. Okay? Gott, warum diskutieren wir darüber? Ich würde es selbst machen, aber die Chefredakteurin von *Style Tokyo* fliegt gerade ein und ich sollte eigentlich schon da sein, um sie am Flughafen abzufangen. Mihoko Morita duldet kein Zuspätkommen! Und Elena häutet mich bei lebendigem Leib, wenn sie die Daten nicht in zwanzig Minuten in der Hand hat! Ihr halbes Imperium steht bereit und wartet darauf, dass sie diese Zahlen verkündet. Ihr Fahrer wartet unten auf dich. Also geh! Beeil dich!«

Am Ende der Leitung erklang das Freizeichen. »Gern geschehen«, sagte Maddie zu Niemandem, als sie das Telefon anstarrte. Na gut, in Ordnung. Sie warf einen Blick auf ihr Outfit – schwarze Jeans, abgewetzte Stiefel, ein altes *Doors*-Shirt und eine schwarze Lederjacke. Wenn sie gewusst hätte, dass sie heute das innerste Heiligtum der *Bartell Corp.* betreten würde, hätte sie sich vielleicht schicker angezogen. Okay, vielleicht auch nicht, aber sie hätte sich zumindest ihre guten Stiefel angezogen.

Maddie sprang auf und rannte zu Felicitys Schreibtisch, während sie sich fragte, warum ihr Herz so hämmerte. Lag es am Adrenalin? Oder nur an der Nervosität, Elena auf ihrem vertrauten Spielfeld zu begegnen?

Sobald sie den USB-Stick gefunden hatte, stopfte sie ihn in ihre Hosentasche, schnappte sich dann ihre Sicherheitskarte und hastete die Treppe nach unten, anstatt auf den Fahrstuhl zu warten. Eine schlanke Limousine mit einem schick gekleideten Mann neben der Beifahrertür wartete vor dem Gebäude.

»Ms. Grey?«, fragte der Mann. »Ich bin Ms. Bartells Fahrer, Amir.«

»Ja. Wir müssen zu –«, fing sie an, während sie auf den Rücksitz kletterte.

»Ich weiß.« Er schritt zur Fahrerseite. »Ich bringe sie in Nullkommanichts zu Bartell Towers.« Er lenkte den Wagen in den Verkehr. »Wollen Sie zum Büro von *Style New York*?«

»Nein. Wieso fragen Sie?«

»Es befindet sich in dem Gebäude. Ich fahre Models und Designer zu allen möglichen Uhrzeiten dorthin. Manchmal arbeiten die Fotografen gern nachts.«

»Oh? Nein. Ich bin kein Model oder Designer.« Maddie lachte über die lächerliche Vermutung. »Ich bringe Elena nur etwas vorbei.«

»Sie treffen Ms. Bartell?« Er klang fasziniert.

»Ja«, antwortete Maddie, unsicher, warum das so ungewöhnlich sein sollte.

»*In* Ms. Bartells Büro?«

»Warum?«

»Wie lange arbeiten Sie schon mit Ms. Bartell?«

»Ähm, morgen ist es ein Monat. Warum?«

Er sah sie durch den Rückspiegel an und wirkte beeindruckt. »Ich fahre sie schon sehr lange. Es passiert nicht oft, dass sie Leute dort besuchen. Nur ihr innerer Kreis. Nehme ich zumindest an. Deshalb ist es ein wenig ungewöhnlich. Das ist alles.«

»Oh, na ja, es ist ein Notfall. Eigentlich war das Felicitys Aufgabe.«

»Ah, ich verstehe.«

Sie verfielen in Schweigen, als Amir die Geschwindigkeit auf New Yorks gut beleuchteten Straßen steigerte.

Maddie wurde immer nervöser, je länger sie fuhren. Schließlich fuhren sie vor einem strahlenden, runden Turm vor. »Ist es …« Das große *B* auf einer Seite des Gebäudes beantwortete ihre Frage. »… das?«

»Ja, Ms. Grey«, sagte Amir. »Ich wurde angewiesen, auf Sie zu warten. Aber lassen Sie sich ruhig Zeit.«

»Danke.« Maddie stieg aus und ging durch die großen, sich drehenden Glastüren. Ein Paar von zwei Meter hohen Sicherheitsglastüren ragten vor ihr auf.

Der Sicherheitsbeamte daneben erhob sich und musterte sie misstrauisch.

»Mein Name ist Maddie Grey und ich möchte zu Elena Bartell.« Sie schob die Hand in ihre Tasche, um ihren Sicherheitsausweis hervorzuziehen.

»Ja, Ms. Grey, mir wurde gesagt, dass Sie auf dem Weg sind. Unterschreiben Sie hier.« Er überprüfte ihren Ausweis, während sich Maddie in die Besucherliste eintrug. Dann drückte er auf einen Knopf. Als sich die Türen öffneten, reichte ihr der Beamte eine silberne Karte. »Schieben Sie die im Fahrstuhl neben dem *EP*-Knopf in die Kontrollplatte.«

»EP?«

»Express zum Penthouse. Er ist direkt unter dem *H*-Knopf.« Bevor sie fragten konnte, fügte er hinzu: »Für Hubschrauberlandeplatz.«

Maddie nickte und versuchte, gelassen zu wirken, dass sie jemanden besuchte, dem ein eigenes Gebäude mit einem Hubschrauberlandeplatz gehörte. Sie ging auf die Fahrstühle zu, auf die er gedeutet hatte und sah sich um, während sie wartete. Es waren keine Kosten gescheut worden. Die Böden bestanden aus poliertem Marmor. Die aufgestellten Sofas waren mit schwarzem Leder bezogen. Die Landschaftsmalereien an den Wänden waren überragend und wahrscheinlich Originale.

Die glänzenden Türen öffneten sich und Maddie trat hinein. Sanfte, klassische Musik spielte. Maddie war von verspiegeltem, schwarzem Glas umgeben. Sie schob die Karte in den *EP*-Slot und das Rauschen folgte augenblicklich. Die Zahlen flogen vorbei … 20, 25, 30, 35… Ihr sank der Magen. Die beruhigende Musik erfüllte ihre Aufgabe nicht annähernd. Endlich kam der Fahrstuhl zitternd zum Stehen und die Türen glitten auf.

Maddie zog die Karte heraus, steckte sie in ihre Tasche und trat nach vorn.

Ein federnder, luxuriöser Teppich dämpfte die Schritte ihrer Stiefel. Der Fahrstuhl lag in der Mitte des Stockwerks wie ein Donut-Loch und war von einem rundlaufenden Gang umgeben. Um sie herum erstreckte sich ein 360°-Rundumblick über New York. Milchglaswände, die im rechten Winkel zu den Fenstern angebracht waren, teilten den Raum in Abschnitte ein.

Direkt vor ihr befand sich ein Bereich, in dem ein niedriges, weißes Ledersofa stand – eine Mies van der Rohe-Nachbildung. Sie erkannte das ikonische Design aus dem Büro von Simons Dad. Ein Paar Kleidersäcke hing über der Rückenlehne des Sofas. Zwei dazu passende Designerstühle waren der Couch zugewandt und dazwischen stand ein niedriger, gläserner Couchtisch, auf dem Ausgaben von *Style NY* verstreut lagen.

Ein eleganter, dunkelhäutiger Mann in einem umwerfenden Anzug musterte sie von der Couch aus, als sie sich nach links drehte und anfing, langsam um den Fahrstuhl herumzulaufen. Sie schenkte ihm ein Lächeln, aber er erwiderte es nicht, sondern beobachtete ihr Vorgehen interessiert.

Auf ihrem Rundgang kam sie an einer Küche vorbei. Der nächste Teilabschnitt bestand aus verdunkelten Glaswänden und einer Tür und war als Badezimmer gekennzeichnet. Dahinter ging sie an einem Konferenztisch mit zwölf Stühlen und an einem riesigen Monitor an der Wand vorbei, der wahrscheinlich für Video-Konferenzen genutzt wurde.

Und schließlich ... betrat sie Elenas Büro. An der Glastrennwand zu ihrer rechten stand ein schlankes, langes Bücherregal, das vor Büchern und Magazinen zu platzen schien. Davor standen ein Tisch und ein stylischer Designerstuhl aus Leder, auf dem Elena saß und in Richtung der Fenster blickte. Sie hatte Maddies verstohlene Ankunft noch nicht bemerkt.

Auf der anderen Seite des Schreibtisches standen ein Couchtisch und darum herum drei Stühle, deren Lehnen dem Fenster zugewandt waren. Auf zwei dieser Stühle saßen gerade zwei Männer in teuren Anzügen. Sie hielten große Notizblöcke in der Hand und trugen einen gespannten Ausdruck auf dem Gesicht.

Maddie musterte den Rest des Büros. Die Glaswand, der Elena gegenübersaß, war mit gerahmten Zeitungsartikeln und berühmten *Style*-Magazincovern versehen. In der linken Ecke schmiegte sich ein wunderschöner japanischer Seidenraumteiler in den Raum – wahrscheinlich war es eine Art Umkleidebereich. Maddie vermutete, dass sich Elena häufig auf der Arbeit umziehen musste, bevor sie zu verschiedenen Veranstaltungen ging.

Der Schreibtischstuhl drehte sich herum und Elena sah sie an. Maddie wollte den USB-Stick auf den Tisch legen und sagen, was es war, aber Elena schüttelte den Kopf und deutete hinter die gegenüberliegende Wand zu dem Bereich, wo sie ihren Rundgang begonnen hatte. Dort, wo der elegante Mann in dem schicken Anzug saß.

Eine körperlose Stimme drang aus dem Telefon auf Elenas Schreibtisch und machte Maddie darauf aufmerksam, dass sie mitten in einem Konferenzanruf steckte. Der Mann sprach so schnell auf Französisch, dass Maddies Schulwissen nicht ausreichend war, um jedes Wort zu übersetzen.

Elena runzelte die Stirn und machte sich ein paar Notizen.

»*C'est impossible! Votre date limite est ridicule!*«, erwiderte sie. Elenas Blick glitt zu ihren Untergebenen, die ihr eifrig zunickten.

Maddie schlich sich langsam davon und versuchte, den Sinn der Aussage zu verstehen. Irgendetwas über eine unmögliche Deadline? Sie ging zum nächsten Raumabschnitt und ließ sich dem Mann gegenüber auf einem Stuhl nieder. Sein tiefgrüner Anzug, die senffarbene Krawatte und die polierten Schuhe waren teuer und wahrscheinlich maßgeschneidert. Seine Glatze schimmerte wie eine polierte Billardkugel. Er war etwa in den späten Dreißigern oder Anfang vierzig und perfekt rasiert. *Vielleicht ein Modedesigner?* Seine hohen Wangenknochen hätten jedes Supermodel vor Neid erblassen lassen.

»Ich bin Maddie Grey«, sagte sie nach einem Augenblick.

»Wir begegnen uns also endlich. Perry Marks.« Seine vollen Lippen hoben sich zur Begrüßung.

»Endlich?«

»Felicity hält Ihre Outfits für so einmalig, dass sie unterhaltende Monologe darüber zum Besten gibt. Aber sie hat nie gesagt, wer Sie sind. Sie sind also wichtig genug, dass sie über sie schimpft, aber nicht wichtig genug, um mir Einzelheiten zu geben.« Er ließ seinen kritischen Blick über ihr Outfit gleiten und tippte sich an die Lippe. »Hmm. Sie sind also kein Designer, keine Führungskraft ...« Sein Blick glitt über ihre Oberschenkel, die eine normale Größe hatten. »Definitiv kein Model.«

»Hey!«

Er lächelte und seine weißen, perfekten Zähne, die im Kontrast zu seiner dunklen Haut umwerfend aussahen, blendeten sie fast. »Es kommt selten vor, dass ich in diesem Gebäude eine normale Frau treffe«, sagte er mit einem frechen Grinsen. Er klopfte sich über dem Herzen auf die Brust. »Ich entschuldige mich also, dass ich davon geschockt bin. Wie auch immer, ich gebe auf. Was machen Sie?«

»Ich bin Junior-Kriminalreporterin bei *Hudson Metro News*.«

»Ah, das kleine Schundblatt, das die ganze Aufmerksamkeit unserer furchtlosen Anführerin absaugt. Momentan eine Audienz bei Elena zu bekommen ist, als würde man die Queen besuchen. Selbst für mich. Also… warum sind Sie hier, Junior-Kriminalreporterin?«

»Ich tue Felicity einen Gefallen. Ich muss etwas abgeben.« Sie hielt den USB-Stick nach oben.

»Dann lassen Sie ihn hier. Ich gebe ihn ihr.«

»Felicity hat geschworen, mich bei lebendigem Leib zu häuten, wenn ich das nicht Elena persönlich gebe.«

»Ah. Das klingt nach der unbezwingbaren Ms. Simmons.«

Maddie lachte darüber. »Und was machen Sie?«

Er lachte verzagt. »Autsch, mein armes, armes Ego. In meinem Geschäft kennt mich jeder. Ich bin der weltweite Art Director für *Style International*. Wenn etwas im Trend und modisch ist, war ich derjenige, der dafür gesorgt hat.«

»Ernsthaft?«

»Pfadfinderehrenwort.«

»*Votre attitude est décevante. Je ne suis pas ouverte au compromis.*« Der französische Wortschwall von Elena war so laut, dass er sogar zu ihrem Sitzbereich vordrang. Etwas über eine schlechte Einstellung und keine Kompromisse? Vielleicht?

»Es kann nicht mehr lange dauern«, sagte Perry gedämpft und lehnte sich nach vorn. »Sie beleidigt die Professionalität des Mannes. Wenn sie dazu übergeht, ihm auch noch anzudrohen, sein Budget zu kürzen, ist sie fertig. Oder sie feuert ihn einfach.« Er hob seine breiten Schultern, um zu zeigen, dass ihn das nicht interessierte. Anschließend zog er an seiner Manschette, um seine Jacke wieder perfekt herzurichten.

»Oh«, erwiderte Maddie flüsternd. »Wem droht sie da?«

»*Style Paris* hat gerade ein wahnsinnig überbezahltes, aufsteigendes Model unter Vertrag genommen und damit ihr jährliches Budget um zwanzig Prozent überschritten. Was die Sache noch schlimmer macht ist, dass das Mädchen in den sozialen Medien mit Einzelheiten des Vertrags geprahlt hat. Es gibt also keinen

Weg, ihr einfach zu kündigen und alles zu leugnen, ohne dabei das Gesicht zu verlieren. Selbst wenn es so einen Weg gäbe, will der hitzköpfige Chefredakteur von *Style Paris* sie nicht ersetzen und nennt jedes Anraten in die Richtung eine Einmischung von *Americains imbéciles*. Es wird nicht gut für ihn enden, wenn nicht in seinen Dickschädel vordringt, mit wem er es zu tun hat. Elena könnte ihn auf die schwarze Liste setzen und dafür sorgen, dass er nur noch im Einzelhandel in Island arbeiten kann. Was eine Schande wäre, weil ich Island wirklich mag.«

»Ihre Modemagazine bedeuten ihr wirklich viel, oder?«, sagte Maddie. »Ich meine, *Style* ist nicht nur ein weiterer Titel für sie, richtig? Das ist es, was sie liebt, nicht wahr?«

Perry musterte sie neugierig. »Sie kennen Sie wirklich nicht, oder?«

»Ich würde es gern«, sagte Maddie aufrichtig. Sie hielt inne und fragte sich, warum das so war. Warum hatte sie so angestrengt versucht, ihre Chefin kennenzulernen? So sehr, dass sie sich wahrscheinlich zum Trottel gemacht hatte, als sie gestern zu viel von sich preisgegeben hatte. Sie biss sich auf die Lippe. *Weil Elena faszinierend ist*, flüsterte eine Stimme in ihrem Kopf. *Und wunderschön. Und rätselhaft. Und ich liebe es, Rätsel zu lösen. Ich will wissen, wer sie ist, und wie sie über alles und jeden denkt. Ich will* sie *kennenlernen.*

Perry schwieg, als würde er spüren, dass da noch mehr vor sich ging.

»Aber nein, ich kenne sie nicht wirklich«, fuhr Maddie fort. »Ich meine, ich kenne sie noch nicht lange. Ich will einfach wissen, wer sie ist, wenn sie nicht Gott spielt. Wissen Sie?«

»Was, wenn ich Ihnen sage, dass sie nicht spielt? Würden Sie es glauben?« Perry lehnte sich vor.

Maddie konnte aus seinem Blick nicht herauslesen, ob er scherzte. »Ich würde sagen, dass sie gut ist, aber nicht so gut.«

Perry lachte und lehnte sich wieder zurück. »Stimmt. Oder vielleicht ist es eine Frage der Perspektive.« Er musterte sie einen Moment lang. »Wissen Sie, dass mich jeder nach ihr fragt, weil wir gute Freunde sind? Sie alle versuchen, mehr über die Geschäftsfrau zu erfahren. Was nervt sie? Wen begünstigt sie politisch? Die Gründe dafür sind klar. Aber in zwanzig Jahren sind Sie die erste, die tatsächlich aufrichtig klingt, wenn sie mich nach der Frau hinter dem Erfolg fragt. Kein verstecktes Motiv.«

»Wirklich?« Das war sowohl überraschend als auch deprimierend. Wer würde die wahre Elena nicht kennenlernen wollen?

»Ja, wirklich. Deshalb werde ich Ihnen ihr Geheimnis verraten.« Perry schenkte ihr ein winziges Lächeln. »Na ja, es ist nicht wirklich ein Geheimnis, wenn man sie so lange beobachtet, wie ich es getan habe. Wie auch immer, die Sache ist, dass Mode bei Elena immer zuerst kommt.«

»Mode.« Maddie sah ihn skeptisch an. »Ernsthaft?«

»Absolut. Oh, sie würde es vielleicht offen leugnen und über ihre transmedialen Pläne sprechen, aber das ist es nicht, was sie antreibt.« Er deutete mit der Hand auf Elenas Büro. »Sie ist eine Frau, die Schönheit in all ihren Formen liebt. Diejenigen, die Projekte vorschlagen, die ihre Empfindsamkeit beleidigen, weil sie hässlich sind, werden abgesägt. Denn Elena sieht sich zuallererst als Kuratorin der Schönheit. Menschen, die das nicht verstehen, verstehen sie nicht.«

Erstaunt starrte Maddie ihn an. Sie ordnete ihre Gedanken. »Das ist einfach ... Das ergibt keinen ... Okay, also, lassen Sie mich Ihnen etwas erzählen. Da ist dieser achtzehnjährige Junge, über den ich schreibe. Ramel Brooks. Er hat im Haus eines Freundes abgehangen, als die Drogeneinheit eine Razzia veranstaltet hat. Ramel ist im Gegensatz zu seinen Junkie-Freunden ein Einser-Schüler, auf den ein College-Stipendium wartet. Aber alle Anwesenden wurden verhaftet. Und seine Verlierer-Freunde haben behauptet, dass sie unschuldig sind und das Ramel ein großer Drogendealer wäre. Jetzt sind sie vom Haken und er muss für alle den Kopf hinhalten.«

Perry runzelte die Stirn. »Ich verstehe nicht, was Ihre Geschichte mit Elena zu tun hat.«

»Ich musste dem Jungen in die Augen sehen, während er mir mit zitternder Stimme erzählt hat, dass er jeden Tag die Zweifel seiner Mutter an ihm sieht. Sie fragt sich, ob Ramel es getan hat und das ist es, was ihn innerlich zerbricht – mehr als der Verrat seiner Freunde, die zwielichtigen Anklagepunkte oder die Androhung von Jahren in Haft. Solche Sachen sehe ich in meinem Job. Für manche Menschen ist das Leben so trostlos und düster. Und mein Arbeitstag besteht daraus, diese Trostlosigkeit zu teilen. Die Wahrheit ist, dass Nachrichten meistens nur aus glatt verpacktem Schmerz bestehen. Es ist hässlich und deprimierend. Wenn mein Artikel morgen erscheint, werden die Leute nicht sagen: *Oh, wie wunderschön geschrieben*. Sie werden sagen: *In Ramels Haut will ich nicht stecken*. Wie kann

Elena also in den Nachrichten Schönheit sehen? Ich verstehe es nicht. Wenn das, was Sie sagen, wahr ist, wie kann sie dann überhaupt in dieser Branche arbeiten?«

Perrys Blick wurde nachdenklich. »Wissen Sie, wenn Sie eine Zeitung sehen, sehen Sie den Inhalt. Das Gute, das Schlechte, was auch immer. Elena sieht das nicht. Sie sieht die grundlegende Schönheit in dem, was sie aufgebaut hat. Ihre traurige kleine Geschichte ist nur ein Rädchen in der Nachrichtenmaschine, die sie so wirkungsvoll neugestaltet hat, dass es für sie zu Kunst geworden ist.«

»Kunst?« Maddie sah ihn mit offenem Mund an. »Kommen Sie, das ist verrückt.«

»Nein, das ist das *Geschäft*. Im Grunde ist es egal, was sie produzieren – wenn es für die Person gut gemacht und wirkungsvoll ist, die es geschaffen hat, wird es auch wunderschön sein.«

»*Tu es viré!*«, bellte es im anderen Raum. Ein Telefon wurde auf den Tisch geknallt.

Amüsanterweise hatte Elena nicht einmal die Stimme erhoben. Der tödliche Tonfall schickte trotzdem einen kalten Schauer über Maddies Rücken.

Perry neigte den Kopf. »Hmm. Nun ja, vermutlich war es unumgänglich.«

»Sie hat ihn gerade gefeuert«, sagte Maddie, während sie langsam die Worte entschlüsselte. »Den französischen Redakteur.«

»Mm. Sie wird ihm noch schlimmeres antun.«

Die Führungskräfte kamen aus dem Büro und die Salve an Befehlen, die Elena abfeuerte, war nicht zu überhören. »Sorgt dafür, dass Marcel nie wieder für eine meiner Veröffentlichungen arbeitet. Und findet in der Zwischenzeit heraus, ob Stan seinen Standpunkt bezüglich des Verkaufs der sechs Titel geändert hat. Ich habe ihn kürzlich auf Martha's Vineyard gesehen und es stand ihm ins Gesicht geschrieben. Er will in den Ruhestand gehen und Golf spielen. Schick ihm also eine Mitgliedschaft für den nächstliegenden Fünf-Sterne-Golfklub. Es wird ihn verrückt machen, dass er nicht spielen kann, weil das Geschäft so viel Zeit abverlangt. Alles klar. Wir sind hier fertig.« Es folgte eine Pause. »Perry!«

»Mein Stichwort.« Er stand auf, nahm die zwei Kleiderbeutel von der Couch und schlenderte zum Büro. Am Eingang begrüßte er Elena herzlich und öffnete den obersten Kleiderbeutel.

Ihr Murmeln drang an Maddies gespitzte Ohren. Etwas über einen anstehenden Ball und einige bekannte Designer. Sie beugte sich vor und streckte den Hals, damit sie um die Trennwand aus Milchglas herum sehen konnte. Zum Glück standen sie noch immer nicht wirklich in Elenas Büro. Ein Aufblitzen von Glitzer erregte Maddies Aufmerksamkeit, als Perry ein umwerfendes blaues Kleid aus dem ersten Beutel zog.

»Definitiv nicht«, sagte Elena. »Ich werde wie eine Diskokugel aussehen. Zeig mir das andere.«

Perry verschwand aus ihrem Blickfeld und als er wieder auftauchte, hielt er ein tiefrotes Kleid in den Händen. Er drehte es begeistert zu allen Seiten.

Maddie streckte den Kopf noch weiter vor, um besser sehen zu können, bis sie beinahe horizontal auf dem Stuhl lag. *Oh. Oh wow.* Das würde an Elena unglaublich aussehen.

»Hm. Akzeptabel. Und mir gefällt dieser Scharlachton. Oder eher Granatrot, nicht wahr? Gib mir einen Moment. Lass es mich anprobieren.«

Elena ging tiefer in ihr Büro und verschwand damit aus Maddies Blickfeld. Wahrscheinlich würde sie sich hinter der Trennwand umziehen, die Maddie vorhin gesehen hatte. Perry stand noch immer an der Tür und legte das blaue Kleid zurück in den Beutel.

Ein paar Minuten später sagte Elena etwas, aber ihre Stimme war zu leise, als das Maddie sie verstehen konnte. Perry wirbelte herum. Sie konnte nur einen Teil seines Rückens und nichts von ihrer Chefin sehen. Verdammt.

»Umwerfend.« Er klang beeindruckt. Er trat ein paar Schritte zurück und damit wieder in Maddies Sichtfeld. »An der Tür ist das Licht besser«, sagte er. »Kannst du einen Schritt herkommen? Oh ja. Umdrehen? Ich muss den Ausschnitt am Rücken sehen.«

Ein roter Blitz wirbelte in ihr Blickfeld und verschwand.

Maddie hätte am liebsten frustriert gestöhnt. Und jetzt tat ihr angespannter Nacken weh.

»Ja. Perfekt«, sagte Perry.

»Schuhe?«

»Im Beutel. Ein betörendes Angebot von Stuart Quinz. Personalisiert. Du wirst es sehen.«

Ein Rascheln ertönte und dann ertönte ein leises und feminines Schnurren der Zustimmung, das Maddie schwer schlucken ließ.

»Meine Güte. Bitte dank Stuart von mir. Jetzt zum Kleid … Von wem ist es? Duchamp? Oder jemand anderem? Wenn ich schon irgendeinen neuen Designer mit meiner Wahl in die Stratosphäre schieße, sag mir wenigstens, dass derjenige würdig ist.«

»Du hattest schon beim ersten Mal recht. Véronique Duchamp.«

»Ah«, sagte Elena. »Wie üblich, Perfektion. Na schön. Gute Wahl, obwohl sie eigentlich keine Publicity mehr braucht. Aber ihr Kleid wird gute Dienste tun.«

»Hervorragend.« Perry trat einen weiteren Schritt zurück und stand nun außerhalb des Büros. Er streckte die Hand aus und wackelte mit den Fingern. »Ich muss schon sagen, der Fluss von der Brust abwärts ist vortrefflich.«

Maddie lehnte sich weit über ihren Stuhl, weil sie verzweifelt einen Blick auf die besagte *vortreffliche* Brust werfen wollte. Sie verlor den Kampf gegen die Schwerkraft und nach drei skurrilen Sekunden, in denen sie versuchte, nicht zu fallen, war der Aufschlag sowohl laut als auch demütigend. Hastig richtete sie sich auf den Knien auf.

»Was um alles in der Welt …?« Elena trat aus ihrem Büro, die Hände in die Hüften gestemmt und nagelte Maddie mit ihrem kalten Blick fest.

Maddie sah zu dem Traumbild vor sich auf. Das Kleid war … *oh*. Perry hatte recht. Es schmiegte sich an jede Kurve. Es war umwerfend. Atemberaubend. Und die Brust? *Oh Gott. Wow*. Der Ausschnitt des Kleides reichte bis zu Elenas Bauch und entblößte ein verlockendes Dreieck aus glatter, makelloser Haut. Maddie konnte die Wölbung ihrer nackten Brust auf beiden Seiten des Ausschnitts sehen und ihr Mund wurde trocken. Sie ließ ihren Blick höher wandern und entdeckte den ungläubigen Ausdruck auf Elenas Gesicht.

»Ähm, hi?« Maddie zog sich auf die Füße.

»Darf ich Ihrer dramatischen Vorstellung entnehmen, dass Sie dem auch zustimmen?«, fragte Elena.

Maddie errötete sprachlos. Sie nickte.

Perry lachte. »Es muss gut sein, ihr fehlen die Worte.« Seine Augen glitzerten und er wandte sich wieder an Elena. »Es sind keine Anpassungen nötig. Ich lasse es bei dir und verabschiede mich. Viel Spaß dabei, Ms. Greys verkümmertes Vokabular zu reparieren.« Er zwinkerte Maddie zu, schnappte sich das blaue Diskokugel-Kleid in seinem Beutel und ging zum Fahrstuhl.

»Es ist so umwerfend«, sagte Maddie noch immer wie gelähmt. »Wer ist Véronique Duchamp?«

»Die vielleicht weltbeste Designerin«, erwiderte Elena. »Was Sie wissen würden, wenn Sie auch nur das geringste Interesse an Mode hätten.« Sie wirbelte herum und ging zurück in ihr Büro.

Maddie folgte ihr.

»Wie kann jemand so alt sein wie Sie … Was, Mitte zwanzig? … und nicht einmal die Grundlagen von Mode begreifen?«, fragte Elena.

Maddie erinnerte sich an das, was Perry gesagt hatte: dass Menschen, die den Mode liebenden Teil von Elena nicht würdigten, in ihren Augen versagten. Sie fragte sich, wie sie die Frage ehrlich beantworten konnte.

»Mode spricht jeden auf eine andere Art an. Ich meine, obwohl es mich nie wirklich interessiert hat …«

»Ich bin schockiert.« Elenas Ton war spöttisch, jedoch schwang auch Belustigung darin mit.

Maddie schob sich die Hände in die Hosentaschen und ihr Blick richtete sich auf den wunderschönen Rücken vor sich. Der Ausschnitt endete direkt über der Wölbung des Hinterns. Es war exquisit. Das Kleid, nicht ihr Hintern. Eigentlich, nein. Das waren beide. »Aber das bedeutete nicht, dass ich die Schönheit der Mode nicht zu würdigen weiß. Vor allem, wenn sie direkt vor mir steht.«

Stille folgte und als Maddie den Blick hob, stellte sie fest, dass Elena sie durch die Spiegelung im Fenster beobachtete. Ihre Blicke trafen sich.

»Und woher wissen Sie, was Schönheit ist, wenn Sie nicht die grundlegendste Ahnung von Stil haben?«

»Ich habe Augen.« Die Worte waren nicht mehr als ein Ausatmen und Maddie sah die Überraschung in Elenas Spiegelbild.

Maddie senkte den Blick. Verdammt. Sie konnte ganz sicher nicht mit Elena Bartell flirten. Das wäre wahnsinnig. Ihr fiel ein silberner Rahmen auf Elenas Schreibtisch auf. Zwischen den Bildern von mächtigen Milliardären und hochrangigen Modedesignern stand ein Foto von Elena und ihrem Ehemann. Sie starrte es an. Ihn. Sein Gesichtsausdruck war so raubtierhaft. Warum sah der arrogante Bastard immer so hungrig aus? Auf jedem Foto, das sie bis jetzt online von ihm gesehen hatte, sah er immer gleich aus.

Aus dem Augenwinkel sah sie, dass sich Elena vom Fenster abwandte und bemerkte, was Maddie betrachtete.

Elenas Gesichtsausdruck verwandelte sich von fasziniert zu kühl. »Nun … Sie sehen nicht sehr japanisch aus.« Ihre Stimme war rein geschäftlich.

»Ähm … nein?«

»Die nächste Besucherin, die ich hier erwartet habe, ist Mihoko Morita. Wenn die Chefredakteurin von *Style Tokyo* keine Australierin mit einem Kult-Band-Fetisch geworden ist, sind Sie das also nicht.«

»Oh, tja. Ich glaube, Felicity holt sie gerade ab. Deshalb bin ich hier und nicht sie. Sie hat mich gebeten, das hier vorbeizubringen.« Maddie legte den USB-Stick auf Elenas Schreibtisch.

»Sie spielen den Kurier? Aber ich dachte, Sie wären Reporterin. Ist es nicht das, was Sie mir immer sagen?« Sie zerlegte Maddie mit ihrem Blick.

»Es klang nach einem Notfall«, sagte Maddie. »Alsooo … ähm … gern geschehen.«

Es war seltsam, hier im inneren Heiligtum zu sein und zu sehen, wie mächtig Elena wirklich war. Die Art, wie sich die Führungskräfte verhalten und auf ihrem Weg nach draußen klein gemacht hatten. Elena hatte ihren eigenen Fahrer und ein schickes Luxusauto und einen *Hubschrauberlandeplatz*, um Himmels willen, wahrscheinlich sogar mit einem tatsächlichen Hubschrauber darauf. Und das Kleid, das sie gerade trug? Wenn es nicht mindestens einen fünfstelligen Betrag kostete, wäre sie schockiert.

Elena musterte sie einen Augenblick lang. »Ah«, sagte sie mit glitzernden Augen. »Und jetzt sehen Sie es.«

»Was sehe ich?«

»Es macht Sie nervös, mich hier zu sehen.« Ihr Tonfall war ironisch. »Nun, Sie müssen nicht bleiben, da Sie sich unwohl fühlen.« Sie schnippte mit den Fingern in Maddies Richtung und ihre Mundwinkel zogen sich nach unten. Sie machte sich an ein paar Papieren auf ihrem Schreibtisch zu schaffen. Es passte nicht zusammen, da sie noch immer ihr atemberaubendes, rotes Kleid trug. Granatrotes Kleid. Was auch immer.

»Sie liegen falsch.«

»Was?« Elena hob den Kopf.

»Ich meine, ja, sicher, dieser Ort ist … Na ja, er ist …«

»*Protzig*, Sie dürfen es sagen.« Elenas Augen funkelten.

»Ich meine, ja, dieses Büro ist rein geschäftlich. Aber das sind nicht Sie.«

»Oh? Und wer bin ich? Sie denken, Sie wissen es nun?«

»Nein, noch nicht. Aber ich weiß das: dieser Ort mag Ihr Leben sein, aber das sind nicht Sie. Das ist nur der Ort, von dem aus Sie die Welt regieren. Nichts anderes.«

»Nichts anderes? Die Welt zu regieren ist doch sicher mehr als das?« Elena durchbohrte sie mit ihrem Blick. »Halten Sie so wenig von dem, was ich tue?«

»Nein! Ja. Ich meine … Ich hab es nicht so gemeint und das wissen Sie.«

»Tue ich das?« Elenas Blick war intensiv. »Sie wissen, wie man mich nennt, oder? All die Bezeichnungen? Ganz zu schweigen von all den skrupellosen Dingen, die ich getan haben soll? Die Gerüchte sind nicht vollkommen unbegründet.«

»Natürlich weiß ich das. Selbst, wenn alles stimmt, ist das nicht das, was ich sagen will. Die haben Sachen ausgelassen, nicht wahr? Sie sind eine Person und nicht ihr Image. Ich weiß zum Beispiel, dass Sie Josie nach Hause geschickt haben, damit sie bei ihrem Kind sein kann. Und nicht wegen der Ansteckungsgefahr.«

Elena sah sie kühl an. »Auf meine Menschlichkeit zu setzen ist keine sichere Wette, Madeleine.«

»Und trotzdem gehe ich die Wette ein.« Maddie hob das Kinn. Ungläubigkeit schlug ihr entgegen und sie lächelte. Ohne auf eine Antwort zu warten, machte sie auf dem Absatz kehrt und ging zum Fahrstuhl.

Die Türen öffneten sich und ein attraktiver Mann trat heraus. Maddie stockte kurz, als sie Elenas Ehemann erkannte. Sie streckte den Hals. Der Mann war unglaublich groß.

»Oh, hallo.« Ein musternder Blick glitt über Maddie. Er verweilte. »Ich wusste nicht, dass Elly Gesellschaft hat.«

Elly? Urgh. Maddie richtete ihre Aufmerksamkeit wieder auf die Medien-Chefin.

Elenas Kiefer spannte sich an. Vielleicht gefiel ihr der Spitzname auch nicht. Oder die Art, wie fixiert er auf Maddies Brust war.

»Richard?«, fragte Elena. »Warum bist du hier?«

»Ich war in der Gegend.« Endlich hörte er auf, Maddies Kurven anzustarren und drehte sich um. »Dachte, ich sehe mal nach, ob du Zeit hast. Aber, Liebling, was für ein perfektes Kleid.« Er lachte leise und dreckig. »Zum Anbeißen.«

Er schlenderte zu Elena hinüber, schlang die Arme um sie, drehte sie herum und drückte ihr einen abrupten und innigen Kuss auf. Währenddessen lag sein Blick fest auf Maddie, die auf der Stelle erstarrt war.

Was auch immer er auf ihrem Gesicht sah, es schien ihn zu amüsieren. Demonstrativ ließ er seine Hand zum Hintern seiner Frau gleiten und drückte ihn besitzergreifend.

Maddie hetzte in den Fahrstuhl und ersparte sich den Anblick, welchen Teil von Elenas Körper Richard als nächstes mit seinen wandernden Händen markieren würde.

Ganz offensichtlich hatte Elena bei Ehemännern nicht das gleiche Niveau wie bei Kleidern.

Kapitel 8

Miss Bartlewski

Nachdem Elena wieder ihr normales Outfit angezogen und das granatrote Kleid zurück in den Beutel gelegt hatte, lehnte sie sich in ihrem Stuhl zurück. Sie sah aus dem Fenster und überlegte, Felicity nach Mihokos ungefährer Ankunftszeit zu fragen. Aber vielleicht sollte sie ihrer Stabschefin einen Zusammenbruch ersparen; Felicity war sowieso schon verspannt genug.

Nach Richards übertriebener Zurschaustellung von Zärtlichkeit konnte sie sich nicht mehr konzentrieren. Warum er immer noch das Bedürfnis hatte, sie in der Öffentlichkeit so zu präsentieren, war ihr ein Rätsel. Sie fühlte sich unwohl dabei.

Elena nahm an, dass es daran lag, dass er gern mit seinem hochwertigen Fang angab. Sie war sich bewusst, dass ihr Reichtum und ihr Status gewisse Männer, wie zum Beispiel Richard, anfällig für starkes Protzen machte – aber sie hatte gedacht, dass sich das nach ihren vier gemeinsamen Jahren gelegt hatte. An diesem Abend hatte sie ihn nach Hause geschickt und ein Blick über seine Schulter hatte gezeigt, dass die Junior-Kriminalreporterin der *Hudson Metro News* ebenfalls verschwunden war.

Die Erinnerung an Madeleines arglose Verteidigung von Elenas Menschlichkeit verfolgte sie. Natürlich lag das Mädchen falsch. Elena war rücksichtslos, wenn es nötig war und das war auch gut so. Ohne ihr Alter Ego als gefährlicher Hai wäre sie in diesem Geschäft schon vor vielen Jahren bei lebendigem Leib gefressen worden. Dass Madeleine so hartnäckig versuchte, mehr in ihr zu sehen war … beunruhigend.

Sie hasste dieses Gefühl. Elena hatte keine Zeit für große, treuherzige Augen, die sie nach Freundschaft anzubetteln schienen. Keine Zeit für süße, clevere Wortspiele, die die Grenze zwischen Bewunderung und etwas anderem verblassen ließen.

Hatte Madeleine Grey das wirklich nicht verstanden? Hatte sie nicht begriffen, was sie in Elenas Welt war? Eine Angestellte. Eine entbehrliche obendrein, die –

genau wie alle anderen, die ihre Erwartungen nicht erfüllten – jederzeit ausrangiert werden konnte, wenn das Geschäft es erforderte.

Das war ganz klar ihre eigene Schuld. Elena war zu nachlässig gewesen und hatte der jungen Frau erlaubt, mehr von ihr zu sehen, als gut für sie war. Sie hätte Madeleine schon vor Wochen wieder auf Abstand bringen müssen. Warum hatte sie es nicht getan? Warum hatte sie zugelassen, dass sich ein freundschaftliches Verhältnis zwischen ihnen entwickelte, obwohl sie wusste, welches Schicksal Madeleine erwartete?

Weil sie interessante Gesellschaft war, flüsterte die kleine Stimme in ihrem Kopf. Weil sie Elena wie eine Frau behandelte, die es wert war, ergründet zu werden. Nicht wie ein mächtiger Kontakt, den man pflegen musste. Weil die neugierige Australierin einer der wenigen Menschen auf diesem Planeten war, der es aufrichtig gefiel, in Elenas Nähe zu sein. Und, so erschreckend es auch war, das Gefühl beruhte auf Gegenseitigkeit.

Trotzdem hatte Madeleine ungeachtet all ihrer Vorträge keine Ahnung, wer Elena wirklich war. Aber um fair zu, wer tat das schon? Nicht einmal ihr ältester Freund Perry oder ihre verflossenen oder derzeitigen Ehemänner kannten die ganze Wahrheit.

Sie schloss die Augen und erinnerte sich an eine Zeit zurück, die sie lieber vergessen würde. Sie war als Elena Zofia Bartlewski in ein Leben hineingeboren worden, um das sie niemand beneiden würde. Armut hatte ihren eigenen Geruch. Er bestand aus muffiger Feuchtigkeit, verrottendem Müll und Urin gemischt mit verschüttetem Alkohol, Zigarettenstummeln und menschlicher Verzweiflung.

Ihre Großeltern, die während des Aufstiegs der Nazis aus Polen geflohen waren, hatten sich in New York ein neues Leben aufgebaut. Elena war dort geboren worden. Sie war mit ihren Eltern, Großeltern und drei Brüdern über der heruntergekommenen Schneiderei ihres Onkels in Greenpoint, Brooklyn aufgewachsen. Sie hatte ihr Leben und die erdrückende Erwartung gehasst, dass sie eines Tages in einer der ansässigen Textilfabriken arbeiten würde.

Als Teenager hatte sie beschlossen, dass sie nicht wie die ausgezehrten, blassen Nachbarn enden würde, an denen sie jeden Tag vorbeiging. Elena wollte es dort hinausschaffen und hatte Ziele, die sie erreichen musste. Eines Tages würde sie *jemand* sein. Sie würde es all den dummen, grausamen Kindern in der Schule zeigen, die ihren Namen verspotteten, ihre zu großen und gebrauchten Schuhe, oder ihren leichten, polnischen Akzent, den sie sich in all den Jahren in Obhut ihrer Großmutter angeeignet hatte.

Ihre Mutter hatte ihr schon früh das Nähen beigebracht und sie genoss es, aber ihr Designerauge blühte an dem Tag erst richtig auf, als sie über ein paar weggeworfene, glanzvolle Modemagazine stolperte. Sie durchstöberte sie nach allen Einzelheiten und ihr Blick huschte von den einzigartigen Schnitten der wagemutigen Stile bis hin zu der Verarbeitung und dem Fluss des Stoffes.

Ihr Herz schlug heftig. Sogar noch schneller als an dem Tag, an dem Jenny Copeland sie auf die Wange geküsst und sie *hübsch* genannt hatte, bevor sie ihre Hand an Elenas Taille gelegt und sie leicht gedrückt hatte.

Oh ja. In dem Moment, als ihr Blick auf Mode fiel, die sie so noch nie gesehen hatte, hatte Elena Bartlewski gewusst, wo ihr Leben hinführen würde. Eines Tages würde sie ein solches Magazin leiten. Sie würde das zermürbende, graue Leben und die deprimierende Existenz ihrer Mutter und Großmutter, die für Kleingeld die Wäsche der Nachbarn übernahmen, hinter sich lassen. Die Welt war größer als dreckige alte Gebäude, abblätternde Farbe und mit Graffiti besprühte Wände. Größer als die schimmligen Mietwohnungen, die mit tropfenden Rohren und rissigen Wänden verflucht waren.

Elena ging weiter zu Schule und ignorierte die zahllosen Angebote der Jungs aus der Nachbarschaft mit zurückgegelten Haaren, deren Augen beim Blick auf ihren sich plötzlich entwickelnden Busen glänzten.

Mit siebzehn entdeckte sie eine Anzeige in einer Zeitung und sie wagte kaum zu hoffen. Sie zog ihre beste Kleidung an – sie hatte sie selbst aus Designideen geschneidert, die sie aus einem beeindruckenden, neuen Magazin namens *Catwalk Queen* hatte. Die glanzvolle Zeitschrift suchte nach einem Assistenten für den stellvertretenden Kulturredakteur. Elena besaß keine der aufgeführten Qualifikationen und sie war zu jung, aber sie wollte diesen Job. Koste es, was es wolle.

Das Bewerbungsgespräch war eigenartig gewesen. Einerseits hatte die Dame mit dem teuren Parfum und dem Designeranzug nur einen Blick auf Elenas leeren Lebenslauf geworfen und sie beinahe aus ihrem Büro geschmissen. Aber während ihre manikürten Finger ihre Bewerbung über den sich auftürmenden Stapel der abgelehnten Bewerbungen hielten, hatte sie Elena plötzlich gefragt: »Warum Mode? Warum wir?«

Elenas erklärte es ihr euphorisch. Sie begann mit dem Traum und dass Mode Länder, Grenzen und Ideologien überwand. Wie arme, jüdische Mädchen und reiche Salonlöwinnen dasselbe Wunder eines hervorragend geschnittenen Ensembles sehen konnten. Wie Mode letztendlich transzendent war … wie Musik oder Kunst. Sie musste gefeiert werden. Sie fügte hinzu, wie Mode ihr Leben verändert hatte, indem sie ihr einen eigenen Traum gegeben hatte. Und nebenbei fügte sie noch hinzu, dass sie eines Tages die Welt der Modezeitschriften regieren würde.

Die Leiterin, eine selbstsichere Frau in den Vierzigern mit einer weißblonden Mähne, ließ Elenas Lebenslauf augenblicklich wieder auf ihren Tisch fallen und starrte sie mit offenem Mund an. »Wo kommst du *her*?« Dann warf sie einen Blick auf Elenas Kleid. »Und wo, bitte schön, hast du *das* her? Ich erkenne das Label nicht. Und ich bin stolz darauf, sie alle zu kennen.«

Elena stürzte sich begeistert in die Einzelheiten und erklärte, dass ihr der Schnitt von Pierre Cardins neuen Anzügen für Frauen gefallen hatte und sie seine Muster an der Schulter und Brust eingearbeitet hatte. Aber sie hatte das Gefühl, dass der Stil von Hubert de Givenchy interessanter und eleganter war, also hatte sie den Großteil ihres Outfits seinem neuesten Design auf Seite einhundertvierundzwanzig der *CQ*-Märzausgabe angepasst.

»Obwohl«, fuhr sie fort, nachdem sie schnell eingeatmet hatte, »der Givenchy in der *Vogue*, auf Seite sechsundsiebzig, für die Massen wahrscheinlich angenehmer wäre, mit dem langen Schnitt und der geschickten Verwendung der gegensätzlichen Farbtöne, aber der in der *CQ*-Ausgabe war *definitiv* eleganter. Am Ende waren die beiden nicht vergleichbar.«

Elena hatte aufgehört und sich unsicher hingesetzt, als die andere Frau aufhörte zu atmen. Plötzlich hatte sie sich gefragt, ob es vielleicht falsch war, sich von berühmten Designern inspirieren zu lassen. Sie war errötet. Vielleicht hatte sie einen entsetzlichen Fehltritt begannen, denn wer war sie schon? Ein armes, siebzehnjähriges Mädchen, das nach der Schule den Saum an die Kleidung reicher Leute nähte, um Geld zu verdienen. Und, oh Gott, vielleicht war es geschmacklos, dass sie Elemente von mehr als einem Designer miteinander verbunden hatte, um einen ganz neuen Look zu kreieren. Tat man so etwas nicht?

Sie schluckte und überlegte, ob sie hier und jetzt aus dem Büro kriechen sollte, bevor es noch demütigender werden konnte.

Die andere Frau schien ihre Gedanken zu lesen. »Hör auf, so zu zappeln. Du wirst nirgendwo hingehen. Also, du bist für den Job, für den du dich beworben hast, vollkommen unqualifiziert …«

Elena war am Boden zerstört. Das Gefühl war so überwältigend, dass sie keuchte.

Die Frau hob eine Hand und fuhr fort. »… aber, so wahr Gott mir helfe, ich werde dich nicht durch diese Türen gehen lassen, ohne dich irgendwo in meinem Team unterzubringen. Lass mich mit der Personalabteilung reden. Rühr dich nicht vom Fleck.«

Und das war der Tag, an dem Elena Bartlewski die Welt des Verlagswesens betrat. Zunächst war sie die persönliche Assistentin von Clarice Montague – der Frau, die sie zum Bewerbungsgespräch geladen hatte. Eine Frau, die, wie sie später entdeckte, eine brillante Redakteurin war. Clarice hämmerte Elena die Notwendigkeit für Spitzenleistungen in allen Bereichen ein.

An ihrem zwanzigsten Geburtstag gab es Elena Bartlewski nicht mehr. Elena Bartell war geboren und dieser Namen erschien unter ihren gut recherchierten und wachsend erfolgreichen Mode-Artikeln. Mit zweiundzwanzig wurde sie unter Clarices führender Hand und dem Entsetzen vieler erfahrener Kollegen zur Kulturredakteurin.

Mit vierundzwanzig hatte sie das passende Zubehör für jede ehrgeizige junge Frau in den späten Neunziger erworben – einen Ehemann. Er passte zu den Schulterpolstern, den kohlefarbenen Business-Anzügen und den pastellfarbenen Blusen. Clarice sagte ihr, dass es das Geflüster darüber unterbinden würde, wo ihre Vorlieben lagen. Die Andeutung, dass es überhaupt Gerüchte gab, hatte sie schockiert. Sie hatte nicht einmal Zeit, sich mit irgendjemandem zu treffen. Trotzdem, Geschäft war Geschäft. Also hatte sie Spencer Fielding, dem aufstrebenden Buchredakteur der *CQ,* eines Tages während ihrer Mittagspause einen Antrag gemacht. Er hatte sie verwirrt über seine Brille hinweg angesehen und *Ja, natürlich* gesagt.

Es gab auch ein paar Gerüchte über Spencer, die er unterbinden wollte, wie sie später herausfand.

Es war eine perfekt langweilige Verbindung, die nicht von Begeisterung in oder außerhalb des Schlafzimmers aufgebessert wurde. Aber na ja, so war nun mal die Ehe, nicht wahr? Nach dem ersten Monat machten sie sich nicht einmal mehr die Mühe, ihr Ehebett zu benutzen. Sie hatte nie verstanden, warum so ein Wirbel darum gemacht wurde. Und wenn sie leises Verlangen nach jemandem spürte, oder den sinnlichen Schwung des Halses eines Models oder einen wohlgeformten, weiblichen Rücken sah, schob sie auch das beiseite. Das Geschäft stand an erster Stelle. Die Welt zu regieren hieß, Opfer zu bringen. Es bedeutete, dass man sich nicht ablenken ließ. Und man erkundete ganz sicher nicht *gewisse Anflüge*, egal, wie verlockend sie waren.

Mit fünfundzwanzig wurde sie darauf vorbereit, den Job ihrer in den Ruhestand gehenden Mentorin als Chefredakteurin von *CQ* zu übernehmen. Sie war dazu bestimmt, die jüngste Mode-Redakteurin der Welt zu werden. Sie würde der Stolz der Stadt sein. Bewundernde, vernarrte und ehrgeizige Designer würden aus allen Ecken der Welt anreisen, um ihr die Füße zu küssen. Sie würde siegreich sein.

Außer, dass es nicht dazu kam.

Clarice verstarb plötzlich, als ihre schwarzen Lungen nach all den eleganten, langstieligen Zigaretten aufgaben. Elenas Krönung verwandelte sich stattdessen in einen Machtkampf.

Emmanuelle Lecoq. Der Name erfüllte Elena heute noch mit Hass. Einen Monat, nachdem der für sie bestimmte Job unter ihrer Nase weggestohlen wurde, hatte Elena gekündigt.

An dem Tag, an dem Clarice, mit ihren wunderschönen LV-High Heels an den Füßen gestorben war, hatte sich alles verändert. Niemand sonst wusste es, aber Clarice hatte Elena eine schwarze Sammlerhandtasche von Hermes mit einer Notiz hinterlassen: *Jetzt gehört alles dir*. In der Handtasche befanden sich Dokumente für die *CQ*-Anteile, die Clarice über die Jahre in Bonuszahlungen und Aktienwerten gekauft hatte. Sie hatte sie Elena hinterlassen.

Also fand Elena Tom Withers, einen brillanten Buchhalter und Business Manager. Durch ihn löste sie die Anteile über zwölf Monate hinweg langsam ein, um sicher zu gehen, dass die *CQ*-Aktien nicht fielen. Sie gründete ein kleines Unternehmen namens Bartell Corporation. Und da er nicht länger gebraucht wurde, entledigte sie sich des Ehemanns.

Spencer hatte nur mit den Schultern gezuckt, einen Koffer gepackt und den Scheck für die Scheidungsvereinbarung eingelöst. Seitdem hatte sie ihn nicht gesehen, außer, wenn er in ihrem Newsfeed auftauchte, um für seinen neuesten Roman zu werben. Elena vermisste ihn nicht im Geringsten. Sie bezweifelte nicht, dass das Gefühl auf Gegenseitigkeit beruhte.

Bartell Corp. war bloß der Anfang. Es war ihr Ziel, weltweit zu agieren. Einer ihrer frühesten Investoren sagte ihr, dass sie wie ein Tigerhai arbeitete. Der Tigerhai, erklärte der Mann, war die Müllverwertungsanlage des Ozeans. Er konnte alles essen und das nicht nur um dadurch zu überleben, sondern um noch stärker zu werden.

Es stimmte; viele der Zeitungen, die sie gekauft hatte, waren Müll. Das war der Grund dafür, dass sie sie so billig bekommen hatte. Aber sehr häufig hatten sie alle etwas Einzigartiges, oder etwas, dass es sich zu retten lohnte. Elena wurde immer besser darin, die Innereien der Zeitungen durchzusieben, ihren Schatz zu finden und den Rest wegzuwerfen. Und im Lauf von zehn Jahren war der Spitzname *Tigerhai* hängen geblieben. Ganz zu schweigen von ein paar anderen, weniger angenehmen Bezeichnungen, die Menschen für sie hatten.

Mit siebenundzwanzig hatte sie ihre erste Million gemacht, indem sie eine Schnäppchen-Zeitung in etwas Wertvolleres verwandelt hatte. Mit achtundzwanzig hatte sie genug Kapital, um ein globales Modemagazin ins Leben zu rufen, das *CQ* Konkurrenz machen konnte. *Style International.* Und mit fünfunddreißig hatte sie New York und die Hälfte der restlichen Printmedien in den Vereinigten Staaten erobert. Da wurde sie von der *Times* zur Geschäftsperson des Jahres ernannt worden.

Sie hatte ihre Mutter angerufen und sich gefragt, ob ihre Familie die Neuigkeiten vielleicht nicht gehört hatten. Doch die ältere Frau schien mehr Interesse daran zu haben, ihr von Wits neuer Verlobten zu erzählen. Als würde das banale Liebesleben ihres jüngeren Bruders irgendwie damit gleichzusetzen sein, dass Elena das US-Verlagswesen in gerade mal zehn Jahren erobert hatte.

Ihre Mutter verschlimmerte die Scheußlichkeit des Moments, indem sie hinzufügte – mit einem noch schwermütigeren Tonfall – dass es höchste Zeit für Elena war, wieder auszugehen. Selbst Jenny Copeland ging jetzt mit *diesem netten Jungen, Billy Day, dem Sohn des Bäckers, aus.*

Ein kalter Schauer lief Elena über den Rücken. Ihre Mutter hatte das Wahrnehmungsvermögen einer nassen Socke. Warum hatte sie also Jenny erwähnt?

Als sie aufgelegt hatte, war Elena nicht in der Stimmung gewesen, irgendetwas zu feiern. Sie öffnete eine 2010er Flasche Château Lafite Rothschild Pauillac in ihrer neuen Penthouse-Wohnung, von der aus man den Hudson überblicken konnte. Sie saß allein im Dunklen, während sie die Bootslichter beim Vorbeifahren beobachtete und alles austrank.

Elena hatte Richard im folgenden Jahr geheiratet. Nicht für ihre Mutter. Nein, es lag nur daran, dass er so, na ja, passend war. Er war keine schreckliche Gesellschaft. Anwalt und Manager im Gesundheitswesen. Er bereiste die Welt. Er hatte Perspektiven. Er konnte so gut Networking betreiben wie niemand sonst. All dieser Charme und seine Kontakte? Ihn in Aktion zu erleben zeigte ihr, wie es gemacht wurde.

Sie hatte viel gelernt. Zum Beispiel, wie Emmanuelle Lecoq sie so gut hatte schlagen können. Niemand würde sie jemals wieder so schlagen. Richard war ein Mann, der die wenigen Fähigkeiten besaß, die sie nicht ihr Eigen nannte. Als er um ihre Hand angehalten und seine Augen dabei geglänzt hatten, als wäre Elena ein vorteilhaftes Geschäftsangebot, hatte sie also augenblicklich zugestimmt.

Er war, wie sie annahm, ausreichend gut im Schlafzimmer. Zumindest besser als Spencer, denn er hatte zumindest ein wenig Interesse an ihr. Sie spürte kein Feuerwerk, aber das hatte sie auch nicht erwartet. Richard war verlässlich und clever, scharfsinnig und hatte einen bissigen Humor. Sie hatte ihn zu schätzen gelernt. Er verstand Ehrgeiz. Er lächelte nicht spöttisch über die Begeisterung, die sie bei den neuen Übernahmen überkam. Nein, er würde ihr mit demselben Ausdruck in den Augen beim Feiern zusehen, den er gehabt hatte, als er sie geheiratet hatte. Macht war für ihn ultimativ erregend.

BlogSpot: Aliens von New York

Von Maddie as Hell

Ich glaube, dass der einsamste Ort auf der Welt die New Yorker U-Bahn nach Mitternacht ist. Nicht nur für Menschen wie mich, die ihre Nachtschicht beenden und mit müden, leeren Augen aus dem Fenster starren. Es sind die anderen. Die Menschen, die nirgendwo anders hinkönnen. Sie sind wegen der Wärme dort. Oder um Zuflucht zu finden. Denn sobald ihr aus einem Zug steigt, müsst ihr ein nächstes Ziel haben. Einen Zweck. Aber im Zug könnt ihr einfach sitzen und nachdenken, ohne den Druck zu haben, irgendetwas zu tun.

Manchmal denke ich, dass ich zu viel Zeit mit Sitzen verbracht habe. Dort sitzen und zusehen, wie die Schatten rasend schnell vorbeihuschen. Ohne den Willen, auszusteigen und dort zu sein, wo ich sein sollte. Es ist leichter, ein Passagier zu sein. Beim Leben geht es um Ziele und nicht darum, stillzusitzen. Es ist ein Schock, wenn einem klar wird, dass die ganze Existenz zu etwas geworden ist, das man von einem ausgesessenen Platz im Zug aus reflektieren kann.

Letzte Woche sind mir die Farben draußen aufgefallen. Wann sind sie wieder kräftiger geworden?

Und heute bin ich aufgewacht und konnte es nicht erwarten, meinen Tag zu beginnen. Ich hatte eine Geschichte, auf deren Druck ich stolz war, eine Idee für einen Folgeartikel, der etwas bewirken kann und jemand Faszinierendes, auf dessen Wiedersehen ich mich freue.

Ich habe mich selbst im Badezimmerspiegel betrachtet und nicht wiedererkannt. Ich glaube, dass ich schon zu lange ein Mitfahrer bin. Zu lange die Welt durch ein Fenster beobachte. Es wird höchste Zeit, aus dem Zug auszusteigen.

Was machst du mit mir, New York? Wieso spielst du so mit meinen Gefühlen? Wenn du so weiter machst, fange ich noch an, dich zu mögen.

Kapitel 9

Kollateralschaden

Als Maddie am nächsten Tag ihre Tasche auf ihrem Schreibtisch abstellte, huschte Lisa heran. Sie stieß ihr in die Rippen und platzierte ihren kurvigen Hintern auf Maddies Tisch.

»Hey«, sagte sie. »Das war eine tolle Story heute Morgen. Der Junge mit der Anklage wegen Drogenbesitz? Dave ist ziemlich beeindruckt und *nichts* beeindruckt unseren Boss.«

»Cool«, sagte Maddie grinsend. »Ich bin froh.«

»Mir hat wirklich gefallen, dass du den Artikel mit demselben Satz begonnen und beendet hast – *Sagt Momma, dass ich es nicht getan habe*. Es war … kunstvoll.«

Maddie schüttelte ungläubig den Kopf. »Gestern Abend hat mich jemand zu überzeugen versucht, dass die Nachrichtenmaschinerie wunderschön sein kann und heute sagst du mir, dass mein Artikel kunstvoll ist.« Sie lachte. »Ihr seid alle verrückt.«

»Oh, Süße, es war erstklassig. Es hat mir gefallen. Nimm das Kompliment an, ja? Du wirst hier nicht allzu viele davon bekommen.«

»Ich habe es aber nicht für die Glückwünsche getan. Bei dem Jungen hängt ein College-Stipendium davon ab. Er braucht jetzt einfach Geld für einen guten Anwalt.«

»Die *FundMeNow*-Kampagne, die du in deinem Artikel erwähnt hast, sollte helfen.« Lisa nickte. »Ich hab heute Morgen zehn Dollar dazugegeben.«

»Das ist großartig. Er ist ein guter Junge. Er hat Angst und fühlt sich so allein. Es hat Mut gebraucht, um mit mir zu sprechen.«

»Dave sagt, dass die Tagesschicht dranbleibt. Man spricht von internen Ermittlungen wegen der Anklage. Sieht aus, als wäre was faul.«

»Das habe ich auch gesagt! So wie ich das sehe, ist Ramel für die Drogeneinheit nur Kollateralschaden. Die sind ja nicht dämlich, sie wissen wahrscheinlich, dass er nichts davon getan hat. Aber sie lassen seine Kumpels frei, damit die sich sicher fühlen und die Fahnder zu ihren Lieferanten oder sowas führen. In der Zwischenzeit verliert Ramel aber sein Stipendium.«

Lisa nickte. Schweigen breitete sich aus, aber sie blieb trotzdem, spielte an ihrem Ehering herum und wirkte nachdenklich. Das war seltsam, weil das die längste Unterhaltung war, die Maddie mit dieser Frau je geführt hatte.

»Ich … eigentlich *wir* ... wollten dich um einen Gefallen bitten«, sagte Lisa.

»Oh?«

»Ich weiß, dass du gesagt hast, du würdest nicht helfen, aber es ist ernst. Du musst uns den neuesten Tratsch über Bartell besorgen. Irgendetwas passiert gerade. Den ganzen Morgen war ihr Büro voller Anzugträger und die sahen grimmig aus. Ich hab versucht, mit ihrem Pitbull zu sprechen, dieser Blonden mit den Reißzähnen und dem Dutt. Aber alles, was ich herausgefunden habe war, dass wir es *zu gegebener Zeit* erfahren würden.«

»Felicity ist gewöhnungsbedürftig.« Maddie fragte sich, warum sie eine Frau verteidigte, die abscheuliche Dinge sagte, aber immer so tat, als hätte sie etwas vollkommen Akzeptables von sich gegeben. Vielleicht fing sie an, sie zu mögen.

»Also findest du für uns heraus, was der ganze Trubel soll, ja?«, drängte Lisa. »Wir zählen auf dich. Stan und ich müssen wissen, ob ich mich schon bald nach einem neuen Job umsehen muss.«

Die Angst, die zusammen mit einem Hauch von Verzweiflung deutlich auf ihrem Gesicht zu sehen war, brachte Maddie fast dazu, zuzustimmen. Es fühlte sich falsch an, ihre persönliche Verbindung so zu benutzen. Außerdem würde Elena wahrscheinlich alle geschäftlichen Fragen ignorieren, die sie ihr stellte. Zu Recht. Es war anmaßend, überhaupt zu fragen. Also sollte Maddie einfach ne–

»Bitte? Ich hab gesehen, wie Bartell dich beobachtet. Das macht sie ziemlich oft. Ich glaube, dass sie dich von uns allen am wenigsten hasst. Du bist unsere beste Hoffnung.«

Sie beobachtet mich? Madeleine biss sich auf die Lippe und seufzte. »Ich versuche es.«

Hoffnung spiegelte sich in Lisas ausdrucksstarken braunen Augen wider.

Maddie wurde das Herz schwer. »Lisa, ich kann nichts versprechen.«

»Ich weiß. Frag einfach. Das ist alles, was wir wollen. Geh in die *boca* des Drachen. Du schaffst das! Du bist mitten in der Nacht für dein Interview nach

Queens gefahren, richtig? Wenn irgendjemand die Neuigkeiten bekommt, dann du.« Und damit tänzelte sie zurück zu ihrem Tisch und zeigte einigen herumlungernden Reportern die erhobenen Daumen.

Maddie seufzte, loggte sich ein und verteilte die Nachrichten von den Agenturen über ihren ganzen Bildschirm. Außerdem öffnete sie ihren Nachruf-Ordner, um nachzusehen, wer einen Artikel brauchte.

Eine leise Stimme rief aus dem Büro hinter ihr. »Madeleine.«

Als Maddie über die Schulter blickte, bemerkte sie, dass blaue Augen sie ansahen. Sie stand auf, ging zum Glasbüro und ließ sich auf dem Besucherstuhl nieder.

Elena schrieb etwas.

Zwei Minuten lang starrte Maddie das makellose, schwarze Haar der Frau an, ihre dezenten Wangenknochen und den unnahbaren Gesichtsausdruck, während Elena weiter mit dem Stift über das Papier kratzte.

»Verstehen Sie, dass die meisten Leute, die Journalisten werden, Ehrgeiz haben?«, fragte Elena plötzlich, ohne aufzusehen. »Ich weiß, dass ich es hatte. Sie schreiben mit der Hoffnung auf den Durchbruch an einem nationalen Artikel, der sie dann noch weiter aufsteigen lässt. Aber nicht Sie. Wissen Sie, woran das liegt?«

Maddie widerstand dem Drang, es zu leugnen. Sie wartete.

»Weil Sie keine Journalistin sind.«

»Was? … Nein!«

»Oh ja.« Elena hörte auf zu schreiben und fixierte sie mit ihrem stechenden Blick. »Sie haben keinen Ehrgeiz, keinen Antrieb, kein Verständnis dafür, was es heißt, in diesem Beruf zu arbeiten. Sie hassen Ihren Job. Sie hassen diese Stadt. Sie hassen Ihr Leben. Also sagen Sie mir, warum? Warum, Madeleine Grey, sind Sie überhaupt hier? In New York? Immer noch?«

Maddie fiel kein einziges Wort ein und sie spürte, wie sie unter dem prüfenden Blick zerfiel.

»Ich gebe Ihnen einen Hinweis«, sagte Elena. »Weil Sie tief in sich genauso farblos sind wie Ihr Name. Sie haben keinen Killerinstinkt. Sie mögen sich nicht und Sie wissen nicht einmal, *wer* Sie sind. Aber wir beide wissen, was Sie nicht sind: eine Journalistin.«

Maddie keuchte und ballte die Hände fest zu Fäusten. »Ich kann schreiben«, protestierte sie.

»Ja, Sie können schreiben. Es mag Sie überraschen, aber das ist nicht das Problem. Sie schreiben gut, wenn es Ihnen passt. Ihr Artikel heute war außergewöhnlich. Ich glaube, ich habe sogar gesehen, wie Ihr harter Nachrichtenchef eine halbe Sekunde lang feuchte Augen bekommen hat. Sie haben die Fähigkeit, durch Worte eine Reaktion auszulösen. Ich habe Sie studiert und Sie überragen alle, wenn Sie eine emotionale Verbindung zu dem Thema haben, über das Sie schreiben. Zum Beispiel die Todesanzeige des Zugwärters, der sein Leben geopfert hat, um die Passagiere auf den Gleisen zu schützen. Ein emotionales Thema, das Sie offensichtlich berührt hat.«

Maddie nickte betäubt.

»Und haben Sie auch seine Familie kontaktiert? Ihnen Unterstützung angeboten? Vielleicht Blumen zur Beerdigung geschickt? Oder, wie ich Sie kenne, Gebäck?«

Maddie betrachtete ihre Hände. *Es waren nur ein paar Brownies. Hab sie praktisch im Schlaf gebacken.*

»Und zurück zu Ihrem Artikel über Ramel Brooks.« Elena betrachtete sie genau. »Sie waren es, die eine Kampagne zum Crowdfunding für einen guten Anwalt eingerichtet hat. Richtig?«

»Ähm«, fing Maddie an. »Okay, ja. Ich habe seiner Mutter alle Passwörter geschickt, damit sie an das Geld kommt. Sie brauchte nur Hilfe, alles einzurichten. Das Internet ist nicht ihr Ding.«

»Mm. Wie vorhersehbar von Ihnen. Und dann war da Ihr Artikel über den ehemaligen Bauträger, der einen bewaffneten Raubüberfall verübt hat. Das war der oberflächlichste Beitrag, den ich je gelesen habe. Und das liegt daran, dass er ihnen egal war.«

Maddie sah sie empört an. *Wem wäre schon ein gut betuchter Arsch wichtig, der jemanden zu Tode erschreckt, weil sein Unternehmen den Bach runtergegangen ist?*

»Das habe ich mir gedacht. Madeleine, das ist kein Journalismus. Ein Journalist muss in der Lage sein, einen Weg zu finden, seinen Job zu machen, egal, ob die Geschichte ansprechend ist oder nicht. Meine Schlussfolgerung steht also: Sie wissen vielleicht, wie man schreibt, aber Sie sind keine Journalistin.«

Maddie wurde das Herz schwer. Wut und Demütigung kämpften in ihr gegeneinander an. »Ich …« Sie hielt inne. »Was ist falsch daran, es wichtig zu finden, worüber man schreibt? Kein Reporter ist vollständig objektiv. Das ist ein Mythos. Was ist also falsch daran, wie ein Mensch *und* ein Reporter zu handeln?«

»Was daran falsch ist?« Elenas Blick wurde hart. »Es ist ein unmöglicher Standard. Das meiste, worüber ein Journalist schreibt, hat keine emotionale Resonanz. Sie werden bei dem Versuch ausbrennen, einen zu finden. Sie werden leiden und in sehr kurzer Zeit daran kaputtgehen.«

»Das können Sie nicht wissen. Warum schreiben Sie mich ab?«

»Madeleine, Sie können nicht ernsthaft glauben, dass dieser Beruf das Richtige für Sie ist.«

Schweigen breitete sich zwischen ihnen aus.

Maddie ballte die Hände zu Fäusten. Verstand Elena sie so wenig – selbst nach ihren nächtlichen Gesprächen – dass sie nicht begriff, wie sehr Maddie das Schreiben liebte? Niemand konnte ihr etwas anderes sagen. Das war Schwachsinn. Sie öffnete den Mund, um genau das zu sagen, als Elena die Hände hob und sie aufhielt.

»Machen Sie sich nicht die Mühe. Der Rest der Mitarbeiter wird es am Ende des Tages erfahren. Ich bin mir bewusst, dass es nur ein Monat war, aber einige Dinge haben sich schneller entwickelt, als ich erwartet habe. Ich werde die Zeitung einstellen.« Sie nagelte Maddie mit einem betonten Blick fest. »Und ich werde Ihnen einen Gefallen tun. Einen großen. Sie sind gefeuert.«

Maddie spürte, wie ihr der Magen in die Kniekehlen sank. Wie konnte sie nur? Maddie erkannte, dass sie tatsächlich angefangen hatte, der Frau ein wenig zu vertrauen. Elenas Verrat tat weh. Viel mehr, als wenn sie sich über den Tisch gebeugt und ihr eine Ohrfeige verpasst hätte. »Wie ist das ein Gefallen?«, presste sie hervor.

»Ich erspare es Ihnen, sich aus einem fehlgeleiteten Pflichtgefühl an ein gescheitertes Experiment zu klammern. Sie wollen nicht in New York sein. Und Sie gehören nicht in den Journalismus.«

»Also das ist es dann? Sie werfen mich … uns alle, einfach den Wölfen vor?«

Elena neigte den Kopf. »Nein, nicht alle. Ich habe zwei Mitarbeiter gefunden, die es würdig sind, eine Versetzung innerhalb der Bartell Corp. zu erhalten. Aber ich brauche keine Journalistin mit einem so unvorhersehbaren Talent wie Ihres – Talent, das davon abhängig ist, ob sie etwas für die Geschichte *fühlt.*«

Maddies Rationalisierungen blieben ihr im Halse stecken, als sie Elena in die Augen sah und nur Eis darin sah. Kalt. Leer. »Ich kenne Sie nicht.« Maddie funkelte sie wütend an und stand auf, um zu gehen.

Elenas Kiefer zuckte und sie runzelte leicht die Stirn. »Ich habe Ihnen bereits letzte Nacht gesagt, wer ich bin. Ich habe Ihnen den Rat gegeben, nichts auf meine Menschlichkeit zu setzen. Sie haben mir nur nicht geglaubt.« Sie schob eine offene Aktenmappe von der Seite zu sich.

Maddies Aufmerksamkeit richtete sich darauf und sie versuchte, die auf dem Kopf stehende Schrift zu lesen. Es war eine Pressemitteilung. Die Überschrift lautete *Hudson Shard angekündigt*. Was zur Hölle war Hudson Shard? Auf dem Blatt klebte ein Post-it.

Vom Pressesprecher erhalten, 6.Februar, bitte bestätigen.

Vor weniger als einem Monat. Die Erkenntnis traf Maddie hart. »Sie hatten nie vor, irgendjemandes Job oder diese Zeitung zu retten, nicht wahr? Sie hatten schon die ganze Zeit vor, dieses Gebäude in einen Wolkenkratzer zu verwandeln.«

»Dieses Gebäude *hat* die ideale Lage.« Elena lehnte sich auf ihrem Stuhl zurück. »Nahe am Herzen von New York City, gute Anbindung zu den öffentlichen Verkehrsmitteln. Es wird ein sehr gefragter Bürokomplex werden. Möglicherweise ein Wahrzeichen von New York, wenn ich damit fertig bin. Es wird ikonisch. Wunderschön.«

»Sie haben also die ganze Zeit so getan, als würden Sie die Talente unter den Mitarbeitern suchen, haben aber in Wirklichkeit was, Gutachter und Ingenieure durch das Gebäude geschleust? Es geheim gehalten?«

»Mitarbeiter neigen dazu, unbeherrscht zu werden, wenn sie wissen, dass sie ihren Job verlieren werden«, sagte Elena mit einem Nicken. »Es ist klug, nicht jedem gleich sein ganzes Blatt zu zeigen. Ich habe Ihnen schon gesagt, dass ich nicht zulasse, dass sich mir etwas in den Weg stellt. Ich spiele das Spiel gut, weil ich es klug spiele.«

»Außer, dass es für uns kein Spiel ist; es ist unser Leben. Und Sie haben uns gesagt … Sie sagten …« Sie schluckte den Kloß in ihrem Hals herunter. »Sie haben uns glauben lassen, dass es Hoffnung gibt.«

»Es ist ein *Geschäft*.« Elena musterte sie. »Außerdem kann ich gleichzeitig Talente ausfindig machen und ein Gebäude begutachten. Meine Entwicklungspläne sind heute Morgen eingereicht worden. Sie waren diejenige, die sie mir gestern Abend persönlich übergeben hat. Aber Sie können morgen alles darüber im *Wall Street Journal* lesen, zusammen mit allem anderen.«

Maddie starrte sie an. »Warum tun Sie das? Ein Bürokomplex? Sie sind im Mediengeschäft!«

»Ich bin im *Profit*-Geschäft. Und wenn ich eine Gelegenheit sehe, greife ich zu. Wo auch immer es liegen mag; was auch immer es sein mag.« Sie warf Maddie einen abschätzenden Blick zu. »Wie ich gestern Abend schon versucht habe, Sie zu warnen – nichts und niemand stellt sich dem in den Weg. Sie hätten *wirklich* zuhören sollen.« Sie klappte den Ordner zu und neigte den Kopf in Richtung Tür. »Wir sind hier fertig.«

Kälte kroch in Maddies Knochen. Während sie Elenas Blick standhielt, wurde ihr klar, dass darin nichts von der Frau zu sehen war, die sie zu kennen geglaubt hatte. Sie stand auf. »Sie sind wirklich so, wie die Leute sagen«, sagte Maddie mit wachsender Wut. »Ein selbstsüchtiges, eiskaltes, geldgieriges Miststück von einem Hai.«

Drei Tage später lag Maddie halb komatös auf dem Sofa, starrte die Abfälle einiger Tafeln Schokolade und die Reste vergangener Cocktail-Abende sowie eine Mauer aus Simons Umzugskartons an. Ihr Kopf tat weh. Der Bauch auch. Sich niemals wieder zu bewegen hörte sich nach einem guten Plan an.

Ihr Telefon klingelte. Mit einem empörten Grummeln wühlte Maddie danach und nahm ab.

»Sie wird als nächstes nach Australien gehen«, verkündete Felicitys abgehackte Stimme ohne eine Begrüßung.

»Fick dich und dein Arschloch von Chefin.« Maddie schlürfte die Reste ihrer grellblauen Cocktail-Mischung.

»Wie auch immer. Hör zu, *Style Sydney* befindet sich im Sinkflug und sie will es retten, bevor es der ganzen *Style International* Marke schadet. Sie wird eine persönliche Assistentin brauchen. Das momentane Mädchen ist nutzlos. Außerdem trägt sie grünen Lidschatten. *Grün!* Gott, neben ihr siehst sogar du modisch aus.«

»Hm?« Maddie warf einen Blick auf ihr Handy. »Und du teilst mir das mit, weil?«

»Bist du interessiert?«

»Für Elena zu arbeiten? Sie hat mich gerade gefeuert!«

»Ja, dessen bin ich mir bewusst. Sie hat alle gefeuert. Weiter im Text…«

»Ich bin nicht der Typ dafür, persönliche Assistentin. Ich mache kein Assistenten-Zeug. Ich. Bin. Eine. Journalistin.«

»Nicht. Laut. Elena.«

Maddie war vor Frustration kurz davor den Cocktail durch den Raum zu werfen. »Verstehst du nicht, dass sie mich gefeuert hat? Ich habe sie vielleicht auch einen Hai genannt.«

»Aha.«

»Ein selbstsüchtiges, eiskaltes, geldgieriges *Miststück* von einem Hai.«

»Ist das ein Ja oder ein Nein?«

Maddie runzelte die Stirn. »Hör zu, ich weiß nicht, was Elena von mir will, aber –«

»Elena will jemanden, der fließend Känguru spricht oder welche Art von kultureller Absonderlichkeit ihr da unten so betreibt und sie bevorzugt jemanden, den sie kennt. Und sie hat mir gesagt, dass ich dir sagen soll, diese Stelle würde deinen sehnlichsten Wunsch erfüllen.«

Maddie schüttelte den Kopf. »Ich werde es bereuen, diese Frage zu stellen, nicht wahr?« Sie rieb sich ihre müden Augen. »Was ist mein sehnlichster Wunsch?«

Ein selbstgefälliges Kichern ertönte. »Einen gesichtswahrenden Weg, um wieder nach Hause zu kommen.«

»Gesichtswahrend? Ich werde als persönliche Assistentin zurückkehren und nicht als Journalistin! Eine Assistentin?!« Maddie traute ihren Ohren nicht. »Oh, ich verstehe …« Das war also Elenas Rache dafür, nicht das letzte Wort gehabt zu haben, nachdem Maddie ihr ein paar Schimpfwörter an den Kopf geknallt hatte? Sie als Lakai anzustellen. »Sie glaubt, dass ich meine Karriere als Journalistin aufgebe, um auf die Knie zu fallen und ihr den Arsch zu kü–«

»Urgh! Du wärst ihre persönliche Assistentin, du Idiot. Das ist ja wohl kaum *alles aufgeben*. Das ist ein Job mit Status. Sicher hat selbst dein verwilderter, von Dingos gezeugter Clan aus dem hinteren Sumpfland schon von Elena Bartell gehört?«

Maddie stöhnte über die Sinnlosigkeit, mit Felicity Simmons zu diskutieren. »Gib mir eine einfache Antwort auf diese Frage: Warum würde sie *mich* einstellen wollen?«

»Sie hat gesagt, dass du das fragen würdest.«

»Und?«

»Es geht ums Geschäft.«

Maddie knirschte mit den Zähnen. »Nein, für mich tut es das nicht.«

»Wie du willst. Du weißt, dass ich eine ganze Wagenladung an persönlichen Assistenten finden kann, die diese Möglichkeit mit Freude ergreifen. Aber wenn du dich lieber an den Irrglauben klammern willst, du wärst für New York gemacht, wenn es dir so elend geht, dass sogar ich es sehen kann – und ich habe überhaupt kein Interesse an deinem Leben – dann kann ich dich nicht aufhalten.«

»Warum holst du dann nicht die Wagenladung an persönlichen Assistenten, um es zu tun?«, fragte Maddie fauchend. »Ich sag dir was – wenn Elena-Tiger-Miststück-Bartell will, dass ich ihre persönliche Assistentin werde, soll sie mich verdammt nochmal persönlich fragen.« Sie beendete das Gespräch mit einer heftigen Bewegung ihres Fingers. *So.*

Eine Stunde später brachte Maddie die Energie auf, um einkaufen zu gehen. Sie hatte es gerade behutsam mit dröhnendem Kopf die Treppe ihres Wohngebäudes hinuntergeschafft, als sie sah, wie ein glänzender, schwarzer BMW langsam die Humboldt Street hinauf auf sie zu kroch. Maddie beobachtete ihn und fragte sich, ob sich die Luxuskarosse verfahren hatte. Es sei denn, die wollten nebenan zu Bruno, um etwas reparieren zu lassen?

Der Wagen fuhr an den Straßenrand und ein vertrauter Fahrer stieg aus.

»Ms. Grey?«, sagte Amir.

Sie sah ihn an. Dann das Auto. Dann wieder ihn. Ihr nicht vollständig nüchternes Gehirn hatte Probleme, den Anblick zu verarbeiten.

Schließlich wurde das Fenster auf der hinteren Beifahrerseite heruntergelassen. Elena sah sie durch ihre dunkle Sonnenbrille an. »Ich bin eine viel beschäftigte Frau. Können wir das hier beschleunigen?«

»Was beschleunigen?«

»Ich weigere mich, ein Geschäft mit Rufen über die Straße hinweg abzuschließen. Steigen Sie ein.«

Amir ging zur hinteren Tür auf der anderen Seite und öffnete sie. Er sah Maddie erwartungsvoll an.

Sie zögerte, ehe sie um das Auto herum ging und einstieg.

Amir schloss die Tür.

Maddie nahm den Geruch von Elenas vertrautem Parfum auf, das sich mit dem Leder der schicken Sitze vermischte. Sie sah an sich selbst hinab; zerrissene Jeans, ein altes T-Shirt und eine Jeansjacke. Sie verschränkte die Arme. »Ja?«

»Ich habe gehört, Sie würden gern die Bedingungen für Ihre neue Arbeitsstelle besprechen?«

»Nein, ich wollte es aus Ihrem Mund hören – eine persönliche Einladung, Ihre Assistentin zu werden.«

Elena musterte sie. »Sie wollen nach Hause. Ich zahle. Ist das nicht gut genug?«

»Nein. Kommen Sie schon, Sie haben mich gefeuert. Und dann habe ich Sie beleidigt und jetzt bieten Sie mir einen Job an?«

»Offensichtlich. Also?«

»Aber warum?«

»Wollen Sie nicht nach Hause?«

Maddie blinzelte. War das nicht die eine Million Dollar Frage? Das tat sie. Mehr als alles andere. »Ja«, gab sie zu.

»Was müssen wir dann noch diskutieren?«

»Ich werde Ihre persönliche Assistentin sein, um Himmels Willen. Keine Journalistin.«

»Dessen bin ich mir bewusst.«

»Ist das ein *Fick dich*? Mir einen abwertenden Job anzubieten, bei dem ich jeden Ihrer Wünsche erfüllen muss.«

Elenas Gesichtsausdruck wurde vernichtend. »Wirklich? Das denken Sie von mir?«

»Wer weiß schon, wie Ihr Kopf funktioniert?« Maddie schnippte unsichtbaren Staub von ihrer Jeans. »Sie sind ein Rätsel.«

Mit verengten Augen sagte Elena: »Tja, Sie scheinen derselben Art anzugehören.«

Maddie sah sie aus dem Augenwinkel an. »Also, wie lange fahren Sie schon um den Block und überlegen, ob Sie klopfen sollen oder nicht?«

Elena stieß ein leidendes Seufzen aus. »Der Job gehört Ihnen. Nehmen Sie ihn oder nicht. Ihre Entscheidung.«

»Bereuen Sie es? Die Dinge, die Sie gesagt haben?«

»Sie entsprachen alle der Wahrheit.« Elenas Gesichtsausdruck verhärtete sich. »Jedes Wort.«

Maddie musterte sie mit wachsender Wut. »Sie haben mich wie Müll zur Tür rausgeworfen.«

»So sehe ich das nicht.« Elena nahm ihre Sonnenbrille ab und beugte sich näher zu ihr, während sie Maddie eindringlich musterte. »Ehrlichkeit ist essenziell für persönliches Wachstum. Ich bevorzuge die Wahrheit in allen Bereichen, nichts als die ungeschminkte Wahrheit. Und das sollten Sie auch. Außerdem habe ich Ihnen wirklich einen Gefallen getan.«

»Das glauben Sie tatsächlich, nicht wahr?«

»Natürlich tue ich das.«

Maddie leckte sich über die Lippen. Sie war nervös. Es gab eine Frage, die sie stellen musste, so unangenehm und peinlich die auch war. »Und was ist mit uns?«

»Uns?« Elena sah sie seltsam an. »Sie würden meine Assistentin sein, Madeleine. Ich wäre Ihre Chefin. Welches *uns* könnten Sie denn meinen?«

»Es wäre also, als wäre New York nie passiert?«, verdeutlichte Maddie. Sie bewegte sich unruhig auf dem Sitz. »All die Dinge zwischen uns … zum Beispiel, dass Sie mich gefeuert haben? Ganz zu schweigen von … ähm … allem anderen?« *Unsere Gespräche*, wollte sie sagen. *Unsere Beinahe-Freundschaft. Dass du mich immer angesehen hast, als würdest du mehr wollen. All die Male, die ich dich angesehen habe und nicht damit aufhören konnte. Die faszinierenden Gespräche, die intensiven Momente spät in der Nacht, wenn niemand sonst da war. Dass ich dich vermisst habe, wenn du nicht da warst. Es kann nicht so einseitig gewesen sein. Oder? Kann sie es einfach ausradieren, als wäre es nie passiert?*

Elena öffnete den Mund und ihre Lippen zogen sich nach unten, als wäre sie kurz davor, etwas Boshaftes oder Abfälliges zu sagen. Sie schloss ihn wieder. Ihre Nasenflügel bebten. »Das wäre das Beste.«

»Warum ich? Ich meine, Sie haben deutlich gemacht, dass Sie mich nicht einmal mögen.«

Elena funkelte sie an. Sie umfasste Maddies Hand. Fest. »Das war geschäftlich. Ich hätte nicht deutlicher sein können. Sie müssen wirklich lernen, die beiden Dinge zu trennen.«

Maddie musterte ihr Gesicht und beobachte den Widerspruch zwischen der leichten Anspannung in ihrem Kiefer und ihren ausdruckslosen Augen und wunderte sich über all die Dinge, die sie nicht sagte. Dann senkte sie den Blick auf ihre verbundenen Finger.

Elena zog ihre Hand zurück, als wäre sie überrascht darüber, sie überhaupt berührt zu haben.

Maddie musterte ihre ehemalige Chefin einen Augenblick länger, ehe sie sich umwandte und aus dem Fenster sah. »Simon reist in drei Tagen ab«, sagte sie leise. »Sein Visum läuft aus.«

»Ah. Der Mitbewohner.«

»Wissen Sie, er hat sich das Praktikum hier nur gesucht, um mit mir abzuhängen. Das lustige ist, dass er das Leben hier mehr liebt als ich. Ist das nicht ironisch? Ich habe eine Green Card und könnte unbegrenzt hierbleiben, aber ein Kerl, der dafür töten würde, muss gehen. Wie auch immer, es wird komisch sein, ohne ihn in New York zu leben.«

»Er hört sich nach einem guten Freund an – einem, der Sie sicher ziemlich vermissen wird, wenn Sie nicht mit ihm nach Hause zurückkommen.«

»Wir sind unzertrennlich, seit wir Kinder sind«, murmelte Maddie. Sie betrachtete die roten Backsteine ihres Wohngebäudes und die Bäume, die die Straße säumten. Elena lag wie immer gespenstisch richtig, obwohl sie bezweifelte, dass es die Frau überhaupt interessierte, dass sie Maddie einen guten Grund gab. Für Elena war es sicher nur ein cleverer Schachzug, Loyalität als Argument anzuführen. Ein gesichtswahrender Weg für Maddie, ihr zuzustimmen. Warum wollte Elena sie überhaupt als persönliche Assistentin? Das ergab keinen Sinn.

Das war alles zu schwer zu verdauen, vor allem, da Maddie nicht einmal annähernd einen klaren Kopf hatte. Sie versuchte, sich durch all die rivalisierenden Argumente in ihrem benommenen Gehirn zu kämpfen. Sie hatte Elena zu schätzen gelernt und ihre Gesellschaft genossen. Hatte es geliebt, kurze Blicke hinter die Maske erhaschen zu können. Und plötzlich hatte die Frau sie wie einen Käfer zerquetscht. Himmel, eben hatte sie sogar zugegeben, dass sie es nicht bereute. Andererseits wollte Maddie nach Hause. Verzweifelt. Es würde deprimierend werden, allein und arbeitslos in New York zu sein. Sie erinnerte sich daran, wie isoliert sie sich gefühlt hatte, bevor Simon zu ihr gestoßen war. Maddie unterdrückte ein Schaudern und wandte sich wieder Elena zu.

»Ich nehme Ihr Angebot an. Für Simon«, sagte sie. Nicht in hundert Jahren würde sie Elena bestätigen, wie erbärmlich sie sich fühlte, dass sie nicht damit umgehen konnte, allein in New York zu sein.

Maddie sah sie mit stählernem Blick an.

»Und Sie können mich so oft Sie wollen Ihre persönliche Assistentin nennen, und ich werde in dem Job mein Bestes geben, aber ich werde immer eine Journalistin sein. Und *das* werde ich Ihnen beweisen. Nur, damit Sie es wissen. In Ordnung?«

Elena betrachtete sie gelassen. Dann schnaubte sie. »Felicity wird den Papierkram vorbereiten.«

BlogSpot: Aliens von New York

Von Maddie as Hell

Auf Wiedersehen, New York. Tut mir leid, dass ich dich nie verstanden habe, so sehr ich mich auch bemüht habe. Wir hatten auch unsere Momente, oder?

Erinnerst du dich an die lachende alte Frau vor Saks in der Fifth Avenue, die versucht hat, alle Passanten zu umarmen und sie ›Sally‹ genannt hat? Ich habe mich oft gefragt, wer Sally war. Eine verlorene Tochter? Eine ihr fehlende Geliebte? Es ist egal; wir alle durften Sally sein und bekamen eine Umarmung, die nach nassem Wollcardigan und Muskat roch. Ich glaube, dass Leben der alten Frau muss eine Freude sein. Überall, wo sie sich hinwendet, findet sie genau, wonach sie sucht.

Ich wünschte, das wäre bei mir der Fall gewesen. Ich bin in der Hoffnung nach New York gekommen, Den Traum zu finden. Ich gehe jetzt und habe einen kleinen Teil von mir verloren, einen kleinen Teil von mir gefunden und ein paar grausame Wahrheiten erfahren. Wie den Fehler, anzunehmen, dass alle die Welt … und Freundschaften … so sehen wie ich.

Aber weine nicht, New York. Es liegt nicht an dir; es liegt an mir. Ich werde so tun, als wären wir die besten Freunde gewesen, falls jemand fragen sollte.

Und das werden sie.

Kapitel 10

Den Traum leben (zweiter Versuch)

Maddie klopfte sich den Sand vom Knie, richtete ihr Strandhandtuch und lehnte sich nach hinten auf einen Arm. Das leise Brummen des anhaltenden und wieder anfahrenden Verkehrs auf der Campbell Parada am Bondi Beach verblasste hinter ihr, als sie den Anblick der rollenden, blauen Wellen und hunderter, sich bräunender Sonnenanbeter in sich aufnahm. Möwen kreisten über ihnen und hüpften über den Sand, um weggeworfene Brotkrusten oder Pommes zu finden.

»Sie hatten nur Cola Zero«, sagte Simon, als er hinter ihr auftauchte und ihr eine Dose in den Schoß fallen ließ. »Ich hatte keine Lust, in den nächsten Laden zu gehen, also musst du damit leben.«

»Danke.« Sie öffnete den Verschluss, genoss das befriedigende Zischen und drehte die Dose fest in den weichen, weißen Sand.

Simon legte ein dickes Päckchen zwischen sie und ließ sich neben ihr nieder. Er streckte seine langen Beine aus und seine Zehen lugten zwischen dem braunen Leder seiner Alt-Herren-Sandalen hervor, wie Maddie sie gern nannte. Er wickelte das Papier ab und brachte ein wunderbares Durcheinander aus Fish and Chips zum Vorschein.

Maddie geriet in Verzückung, als sich der Fischgeruch mit dem Duft des Meersalzes vermischte. »Oh lecker! Gott, hab ich das vermisst. All das.« Sie deutete auf das Bild vor sich. »Weißt du, ich hatte keine Ahnung, dass ich so ein Strandhäschen bin, bis ich es nicht mehr sein konnte.«

»Wirklich?« Simon zog eine dicke Pommes hervor. »Also, ist Bondi so, wie du ihn in Erinnerung hattest? Oder Sydney?« Er drückte mit einem lauten Schmatzen etwas Ketchup auf den Rand des Kartons.

»Jap.« Sie tauchte ihre Pommes in den Soße-Kleks. »Es fühlt sich hier friedlich an. Was seltsam ist, wenn man bedenkt, wie laut und hektisch Sydney ist. Ich meine, von der Temperatur mal abgesehen, ist es nicht *so* anders als New York. Aber es fühlt sich nach Heimat an.«

»Mm.« Simon kaute langsam. »Ich hab New York geliebt. Irgendwo war immer was los. Aber du bist kein irgendwo-ist-immer-was-los-Mädchen, also verstehe ich es.«

»Nein. Aber das ist nicht der Grund. Es ist nur so, dass in New York irgendwie alles ungefähr zehn Grad von dem abwich, was ich kannte. Es hat sich nur genug wie Zuhause angefühlt, um mich reinzulegen. Ich meine, eine Stadt ist eine Stadt, richtig? Aber ich war die ganze Zeit angespannt. Ich glaube, dass mein Unterbewusstsein fehl am Platz war und das hat es mich nie vergessen lassen.«

»Ich dachte mir schon, dass du niedergeschlagen bist. Du hast zu viel geschlafen. Niemandem kann es gefallen, so oft bewusstlos zu sein.«

»Oh.« Maddie griff nach einer weiteren Pommes. »Tja, jetzt schlafe ich gut. Und vermisst du es?«

»Natürlich vermisse ich es. Aber jetzt habe ich einen neuen Grund, hierzubleiben.«

»Ah ja, die berüchtigte Caroline. Eine Romanze am Arbeitsplatz.« Maddie stieß ihm mit den Ellbogen in die Seite. »Das ging ziemlich schnell. Ist es etwas Ernstes?«

»Ich hab absolut keine Ahnung. Ich lasse es auf mich zukommen. Obwohl ich die Montage jetzt kaum erwarten kann. Weil ich sie dann wiedersehe. Das ist wie die umgekehrte Montagsphobie.« Er riss sich ein Stück Fisch ab und warf es sich in den Mund. Er kaute einen Augenblick, ehe er sie musterte. »Was ist mit dir? Kommst du wieder mit Rachel zusammen? Weißt du, sie hat rumgeschnüffelt und versucht herauszufinden, wann du mit der alten Clique rumhängen wirst.«

Maddie seufzte. »Rachel und ich hatten nichts gemeinsam außer unseren Journalismus-Kurs und der Tatsache, lesbisch zu sein. Außerdem will sie ihre Sexualität bis zu dem Tag verstecken, an dem auch das letzte Mitglied ihrer Familie tot ist. Und ihre Familie ist riesig. Ich bin nicht sicher, warum wir es überhaupt so lange hingezogen haben. Sie hat mir nicht mal geschrieben, als ich drüben war.«

»Hm.« Simon zuckte mit den Schultern. »Okay, streich Rachel. Aber wir müssen dich verkuppeln. Du bist schon viel zu lange niedergeschlagen. Wen magst du? Was ist mit deinem Boss?«

»Mein … was? Elena?«

»Ja, da wir gerade von heißen Büro-Romanzen sprechen … Du und der Tigerhai. Warum nicht?«

»Sie ist eine verheiratete Frau! Und hetero!«

»Mir fällt auf, dass du nicht leugnest, sie zu mögen. Also, was ist los? Hab ich einen Nerv getroffen? Schmachtest du sie jetzt an?«

Maddie tunkte die nächste Pommes energisch in den Ketchup. »Ich schmachte sie nicht an.« Sie sah ihn finster an. »Sie hat meinen erbärmlichen Hintern rausgeschmissen, schon vergessen? Hier wird *nicht* geschmachtet.«

Er lachte. »Du hast die heißeste Chefin in der Geschichte der Chefs, aber es gibt kein Schmachten. Verstanden. Oh hey, lass uns den patentierten Simon Itani-Test machen.« Er wackelte mit einer Pommes vor ihrer Nase. »Also, wenn du daran denkst, nächste Woche zur Arbeit zu gehen und deinen neuen Job zu beginnen, wie fühlt es sich an, sie seit New York nicht mehr gesehen zu haben? Erste Reaktion – los!«

Maddie musterte die knusprigen Fischstücke und schob sie mit dem Finger herum. *Wie fühlt es sich an? Wie ein kleines Feuer. Aufgewühlt. Nervosität und Aufregung. Als würde ich etwas verpassen, dass so nah ist, dass ich es kosten könnte. Honig und Würze und Verlockung und …* Sie runzelte die Stirn.

»Ich fühle mich wütend«, log Maddie. Sie sah ihn nicht an. Simon war viel zu gut daran, sie zu durchschauen. »Es ist eine stetige Erinnerung daran, wie überqualifiziert ich bin. Als würde sich mein Uni-Abschluss auflösen und in Staub verwandeln, während ich Kaffee hole und korrigierte Artikel irgendwo hinschicke. Natürlich sehe ich mich nach einem anderen Job um, aber es ist schwer, was im Journalismus zu finden. Bei *Fairfax* und *News Corp* gibt es schon wieder eine Entlassungswelle.«

»Ja?« Er verengte die Augen. »Das ist ja scheiße. Tut mir leid, Mads. Himmel, dieses Thema zieht einen echt runter. Hey, willst du von meinem Rugby-Training hören? Wir haben einen neuen Spieler bei den Penrith Roos. Er ist der totale Scherzkeks. Er hat eine Flasche Gatorade geholt, eine Schachtel Gummibänder, eine Strumpfhose und …«

Maddie blendete seine Stimme aus. Ihre Gedanken glitten wieder zu seiner Frage. Aufregung stieg wieder auf. Es war wie eine üble, packende Spannung. Sie hatte angenommen, dass es Nervosität war. Neuer Arbeitsplatz und das alles. Beim Gedanken an Elena zog sich ihr Magen wieder zusammen, als würde ein Schwarm

Schmetterlinge darin schwirren. Wie lange würde es dauern, bis sie wieder im selben Raum waren?

Sie warf einen Blick auf ihre Uhr und schüttelte dann den Kopf über die Handlung. *Oh Gott. Ich zähle wirklich die Stunden, bis ich sie wiedersehe.*

Es war der Anfang des ersten Tages ihres neuen Jobs als persönliche Assistentin und Maddie war bereits am Ende. Sie hatte ein halbes Dutzend Outfits anprobiert, weil sie nicht sicher war, was von ihr erwartet wurde, oder wie sehr sie ihren Look verändern musste, um sich der Rolle anzupassen. Sie war beinahe versucht, in ihrem Nachtschicht-Outfit aus Jeans und einem Grunge-T-Shirt aufzutauchen, aber sie war ziemlich sicher, dass Elenas beleidigende Ermahnungen die Sache nicht wert waren.

Es war ein wenig beunruhigend, festzustellen, wie wichtig ihr Elenas Meinung war.

Schließlich entschied sie sich für den Emo-Bibliothekarinnen-Look, den Felicity bevorzugte. Das schien eine sichere Wahl zu sein.

Die Einweisung durch den Personalbeauftragten verlief unkompliziert und schon nach kurzer Zeit nahm sie an einem Schreibtisch Platz, der seitlich neben dem Glasbüro aufgestellt war, auf dem Elenas Name stand.

Nachdem sie sich orientiert, den anderen vorgestellt und versucht hatte, sich nicht nach Elenas Verbleib zu erkundigen, stellte sie gedanklich eine Liste zusammen. Drei einfache, erreichbare Ziele.

Erstens, sie würde die perfekte persönliche Assistentin sein, eine, für die New York nie passiert war und die sich nicht mit Geplänkel aufhielt oder persönliche Dinge mit einer Frau teilte, die kein Herz hatte. Eine Frau, deren Meinung, wie Maddie entschied, sie eigentlich nicht interessieren sollte.

Zweitens, sie würde Elena beweisen, dass sie eine Journalistin war.

Und drittens, sie würde sich selbst überzeugen, dass sie nicht länger daran interessiert war, Andeutungen von Elena ohne ihre Maske zu sehen. An Hinweisen darauf, dass Elena doch menschlich war, war sie nicht mehr interessiert.

Nein, sie würde ganz und gar nicht und nie wieder an ihre beinahe entstandene Freundschaft denken. Denn, wie im ersten Punkt beschrieben, professionelle Assistenten taten so etwas nicht.

Wie schwer konnte es schon sein, sich daran zu halten? Ihr Schicksal lag immerhin in ihren eigenen Händen. Sie konnte es schaffen.

Ihre wunderbaren Pläne wurden aufs äußerste getestet, als sie einen Blick auf Elenas offene Bürotür warf. Maddie konnte sie riechen. Ihr Parfum, das sich mit dem stechenden Geruch der Druckfahnentinte und einem Hauch von Chai-Tee vermischte. Elena war nicht mal in ihrem Büro, aber es fühlte sich an, als wäre sie gerade dort gewesen. Und hätte sie beobachtet. Wie immer.

Maddie runzelte die Stirn und lenkte sich ab, indem sie ihren eigenen Schreibtisch ordnete, Stifte in die Schubladen legte und eine Packung mit Büroklammern anstieß.

»Was ist *das*?«

Maddie hob den Kopf und begegnete Elenas langem, hartem Blick.

»Wen sollen Sie darstellen?« Elena ging um Maddies Tisch herum, ehe sie auf den grauen Rock deutete, der Maddie bis zur Mitte der Oberschenkel reichte.

»Ihre persönliche Assistentin.« Maddie hasste die Worte in dem Moment, in dem sie sie aussprach. »Das trägt Felicity doch auch.«

»Verstehe.« Elena schürzte die Lippen. »Nun, wenn Sie schon der Klon einer professionellen Person sein müssen, kopieren Sie wenigstens jemanden, dessen Kleidung Sie tatsächlich mögen.«

Dann ging sie. Und mehr sagte sie den ganzen Tag nicht mehr zu Maddie. Alle Aufgaben trafen per E-Mail ein. Ohne Pause.

Elena, die sich in ihrem Büro versteckte und dort so hoheitlich aussah wie eine Königin, sah niemals auf und stellte niemals Blickkontakt her. Am meisten wurmte Maddie, dass sie an diesem Tag so auch niemals ihren Namen auf diese wunderschöne französische Art sagte, bei der sich das letzte *e* in Madeleine in ein *a* verwandelte.

Diese Nicht-reden-Sache war lächerlich, weil ihre Chefin direkt nebenan saß. In Hörweite. Doch Elena begegnete ihr mit einer Mauer des Schweigens.

Die Kritik an Maddies Garderobe, die sowohl spöttisch als auch kühl gewesen war, bekam sie für den Rest des Tages nicht aus dem Kopf.

Einen Profi kopieren, dessen Kleidung ihr tatsächlich gefiel? *Schön.*

Am nächsten Tag kam Maddie mit ihrer eigenen Version einer H.G. Wells-Weste zur Arbeit. Und mit klobigen Stiefeln. Auf die Taschenuhr hatte sie verzichtet, weil sie es nicht übertreiben wollte. Aber die Botschaft war klar.

Den ganzen Morgen wartete sie auf eine Reaktion. Es gab keine neuen Ankündigungen für Aufträge von Elena, die ohne ein Wort oder einen Blick in ihrem Büro ein und aus ging. Also langweilte sich Maddie. Sie richtete das Foto ihrer Familie auf ihrem Schreibtisch und das, auf dem sie mit Simon herumalberte. Sie drehte sich ein paar Mal in ihrem Stuhl, wenn niemand hinsah. Dann wühlte sie neugierig in den Schubladen ihres Schreibtischs und fand ein Notizbuch, auf dem *Das inoffizielle Handbuch der persönlichen Assistenten* stand. Ein Post-it klebte darauf, auf das jemand mit Handschrift geschrieben hatte: *lies das SEHR gründlich*. Maddie runzelte die Stirn und blätterte darin herum. Irgendwelche Namenslisten. *Seltsam*. Und woher kam ihr der Name Frank Harkness bekannt vor? Ihr fielen einige Notizen am Rand auf. Sie zuckte bestürzt zusammen, als ihr klar wurde, was die Liste bedeutete. In diesem Moment flog die Tür krachend auf.

Elena marschierte herein. Maddie steckte das Buch mit der Liste zurück in die Schublade, um es sich später genauer anzusehen. Sie setzte sich gerade hin und hoffte, dass sie nicht zu begierig auf eine Bemerkung zu ihrem Outfit wartete. Wie würde Elena ihre klare Nachahmung annehmen? Sie wartete. Und wartete.

Elena ging an ihr vorbei, warf einen Blick auf sie und sagte kein Wort.

Drei Stunden später blieb Elena vor ihrem Schreibtisch stehen und musterte ihr neues Aussehen ausführlich. Schließlich nickte sie. »Wo sind die Haushalts-Berichte von der Kensington Group? Ich hätte sie vor einer Stunde auf dem Schreibtisch haben müssen.«

Und das war alles.

Während der nächsten Monate änderte sich nur wenig. Maddie holte Tee, tätigte Anrufe, machte sich bei Meetings Notizen, holte Muster ab, prägte sich das inoffizielle Handbuch in all seinen ernüchternden Einzelheiten ein und tauschte witzige Anekdoten mit Perry aus. Sie schnappte sogar ein wenig über die Mechanismen der Modewelt auf. Es war vollkommen unbeabsichtigt, aber sie konnte das, was um sie herum geschah, nicht einfach ausblenden.

Maddie hatte versucht, an ihrem zweiten Vorsatz zu arbeiten. Aber es kostete so viel Mühe, die perfekte Assistentin zu sein, dass sie keine Zeit dazu hatte, abgesehen von Memos und Essensbestellungen irgendetwas anderes zu schreiben. In manchen Nächten saß sie zu Hause, starrte die Wand an und versuchte etwas auf

Papier zu bringen, war aber zu erschöpft, um mehr als nur ihren Namen zu notieren. Sie redete sich ein, dass sie nach einem neuen Job Ausschau hielt, einem richtigen Job, obwohl sie keine Anstrengungen in diese Richtung unternahm

Sie hatte nicht einmal mehr das kreative Ventil, das ihr *Aliens von New York*-Blog ihr geboten hatte. Jason, der alleinerziehende Vater, der ihn geliebt hatte, hatte den Blog übernommen. Das schien nur fair zu sein, da er tatsächlich in New York war. Aber es bedeutete, dass Maddie oft ihrer Worte beraubt an die Wände starrte und sich fragte, was mit ihren Träumen vom Schreiben passiert war.

Ihre Gedanken drifteten in die übliche Richtung ab. Sie versuchte sehr angestrengt, die Frau zu vergessen, die sie einmal gekannt hatte. Auf eine gewisse Weise half es, dass Elena direkt, kalt und verschlossen war. Na ja, fast verschlossen. Niemand war eine leere Hülle. Und Maddie fielen die kleinen, unscheinbaren Dinge auf, die den meisten Menschen entgingen. So sehr sie auch versuchte, sie nicht zu sehen. Das machte die Einhaltung ihres letzten Vorsatzes schwieriger als zuvor. Maddie wollte nicht zu sehr darüber nachdenken, was das bedeutete. Es sollte nicht so schwierig sein, eine Chefin zu ignorieren, die ihre alte Zeitung auseinandergenommen und jeden gefeuert hatte. Es sollte nicht so schwierig sein, so zu tun, als wäre sie nicht menschlich.

Aber der Kampf in ihr wurde immer härter. Zum Beispiel versuchte sie, dieses leise, tiefe Lachen aus einem gewissen Eck-Büro zu überhören.

Sie wusste auch, dass es ihr definitiv nicht auffallen sollte, wann Elena ihr H. G. Wells-Outfit trug. Maddie sollte nicht von der Art fasziniert sein, wie sich die schwarze Hose über die Schenkel und den wohlgeformten Hintern ersteckte. Oder wie sich die Weste über ihre Taille und Brüste spannte. Oder wie das blütenreine, weiße Hemd, bei dem immer drei Knöpfe offen waren, einen Hauch ihres Dekolletés preisgab. Ganz zu schweigen von den schicken Stiefeln und dem Schwung von Elenas Hüften, wenn sie sich bewegte.

All das bedeutete nichts. Wie konnte es auch? Maddie war schließlich perfekt professionell und ihr Boss nahm ihre Existenz kaum zur Kenntnis.

Simon kam am Wochenende vorbei und sah so verliebt und glücklich aus, wie ein Mann es nur sein konnte. Caroline war offensichtlich von *ich lasse es auf mich zukommen* zu *ich kann meine Augen nicht von ihr abwenden* übergegangen.

»Ich frage mich, wann es sich geändert hat?« Er sah verwirrt aus. »Wie konnte sich Caro in nur fünf Minuten von einem normalen Mädchen zur faszinierendsten Frau der Menschheitsgeschichte entwickeln? Wie geht das überhaupt?«

Maddie hatte keine Antwort, verbrachte die nächsten zwei Stunden aber damit, ihn geduldig mit Pizza und Bier zu füttern, während er die vielen bemerkenswerten Eigenschaften der Frau aufzählte – von denen einige seichter waren als andere. Seine verwirrte Bemerkung blieb ihr jedoch im Kopf. Wann hatte es sich für Maddie geändert?

Nach drei schlaflosen Nächten hatte Maddie entschieden, dass sie dem roten Kleid die Schuld gab. Dem granatroten Kleid. Das Kleid, das die Zeit angehalten hatte, als Elena es in ihrem New Yorker Büro für Perry anprobiert hatte. Das war der Moment gewesen. Seitdem nahm sie alles an Elena überdeutlich war. Wie sie sich mit den Fingern durch die Haare fuhr, wenn sie müde war. Wie sich mit dem Stift gegen die Lippen tippte. Maddie hatte es damals einfach als Anziehung abgetan. Chemie. Hormone. Ihre Chefin war umwerfend; Maddie hatte Augen im Kopf. Also was? Es bedeutete nichts.

Eigentlich.

Tatsache war aber, dass Elena alles war, woran sie denken konnte. Sie arbeitete den ganzen und jeden Tag in ihrer Nähe. Mit nur einer kleinen Kopfbewegung konnte sie Elena direkt ansehen. Also machte sie sich das sehr oft zu Nutzen. Viel zu oft. Maddie kam schließlich zu einer bedauernswerten Schlussfolgerung – es waren nicht nur die blöden Hormone.

So sehr sie sich auch bemühte, sie konnte den Teil in ihr, dem Elena etwas bedeutete, nicht auslöschen. Maddie wollte, dass Elena glücklich war. Sie wollte wieder diese besondere Verbindung mit Elena haben, die sie zuvor gehabt hatten. Und mehr. Sie wollte sehen, wie sie lachend den Kopf zurückwarf. Oder ekstatisch. Der Gedanke erregte sie. Es war eine Fantasie, die ihr Schauer durch den Körper jagte. Gott, wie sehr sie sie auf jede denkbare Art und Weise haben wollte.

Es war wahnsinnig, so zu empfinden, obwohl sie wusste, wie Elena wirklich war – ehrgeizig und konzentriert, nur an ihrem Geschäft interessiert. Und im Moment bedeutete das, das ihr ganzer Fokus auf *Style Sydney* lag. Ein Mode-Magazin, das von nachlässigen Führungskräften irgendwie in eine Abwärtsspirale getrieben worden war.

Das erste Treffen mit dem Management von *Style Sydney*, nachdem Elena zurückgekommen war, hatte sich in Maddies Gehirn gebrannt. Elena hatte eine zugespitzte, wilde Rede darüber gehalten, wie sich das glanzvolle Magazin vom leidenschaftlichen Kern der Mode-Leser entfernt und mehr populären Themen zugewandt hatte, an denen die nun gefeuerte Chefredakteurin mehr Interesse hatte. Aber so schön Luxus-Autos und der Immobilienmarkt am Sydney Harbour auch waren – diese Themen hatten trotz der teuren, ganzseitigen fünfzigtausend Dollar-Anzeigen dafür gesorgt, dass die Leser sie für ein anderes, mehr auf Mode ausgelegtes Magazin verließen.

Das war anscheinend der Hauptgrund für Elenas Zorn. Denn ihr größter Konkurrent im Kampf um Leserschaft war *CQ*, das Magazin, das Elena unter mysteriösen Umständen verlassen hatte.

Alles, was Maddie bisher in Gesprächen mit Perry herausgefunden hatte war, dass Elena damals darauf vorbereitet worden war, die Chefredakteurin von *CQ* zu werden. Stattdessen hatte aber Emmanuelle Lecoq die Spitzenposition übernommen und war der berühmteste Name im Mode-Verlagswesen geworden.

Und nun verlor das Magazin, das Elena aufgebaut hatte, um *CQ* zu zerstören, zu Tausenden Leser an genau diese Zeitschrift. Zumindest in Sydney. Das Kriegsbeil war damit ausgegraben. Elena war im Kampfmodus. Und so sehr Maddie es nicht wollte—ihre Chefin zu beobachten war ein packender Anblick. Elena konnte einen Raum betreten und jeden darin fesseln wie sonst niemand, den Maddie kannte.

Die Australian Fashion Week stand an und Elena hatte einen so großen Knall verlangt, dass nicht nur Sydney, sondern die ganze Welt bemerken würde, dass ihre Lieblings-Publikation ein hochwertiges *Mode-Magazin* war.

»Madeleine«, rief Elena leise.

»Ja, Elena?« Sie rannte ins Büro, Notizblock und Stift bereits im Anschlag.

»Sie kommt. Es ist bestätigt.« Elenas Augen glänzten und sie schien vor Energie förmlich zu vibrieren.

»Oh-kay.«

»Véronique Duchamp«, sagte Elena ungeduldig, »hat bestätigt, die Hauptdesignern zu sein, die die Australian Fashion Week eröffnet. Das ist es also.« Sie kratzte mit dem Fingernagel über den Tisch. »Wir brauchen sie. Das ist die Antwort auf unsere abfallenden Verkäufe. *Style Sydney* braucht ein exklusives Interview mit ihr.«

»Okay.« Das hörte sich nicht so schwer an. Sie könnte Lucy vom Editorial anrufen und ihr sagen, dass–

»Madeleine!«

Sie hörte auf zu schreiben und sah auf.

Elena schüttelte den Kopf, als wäre Maddie begriffsstutzig. »Véronique ist eine empfindliche Designerin, die seit über dreißig Jahren niemandem ein Interview gewährt hat. Dreißig. Jahre. Und trotzdem war ihre Mode fast die ganze Zeit über weltweit führend.«

Maddie runzelte die Stirn. Das war weit mehr als nur ein kleines Problem, das es zu lösen galt.

»So ein Interview würde das Blatt komplett für uns wenden.« Elena tippte sich mit dem Zeigefinger gegen das Kinn. »Wir müssen ihre Aufmerksamkeit erregen. Wir müssen uns von unseren Konkurrenten abheben. *CQ* wird auch alle Tricks anwenden, um ein Exklusivinterview zu bekommen. Sie wollen schon seit Jahrzenten verzweifelt ein Interview. Das darf nicht passieren.« Sie verzog das Gesicht. »Lecoq wird dieses Jahr zur Fashion Week kommen, jetzt, da Véronique ihren Auftritt bestätigt hat.«

»Oh.« Maddie schrieb hektisch mit und war ein wenig überrascht, dass Elena den Namen der Frau überhaupt ausgesprochen hatte. Normalweise vermied sie das. »Wie schlagen Sie vor, dass wir …?«

»Blumen. Sie liebt Blumen. Schicken Sie so viele, dass selbst Véronique sie nicht ignorieren kann. Etwas Teures – schicken Sie sie zu ihr nach Hause in Paris. Martine müsste die Adresse haben.« Sie wedelte mit der Hand. »Kümmern Sie sich darum.«

Maddie huschte davon und grübelte über den seltsamen Ausdruck in Elenas Augen. Lustigerweise hatte Maddie ihre Chefin noch nie zuvor so glücklich gesehen. Ihr Killerinstinkt war geweckt worden. Es war … irritierenderweise wirklich attraktiv.

Nachdem sie an ihren Schreibtisch zurückgekehrt war, schrieb Maddie eine E-Mail an Martine und bat um Véroniques Adresse. Dann rief sie die Seite des französischen Blumenladens auf, bei dem Bartell Corp. häufig Bestellungen aufgab. Ein leises *Ping* kündigte Martines Antwort an. Maddie öffnete die E-Mail und kopierte die Adresse. Sie öffnete wieder ihren Online-Warenkorb und fügte die Adresse ein, während sie sich daran erinnerte, wie begeistert Elena ausgesehen hatte. Fast schon post-orgastisch. Der Gedanke ließ sie schlucken.

Sie ermahnte sich selbst, es sein zu lassen. Das war so falsch. Maddie schwärmte für ihre Chefin. Eine Chefin, die Maddie wie eine ganz normale persönliche Assistentin behandelte. Für Elena war sie ganz offensichtlich bloß ein Paar Arme, die Kaffee und Druckfahnen für sie besorgten. Seufzend hämmerte sie wiederholt auf die Taste mit der Nummer neun, um das *Nombre nècessaire*-Feld für ihre Blumen-Bestellung auszufüllen.

Egal wie erbärmlich sie sich wegen ihrer geheimen Gelüste fühlte, Maddie konnte ihren Blick einfach nicht von Elena lösen. Seitdem Elena Jana Macy, die Chefredakteurin der *Style Sydney,* gefeuert hatte, sprang sie für diese ein. Elena erledigte Macys Job zusätzlich zu ihren eigenen Aufgaben. Es war faszinierend, zu beobachten, wie sie ihre Konzentration auf Mode lenkte – und den Versuch, etwas zu retten, anstatt es zu schließen. Perry hatte recht gehabt. Elena war für Mode geboren. Die Firmenübernahmen und der Aufbau des Imperiums war nur ein Nummernspiel, das sie gerne gewann. Aber hier, inmitten des Alltags eines Style-Magazins, das sie tatsächlich mit eigenen Händen führte, erwachte Elena Bartell zum Leben.

Es schien nichts zu geben, was Elena nicht über die einzelnen Arbeitsschritte wusste. Angefangen bei den Designern bis hin zu den Layouts hatte Elena alles im Blick und die Mitarbeiter von *Style Sydney* wussten das auch. Sie nahmen Haltung an, wenn Elena den Maßstab mit ihren präzisen Forderungen anhob. Ihre Sachkenntnis konnte man nicht täuschen. Unter ihren *Style*-Mitarbeitern galt sie als Göttin.

Wenn diese von ihr, ihren Ideen und ihrem Genie schwärmten, sagte Maddie nichts. Was wusste sie schon von Mode? Sie verbrachte viel Zeit mit Nicken. Hin und wieder betrat Elena den Raum und fing Maddies abwesenden Ausdruck auf, während die Mitarbeiter über *Schößchen-Inspiration* und *Material-Viskosität* diskutierten. Elenas Blick verriet zur Hälfte Belustigung und zur Hälfte Spott.

Es war schwer, die nagende Stimme abzustellen, die Maddie sagte, dass Elena nur mit ihr spielte und einen umfassenden Plan hatte, den Maddie noch nicht verstanden hatte. Und dennoch, gerade als ihr Misstrauen seinen Höhepunkt erreicht hatte, fand sie zwei E-Mails, als sie Elenas zweiten Account auf- und ausräumte.

Liebe Ms./Mr. E.B., Ihre Spende über zehntausend Dollar bewirkt etwas.

Kampagne: Ramel Brooks Anwalt-Fonds. Danke.

Die nächste E-Mail war zwei Minuten später eingetroffen. Sie verkündete, dass der *Ramel Brooks Anwalt-Fonds* sein Ziel erreicht und übertroffen hatte. Beide Nachrichten waren auf den Tag datiert, an dem Elena sie gefeuert hatte. Mindestens fünf Minuten lang starrte Maddie die E-Mails an. Dankbarkeit durchströmte sie. Ihre Chefin hatte das Leben des jungen Mannes verändert. Jeder einigermaßen gute Anwalt konnte den dürftigen Fall der Anklage zerschmettern, sodass Ramel wie geplant aufs College gehen konnte. Er würde sogar noch eine Menge Geld für Schulbücher übrig haben.

Und niemand würden wissen, wer dafür verantwortlich war.

Die Spende war auch kein einmaliges Ereignis. Bis jetzt war Maddie über Papiere für anonyme Spenden an ein Frauenhaus, ein polnisches Gemeinschaftszentrum in der Innenstadt und deren Jugend-Basketballteam gestolpert, ebenso wie einen Kautionsbeleg für eine Gruppe von Transgender-Aktivisten aus North Carolina, die bei einem Protest gegen untragbare Gesetzesrichtlinien für die Benutzung von Badezimmern festgenommen worden waren.

Wenn das noch nicht unterwartet genug war, gab es noch den Vorfall der vorigen Woche. An Maddies Geburtstag stand ein Cupcake auf ihrem Schreibtisch, als sie zur Arbeit gekommen war. Red Velvet. Keine Karte. Kein Zettel. Nur das. Er sah auf unheimliche Weise vertraut aus. Sie schnupperte daran. *Oh. Kein Wunder*. Sie lächelte und schnappte sich ihr Telefon für einen Anruf.

»Hi Mum, ich wollte mich nur bei dir für den –«

»Liebling! Alles Gute zum Geburtstag! Ich wollte dich gerade anrufen und fragen, ob du heute Abend immer noch kommst. Simon und dein Bruder werden auch hier sein. Ich koche das marokkanische Gericht, das du so liebst. Und meinen berühmten Biskuit für deinen Kuchen. Ja?«

»Definitiv.« Maddie sabberte beinahe auf ihren Tisch. »Ich meine, wenn ich pünktlich Feierabend machen kann.«

»Schhh, mach dir darüber keine Gedanken. Das wirst du.«

Maddie sah ihr Handy verwirrt an. Dann erinnerte sie sich an den Grund für ihren Anruf. »Danke für den Cupcake. Red Velvet – mein Lieblingsteig! Sieht so köstlich aus wie immer.«

»Bedank dich nicht bei mir, ich habe nur die Bestellung aufgenommen.«

»Was?«

»Natürlich nehmen wir normalerweise keine Bestellungen für einen einzelnen Cupcake an, aber als sie gesagt hat, für wen er ist, na ja, du bist ein besonderer Fall. Dein Bruder hat ihn vorbeigebracht. Chris musste sowieso in die Stadt.«

»Ähm, wer ist *sie*?« Maddie war von der ganzen Unterhaltung verwirrt. »Wer hat ihn bestellt?«

»Deine Chefin natürlich. Hat sie nichts gesagt? Sie hat angerufen, um herauszufinden, was dein Lieblingskuchen ist und ihn für deinen Geburtstag bestellt.«

Maddie musste sich verhört haben. »Elena? Elena Bartell hat das bestellt? Für mich persönlich? Und sie weiß, wann ich Geburtstag habe? Ich habe ihr das nie gesagt.«

»Oh ja. Und sie wusste es – steht das nicht in deiner Personalakte oder sowas? Wie auch immer, sie weiß dich offensichtlich zu schätzen und hat sich bezaubernd angehört. Wir haben uns ein wenig unterhalten. Ausgerechnet über Hunde konnten wir plaudern. Du weißt, wie sehr ich seltene Rassen liebe. Sie hat einen Cirneco dell'Etna, wusstest du das? Ich würde ihn eines Tages liebend gern sehen.«

»Hunde?«

»Wie auch immer, ich habe ihr die Pläne für heute Abend erklärt und sie hat versprochen, dich nicht aufzuhalten. Sie hat gesagt, dass sie dafür sorgt, dass du rechtzeitig frei hast. Also, um sieben?«

»Frei?«

»Maddie, konzentrier dich, Liebling. Um sieben? Ich hasse es, so zu hetzen, aber ich muss noch das Mittagessen für die Feier der Fredericks vorbereiten.«

»Sicher.« Sie fühlte sich benommen. »Sieben.«

»Alles klar. Bis heute Abend. Tschüss, Schatz.«

Klick.

Maddie starrte ihr Telefon an, dann den Cupcake und schließlich sah sie rüber zu Elena. Wacklig kam sie auf die Füße und ging zum Schreibtisch ihrer Chefin, wo sie in deren ausdrucksloses Gesicht sah.

Elena sah nicht einmal auf. »Problem?«

»Nein. Ich … Ich wollte sagen … für den Cupcake. Danke.«

»Mm. Sehen Sie es als Ausgleich.«

»Ausgleich?«

»Ich habe mich über viele ihrer abendlichen Mitbringsel gefreut.« Elena sah unter halb geschlossenen Lidern zu ihr auf. Sie schob einen Aktenstapel über den Tisch. »Die müssen in die Ablage.«

Mit voll bepackten Armen kehrte Maddie an ihren Schreibtisch zurück und versuchte zu verstehen, was gerade passiert war. Hatte Elena tatsächlich ihre gemeinsame Zeit in New York erwähnt? Das war das erste Mal.

Um Punkt achtzehn Uhr rief Elena sie zu sich.

»Gehen Sie nach Hause«, sagte sie genervt. »Sie kauen zu laut auf der Kappe Ihres Kugelschreibers und das ruiniert meine Konzentration. Also gehen Sie. Jetzt.«

Maddie hatte ihren Stift nicht benutzt.

Der lag in der Schublade.

Und hatte keine Kappe.

Solche Momente waren etwas Besonderes, trieben sie aber auch in den Wahnsinn. In einem Moment war Elena ein Hai, der ganze Firmen zerfetzte – und im nächsten die ironische, kluge, hin und wieder nachdenkliche Frau, auf die Maddie in New York ein paar Blicke erhaschen konnte. Elena Bartell trotzte jeder Definition. Es war unmöglich, sie auf eine Sache festzunageln.

Maddies Wangen glühten, als sie sich vorstellte, Elena an etwas ganz anderes festzunageln. Genervt schüttelte sie den Kopf und zwang sich, sich wieder auf die Arbeit zu konzentrieren. Diese, diese… Schwärmerei würde bald verschwinden und sie konnte ihr Leben weiterleben.

Sie drückte bei ihrer Blumenbestellung auf *Senden* und zuckte zusammen, als sie den Endbetrag sah. Na ja, Elena hatte die Aufmerksamkeit dieser Duchamp-Frau gewollt. Für den Preis würde sie die ganz sicher bekommen.

Kapitel 11

Die Wahrheits-Wette

Elena Bartell war eine Frau, die man nicht leichtfertig abwies. Deshalb setzte Maddie ihren metaphorischen Schutzhelm auf, als Véronique Duchamp nicht nur Elenas Blumen ablehnte, sondern auch ein Interview mit der Begründung verweigerte, dass alle Journalisten niedere *cafards* seien.

»*Cafards*!«, zischte Elena, als sie ihren Stuhl vom Fenster wegdrehte und Maddie mit einem so kalten Blick ansah, dass du Temperatur im Raum um mindestens zehn Grad sank. »Sie nennt *mich* eine Kakerlake!«

»Na ja, um fair zu sein, ähm, Elena, sie nennt alle so«, sagte Maddie so beschwichtigend wie möglich. »Alle von uns. Alle Journalisten.«

»Uns?« Elena musterte Maddie mit bewusster Neugier und seidiger Stimme.

Oh-oh. Ihre Laune war noch schlechter als Maddie geglaubt hatte. »Ja.« Sie hob das Kinn.

»Mm.« Elena drehte ihren Stuhl wieder zum Fenster. »Ich habe damals versucht, ein Interview mit dieser Frau zu bekommen, als ich bei *CQ* angefangen habe. Und dann immer wieder über die Jahre hinweg. Dieses Jahr dachte ich, *vielleicht wird es klappen*, weil es Gerede über ihre Nachfolge gibt. Vielleicht übernimmt ihre Tochter bald. Véronique wird die Veränderungen und wie das ihre Dynastie beeinflusst erklären wollen. Ich habe dieser undankbaren Kreatur zum sechszigsten Geburtstag ein Zimmer voller Blumen geschickt. Und jetzt das! *Cafards*!«

Véronique hatte nicht einmal eine Danksagung geschickt. Maddie glaubte zu wissen warum. Dass die mysteriöse Designerin Blumen mochte war alles, was alle über sie wussten. Also hatte sich Elena in die Schlange aus hoffnungsvollen Gratulanten von der *Vogue* über die *Elle* bis zu *CQ* eingereiht, die Blumengeschenke benutzen, um sich mit ihr gut zu stellen.

Elena sah sie mit gerunzelter Stirn an. Ihre wohlgeformten Augenbrauen hoben sich. »Gibt es noch etwas hinzuzufügen? Haben Sie einen widersprechenden Gedanken in diesem fiebernden Kopf?«

»Was?«, fragte Maddie aufgeschreckt. Die Laune ihrer Chefin hatte sich von verärgert in vollkommen zickig verwandelt.

»Ihr Gesicht.« Elena wedelte mit der Hand. »Es spricht Bände. Was gibt es?«

»Ich … Nichts.«

»*Nichts*«, äffte Elena sie nach und warf ihr einen stechenden Blick zu. In letzter Zeit tat sie das häufig. »Könnten Sie eigentlich noch verlogener sein? Ist Ehrlichkeit so schwer? Erbitte ich das Unmögliche von Ihnen?«

Ehrlichkeit? Die Leute wollten nicht die Wahrheit hören. Genau das sagte sie Elena.

Elena sah sie nachdenklich an. »Auf der Welt würde es weitaus weniger holprig zugehen, wenn die Menschen in der Lage wären, auch grausame Wahrheiten auszusprechen und anzunehmen. Ohne Auslassungen. Ohne Tücken und gespieltes Lächeln.«

Maddie sah ihre Chefin skeptisch an. *Ja, sicher*. Wo war die grausame Wahrheit vor zwei Tagen auf der Lancôme-Gala gewesen, als Elena Richards Arm getätschelt und vorgeschlagen hatte, dass *sie heute Abend auf die Drinks verzichten sollten*, weil Elena nicht mehr so viel trinken wollte? Maddie hatte gewusst, was Elena wirklich gemeint hatte, als sie die geflüsterten Worte gehört hatte. Sie wollte, dass *er* nicht mehr so viel trank.

»So still.« Elenas Blick war herausfordernd. »Ich erinnere mich an eine Zeit, als Sie mehr als eifrig waren, Ihre Gedanken mit mir zu teilen. Es gab eine Zeit, in der Sie mich mit hausgemachten Köstlichkeiten gefüttert und mir Ihre Geheimnisse ohne einen Hauch von Zensur mitgeteilt haben.«

In ihrer Stimme lag etwas Scharfes – sowohl spekulativ als auch gefährlich. Sie hatte New York seit Maddies Geburtstag nicht mehr erwähnt. Das war neu. Maddie musterte sie. Hatten sich die Pforten gerade wieder ein wenig geöffnet?

»Sie haben mir gesagt, dass diese Tage vorbei sind.« Maddies Stimme klang vorsichtig. »Als ich den Job angenommen habe.«

Elena sagte nichts, sondern trommelte nur mit den Fingern auf den Schreibtisch. Sie sah sie kühl an. »Raus damit. Véronique? Sie haben eine andere Meinung. Also sagen Sie es.«

Also sprachen sie das andere Thema nicht an. Maddie seufzte. »Die Blumen. Sie waren eine schlechte Idee. Wir haben denselben Weg wie alle anderen gewählt, die um ihre Aufmerksamkeit buhlen. Wir haben uns nicht aus der Masse abgehoben.

Wir hätten nicht einfach nur eine von diesen anderen Kakerlaken sein dürfen, die darum betteln, gesehen zu werden.«

»Und Sie hätten natürlich gewusst, wie man hervorsticht? Ich nehme an, dass es schwer ist, in den Outfits einer Garagen-Band nicht wahrgenommen zu werden.«

Maddie widerstand dem Drang, mit den Augen zu rollen. Ihre Chefin erwähnte ihre alten Outfits so oft, dass sie sich fragte, ob Elena sie vermisste. »Ich habe nicht gesagt, dass ich es gewusst hätte, aber ja, ich glaube, dass ich ihre Aufmerksamkeit eher erregt hätte, als Blumen im Wert von fünftausend Euro es getan haben.« *Da.*

»Ist das so?«

Maddie ignorierte den spöttischen Ton und nickte.

»Sind Sie sich bewusst, dass es niemanden auf dieser Welt gibt, der ein Interview mit ihr geführt hat?« Elenas Stimme wurde herausfordernd.

Maddie zögerte eine Sekunde. »Ja.«

»Und trotzdem glauben Sie – meine persönliche Assistentin, die begrenzte Erfahrungen im Journalismus und absolut keinen Modegeschmack hat – dass Véronique Duchamp Ihnen eher Aufmerksamkeit schenkt als dem Expertenteam der *Style Sydney*? Eher als der *CQ* oder *Vogue*? Selbst eher als mir, obwohl ich es seit zwei Jahrzehnten versuche?«

»Ja. Ich könnte Véroniques Aufmerksamkeit erregen.« Sie erstickte das Flehen ihres Gehirns, bei Verstand zu bleiben, und fügte hinzu: »Ich würde darauf wetten.«

Elena sah sie mit gierigem Interesse an. »Sie würden darauf *wetten*?«

Maddie schluckte schwer. Das faszinierte, raubtierhafte Glitzern in Elenas Augen stellte seltsame Dinge mit ihrem Inneren an. Nervös leckte sie sich über die Lippen. Tja, sie hatte sich schon dem Wahnsinn verschrieben, dann konnte sie es auch ganz durchziehen. »Okay. Ja. Sicher.«

»Sie. Würden. Verlieren«, sagte Elena mit absoluter Sicherheit.

Maddies Augen weiteten sich, als ihr klar wurde, dass ihre Chefin eine Wette tatsächlich in Betracht zog.

»Wenn ich gewinne«, fing Elena an, »und das *werde* ich, will ich etwas von Ihnen, wozu Sie anscheinend nicht mehr fähig sind.«

»Was?« Es war Maddie ein Rätsel, was sie haben konnte, das Elena wollen würde.

»Ehrlichkeit. Ein Tag mit vollkommener Ehrlichkeit. Jede Frage, die Ihnen gestellt wird, beantworten Sie aufrichtig. Keine Ihrer perfekten, sicheren Antworten, die mir nichts sagen. Nichts von Ihrer langweiligen Stepford-Frauen-Farblosigkeit, die ich in letzter Zeit ertragen muss.« Elenas Augen glänzten. »Die ganze Wahrheit. Bei allem. Also? Sie müssen nicht darauf eingehen.« Ihr Blick huschte zurück zu den Layouts und ohne aufzusehen, fügte sie hinzu: »Das wäre keine Überraschung.«

Maddie starrte sie an. Was für eine verrückte Wette war das denn? Elena wollte jedes Mal hören, wenn sie sie wütend machte? Jedes Mal, wenn Maddie ihren Hintern bewunderte und sie gegen den Tisch drücken wollte und … *Oh.* Sie errötete, als ihr der ganze Schrecken bewusst wurde, den Elenas Bedingungen nach sich zogen.

Elenas kühler Blick richtete sich wieder nach oben und in ihren Augen schien der Schalk zu tanzen.

Wusste sie es? Wie konnte das sein? Maddies Gehirn befand sich im freien Fall.

»Noch hier?«, fragte Elena träge. »Bitte geben Sie auf und gehen Sie dann. Einige von uns müssen arbeiten.«

Der Spott ging Maddie auf die Nerven. Es war einfach so … Elena. Diese Zuversicht zu Siegen. Dass sie dachte, sie würde die Menschen so gut kennen. Wie damals, als sie Maddie gesagt hatte, dass sie keine Journalistin war.

»Ich mache es«, sagte Maddie. »Und wenn ich gewinne, müssen Sie dasselbe tun. Die ungeschminkte Wahrheit für jeden, einen ganzen Tag lang.«

Elena lehnte sich in ihrem Stuhl zurück. »Ich lüge nicht und ich verliere nicht. Aber wie Sie wollen.« Sie zuckte kaum merklich mit den Schultern.

Ernsthaft? Elena dachte, dass sie nicht log? Jeder log. »Schön. Wenn Sie glauben, dass es so einfach ist, machen wir eine ganze Woche daraus. Eine ganze Woche, in der Sie mir die ungeschminkte Wahrheit sagen müssen, wenn Sie verlieren.«

»Da nicht die geringste Möglichkeit besteht, dass Sie gewinnen, haben wir eine Abmachung.« Elenas Gesichtsausdruck war selbstgefällig. »Ihre Zeit läuft von dem Moment an, wenn Véronique vor Beginn der Australian Fashion Week hier ankommt, bis zum Ende des Monats, wenn sie wieder abreist. Reicht das für Sie aus, um das Unmögliche zu schaffen? Oder sollte ich sagen, die Wahnidee?«

Maddie warf einen Blick auf den Kalender neben Elena. Drei Wochen? Es war wahnsinnig, zuzustimmen. Das war kompletter Irrsinn.

Unwillkürlich nickte sie. Sie streckte die Hand aus.

Elena ergriff ihre Hand und die warme, weiche Haut jagte einen angenehmen Schauer durch Maddies Finger. Elena schüttelte Maddies Hand und ließ sie, oh, so langsam wieder los, während sie lächelte. Es war ein Lächeln, das jeden Zweifel daran erstickte, wer von ihnen der Hai und wer das dämliche Plankton war.

»Gut. Wir sind hier fertig.«

Kapitel 12

Das Spiel läuft

Maddie durchforstete Zeitungen, das Internet, Magazine und Klatschkolumnen. Das Geheimnis, wie man Véronique erreichen konnte, hatte nichts mit der Designerin zu tun. Elena hatte es selbst gesagt. Die Tochter und die damit verbundenen Nachfolgepläne würden der Schlüssel sein. Die Tochter würde zumindest bei ihrer Mutter Gehör finden. Und so wie es sich anhörte, war sie bisher von den Medien übersehen worden, die sich an ihr vorbeigedrängt hatten, um an ihre Mutter zu kommen.

Also wurde Natalii Duchamp (zwei Is, wie sie gewissenhaft notierte) Maddies einziger Fokus. Sie las alles über sie, was sie in die Finger bekommen konnte. Dank Nataliis spärlicher, aber öffentlicher Social Media-Präsenz fand Maddie ihre Interessen (abstrakte Kunst, Rap, Fotografie), ihre Ausbildung (eine winzige, französische Schule und anschließend ein Elite-Design-College) und ihre Ziele (ihre eigene Modelinie zu haben) heraus. Sofern Maddies Französischkenntnisse sie dabei nicht im Stich gelassen hatten.

Der letzte Punkt war interessant. Wie würde es Nataliis Modedesignträume einengen, eine weltberühmte Mutter zu haben? Machte sie das wütend? Wollte sie Véronique übertrumpfen? Oder ignorierte sie es einfach?

Maddie rief eine lokale Klatschseite auf, *Glam Slam*. Der Ankunft der Duchamps am Flughafen von Sydney hatte eine kleine Sensation ausgelöst. Auf den Videos schob ein großer, dünner Mann einen Wagen, der bis oben hin mit luxuriösen Koffern vollgestapelt war. Véronique lief neben ihm. Sie war makellos gekleidet und bellte dem stoisch aussehenden Mann Befehle auf Französisch zu, während sie sich eine Zigarette anzündete. Natalii ließ sich ein wenig zurückfallen und sah gelangweilt aus. Sie war ungefähr dreißig, blass und hatte zurückgekämmtes, mitternachtsschwarzes Haar. Sie trug ein Outfit, das aus einer zerrissenen dunkelblauen Jeans und einem T-Shirt bestand, das definitiv nicht Teil der Kollektion ihrer Mutter war.

Hm. Also rebellisch. Maddie machte sich ein paar Notizen und spulte vor, um die mittlerweile berüchtigte Szene abzuspielen, in der ein Sicherheitsmann des Flughafens Véronique anwies, ihre Zigarette auszumachen. Véronique tat es – direkt auf dem polierten Stiefel des Mannes.

Nur die aufgeregte Menge der Fotografen hatte dafür gesorgt, dass diese Situation nicht in etwas Schlimmeres eskalierte. Während alle Augen im Video auf der ungehaltenen Französin und dem aufgebrachten Sicherheitsmann lagen, musterte Maddie Natalii.

Diese war einen Schritt zurückgetreten und hatte sich von der Szene abgewandt. Ihr Gesichtsausdruck war angespannt und verschlossen. Ihre Körpersprache schrie *Ich gehöre nicht zu denen*. Sie hatte die Arme über der Brust verschränkt und entblößte damit einen Bizeps, der sich sehr deutlich abzeichnete. Maddie machte sich eine weitere Notiz – Fitnessfanatikern.

Maddie wechselte zu *Sydney Confidential*, wo sie Fotos von Véronique fand, die gestern gemacht worden waren. Eine dicke Sonnenbrille und ein stylisches Blumenkleid mit einem ausgefallenen, silbernen Cape. Die Designerin verließ das The Pierre in Double Bay und stach mit ihrem geschlossenen Regenschirm nach den Paparazzi, um die *cafards* wegzuscheuchen. Maddie schrieb sich den Namen des Hotels auf, rechnete schnell die Zeit von Paris auf Sydney um, berücksichtigte einen Tag für den Jetlag und grinste. Sie stellte sich den Wecker ihres Handys.

Um sechs Uhr morgens legte Maddie einen Zwischenstopp auf der Arbeit ein, schrieb ein paar E-Mails und schnappte sich dann die Sporttasche, die sie mitgebracht hatte. Gerade als sie gehen wollte, schlenderte Elena ins Büro. Was um alles in der Welt machte sie hier um diese Zeit?

»Wollen Sie irgendwohin?«, fragte Elena mit neugierigem Gesichtsausdruck.

Maddie umfasste ihre Tasche fester und sagte: »Ich habe einen Anhaltspunkt für Véronique. Ich dachte, ich sollte das ausnutzen, wenn Sie wollen, dass ich eine Chance auf dieses Interview habe.«

Wette hin oder her, Maddie wusste, dass ihre Chefin ihre gesamte, beeindruckende Garderobe für ein exklusives Interview mit Véronique hergeben würde.

Elena musterte sie und die Ungläubigkeit kämpfte deutlich gegen ihr Interesse an. »Gehen Sie«, sagte sie, »aber halten Sie Ihre erbärmliche Erniedrigung kurz. Ich brauche Sie am Nachmittag wieder hier für das Treffen der Abteilungsleiter.«

»Ja, Elena. Also zu dem Meeting. Meine erbärmliche Erniedrigung muss erst noch eintreten«, fügte sie hinzu und grinste Elena an. Sie musste angesichts des skeptischen Ausdrucks auf Elenas Gesicht lachen und lief eilig aus dem Büro.

Maddie warf einen Blick auf ihre Uhr. Halb sieben. Gut. Sie würde wetten, dass Natalii noch immer auf Pariser Zeit eingestellt war. Das machte es für sie halb neun Uhr abends – die perfekte Zeit zum Trainieren, wenn man bedachte, dass die Duchamps heute Abend zu einem Ball eingeladen waren.

Mit einem kurzen Gebet, dass ihre Eingebung richtig war, rückte Maddie ihre Sporttasche zurecht und ging zu den Fahrstühlen des The Pierre. Glücklicherweise waren einige Gäste auch zur Etage mit den Freizeitaktivitäten unterwegs und benutzen ihre Schlüsselkarten, sodass Maddie mit ihnen hineinschlüpfen konnte.

Das kleine, aber elegante Fitnessstudio war so gut wie leer. Nirgends war eine französische Designer-Erbin zu sehen. Maddie setzte sich auf ein Fahrrad, von wo aus sie die Tür gut im Blick hatte und trat in die Pedale.

Zwanzig Minuten später hatte sich der Raum vollkommen geleert und alles, was Maddie geschafft hatte war, in Schweiß auszubrechen.

Plötzlich zerstörte eine Salve aus gereiztem Französisch das ruhige Summen ihres Fahrrads. Maddie riss den Kopf herum und sah, wie Natalii Duchamp durch die Tür stürmte und jemanden laut am Telefon beschimpfte. Sie wirkte ausgelaugt und trug die eiserne Müdigkeit von jemandem zur Schau, der sich noch nicht an die Ortszeit gewöhnt hatte. Ihre Blicke trafen sich und die Französin flüsterte sofort *au revoir*, ehe sie auflegte.

»*Désolée*«, murmelte sie und ließ ihr Handtuch zwei Fahrräder weiter auf den Sitz fallen.

Maddie kramte in ihren bescheidenen Französischkenntnissen und zog eine Definition heraus. *Tut mir leid.* Sie schenkte ihr ein Lächeln »*Ce n'est rien*«, erwiderte sie und hoffte, dass es *Ist schon gut* hieß.

Natalii hielt inne und legte den Kopf schräg. »Dein Französisch ist schrecklich.«

Maddie errötete. *Oh Scheiße.*

»Aber eine Person in eurem engstirnigen kleinen Land zu finden, die sich bemüht, eine Zweitsprache zu lernen, ist selten.« Natalii musterte sie und zog die Nase hoch. »Also, *Mademoiselle*, ich weiß die Mühe zu schätzen.«

»Danke. Ähm. *Merci*.« Dieses Mal entstellte sie das Wort absichtlich und grinste.

Natalii zuckte zusammen, lachte dann jedoch und wackelte mahnend mit dem Finger. »Ha. Schrecklich. Ich bin Natalii.«

»Maddie.«

»*Mad-dee*?«

»Es ist die Kurzform von Madeleine. Meine Mutter hat als junges Mädchen französische Bücher geliebt. Ich meine, es wird anders ausgesprochen, aber trotzdem. Sie war ein großer Fan.«

»Ah, *Madeleine*.«

Maddie starrte. Sie sprach ihren Namen exakt so aus wie Elena.

Natalii kam näher und setzte sich auf das Fahrrad neben Maddie. Der LCD-Bildschirm leuchtete auf, als sie die Pedale betätigte. »Also«, fuhr Natalii fort, »bist du auch zu Besuch in Sydney?«

»Nein. Aber ich bin zu Besuch in diesem Fitnessstudio.«

Natalii nickte und beschleunigte das Tempo. Sie war schnell, *wirklich* schnell. Maddie beschleunigte ihr eigenes Tempo.

»Was ist mit dir?«, fragte Maddie. »Bleibst du lange hier?«

»Meine *mère* ist für die Fashion Week hier. Ich bin für sie hier.«

»Aber nicht für dich? Magst du keine Mode?«

»Ich mag sie ausreichend. Ich mag *meine* Mode. Ich mag die Mode der jungen Leute. *Maman* designt für, wie sagt man das? Die Power-Suit-Frauen.«

»Ah«, sagte Maddie. Es stimmte. Jeder, der etwas war, trug Véronique. Aber niemand davon war unter fünfundzwanzig.

»Was ist dein Job, Madeleine? Magst du Mode auch?«

»Nicht wirklich.« Sie fing an zu schnaufen, als sie Nataliis Tempo anstrebte. »Im Moment arbeite ich als Assistentin für jemanden in der Branche. Meine Chefin kennt sich gut mit Mode aus, irrsinnig gut sogar, aber mir ist es eigentlich egal.«

Nataliis Gesichtsausdruck war fasziniert. »Also hast du einen langweiligen Job in der Modebranche? Wie ist das möglich?«

»Ich schätze, dass es nicht jedermanns Sache ist.«

»Warum bleibst du dann?« Sie neigte den Kopf. »Liegt es an deiner Chefin? Deine Augen, Madeleine, nehmen so einen Ausdruck an, wenn du über sie sprichst.«

»Einen Ausdruck?« Maddie wurde panisch. *War sie so durchschaubar?* »N-nein! Das ist verrückt. Es gibt keinen Ausdruck! Ich bin total ausdrucksfrei. Wovon sprichst du?«

Natalii blinzelte sie an. »Ich meinte nur, dass du sie vielleicht bewunderst. Was hast du denn gedacht, was ich meine? Warum reagierst du so?«

Maddie schwankte angesichts ihres Fehlers auf ihrem Fahrrad und brachte Natalii damit zum Grinsen.

»Ah«, sagte die Französin. Sie tippte sich auf die Nase. »*Oui*. Jetzt verstehe ich es.«

»Du verstehst gar nichts! Ich meine, zum einen ist meine Chefin eine *Frau*!«, sagte Maddie, weil sie sich verzweifelt danach sehnte, dass ihr Geheimnis nicht so verdammt offensichtlich war. »Was auch immer du also denkst ist falsch.«

Natalii hörte auf zu lachen … und zu treten. »*Falsch*?« Sie funkelte sie finster an. »Was ist schlecht daran? Ich sehe nichts Falsches daran, die Liebe einer wunderschönen Frau anzunehmen.« Ihr Gesichtsausdruck schien Maddie herauszufordern, anderer Meinung zu sein.

Sie wäre beinahe ein zweites Mal vom Fahrrad gefallen, als ihr klar wurde, was Natalii gerade offenbart hatte.

»Ich bin … Ich meine … Nein, das ist … Ich bin nicht dagegen. Daran ist nichts falsch, natürlich nicht. Ich meine, ich bin sehr … aber offensichtlich nicht mit … Ich meine, bei ihr, *niemals*. Sie ist hetero. Und *verheiratet*. Und habe ich schon *hetero* erwähnt? Also ist es unmöglich. Und sie mag mich überhaupt nicht. Nicht so. Und auch nicht auf irgendeine andere Art. Na ja, eigentlich bin ich nicht sicher … weil da dieser eine Geburtstags-Cupcake war …« Maddie stieß den Atem aus und war mehr als verlegen. Wirklich, *was* dachte Elena über sie? Sie wünschte, diese Frage würde sie nicht so oft quälen.

»Ahh.« Natalii trat wieder in die Pedale. »Eine verbotene Liebe?« Sie wirkte nachdenklich. »Tja. Das ist ein Problem.«

»Keine Liebe!« Musste sie Maddies Proteste vollständig ignorieren? »Das habe ich nie gesagt. Es ist nicht *das*, okay?«

»Wie heißt sie? Deine Liebe, die du nicht haben kannst.«

Maddie machte ein finsteres Gesicht. Stellte sie sich absichtlich begriffsstutzig? »Kann ich dir nicht sagen. Du würdest sie erkennen. Sie ist berühmt.«

»Und?«

»Und ich will nicht, dass irgendein Teil dieser Unterhaltung an ihre Ohren dringt. Es ist peinlich, okay?«

»Ah. Du hast das Gefühl, dass ich, eine anonyme Fremde, irgendwie dein Herz einem Risiko aussetzen könnte? Ist es das?«

Es gab keine Möglichkeit, irgendeinen Teil dieser Frage zu beantworten, ohne zu lügen. Natalii war nicht irgendeine Fremde. Und vielleicht stimmte es, dass Maddies Herz zumindest ein wenig beteiligt war – ob sie es zugeben wollte, oder nicht. Sie fragte sich, wie sie antworten sollte. Maddie konnte nicht wirklich gut lügen und Natalii war viel zu scharfsinnig.

»Du bist keine anonyme Fremde«, gestand sie. »Ich habe dich erkannt, als du reingekommen bist. Ich weiß auch, wer deine Mutter ist. Und sie mag meine Chefin nicht wirklich. Sie hat sie eine *cafard* genannt.«

Natalii sah sie mit offenem Mund an. »*Merde*! Du arbeitest für diese wahnsinnige Blumen-Lady? Die Bartell-Frau? Das ganze Haus meiner *Maman* war voller Blüten. Der Geruch! Das kann ich nicht glauben. Deine Chefin ist die berüchtigte Kakerlake!« Sie gab ein keuchendes Geräusch von sich, das ein Lachen oder etwas viel schlimmeres war.

»Gott, es tut mir *so* leid! Ich habe wirklich nicht nachgedacht.«

»Moment, *du* hast nicht nachgedacht? Du hast das getan?«

»Ja, ich bin ihre Assistentin, wie ich schon sagte. Es tut mir wirklich leid. Gib nicht Elena die Schuld. Sie hat mir die Bestellung der Blumen überlassen.«

»Du musst sehr viel für sie empfinden, wenn du die Schuld dafür auf dich nimmst. Deine *amour* – ist sie so stark?«

Frustriert schüttelte Maddie den Kopf. »Ich habe nie etwas von Liebe gesagt.«

»Aber du wünschst dir, sie zu haben, ja?« Nataliis Tonfall klang neckend. »Ich habe das Bild dieser Bartell gesehen. Sie ist sehr schön. Ich würde mir auch wünschen, sie zu haben, wenn ich mit ihr arbeiten würde.«

Maddie setzte eine finstere Miene auf.

Natalii lachte aus vollem Herzen. »Ich entschuldige mich bei dir, arme Madeleine. Ich sehe, wie grün du vor Eifersucht wirst. Ich habe kein Interesse an deiner wahnsinnigen Blumen-Lady. Ich habe meine eigene Adéle Zuhause und sie befriedigt mich ausreichend. Aber nun, da wir uns durch unsere gemeinsame Liebe zu den Frauen angefreundet haben, werden wir heute Abend ausgehen. Du wirst mich in einen Club für Lesben mitnehmen, *oui*? Für Mädchen mit den Mädchen?

Ich möchte die, wie nennt man es? Die *Szene* von Sydney sehen. Dann, wenn du das tust, werde ich dir vergeben, dass *Mamans* Haus deinetwegen nach Blüten riecht.«

»Aber … Ich meine … Ich…«

»Nein, nein.« Natalii wackelte mit dem Finger. »Es ist in Ordnung. Wir werden uns die Schönheiten ansehen, sie aber nicht anfassen. Wir müssen für die Damen, denen unser Herz gehört, brav bleiben. *Oui*? Wir treffen uns heute Abend um neun vor dem Hotel.« Sie stieg von ihrem Fahrrad. »Ich habe jetzt ein paar Dinge zu erledigen, die ich nicht aufschieben sollte, wenn ich heute Abend so beschäftigt sein werde.«

»Ich, ähm … in Ordnung.« Maddie gab auf. Toll. Natürlich musste ihr erster Besuch einer Lesben-Bar mit der lesbischen Tochter der exzentrischsten Designerin der Modeindustrie stattfinden. Eine Tochter, die heute Abend eigentlich auf einen hochklassigen Ball gehen sollte, jedoch vorhatte, einfach zu schwänzen. Mit Maddie. In einer Lesben-Bar.

Sie wünschte sich, auf dem College nicht so ein ruhiger Bücherwurm gewesen zu sein. Dann hätte sie diese ganze Nachtclubsache vielleicht wenigstens einmal ausprobiert. Sie zwang sich zu einem Lächeln, das sich in ein nervöses Schlucken verwandelte. Wie zur Hölle konnte sie Fremdenführerin für eine Erfahrung sein, die sie selbst nie gemacht hatte?

»Das klingt nach Spaß«, murmelte sie.

»Oh, das wird es sein! Und bring alle deine homosexuellen *amis*!«

Richtig. *Alle* ihre homosexuellen Freunde. »Äh, ja. Bis heute Abend.«

Kapitel 13

Himmelsfeuer

Die einzigen homosexuellen *amis*, na ja, den einzigen homosexuellen *ami*, den Maddie auf die Schnelle finden konnte, war Simon. Und der war nicht mal schwul, aber metrosexuell genug, um eine Nacht als Schwuler durchzugehen, wenn sie ihn anflehte. Es wäre ihm egal – wahrscheinlich war das für ihn eine tolle Ausrede, Cocktail-Rezepte mit dem Barkeeper auszutauschen. Das schlimmste daran, ihn zu fragen, war … nun ja … dass es zu gewissen heiklen Fragen führen würde. Zum Beispiel darüber, für wen sie schwärmte.

Simon wusste alles über Maddies vergangene Freundinnen. Es war nur so, dass es davon nicht viele gab. Da war diese geheime Sache mit der ungeouteten Rachel gewesen sowie ein verrückter Monat mit der noch verrückteren Mona. In New York hatte es einen bedauernswerten One-Night-Stand mit einer anderen Kellnerin nach der Mitarbeiter-Weihnachtsfeier gegeben. Danach war da niemand mehr gewesen.

Dann hatte sie Elena kennengelernt. Und Maddie wollte ganz sicher nicht, dass Simon wusste, wie ihre Hormone auflebten und schnurrten, wenn Elena in der Nähe war. Es war peinlich genug, sich selbst gegenüber zuzugeben, wie sehr sie bereits von ihrer Chefin eingenommen war.

Simon sah sie komisch an. »Moment, lass mich das zusammenfassen.« Er zupfte an seiner besten auberginefarbenen Jacke. »Diese Tussi aus dem Fitnessstudio, wie heißt sie noch, Natalii, die du gerade erst kennengelernt hast, hat aus heiterem Himmel darauf bestanden, dass du all deine Homo-Freunde versammelst, um eine Nacht lang die Homo-Szene von Sydney zu durchkämmen?«

»So ziemlich.«

»Warum hat sie ausgerechnet dich gefragt?«, wollte er wissen. »Oh warte, stehst du auf die Frau? Hast du ihr gesagt, dass du lesbisch bist? Scheiße, großartig! Sag nichts weiter, Mads. Natürlich helfe ich dir. Sage ich nicht schon seit Monaten, dass du dich wieder in den Sattel schwingen musst?«

Maddie errötete. »Nein, ich stehe nicht auf sie! Und ich habe ihr nicht gesagt, dass ich lesbisch bin. Sie hat einfach angenommen, dass ein einheimisches Mädchen die angesagtesten Orte kennen würde und hat mich gebeten, sie ihr zu zeigen.«

Simon warf ihr einen langen, zweifelnden Blick zu. »Die angesagtesten *homosexuellen* Orte. Kannst du die Punkte für mich verbinden, denn ich sehe den Sinn darin nicht. Du willst nicht mit ihr ausgehen, willst aber eine vollkommen Fremde durch das schwule Sydney führen. Seit wann tut Ms. Introvertiert Maddie Grey so etwas?«

»Sieh mich nicht so an. Okay, es ist einfach. Ich versuche, eine Wette zu gewinnen. Dafür muss ich ein Interview mit Nataliis Mutter bekommen. Das ist alles.«

»Eine Wette?« Seine Augen leuchteten auf. »Mit wem?«

Maddie seufzte. »Elena.«

»Ich bin geschockt.« Simon grinste. »Jetzt ergibt alles Sinn. Die Chefin, auf die du fixiert bist.«

»Ich bin nicht…«

»Mads, ich bin nicht sicher, ob es dir bewusst ist, aber du redest die ganze Zeit von ihr. *Elena glaubt dies. Elena hat jenes gewonnen.* Also, ich denke, dass sie wirklich heiß ist – auf eine schluck-deine-eigene-Zunge Superschurken-Art. Also verstehe ich es. Bei der Wette geht es also darum, sie zu beeindrucken. Das ist cool.«

Gott. Das war der Grund, warum sie Simon nicht um Hilfe bitten wollte. Er kannte sie zu gut. Sie sah ihn gekränkt an. »Du redest auch oft über Elena. Nicht nur ich.«

»Natürlich tue ich das. Ich hab auf der Uni ihr Geschäftsmodell studiert, zusammen mit denen von Rupert Murdoch, Bill Gates und Steve Jobs. Und jetzt ist meine beste Freundin ihre persönliche Assistentin – komm schon, das ist großartig. Aber, Mads, du redest nicht so über sie wie ich.«

Maddie knirschte mit den Zähnen. Diese Unterhaltung entwickelte sich in eine gefährliche Richtung. »Können wir uns einfach konzentrieren? Hör zu, entscheidend ist, dass Natalii nicht weiß, dass ich ein Interview mit ihrer Mutter will. Ich bin freundlich und hilfsbereit und bringe sie dahin, wo auch immer sie heute Nacht hinwill. Und hoffentlich mache ich mich dadurch bei ihr beliebt und kann später ihre Mutter treffen.«

»Intrigen! Verstanden. Das kann ich.« Er lächelte sie liebevoll an. »Aber du siehst aus, als würdest du durchdrehen. Ist das dein erster Gay-Club, oder was?«

Sie sah ihn gequält an.

»Verstanden. Hey, ist in Ordnung. Ich war schon mal in einem Gay-Club. Erinnerst du dich an Mitch? Vom Fußball? Er hat mich mal gefragt, ob ich sein Wingman sein kann, also keine Sorge, okay? Kenne ich schon. Ich steh hinter dir – es sei denn natürlich, eine umwerfende Lady macht mir schöne Augen. Dann, *Bäm!*, sind laut der offiziellen Wingman-Regeln alle Wetten hinfällig.«

Maddie verdrehte die Augen. Die Chancen, dass ihn in einer Gay-Bar irgendeine Frau anmachte, lagen weit unter null. »Okay. Abgemacht.«

Simon brauchte gerade mal sechs Minuten, um von einer süßen Frau angemacht zu werden und von Maddies Seite im *Manscape* auf der Oxford Street zu verschwinden. Wie zur Hölle war das überhaupt passiert? Ernsthaft. Und wie hatte dieser schreckliche Anmachspruch überhaupt funktionieren können? »Hey, ich bin nicht schwul oder bi, aber ich bin Libanese!«, gefolgt von schnaubendem Lachen.

Maddie klammerte sich an ihren überteuerten Espresso-Martini und beobachtete missmutig, wie Simon verschwand, ehe sie sich umdrehte und feststellte, dass Natalii sie beobachtete.

»Warum bringst du uns in einen Club für die *hommes*?«, wollte die Französin wissen. Natalii sah super heiß aus in ihren engen, schwarzen Leggins, dem weißen Shirt und der verführerischen Jacke aus künstlicher Schlangenhaut. Zumindest hoffte Maddie, dass sie künstlich war. »Sehe ich aus, als würde ich die Jungs anstarren wollen?«

Maddie lächelte sie schwach an. »Es tut mir wirklich leid. Simon hat gesagt, dass hier eigentlich ein gemischtes Publikum ist. Heute Abend ist eine Ausnahme.«

»Oh *oui*, Simon! Deinem offensichtlich nicht-schwulen *ami*. Er hat vom ersten Moment an mit mir geflirtet.«

»Ähm … Ja, sowas tut er. Bei hübschen Frauen ist er unverbesserlich. Tut mir leid.«

»Mm«, sagte Natalii, schien jedoch besänftigt, nachdem Maddie sie hübsch genannt hatte. »Und wo ist der Rest? Deine anderen Freunde? Die *lesbiennes*?«

Maddies Gesicht wurde heiß und sie starrte in ihren Drink, in der Hoffnung, dass sich der Boden unter ihr auftuen und sie verschlucken würde. »Zählt ein libanesischer Freund?« Sie lachte gequält.

»Schrecklicher Witz.« Natalii funkelte sie an und verschränkte die Arme.

»Ich habe keine.« Nach ihrem Geständnis fühlt sich Maddie wie die letzte Versagerin. »Keine homosexuellen *amis*.«

»Wie ist das möglich? Das ist Sydney! Mardi Gras, Oxford Street! Du arbeitest in der Modebranche!«

»Ich habe keinen Kontakt mehr zu meinen Ex-Freundinnen. Und ich mache viele Nachtschichten.«

Natalii musterte sie ein paar Augenblicke, bevor sie offensichtlich entschied, dass Maddie es mit ihrem Versager-Status ernst meinte. »Okay.« Sie zog ihr Handy hervor. »Dann bin ich diejenige, die uns ein wenig Spaß auftreibt.« Sie drückte ein paar Knöpfe und wischte ein paar Mal über den Bildschirm. »Zuerst gehen wir ins *Butch and Femmes*.« Ein Tippen. »Dann *Lady Luck*. Dann *Pinkheart*.« Tipp, tipp. »Anschließend *Grrl Fantasy*. *Oui*? Die sind alle zu Fuß zu erreichen. Eure Oxford Street ist sehr bequem.«

Es war nach drei Uhr morgens, als Maddie aus dem letzten Nachtclub herauskroch. Natalii und ihr exotischer Akzent waren beim Publikum sehr beliebt gewesen und selbst Maddie hatte zu ihrer Verlegenheit Telefonnummern abwehren müssen. Sie hasste es, im Zentrum der Aufmerksamkeit zu stehen, aber mit Natalii an ihrer Seite war sie schwer zu vermeiden gewesen.

»Tsk, *non*«, hatte Natalii einer Frau ernst verkündet, die sich auf der Tanzfläche praktisch an Maddies Bein gerieben hatte. »*Mon ami* ist vom Tisch. Sie liebt eine angsteinflößende Frau, die dich in massenhaft Blüten ertränken würde. Sie ist nichts für dich. Verschwinde!«

»Ich lieeeebe sie nicht, Nat«, sagte Maddie lallend. Sie war mehr als nur ein wenig beschwipst von all den kostenlosen Getränken, die sie bekommen hatten. »Ich meine, ich glaube nicht. Aber trotzdem danke.«

»Das sagst du immer wieder. Aber du protestiert zu viel. Nicht nur mit deinen Lippen, sondern auch mit deinen Augen. Und jetzt ist es Zeit, dass wir nach Hause gehen. Aber zuerst gibt es etwas, das ich tun muss.« Sie zog ihr Handy hervor und telefonierte in schnellem Französisch. »Erledigt.« Sie lächelte spöttisch und musterte Maddie. »Nach draußen. Wir müssen auf die Mitfahrgelegenheit warten und dann … Himmelsfeuer.«

Himmelsfeuer? Maddies angenehm summendes Gehirn drehte das Worte vor und zurück, konnte aber nicht ergründen, was bedeuten sollte. Sie folgte Natalii nach draußen und zitterte in der Kälte. Ihre Jeans, das langärmlige Shirt und die Lederjacke waren kein Schutz gegen Sydneys beißende Frühmorgenluft.

Innerhalb von fünfzehn Minuten tauchte eine Limousine auf und zog eine Traube aus Paparazzi auf Motorrädern und in Autos hinter sich her.

Véronique Duchamp glitt vom Rücksitz und kam auf ihren stabdünnen Stilettos zu ihnen, während sie ihre Tochter in einer Mischung aus Französisch und englischen Wortfetzen ankreischte. Maddie verstand von zehn Worten ungefähr zwei. Im Wesentlichen ging es darum, dass ihre Tochter den Ball geschwänzt hatte und Véronique wissen wollte, ob sie die ganze Nacht hier gewesen war. Und dann fragte sie sie in schneidendem Englisch, wer die Gossen-Hure neben ihr war.

Gossen-Hure?

»Und so läuft es, *ma chérie*«, murmelte Natalii Maddie mit einem Gesichtsausdruck zu, der sowohl amüsiert als auch reumütig wirkte. »*Maman* ist unzufrieden mit mir. Und mit dir auch. Natürlich würde sie dich noch weitaus mehr hassen, wenn sie den Namen deiner Chefin kennen würde. Mehr noch, wenn sie wüsste, was du heute Abend wirklich vorhattest, *oui?*«

»Vorhatte?« Maddie schluckte. »Was meinst du?«

Natalii flüsterte ihr ins Ohr. »Du denkst, dass du als erste versucht hast, durch mich an meine *mère* heranzukommen? Tsk, Madeleine, ich dachte, dir wäre klar, dass ich klüger bin. Niemand kann das Fitnessstudio meines Hotels benutzen, ohne tatsächlich dort zu wohnen. Also, deine Absichten? Die kannte ich bereits. Aber du warst auch ehrlich, als du sagtest, dass du mich kennst. Ich konnte sehen, dass du wegen deiner Dame so verwirrt bist. Deine Augen? Sie sind so … wie heißt das Wort …sehnsüchtig, wenn du von ihr sprichst. Also habe ich einen lustigen Abend bekommen und ich glaube, du hast eine Lektion darüber erhalten, was es da draußen noch gibt. Und jetzt gebe ich dir das Geschenk des Himmelsfeuers.«

Und damit nahm Natalii sie in die Arme, kippte sie mit der Hand in Maddies Rücken nach hinten und küsste sie innig, während die aufgeregten Paparazzi Bilder schossen. Blitzlicht erhellte die Straße. Aus dem Augenwinkel nahm Maddie blass Véronique war, die mit dem Finger auf Maddie zeigte und kreischte.

Natalii richtete sie wieder auf und zwinkerte ihr zu.

Maddie starrte benebelt zurück und verstand nun zumindest, was Himmelsfeuer bedeutete. *Feuerwerk.*

»Um deine Dame der vielen Blumen *grün* zu machen.« Natalii grinste an ihrem Ohr. »Damit sie darüber nachdenkt, was sie verpasst, ja? Sehr gern geschehen.« Sie umfasste ihre Wange. »*Au revoir.*«

Und damit verschwand sie und schlüpfte mit ihrer Mutter in die Limousine, die noch immer mit ihr schimpfte und vollkommen ignoriert wurde.

»Hey, Liebes. Dave Stevens, *Daily Tele*«, sagte eine maskuline Stimme an Maddies Ohr. »Können wir Ihren Namen erfahren? Wie lange geht das schon mit Véroniques Tochter? Wie ist sie im Bett?«

SYDNEY CONFIDENTIAL
Französische Beziehungen

Es hat sich herausgestellt, dass die exzentrische und scheue französische Designerin Véronique Duchamp, die für die Australian Fashion Week in der Stadt ist, vielleicht nicht gerne feiern geht – aber ihre Tochter tut das ganz gewiss. Natalii Duchamp, 31, gilt als heiße Kandidatin, das weltweite Design-Imperium ihrer Mutter dieses Jahr zu übernehmen. Sie wurde im intimen Umgang mit einer mysteriösen Frau vor dem Grrl Fantasy gesichtet. Der Nachtclub auf der Oxford Street ist für eine Menge prominenter, lesbischer Affären bekannt. Ms. Duchamp knutschte mit einer Rothaarigen, siehe Bild oben, während ihre Mutter einen schrillen Augenzeugenbericht auf Französisch und Englisch lieferte, der alle Trommelfelle einriss und nicht im Geringsten schmeichelhaft klang. (Es sei denn, Gossen-Hure hat eine neue Bedeutung). Wer ist also die glückliche Dame, die von Ms. Duchamp umworben wird? Lasst es uns wissen. Wir hören gern zu, ihr Lieben.

»Du bist tot!«

Maddie stöhnte und hielt das Handy ein Stück von ihrem Ohr weg, um den Chai Latte, den Kleiderbeutel und den überquellenden Ordner der *überaus dringenden* Korrekturbögen besser zu greifen zu bekommen, während sie die Elizabeth Street hinuntereilte.

»Ich meine es ernst«, fuhr Felicity fort. »Sie ist auf dem Kriegspfad. Sie hat noch vor sieben Uhr morgens zwei Models beim Whale Beach-Shooting gefeuert – die eine, weil sie zu groß war und das andere, weil sie einfach zu *zu* war, was auch immer das bedeuten soll. Und ich glaube Aleisha steht drei Sekunden vor einem Nervenzusammenbruch, weil sie nicht weiß, wie sie mit nur *einem* Model Bademode für verschiedene Körperformen ablichten soll. Perry versucht, Elena zu beruhigen. Also, wo zur Hölle bist du? Wo ist der verdammte Beruhigungstee? Und, oh ja – was um alles in der Welt hast du dir dabei gedacht?«

»Hey«, sagte Maddie protestierend, »Natalii hat *mich* geküsst! Und ich bin fast da.«

»Glaubst du, es interessiert mich, wer wem die Haare geflochten hat? Es war unprofessionell! Du lässt dir von der Brut dieses französischen Teufels die Mandel aus dem Hals saugen und Elena hat den *Tele* so heftig an die Wand geworfen, dass die Schlagzeile jetzt vermutlich auf das Glas abgefärbt ist.«

»Sie hat *was*?«

»Oh Gott! Nein! Sie hat gerade gedroht, Perry zu feuern. Wir sind alle dem Untergang geweiht. Niemand ist sicher. Schwing deinen erbärmlichen Arsch die Treppe in zwei Minuten hier hoch oder so wahr Gott mir helfe, ich bringe dich eigenhändig um. Oh, und nur zur Info, ich helfe dir nicht, deinen Schreibtisch leer zu räumen. Weil du dir das selbst eingebrockt hast. Du und deine dämlichen, umherwandernden Lippen.«

Maddie seufzte. »Aber ich habe nicht …« Sie wedelte mit ihrem Pass in Richtung des Sicherheitsbeamten. Ihr Telefonat endete, als sich die Fahrstuhltüren öffneten.

Sie huschte in die Stahlbox, drückte den Knopf und wartete ungeduldig, während die Stockwerke gezählt wurden. Okay, sie stand also kurz davor, arbeitslos zu sein. Erneut. Sie brauchte eine Strategie. Etwas, das nichts mit Catering zu tun hatte. Mit ihren Eltern. Sie würde niemals so verzweifelt sein.

Ihr Kopf war leer.

Scheiße.

Als sich die Fahrstuhltüren öffneten, rannte sie hinaus. Die redaktionellen Mitarbeiter, die sich um ihre Tische sammelten, brachen mitten im Gespräch ab und wichen ihrem Blick aus. Großartig. Keine Chance also, dass sie die siebenundzwanzig Zeitungsartikel und die einundvierzig Blogeinträge nicht gesehen hatten, die über die lesbisch-knutschende Tochter der verschossensten Familie der Mode-Welt um den Globus gingen.

Nicht, dass sie mitgezählt hatte.

Das war nicht einmal die Hälfte ihrer Probleme. Simon hatte ihr eine Nachricht nach der anderen geschrieben. *Ich habe dich fünf Minuten allein gelassen!*, hatte er in seiner ersten Nachricht gejammert, die dank der ganzen schockierten Emoticons ganz von allein gekeucht hatte. Ihr folgte: *Okay, fünf Stunden, plus minus. Aber darum geht es nicht! Mads, ruf mich an!*

Sie hatte es nicht getan. Genauso wenig hatte sie ihre Eltern zurückgerufen hatte, ihren Bruder, oder Lisa, die ehemalige, tratschende Sekretärin von *Hudson Metro News* in New York. Die hatte geschrieben:

OH! DESHALB hast du Jake also nicht gemocht? ☺ *Worauf auch immer du Bock hast. Ruf mich an!*

»Endlich!«, zischte Felicity, als Maddie um die Ecke kam. Die Stabschefin riss ihr den Chai Latte aus den Händen. »Sie hat nur ungefähr zehn Mal danach gefragt.« Felicity huschte in Elenas Büro und sah auf ihren schwindelerregend hohen Manolo Blahniks aus wie ein hochangespannter Pudel.

Maddie legte den Ordner mit den Korrekturen ab und hängte den Kleiderbeutel, den sie für ihre Chefin abgeholt hatte, in den kleinen Schrank vor Elenas Büro. Sie ließ sich auf ihren Stuhl fallen und fuhr ihren Computer hoch.

»Ms. Grey …«, drang eine Stimme aus dem anderen Zimmer zu ihr.

Maddie riss den Kopf herum, als sie ihren Nachnamen hörte. *Oh-oh.*

Felicity verließ Elenas Büro mit einem *Ich-hab's-dir-ja-gesagt*-Blick.

Maddie schnappte sich einen Notizblock und ging hinein.

Zuerst sah sie Perry, der in seinem lilafarbenen Hemd umwerfend aussah und die Hände in die Taschen seinen dunkelgrauen Armani-Jacketts gesteckt hatte. Seine Daumen trommelten in einem nervösen Rhythmus auf dem Stoff. Er drehte sich vollständig um, als sie eintrat und trug einen neugierigen Ausdruck auf dem Gesicht.

Erleichterung erfüllte sie. Er schien noch immer angestellt zu sein, das war also ein Anfang.

»Ja, Elena?« Sie konzentrierte sich auf die verengten Augen ihrer Chefin, während sie den Stift bereithielt.

»Sieh an, sieh an, was die Klatschkolumnisten reingeschleppt haben.« Sie ließ ihren Blick über Maddie gleiten. »Wissen Sie, Ms. Grey, als ich Ihre erbärmliche Erniedrigung vorhergesehen habe, hatte ich keine Ahnung, dass Sie mich so wörtlich nehmen würden.« Ihre Stimme triefte vor Hohn.

»Ich kann das erklären!«

Perry fing an, sich an ihnen vorbei in Richtung Tür zu schieben.

Kluger Mann.

»Erklären?« Elena nahm eine lädiert aussehende Zeitung von ihrem Schreibtisch und hielt sie nach oben. Auf dem Bild war Véronique zu sehen, die mit dem Finger auf Maddie zeigte und ihr ins Gesicht schrie. Ein Gesicht, das von den Lippen einer bestimmten, sexy Französin bedeckt war. »Obwohl ich nicht erwartet habe, dass Sie unsere Wette gewinnen, hätte ich niemals gedacht, dass Sie das vollkommene Gegenteil machen. Ich kann mich nicht erinnern, Sie gebeten zu haben, die weltweit führende Modedesignerin so aufzubringen, dass sie ein Aneurysma bekommt.«

Perry erstarrte, sein Kopf wirbelte herum und Faszination stand in seinen Augen. »Wette? Welche Wette?«

»Unsere Wette«, sagte Elena mit zusammengebissenen Zähnen und ignorierte ihn, »bestand darin, die Aufmerksamkeit der Mutter zu erregen, nicht der Tochter. Und ich wollte ein Interview, keine Blutfehde!«

Perry sah zwischen ihren Gesichtern hin und her und richtete seinen Blick dann auf den Artikel. »Warte … bei eurer Wette ging es darum, ob Maddie die Aufmerksamkeit von Véronique Duchamp erregen kann? *Der* Véronique Duchamp? Die alle Medien verachtet und hasst?« Er pfiff leise. »Okay.« Er wandte sich an seine Chefin. »Und was bekommt sie nun, da sie gewonnen hat?«

Elenas Kopf flog herum und sie funkelte ihn wütend an, während Maddie die Kinnlade herunterfiel.

»Gewonnen? Sieht *das* aus, als hätte sie gewonnen?« Elena hielt ihm die Zeitung direkt vor die Nase.

Perry legte seinen Finger auf den oberen Rand und drückte sie nach unten und von seinem Gesicht weg. »Eigentlich, ja, das tut es. Wenn Aufmerksamkeit das Ziel war, auf das ihr euch geeinigt habt, würde ich sagen, dass Véronique so aussieht, als wäre sie auf Maddie fixiert. Keine fehlende Aufmerksamkeit zu erkennen.«

»Ich meinte *positive* Aufmerksamkeit«, sagte Elena. »Madeleine wusste ganz genau, was ich meine!« Sie wandte sich an Maddie, die sofort nickte. »Siehst du!«

»Aber das war nicht die Wette. Oder?« Ein freches Grinsen breitete sich auf seinem Gesicht aus.

Gütiger Gott, hat dieser Mann Todessehnsucht?

Elenas Gesichtsausdruck sah aus, als würde sie gleich Blitze regnen lassen.

Perry lächelte weiter und schien offensichtlich nicht beeindruckt. »Tja, dann habt ihr beide gewonnen. Oder verloren, wenn ihr das vorzieht. Maddie *hat* technisch gesehen die Aufmerksamkeit der Designerin erregt. Aber nicht die Aufmerksamkeit, die du wolltest. Also, was bekommt ihr beide?«

Maddie starrte Elena an, die ihren Art Director mit Blicken erdolchte, bei denen die meisten Männer ihre Eier umklammert und um Gnade gewinselt hätten.

»Ähm, Ehrlichkeit«, sagte Maddie noch immer schockiert. »Wir beide müssen die volle Wahrheit sagen. Ich für einen ganzen Tag. Elena eine Woche lang.«

Perry wippte auf seinen polierten Absätzen und wirkte unglaublich beeindruckt. »Mutiger Schritt, Maddie.« Er wandte sie an Elena. »Aber inwiefern ist das für dich anders als dein normales Verhalten?«

Elena lächelte und schien einen Teil ihrer Ausgeglichenheit wiederzufinden. »Meine Rede.«

»Mmh.« Perry strich sich mit einer Hand über den kahlen Kopf und warf dann einen Blick auf die Uhr. Es war kurz vor acht Uhr morgens. »Also, die Zeit läuft ab jetzt?«

Maddie biss sich auf die Lippe. »Warum, ähm, einigen wir uns nicht auf unentschieden und kommen beide aus der Sache raus?«

Nachdem sie Maddie einen Moment gemustert hatte, schüttelte Elena den Kopf. »Ich wusste es.« Ihr Blick war höhnisch. »Überhaupt kein Rückgrat.«

»Ohh.« Perrys Augen weiteten sich. »Ich glaube, Maddie Grey, dass du gerade Feigling genannt wurdest.«

Maddie sah beide finster an, weil sie nicht glauben konnte, was sie gleich tun würde. »Schön! Die Zeit läuft ab jetzt!«

»Und mein Tag ist gerade um einiges interessanter geworden.« Perry strahlte. »Deiner auch, kann ich mir vorstellen«, sagte er zu seiner Chefin.

»Wir werden sehen.« Elena musterte Maddie erneut und ihr Gesichtsausdruck wirkte nun viel zu erfreut, um Maddie ein Gefühl von Sicherheit zu geben.

»Ähm, ich sollte zurück an meinen Schreibtisch«, krächzte Maddie und legte den Stift auf ihren Notizblock.

»Warum?«, fragte Elena mit seidiger Stimme. »Und denken Sie daran, Ehrlichkeit *ist* die beste Strategie.«

»Damit Sie mir keine Fragen stellen, die ich nicht beantworten will.« Maddie war sich sicher, gerade tiefrot anzulaufen. »Und damit ich nicht sehen muss, wie Sie mich wie ein Steak ansehen, das Sie in Fetzen reisen und an die Piranhas verfüttern wollen.«

Perry lachte schnaubend.

»Perry«, sagte Elena und ihre Stimme wurde leiser, »geh. Ich glaube, meine ungeschminkt ehrliche Assistentin und ich haben ein paar Dinge zu besprechen.«

Maddie schluckte schwer.

Kapitel 14

Die ungeschminkte Wahrheit

Perry warf Maddie noch einen erzähl-mir-später-alles-Blick zu und ging. Wenn die Situation nicht so ernst wäre, hätte sie gelacht. Bei dem Gedanken sah sie wieder zu ihrer Chefin, die sie mit einem gefährlichen Gesichtsausdruck beobachtete. Alle anderen Gedanken verschwanden.

»Hinsetzen.« Elena stützte die Ellbogen auf dem Tisch ab und legte die Finger aneinander. »Irgendwelche Geständnisse, bevor wir anfangen?«

»Geständnisse?« Maddie zögerte. »Wenn es hier um letzte Nacht geht …« Sie verstummte, weil sie nicht ganz sicher war, was genau sie noch zu diesem bereits katastrophalen Fehltritt hinzufügen sollte.

»Hat sich irgendetwas Brauchbares daraus ergeben?«, fragte Elena mit stechendem Blick. »Abgesehen von allerlei Knutschflecken?«

Maddie ignorierte den Seitenhieb. »Ich habe gelernt, dass Natalii sehr klug ist. Sie lässt sich nicht leicht hereinlegen. Und dass sie und ihre Mutter oft aneinandergeraten.«

»Zum Beispiel darüber, wen ihre Tochter um drei Uhr morgens vor berühmten Lesben-Bars küsst?« Elenas Tonfall wurde kühl.

»Woher wissen Sie, dass es drei Uhr war? Das stand nicht in dem Zeitungsartikel.«

Elena schob den Korrekturbogen auf die linke Seite. »Ich sehe nicht, wieso das relevant sein sollte.« Sie schob ihn wieder nach rechts.

»Für mich ist es das.« Maddie leckte sich über die Lippen. »Woher wissen Sie es?«

Elena sah sie mürrisch an. »Felicity hat es herausgefunden.«

»Warum?«

Maddie fragte sich, ob sie zu sehr gedrängt hatte, als sich Elenas Gesichtsausdruck verdunkelte. Lange sagte niemand etwas.

»Ich habe ihr gesagt, dass ich mehr Informationen will«, sagte Elena angespannt. »Felicity hat diesen widerlichen Fotografen kontaktiert und nach mehr Einzelheiten zu den Ereignissen der letzten Nacht gefragt. Sonst nichts.« Sie winkte ab, als hätte es damit nicht viel auf sich.

»Aber warum?«, fragte Maddie erneut, bevor sie sich selbst davon abhalten konnte. Sie biss sich auf die Lippe.

Elena sah sie mit demselben säuerlichen Blick an, der normalerweise für Emmanuelle Lecoq reserviert war. »Warum Sie diese Duchamp-Frau geküsst haben, ist eine weitaus bessere Frage.«

»Nicht von meinem Standpunkt aus«, flüsterte Maddie.

»Wie ich sehe, haben Sie vor, sich bei dieser Wette Freiheiten herauszunehmen. Sie wissen, wo die Tür ist.«

»Was? Das ist Betrug! Sie …« Ihre Worte verloren sich unter einem so eiskalten Blick, dass er sogar die Polarkappen wieder einfrieren lassen würde.

»Passen Sie auf, was Sie als nächstes zu mir sagen, Madeleine. Ich habe mich vielleicht auf Ihre alberne Wette eingelassen, aber ich bin noch immer Ihre Arbeitgeberin. Sie sind leicht zu ersetzen. Es gibt immer andere, die sich darum reißen, Ihren Job zu übernehmen. Vergessen Sie das nie.«

Maddie starrte Elena an. *Leicht zu ersetzen.* Wie konnte sie das sagen? Maddie hatte sich viel von ihrer fordernden Chefin gefallen lassen, seit sie ihre persönliche Assistentin geworden war. Und sie hatte es ertragen, weil sie sich an diese andere Seite an ihr erinnerte, an die Dinge, über die sie nie sprachen. Geteilte Momente. Miteinander zu lachen oder sich gegenseitig herauszufordern in New York, mitten in der Nacht, wenn sie allein waren. Und obwohl diese Gedanken immer irgendwo in ihrem Kopf kreisten, egal, wie sehr sie sich wünschte, dass sie es nicht täten, war sie in Sydney die perfekte Assistentin gewesen. Maddie hatte dafür gesorgt, dass kein Hinweis auf ihre wahren Gedanken durch die Risse schimmerte.

Bis jetzt.

Nach Elenas herzlosen Worten ließ sie nun zu, dass sich die aufbauende Wut auf ihrem Gesicht abzeichnete. Elena hatte Maddie gerade gesagt, dass sie nichts war. Das hatte sie wirklich gesagt, nicht wahr? Sie hatte gerade zugegeben, dass Maddie unwichtig war. *Sie sind leicht zu ersetzen. Es gibt immer andere, die sich darum reißen, Ihren Job zu übernehmen.* Glaubte Elena das wirklich? Vielleicht tat sie es. Maddie schüttelte den Kopf. »Die würden sich nicht darum reißen, wenn sie wüssten, was genau er beinhaltet.«

Elena erstarrte und sah sie an. Ihr ganzer Gesichtsausdruck strahlte Gefahr aus. »Oh?« *So sanft.* »Und was glauben Sie, müssen meine Assistentinnen so schrecklich mühsames ertragen?«

Ihr gesunder Menschenverstand und der Selbsterhaltungstrieb sprangen in Maddie an und versuchten, ihre Wut zu beschwichtigen. »Nein. Das würden Sie wirklich nicht wissen wollen.«

»Eigentlich schon«, sagte Elena. »Und lassen Sie kein ungerechtes Wimmern oder tragischen Kommentar aus. Ich bin sicher, dass die sehr erhellend sein werden.« Sie lehnte sich in ihrem Chefsessel zurück und musterte sie.

»Sie wollen die Antwort nicht wissen«, versuchte Maddie es erneut. »Vertrauen Sie mir.« Sie rutschte von ihrem Stuhl und schob sich zur Tür. »Ich muss Akten ablegen, telefonieren–«

»Stopp. Hinsetzen. Weitermachen.« Elena deutete auf den Stuhl, von dem Maddie gerade aufgestanden war. »Sie haben zugestimmt, ehrlich zu mir zu sein.«

Maddie erstarrte. Sie hatte ja ihre große Klappe aufreißen müssen. Ihre Wut war abgeflaut. Trotzdem würde sie Elenas Welt zerstören. Sie schluckte. Dann setzte sie sich. Und fing an.

»Ihre persönlichen Assistenten müssen das Unmögliche schaffen«, sagte sie und fragte sich, ob sie sie mit den kleineren Dingen ablenken konnte. »Das wäre in Ordnung, wenn wir auch mal fünf Minuten zum Essen bekommen würden. Dem Stadtverkehr mit Unterzuckerung ausweichen zu wollen ist … nicht lustig.«

Sie versuchte zu lächeln.

Elena sah sie nur mit versteinerter Miene an. »Das ist es? Wie schrecklich für Sie. Packen Sie sich einen Snack ein. Reißen Sie sich zusammen.«

»Außerdem werden wir beschissen bezahlt«, sagte Maddie, »und arbeiten so lange, dass es an manchen Tagen schwer ist, sich daran zu erinnern, wie das Sonnenlicht aussieht.«

»Aber Sie machen wertvolle Erfahrungen«, sagte Elena kurz angebunden. »Sie erleben das Verlagswesen von seiner Spitze aus und bekommen Einblicke, auf die viele Menschen in Ihrem Alter kaum hoffen dürfen. Ihre Einwände sind lächerlich. Als ich angefangen habe, habe ich siebzig Stunden die Woche gearbeitet und mich nie beschwert. Ich habe mich zusammengerissen und die Chance zu meinem Vorteil genutzt.«

Maddie verschränkte die Arme. »Na schön. Aber dann ist da noch die Belästigung.«

Sie hatte geschworen, dieses Geheimnis niemals preiszugeben, aber Elenas herausfordernder, spöttischer Blick brachte das Fass zum Überlaufen. Der Schock auf Elenas Gesichtsausdruck war es beinahe wert. Bei ihrem fassungslosen Schweigen kämpfte ein neues, ungutes Gefühl gegen Maddies Wut an.

»Was?«, fragte Elena ungläubig.

Maddie zwang sich, weiterzusprechen. Ihre Kehle verengte sich bei dem Gedanken daran, was kommen würde. »Einige Ihrer Führungskräfte, Geschäftspartner und Freunde verhalten sich Ihren persönlichen Assistenten gegenüber unangemessen. Sie tun es, weil sie glauben, dass wir austauschbar sind. Offensichtlich haben sie recht.«

»Wer?« Elenas Stimme war kaum hörbar.

»Einige große Namen versuchen es. Wir wurden angemacht –«

Elena schnaubte. »Angemacht? Ist das alles? Weil Sie nicht wissen, wie man nein sagt, ist das alles meine Schuld? Wenn Sie wüssten, wie es war, als ich angefangen habe … Mein Gott, die Dinge, die –«

»Ich war noch nicht fertig!« Als Elena den Mund zuklappte, fuhr Maddie fort. »Wenn es nur das endlose *Komm schon* wäre, könnten Ihre Assistentinnen damit umgehen. Aber Hände wandern. Ein paar tun noch viel schlimmere Dinge. Diese Männer glauben, dass sie Ihre Assistentinnen begrabschen, die Hände unter unseren Rock schieben und widerliche Dinge sagen können. Diejenigen, die zu den schlimmsten der Schlimmsten gehören und eine ernsthafte Bedrohung sind, schaffen es auf die Liste.«

»Liste?«

»Die Blacklist der Assistentin. Es ist eine Liste, die alle vorangegangen Assistentinnen in einem Handbuch in der untersten Schublade hinterlassen, um die nächste Assistentin zu warnen. Es ist eine Sicherheitsvorkehrung. Jeder Name auf dieser Liste – wir sollten nie allein mit ihnen sein und uns nie in die Ecke drängen lassen. Niemals.«

»Ich will die Namen auf dieser Liste.« Elena presste die Lippen fest aufeinander, als würde sie versuchen, nicht noch etwas zu sagen. Ihre Augen blitzten und richteten sich mit einer beängstigenden Intensität auf Maddie.

»Warum? Würden Sie wirklich die Verbindungen zu einem weltberühmten Fotografen abbrechen, der geholfen hat, Ihr Magazin bekannt zu machen? Um Gerechtigkeit für Ihre niederen Assistentinnen zu bekommen, von denen einige nicht länger als eine Woche für Sie gearbeitet haben? Was ist mit einem schmierigen Vorstandsmitglied? Wie können unsere Gefühle mit seiner Bedeutung für die Firma mithalten?«

Elena zischte. »Sie … Sie alle dachten, dass es mich nicht interessieren würde?« Ein verletzter Ausdruck zeichnete sich auf ihrem Gesicht ab. »Alle von Ihnen, die in diese Verschwörung des Schweigens involviert sind, dachten, ich hätte vergessen, wie es ist, eine junge Frau in der Geschäftswelt zu sein? Ich habe mich jeden Tag mit Misogynie herumgeschlagen!« Ihr Blick war rasend.

»Ganz ehrlich, Elena, Ihre Assistentinnen wollten Sie nicht in die Position bringen, in der Sie sich entscheiden müssen. Angesichts der Kommentare auf der Liste habe ich den Eindruck, dass die meisten eigentlich nicht wissen wollten, für welche Seite Sie sich entschieden hätten, wenn man es Ihnen gesagt hätte. Andere dachten, Sie wüssten es und würden wegschauen. Mehr als ein paar hatten Angst, gefeuert zu werden. Egal wie, sie hielten Schweigen für die beste Option – sie alle wussten, dass für Sie die Bartell Corp. immer an erster Stelle kommt.«

Elenas Blick bohrte sich in sie. Sie sah aus, als wäre sie bereit, eine ganze Abteilung zu feuern. Maddie krümmte sich zusammen. Und sie hatte noch nicht das Schlimmste offenbart. Überhaupt nicht.

»Ihre Namen.« Mit ihrem manikürten Zeigefinger stach sie auf die Tischplatte. »Und das wird Konsequenzen haben. Es ist mir egal, wer diese Schweine sind.«

»Aber es sind nicht nur die Namen von Menschen, mit denen Sie arbeiten. Ein paar andere außerhalb der Bartell Corp. sehen Ihre Assistenten ebenso als leichte Ziele, weil alle wissen, dass sie nicht lange bleiben.«

»Ich werde nicht noch einmal fragen.«

Maddies Herz fing an zu hämmern. Sie wünschte sich, etwas anderes sagen zu können als das, was sie nun aussprechen würde.

»Die Liste.« Maddie stieß den Atem aus. Sie konnte sie im Schlaf aufzählen, weil sie sich immer überdeutlich darüber bewusst war, wenn sie in der Nähe waren. »Jonathan Polden und David Pettigrew.« Zwei von Elenas talentiertesten Mode-Fotografen. Beide Männer hatten internationale Preise gewonnen. »Stanley Links.« Einer ihrer hoch angesehen, erfolgreichen Zeitungs-Manager. Sie schluckte beim nächsten Namen. »Frank Harkness.« Elenas Geschäfts-Mentor, der im Vorstand saß. Sie reisten oft zusammen. Um Himmels Willen, sein Bild stand auf ihrem Schreibtisch.

Sie musterte das bleicher werdende Gesicht vor sich und ballte die Hände zu Fäusten. Es gab keinen einfachen Weg, den letzten Namen auszusprechen. »Und … Richard Barclay.«

Der erstickte Schrei, der Elena bei der Erwähnung ihres Ehemanns entkam, sorgte dafür, dass sich Maddie wie der letzte Abschaum des Planeten vorkam. Dieses Gefühl hielt ganze zwei Sekunden an.

»Wie können Sie es wagen!« Elena sah aus, als würde sie Maddie schlagen wollen. »Ist das eine Art kranker Witze?«

»Elena?« Maddie starrte sie mit offenem Mund an.

»Raus!«

»Ich bin nur ehrlich«, sagte sie flehend. »Wenn er zu viel trinkt, wenn wir etwas bei Ihnen zu Hause oder bei einer Veranstaltung abgeben müssen, versucht er manchmal, die Assistentin an die nächste Wand zu drücken und seine Hände in –«

»Widerliche Lügen!« Der Schrei war so laut, dass die Glaswände zu vibrieren schienen. Und Elena hatte in der Zeit, seit Maddie mit ihr arbeitete, noch nie so die Stimme erhoben. Nicht ein einziges Mal.

Felicity warf sich aus dem Vorraum durch die Türen, die Augen geweitet und so schwer atmend, dass ihre Wangen gebläht waren.

Maddie machte ihr keinen Vorwurf. Dass hier eine Katastrophe kurz bevorstand, war offensichtlich. Maddie sank noch tiefer in ihrem Stuhl zusammen.

»Elena?« Felicitys Blick glitt anklagend zu Maddie. »Alles in Ordnung hier?«

Maddie sah auf ihre Hände hinunter. Sie zitterten. Sie hatte nicht erwartet, dass ihr Tag so verlaufen würde. Im schlimmsten Fall hätte sie vielleicht eine unpassende und hoffnungslose Schwärmerei eingestehen müssen. Sie hatte geglaubt, dass sie die Beschämung abschütteln, ein paar hämische und mitleidige Blicke ernten und wieder zur Arbeit gehen würde. Aber *das* … Scheiße. Was hatte sie getan?

Elena war aschfahl, als sie ihre Aufmerksamkeit auf ihre Stabschefin lenkte. »Felicity, hat mein Ehemann deines Wissens nach dich oder eine der Assistentinnen jemals unanständig angefasst?«

Jegliche Farbe wich aus Felicitys Gesicht und sie warf Maddie einen Blick zu, der sagte: *Scheiße, ernsthaft?*

Maddie seufzte. Felicity hatte das schlechteste Pokerface, aber ihre Loyalität zu Elena war nicht zu brechen. Sie hatte ein schreckliches Gefühl, wohin das führen würde.

»Also?« Die Wut strahlte in Wellen von Elena ab. Ganz sicher stand jemand – oder viele jemands – kurz davor, gefeuert zu werden und mittlerweile wusste es die ganze Etage.

»Nein, Elena, dein Ehemann hat sich bei allen immer wie der perfekte Gentleman verhalten.« Felicity sah Maddie nicht an. Eine leichte Röte breitete sich von ihrem Hals aufwärts aus.

Diese Lüge war so himmelschreiend, dass Maddie zu jeder anderen Zeit gelacht hätte. Stattdessen rutschte ihr der Magen bis in die Kniekehlen.

Elena drehte sich wieder zu Maddie und unbändiger Zorn grub sich in ihre Gesichtszüge. Ihre zitternde Stimme war nur ein leises Flüstern, als sie sagte: »Sie sind gefeuert. Packen Sie Ihre Sachen. Gehen Sie mir aus den Augen.«

»Was? Ich bin gefeuert?« Empörung durchströmte sie. »So viel also zur ungeschminkten Wahrheit, die Sie so lieben. Jetzt habe ich es verstanden.«

Anstatt zu antworten drehte Elena ihren Stuhl in Richtung Fenster und wandte Maddie den Rücken zu.

Maddie straffte die Schultern. »Verstehe. Tja, Sie sind eine Hochstaplerin. Ich kann nicht glauben, dass ich dachte, Sie wären …« Sie schluckte den Rest des Satzes hinunter.

»Oh, hören Sie nicht auf«, flüsterte eine tiefe, barsche Stimme hinter dem Stuhl. »Sie müssen sich meinetwegen nicht zurückhalten.«

»Jemand, der es wert ist, bewundert zu werden.« Maddie konnte den Hauch von Traurigkeit nicht zurückhalten, der sich unter ihre Wut mischte, als sie die Worte herauspresste. »Jemand, der es wert ist …« Sie sagte nicht *gewollt zu werden.* »Sie wollen die Wahrheit nicht hören und wollten es auch nie. Es gefällt Ihnen einfach, zu gewinnen. Oder wollten Sie einfach nur, dass ich verliere?«

»Felicity«, sagte Elena murmelnd. »Entferne meine ehemalige Assistentin aus meinem Büro. Triff bei der Personalabteilung die nötigen Vorbereitungen für eine neue. Wir sind hier fertig.«

Die typischen Worte, die sie normalerweise lässig aussprach, waren grausam und schneidend. Sie trafen Maddie mit der Kraft von Pistolenkugeln.

Maddie drehte sich um und sah Felicitys ungläubigen Gesichtsausdruck.

Die Stabschefin deutete mit dem Kopf demonstrativ in Richtung Tür.

Maddie verließ Elenas Büro und schloss die Glastür hinter sich. Der letzte Blick, den sie auf die eindrucksvolle Medien-Milliardärin werfen konnte – die

Frau, die dafür sorgte, dass sich ihr verräterisches Herz zusammenzog – galt der Rückenlehne ihres aufragenden, schwarzen Chefsessels.

»Bist du wahnsinnig?«, zischte Felicity, sobald sie nicht mehr in Elenas Hörweite waren. »Was um alles in der Welt ist in dich gefahren, dass du ihr das erzählst? Warum tust du ihr das an? Was hast du dir dabei gedacht!«

»Sie hat verlangt, dass ich ihr die Wahrheit sage und ich dachte, sie würde es auch so meinen«, fauchte Maddie. Sie setzte sich an ihren Schreibtisch und ging systematisch die Schubladen durch, indem sie sie aufriss und ihren Besitz herausnahm. »Das hab ich mir dabei gedacht.«

»Elena will die Wahrheit nicht.« Felicity sah sie an, als wäre sie ein begriffsstutziges Kind. »Sie glaubt, dass sie das will. Deshalb geben wir ihr alle eine verschönerte Version. Was du heute getan hast war mehr als nur dämlich. Wie konntest du das nicht wissen?«

»Und was *du* heute getan hast, war noch unter der untersten Schublade. Wie konntest du so lügen?«

»Im Gegensatz zu dir habe *ich* einen Überlebensinstinkt«, sagte Felicity. »Im Gegensatz zu dir will ich am Ende des Tages noch einen Job haben.«

»Zu welchem Preis?« Maddie warf ihr Adressbuch in ihre Tasche. »Hat dieser Job im Austausch für die Mitgliedschaft im inneren Kreis der allmächtigen Elena Bartell deine Moralvorstellungen eingefordert?«

»Tu jetzt nicht so herablassend! Vor einem Jahr wusstest du nicht mal, wer Elena war. Erst seit du für sie arbeitest ist dir klar, wie brillant sie ist. Wie außergewöhnlich. Und wie berühmt.«

»Weich der Frage nicht aus.« Maddie hörte auf zu packen, um stattdessen ihre Kollegin anzusehen. Eine Kollegin, die sie langsam als eine Art Freundin gesehen hatte. »Wie fühlst du dich dabei, dass ich gefeuert wurde, weil du wegen ihres grabschenden Arschlochs von einem Ehemann gelogen hast? Und glaub nicht, dass ich deine Handschrift nicht unter den Kommentaren auf der Liste erkannt habe. Du weißt aus erster Hand, wie er ist.«

»Du bist *deinetwegen* gefeuert worden, vielen Dank auch«, sagte Felicity und machte sich nicht die Mühe, die andere Anschuldigung zu leugnen. Maddie sah einen Schatten der Unsicherheit in ihren Augen.

»Ich hoffe, dass dir das Trost gibt, wenn sich die nächste Assistentin darüber beschwert, dass sie dem Grabschenden Richard entkommen musste.«

»Ach Bitte«, sagte Felicity mit einem spöttischen Schnauben, »hör auf, mir mit diesen großen, traurigen Augen Schuldgefühle einreden zu wollen und werd erwachsen. Die Welt da draußen ist beängstigend. Wir alle versuchen nur, den Kopf über Wasser zu halten. Ich kann mir niemanden vorstellen, der nicht dasselbe getan hätte wie ich gerade.«

»Dann bemitleide ich dich.«

»Oh, so verurteilend. Lass uns mal sehen, wie sich dein hohes Ross anfühlt, wenn du deine verdammte Miete nicht bezahlen kannst!«

»Zumindest werde ich noch in der Lage sein, mich selbst im Spiegel anzusehen.« Maddie schwang sich die Tasche über die Schulter. Sie sah sich um. Sie hatte alles, was sie wollte. Ihr Blick glitt zu dem stillen Büro nebenan. *Na ja, mehr oder weniger.*

»In dieser Stadt kannst du dich glücklich schätzen, wenn du dir überhaupt einen Spiegel leisten kannst.«

Maddies Aufmerksamkeit richtete sich wieder auf Felicity. Sie musterten einander einen Moment lang.

»Was du heute getan hast werde ich nie vergessen«, sagte Maddie kalt. Dann wurde ihr Tonfall weicher. »Aber ich werde dich wahrscheinlich vermissen, so seltsam es auch erscheint.«

Felicity biss sich auf die Lippe und sah nach unten. »Ja, na ja. Du warst immer etwas seltsam.« Ihrem Tonfall fehlte der übliche Biss. »Und um Gottes Willen, Maddie, es war nicht persönlich. Glaub zumindest das.«

Maddie schüttelte verzagt den Kopf. »Ich weiß. Ich wünschte beinahe, dass es so wäre. Zumindest hättest du dann den Rückhalt deiner Überzeugungen.«

Felicitys Schultern verloren ihre typische Spannung und sackten in sich zusammen, als Maddie die Bartell Corporation für immer verließ.

Kapitel 15

Zweifel

Elena lehnte sich auf ihrem Stuhl zurück und sah aus dem Fenster. Ihr Büro lag im Textilviertel der Stadt und ihr dreistöckiges Backsteingebäude gehörte zu denen, in denen die Akkordarbeit für die Bekleidungsindustrie Mitte des 18. Jahrhunderts dominiert hatte. Graue Betongassen zogen sich durch den Vorort und alte, großblättrige Feigenbäume stachen in den Himmel.

Heute konnten die Bewegungen auf der Straße unter ihr Elenas Blick nicht fesseln. Ihr schlug das Herz bis zur Kehle. Die eine Sache, von der sie geschworen hatte, sie nie auf der Arbeit zu tun, war passierte. Sie war der Zurschaustellung persönlicher Gefühle erlegen. Sie war schwach gewesen, nachdem sie sich ein Leben lang dafür trainiert hatte, von Anfang an nichts Emotionales Preis zu geben.

Noch nie hatte sie etwas so zornig gemacht. Madeleine Grey hatte angedeutet, dass ihre Firma mit belästigenden Männern verseucht war. Und dass die lange Liste ihrer Assistentinnen sich nie sicher gewesen war, ob Elena die ganze Zeit weggesehen oder es einfach nicht gewusst hatte.

Aber dieser abstoßende Gedanke verblasste neben der widerlichen Lüge, dass sie jede Nacht das Bett mit einem Mann teilte, der Frauen begrabschte. Jemand direkt unter ihrer Nase.

Sie starrte finster aus dem Fenster. Richard war nicht perfekt. Das hatte sie immer gewusst. Aber er war so hilfreich für ihre Karriere gewesen. Er kannte jeden. Sie hatte Schwierigkeiten gehabt, ihre natürliche Zurückhaltung zu überwinden, um sich mit der menschlichen Rasse einzulassen. Er war charmant und die Menschen sammelten sich um ihn wie Motten um das Licht und hatten das Gefühl, dass er direkt zu ihnen sprach. Er konnte Geschäfte abschließen und Kunden und Rivalen auf eine Art umstimmen, die aufregend mit anzusehen war. Der Gedanke, dass er auch…

Wut braute sich in ihrem Bauch zusammen. Madeleine Grey hatte mit einem einzigen Satz das Bild des Mannes ruiniert, den sie geheiratet hatte. Elena sah die grauen Innenstadtstraßen an und suchte nach Antworten. Sie drehte eine einfache Wahrheit über ihren Ehemann mental herum. Macht war für ihn erregend.

Macht. War für ihn erregend.

Sie drehte sich vom Fenster weg und betrachtete sein Foto auf ihrem Schreibtisch. Er war gutaussehend, selbstbewusst und rücksichtslos. Sicher würde er nicht auch noch… *das* sein.

Nein.

Das konnte er nicht sein.

Wie konnte diese Frau es wagen, eine solche Beschuldigung auszusprechen? Welche Beweise hatte sie, abgesehen vom Hörensagen anderer Assistentinnen, die die Firma schon lange verlassen hatten? Jeder konnte einen Namen auf eine Liste setzen.

Aber warum sollten sie das tun?, fragte eine nervige Stimme in ihrem Hinterkopf. Welchen Vorteil hatte es für sie, das zu tun? Die Liste war niemals öffentlich gemacht worden. Wenn sie ein Teil eines boshaften Rachefeldzugs war, wären die Anschuldigungen bereits in allen Medien. Aber nein – diese Liste war in einem Handbuch versteckt gewesen und von einer Assistentin an die nächste weitergegeben worden, um sie zu schützen.

Elena drehte sich erneut der Magen um. Es konnte nicht stimmen. Sie weigerte sich, es zu glauben.

Aber warum sollte Madeleine ihr eine solche Lüge auftischen, wenn es nicht stimmte?

Die Anschuldigungen ihrer persönlichen Assistentin hatten ihr den Boden unter den Füßen weggezogen. Bei jedem anderen hätte sie sofort gewusst, dass sie nur darauf abzielten, ihr zu schaden; dass sie es nicht ohne Hintergedanken taten. Aber Madeleine hatte nicht ausgesehen, als würde sie Elena verletzen wollen. Sie hatte keine Hintergedanken. Eigentlich schien Madeleine überhaupt nie jemanden verletzen zu wollen. Sie hatte keinen einzigen bösartigen Knochen in ihrem Körper. Elena runzelte die Stirn. Diese… Grausamkeit war untypisch für ihre ehemalige Assistentin.

Aber stimmte es nicht, dass alle eine boshafte Ader hatten, wenn sie in die Enge getrieben wurden? Eine Dunkelheit, die einen dazu brachte, verletzende

Dinge zu tun und zu sagen, wenn man angegriffen wurde? *Jeder*. Selbst eine ewig lächelnde junge Frau, die ihr einst ausgefallene Geschenke gemacht hatte, während sie stotternde Reden darüber gehalten hatte, wie sehr Elena sie inspirierte.

Sie starrte die Straßen von Surry Hills finster an und wunderte sich über das Unbehagen, das sie empfand. Das Madeleine diejenige gewesen war, die sie mit den Anschuldigungen verraten hatte, hatte sie vollkommen unterwartet erwischt. Und das war es, was am meisten wehtat.

Kapitel 16

Süße Amour

Vögel hatten das perfekte Leben, dachte Maddie, als sie auf einer Bank in der Nähe der Arbeit (*ehemaligen Arbeit*) saß. Tauben stürzten herunter und stolzierten auf der Suche nach Futter herum. Menschen machten alles kompliziert, was einfach sein sollte. Wie Maddie. Sie hatte es nicht einmal geschafft, zur Arbeit zu gehen, zu arbeiten und wieder nach Hause zu gehen. Nein, sie hatte sich in einer dämlichen Wette verstrickt, die wie eine Atombombe hochgegangen war.

Seit einer Stunde saß sie hier und wartete darauf, dass das üble Grauen aus ihren Innereien verschwinden würde. Zum ersten Mal Elenas Zorn auf sich gezogen zu haben, fühlte sich an, als wäre sie zerfetzt und verschlungen worden. Der verletzte und ungläubige Ausdruck auf dem Gesicht ihrer ehemaligen Chefin war jedoch viel schlimmer gewesen.

Felicity geschlagener Gesichtsausdruck, nachdem sie zugegeben hatte, ihre Seele für ihre Karriere verkauft zu haben, hatte sich ebenfalls in Maddies Psyche gebrannt. Die Frau lag auch nicht vollkommen falsch. Maddie hatte keinen Job, begrenzte Ersparnisse und da sie nun allein lebte, konnte sie sich kaum die Miete leisten. Ihre intakte Moral würde sie nicht warmhalten und Essen auf den Tisch bringen.

Ihr Handy klingelte. Es war eine unbekannte Nummer.

»Madeleine?«

Maddies Herz stolperte, als sie die vertraute Aussprache hörte, zog sich jedoch leicht zusammen, als sie die weniger vertraute Stimme erkannte.

»Natalii?«

»*Oui*. Gut. Ich brauche dich. *Vite!*«

»Was? Woher hast du meine Nummer?«

»Dein Simon hat sie mir gegeben. Wir sind Facebook-Freunde.«

»Du hast Nerven.« Maddie beobachtete ein paar Kinder, die auf der anderen Seite des Parks auf der Rutsche spielten. »Deine dämliche Aktion hat meine Chefin echt sauer gemacht.«

»Da geht es mir nicht besser als dir. Meine Adèle hat die Bilder im Internet gesehen. Jetzt bin ich *fini*!«

Maddie stöhnte. »Also sind wir beide *fini*.«

»Nein, nein, das akzeptiere ich nicht. Du wirst zu meinem Hotel kommen. Ich habe das *Skype*; du wirst Adèle erklären, dass alles nur ein Scherz war. Sie weiß, dass ich verrückt bin, wenn ich trinke. Sag ihr, dass es unsere dumme Idee war, deine Lady eifersüchtig zu machen.«

»Warum sollte Adèle mir glauben?«

»Ah *chérie*, wenn du sehen könntest, wie sich dein Gesicht aufhellt, wenn du Elena beschreibst! Adèle wird das auch sehen. Ich weiß es!«

Maddie schnaubte. »Tja, jetzt wird es weniger Leuchten geben. Elena hat mich vor einer Stunde gefeuert.«

Am anderen Ende hörte sie ein überraschtes Keuchen. »*Non*!«

»Oh *oui*. Sie hat mich zerfetzt und dann rausgeworfen. Also, ja. Ich bezweifle, dass Adèle mehr sehen wird als meine Wut.«

»War es wegen des Kusses? Oh Madeleine, es tut mir so leid.« Immerhin hörte sie sich aufrichtig bedauernd an.

Maddie seufzte. »Nein. In Ordnung, es ist ja nicht so, als würde ich hier irgendetwas Produktives tun. Ich komme und versuche es.«

»*Merci, merci, merci*!«

»Bedank dich noch nicht. Meine schlechte Laune ist schwer zu verstecken.«

»Madeleine, das werde ich dir nicht vergessen. Also – wir sehen uns bald?«

»Ja, sicher.«

Adèle stellte sich als ernst aussehende Punk-Rockerin heraus, mit blauen Strähnen in ihren schwarzen Haaren und so scharfen Wangenknochen, dass sie damit Glas schneiden konnte. Sie war eher eindrucksvoll und cool als schön, aber Maddie konnte sehen, warum Natalii so von ihr eingenommen war.

Im Moment funkelte Adèle Natalii jedoch mit glühenden Augen durch die Videokamera an. »Jetzt bringst du also die *pute* hierher, um mich zu verspotten?«

Maddie war sich nicht ganz sicher, was genau eine *pute* was, aber da es mit demselben beißenden Ton wie Véroniques *Gossen-Hure* ausgesprochen wurde, konnte sie es sich denken.

»*Ma chérie, non.*« Natalii flehte sie auf Französisch an. Nach ein paar Minuten drehte sie sich zu Maddie und deutete mit einem erwartungsvollen Ausdruck auf dem Gesicht auf die Webcam.

»Ähm, hi«, sagte Maddie zu dem steinernen Gesicht, das sie aus Paris beobachtete.

»Also«, sagte Adèle mit schwerem Akzent, »meine Natalii behauptet, dass alles nur ein Spaß war. Eine kleine Rache, um deine Chefin verrückt zu machen, indem ihre Assistentin in den Klatschblättern erscheint. Weil deine Chefin so viele Blumen zu Véronique geschickt hat.«

»Rache?« Maddie sah Natalii an, die beschämt und schuldbewusst aussah. »Du … Das alles war *Rache*?«

»Nur ein wenig.« Natalii sah ihr nicht in die Augen. »Es war zu verlockend, es nicht zu tun. Aber das war nicht der einzige Grund …«

»*Und* sie behauptet, dass sie betrunken war«, fuhr Adèle fort, »und dass du so unschuldig wie ein Kätzchen warst, weil du große Liebe für deine Chefin empfindest.« Sie sah Maddie skeptisch an, während Kummer Nataliis Gesichtszüge verzerrte. Adèle beugte sich vor und starrte sie fest an. »Also, *Australierin*, lass es mich glauben. Sag mir, was ist diese Elena Bartell für dich?«

Maddie schloss die Augen und versuchte, zu den Ereignissen vor dem Schrecken heute Morgen zurück zu spulen und dachte an all die Male, die Elena sie voller Interesse gemustert und ihr Herz schneller hatte schlagen lassen. *Bevor sie es herausgeschnitten hat und darauf herum getrampelt ist und ... scheiße, nein ... zurück zu dem Tag, an dem wir uns kennengelernt haben. Ja.*

Sie öffnete die Augen. »Als ich Elena das erste Mal getroffen habe, hat sie mich beleidigt. Sie hat angedeutet, dass ich mich schlecht anziehe. Sie hat sogar gedroht, mich deshalb zu feuern. Aber sie hat es auf so eine Art getan, die in mir das Bedürfnis geweckt hat, mehr über sie zu erfahren. Ich bin nicht sicher, wie sie das gemacht hat. Die nächsten Wochen habe ich damit verbracht, sie zu beobachten. Ich habe herausgefunden, wie sie wirklich ist. Dinge und Menschen, die anders sind, machen sie neugierig. Und sie ist klug. Sie hat einen wirklich trockenen Sinn für Humor, den sie nicht oft zeigt. Es gefällt ihr, sich hinter ihrer beängstigenden Fassade zu verstecken und so zu tun, als würde sie sich nur fürs Geschäft interessieren. Sie ist so viel mehr.«

Maddie hielt inne und ein Lächeln wärmte ihr Gesicht, als sie über Elena nachdachte. »Und dann eines nachts hatten wir diese erste, richtige Unterhaltung. Sie hat so interessiert ausgesehen. Und … es hat mir viel bedeutet. Danach wurden aus einem Gespräch viele Gespräche und es war alles, woran ich denken konnte. Ich habe mich jeden Tag so sehr darauf gefreut. Na ja, bevor … ich hierhergekommen bin. Und jetzt …«

Sie hielt erneut inne, als all die neusten Erinnerungen über sie hereinbrachen. »Ich weiß, dass es lächerlich ist. Ich meine, sie ist verheiratet und hetero, aber wann immer sie mir einen Blick auf ihr wahres Ich erlaubt hat, wenn wir spät allein waren, habe ich mich besonders gefühlt. Als würde sie mich für interessant genug halten, um mich kennenlernen zu wollen. Ich habe angefangen, das zu glauben. Aber es war ein Fehler.«

Maddie rieb sich über die Augen und lachte bitter auf. »Eines Tages hat sie mich in ihr Büro gerufen und auseinandergenommen. Sie hat keinen Zweifel daran gelassen, wer sie ist. Sie hat mir gesagt, dass ich keine Journalistin bin. Ich wäre zu emotional dafür. Dann hat sie mich gefeuert und mir stattdessen den Assistenten-Job hingeworfen. Man könnte glauben, ich würde sie dafür hassen. Aber nein, selbst nach all dem liebe ich es noch immer, sie bei der Arbeit zu beobachten. Ich liebe es, *sie* zu beobachten. Aber das werde ich nicht mehr können. Scheiße.« Sie verschluckte sich an ihren Worten und sah Adèle mit tränenverschleiertem Blick an. »Habe ich erwähnt, dass Elena mich heute gefeuert hat?«

Adèle erwiderte ihren Blick unsicher.

Maddie schüttelte den Kopf. »Ich bin so ein Idiot. Sie hat mich jetzt schon zweimal gefeuert und trotzdem kann ich nicht aufhören, so für sie zu empfinden. Ich werde sie so sehr vermissen. Was vollkommen daneben ist. Ich habe die Wahrheit gesagt und sie hat mich dafür gefeuert. Aber ich kann mich nur darauf konzentrieren, dass ich sie nie wiedersehen werde. Was zur Hölle stimmt nicht mit mir? Ich muss eine Masochistin oder sowas sein. Aber du hast mich gefragt, was sie für mich ist. Okay, wenn ich an sie denke – Elena ist wunderschön und bestimmend und beeindruckend und angsteinflößend und charismatisch und nachtragend und eine absolute Heuchlerin und *trotzdem* macht mich der Gedanke an sie wahnsinnig.« Sie hielt inne, als ihr ein neuer Gedanke kam.

Oh Gott! Vielleicht liebe ich sie tatsächlich. Oh. Scheiße.

Lass das nicht wahr sein.

Erkenntnis vermischt mit Überraschung wob sich durch sie hindurch, während sie ihren Gedanken nachhing. Im Hintergrund lief ein Gespräch in schnellem Französisch ab, das ewig anzudauern schien, während Maddie eingeschlossen in ihren eigenen Ängsten in Schockstarre fiel.

Als sich Tränen in Nataliis Augen sammelten und Worte von süßer *amour* ausgetauscht wurden, riss das Maddie aus ihrer Träumerei. Ihre Wangen erhitzten sich, weil sie weitaus mehr Französisch verstanden hatte, als sie wollte.

Sie hörten auf zu reden und Adèle nagelte Maddie mit einem nachdenklichen Blick fest. »*Merci*, Madeleine. Du hast uns gerettet, obwohl du es nicht hättest tun müssen. Du hättest Natalii bestrafen können, weil sie dein Leben gestört hat, aber das hast du nicht. Das ist eine noble Tat. Und Natalii weiß, dass sie so einen dummen Fehler nicht noch einmal machen wird. Ich wünsche dir mit deiner großen *amour* alles Gute.«

»Ich glaube nicht, dass sie das ist. Nach heute wird sie mich hassen.«

Adèle grinste. »Ah, Madeleine, du gibst zu schnell auf. Zu schade.« Sie wackelte mit dem Finger und ihr *Skype*-Fenster schloss sich mit einem kurzen Geräusch.

Natalii sah Maddie mit tiefgreifender Erleichterung an. »Du hast uns einen sehr großen Gefallen getan. Also werde ich ihn erwidern. Ich werde dir etwas geben, was du sehr willst. *Maman* hasst die Medien und würde dir niemals ein Interview gewähren. Aber ich könnte sie bitten, dir eine Frage zu beantworten. Ich glaube, dass sie das tun würde. Okay?«

»Äh …« Maddie sah sie verblüfft an.

»Nur eine«, wiederholte Natalii. Sie lächelte bedauernd. »*Maman* ist eine harte Frau, ehrgeizig und immer diejenige, die die Kontrolle hat. Ich glaube, dass es für sie sogar schwer ist, auf ihre eigene Tochter stolz zu sein, deshalb habe ich nicht viel Einfluss. Ich glaube nicht, dass es weise ist, um mehr zu bitten. Also, eine Frage. Wirst du es trotzdem wollen?«

Maddie nickte schnell. Eine Frage an die berühmteste Designerin der Welt, die noch nie mit den Medien gesprochen hatte? Musste man da überhaupt überlegen?

Ihre Gedanken mussten ihr ins Gesicht geschrieben sein, denn Natalii lachte und schlug ihr spielerisch auf den Arm. »Dachte ich's mir doch. Ich werde es arrangieren. Warte hier. Denk dir aber eine gute aus. Es sind schon Karrieren aus weniger entstanden, *oui*?«

Und damit verschwand sie.

Kapitel 17

Von Cafards und Couture

Maddies Gedanken waren chaotisch und hektisch. Sie rekapitulierte alles, was sie je über Véronique Duchamp gelesen hatte. Sie konnte nach ihren Einflüssen, ihrem Stil, ihren Trends und danach fragen, was sie zur Mode hingezogen hatte. Aber all das schien zu schwach und offensichtlich zu sein. Und Maddie war keine Mode-Journalistin. Sie hatte schon kaum darauf geachtet, was auf der Arbeit um sie herum passiert war. Ihre gesamte Existenz bei *Style Sydney* war darauf ausgerichtet gewesen, sicherzustellen, dass Elena alles hatte, was sie wollte. Ihre Bedürfnisse vorauszusehen.

Maddie zog die Brauen zusammen und rieb sich über die Stirn. Vielleicht war das die Antwort. Was würde Elena fragen? Irgendetwas über die Erhabenheit der Saison-Trends, die alle ihre Linien der letzten dreißig Jahre beinhaltete. Mit anderen Worten musste sie einen Weg finden, eine ganze Karriere in einem Artikel mit nur einem einzigen Zitat zusammenzufassen. Sie konnte sich beinahe vorstellen, wie Elena ihr Design-Team in präzisen Einzelheiten anwies, Véroniques Mode im Laufe der Zeit passend dazu auszulegen. Weil Elena Mode lebte und atmete und darin aufging, das große Gesamtbild zu sehen.

Das Problem war, dass Maddie Mode nicht lebte und atmete. Und sie wäre nicht in der Lage, das große Gesamtbild zu sehen, wenn ihr Leben davon abhängen würde. Das war nicht gut. Sie brauchte etwas anderes. Etwas, das es so noch nicht gab.

Eine tiefgreifend wagemutige Idee kam ihr in den Sinn. Sie würde damit entweder gehörig abstürzen, oder aber …

Natalii kehrte zurück und das typisch ironische Grinsen, das auf ihre Lippen gemeißelt war, deutete daraufhin, dass sie erneut mit ihrer Mutter aneinandergeraten war.

»Es war nicht leicht, aber sie hat zugestimmt. Komm, wir machen das jetzt, weil sie es hinter sich bringen will, damit sie zu Mittag essen kann.«

Maddie folgte der jüngeren Duchamp in ein angrenzendes Zimmer, das geradezu lächerlich opulent war. Sie starrte die goldenen Armaturen und mit Brokat bezogenen Stühle an und fühlte sich in ihrer neutralen Hose und dem Leinenhemd fehl am Platz. Véronique thronte auf einem dieser Stühle, stocksteif und aufrecht. In ihrem grün-grauen Kleid, das an zufällig aussehenden Stellen mit Rüschen versehen war, sah sie königlich aus.

»Also? Die kleine *cafard*, die meine Tochter geküsst hat. Hinsetzen!«, befahl Véronique.

Maddie zog einen der schweren Sessel heran, während die imposante Designerin zusah. Er gab ein schrecklich kreischendes Geräusch von sich. Schließlich ließ sich Maddie gegenüber von der Mode-Ikone nieder und machte es sich bequem.

»Ich gebe euch etwas Privatsphäre.« Natalii wandte sich zum Gehen.

»Nein«, sagte Maddie schnell. »Bitte bleib.«

Zwei Paar passender Augenbrauen zogen sich zusammen, als Mutter und Tochter sie ansahen.

Maddie grinste nervös. »Nun gut. Danke, dass Sie mit mir sprechen, Madame Duchamp –«

»*Mademoiselle*«, korrigierte Véronique. Sie wedelte mit ihren von Ringen eingedeckten Fingern. »Ich bin nicht das Eigentum irgendeines fürchterlichen *homme*.«

»Oh, tut mir leid! Die Geschichten über sie geben darüber keinen Aufschluss. Es gibt keine Informationen über ihr Privatleben.«

Als die Designerin ungehalten schnaubte, fuhr Maddie schnell fort: »Wie auch immer, hi. Ich bin Maddie Gr–«

»Interessiert mich nicht. *Je vous accorde une question*. Fahren Sie fort.«

Maddie leckte sich über die Lippen und schickte ein Stoßgebet an alle höheren Wesen, die ihr zuhörten, dass ihr wahnsinniges Glücksspiel funktionieren würde. »Sie müssen Ihre Tochter sehr lieben.«

Véronique lehnte sich nach vorn und ihre Augen blitzten vor Zorn. »*Das* ist Ihre Frage? Was soll das? Sie können mir jede Frage über jedes Thema stellen und Sie wollen wissen, ob ich meine Natalii liebe!«

»Nein, ich weiß bereits, dass Sie das tun«, sagte Maddie schnell. »Sehr sogar. Sonst hätten Sie keine *cafard* hier reingelassen. Meine Frage lautet also, könnten Sie bitte in allen Einzelheiten erklären, wann und aus welchen Gründen auch immer Sie in den letzten Jahren wirklich stolz auf Ihre Tochter waren? Eine Tochter, die sie, wie ich hinzufügen darf, zu einer wundervoll unabhängigen und starken Frau mit einem ausgezeichneten Blick für Design erzogen haben.«

Das war keine Lüge – Maddie hatte Nataliis Mode-Skizzen auf Facebook gesehen und sie war definitiv talentiert.

Aus dem Augenwinkel sah sie, wie Natalii blass wurde und ihr einen *was-zur-Hölle*-Blick zuwarf.

Nach einer gefühlten Ewigkeit zuckten Véroniques Mundwinkel kaum merklich nach oben. »Das würde eine Weile dauern.«

Maddie grinste. »Ich muss nirgendwo hin.« Sie legte sich ihr Handy aufs Knie und drückte *Aufnehmen* auf der Mikrofon-App.

»Hmmph«, sagte Véronique. »Nun denn, lassen Sie uns beim Anfang beginnen. Meine Natalii war schon immer anders. Sie hat als *bébé* nicht viel geweint. Sie hat die Dinge leise mit sich selbst geklärt. Sie konnte schon sehr früh laufen. Und hat mir immer Widerworte gegeben. Damals wusste ich, dass sie etwas Besonderes war.« Mütterlicher Stolz erhellte ihre Augen und die Designerin lehnte sich zufrieden zurück, während sie geliebte Erinnerungen durchforstete. »Sehr besonders.«

Natalii errötete und schien nicht zu wissen, wo sie hinsehen sollte.

Maddie nickte und versuchte, ermutigend zu wirken. »Darauf wette ich.«

Véronique musterte ihre sich windende Tochter und Schalk blitzte in ihren Augen auf. »Mit sieben hätte ich ihr beinahe einen neuen Namen gegeben. Athena. Also, warum denken Sie, wollte ich das tun? Und es liegt nicht an meiner Liebe zu den Griechen.« Ihre Augen verengten sich bei dem bloßen Gedanken. »*Non*, Natalii war heroisch. Ah, es war ein Anblick. Sie war kaum in der Schule und forderte zwei ältere Raufbolde heraus, die ihre Freundin verletzt hatten. Ihr Lehrer sagte, dass sie einen, wie heißt das? Einen *fiesen linken Haken* hatte.«

»Oh, *non*!«, stöhnte Natalii entsetzt neben Maddie.

Véronique lachte. Es war ein seltsames Geräusch, eine Art schnaubendes Pfeifen, aber unverkennbar.

»Sie hatten eine kleine Boxerin Zuhause?« Maddie lächelte. »Ich bin fasziniert.«

»Oh *oui.*« Véronique schlug sich mit einer Hand aufs Knie. »Das war sie und so viel mehr. Lassen Sie mich Ihnen erzählen, wie ich entschieden habe, aufs Land zu ziehen und uns dort selbst zu versorgen. Vielleicht war es nicht die beste meiner normalerweise *géniales plans*. Nicht gut für irgendeinen von uns – wir waren beide so an die Moderne gewöhnt.«

Während der nächsten Stunde lauschte Maddie verzaubert, während sie alles über das Leben der Duchamps erfuhr – von ihren unglücklichen Versuchen, Kühe zu melken, bis zu dem Tag, an dem Natalii entschied, dass sie Designerin werden wollte. Einige Male wurde die Unterhaltung von Gelächter unterbrochen, als sich Mutter und Tochter an lang vergangene Ereignisse erinnerten. Als sie schließlich zur Gegenwart kamen, flossen Véroniques Worte sicher und ungehindert.

»Diesen sogenannten Zank, den ich mit Marcello und Donatelle hatte – das ist *nie* passiert!«, verkündete Véronique aus heiterem Himmel. »*Cafards*, die von der Wahrheit gelangweilt sind, denken sich solche Lügen aus.« Sie tätschelte Maddies Hand. »Werden Sie niemals so, niemals. Immer die Wahrheit.« Sie wackelte mit dem Finger vor Maddies Gesicht, die hastig nickte.

Véronique war, wie Maddie während des Interviews entdeckte, sehr schüchtern. Sie hatte einen so erbitterten Weg gewählt, sich selbst, ihre Privatsphäre und ihre Familie zu beschützen, dass man sie eine Einsiedlerin nannte. Es war jedoch eher eine Sozialphobie – ein Unbehagen gegenüber Fremden und unbekannten Umgebungen. Das war einer der Gründe, warum sie letzte Nacht so wütend auf ihre Tochter gewesen war. Natalii hatte eine Veranstaltung geschwänzt, auf der sie mit ihrer Mutter hätte erscheinen sollen und hatte sie in einer fremden Stadt unter fremden Leuten allein gelassen.

»*Désolée*«, sagte Natalii und ihre Stimme war voller Bedauern, weil ihr offensichtlich nicht bewusst gewesen war, wie weit die Ängste ihrer Mutter reichten. Sie umarmten sich so ungeschickt, dass es aussah, als wäre es Jahre her, seit sie sich das letzte Mal berührt hatten.

Maddie wischte sich über die Augen, als die Beiden auf Französisch miteinander plauderten und alte Verletzungen und Fehlvorstellungen ins Reine brachten, was hin und wieder eine Explosion aus Worten und tränenreichem Bedauern beinhaltete.

»Und ich *mag* Adèle!« Véronique wandte sich an Maddie. Sie schnaubte. »Lassen Sie sich von ihr nichts anderes einreden«, fügte sie hinzu und deutete auf ihre Tochter. Ihr Blick glitt wieder zu Natalii. » Adèle hat die Leidenschaft ihrer

Punker-Musik – die ein ohrenbetäubendes Heulen ist, so viel steht fest – aber ist in einer Welt voller Trostlosigkeit individuell. Menschen wie deine Adèle müssen ermutigt werden. Ich weiß nicht, warum du jemals glauben konntest, dass ich sie nicht mag. Liegt es daran, dass sie eine Frau ist? Natalii Sabine Duchamp, *tsk*! So etwas ist mir egal! Wie konntest du jemals annehmen, ich wäre so substanzlos?« Sie funkelte ihre Tochter an, die zwar die Augen verdrehte, aber sehr zufrieden wirkte.

Maddie grinste. Was für ein Paar. Sie warf einen Blick auf die Uhr und stellte fest, dass es beinahe ein Uhr war.

Véronique bemerkte ihre Bewegung und keuchte. »Oh! Sie haben uns endlos lang reden lassen.«

»Tut mir leid«, sagte Maddie. »Ich sollte gehen. Ich habe Sie lange genug aufgehalten.«

»*Non*! Wir sind noch nicht fertig. Mittagessen! Und wir haben noch nicht einmal über Mode gesprochen.«

Maddie blinzelte.

»Also dann, *cafard*«, sagte Véronique und dieses Mal lag Zuneigung in dem Spitznamen, »was sollen wir bestellen? Mögen Sie Kaviar? Schade, wenn nicht, denn wir werden Kaviar essen!« Sie verschwand im nächsten Zimmer, wahrscheinlich, um beim Zimmerservice anzurufen.

Natalii richtete anklagend den Finger auf Maddie, als sie endlich allein waren. »Du!« Sie schüttelte den Kopf. »*Merci*. Ich hatte von so vielen Dingen in *Mamans* Leben keine Ahnung. Als ich jung war, dachte ich, dass sie mich bestrafen wollte, als sie uns zu dieser *merde* Farm geschleppt hat. Ich habe nicht gewusst, dass sie einem schlimmen Liebhaber entkommen wollte. Oder dass sie *solche* Angst vor Fremden hat. Ich werde sie bei Veranstaltungen nie wieder allein lassen. Oh! Und sie mag Adèle! *Oui*!« Ihr Gesicht hellte sich auf. »Du bist überaus *incredible*.« Sie stieß Maddie mit dem Ellbogen an. »Wenn ich daran denke, dass ich vor einer Stunde noch vorhatte, dich zu ermorden.«

»Deine *maman* hat recht«, sagte Maddie trocken, als sie ihre Aufnahme-App ausschaltete. »Du bist wirklich sehr gewalttätig.«

Natalii brach in Gelächter aus. »Genau wie du, wenn du siehst, was *Maman* zum Mittagessen bestellt. Ihr Geschmack beim Essen ist – *fou*. Fürchterlich! Sie wird Kaviar und Trüffel und Pommes bestellen. Warte nur ab.«

Maddie lachte und wedelte mit ihrem Handy. »Dann glaube ich, dass ein oder zwei Fotos nötig sind. Mein *fou*-Mittagessen mit den Duchamps.«

Die drei Frauen teilten immer mehr miteinander, während sich das Mittagessen in den Nachmittagstee und schließlich das Abendessen verwandelte. Es war, als hätte Véronique einen Schalter umgelegt.

Die Designerin zeigte einige der Kollektionen, die sie auf der Australian Fashion Week vorführen würde und bat Maddie, Bilder zu machen, während sie die umwerfenden Kleider an ihrer Tochter ausprobierte. Natalii spielte kurzentschlossen das Model, während sie darunter noch immer ihre Motorradstiefel trug.

Bilder wie diese hatte die Welt noch nie zuvor gesehen. Sie waren professionell und doch intim und beinhalteten einen verstohlenen Blick auf die neue Couture. Véronique hatte sich in dieser Saison selbst übertroffen und Maddie sagte ihr das auch. Sie wusste gerade genug über Mode, um zu wissen, dass dies eine ikonische Kollektion werden würde.

Die Designerin strahlte vor Stolz.

»Meine Tochter hat *très bon* Geschmack, was ihre Freunde angeht. Du, *chérie*, bist keine *cafard*.«

Es war weit nach zweiundzwanzig Uhr, als Maddie nach Hause kam. Auf Véroniques Drängen hin ließ sie sich von ihrem Fahrer absetzen. Maddie stieg voller Freude aus der Limousine. Sie hatte ein unglaubliches Interview bekommen und einen rundum großartigen Tag mit zwei Menschen verbracht, die ihr in so kurzer Zeit ans Herz gewachsen waren. Sie drehte sich um, um ihr Wohnhaus zu betreten, als ein silbernes Luxus-Auto an den Straßenrand fuhr.

»Endlich«, sagte eine träge Stimme, als das getönte Fenster geräuschlos heruntergelassen wurde. »Ich habe schon angefangen zu glauben, Sie wären ausgezogen. Mein Fahrer hatte es langsam satt, im Kreis um den Block zu fahren.«

»Elena?« Maddie starrte sie an, unfähig zu glauben, dass ihre Chefin irgendwie entschieden hatte, sich dazu herabzulassen, sich in Maddies Nachbarschaft aufzuhalten. Eigentlich *schon wieder*, weil sie das auch schon in New York getan hatte. Tat sie so etwas häufig? Ihren Ex-Mitarbeitern mit dem Auto folgen?

»Steigen Sie ein,« befahl Elena und ließ wenig Raum für Widerworte. »Wir müssen reden.«

Wut flammte in Maddie auf. Sie arbeitete nicht mehr für den Tigerhai. Sie versuchte zu entscheiden, auf welche von fünfzig verschiedenen Arten sie ihr sagen sollte, wo sie sich ihre anmaßenden Forderungen hinschieben konnte. Sie war hin und hergerissen zwischen ein paar köstlich französischen Beschimpfungen, die sie neu gelernt hatte, als Elena zwei Dinge sagte, die Maddie noch nie zuvor von ihr gehört hatte.

»Hören Sie, ich lag falsch, Madeleine. Steigen Sie jetzt ein. Bitte?«

Kapitel 18

Fahren

Elena musterte ihre ehemalige Assistentin einen Moment lang. Madeleine wirkte verärgert. Möglicherweise wütend. Gut, das war im Grunde nicht unerwartet. »Fahren Sie«, sagte sie dem Mann auf dem Fahrersitz, ohne dabei den Blick von Madeleine abzuwenden.

»Wohin fahren wir?«, fragte Madeleine. »Ist das eine Entführung?«

War das nicht eine gute Frage? »Nirgendwohin. Und hören Sie auf, so dramatisch zu sein.«

Madeleines Blick richtete sich auf die Mappen und Dokumente neben Elena, aus denen unzählige gelbe Post-its hervor lugten. »Was ist los? Und bevor Sie antworten, wir stehen immer noch unter den Regeln der Wette.«

»Was los ist«, erwiderte Elena, »ist, dass mein baldiger Ex-Ehmann in diesem Moment seine Sachen packt. Ich hatte kein Verlangen danach, seinem hässlichen Abgang zuzusehen. Er wird mir schreiben, wenn er weg ist. Und ich wollte während dieser … Übergangsphase nicht unter Menschen sein, musste aber Arbeit erledigen, daher …« Sie deutete auf den Stapel an Arbeit. »Sind wir hier.«

Madeleines Augen weiteten sich. »Moment, Sie glauben mir jetzt? Seit wann?«

Elena sehnte sich verzweifelt danach, zu lügen. Aber gerade in Anbetracht ihres schlechten Verhaltens heute war es wichtig, das nicht zu tun. Sie seufzte. »Von dem Moment an, als die Worte Ihren Mund verlassen haben. Ein Teil von mir hat es augenblicklich gewusst.«

»Warum haben Sie mich dann gefeuert?«

Elena musterte die Straßenlichter, die an ihnen vorbei huschten. Bei dieser Geschwindigkeit waren sie beinahe hübsch. »Es war nur einer von vielen Fehlern, den ich in dieser scheußlichen Angelegenheit gemacht habe.«

»Was meinen Sie?«

Elena drückte auf den Knopf, der die Trennscheibe zwischen ihnen und dem Fahrer nach oben fuhr. »Bevor ich das beantworte, sagen Sie mir eins – hat Richard jemals …?« Sie zog zischend die Luft ein, als sie Madeleine in die Augen sah. »Bei ihnen?«

Nachdem Madeleine gegangen war, hatte Elena bemerkt, dass sie nie gesagt hatte, ob sie vom schlechten Benehmen ihres Ehemanns aus erster Hand oder durch die Liste wusste. Der bloße Gedanke erfüllte sie mit Entsetzen und glühender Wut.

»Er hat es einmal auf einer Gala versucht.« Madeleines Kiefer spannte sich an. »Er ist vielleicht groß, aber ich bin schneller. Also nein.«

Die Antwort war eine Erleichterung, drehte ihr aber trotzdem den Magen um. Sie richtete ihren Blick wieder aus dem Fenster, weil sie nicht wollte, dass Madeleine ihre Reaktion sah. »Nein? Gut.«, sagte sie. Die Worte kamen gepresst hervor.

Wenn er Madeleine auch nur mit dem kleinen Finger berührt hätte, hätte sie dem Bastard den Hals umgedreht. *Wie kann er es wagen, es überhaupt zu versuchen?* Ihr Atem ließ das Fenster beschlagen. Das erinnerte sie an ihre Fehler bei all dem. Einer der Gründe, warum sie hergekommen war. Madeleine sollte wissen, wer sie war.

»Vor drei Jahren habe ich eine besonders unverschämte Assistentin gefeuert«, sagte Elena. »Auf dem Weg zur Tür hat sie gekreischt, dass ich *so krank wie er* wäre. Dass ich *das perfekte Gegenstück* geheiratet hätte. Ich war zu verblüfft, um zu fragen, was sie meinte. Ich habe es einfach als verbitterte Hysterie abgetan.«

»Das hätte kein Hinweis sein müssen«, sagte Madeleine, da sie anscheinend vermutete, worauf es hinauslief. »Sie können keine Gedanken lesen.«

»Nein.« Elenas Finger verhakten sich ineinander, als sie darüber nachdachte, wie vernichtend der Rest war. »Vor ungefähr einem Jahr gab es noch eine. Eine schüchterne kleine Maus – ruhig und effizient. Eines Tages bin ich Zuhause die Treppe heruntergekommen, als sie ein paar Papiere vorbeigebracht hat. Ich habe gehört, wie sich die Schritte meines Ehemanns ins nächste Zimmer zurückzogen. Der Ausdruck auf ihrem Gesicht, als sie sich umgedreht hat und ich ihre Augen gesehen habe …« Elenas Blick richtete sich wieder auf Madeleine. »Angst. Und wissen Sie, was ich gesagt habe? Was ich als nächstes getan habe?«

Madeleine schüttelte den Kopf.

»Absolut nichts.« Ihre Nasenflügel bebten vor Abscheu über sich selbst. »Sie hat am nächsten Tag gekündigt. Ohne Erklärung. Und ich habe nicht nach einer gefragt. Ich habe ihr eine Empfehlung geschrieben, etwas, das ich sonst fast nie tue. Trotzdem habe ich nie lange genug innegehalten, um zu analysieren, warum ich es tue. Es hat auch andere Momente gegeben – seltsame Begebenheiten, bei denen Richard zu nah an einer Hotelangestellten oder Kellnerin stand und schnell einen Schritt zurückgetreten ist. Ich habe es einfach als übertriebene Einbildung abgetan. Weil ich … so von ihm eingenommen war.« Sie schnaubte.

Elena würde nicht sagen, dass sie ihn geliebt hatte. Es war inzwischen schwer zu sagen, was sie überhaupt fühlte. Sie wusste nur, dass Richard Barclay sie betrogen, sie zum Narren gehalten und unzählige Frauen verletzt hatte. Sie sah zur Seite und fing Madeleines Gesichtsausdruck auf. Abneigung. *Oh.* Vermutlich war das zu erwarten gewesen. Immerhin gestand sie ihre Sünden. Trotzdem tat dieser Ausdruck weh.

»Sie fragen sich sicher, warum ich nicht wusste, dass das seine wahre Natur ist«, sagte sie mit flacher Stimme. »Vor allem bei diesen Hinweisen. Ich bin heute Abend herumgefahren und habe einige Stunden bloß meine Reaktion und meine Untätigkeit bei diesen … Geschehnissen … und meine fehlende Intuition analysiert. Und mir gefällt das Fazit nicht.«

»Ich kann es nicht glauben.« Madeleine wirkte entrüstet. »Die ganze Zeit haben sie es *gewusst*. Das ist … Gott, das ist –«

»Nein!«, sagte Elena. Sie umfasste Madeleines Hand und drückte sie eindringlich, weil es ihr wirklich wichtig war, dass Madeleine es verstand. Die Wärme der Hand überraschte sie, ehe ihr klar wurde, dass ihre eigenen Finger wahrscheinlich einfach eiskalt waren. Elena ließ die Hand sinken. »Nein. Es gibt einen sehr großen Unterschied zwischen einem Gefühl oder der Vermutung, dass etwas nicht stimmt und dem Wissen darüber. Und glauben Sie wirklich, dass ich ihn auch nur in die Nähe verletzlicher junger Frauen gelassen hätte, wenn ich es wirklich gewusst hätte?«

Ihr Blick bohrte sich in Madeleines. »Jetzt ist es vielleicht offensichtlich, aber vorher war es das für mich nicht. Denn so sehr es mich auch schmerzt, Sie hatten recht – ich wollte die Wahrheit nicht wirklich hören. Nicht bei diesem Thema. Vor allem nicht, wenn zwei Leute es vor mir ausbreiten, sodass ich mich nicht länger davor verstecken kann.«

»*Zwei* Leute?«

»Sie und Felicity. Oh, Felicity ist gerissen. Sie wusste ganz genau, was sie tat, als sie sagte, dass Richard der *perfekte Gentleman* war. Er hat sich bei einigen Veranstaltungen vor uns beiden betrunken – kaum ein Gentleman. Sie war sich bewusst, dass ich die Lüge erkennen würde. Sie hat mir also die Möglichkeit gegeben, es einzusehen oder nicht. Wie … entgegenkommend von ihr.« Sarkasmus tropfte aus ihrer Stimme.

»Tja, wir sind eben alle geschult.«

»Was? Was um alles in der Welt soll das bedeuten?«

»Sie wissen genau, was das bedeutet.« Madeleine sah sie unerschrocken an. »Die Regeln für Elena Bartells Untergebene sind klar: Nummer eins lautet, die Königin zu schützen. Ich habe versagt und Sie haben mich dafür gefeuert. Deshalb muss ich jetzt fragen – warum bin ich hier?«

»Ich dachte, das wäre offensichtlich. Ich bin nicht grundlos so lange um den Block gefahren.«

Madeleine wartete mit hochgezogener Braue.

Schließlich zwang sich Elena, die Worte auszusprechen, die ihr völlig fremd waren. »Ich bin hier, um mich zu entschuldigen. Ich hätte meine Wut und Abscheu nicht an Ihnen auslassen dürfen, nur, weil ich so geschockt darüber war die Wahrheit zu hören.«

Madeleine musterte sie. »Ich glaube, Sie haben vergessen, die Augen zu verdrehen.«

»Wie bitte?«

»Elena, Sie tun so, als würden Sie mir einen Gefallen tun. Sie sind nicht das Opfer bei meiner Entlassung. Könnten Sie sich wenigstens entschuldigend *anhören*?«

»Ich…« Elena hielt inne und verstummte. Es tat ihr *wirklich* leid. Wie konnte Madeleine es wagen, zu sagen… Sie hielt inne und schüttelte den Kopf. »Ich bin nicht gut darin. Eine Assistentin zu bitten, zurückzukommen. Das ist, na ja, bisher noch nicht vorgekommen.«

»Warum sollte ich zurückkommen wollen?« Madeleines Stimme klang vor allem neugierig. Als würde Elenas Antwort für sie keinen Unterschied machen.

Während Elena über die Bedeutung dessen nachdachte, legten sich Kälte und Angst über sie. »Haben Sie bereits ein besseres Angebot gefunden?«

Maddie zuckte mit den Schultern. »Das habe ich nicht gesagt. Aber wenn Sie mich zurückwollen, müssen Sie sich mehr anstrengen. Umwerben Sie mich anständig«, sagte sie mit intensivem Blick. »Sie wissen schon, sagen Sie mir, was für eine gute Assistentin ich bin. War. Machen Sie einfach irgendetwas. Himmel, alles ist besser als diese halbherzige Entschuldigung.«

Elena lächelte. Sie fühlte sich wie aufgeweckt, da sie nach einem Tag voll überwältigendem Kummer nun eine Mission hatte, mit der sie sich beschäftigen konnte. »Sie umwerben? Von all den … Ich hatte keine Ahnung, dass Sie so unverschämt sind.«

Madeleine lachte.

Und es war das süßeste Geräusch, das Elena den ganzen Tag gehört hatte. Die Stimmung hob sich.

Elenas Handy leuchtete mit einer Nachricht auf und Unbehagen mischte sich mit Erleichterung, als sie die Worte las. Ihr Blick huschte wieder nach oben zu Madeleine. »Er ist weg. Es ist erledigt.« Sie fühlte sich nackt. Das war einfach so nervenaufreibend.

»Ich habe es wirklich nicht *gewusst*, Madeleine«, fügte Elena hinzu. »Ich bin erschüttert und beschämt wegen dem, was Sie und die anderen Assistentinnen durchgemacht haben. Ich bin angewidert, weil ich mir irgendwie selbst gestattet habe, seine wahre Natur zu leugnen. Es tut mir leid, dass ich Sie heute verletzt habe. Das haben Sie nicht verdient. Sie waren eine vorbildliche Assistentin.«

Madeleine sah sie lange an. »Danke.«

»Nur, damit Sie es wissen: Über vier der fünf Namen auf der Liste habe ich berufliche Macht. Ich habe das genutzt. Ich habe sie alle auf die schwarze Liste gesetzt – die Fotografen, die Manager … Sie haben nicht einmal diskutiert; sie wollten einfach nur wissen, wie ich es herausgefunden habe. Ich habe mich auch um das … Vorstandsmitglied gekümmert. Er …« Sie hielt inne und ihr Magen verknotete sich. Frank. Der Berater, dem sie am meisten vertraut hatte. Der Mann, der vom ersten Tag an bei ihr gewesen war, als sie ihre neue Firma gegründet hatte. Als Clarice gestorben war, nahm Frank deren Platz ein und war zu einem unschätzbaren Mentor und Freund geworden. »Ich habe Frank gefeuert. Er hat seine Unschuld beteuert und gedroht, mich zu verklagen. Ich habe es darauf ankommen lassen. Da hat er sich zurückgezogen. Er weiß, dass ich keine Dinge sage, die ich dann nicht durchziehe. Das sollte er auch, er hat mich schließlich ausgebildet. Ich … werde ihn also nicht mehr sehen.«

Sie presste die Lippen zu einer grimmigen Linie zusammen. Die Beschimpfungen, die Frank ihr an den Kopf geworfen hatte. Er hatte Dinge gesagt, die sie nie vergessen würde. Anzudeuten, dass sie eine vertrocknete, frigide Lesbe war, die Clarice wahrscheinlich gefickt hatte, um voranzukommen. Wo zur Hölle war dieser Blödsinn hergekommen? Seine Worte nagten an ihr. Na ja, nicht so sehr die Worte, sondern dass es Frank gewesen war, der sie damit zu verletzen versucht hatte. Er hatte sich verhalten, als wäre sie diejenige, die ihn verriet.

»Ich bin froh, dass Sie alle gefeuert haben«, sagte Madeleine. »Das ist … das ist gut.«

»Es war *notwendig*. An den Dingen, die passiert sind, ist nichts gut.«

Madeleine sah sie nachdenklich an. »Es scheint so, als hätten ein paar Assistentinnen ihre Wetten verloren. Ich glaube, Ihre Assistentinnen haben größtenteils angenommen, dass Sie Ihre wichtigen Verbündeten niemals bestraft würden.«

»Und welche Seite haben Sie eingenommen? Was haben Sie geglaubt?«

»Ich habe natürlich auf Ihre Menschlichkeit gesetzt.«

»Wie ich schon einmal sagte, das ist keine sichere Wette – damals oder jetzt, Madeleine.«

»Nein. Aber ich habe sie gesehen, egal, wie sehr Sie versuchen, sie zu verstecken.«

»Wir werden Ihren Glauben an meine menschliche Seite ausbügeln müssen, wenn Sie erwarten, zurückzukommen.« Elena sah sie belustigt an.

»Aber –«

»Ja, ja, Sie müssen zuerst *angemessen umworben* werden.« Elena grinste. »Schön. Ich nehme an, dass das der Preis ist, den ich zahlen muss, wenn ich eine nicht vollkommen nutzlose Assistentin zurücklocken will.« Sie verbarg ihre Freude, indem sie sich nach vorn beugte und den Knopf drückte, um die gläserne Trennscheibe herunterzufahren. »Nach Hause, Fahrer.«

»Nicht vollkommen nutzlos, ja? Ein hohes Lob.« Madeleine lachte.

Elena genoss den Klang. Sie wünschte, Madeleine hätte mehr gelacht, seit sie New York verlassen hatten. Sie hatte diese einnehmenden grünen Augen vermisst, die sie neckten.

»Außerdem würde mir Ihre Abwesenheit auffallen, wenn Sie morgen nicht an meiner Seite sind«, sagte Elena ernster. »Sie sind die am wenigsten für Fehler anfällige Beschäftigte, die ich je hatte. Und das schließt Felicity ein. An manchen Tagen ist es, als könnten Sie meine Gedanken lesen.«

Madeleine strahlte.

»Aber lassen Sie sich das nicht zu Kopf steigen.«

Madeleine strahlte noch mehr.

»Oh Gott.« Elena hielt inne und betrachtete ihre ehemalige Assistentin mit einem leichten Stirnrunzeln. »Übrigens, wo waren Sie heute Abend? Haben Sie Ihren Kummer in einer schäbigen Spelunke ertränkt?«

»Ha-ha. So sehen Sie mich also? Nein – ich war in Nataliis Hotel.«

Elena erstarrte, als ihre Gedanken eine dunkle Richtung einschlugen – Natalii, die Madeleine tröstete, weil sie wegen ihrer Entlassung sichtlich mitgenommen war. Diese irritierende Frau mit ihrem verführerischen, französischen Akzent und der billigen Angewohnheit, ihre Lippen für die Paparazzi auf Madeleines zu legen. Elena sah vor sich, wie Natalii das erneut tat – wahrscheinlich machte sie sich Madeleines geschwächten Zustand vollständig zu Nutze. Sie nutzte sie aus. Elenas Augen verengten sich. Den Namen dieser raubtierhaften Frau auf die schwarze Liste zu setzen war das Mindeste, was sie tun konnte. Es war egal, wer ihre Mutter war.

»Oh, so ist es nicht.«

Elena hielt in ihren Rachegedanken inne. »Wie ist es *dann*?«

»Ich habe die Beziehung mit ihrer Freundin gerettet. Adèle hatte die Fotos der Paparazzi auch gesehen.«

»Und wie konnten *Sie* das tun? Die Beziehung retten?«

Madeleine errötete.

Elena runzelte die Stirn und fragte sich, wovor sich Madeleine fürchtete. »Ich dachte, dass die Wette noch immer gilt?«

»Ich habe ihr gesagt, dass zwischen mir und Natalii nichts läuft.«

»Und sie hat Ihnen geglaubt? Einfach so?«

»Ja.«

»Warum?«

»Wegen meines aufrichtigen Gesichts?«

»Verstehe. Jetzt sind *Sie* diejenige, die der Wahrheit ausweicht, wenn sie Ihnen nicht passt.«

»Ich habe kein romantisches Interesse an Natalii. Und das ist alles, was ich sagen werde.«

»Warum sind Sie dann erst so spät zu Hause?«

Madeleines Gesicht hellte sich auf. »Na ja, ich habe mich von einer tollen Geschichte aufhalten lassen. Ich würde Ihnen davon erzählen, aber ich bin nicht sicher, ob ich sie Ihnen geben will. Ich meine, das Interview fand statt, als ich nicht länger eine Beschäftigte der Bartell Corp. war. Also könnte ich sie eigentlich überall hin verkaufen. Und könnte auch einen Haufen Geld machen. Vor allem mit den weltweiten Vertriebsrechten.«

Elena hielt sehr, sehr still. Konnte sie meinen …? Aber wie? Nein. Das war unmöglich. Allerdings hatte Madeleine heute mit ihrer Tochter gesprochen also … war es möglich. »Madeleine, wollen Sie damit sagen, was ich glaube? Dass Sie ein Interview mit …« Sie starrte sie an und suchte in ihrem Gesichtsausdruck nach Anzeichen für eine Lüge. »Sie haben …«

Madeleine griff in ihre Tasche und zog ihr Handy hervor. Sie scrollte zu einem Bild von Natalii Duchamp, die auf dem Boden saß und Beine vor sich ausgestreckt hatte; schwarze, klobige Stiefel stachen unter ihrem umwerfenden Kleid aus weißem Tüll und Taft hervor. Ihre berühmte Mutter beugte sich über sie und richtete die Rückseite. Ihre Brille mit halbmondförmigen Gläsern saß ihr auf der Nase und eine Reihe Nadeln ragte ulkig aus ihrem Mund hervor.

»Interview? Ja. Vier Stunden lang. Und Fotos. Von der neuen Kollektion. Und ich habe die Zustimmung, sie im Magazin meiner Wahl zu zeigen.« Madeleine drehte das Handy vollständig zu Elena herum. Sie warf ihr ein freches Grinsen zu. »Sie sollten also beim professionellen Umwerben besser werden. Ziehen Sie alle Asse aus ihren Ärmeln.«

Elenas Hände zitterten kaum merklich, als sie das Handy an sich nahm und sich das Foto genauer ansah. »Gibt es noch mehr?« Ihre Stimme krächzte beinahe.

Madeleine lachte leise und ging zum nächsten.

Hier stand Véronique ein Stück entfernt und bewunderte ein weiteres Kleid an ihrer Tochter, während Natalii voller Charme und Stolz in die Kamera blickte. Es war intim und doch atemberaubend. Es zeigte auch eine gewisse Verletzlichkeit. Das war unerwartet für jemanden, der normalerweise so zurückhaltend war.

Elena gestattete sich ein leises Keuchen. »Sie haben definitiv gesagt, dass Sie die Bilder benutzen dürfen?« Sie ging zum nächsten Bild und ihre Augen weiteten sich.

»Jap«, sagte Madeleine. »Sie lieben sie. Sie haben um Ausdrucke davon gebeten, nachdem die Geschichte gedruckt wurde. Oh, und das hier ist Véroniques Lieblingsbild.«

Das Foto zeigte die Designerin, wie sie den Kragen an einem prächtigen Satin-Hosenanzug für Frauen richtete, während ihre Tochter zu ihr aufsah und von dem Outfit beeindruckt zu sein schien. Offensichtlich war sie sich auch nicht bewusst, dass sie ihrer Mutter gegenüber so viel Zuneigung zeigte. Es war ein aufrichtiges und kraftvolles Bild.

»Was für eine Auflösung haben die?«, fragte Elena beinahe ängstlich. »Wie viel DPI?«

»Ich habe mein Handy auf Maximum gestellt. Hier.« Sie drückte auf eine Taste und Eigenschaften des Fotos wurden eingeblendet. »Sehen Sie? Das ist in Ordnung, oder?«

Elena atmete angesichts der Zahlen erleichtert aus. »Im Innenteil sind die Bilder gut, so wie sie sind. Was das Cover angeht kratzten sie gerade so am Rand des Akzeptablen. Aber haben Sie je das Sprichwort *Schwarz-Weiß verdeckt alle Sünden* gehört?«

»Nein.«

»Grafikdesigner wissen schon sehr lange, dass es selbst mit Fehlern künstlerisch und interessant anstatt qualitativ minderwertig aussieht, wenn man ein Farbbild schwarzweiß macht. Jedes hiervon würde ein eindrucksvolles Cover abgeben.« Sie übersprang die nächsten Bilder und tippte mit dem Fingernagel auf den Bildschirm. »Die sind ziemlich beeindruckend, Madeleine. Wirklich. Sie sollten stolz auf sich sein.«

Vorsichtig ließ sie das Handy sinken, während ihr Herz schneller schlug. Dreißig Jahre lang war es niemandem gelungen, das zu bekommen. Und jetzt? Ihr Blick glitt zu Madeleine und Stolz erfüllte sie. Ein Gedankenblitz schoss ihr durch den Kopf und Elena musste den Blick abwenden, als ihr klar wurde, was das bedeutete.

Madeleine, die anscheinend an jedes Zucken in ihrem Gesichtsausdruck gewöhnt war, musterte sie alarmiert. »Was ist los?«

Elena schüttelte den Kopf. »Ich hatte nur gerade einen Gedanken. Aber nicht jetzt. Später. Alles klar, ich nehme an, dass Sie den Artikel selbst schreiben möchten?«

»Ja.«

»Obwohl Sie noch nie in Ihrem Leben einen Leitartikel für eine Zeitschrift geschrieben haben?«

»Ja.« Madeleines Tonfall wurde vorsichtig.

»Und Sie haben sicher noch nie einen Mode-Artikel geschrieben.«

»Nein.«

»Und trotzdem wollen Sie diesen schreiben, obwohl Sie eine ausgesprochen kurze Deadline haben werden?«

»Ich schreibe schnell.«

»Hmm«, sagte Elena so neutral wie möglich. »Sie wissen, dass ich einen unserer besten Redakteure darauf ansetzen könnte. Sie würden die volle Urheberschaft als die Person bekommen, mit der Véronique gesprochen hat. Und einen Nachweis unter den Bildern mit ihrem Namen als Quelle. Und Sie müssten keinen Finger rühren, weil Sie wissen, dass Ihre Geschichte in außergewöhnlich fähigen Händen ist.«

»Nein! Auf keinen Fall. Eine einmalige Story wie diese abgeben? Ich kann nicht glauben, dass Sie überhaupt gefragt haben.«

Elena versuchte, ihr Lächeln zu verbergen. »Na gut. Jetzt zu den Einzelheiten. Sie kennen die geltenden Preise von *Style Sydney*? Achtzig Cent für jedes gedruckte Wort für einen unbekannten Selbstständigen. Ich bin bereit, dass Doppelte zu zahlen.«

Madeleine starrte sie an. Ungläubigkeit breitete sich auf ihrem Gesicht aus.

»Also?«, fragte Elena schelmisch.

»Elena, ich habe den größten Mode-Knüller in dreißig Jahren bekommen, der das Potenzial für internationale Sensation hat und Bilder, die selbst Sie beeindruckend nennen – und Sie bieten mir *das* an? Wenn Sie versuchen, mich zu Emmanuelle Lecoq zu treiben, ist das eine brillante Strategie.«

Elenas Kiefer spannte sich bei der Erwähnung ihrer Erzfeindin an. »Was schlagen Sie dann vor?«

Maddie sah sie spitzbübisch an. »Warum überspringen wir die Verhandlungen nicht und Sie nennen mir einfach Ihr bestes Angebot – und bitte versuchen Sie, vollkommen ehrlich zu sein.«

Elena erstarrte, unfähig, diese Frechheit zu glauben. Dann lächelte sie. Es war ihr wirkliches Lächeln, das sie nur selten jemandem zeigte. Und sie spürte einen lächerlichen Anflug von Belustigung, als sie die Verwirrung sah, die sich auf Madeleines Gesicht ausbreitete.

»Gut«, erwiderte Elena. »Es gibt noch Hoffnung für Sie. Frauen dürfen sich bei Verhandlungen nie zur Seite drängen lassen. Zu viele mindern ihren eigenen Wert oder, schlimmer noch, versuchen, andere zufrieden zu stellen. Ausgezeichnet. Kommen Sie«, sagte sie, als das Auto vor ihrem Haus zum Stehen kam. »Ich schätze, dass professionelles Umwerben angesagt ist.«

Elena grinste angesichts Maddies noch immer verblüfftem Gesichtsausdruck und der Tatsache, dass sie sich nicht bewegte. »Also? Wollen Sie ein Geschäft abschließen oder nicht?«

Kapitel 19

Eine Einigung erzielen

»Oh mein *Gott,* Sie haben nicht gelogen.« Maddie seufzte nach ihrem ersten Bissen des Fudge-Kuchens mit doppelter Schokolade. Ihre Geschmacksnerven tanzten glücklich. Sie waren in Elenas Küche und hockten an der Kücheninsel auf einem Paar Barhocker. »Wenn Sie ein Mädchen umwerben, dann richtig. Das ist umwerfend. Woher wussten Sie, dass ich das mögen würde? Gott, wie kommt es überhaupt, dass Sie so dekadentes Essen im Haus haben?«

»Ihre Mutter hat mir an Ihrem Geburtstag gesagt, dass Schokolade zu Ihrem Lieblingsessen gehört. Wir haben ein wenig geplaudert. Entzückende Frau. Und Rosetta, meine Köchin und Haushälterin, ist davon überzeugt, dass ich nicht genug esse. Mit solchem Endorphin-auslösendem Essen versucht sie, das zu ändern. Normalerweise lässt sie immer irgendetwas Fetthaltiges im Kühlschrank zurück.«

Maddie hielt mitten in der Bewegung inne und fragte sich, ob ihr gerade ein Streich gespielt wurde. »Sie halten meine Mutter für entzückend.« Sie wedelte mit der Gabel. »Und Sie haben noch geplaudert? Den Teil hat sie definitiv ausgelassen. Oder machen Sie nur Witze?«

Elenas Augen leuchteten amüsiert auf. »Ich mache nicht oft Witze. Na ja, außer vielleicht über die Summe, die ich für Ihre Geschichte bezahlen wollte.«

»Verstehe. Übrigens ist das eine ausgezeichnete Eröffnung für die Verhandlung. Schokolade ist meine Schwäche.«

»Wäre mir nie aufgefallen.« Elena beobachtete sie, während Maddie die Gabel ableckte.

»Ha-ha. Sie müssen zugeben, dass gute Schokolade göttlich ist.«

»Ich gebe zu, dass ich gegen die sündhafte Verlockung von Schokolade nicht immun bin. Als Teenager habe ich mich danach verzehrt, mich aber geweigert, nachzugeben.« Sie sah ihre unangetastete Portion an. Ihre Gabel schwankte.

»Das sieht man nicht«, sagte Maddie und ließ ihren Blick über Elenas trainierten Körper wandern.

»Nein«, stimmte Elena ohne einen Hauch von Bescheidenheit zu. »Allerdings muss ich mich dafür bei einem persönlichen Trainer, einem Yoga-Lehrer und meiner Willenskraft bedanken. Aber lassen Sie uns jetzt darüber sprechen, was Sie wirklich wollen.«

»Wissen Sie das überhaupt?« Maddie sah sie herausfordernd an, zog den Teller näher und stach ihre Gabel erneut herein.

Ein mysteriöses Lächeln sah ihr entgegen. »Oh, ich glaube schon. Sie sind ein offenes Buch.«

»Dann lassen Sie mal hören.«

»Wenn Sie darauf bestehen.« Elena musterte Maddies Gesicht. »Ich vermute, wenn es zu fundamentalen Wünschen kommt, wollen sie folgendes: Liebe, Bestätigung, Erfolg im Beruf und Stabilität in allen Bereichen. Das letztere ist wahrscheinlich der Grund, warum Sie sich nicht in New York verliebt haben. Sie waren zu weit außerhalb Ihrer Komfortzone. Möglicherweise verlangt es Ihnen auch nach einem Haustier. Ich denke an eine Katze – etwas Niedliches und Hochnäsiges.«

Maddie schüttelte den Kopf. »Keine Katzen. Bin allergisch. Außerdem habe ich die unglückliche Angewohnheit, Goldfische zu töten. Und mit Hunden muss man ständig Gassi gehen und nicht jeder von uns hat eine Haushälterin, die das erledigen kann. Also … keine Haustiere in unmittelbarer Zukunft.«

»Und der Rest?« Elena grub ihre Gabel in den Kuchen.

»Ich würde die Reihenfolge vielleicht ändern, aber es ist ziemlich stimmig – wie für jeden anderen auch, selbst Sie. Ich meine, es ist offensichtlich, dass Sie Erfolg wollen, also können Sie das nicht bestreiten. Und kommen Sie, wenn Sie weit genug aus Ihrer Komfortzone geschmissen werden würden, würden Sie sich auch nach Stabilität sehnen. Das liegt nicht nur an mir. Natürlich brauchen Sie auch Liebe und Bestätigung. Wer tut das nicht?«

»Nein«, sagte Elena mit fester Stimme, »ich brauche keine Bestätigung. Und Liebe ist stark überbewertet – wie uns heute bewiesen wurde. Oder was auch immer es war, was ich mit Richard hatte.«

Was auch immer es war? Maddie wäre dieser Aussage liebend gern auf den Grund gegangen. Stattdessen lachte sie über Elenas absolute Überzeugung.

»Kommen Sie schon, Sie wollen Liebe. Wer tut das nicht? Selbst Bestätigung – ich glaube, dass Sie bloß besser als die meisten so tun können, als würden Sie das nicht brauchen. Seien Sie ehrlich.«

Elena seufzte. »Unser Wort des Tages. Davon abgesehen …« Sie zog ihr Handy hervor und drückte auf einen Knopf. Nach einem Moment bellte sie: »Felicity? Schick mir augenblicklich ein J11-Formular.«

Maddie leckte ihre Gabel ab, während ihr Boss auflegte und eine andere Nummer wählte.

»Maxwell, Elena hier … Ja, ich weiß, wie spät es ist«, sagte sie und schnurrte beinahe ins Handy, während sie Maddie beim Essen beobachtete.

Maxwell musste Max Giles sein, der Finanzchef der Bartell Corp. Das war ein sehr gutes Zeichen dafür, dass sie Maddie nicht wieder nur Kleingeld anbieten würde. Sie kaute langsam und lauschte.

»Ein sehr guter Grund«, fuhr Elena fort. »Es geht um eine große, außerplanmäßige redaktionelle Zahlung, die ich tätigen will. Ich schicke dir ein paar Zahlen, damit es keine Fehler gibt. Ruf mich zurück, wenn du es hast. Und bevor du fragst, ja, das ist es wert.« Sie beendete das Telefonat, senkte das Handy und tippte ein paar Nummern.

Maddie konnte einen kurzen Blick auf die Nachricht erhaschen, bevor Elena auf *Senden* drückte. Sie verschluckte sich an ihrem Kuchen. Die Zahl war sechsstellig. *Sechs*stellig. Mit Nullen. Vielen, vielen Nullen.

Winzige Schokoladenstückchen flogen über ihren Teller und Elena trat hinter sie, um ihr laut auf den Rücken zu klopfen, als ihr Handy klingelte.

»Max? Nein, es ist notwendig«, sagte Elena unverzüglich, als würde Maddie vor ihr nicht gerade ersticken. »Einen Artikel, den wir haben müssen. So etwas hat es noch nicht gegeben.«

Elena ging zum Kühlschrank und kam mit einer Flasche Wasser zurück, die sie vor Maddie abstellte. »Nein, das ist nicht alles«, sagte sie nach einer Reihe geschockter verbaler Ausbrüche vom anderen Ende der Leitung.

Maddie öffnete die Flasche.

Elena kam mit einem Glas zurück und stellte es ebenfalls vor Maddie, wobei sie sie kaum ansah. »Ich will die nächste Ausgabe der *Style* weltweit ändern – ja, jede Ausgabe in allen fünf Ländern – und eine neue, zwölfseitige Titelgeschichte pünktlich zur Australian Fashion Week reinbringen.«

Maddie verschluckte sich erneut, dieses Mal vor Entsetzen. Elenas belustigter Blick glitt zu ihr. Sie schenkte ihr ein träges, katzenartiges Lächeln, das zeigte, wie sehr sie das alles genoss.

»Ja, dessen bin ich mir bewusst, aber wir beide wissen, dass sie nicht tatsächlich vor morgen Mitternacht *drucken*, also wirst du keine Druckkosten mehr haben, sondern nur die Überstunden. Mm. Richtig. Wir werden in der Lage sein, die Kosten wieder reinzuholen, indem wir die Geschichte an internationale Magazine in Ländern verkaufen, die die *Style* nicht verkaufen. Du wirst die Auflage der nächsten zwei Ausgaben vervierfachen; ich verwette meinen Ruf darauf. Sag mir einfach, dass du es machen kannst. Heute Abend. Ja.«

Ihr Handy brummte mit einer eingehenden Nachricht. »Ich glaube, ich habe den Vertrag für Freiberufler hier, also hoffe ich, dass ich das Geschäft in Kürze abschließen kann und werde ihn dir und Tom später schicken. Rufst du ihn an und sagst ihm, dass der Vertrag kommt? Alles klar. Wir hören uns.«

Elena beendete den Anruf. Sie öffnete die Nachricht, die sie dem Finanzchef geschickt hatte und zeigte sie Maddie. »Das ist – ganz ehrlich – mein bestes Angebot. Es enthält die weltweiten Rechte für Ihre Geschichte und den exklusiven, ersten Druck aller Duchamp-Bilder. Es ist höher, als wir jemals gegangen sind – für irgendjemanden.«

Maddie starrte die Summe an und war wie betäubt. Das schlug alles, was sie sich nur annähernd vorgestellt hatte. Das war eine lebensverändernde Summe. Sie sah Elena verschmitzt an. »Würde Emmanuelle mehr bieten?«

Elenas Mund verzog sich angewidert. Das Schweigen dehnte sich aus. »Ja«, sagte sie, als würde ihr jemand die Fingernägel herausreißen. »Ich glaube, dass sie noch einmal zusätzlich dreißigtausend obendrauf setzen würde. Vielleicht auch vierzig, wenn sie vom finanziellen Wahnsinnig heimgesucht wird. Aber sie hat nach oben hin etwas mehr Spielraum als ich.«

»Verstehe«, sagte Maddie. »Danke für die Ehrlichkeit. Warum sollte ich mich also für die *Style* entscheiden, wenn es mich vierzig Riesen kostet?«

Elena setzte sich wieder neben sie an die Kücheninsel. Sie dachte über die Frage nach. »Nun, Sie kennen uns. Sie wissen, dass mein Team und ich Ihre Worte oder Bilder im Bearbeitungsprozess niemals verunstalten würden. Ich würde Ihnen versichern, dass Sie das letzte Wort beim endgültigen Entwurf haben. Ich sorge dafür, dass es im Vertrag steht. Sie kennen meine Hingabe an Qualität. Und Sie kennen meinen Ruf – er ist wohlverdient. Ich erwarte das Beste, weil ich das Beste produziere.«

»Aber Sie sind nicht mehr die Beste, zumindest nicht in Australien«, argumentierte Maddie und spielte damit offensichtlich Roulette. »*CQ* ist im Moment das führende Mode-Magazin des Landes und zumindest die Hälfte der Story dreht sich um die *Australian* Fashion Week.«

Elenas Kiefer mahlte, während sie anscheinend die widerwärtige Aussage verdaute. »Ja«, sagte sie angespannt. »Aber *Style* ist das führende Mode-Magazin der Welt. Sie bekommen unterm Strich mehr Leser, nur weniger hier.«

»Was, wenn ich überhaupt nicht an ein Mode-Magazin verkaufen will? Ich habe Zitate für ein großartiges Profil. Ich bin sicher, dass *Vanity Fair*, *Rolling Stone*, *Time* und viele andere allgemeinere Magazine die Geschichte kaufen würden. Ich würde ein noch breiteres Publikum erreichen.«

»Ja. wahrscheinlich würden Sie das. Aber kein leidenschaftliches Publikum. Sie würden die Leute nicht erreichen, die an jedem Wort kleben und verzweifelt mehr wissen wollen. Sie würden Véroniques glühende Verehrer nicht erreichen. Aber sagen wir, Sie würden sich für ein Mainstream-Magazin entscheiden – kennen Sie die? Vertrauen Sie ihnen? Würden Sie sich damit wohlfühlen, ihren Redakteur anzurufen und zu sagen, dass Sie es hassen, was mit dem Layout passiert ist und dass sie das dritte Foto auf der achten Seite auslassen müssen, weil es Ihnen einfach nicht gefällt?«

»Elena, ich würde mich auch nicht wohl dabei fühlen, das zu *Ihnen* zu sagen.«

»Hmm.« Elena hielt einen Moment inne. »Aber Sie *würden* es zu Perry sagen, oder?«

Maddie nickte.

»Dann ist das geklärt. Wenn Sie sich für uns entscheiden, wäre Perry Ihr Verbindungsmann. Als Art Director würde ich ihn ohnehin einbeziehen wollen. Sein Blick fürs Design ist unvergleichlich. Und ich würde Ihnen den besten Senior-Redakteur zur Seite stellen, um Ihnen beim Schreibstil unseres Hauses zu helfen.«

»Ist das alles vierzigtausend Dollar wert?«, fragte Maddie.

»Die *CQ*-Ausgabe für die Australian Fashion Week ist gestern in den Druck gegangen. Die nächste Ausgabe folgt nächsten Monat. Ihre Story würde nicht mehr aktuell sein, wenn sie sich um eine Reihe von Fotos einer Mode-Linie dreht, die bereits auf dem Laufsteg fotografiert und auf jedem Blog und in jeder Zeitung weltweit gesehen wurde. Der exklusive Wert würde dann nur noch in dem Interview und der neuartigen Inszenierung der Fotos liegen – ohne den Wert ihrer Neuigkeit. Sie und *CQ* würden aussehen, als wären Sie zu spät zur Party gekommen. Und damit albern. Dadurch würden Sie weitaus weniger beeindruckend wirken. Ich wünsche mir, dass Sie *spektakulär* sind.« Elena lächelte und legte ihre Hand auf Maddies. »Lassen Sie uns gemeinsam spektakulär sein.«

Gott. Maddie fiel es schon schwer, dieser Kombination aus Worten und Lächeln zu widerstehen. Und jetzt die Berührung? Elenas Finger drückten Maddies kurz und ließen sie dann los. Maddie Herz schlug erbärmlich schnell. Sie bezweifelte auch, dass ihr Sinn fürs Geschäft mit dem vollen Einsatz von Elena Bartells Charme und Entschlossenheit mithalten konnte.

»Ich stelle mir eine zweiteilige Serie vor«, fing Elena mit einem Wedeln derselben Hand fort, mit der sie kurz Maddies umfasst hatte. »Zwölf Seiten in dieser Ausgabe nur zum Inhalt der Fashion Week, um den Appetit der Leser anzuregen. Und dann verlocken wir sie mit dem Verweis auf die nächste Ausgabe, in der es zwanzig Seiten lang um das Leben von Véronique geht. Ich nehme an, dass das alles in Ihrem vierstündigen Interview abgedeckt ist?«

»Ja. Alles – bis hin zum Kühe melken in den Achtzigern. Was gescheitert ist.«

Elena stellte jede Bewegung ein. »Was?«

»Sie haben für kurze Zeit auf einer Farm gelebt. Um Véroniques furchteinflößenden Ex-Liebhaber zu entkommen. Philippe der Rugby-Spieler. Einmal hat er ihre Schneiderpuppe aus seinem Ferrari auf die Autobahn geworfen.«

»Großer Gott.« Elena rieb sich die Schläfe.

»Alles in Ordnung?«

»Diese wahnsinnige Frau sagt drei Jahrzehnte lang niemandem etwas über ihr Privatleben und Sie bekommen *das* aus ihr heraus? Wie? Was um alles in der Welt haben Sie mit ihr gemacht?«

Maddie zuckte mit den Schultern. »Ich bin nicht sicher. Ich war einfach, ähm, ich selbst.«

Elena starrte sie an. Schließlich atmete sie tief aus und ihre Nasenflügel bebten. »*Das* ist es, was wir nie versucht haben. Einen normalen Menschen zu ihr schicken.«

Maddie lachte. »Sie halten mich für normal?«

»Madeleine, wie trinken Sie Ihren Kaffee?«

»Milch und zwei Stück Zucker. Ähm, gewöhnliche Milch. Keine Soja- oder Halbfettmilch oder sowas.«

Elena sah sie bedeutsam an.

»Oh. Richtig.«

»Wo war ich? Oh ja, zwei Ausgaben. Wir würden sie umfangreich im Fernsehen, gedruckt und online bewerben. Sie werden berühmt sein, Madeleine.«

»Ich habe es nicht dafür getan.«

»Oh?«

»Nein. Und bevor Sie fragen, auch nicht für das Geld. Das ist alles nur… ein Bonus.«

Elena sah leicht alarmiert aus. »War das, was ich Ihnen angeboten habe, immer noch nicht genug? Sind Sie noch immer nicht davon überzeugt, dass Sie sich für uns entscheiden sollten?«

»Sie führen gute Gründe an.« Maddie zögerte. »Ich habe eher langfristig gedacht. Ich habe dieses Interview gemacht, um mit meiner Karriere voranzukommen. Und natürlich, ja, um Ihnen zu beweisen, dass ich Journalistin bin. Daher, obwohl Ihr Angebot toll ist und so, ist es einfach …« Sie verstummte, unsicher, worum sie bitten wollte. Einfach etwas anderes. Weniger finanziell. Mehr …

»Ah.« Elena nickte, griff nach einem Zettel und schrieb für ein paar Minuten. Dann schob sie Maddie die Notiz zu. »Die großen Veranstaltungen der nächsten zwölf Monate, an denen ich teilnehmen werde. Dort wird es eine große Präsenz von VIPs aus dem Verlagswesen geben. Verkaufen Sie uns die Geschichte und Sie werden an vier Veranstaltungen Ihrer Wahl mein Gast sein. Ich sorge dafür, dass Bartell Corp. Sie hin und wieder zurück fliegt, falls die ausgewählten Veranstaltungen nicht in Australien sind.«

Maddies Blick glitt zu dem Blatt und ihre Augen weiteten sich, als sie die Liste sah. Das Mittagessen der Peabody Awards. Matrix Awards. Das Abendessen bei der Verleihung des Pulitzer Preises. Die Gala der Time 100. Eröffnungsabend der New York Times Fashion Week. Met Gala. Cocktailparty der Sydney Magazine Publisher. Der Schwarzweiß-Ball der amerikanischen Verleger.

»Als Teil der Vereinbarung«, sagte Elena, »werde ich Sie dort den Drahtziehern vorstellen und ihnen in allen Einzelheiten erklären, warum ich Sie für akzeptabel erachte. Außerdem«, sie zog den Zettel zurück und schrieb eine weitere Zeile, »Zugang zu Perrys Stil-Fachkenntnis und seinen Kontakten, sollten Sie ein

Kleid oder vier brauchen. Ich kann nicht zulassen, dass Sie wie die Verstoßene einer traurigen Garagenband aussehen, wenn Sie an meiner Seite sind.« Elenas Mundwinkel hoben sich kaum merklich an.

»Gott behüte«, murmelte Maddie erstaunt, dass Elena überhaupt daran gedacht hatte. Sie musterte die beeindruckende Liste, ehe ihr Blick wieder zu Elena glitt. »Aber es würde Sie nicht stören? Dass ich Ihr … Gast bin?«

Elena sah sie einfach nur an, als hätte sie das Dümmste gesagt, was Elena je gehört hatte.

»Richtig.« Maddies Wangen wurden heiß. »Darf ich ein paar Minuten darüber nachdenken?«

»Natürlich«, sagte Elena mit einem zustimmenden Nicken. »Nehmen Sie sich so viel Zeit wie sie brauchen. Ich werde ein paar Dingen klären. Und ich drucke den Vertrag aus, den Felicity mir geschickt hat, falls Sie sich für *Style* entscheiden sollten.«

Sie trat aus dem Raum und Maddie beobachte dabei ihre sich wiegenden Hüften mit einem plötzlich bangen Gefühl. Sie versuchte festzumachen, warum sie sich so ernüchtert fühlte. Das war ein großartiges Geschäft. Eines, das ihre Karriere verändern würde. Elena hatte nicht unrecht – es war weit mehr, als *Style Sydney* normalerweise bezahlen würde. Maddie wusste das, weil sie viele Verträge für ihre Chefin aufgesetzt hatte.

Außerdem setzte Elena eine Menge Vertrauen in sie. Sie hatte das Interview mit Véronique noch nicht einmal gehört. Abgesehen von ihren kurzen Beiträgen in der Hudson *Metro* hatte Elena nichts von Maddies schriftstellerischen Fähigkeiten gesehen. Es würde ein Leitartikel sein – eigentlich sogar zwei davon – und zusammen waren sie ungefähr hundert Mal länger als alles, was sie jemals zuvor geschrieben hatte. Und trotzdem hatte Elena das nicht in Frage gestellt. Sie ging einfach davon aus, dass Maddie es schaffen konnte. Warum?

Maddie rutschte von ihrem Stuhl und brachte den Teller zur Spüle, um ihn abzuwaschen. Ein tapsendes Geräusch erregte ihre Aufmerksamkeit. Sie nah nach unten und stellte fest, dass sie von einem Paar großer, brauner Hundeaugen angestarrt wurde.

»Oh.« Sie stellte das Wasser ab und ging leicht in die Hocke, um den kniehohen Hund zu begrüßen. »Du musst Oscar sein.« Sie ließ zu, dass er sie mit seiner langen Schnauze beschnupperte, während sie seinen schlanken Körper musterte.

Anschließend kraulte sie seine roten, spitz zulaufenden Ohren. Oscars Schwanz fing an zu wedeln.

»Du bist wunderschön«, sagte sie ihm und beugte sich vor, um zu flüstern: »Genau wie deine Besitzerin. Aber erzähl ihr nicht, dass ich das gesagt habe. Es könnte meine Verhandlungsposition untergraben. Okay? Ich muss hier ein wenig Autorität haben. Also *psst.*«

Das Tier schniefte und leckte ihr dann über die Hand.

Maddie lächelte und entschied, dass sie ihn mochte. Oscar hatte eine gewisse Haltung, die dem reinrassigen Cirneco dell'Etnas-Stammbaum zu Schulden war. Sie hatte über die Rasse recherchiert, als sie das erste Mal für ihn einen Termin beim Tierarzt hatte machen müssen. Es war eine Rasse von Jagdhunden aus Sizilien. Natürlich würde Elena sich ein Tier anschaffen, dass sogar noch komplizierter war als sie.

»Ja, du bist voller Klasse und Eleganz, nicht wahr, Junge? Umwerfend.« Maddie kraulte ihn noch einmal fest, sodass er den Rücken wölbte und um mehr Aufmerksamkeit bettelte. »Ich wette, dass du und dein Frauchen atemberaubend ausseht, wenn ihr zusammen spazieren geht.«

Ihr Herz zog sich bei den Worten zusammen und ein Hauch von Traurigkeit flammte in ihr auf. Sie runzelte die Stirn.

Was um alles in der Welt zog sie so runter?

Maddie ging zum Barhocker zurück und griff nach ihrem Handy, ehe sie durch die Bilder von Véronique und Natalii blätterte. Als sie sie geschossen hatte, hätte sie nicht gedacht, dass ihr Tag so enden würde. Und dann traf es sie: *Das war ein Abschied.* Elena hatte es praktisch mit jedem Blick und jedem Wort gesagt, seit sie das Haus betreten hatten. Und die Klausel, die ihr Zugang zu Perry gab? Das wäre unnötig, wenn Maddie weiterhin bei *Style Sydney* arbeitete.

Sie spürte Wärme an ihrem Oberschenkel und als sie ihren Blick nach unten richtete, sah sie Oscars hübschen Kopf darauf ruhen. Maddie strich mit den Fingern durch sein Fell, kraulte ihn hinter dem Ohr und seufzte. Sie würde Elena wirklich vermissen.

Ein Geräusch unterbrach ihre Grübeleien und sie hob den Blick.

Die Frau ihres Herzens lehnte im Türrahmen und musterte sie. »Also«, sagte sie »Du hast es gerade erst verstanden, nicht wahr? Ich habe es schon früher getan. Im Auto.«

»Elena?«

»Heute Abend bin ich aus einem bestimmten Grund gekommen, um dich zu sehen – um dich wieder an meine Seite zu holen, wo du hingehörst. Und dann ist mir klargeworden, dass es zu spät war. Du warst in der Sekunde verschwunden, als du den ersten Satz aus der einsiedlerischsten Designerin der Welt bekommen hast.«

Wo sie hingehörte? Elena glaubte, dass Maddie zu ihr gehörte? Hoffnung kämpfte gegen ihr Bedauern an. Elena meinte es nicht so, aber trotzdem …

»Ich *muss* nicht gehen.« Maddie bemühte sich, ihre Gedanken zu ordnen. »Ich meine, ja, ich habe jetzt Möglichkeiten. Aber, ich meine, ich könnte –«

»Madeleine«, sagte Elena mit ernster Stimme, »wir hatten uns darauf geeinigt, nicht zu lügen. Warum hast du zugestimmt, meine Assistentin zu werden? Und sag mir nicht, dass es an meiner erlesenen Gesellschaft und ausgezeichneten Sozialkompetenzen lag.«

»Ich wollte nach Hause kommen.«

»Ja, dessen bin ich mir sehr bewusst. Aber warum noch? Weil die Flugzeuge recht häufig zwischen New York und Sydney unterwegs sind.«

»Es war, wie du gesagt hast, ein gesichtswahrender Weg, es zu tun«, gestand Maddie. »Und es sieht auf dem Lebenslauf gut aus, dass ich deine persönliche Assistentin war.«

»Madeleine.« Elenas Stimme duldete keinen Widerspruch … oder Lügen.

»Okay.« Maddie stieß den Atem aus. »Ich habe auch gehofft, dass du mir eine Empfehlung schreiben würdest. Ich weiß, dass es Wunschdenken war, da du das nur selten tust, aber … vor einiger Zeit waren wir beinahe Freunde. Und ich dachte, wenn du mich nicht vollkommen hasst, wenn sich unsere Wege trennen, würdest du mir eine schreiben.«

»Natürlich«, sagte Elena nickend. »Alle meine persönlichen Assistenten haben diese vergebliche Hoffnung. Aber warum? Warum wolltest du meine Empfehlung?«

»Um überall im Journalismus einen Job bekommen zu können. Dein Name hat diese Macht. Eine Empfehlung von dir kann viele Türen öffnen.«

»Ganz genau.« Elena sah sie triumphierend an. »Herzlichen Glückwunsch, Madeleine. Du bist die erste Angestellte, zu der ich das sage – du brauchst meine Empfehlung nicht und du brauchst mich nicht.«

Eine Verneinung lag Maddie auf der Zunge, aber sie hielt sie zurück, als sie darüber nachdachte, was Elena gesagt hatte. Hatte sie recht? Na ja. Ja. Maddie war bereits über diesen Status hinweg. Wer schreibt einen weltweit exklusiven Artikel und wird dann wieder Assistentin?

Die Erkenntnis war stechend und schrecklich. Sicher, sie hatte wieder einen Job im Journalismus gewollt; das war immer der Plan gewesen. Aber sie hatte sich nicht mehr danach umgesehen. Weil sie der Gedanke, Elena nicht länger zu sehen, mit Schmerz erfüllte. Was auch immer als nächstes geschah, all das wäre bald vorbei.

»Ja«, sagte Elena leise. »Jetzt verstehst du es.«

Maddie antwortete nicht. Es fühlte sich jetzt so real an. Elena zu verlassen. Sie strich mit den Fingern durch Oscars Fell, während sie darüber nachdachte.

Elenas Blick wanderte an der Kücheninsel hinunter zu ihrem Hund, den Maddie irgendwie beschlagnahmt hatte. »Wie ich sehe, bin ich nicht die einzige, die deinen Charme zu schätzen weiß.«

Maddie versuchte zu lächeln, aber ihre Traurigkeit war überwältigend. Keine Elena mehr.

Oscar verlor das Interesse, nahm den Kopf von ihrem Bein und trottete aus der Küche.

Elena legte die Papiere und einen Kugelschreiber vor Maddie und sagte: »Du darfst gern einen Anwalt hinzuziehen, der sich den Vertrag ansieht. Ich rate dir aber, nicht zu lange zu warten. Wir haben nur vierundzwanzig Stunden, um zwölf Seiten der *Style*-Magazine auf der ganzen Welt zu erneuern. Je mehr Zeit wir haben, desto besser. Und ich werde dich nicht anlügen: es werden brutale vierundzwanzig Stunden.«

Maddie sah sich die Papiere an. Sie hatte sie in ihrem Assistenten-Job schon oft gesehen. Es war der zweiseitige Standardvertrag für Freiberufler. Alle unterschrieben ihn. Sie waren fair, zumindest hatten es ihr die Autoren oft gesagt, wenn sie die Chance gehabt hatte, mit ihnen zu sprechen. Fairer als bei den meisten Verlagen, hatten sie gesagt.

Maddie las den Vertrag eindringlich und widmete sich dann seiner Rückseite. Dort standen in Elenas blumiger Handschrift die Worte: *Madeleine Grey hat das letzte Recht auf Zustimmung zum letzten Entwurf ihres Artikels*.

Maddie nahm den Stift.

»Bist du sicher?«, fragte Elena.

Etwas an ihrem Tonfall ließ Maddie innehalten und sie wirklich ansehen. Begeisterung brannte in ihren Augen. Hunger. Sie hatte das schon vorher an ihrer

Chefin gesehen. Jedes Mal, wenn sie einen großen Geschäftsvertrag abschloss, glühte Elena. Aber da war noch etwas anderes. Eine leichte Andeutung von … Bedauern? War es möglich, dass ihre fordernde Chefin sie auch ein wenig vermissen würde?

Maddie erinnerte sich an die seltsame Spannung, die sie in New York hin und wieder zwischen ihnen entstanden war. Manchmal hatte sie eine Neigung von Elenas Kopfs oder einen Blick auf sich bemerkt, bei denen ein ungewohntes Gefühl in Maddies Bauch aufgestiegen war. Sie hatte auch in Sydney gespürt, wie Elena sie angesehen hatte, auch wenn es flüchtiger und wachsamer gewesen war. Nicht so wie in New York. Nicht wie jetzt. Im Moment schien sich Elenas Blick in sie zu bohren – fasziniert, aufmerksam und einnehmend. Wartend. Beobachtend.

Ich werde dich auch vermissen.

Maddie gab sich einen geistigen Schubs. Offensichtlich bildete sie sich Dinge ein. Natürlich tat sie das. Warum würde Elena eine niedere Assistentin vermissen? Vor allem eine, die sie vor fünfzehn Stunden im ausgeprägten Miststück-Modus gefeuert hatte. Ganz zu schweigen davon, dass sie sie ein paar Monate zuvor schon einmal gefeuert hatte. Nein, Elena Bartell würde außer präzise gelieferten Chai Lattes nichts vermissen.

Fettarme Milch, kein Zucker, extra heiß, half ihr Gehirn aus.

Sie fühlte sich leicht hysterisch und hätte beinahe laut aufgelacht. Stattdessen richtete Maddie den Blick nach unten und ging noch einmal den Vertrag durch. Sie nickte einmal.

Und unterschrieb.

Kapitel 20

Prost!

Das musste gefeiert werden. Elena öffnete eine Flasche eines fantastischen Bordeaux, wie Maddie ihn noch nie gekostet hatte.

»Gott, das ist köstlich«, sagte Maddie. »Ich glaube, du hast mich für den Rest meines Lebens vom Wein abgebracht, weil ich nie wieder so guten wie diesen erleben werde.«

Elena lächelte. »Tja, dann habe ich dir einen schlechten Dienst erwiesen. Ein guter Wein ist wie jeder gute Artikel – du musst darauf hoffen, dass hinter der nächsten Ecke ein noch besserer wartet. Ich fände es schade, wenn du jetzt aufgibst, nachdem du ihn gekostet hast.«

Maddie gefiel das verschwörerische Schnurren in ihrer Stimme. Die Intimität erinnerte Maddie an ihre Gespräche in New York. In entspannten Momenten sah Elena sie interessiert an, als hätte sie alle Zeit der Welt, jedwedes Thema zu besprechen. Und jetzt schien Elena über Maddie sprechen zu wollen.

Es war ein schwindelerregendes Gefühl, dem durchdringenden Blick von Elena Bartell ausgesetzt zu sein. Ein Teil von Maddie wünschte sich, für immer in diesem Augenblick eingefroren zu werden. Würde dies ihre letzte Unterhaltung sein? Maddies einzige Chance, eine Verbindung zu ihr aufzubauen, weit weg von irgendwelchen Partys oder Veranstaltungen, bevor sie nie wieder miteinander reden würden? Ihr Herz zog sich schmerzhaft zusammen.

Maddies Stimme war weich und leise, als sie antwortete: »Wir reden nicht länger über den Wein, oder?«

»Nein.« Elena lächelte und schwenkte den Wein in ihrem Glas. »Ich vertraue darauf, dass du immer danach strebst, eine bessere Journalistin zu werden, auch wenn du deine Karriere mit einem internationalen Exklusiv-Artikel begonnen hast.«

»Natürlich.« Maddie grinste. »Das ist nur der Anfang.«

»Also, verrätst du mir, wie du es getan hast? Was hast du gefragt, dass sie sich so öffnet?«

»Ganz ehrlich?« Maddie lächelte leicht. »Mir wurde nur eine Frage gestattet.«

Elena hörte auf, ihren Wein zu schwenken, und starrte sie an. »Du machst Witze. Du hast das alles mit nur einer Frage bekommen?«

»Na ja, das meiste davon, aber ja.«

»Eine Frage.«

Maddie öffnete den Mund, um es ihr zu verraten, aber Elena hob den Finger und brachte sie damit zum Schweigen. Sie sah nachdenklich aus. Eine Minute später seufzte sie. »Nein. Mir fällt keine einzige Frage ein, die einer so zurückgezogenen Person all diese Informationen entlockt. Ich gebe auf. Wie lautete die magische Frage?«

»Ich habe sie gebeten, in allen Einzelheiten zu beschreiben, wann sie auf ihre Tochter stolz gewesen ist.«

Elena runzelte die Stirn. »Ich kann nicht folgen. Warum hast du das gefragt?«

»Natalii hat mir gesagt, dass es ihrer Mutter schwerfällt, zu zeigen, dass sie stolz auf sie ist. Also habe ich darin einen Weg gesehen, das Eis zu brechen und die Unterhaltung am Laufen zu halten. Wenn alles andere gescheitert wäre, hätten Natalii und ihre Mutter zumindest ein paar Mauern zwischen sich einreißen können. Es schien einfach, na ja, richtig. Wie sich herausstellt kann mütterlicher Stolz auch die dicksten Mauern brechen.«

Elena musterte sie ein paar Augenblicke. »Du hast ein Händchen dafür, die menschlichen Seiten in den Leuten zu finden, nicht wahr?«

»Menschliche Seiten?« Maddie ließ sich diese Formulierung unsicher durch den Kopf gehen. »Glaubst du, ich habe ihre Schwächen ausgenutzt?«

»Ganz im Gegenteil – du hast etwas Unausgesprochenes wahrgenommen und damit gearbeitet. Etwas, womit sie sich auseinandersetzen mussten und wichtiger noch, worüber sie reden wollten, aber nicht wussten, wie. Menschen zu verstehen ist eine Gabe. Wie ticken sie, wie bringt man sie zum Reden. Du hast diese Gabe.« Sie warf Maddie einen bedauernden Blick zu. »Ich nicht.«

»Da bin ich mir nicht so sicher. Du redest mit mir. Ich erwidere etwas. Du konntest immer mit mir reden. Ich glaube, dass du ziemlich gut darin bist, dich ungezwungen zu unterhalten.«

Elena lächelte nicht. »Weißt du, deshalb habe ich meine Beförderung damals nicht bekommen. Vor vielen Jahren bei *CQ*. Ich sollte die neue Chefredakteurin werden. Ich war jung und unbesonnen. Ich konnte die Stimmungen im Raum und die Vorstandsmitglieder nicht einschätzen. Lecoq hat meine Schwächen erkannt – mein Alter, meine Arroganz, meine mangelnden Sozialfähigkeiten – und den *CQ*-Vorstand damit umgestimmt. Ich habe immer angenommen, dass meine überlegenen Fähigkeiten gewinnen würden. Genau das habe ich ihnen auch gesagt. Ich war am Boden zerstört. Lektion gelernt.«

»Ihr Verlust. Es hat sich doch aber zum Besseren entwickelt, oder? Du hast ihnen das Gegenteil bewiesen. Und wie.«

Elenas Augen glitzerten einen Moment lang. »Ja.« Ihr Gesichtsausdruck wurde kühl. »Sie wissen, dass sie falsch lagen. Nicht, dass sie es jemals zugeben würden.«

»Ist es das, was du willst? Dass sie es sagen?«

Elena griff nach der Weinflasche, schüttelte sie leicht und betrachtete die noch verbleibende Flüssigkeit darin. »Ich sollte noch eine Flasche holen.«

Maddie wartete auf die Antwort auf ihre vorherige Frage.

»Willst du noch was?«, fragte Elena stattdessen.

Okay, sie ging der Sache also aus dem Weg. Heikles Thema. »Nein, danke. Wir haben morgen einen großen Tag.«

Begeisterung flammte in Elenas Augen auf. »Natürlich. Dir ist ein außergewöhnlicher Streich gelungen.«

Ihr Enthusiasmus war ansteckend. »Machst du es deshalb? Für den Kick? Den Nervenkitzel beim Unterschreiben des Vertrags? Beim Gewinnen?«

»Es gibt im Leben keinen größeren Rausch.« Elenas Gesichtsausdruck forderte sie dazu heraus, ihr zu widersprechen.

Lachend schüttelte Maddie den Kopf. Der wunderbare Wein hatte sie entspannt. »Ich weiß nicht, mir fällt noch eine spaßige Sache ein, die einen größeren Rausch bietet.« Anzüglich hob sie die Brauen, bevor sie sich selbst davon abhalten konnte.

Elenas Hand erstarrte an der Flasche, mit der sie sich hatte nachschenken wollen. Ihr Blick glitt zu Maddie. »Ist das so?«

»Also, ja. Ich meine, komm schon!« Maddie fing wieder an zu lachen. Sie verstummte langsam, als Elena nicht einstimmte. »Moment, du denkst das nicht? Wirklich nicht, oder?«

»Nein.« Das Wort war so leer wie ihr Gesichtsausdruck. Sie stellte die Weinflasche wieder auf den Tisch.

Maddie sah sie neugierig an. »Aber…« Sie hielt sich davon ab, etwas zu sagen, das sie nicht zurücknehmen konnte. Zum Beispiel, wie jemand so großartiges wie

Elena nicht einen einzigen anständigen Partner gefunden hatte, der sie genug zu schätzen wusste, um ihr großartigen Sex zu bescheren? Himmel, Maddie würde sich liebend gern freiwillig melden. Hastig nahm sie einen Schluck Wein, um den Gedanken zu ertränken.

»Was?« Elena musterte sie.

»Also entweder bin ich schlecht darin, Erfolge in der Karriere zu haben, oder du machst das mit dem Sex falsch.«

»Und was glaubst du, trifft zu?« Elenas Stimme war leise und rau. »Sei spezifisch.«

»Ähm …« Alle zusammenhängenden Gedanken verpufften, als sich Maddie vorstellte, wie … spezifisch … Elena Sex hatte. Wie sich ihr cremefarbener, perfekter Hals nach hinten neigte. Maddies Kehle zog sich zusammen. »Na ja, um fair zu sein, kann ich diese Frage unmöglich beantworten, wenn ich nicht beides ausprobiert habe.«

Plötzlich schloss ihr Gehirn zu dem auf, was sie gerade versehentlich vorgeschlagen hatte. Ihre Wangen brannten. »Oh! Ich wollte nicht anbieten, dass … Mit dir … Ich meine, es ist wie in der Wissenschaft.« Ein schrilles Lachen drang über ihre Lippen. »Weißt du? Man muss jedes Szenario testen, um eine solide Schlussfolgerung zu ziehen … ähm …«

Elena schenkte ihr ein Lächeln, bei dem sich Maddies Zehen krümmten und ihre Handflächen schwitzig wurden. Das war so peinlich. Ihre heterosexuelle, ehemalige Chefin anmachen? Selbst wenn es aus Versehen geschah.

»Ach so«, sagte Elena belustigt und griff erneut nach der Weinflasche. »Danke, dass du das klargestellt hast. Bist du sicher, dass du nicht noch einen Schluck willst?«

Augenblicklich schob Maddie ihr Glas nach vorn und nickte.

Maddie versuchte, ihre wachsende Erschöpfung zu verbergen, aber der Tag war lang und emotional auslaugend gewesen. Es war kurz nach Mitternacht. Sie gähnte zum dritten Mal.

»Bleib«, sagte Elena. »Bleib heute Nacht hier.«

»Was?« Sie war sich ziemlich sicher, dass ihre Ohren ihr gerade einen Streich spielten.

»Ich habe ein Gästezimmer. Und ich werde auf keinen Fall diese einmalige Sensation dem Risiko der U-Bahn oder eines Taxis aussetzen.«

»Oh.« Natürlich. Gästezimmer. Bett. »Das klingt sinnvoll.« Sie versuchte sich an einem Lächeln.

Elena nickte. »Gut. Ich zeige dir den Weg. Und falls du nachts hungrig wirst, darfst du dich gern in der Küche bedienen.«

»Danke.«

Elenas perfekt geformter Hintern sollte die Inspiration für Lyrik sein, entschied Maddie, als sie ihr die Treppe nach oben in den ersten Stock folgte. Er war unglaublich definiert und wölbte sich himmlisch gegen den Stoff der engen Hose. Ihre Gedanken wanderten an einen traumhaften Ort.

»Hier.« Elena schaltete das Licht an und deutete ins Zimmer. »Das angrenzende Badezimmer ist da drüben.«

Maddie starrte das Zimmer an, das sie an ein Fünf-Sterne-Hotel erinnerte. An der Wand auf der gegenüberliegenden Seite des großen Doppelbetts befand sich eine integrierte Fernseh- und Stereoanlage. Kunstwerke mit friedlicher Szenerie, eine stylische Einrichtung und ein üppiger Teppich vervollständigten den luxuriösen Anblick. Man könnte eine Woche hierbleiben und niemals gehen wollen. Sie musste ein seltsames Gesicht aufgesetzt haben, denn Elena hielt inne.

»Ist das nicht in Ordnung?« Ihr Blick glitt durch den Raum. »Brauchst du noch etwas? Zusätzliche Decken oder Kissen? Die Laken bestehen aus tausendfädiger ägyptischer Baumwolle, falls das ein Problem ist.«

»Nein! Es ist nicht, es ist … Ich meine, es ist … *wow*. Ich glaube, dieses Zimmer ist größer als die Hälfte meiner Wohnung.«

Elena lächelte und kurz war Maddie von der Sanftheit in ihren Augen überwältigt. »Gut«, sagte Elena. »Dann bis morgen früh. Schlaf gut.« Sie schloss die Tür hinter sich.

Berühmte letzte Worte. Sie waren wie ein Fluch. Trotz der späten Stunde konnte Maddie unmöglich einschlafen. Ihre Gedanken drehten sich noch immer um den Abend. Elenas aufmerksame, intensive Augen. Maddies Artikel. Wie sie ihn strukturieren und was sie einbringen, was weglassen sollte. Elenas Finger, so lang und geschmeidig, als sie den Stiel des Glases umfasst hatten. Was sie für die nächste

Ausgabe aufheben sollte. Elenas Lächeln. Sie hatte heute Abend viel gelächelt, manchmal neckend, manchmal belustigt. Wahrscheinlich lag es nur am Wein. Aber es war überwältigend, sie ohne ihre Schutzschilde zu sehen.

Und dann war da der sechsstellige Elefant im Zimmer, der durch ihre Gedanken stapfte. Sie würde jetzt so viele Möglichkeiten haben – sie könnte als Freiberuflerin arbeiten, wenn sie wollte und müsste sich eine Weile keine Gedanken darüber machen, wie sie die Miete bezahlen sollte. Oder sie konnte eine Anzahlung für eine eigene Wohnung leisten. Oder …

Nachdem sie sich zwei Stunden lang herumgewälzt hatte, mischte sich ihr Magen ein und knurrte laut. Véroniques bizarre Vorliebe für Pommes und Kaviar hatten ihren Bauch nicht wirklich gefüllt. Ebenso wenig wie Rosettas Schokoladenkuchen. Maddie warf die Decke zur Seite und tapste nach unten zur Küche, in der Hoffnung, einen Snack zu finden, der ihr über die Runden helfen würde. Als sie in der Dunkelheit näher kam, ließ sie ein Geräusch erstarren. Sie blieb stehen und schielte um den Türrahmen herum.

Elena Bartell saß auf einem Hocker an ihrer Kücheninsel und starrte zwei leere Weinflachen an. In der einen Hand hielt sie ein Glas, während sie sich mit dem Handrücken der anderen über die Augen wischte. Feuchte Spuren glänzten durch das spärliche Licht der Straßenlaterne, das durch die Fenster fiel, auf ihren Wangen. Ein zweites, leeres Glas stand neben Elenas. Maddie erkannte es als das, mit dem sie nur wenige Stunden zuvor mit ihr angestoßen hatte. Es sah aus, als hätte Elena mit dem Aufräumen beginnen wollen, als Maddie ins Bett gegangen war, sich dann aber dafür entschieden, sich wieder hinzusetzen und ihren Kummer zu ertränken.

Maddie schlich wieder nach oben und fühlte sich schuldig, in diesen Moment eingedrungen zu sein. Sie wusste, dass Elena es hassen würde, so gesehen zu werden. Am Boden zerstört und verloren war sie das Gegenteil der mächtigen Figur, die sonst durch die Flure der Bartell Corp. marschierte. Aber unter all dem war sie noch immer eine Frau, die den schlimmsten Tag ihres Lebens hinter sich hatte, der sich wie eine verkorkste russische Matrjoschka in Madeleines bestem versteckte.

Irgendwie hatte Maddie in der Aufregung über den Knüller, der ihre Karriere antreiben würde, vergessen, dass Elena heute einen Ehemann verloren hatte, der ihr einmal etwas bedeutet hatte. Schlimmer noch, sie hatte erfahren, dass er ein widerlicher Mistkerl war. Kein Wunder, dass Elena sich mit zwanzig Jahre altem Wein betäuben wollte. Aber es war trotzdem ein schockierender Anblick. Der Schmerz in ihrem Gesichtsausdruck war unvergesslich.

Maddie versuchte, das Bild der tränenüberströmten Elena zu verbannen. Ein Teil von ihr wollte sie einfach umarmen, bis sie diesen gehetzten Ausdruck verlor. Natürlich würde Elena das nicht zulassen.

Der Hunger war vergessen, als Maddie zurück unter die Decke schlüpfte und die Zimmerwände anstarrte. Die glänzende Wandfarbe war dem exakten Farbton der ebenfalls umwerfenden Vorhänge angepasst worden. Allein die Dekorationen in diesem Raum mussten ein Vermögen gekostet haben.

Geld war wirklich nicht alles, oder?

Plötzlich schien es geschmacklos, sich länger mit ihrem großen Zahltag zu befassen. Eine Etage unter ihr saß eine zusammengesunkene, verzweifelte Frau allein in der Küche und weinte in ihren teuren Wein. Das war Maddies letzter Gedanke, bevor sich ihre Augenlider schlossen.

Elena starrte in ihr Weinglas. Der gute Jahrgang schmeckte wie Asche. Ihre Gedanken waren eine stumpfe Mischung aus Wut und Schmerz und etwas anderem. Fürs erste schob sie das *etwas andere* zur Seite und konzentrierte sich auf den Anfang des Abends. Richards Gesicht. Als sie nach Hause gekommen und ihn sofort mit Madeleines Anschuldigungen konfrontiert hatte. Sie hatte es gesehen, für den Bruchteil einer Sekunde. *Panik.*

Er war erwischt worden und wusste es.

Dann waren das Wutgeschrei, der Versuch, sie zu verzaubern und die Lügen gekommen. »Elena … Liebling … du weißt, dass das Schwachsinn ist. Komm schon, Schatz.«

Aber sie hatte es gesehen.

»Du wirst mich nie wieder so nennen«, hatte Elena mit einem leisen Zischen gesagt. »Du hast Frauen begrabscht, die für mich arbeiten – verletzliche Frauen, die sich nicht wehren konnten. Und dann bist du, um die Verdorbenheit noch größer zu machen, jede Nacht zu mir ins Bett gekrochen. Du machst mich krank.«

»So war es nicht. Elly, bitte. Setzen wir uns und reden darüber. Wir haben zu viel geteilt, um jetzt alles wegzuwerfen.«

Sie hatte ihm einen Blick zugeworfen, bei dem sich die Farbe von den Wänden geschält hätte.

Sein Gesichtsausdruck fiel in sich zusammen und seine Augen wurden hart. Augen, von denen sie sich vorstellen konnte, wie sie ihre Beute musterten. Frauen verletzten. Sich an der Macht erregten. Es war alles da. Sie hatte sich übergeben wollen.

Anscheinend hatte ihm ihr Gesichtsausdruck nicht gefallen, denn sein eigener verwandelte sich in eine grausame Parodie des Gesichts des Mannes, den sie geheiratet hatte.

»Wenn du öfter die Beine breitgemacht hättest, hätte ich mich vielleicht nicht woanders umsehen müssen«, sagte er und ein boshaftes Glitzern erfüllte seine Augen. »Du warst immer wie ein kalter Fisch, Elena. Manchmal hab ich mich gefragt, ob du über deine Tabellen nachdenkst, als wir es getrieben haben. Wenn die Leute nur wüssten, wie oft du *Migräne* hast und wie wenig du berührt werden willst. Obwohl, davon gehen sie sowieso aus, nicht wahr? Tja, ich kann bestätigen, dass deine Eisköniginnen-Kälte bis auf die Knochen geht. Ich bin kein Heiliger, aber du würdest jeden Mann dazu treiben, sich sein Vergnügen woanders zu holen.«

Elena presste die Lippen zusammen und sie sah ihn so aufgebracht an, dass er ein Stück zurückzuckte.

»Alles klar«, presste er hervor. »Was willst du?«

»Dass du verschwindest. Heute Abend.«

»Heute Abend! Das ist absurd! Ich kann nicht einfach –«

»Heute Abend, oder ich mache dir das Leben zur Hölle. Das ist ein Versprechen. Wenn ich nach Hause komme, will ich keine Spuren mehr von dir hier sehen. Falls doch, wird das, was du zurückgelassen hast, verbrannt. Schreib mir, wenn du weg bist.«

Sie war gegangen und hatte sich nicht umgesehen.

Elena nahm einen weiteren Schluck von ihrem Wein. Das Gefühl des Verrats war viel schlimmer, als sie sich hätte vorstellen können. Es war noch schlimmer geworden, als sie ziellos durch die Straßen von Sydney gefahren war und versucht hatte, einen klaren Kopf zu bekommen, während sie auf seine letzte Nachricht gewartet hatte. Das waren hasserfüllte Stunden gewesen, in denen sie all die Anzeichen durchgegangen war, die sie vor seiner wahren Natur hätten warnen müssen.

Schließlich hatte sie sich an Madeleine erinnert. Eine Frau, die sie im Zorn aus ihrem Büro und ihrem Job geschmissen hatte. Madeleine hatte das nicht verdient. Die Erinnerung an den brennenden Schmerz in ihren Augen hatten Elena zusammenzucken lassen. Also hatte sie ihren Fahrer angewiesen, zu Madeleines

Wohnung zu fahren. Undeutlich hatte sie gehört, wie er die gewünschte Adresse Gott weiß woher telefonisch besorgt hatte. Als er das Auto wendete und dann wieder beschleunigte, hatte Elena eine Welle aus Erleichterung gespürt. *Das* war das Richtige.

Außerdem redete sie sich ein, dass es das Mindeste war, der Frau ihren Job wieder anzubieten.

Dass Madeleine nicht zu Hause war, hatte ihre Ruhe einfach in die Entschlossenheit verwandelt, auf sie zu warten. Während die Minuten vergingen und das Auto immer und immer wieder um den Block fuhr, war sie von ihrem eigenen Verhalten noch mehr verwirrt worden.

Was tat sie hier? Auf eine Assistentin warten? Eine ehemalige Assistentin obendrein?

Genau in diesem Moment war Madeleine nach Hause gekommen. Ein Schauer hatte sich in Elena ausgebreitet. Das Spiel hatte begonnen.

Elena schenkte sich noch ein Glas ein, weil sie noch immer nicht glauben konnte, dass Madeleine Grey − ihre neckende, vorlaute, intelligente, in Mode hoffnungslose, ehemalige Assistentin – ein so einmaliges Interview bekommen hatte. Sie war aus dem Nichts aufgetaucht und hatte weitaus erfahreneren Autoren, darunter Elena selbst, den Heiligen Gral der Interviews direkt unter der Nase weggeschnappt. Und ihn dann sanft in Elenas Schoß gelegt.

Das würde Madeleines Karriere definieren. Alles würde nun anders sein. Die junge Frau hatte keine Ahnung, worauf sie sich eingelassen hatte. Aber Elena wusste es.

Wie um alles in der Welt hatte sie das geschafft? *Wie*? Oh, Madeleine hatte den Sinn ihrer einzelnen Frage erklärt, aber trotzdem. Elena war sich ziemlich sicher, dass es ein vollkommen anderes Resultat gegeben hätte, wenn sie die gleiche Frage gestellt hätte. Sie runzelte die Stirn. Was hatte Madeleine an sich, dass die Menschen so schnell mit ihr warm wurden und sich ihr gegenüber öffneten?

Es musste ihr Charme sein. Madeleine hatte diese Art an sich, eine Arglosigkeit, die jedem unter die Haut gehen konnte. So war es Elena oft genug selbst ergangen, auch wenn sie sich sehr dagegen gewehrt hatte.

Anfangs hatte sie versucht, Madeleine von sich zu stoßen. In New York. Nichts sagte besser *halt dich fern* als *Sie sind gefeuert*. Es war eine geschäftliche Entscheidung gewesen. Nun ja, größtenteils. Das hatte ganze zwei Tage lang angehalten. Elenas Entschlossenheit hatte sich aufgelöst und sie war gezwungen gewesen, zuzugeben, dass sie Madeleine vermisste. Also hatte Elena ihr erlaubt, zurückzukommen. So hatte sie es sich zumindest in ihrem Kopf zurechtgelegt. In Wahrheit wusste sie nicht, was sie getan hätte, wenn Madeleine nein gesagt hätte.

Elena schwenkte ihren Wein und starrte in seine dunkelroten Tiefen. Was bedeutete das alles? Ihr Stolz auf Madeleine und die Bewunderung für ihren Exklusivbericht waren überwältigend. Sie verspürte nur selten eine so starke Reaktion auf irgendetwas. Ihr erster Impuls auf die Neuigkeit kam ihr wieder ins Gedächtnis und sie schüttelte den Kopf. Elena hatte Madeleine ins Ohr flüstern wollen, wie beeindruckt sie war und wie sehr sie sich für sie freute.

Sie runzelte die Stirn. Diese ungewöhnliche Reaktion war eines der Dinge, die sie zu vermeiden versucht hatte, seit sie sich wieder in Australien niedergelassen hatte. Sie war zu dem Schluss gekommen, dass sie eine … nun ja, Schwäche hatte, wenn es um Madeleine ging. All diese intimen Blogeinträge und die spätabendlichen Gespräche hatten sie irgendwie berührt.

Aber die absurde Entscheidung, tatsächlich zu Madeleines Wohnung in New York zu fahren und ihr persönlich einen anderen Job anzubieten, einfach weil die Frau das verlangt hatte, war ein sicheres Zeichen dafür, dass sie Einfluss auf Elena hatte.

Trotzdem war das nichts, das sie nicht überwinden konnte.

Elena hatte alles genau geplant. Sie hatte Madeleine als persönliche Assistentin an ihrer Seite erlaubt. Auf diese Weise konnte sie die Frau jeden Tag in ihrem Umfeld haben und das Zucken in ihren Lippen genießen, wenn Elena einen bissigen Kommentar abgab, der an Felicity gewöhnlich vorbeiging. Madeleine verstand ihre subtilen Witze immer.

Elena hatte geglaubt, dass sie trotzdem noch ein paar winzige Momente haben würden, auch wenn es entscheidend war, dass die Rolle als persönliche Assistentin ein Neuanfang war. Als Madeleines direkte Vorgesetzte sollten die Grenzen zwischen ihnen klarer definiert gewesen. Es schien die klügste Option zu sein, sich von ihr zurückzuziehen. Sie hatten fortan auf rein professionelle Art miteinander agiert. Die Abende mit vertraulichen Gesprächen waren vorbei.

Es war das Beste für sie gewesen.

Und jetzt war Madeleine weg. Elena hatte versucht, sie zurückzubekommen und war gescheitert. Dieses Mal würde Madeleine nicht zurückkommen. Elena fühlte sich etwas Ungreifbarem beraubt.

Innerhalb eines Tages war Elena ihre interessante und unerwartet süchtig machende Assistentin entwachsen. Sie brauchte jetzt nichts mehr von Elena und würde es nie wieder tun.

Ein Hauch von Bedauern stach sie. War es falsch, auf die ganze Welt eifersüchtig zu sein, der Madeleine nun gehörte? Sie würden ihren Wert erkennen und sie nie wieder loslassen. Und wer konnte ihnen das verübeln?

Elena schloss die Augen. Es *war* falsch. Trotzdem würde sie Madeleine vermissen. Ihr Lächeln konnte ziemlich frech sein. Die Falte zwischen ihren Augen, wenn sie die Stirn über etwas Unverständliches runzelte, war einnehmend. Genau wie die Art, mit der sie Elena ansah. Wie sie an ihrem Status und ihrer Maske vorbeisah, als wäre nur das von Bedeutung, was darunter lag. Sie war es nicht gewohnt, dass sich jemand so für sie interessierte.

Maddie hatte die Angewohnheit, Ordner immer fein säuberlich aufzureihen und ihnen einem festen Klaps zu geben, bevor sie aufstand und zum Aktenschrank ging. Und während sie sich nach vorn beugte, um die Akten einzuordnen, wölbte sich ihr beeindruckender Hintern *genau richtig*. Manchmal brachte sie etwas Köstliches für Elena aus ihrer Mittagspause mit und sah sie mahnend an, weil sie wieder zu essen vergessen hatte, sagte aber nichts dazu.

Elena wusste das zu schätzen. Außerdem nahm sie ihre Augen wahr. Der Blick folgte ihr ständig und forderte sie dazu heraus … wozu? Sie konnte nie einschätzen, was Madeleine dachte. Es war normalerweise unerwartet.

Nicht zu vergessen, dass sie gerade ein internationales Exklusiv-Interview bekommen hatte, ohne sich irgendwie dafür anstrengen zu müssen. Dieses pure Talent, das mit ihren Blogeinträgen bloß angedeutet wurde, war wie eine Offenbarung. Vor allem liebte sie Maddies Talent. Es erfüllte sie mit Freude, als hätte sie selbst einen tiefgreifenden, wissenschaftlichen Durchbruch erzielt. Sie liebte Madeleines unerwarteten, wunderschönen Schreibstil. Sie konnte es nicht erwarten zu sehen, wie sie ihren Duchamp-Artikel umsetzen würde.

Es war offensichtlich, dass Elena Madeleine schätze. Auf vielen Ebenen. Und bald, sehr bald, würde sie weg sein.

Bei diesem deprimierenden Gedanken füllte sie erneut ihr Glas.

Kapitel 21

Die Tore der Hölle

Maddie erwachte mit dem umwerfenden Geruch von Kaffee in der Nase. Sie öffnete ein Auge.

»Ah«, sagte eine Stimme, die Maddie jederzeit erkennen würde. »Du lebst noch.«

Maddie setzte sich auf und sah sich etwas orientierungslos im Zimmer um. Elena. Sie war in ihrem Gästezimmer. Und Elena stand nun neben ihr, mit einem ungeduldigen Ausdruck auf dem Gesicht und bot ihr Kaffee an. Den sie noch annehmen musste.

»Danke.« Maddie richtete sich auf und griff nach der Tasse. Wie lange hatte sie wohl schon Publikum?

»Du solltest ihn genießen. Für die nächsten fünfzehn Stunden ist das die letzte Gefälligkeit, die ich dir erweise.«

Maddie nahm einen Schluck. Glücklich genoss sie das Aroma. »Du hast dich daran erinnert, wie ich meinen Kaffee trinke? Milch und zwei Stück Zucker!«

Elena schien mit ihrer Begeisterung zufrieden zu sein, antwortete jedoch nicht.

Maddie warf einen Blick auf die Uhr an der Wand und zuckte zusammen. »Oh mein Gott!« Es war fast acht Uhr! Sie wollte die Decke zurückwerfen und aufstehen.

»Nein. Ich wollte, dass du ausschläfst, damit du fürs Schreiben heute ausgeruht bist. Jetzt trink und geh dann in die Küche. Rosetta hat dir Frühstück gemacht. Dann wirst du nichts anderes tun, als dich hinzusetzen und zu schreiben. Victor ist auf dem Weg hierher.«

Maddie runzelte die Stirn. Victor musste Vic Salinger sein, der begabteste Redakteur für Leitartikel. Er kam hierher? Warum wurde Maddie nicht zur Arbeit geschleppt?

»Warum kommt er hierher?«

Elena setzte sich auf die Bettkante. »Weil sich *Style Sydney* heute Morgen hier versammelt. Nochmal, und ich kann das nicht genug betonen, nichts wird sich zwischen mich und diesen Artikel stellen. Das schließt Verkehrsstaus, Autounfälle, beliebige Katastrophen, schlechtes Wetter oder sonst etwas ein. Also befindet sich das *Style*-Hauptquartier heute im Grunde genommen unten.«

Elenas Handy klingelte und sie ging ran.

»Nein.« Ihre Augen wurden schmal. »Zwölf *plus* das Cover. Nicht einschließlich. Warum sollten wir einen elfseitigen Artikel schreiben? Wer in der Geschichte des Verlagswesens hat jemals Doppelseiten mit ungeraden Zahlen bedruckt? Wann hast du das letzte Mal einen Leitartikel gesehen, der auf der linken Seite zu Ende war?« Sie sah niemanden im Besonderen finster an und ließ ihren Blick durch den Raum schweifen.

Maddie nippte an ihrem Kaffee und beobachtete ihre respekteinflößende Chefin, die wieder zu ihrem alten Selbst zurückgekehrt war. Oder zumindest hatte sie ihre Maske wieder stur und stolz angeschweißt.

»Dann schick den anderen Art Designer.« Elena schnippte mit den Fingern. »Wie heißt er? Jonas? Zumindest weiß der, wie man einen Leitartikel aufzieht.« Sie schnaubte, als sie das Telefonat beendete. »Ich arbeite mit Idioten.«

Maddie nickte und stellte ihre nun leere Kaffeetasse auf den Nachttisch, weil sie keine neue Tirade provozieren wollte. Ihr Blick glitt durch den Raum und plötzlich wurde ihr bewusst, dass sie unter der Decke nur ihre Unterwäsche trug. »Wo sind meine Sachen?«

»Die wirst du nicht brauchen.«

»Ich … was?«

»Bequemlichkeit ist heute wichtig, Madeleine. Ich würde nicht wollen, dass du in den unsauberen Sachen von gestern schreibst. Es könnte deine Leistung beeinflussen. Ich lasse Rosetta deine Kleidung waschen. Felicity sollte mit einem neuen Outfit unten sein, das sie auf dem Weg zur Arbeit besorgt hat.«

Maddie blinzelte. Sie wusste, dass Elena dazu neigte, ein Kontrollfreak zu sein, aber das war absurd. »Arme Felicity.«

»Tja, aus irgendeinem Grund habe ich keine persönliche Assistentin mehr.« Elena sah sie eindringlich an und wippte ungeduldig mit dem Fuß.

»Weißt du …« Maddie hielt inne und starrte die Spitze von Elenas Manolo Blahnik-Heels an, die zu ihrem blutroten Rock passten, in dem eine blütenweiße

Bluse verschwand. »Ich kann schlecht in meiner Unterwäsche durch dein Haus wandern, um die Kleidung zu finden, die Felicity mir gebracht hat.«

Erkenntnis breitete sich auf Elenas Gesicht aus, als sie endlich den Grund für die Verzögerung verstand. Sie drückte einen Knopf auf ihrem Handy. »Felicity? Bring die Kleidung nach oben, um die ich dich gebeten habe. Erster Stock. Dritte Tür links.« Sie beendete das Telefonat ohne ein weiteres Wort. »Alles klar? Und trödle nicht herum. Wir haben nur noch elf Stunden und fünfundzwanzig Minuten.«

Und damit verließ sie das Zimmer.

Eine Minute später schwang die Tür auf und Felicity kam schnaubend mit dem Arm voller Beutel herein. »Du!« Sie keuchte dramatisch und ließ die Kleider auf das Bett fallen. »Ich hätte es wissen müssen!«

»Was wissen müssen?« Maddie zog die Beutel näher und wühlte darin herum.

»Das, wo auch immer gerade Chaos ist, du mittendrin streckst und mein Leben schwieriger machst. Seit du gegangen bist, ist das totale Durcheinander ausgebrochen.«

»Richtig. Es geht immer um dich.« Maddie verdrehte die Augen. In einem der Kleiderbeutel fand sie eine neue Designerjeans. *Ohh. Nett.*

»Und was um alles in der Welt machst du in Elenas Gästezimmer? Sie hat dich gestern gefeuert!«

»Das ist eine lange Geschichte.«

»Tja, ich habe keine Zeit, um sie mir anzuhören. Sie hat die Valentino-Titelgeschichte gestrichen. Kannst du das glauben? Am Abgabetag! Ich habe fünfzig Dinge zu erledigen, alle davon sind nervig, und aus irgendeinem Grund machen wir es von hier aus. Ich werde noch wahnsinnig! Ich habe eine Ewigkeit gebraucht, um alle Verträge und Freigaben zu der Geschichte zu bekommen und jetzt, *pfft*, fliegt in letzter Minute alles raus.«

Maddie zog ein hübsches Sass & Bride-Shirt heraus und hielt es nach oben. Das sollte gehen. »Unterwäsche?«, fragte sie hoffnungsvoll.

Felicity warf ihr eine kleine Tasche zu. »Elle Marcphersons Intimate-Sortiment. Ganz ehrlich, wenn ich gewusst hätte, dass sie für dich sind, hätte ich die Hanes-Collection genommen.«

»Ha-ha.« Maddie schnappte sich die Sachen und ging zum angrenzenden Badezimmer. Sie versuchte zu ignorieren, dass sie vor ihrer zickigen Freundfeindin nicht mehr als ihre Unterwäsche trug. Aus dem Augenwinkel bemerkte sie Felicitys verwirrten Blick.

»Ernsthaft, Maddie, was machst du hier?«, fragte sie. »Und warum ist sie plötzlich so nett zu dir, dass ich dir Klamotten bringen muss? Das ist zu seltsam – selbst für Elena.«

Maddie grinste sie rätselhaft an. »Das erfährst du noch früh genug. Versuch aber, ihre Wände nicht einzusauen.«

»Was meinst du?«

»Wenn dein Kopf explodiert.« Mit einem leisen Klicken schloss Maddie die Badezimmertür und lachte herzhaft.

Geduscht, angezogen und vor nervöser Aufregung vibrierend, nahm Maddie ihr Handy und ging nach unten. Fast hatte sie erwartet, dass Elena es in der Nacht auch entführt hatte, aber die Redakteurin hatte sich zurückgehalten.

Fünf Minuten später war sie in der Küche, mampfte ihr Frühstück und unterhielt sich mit Perry. Der Art Director schwärmte von ihren Bildern, die er auf seinen Laptop gezogen hatte, und gab bewundernde Keuch-Laute von sich, als Felicity hereinstürmte, als wäre ein Bär hinter ihr her.

»Du!« Sie zeigte mit einem wackelnden Finger auf Maddie, als würde sie ihr einen Dämon austreiben wollen. »Du hast uns ein weltweites Exklusiv-Interview mit Véronique Duchamp eingebracht? Und Bilder? Von der neuen Kollektion?«

»Überraschung.« Maddie sah sie amüsiert an und nahm einen weiteren Schluck von ihrem Saft.

Perry schnaubte, drehte seinen Laptop herum und wählte ein Foto aus. »Nicht nur irgendwelche Bilder. Sieh dir mal unser Cover an.«

Er vergrößerte das Bild von Natalii auf dem Boden, bei dem ihre Stiefel unter dem Taftkleid hervorstachen und Véronique die Nadel im Mund hatte, während sie das Outfit ihrer Tochter richtete. Der leise Hauch eines Lächelns umspielte ihre Lippen und ihre Augen glänzten warm. Véronique Duchamp, wie sie noch niemand zuvor gesehen hatte.

Ein ersticktes Einatmen war zu hören. Felicity stand der Mund offen. »Oh mein Gott«, flüsterte sie. »Gibt es mehr? Zeig sie mir!«

Perry klickte durch die Bilder und Maddie lachte, als Felicitys Augen immer größer wurden.

»Wie?« Ihr Kopf ruckte herum. »Himmel, hast du für einen Artikel mit der Duchamp-Tochter geschlafen? Ist es das? Du unverschämte, kleine Schla–«

»Felicity!«

Die peitschende Stimme unterbrach jegliche vulgäre Unterstellung, die Felicity gerade aussprechen wollte. Alle Köpfe drehten sich Elena zu, die gerade den Raum betrat.

Maddie war kurz davor gewesen, selbst auf Felicity loszugehen, weil sie andeutete, dass sie für einen Artikel mit jemanden geschlafen hatte. Doch sie hätte von dem wütenden Gesichtsausdruck der Medien-Milliardärin nicht verblüffter sein können.

»*Felicity*«, wiederholte Elena mit leiser Stimme. »Weißt du, was noch närrischer ist, als absichtlich die Autorin eines Exklusiv-Berichts zu beleidigen, den die ganze Verlagswelt verzweifelt drucken will?«

Felicity schüttelte stumm den Kopf.

»Die Autorin eines Exklusiv-Berichts absichtlich zu beleidigen, den *ich* drucken will«, fauchte Elena.

Röte kroch über Felicitys Hals in ihre Wagen.

»Du wirst dich für deine haltlosen Gossen-Anspielungen entschuldigen.« Elena Stimme klang eiskalt. »*Sofort.*«

»Es tut mir sehr leid«, murmelte Felicity sofort kleinlaut. »Ich hab es nicht so gemeint. Natürlich hab ich nicht gedacht, dass du … Ich meine, ähm … Ich war einfach so geschockt.«

Elena lächelte sie ungläubig und spöttisch an. »Und jedes Mal, wenn dich jemand schockiert, beschuldigst du ihn, sich prostituiert zu haben?«

Felicity lief tiefrot an.

»Warum gehst du nicht mit Oscar spazieren, während du darüber nachdenkst, inwiefern deine Zukunft als meine Angestellte mit jeglichen Dummheiten zusammenhängt, die aus deinem Mund kommen. Ungefähr eine Stunde sollte reichen. Er ist seit gestern Morgen nicht mehr anständig bewegt worden. Und zieh ihn warm an.«

Maddie, Perry und Felicity sahen gleichzeitig aus dem Fenster. Es wehte ein eisiger Wind.

»*Jetzt*, Felicity.«

Felicity kam hektisch auf die Füße und verließ das Zimmer, wobei sie Maddie einen beschämten Blick zuwarf und sich dann auf die Suche nach dem Hund machte.

Elena wandte sich an Maddie, die Maske wieder auf dem Gesicht und ihr Gesichtsausdruck neutral. »Eine Schreibkraft wartet darauf, dein Interview zu transkribieren.«

Maddie fiel es schwer, dem plötzlichen Stimmungswechsel zu folgen. »Tut mir leid, was? Warum? Ich kann …«

»Sofern du ein vierstündiges Interview nicht schneller als zweihundert Worte pro Minute abtippen kannst, ist es sinnvoll, diese Aufgabe Sydneys schnellster Schreibkraft zu überlassen«, sagte Elena forsch.

Perry deutete auf seinen Laptop und sagte zu Elena: »Das Interview ist hier drauf. Auf dem Desktop.«

Elena nickte. »Gut. Gib es Ingrid, damit sie es abtippen kann. Sie ist im Arbeitszimmer. Und dann geh rüber und geh das Cover mit Jonas durch, falls unser erhabener Grafikdesigner noch gedenkt, hier aufzutauchen.«

Perry ging und Elena glitt auf den Stuhl, den er freigemacht hatte. Sie musterte Maddie einen Moment und seufzte dann. »Weißt du, viele werden das über dich sagen.«

Maddies Brauen zogen sich verwirrt zusammen.

»Was Felicity angedeutet hat. Wegen des Fotos in den Klatschspalten und deinem darauffolgenden, weltweiten Exklusiv-Bericht, wird das die erste Anschuldigung sein, die du hören wirst. Du wirst dich darauf vorbereiten müssen.«

Maddie dachte darüber nach. *Verdammt. Sie hat recht.*

»Und sie werden weniger freundlich sein als Felicity. Vertrau mir, ich weiß, wozu die Presse fähig ist. Es ist abscheulich.«

Plötzlich verstand Maddie den Grund für Elenas Wut. Als Elena angefangen hatte, wurde in der Klatschpresse unter dem Mantel der Anonymität jahrelang behauptet, sie hätte mit allerlei Investoren und Vorstandsmitgliedern geschlafen, um es in der Geschäftswelt so weit zu schaffen. Sie konnten einfach nicht begreifen, dass eine Frau aus dem Nichts gekommen war, ohne reiche Familie, ohne geschäftlichen Hintergrund oder einen Sugar Daddy, und aus eigener Kraft zur Multi-Millionärin geworden war. Also hatten sie diese Schlussfolgerungen getroffen.

»Das ist der Preis, den erfolgreiche und prominente Frauen zahlen«, fügte Elena mit säuerlichem Blick hinzu. »Und was noch schlimmer ist: Du wirst feststellen, dass andere Frauen deine schlimmsten Feinde sein können. Wir brauchen keine Fäuste, um uns zu verletzen. Oh nein, wir sind weitaus brutaler als das.«

Maddie verdaute ihre Worte. »Ich weiß die Warnung zu schätzen. Aber ich glaube wirklich, dass Felicity nicht so gemeint hat, was sie gesagt hat.«

»Dann sollte sie es gar nicht erst aussprechen.« Elena hielt inne. »Ich glaube, das ist der Punkt, den wir uns klarmachen müssen«, fügte sie mit einem reumütigen Blick hinzu. »War ich nicht diejenige, die sich vor nicht allzu langer Zeit darüber beschwert hat, wie schwer es für die Leute ist, die Wahrheit auszusprechen?«

»Stimmt. Gott, seit diesem unschuldigen Gespräch von unserer Wette ist so viel passiert.«

Elena sah sie lange an. Ihre Lippen zuckten. »Diese Unterhaltung war vieles, Madeleine, aber ganz sicher nicht unschuldig. Und ich glaube, dass du das weißt.«

Überraschung durchzuckte Maddie. Was wollte sie sagen? Dass sie ganz genau wusste, dass Maddie in sie verknallt war? Oder mehr als das? Angst und Verlegenheit rangen in ihr miteinander. War sie so offensichtlich?

Verzweifelt suchte Maddie nach Antworten in Elenas Gesichtsausdruck. Vergeblich. Doch das Lächeln der Frau wurde breiter.

Sie macht mich verrückt.

»Jetzt komm«, sagte Elena und richtete sich auf. »Ich glaube, dass ich dir einen Tag in der Hölle versprochen habe.«

Kapitel 22

Einen Fisch entgräten

Elena hatte nicht gescherzt. Der Tag war eine Mischung aus Chaos und Druck, Stress und Aufregung. Im Auge des Hurrikans, der um sie herumwirbelte, schrieb Maddie wie ein Dämon.

Manchmal tauchten Menschen an ihrer Seite auf. Felicity, die nach ihrem Ausflug mit Oscar zerzaust aussah, hatte einen glasierten Donut neben ihr auf den Tisch gelegt, ohne ein Wort zu sagen. Maddie vermutete, dass es ihre Art einer Entschuldigung war. Wahrscheinlich versetzte es Felicity schon in Hysterie, nur in der Nähe all dieser Kohlenhydrate zu sein.

Victor tauchte auf, wann immer Maddie eine Frage über den üblichen Stil des Magazins hatte. Der Mann war wie eine laufende Enzyklopädie der Grammatik und Rechtschreibung.

Perry wirbelte immer wieder herein und heraus und murmelte Dinge mit dem Wort *Maddie* darin, aber nach den ersten halben Dutzend Unterbrechungen, blendete sie ihn einfach aus und konzentrierte sich.

Schreiben, schreiben, schreiben.

Ihre Handgelenke verkrampften sich vom Tippen, ihre Schultern schmerzten und alles fühlte sich an, als würde es verdammt nochmal viel zu lange dauern. Die Uhr tickte weiter, Essen tauchte auf und verschwand wieder – sie war sich nur nicht hundertprozentig sicher, ob es von Rosetta kam und ob sie diejenige war, die es gegessen hatte – und Maddie sah nie auf. Die Worte fingen an, bereit auszusehen, aber jetzt hatte sie ein Problem mit dem Lesefluss. Ihre Geschichte sprang zu oft umher, von einem Thema zum nächsten. Wenn sie sich nur lange genug konzentrieren könnte … um … Außerhalb ihrer Konzentrationszone hörte sie den Lärm von Menschen, die sich unterhielten … Sie musste nachdenken und … Um Gottes Willen, es wurde lauter…

»Würdet ihr alle bitte einfach die Klappe halten!«, schrie sie, als sich der Tumult neben ihrem Arbeitsbereich zu einem gedämpften Brüllen erhoben hatte.

Halb hatte sie erwartet, ein *Tut mir leid, Maddie* von Perry zu hören, bevor er davoneilte, um jemand anderem auf die Nerven zu gehen. Stattdessen bekam sie gespenstische Stille als Reaktion und ein seltsam kribbelndes Gefühl breitete sich in ihrem Körper aus. Langsam drehte sie sich um und sah Elenas verblüfften Gesichtsausdruck knapp einen Meter von sich entfernt. Sie hielt ihr Handy in der Hand und jemand sagte aus dem Lautsprecher: »Hallo? Ms. Bartell, sind Sie noch dran?« Felicitys geweitete Augen blickten ihr ebenfalls entgegen und ihr Gesichtsausdruck schrie *Das hast du gerade nicht wirklich getan.*

Mit einem hilflosen Blick deutete Maddie auf ihren Computerbildschirm.

Elena presste die Lippen zusammen. »Benjamin, ich rufe Sie zurück.« Sie legte auf und starrte Maddie an.

Niemand sagte etwas. Maddies Puls hämmerte wie ein Presslufbohrer.

»In Ordnung. Madeleine, wir werden uns von deinem Arbeitsbereich fernhalten.« Sie wandte sich an Felicity. »Pass auf, dass sie niemand stört.« Der Stahl war in ihre Stimme zurückgekehrt, als sich Elena aus dem Zimmer zurückzog.

Mit schwitzenden Händen machte sich Maddie wieder an die Arbeit. Ihre Gedanken schweiften jedoch gleich wieder ab.

Heilige Scheiße. Das ist gerade nicht passiert.

Zum ersten Mal in ihrem Leben verstand Maddie, was es bedeutete, Macht zu haben. Ein weiterer Gedanke kam ihr in den Sinn.

Ist es so die ganze Zeit für Elena?

Stunden später ertönte ein heftiges Pochen und Elena betrat das Zimmer. Mit trübem Blick hob Maddie den Kopf von ihrem Computer und stellte fest, dass es beinahe fünf Uhr nachmittags war.

»Also?« Elena setzte sich auf den ihr zugewandten Stuhl. Obwohl sie einen ebenso intensiven Tag gehabt hatte wie Maddie, strahlte sie Eleganz und königliche Gleichgültigkeit aus. »Ich vertraue darauf, dass ich dieses Mal deine spärliche Konzentration nicht störe?« Herausfordernd hob sie eine Braue.

Maddie erkannte ein kaum wahrnehmbares Glitzern von Humor in ihren blauen Augen.

»Der erste Entwurf ist fertig«, berichtete sie. »Ich habe ihn Victor vor vierzig Minuten geschickt. Ich habe mich gerade mit der Herangehensweise an den zweiten Artikel beschäftigt – das sagenhafte Leben von Véronique. Was hältst du davon, den Artikel mit der Anekdote über sie und das Kühemelken zu beginnen? Du weißt schon, die Szene in einen Stall verlegen und dann sitzt die beste Modedesignerin der Welt auf einem rustikalen, alten Stuhl und drückte die Zitzen einer Kuh?«

Elenas Mund verzog sich belustigt. »Ganz deiner Meinung, Madeleine, es muss Véronique Duchamp mit den Kuhzitzen sein. Ich bestehe darauf.« Dieses Mal war der Humor in ihren Augen mehr als offensichtlich.

Maddie grinste. Sie schob den Laptop zur Seite und bewegte ihre Handgelenke. »Beim zweiten Artikel muss ich nicht so wahnsinnig hetzen, oder? Ich meine, der erscheint erst nächsten Monat.«

Elena nickte. »Ja. Aber ich werde ihn nächsten Mittwoch brauchen. Ich will den internationalen Redaktionen nicht bei den Abgabeterminen zweier aufeinanderfolgender Ausgaben Herzinfarkte bescheren. Also, das Layout der Seiten zu deinem Text wurde schon erstellt. Die Bilder wurden ausgewählt. Mach eine Pause, während Victor deinen Artikel bearbeitet, und wirf einen Blick darauf, was der Künstler vorbereitet hat.«

Maddie stand auf. Jeder verspannte Muskel in ihrem Körper protestierte. »Autsch.«

Elena lachte, während sie das Zimmer verließ.

Die Anordnung war unglaublich. Maddie ließ ihren Blick über die Seiten schweifen und bewunderte, wie der Text die Aufmerksamkeit auf sich zog und den Leser geradezu anflehte, sich hineinzustürzen. Lange Textblöcke waren strategisch mit groß gedruckten Zitaten aus ihrer Geschichte unterbrochen.

Es war surreal, die Worte, die Véronique vor einem Tag mit einer ungezwungenen Handbewegung geäußert hatte, nun groß und fett und in Theano Didot-Schriftart zu sehen. Die Bilder waren auf dezente Art verändert worden, die Maddie nicht ganz nachvollziehen konnte. An bestimmten Stellen waren die Grautöne weicher gemacht und der Kontrast verstärkt worden und nun sprang die Balance der Schatten förmlich aus der Seite.

»Oh mein Gott«, flüsterte sie, während ihr Blick über den Bericht glitt. Jedes Bild erzählte eine Geschichte und jedes einzelne war an der Stelle platziert worden, an der es die maximale Wirkung erzielte. Ihre Bilder waren umwerfend. Sie starrte sie voller Ehrfurcht an. »Wow! Ihr habt dafür gesorgt, dass die Bilder unglaublich aussehen.«

Stolz breitete sich auf Elenas Gesicht aus. »Du hast die Bilder gemacht, Madeleine; wir haben mit dem gearbeitet, was du uns gegeben hast. Aber ja, Jonas und Perry haben gute Arbeit geleistet. Sie wissen, dass die ganze Welt ihr Endprodukt ansehen wird. Ich nehme an, das hat ihnen einen Anreiz gegeben, alles aus sich herauszuholen.«

Maddie lachte über ihren Witz. »Oh ja, daran muss es liegen.«

Elena ging wieder zum Anfang des Artikels zurück. »Ich glaube, dass dir bei der ersten Betrachtung etwas entgangen ist.«

Maddie musterte die erste Seite. Ihr Porträt blickte ihr entgegen. Darunter stand in Großbuchstaben *Weltweit Exklusiv – Maddie Grey.*

Unsicher, woher das Foto kam, starrte sie es an. Schließlich erkannte sie die Andeutung des Halsausschnitts wieder. Irgendeine Wohltätigkeitsveranstaltung in Sydney, die sie mit Elena besucht hatte. Sie war fotografiert worden, als sie neben Elena auf der Treppe gestanden hatte. Und dank des Eingreifens von Perry Marks vor der Veranstaltung sah sie beinahe glamourös aus.

Ihr Blick kehrte zu ihrem Namen zurück. *Maddie Grey.* Irgendwie hatte Elena dem Drang widerstanden, ihn vollständig auszuschreiben. Es war nett, dass sie Maddies Vorliebe respektierte. »Das ist real«, sagte sie staunend, während sie beiden kleinen Wörter betrachtete. »Ich meine, sehr real.«

»Es ist real, Madeleine. Du wirst dich auf eine holprige Achterbahnfahrt einstellen müssen.«

Maddie sah zu ihr auf. »Genau wie du. Richtig?«

»Wieso?«

»Eine Veröffentlichung der Bartell Corperation druckt diesen Exklusiv-Artikel.«

»Ah.« Elena lächelte. »Es ist nicht mein erster, aber mein Lieblingsartikel. Ich würde ziemlich viel dafür geben, Emmanuelles Gesichtsausdruck zu sehen, wenn der Artikel erscheint. Sie wollte Véronique so verzweifelt. Ihre Jagd nach ihrer Aufmerksamkeit war jahrelang ein bekannter Scherz in der Industrie. Sie hat es weitaus öfter versucht als ich.«

Maddie grinste. »Ich helfe gern.«

Elena sah sie neugierig an. »Hast du wirklich ernsthaft in Erwägung gezogen, deine Geschichte an sie zu verkaufen?«

Maddie zögerte. »Ich wäre eine Närrin, wenn ich nicht alle Möglichkeiten in Betracht ziehen würde. Das hast du mir beigebracht, Elena.«

Elena schürzte die Lippen, widersprach aber nicht.

»Aber was hättest du getan, wenn ich die Geschichte an sie verkauft hätte?«

Elenas Augen wurden schmal. »Du solltest froh sein, dass du es nie herausfinden wirst.«

»Ernsthaft?«

»Natürlich.«

»Du hättest mich also auf die schwarze Liste gesetzt? Nur, weil ich ein gegnerisches Angebot angenommen hätte?« Eine Welle aus Schmerz und Ärger überkam sie.

»Madeleine, das habe ich nicht gesagt.« Elena schüttelte den Kopf. »Das ist das Geschäft. Ich bin nicht so kleinlich, wie du mich offensichtlich einschätzt. Aber ich hätte in Erinnerung behalten, wem deine Treue gilt und das hätte später vielleicht meine Entscheidungen beeinflusst. Verstehst du das?«

Maddie dachte über die vage Drohung von durchkreuzten, zukünftigen Möglichkeiten nach. »Ich verstehe, dass du eine wertvolle Verbündete bist.«

»Dann verstehen wir uns perfekt.« Elena glühte vor Befriedigung förmlich.

»Aber«, fügte Maddie hinzu, »das ist ein zweischneidiges Schwert.«

Überraschung huschte über Elenas Gesicht. »Oh?«

»An diesem hypothetischen, späteren Zeitpunkt möchte ich, dass du dich daran erinnerst, für wen ich mich entschieden habe. Ich bin auch eine wertvolle Verbündete. Vielleicht nicht genau in diesem Moment, aber wir beide wissen, dass sich das ändern wird.«

Ein katzenhaftes Lächeln umspielte Elenas Lippen. »Na, sieh einer an, wer ein paar Dinge gelernt hat.«

Maddies Verärgerung wuchs. Sie war kein Kind, das man verspotten konnte.

»Nein.« Elena seufzte gekränkt. »Welche Beleidigung du dieser Aussage auch entnommen hast, sie war unbeabsichtigt. Ich stimme dir zu, dass wir einander in Zukunft nützlich sein können. Also, sollen wir weitermachen? Können wir Jonas sagen, dass du dem Layout zustimmst? Oder möchtest du noch Änderungen vornehmen?«

»Keine Änderungen«, sagte Maddie gedämpft. »Es sieht großartig aus.«

»Gut.« Elena hob den Blick. »Ich glaube, dass Victor uns noch sehen will. Lass uns herausfinden, was sein grausamer, roter Redakteurs-Kugelschreiber in deinem Artikel gefunden hat. Ein Wort der Warnung zu diesem Prozess: Dünne Haut ist nur was für Fische.«

Maddie schluckte geräuschvoll.

Stunden später fühlte sich Maddie wie ein entgräteter und verarbeiteter Zackenbarsch. Jede Zeile und jedes Wort waren bis ins kleinste Detail unter die Lupe genommen worden. Und es war anstrengend, Elenas beharrlicher Forderung nachzukommen, jede von Véroniques Aussagen mit dem zu überprüfen, was man über sie wusste, um sicherzugehen, dass die Daten und Orte übereinstimmten.

Es stellte sich heraus, dass die Designerin beim Erzählen ebenso akribisch wie bei ihrer Arbeit war, denn sie fanden keinerlei Fehler oder Unstimmigkeiten. Nichtsdestotrotz war Maddie um zweiundzwanzig Uhr an diesem Abend ausgelaugt – ein erschöpfter Haufen von einer Ex-Assistentin, die sich auf Elenas schickem, weißem Sofa ausbreitete, während der Medien-Boss unermüdlich weiter um sie herum wütete.

Maddie hatte an diesem Abend auf die harte Tour gelernt, dass die Definition eines professionellen Autors nichts damit zu tun hatte, der beste oder talentierteste Schriftsteller zu sein. Es war die Person, die Kritik mit Fassung trug, daraus lernte und weitermachte. Eine Abwehrhaltung oder wehleidiges Flehen, Änderung noch einmal zu überdenken, wurden mit einem ungläubigen Blick beantwortet – und das war nur von Victor. Elena sah sie dagegen kühl an und sagte ihr, dass sie aufhören sollte, so empfindlich zu sein … Dass das Ego eines Autors unwichtig war.

»Du musst dazu bereit sein, deine Babys zu töten«, hatte Victor freundlich gesagt, nachdem Elena und ihr vernichtender Kommentar den Raum verlassen hatten. »Diese Schnipsel der Geschichte, die wir Autoren für genial halten? Manchmal musst du dem Redakteur vertrauen, dass es einen Grund gibt, warum der Experte deine Worte ändert. Du musst einfach professionell sein und es akzeptieren. Sie loslassen.«

Also ließ Maddie los. Sie hatte viel gelernt. Die Erfahrung war unschätzbar. Aber in diesem Moment war sie einfach vollkommen ausgelaugt.

Ihre Mitarbeit an irgendeinem Teil des Prozesses war lange vorbei. Lektoren suchten nebenan gerade nach den letzten Tippfehlern. Elena marschierte durch das Haus und bellte wegen der Überstundenvereinbarungen für die Druckereimitarbeiter der *Style* in ihr Handy. Sie hatte dem Druckereimanager sogar mit einer Klage gedroht, sollte er früher gehen, Junggesellenabschied hin oder her.

Maddie vermutete, dass er ein Trauzeuge war, der diesen besonderen Abend verpassen würde. Elenas Augen glänzten zufrieden, als sie das Telefonat beendete.

Elena wandte sich an Maddie auf dem Sofa. Diese war halb komatös, ihr Gehirn bestand zu neun Zehnteln aus Brei und sie hatte die Füße angezogen.

»Ernsthaft«, sagte Elena grinsend, »er hat sich angehört, als wäre eine Nacht voll ritueller Ausschweifung irgendwie wichtig. Als würden Menschen nicht ständig heiraten.« Ihre Augen wurden hart und die Belustigung darin verschwand.

Maddie, die so müde war, dass sie nicht geradeaus schauen konnte – ganz zu schweigen davon, dass sie nicht mehr wusste, wie man sich beherrschte – sagte: »Er hatte dich nie verdient.«

Elena erstarrte. »Wie bitte?«

Maddie starrte zu ihr nach oben und sah verschleierte Wut zusammen mit Erschöpfung in Elenas Gesicht. Augenblicklich verspürte sie Reue. Jetzt war nicht die richtige Zeit dafür. Die Medien-Milliardärin war die halbe Nacht wach gewesen und hatte ihren Kummer ertränkt. Und dass zusätzlich zum Adrenalin des Artikels. Sie musste emotional selbst schon am Ende sein. Maddie sollte sich im Moment keinem ihrer wunden Punkte nähern.

»Tut mir leid«, sagte sie mit so viel Aufrichtigkeit, wie sie aufbringen konnte und schloss die Augen. Hoffentlich würde Elena die Möglichkeit nutzen und das Gespräch beenden.

»Mir auch«, sagte Elena. »Viele Dinge. Aber deshalb habe ich Anwälte und gewisse andere Leute mit fragwürdigen Positionen, um das für mich zu korrigieren.«

»Ah.« Maddie schlug langsam ihre schweren Lider wieder auf. Träge fragte sie sich, wie spektakulär Elena ihren schleimigen bald-Ex-Ehemann abservieren würde.

»Mm. Übrigens, er ist fertig«, sagte Elena.

»Was?«

»Unser Artikel. Die Australian Fashion Week-Ausgabe der *Style*. Das erste ausführliche Interview mit Véronique Duchamp, das die Welt zu Gesicht bekommt. Es wurde vor fünf Minuten fertiggestellt. Noch in dieser Stunde wird gedruckt.«

Als ihr die Realität der Worte bewusst wurde, setzte sich Maddie auf.

Elena lächelte. »Herzlichen Glückwunsch, Madeleine. Du wirst in dieser Stadt eine Legende sein.«

Maddie schluckte.

»Und jeder anderen Stadt.«

»Danke.« Maddie legte all ihre Aufrichtigkeit in ihren Blick.

Elena öffnete den Mund, als würde sie fragen wollen, wofür. Sie schloss ihn wieder. Und nickte.

»Am Montag ist das hier alles vorbei.« Traurigkeit überkam Maddie, als sie die Worte aussprach. »Ich bin nicht mehr deine Assistentin.«

»Nun, ich bezweifle irgendwie, dass es dir an Arbeit mangeln wird. Und ich erwarte immer noch den zweiten Véronique-Artikel am Mittwoch.«

»Ja, Elena«, erwiderte Maddie mit ihrer besten Assistentinnen-Stimme. Sie grinste. »Nicht schlecht für jemanden, der keine Journalistin ist.«

Elena musterte sie eine Sekunde lang. »Dabei bleibe ich. Madeleine, du bist keine Journalistin.«

»Was? Wie kannst du immer noch –«

Elena hob eine Hand. »Sei nicht beleidigt. Ich habe es nie so gemeint, wie du es aufgenommen hast. Du bist eine *Geschichtenerzählerin.* Du erfasst und bringst auf den Punkt, was die Menschen sind. Du wurdest zum Schreiben geboren, aber nicht für Nachrichten. Diese Art von einfühlsamen Charakterstücken sind das, was du mit deinem Leben tun solltest. Aber der Instinkt eines Journalisten, das Aufdecken von Abgründen, Korruption, Verbrechen, das Köpfeeinschlagen, um zur Wahrheit zu kommen – das bist nicht du. Deine Emotionen würden dich davon abhalten, in diesem Gebiet erfolgreich zu sein.«

»Eine Geschichtenerzählerin?« Maddie testete das Wort und war nicht sicher, was sie davon hielt. Eine Journalistin zu sein, war das, was sie immer hatte machen wollen. Auf keinen Fall konnte sie ihren Traum wegwerfen. Nicht jetzt, wo sie so viele Möglichkeiten haben würde. »Ich werde mich anpassen. Ich kann mich anpassen. Man sagt, dass Journalisten mit jedem Jahr zynischer werden. Richtig? Das kann ich auch.« Sie versuchte zu lächeln, doch es verblasste schnell wieder.

»Ja, das tun sie. Ist es das, was du sein willst? Ein zynischer Mitläufer?« Elena musterte sie. »Vermutlich wirst du aufhören, eine Verbindung zu Menschen aufzubauen und ihren Schmerz zu fühlen, wenn du hart genug daran arbeitest. Und du wirst vielleicht sogar gut darin werden, die Geschichten zu schreiben, für die du dich nicht interessierst, oder die du hasst. Wäre das für dich Erfolg, Madeleine? Ist es das, was du wirklich willst?«

»Ich …« Maddie hielt inne. So hatte sie noch nicht darüber nachgedacht.

»Ich weiß, dass es schwer ist«, sagte Elena mit einer freundlichen Note, »einen Traum aufzugeben, in den du so viel Zeit und Vertrauen gesteckt hast. Wahrscheinlich hattest du die Vorstellung, Verbrechen aufzudecken, vielleicht einen korrupten Politiker zu stürzen, und damit etwas zu verändern.«

Die Aussage war so genau, dass sich alles in Maddie zusammenzog.

»Jeder junge Reporter tut das. Aber bist das wirklich du? Was, wenn deine Zukunft stattdessen darin liegt, solche Lebenswege für Magazine zu beschreiben, wie du es bei Véronique getan hast? Oder Biografien zu verfassen? Einfacher Nachrichten-Journalismus ist eine Verschwendung deiner Fähigkeiten. Es passt nicht zusammen. Das ist alles, was ich meinte.«

Maddie wurde schwer ums Herz. So sollte es nicht ablaufen. Elena sollte ihr sagen, dass sie falsch gelegen hatte. Dass Maddie eine verdammt gute Journalistin war. Sie rieb sich die Augen, um zu verbergen, wie verletzt sie war.

»Sieh es als Erweiterung deines Horizonts an und nicht als einen Rückzug«, fuhr Elena fort und dieses Mal lag etwas Weiches in ihrer Stimme. »Versuch eine neue Richtung. Finde die Dinge, in denen du am besten bist, nicht die Dinge, für die du ausgebildet wurdest.«

Schweigend musterten sie einander einen Augenblick lang. »Du hast davon gesprochen, wie du von der Mode zum Geschäft gekommen bist«, sagte Maddie.

»Wie ich schon sagte, es ist schwer.« Elena zögerte. »Träume aufzugeben ist immer schwer.«

»Aber du hast es geschafft. Du bist eine Unternehmerin geworden. Eine ziemlich erfolgreiche.«

»Ganz genau.«

»Und trotzdem habe ich dich bei *Style* gesehen. Du bist dort so brillant. Du hast mehr Talent und Leidenschaft für Mode in deinem kleinen Finger als alle Mitarbeiter der Bartell Corp. zusammen. Himmel, deine Mitarbeiter geben das sogar zu. Und trotzdem besteht dein Job darin, sterbende Zeitungen zu zerhacken und Wolkenkratzer wie den Hudson Shard zu bauen und es Kunst zu nennen.«

Elena verengte die Augen, aber Maddie fuhrt fort. »Also, so wie ich das sehe, hat du dich von dem *abgewandt*, was dein Herz begehrt und worin du am besten bist. Ich glaube, dass du das auch irgendwo tief in dir weißt. Deshalb kannst du nicht loslassen. Weil jeder andere Inhaber einfach einen neuen Chefredakteur bei *Style Sydney* eingesetzt und weitergemacht hätte. Aber du nicht. Elena, du bist nun die inoffizielle Redakteurin dieses Magazins und überholst es nicht nur. Alle wissen das. Du tust das, was du immer wolltest und deshalb willst du es nicht loslassen.«

Elenas Blick wurde kühl. »Sagst du mir das alles, weil du nicht länger für mich arbeitest?«

»Jemand musste es sagen«, antwortete Maddie. »Und ich sage es als Freundin.«

»Siehst du uns so? Als Freunde?«

Maddies Herz hämmerte schnell. Sie wandte den Blick ab, weil sie nicht in diese Augen sehen konnte, die sie so genau beobachteten. »Ich dachte, dass wir es in New York vielleicht hätten sein können. Oder fast waren? Na ja, bis du mir gezeigt hast, dass ich falsch lag. Du hast mich nur als deine Angestellte gesehen.«

Eine Weile sagte Elena nichts. »Du lagst nicht falsch.«

Maddies Kopf ruckte zurück. »Was?«

»Aber das Geschäft kam an erster Stelle«, sagte Elena und sah dabei unbehaglich aus. »Die Dinge, die ich getan habe, waren notwendig. Aber das bedeutet nicht, dass ich es genossen habe, das Nötige zu tun. Es bedeutet nicht zwangsläufig, dass ich deine … Gesellschaft nicht zu schätzen gewusst habe.« Sie verstummte.

»Hast du mich deshalb gebeten, deine Assistentin zu sein? Du … hast mich vermisst?« Es klang wahnsinnig. Und trotzdem …

»Das ist …«

Maddie konnte sehen, wie sie unbewusst eine Lüge heraufbeschwor. Aber genau in dem Moment kehrte Elenas intensiver Blick zurück.

»… einer der Gründe. Ein erheblicher. Es wird seltsam sein, auf der Arbeit zu sein und dich nicht jeden Tag zu sehen.« Ihre Stimme klang flach.

Maddie lächelte.

»Lass das.«

»Was?« Maddie lächelte breiter.

»Das weißt du ganz genau.« Elenas Braue hob sich. »Es ist diese Sache, die du machst.« Sie stand auf. »Es ist spät. Du kannst gern noch einmal das Gästezimmer benutzen. Nach den Arbeitsstunden, die du heute investiert hast, hast du dir eine Menge Schlaf verdient.« Ihre Stimme war wieder rein geschäftlich. Offensichtlich hatte sie ihr Pensum an Mitteilsamkeit erreicht.

»Danke, Elena. Ich weiß das zu schätzen. Um ehrlich zu sein kann ich gerade nicht mal den Gedanken an die U-Bahn ertragen.« Sie zögerte. Jetzt oder nie. »Ähm, übrigens, du hast nie gesagt, was *du* von meinem Artikel hältst. Ich meine den eigentlichen Inhalt und nicht den Knüller selbst.«

Elena hielt inne. »Oh. Nun.« Sie unterbrach sich erneut. »Lass es dir nicht zu Kopf steigen, aber er war … akzeptabel.«

»Akzeptabel?« Maddie schluckte ihre Enttäuschung hinunter. »Oh, okay. Toll. Danke, dass du es mir gesagt hast. Ich werde versuchen, den nächsten besser zu machen.« Sie rollte sich vom Sofa, um ihre müden Knochen ins Bett zu schleppen.

»Madeleine?«

»Ja?« Zögernd sah sie auf.

»Er war bemerkenswert.« Elena seufzte und es erweckte den Eindruck, als würde sie das nie wieder ansprechen wollen. »*Du* bist … ziemlich bemerkenswert. Das dachte ich schon, seit ich deinen Blog gelesen habe. Die Einsamkeit der Seele auf diese Weise einzufangen? In dem Moment, in dem du das Duchamp-Interview bekommen hast, wusste ich, dass du einen exquisiten Artikel schreiben würdest.«

Maddie war fassungslos. »Du hast meinen Blog gelesen? *Maddie as Hell*? Du hast ihn gelesen?«

»Ich habe keinen Beitrag verpasst. Ich fand ihn faszinierend. Ich habe mich immer darauf gefreut. Dein Ersatz ist übrigens nutzlos. Der alleinerziehende Vater? Nein. Er fängt die Schönheit und Traurigkeit der Welt nicht so ein wie du. Er ist kein Beobachter.«

»Oh … ähm … Warum hast du mir das nicht gesagt?«

»Und riskieren, dass *Maddie as Hell* plötzlich unsicher wird? Oder schlimmer noch, den Blog ganz aufgibt? Das wollte ich nicht riskieren. Auch wenn du ihn trotzdem aufgegeben hast.«

Maddie starrte sie an. »Wie lange wusstest du es schon? Moment, wusstest du es, als wir uns im Fahrstuhl getroffen haben?«

»Natürlich nicht. Sei dankbar, dass ich deine Identität kurz darauf enthüllt habe. Es hat dich vor dem Rauschmiss bewahrt, nachdem du mich beleidigt hast.« Plötzlich tauchte ein amüsierter Funke in ihren Augen auf.

»Aber das hab ich nicht! Ich meine, ich wollte dich nicht beleidigen. Du hast mich missverstanden. Komm schon, du weißt das jetzt!«

»Das ist eine deiner Angewohnheiten, oder?« Elena ignorierte ihren Prostest. »Mich versehentlich zu beleidigen? Dieser verkümmerte Strauch fällt mir dazu auch noch ein.« Ihr Lächeln war genauso breit und warm wie es unerwartet war.

»Oh. Das war … schrecklich.« Maddie lächelte sie verlegen an. Elena nahm sie tatsächlich auf den Arm. Wie surreal konnte dieser Tag noch werden?

»Worauf ich hinauswill ist, du hast ein Talent. Es geht nur darum, es in die richtige Richtung zu lenken.« Elena streckte die Hand aus und strich sanft mit den Fingern über Maddies Wange.

Sie hinterließ eine brennende Spur aus Hitze, wo ihre Finger ihre Haut berührten.

Mit dunklem Blick sah sie Maddie in die Augen. »Verschwende dein Talent nicht.« Sie musterte sie und hielt ihre Hand an ihrer Haut ruhig.

Maddie hielt den Atem an, von der Berührung sprachlos.

Langsam ließ Elena ihre Hand wieder an ihre eigene Seite fallen. »Ich glaube, das ist mehr als genug Wahrheit für eine Nacht.« Sie runzelte die Stirn, als wäre es Maddies Schuld gewesen, dass sie zu viel preisgegeben hatte. Dann, in einem Wirbel aus Seide und berauschendem Parfum, nickte sie Maddie knapp zu und verschwand aus dem Zimmer.

Maddie starrte ihr nach und war noch immer unfähig, irgendwelche Worte zu finden. Sie hob die Finger an ihre Wange. Dieser Blick. Selbst Sekunden danach mussten ihre Erinnerungen an diesen Moment einfach fehlerhaft sein.

Die Vorstellung, dass Elena Frauen vielleicht auf dieselbe Art mochte wie Maddie war Wunschdenken. Offensichtlich. Sie war hetero. Sie hatte zwei Ehemänner gehabt. Und selbst wenn sie eine Frau mit anhaltenden, bewundernden Blicken ansah und berührte, als wünschte sie, sie würde ihr gehören, bedeutete das überhaupt nichts.

Überhaupt nichts, warnte Maddie ihr hoffnungsvoll zitterndes Herz.

Selbst Perry hatte es gesagt. Elenas erste Liebe galt der Mode. Im Moment bedeutete das, die Person zu bewundern, die ihr ein wunderschönes Exklusiv-Interview geschenkt hatte. Nichts mehr als das. Und nicht weniger.

Maddie stieg die Treppe zum Gästezimmer nach oben und versuchte, nicht daran zu denken, wie weh das tat.

Am nächsten Morgen stand Maddie im Hausflur und fragte sie sich, wie sie sich von der Frau verabschieden sollte, die ihr Leben verändert hatte. Sie war nicht bereit. Nicht langfristig. Es war so unfair, sich verabschieden zu müssen, wenn Maddie eigentlich genau hierbleiben und herausfinden wollte, ob Elena sie noch einmal so wie letzte Nacht berühren würde. Ihre Nacht war von Träumen über diese Finger, die über ihre Haut strichen, heimgesucht worden.

Elena drehte sich am Fuß der Treppe halb um und ihre Finger erstarrten an dem geschmeidigen Satin-Schal, den sie sich gerade um den Hals geschlungen hatte.

Maddies Mund weigerte sich, Worte zu formen, weil sie nicht sicher war, was sie sagen sollte.

Elena beschimpfte sie nicht als Türpfosten oder befahl ihr, aus dem Weg zu gehen. Sie sahen einander einfach an.

»Also dann«, sagte Elena schließlich und nahm die Hände von ihrem Schal. »Brauchst du ein Taxi?«

Maddie schüttelte den Kopf.

»Eine Unterrichtsstunde in Gebärdensprache?«

»Sehr witzig. Aber nein. Meine Zunge ist nicht vollkommen nutzlos.«

»Freut mich zu hören.« Elenas Augen glitzerten, als sie sich umdrehte, ihren Haustürschlüssel griff und sich die glänzende, schwarze Handtasche über die Schulter hing.

Maddie nahm ihren Anblick in sich auf, weil sie wusste, dass es für lange Zeit ihr letzter Blick auf Elena sein würde. Es war wahnsinnig, sie bereits jetzt so sehr zu vermissen.

»Die Aufkauf-Unterlagen für *Weekends Mirror* sollten gestern Abend fertig sein«, sagte Elena mit brüskem Ton. »Sie sind nicht angekommen. Du musst …« Ruckartig kam sie zum Stehen. Mit Überraschung auf dem Gesicht, die sie schnell versteckte, sah sie zu Maddie auf.

Hatte Elena tatsächlich kurz vergessen, dass sie nicht länger ihre persönliche Assistentin war? »Wenn du möchtest, könnte ich ein paar Anrufe machen«, sagte Maddie und ihre Stimmung erhellte sich. »Damit die Papiere zu dir kommen? Ich mache es gern.« Nicht ganz bereit, sie gehen zu lassen. Noch nicht.

Kühle Augen musterten sie abschätzend. »Nein, Madeleine. Es ist Zeit, dass du gehst«, sagte Elena mit einer Sanftheit, die Maddie noch nie von ihr gehört hatte.

»Ich … Okay.« Maddie zog am Ärmel ihres Shirts. Ihre eigenen, gewaschenen Sachen waren auf magische Weise wieder im Gästezimmer aufgetaucht, als sie heute Morgen in der Dusche gewesen war. »Danke«, fügte sie hinzu. »Für alles.«

»Ich weiß nicht, warum du dich bei mir bedankst. Ich habe dich nur arbeitslos gemacht. Erneut.« Elena sah sie amüsiert an.

»Stimmt«, erwiderte Maddie grinsend, »aber nicht als *arbeitsunfähig* kategorisiert. Großer Unterschied.«

»Allerdings.«

Ein letztes Mal sahen sie sich an, dann ging Elena an ihr vorbei und öffnete die Haustür. Sie hielt Maddie die Tür auf. Es war das erste Mal, dass sie so etwas tat. »Also?«, fragte Elena demonstrativ.

Maddie trat nach vorn und sie gingen beide hinaus in die kühle Luft.

Die Leichtigkeit in Elena verblasste, als das Auto abfuhr und Madeleine zurückließ. Sie hatte gedacht, dass es einfacher sein würde. Was waren sie nun? Ehemalige Bekannte? Beinahe Freunde?

Elena hatte nicht viele Freunde. Perry, ja. Er war einer. Aber Vertrauen fiel ihr nicht leicht. Und Madeleine hatte sie herausgefordert, ihr zu vertrauen. Selbst jetzt konnte sie den Ausdruck in Madeleines Augen noch sehen. Es war ein Ausdruck, der sagte, dass Maddie mehr wollte. Sie wollte hineingelassen werden. Wie weit, konnte Elena nicht sagen.

Manchmal, zum Beispiel am Tag vor der Wahrheits-Wette, glaubte sie, es zu wissen. Sie glaube, Sehnsucht zu sehen. Es war zu verlockend gewesen, herauszufinden, ob sie richtig gelegen hatte. Zu verlockend, herauszufinden, was Madeleine dachte, da die junge Frau nicht länger ihre Gedanken mit ihr teilte.

Aber all das war zur Hölle gefahren. Seitdem hatte sie kaum klare Gedanken fassen können. Dank Richards Chaos würde sich das wahrscheinlich eine ganze Weile nicht ändern. Sie zog den Mantel fester um sich, überrascht, dass Sydney so kalt sein konnte. Das Gefühl in ihrer Brust an diesem Morgen musste an der Kälte liegen.

»Kommt Ihre Assistentin nicht mit uns?«, fragte ihr üblicher Fahrer für Sydney und warf einen Blick auf Madeleine, als sie an ihr vorbeifuhren.

Elena versuchte, sich eine kühle und sarkastische Antwort einfallen zu lassen. Aber ihr Kopf schmerzte noch immer vom Stress und dem Adrenalin des vergangenen Tages. Dieser Fahrer hatte sie monatelang jeden Tag mit Madeleine gesehen. Zu jeder anderen Zeit wäre es eine berechtigte Frage gewesen. Aber nicht heute.

»Madeleine ist nicht länger meine Angestellte«, sagte sie gereizt. »Sie ist weitergezogen.«

Elena drehte sich zur Seite, um aus dem Fenster zu starren. Seine Frage hatte sie mehr verärgert, als sie sollte. Madeleine war tatsächlich nicht länger in ihrer Welt. Eine Handvoll Veranstaltungen lagen vor ihnen und das war es. Sonst nichts.

Das schmerzhafte Gefühl wurde intensiver. Kurz fragte sich Elena, ob sie einen Arzt aufsuchen sollte. Das konnte unmöglich die normale Reaktion darauf sein, eine Assistentin zu verlieren.

Aber sie ist nicht nur eine Assistentin, nicht wahr?

Dann eben Freundin. Ob es ihr gefiel oder nicht, ob sie dagegen ankämpfte oder nicht, Madeleine war ihr irgendwie eine Freundin gewesen.

Eine Freundin?

Elena schob die nervige innere Stimme zur Seite. Sie war eine der beeindruckendsten Geschäftsfrauen der Welt. Sie hatte keine Zeit für solche entgleisenden Gedanken.

»Können wir nicht schneller fahren?«, knurrte sie den Fahrer an.

»Nicht, ohne die Verkehrsregeln zu brechen, Ma'am.«

»Dann brechen Sie sie. Ich will so schnell wie möglich weit weg von hier sein.«

Weit weg von der Erinnerung daran, wie Madeleine davonging.

»Natürlich. Oh, und es ist schade, dass Sie Ihre Assistentin verloren haben. Sie war die netteste Person, der man begegnen konnte. Sie hatte keinen Funken Schwachsinn in sich, wenn Sie mir diesen Ausdruck gestatten.«

»Fahren Sie einfach.« Elena schloss die Augen.

Kapitel 23

Fünfzehn Minuten Ruhm

Maddie hatte immer angenommen, dass der Tag, von dem sie als kleines Mädchen geträumt hatte, mit strahlendem Sonnenschein, flauschigen Wolken und engelsgleicher Harfenmusik als innerlichem Soundtrack beginnen würde. Stattdessen machte sich ihr pochender Kopf bemerkbar, als sie mit dem Wissen aufwachte, dass ihr weltweit exklusiver Bericht heute an den Verkaufsständen erhältlich sein würde.

Sie beugte sich zur Seite, um auf dem Handy nach der Uhrzeit zu sehen und entdeckte einen verpassten Anruf von Natalii. Das war um fünf Uhr morgens gewesen. Ihr drehte sich der Magen um.

Wer ruft um fünf Uhr morgens an, es sei denn, er hasst etwas?

Maddie setzte sich auf und rief die Mailbox ab, um sich Nataliis Nachricht anzuhören.

»Madeleine! *Maman* ist von deinem Artikel entzückt. Und ich auch. Aber vor allem sie. Sie sagt *Vous noun avez fait justice. Un triomphe.* Also dann, heute ist ihre große Parade. Auf der Australian Fashion Week? Du kommst doch zu uns, *oui*? Komm Backstage. Sie besteht darauf. Du darfst nicht ablehnen! *Oui? Oui!* Sie hat alles arrangiert. Ich habe dir alles per E-Mail geschickt, was du brauchst, um uns zu finden. *Au revoir!*«

Maddie grinste. Tja, es hörte sich so an, als würde Véronique glauben, dass sie ihr gerecht geworden war. Und ihren Artikel einen Triumph zu nennen war ein großartiger Start in den Tag. Maddies verknoteter Magen entspannte sich ein wenig und sie tätschelte ihn beruhigend. Sie stand auf, brachte ihre Morgenroutine hinter sich und machte Frühstück.

Als sie eine Stunde später in ihr Schlafzimmer zurückkam, war ihr Handy voller verpasster Anrufe und Nachrichten. Verblüfft hörte sich Maddie alle an. *Fashion Police* wollte sie über die Australian Fashion Week interviewen. Was wusste Maddie schon über Mode? Als ob. *E! Online* hatte ebenfalls eine atemlose Nachricht hinterlassen und die Worte *unglaublich*, *krass* und *Oh. Mein. Gott!* viel zu häufig benutzt. Die Redakteurin der *Elle* wollte *ernsthaft* über ihre Zukunft sprechen. *Vogue*, *CQ* und *Vanity Fair* wollten, dass sie sie schnellstmöglich zurückrief. CNN wollte außerhalb der Show der Designerin in einem Live-Bericht über Véronique sprechen.

Ähm, Live-Bericht? Nur über Maddies Leiche. Sie würde wahrscheinlich stammeln, erröten und ihren eigenen Namen vergessen. Woher hatten die Agenturen überhaupt ihre Nummer? Ließ Felicity etwa göttliche Rache walten, indem sie die Nummer an alle weitergab? Mit diesem Hintergedanken wählte sie die Nummer der Stabschefin aus.

»Urgh. Du!«, hörte Maddie statt einer Begrüßung aus dem Hörer.

»Hallo, Felicity.«

»Was willst du? Mein Leben ist dank dir ein absolutes Chaos! Schon wieder! Der Artikel erscheint und schon denkt jeder zweitklassige Blogger mit einer Mode-Neigung, dass sie mir Honig ums Maul schmieren können, damit ich ihnen deine Informationen gebe!«

»Äh, was das angeht – ich habe hier eine ganze Menge Leute, die meine Nummer haben. Ich habe mich gefragt, ob du vielleicht …«

»Was?«, kam die gereizte Antwort.

»Ähm, vielleicht ist es deine Rache, weil du eine Stunde mit Oscar in einem Sturm Gassi gehen musstest oder sowas …?«

Ein verärgertes Zischen drang an ihr Ohr.

»Du glaubst doch nicht ernsthaft, dass ich dieses lächerliche Etwas von einem Hund eine Stunde lang ausgeführt habe? Das wäre eine grausame und unerhörte Bestrafung. Für uns beide! Ich habe ein hübsches, warmes Café mit einem abgeschirmten Bereich für Hunde gefunden, ihm einen Dogguccino bestellt und bei einem Kaffee meine E-Mails abgearbeitet. Bist du vollkommen gestört?«

»Oh. Tut mir leid.«

»Außerdem, wenn ich Rache wollte, gibt es weitaus grausamere Wege. Wenn du zum Beispiel denkst, dass es schlimm ist, dass die Medien deine Telefonnummer haben, stell sie dir mal vor deiner Haustür campierend vor.«

»Das würdest du nicht tun!«

»Finde es doch heraus!«

»Felicity!« Die Panik troff aus ihrer Stimme.

»Oh, keine Sorge«, sagte Felicity mit einem tiefen Seufzen. »Allem Anschein nach bist du eine geschützte Art. Elena hat gedroht, jeden zu feuern, der deine persönlichen Informationen weitergibt.«

»Sie hat *was*? Warum?«

»Natürlich habe ich sie das gleich gefragt. *Bitte Elena, erkläre uns in allen Einzelheiten, was tief in deinem Inneren vorgeht, damit wir alle es verstehen können*. Ernsthaft.«

»Oh ja. Richtig.«

Es folgte eine Pause. »Er war übrigens gut«, sagte Felicity mit leiser Stimme.

»Hm?«

»Denk mit. Dein Artikel. Ich habe ihn heute Morgen gelesen. Er war … Nun ja, weitaus besser, als ich erwartet hatte.«

Maddie lachte darüber, wie gequält sie dabei klang, das zugeben zu müssen. »Danke, Felicity.«

Sie schnaubte. »Ich hasse dich dafür, aber er war *außergewöhnlich*, okay? Oh! Hast du die Anzeigen schon gesehen?«

»Anzeigen? Ähm, nein.« Maddies Herzschlag beschleunigte sich.

Felicity schnaubte. »Na dann mach dich auf eine Überraschung gefasst …« Ein Murmeln unterbrach sie. »Verdammt. Elena will die fertigen Verträge mit *Harborside Times* in zehn Minuten haben …«

»Felicity? Welche Anzeigen?«

Doch das Gespräch war bereits beendet. Maddie seufzte und schlug das Handy auf den Frühstückstisch. Sofort klingelte es erneut. Und erneut. Da sie die Nummern nicht kannte, ließ sie die Mailbox rangehen. An ihre fünfzehn Minuten Ruhm würde sie sich gewöhnen müssen.

Nach dem Frühstück kaufte sie sich eine Ausgabe der *Style Sydney* am Zeitungsstand in ihrer Nähe und ging dann nach Hause, um sich ins Bett zu legen und den Artikel noch einmal zu lesen. Es beeindruckte sie, wie wunderschön ihre Geschichte in dem Hochglanzmagazin aussah. Sie blätterte jede Seite sorgsam um und bewunderte die Hingabe bei den Einzelheiten des großartigen Layouts. Es war offensichtlich, dass Elena wirklich eine Künstlerin war, die das Beste aus ihrem Team herausholte. Warum um alles in der Welt sie ihr Talent mit Firmenübernahmen verschwendete, war Maddie ein Rätsel. *Das* war echte Kunst.

Sie seufzte, als sie ein vertrautes Sehnen erfasste. Sie war erbärmlich. Es war erst drei Tage her, seit sie Elena das letzte Mal gesehen hatte. Mit einem genervten Schnauben über sich selbst schnappte sich Maddie ihr Handy und ging den Rest ihrer neuen Nachrichten durch.

Sie reichten von einigen respektablen Magazinen und Zeitungen zu ein paar weniger geschmacklosen Interview-Anfragen, die ihr Entlohnung versprachen, wenn sie ein paar Informationen zu ihrer Beziehung mit *der französischen Tussi*, ausspuckte, *die Sie flachgelegt haben, um das große Interview zu bekommen*. Sie knirschte mit den Zähnen.

Maddie verbrachte eine Stunde damit, die Veröffentlichungen zurückzurufen, die sie kannte und über die zu recherchieren, die sie nicht kannte. Dann putzte sie ein wenig, um einen klaren Kopf zu bekommen, während sie über die Angebote nachdachte. Wollte sie wirklich für *Vogue*, *CQ* oder *Elle* arbeiten? Mehr über Mode schreiben? Sie mochte das jetzt schon kaum. Nein, sie war sich ziemlich sicher, dass sie keinen Job in einer Industrie wollte, die Frauen unmögliche Schönheitsideale vermittelte. Vor allem wenn der einzige Vorteil daran fehlte – mit Elena Bartell zu arbeiten.

Ihre Eltern riefen an, als sie wie wahnsinnig ihre Vorhänge absaugte. Ihre *Vorhänge*, um Gottes Willen. Ihre Mutter hörte sich vor Aufregung an, als hätte sie einen Asthma-Anfall. Sie verkündete, dass sie die Ausgabe an alle Familienmitglieder schicken würde. Und da zum erweiterten Grey-Clan fünfundvierzig Mitglieder gehörten, wollte Maddie am liebsten, dass sich der Boden auftat und sie verschluckte. Der Versuch, ihrer Mutter die Sache auszureden, war erfolglos.

»Wirklich, Liebling«, sagte ihre Mutter, »bist du nicht stolz? Wir sind es jedenfalls. Es scheint so, als hattest du mit deiner Karriere recht – du hast wirklich ein Talent dafür. Es tut mir leid, dass wir dich je zum Catering drängen wollten.«

Na ja, Maddie *war* stolz, aber trotzdem. Vielleicht konnte sie fünfundvierzig Entschuldigungsbriefe schreiben, nachdem ihre Mutter die *Style Sydney*-Regale in South Penrith geleert hatte?

Sie dampfreinigte gerade ihre Dusche, als Simon auf dem Weg zu seiner Arbeit bei ihr vorbeikam. Er ließ seine eigene Ausgabe der *Style Sydney* auf den Tisch fallen und bat sie feierlich, sie zu signieren.

Maddie kicherte und fühlte sich wie ein kleines Mädchen an Weihnachten.

Er schüttelte den Kopf. »Ich meine es ernst, Mads. Kein Scheiß. Das hier ist etwas Großartiges. Die Geschichte war verdammt fantastisch.« Er tippte auf das Cover. »Also werde ich das aufbewahren, bis du super berühmt bist. Na ja, *noch* super berühmter. Wenn das überhaupt möglich ist. Dann verkaufe ich die Ausgabe online, mache ein Vermögen und setze mich zur Ruhe.« Er zwinkerte ihr zu und reichte Maddie einen Stift.

Sie unterschrieb und versuchte, ein weiteres Kichern zu unterdrücken.

Simon strahlte. Dann umarmte er sie, richtete seine blaue Firmenkrawatte und schlenderte mit dem erhobenen Magazin wedelnd hinaus.

Sie sank auf einen Stuhl. Konnte ihr Tag noch verrückter werden? Ihre Knie zuckten ungeduldig. Maddie hatte plötzlich das Gefühl, als müsse sie ihren vier Wänden entkommen. Es juckte sie, etwas zu tun. Aber was? Wohin sollte sie gehen? Sie hatte keine Arbeit und dank ihres ehemals allumfassenden Jobs auch eigentlich kein Leben. Um ehrlich zu sein war sie einem Sozialleben am nächsten gekommen, als sie von Natalii zu dem Abend in den Lesben-Bars genötigt wurde.

Beim Gedanken an die exzentrische Französin öffnete sie ihren E-Mail-Account und las noch einmal die Wegbeschreibung für die Duchamp-Fashion-Show an diesem Abend. Sie enthielt ein paar kryptische Versprechen auf ein Spektakel irgendwo im Hyde Park in der Stadt und eine vage, handgezeichnete Karte. Natalii erwähnte in ihren Anweisungen, dass sie den ganzen Tag über verdammt beschäftigt damit sein würden, alles aufzubauen – und dass es zugehen würde wie in einem Zoo.

Nun, *das* hörte sich nach etwas an, wobei Maddie helfen konnte. Wer hatte mehr Fachkenntnis darüber, mit einem Zoo und den darin lebenden Kreaturen umzugehen, als eine Assistentin, die bei einem Mode-Magazin gearbeitet hatte? Außerdem wäre es besser als auf ihr Handy zu starren und sich zu fragen, warum sich ihr plötzlicher Erfolg so beunruhigend anfühlte.

Nachdem sie an der Town Hall-Station ausgestiegen war, joggte Maddie die Stufen hinauf und entschied, dass sie mehr Koffein brauchte, bevor sie Nataliis Beschreibungen entwirrte. Sie machte einen Umweg zum nächsten Coffeeshop und wollte gerade hineingehen, als sie den Fehler machte, nach oben zu schauen.

Sie erstarrte.

Ein Mann stieß in ihren Rücken und bellte *Hey! Pass doch auf!*, bevor er weiter ging.

Sie war zu sprachlos, um sich zu entschuldigen. Ihrem Gehirn war alles entzogen worden, was irgendwelchen Worten ähnelte. Denn dort, auf einer hohen Anzeigetafel über ihr, die an der Seite des Gebäudes hing, war das Cover von *Style Sydney* abgebildet und verkündete ein weltweilt exklusives Interview mit Véronique Duchamp. Das schwarzweiße Foto von Natalii und ihrer Mutter starrte ihr entgegen. Die Worte *Jetzt erhältlich* waren in roter, kursiv geschwungener Schrift abgedruckt.

»Oh mein Gott«, flüsterte sie. Maddie suchte hektisch nach ihrem Handy, schoss ein Foto und schickte es zusammen mit einer Nachricht an Perry. Sie war nicht ganz sicher, was sie schrieb, aber musste so etwas sein wie *OMG HEILIGER HERR IM HIMMEL WILLST DU MICH VERARSCHEN OH GOTT!*

Das Verlangen nach Koffein war vergessen. Maddie ließ sich an der nächsten Bushaltestelle auf die Bank fallen und starrte die Anzeige an. Eine Minute später piepte ihr Handy. Sie warf einen Blick auf die Antwort. Und keuchte.

Kapitel 24

Am besten kalt serviert

Elena stellte das Schreibtischtelefon wieder auf die Station und drehte ihren Stuhl zum Fenster. Das war es also. Sie hatte erwartet, sich beschwingter zu fühlen. Nun hatte sie die Munition, um Richard zu zerstören und ihn Stück für Stück auseinanderzunehmen. Ihr überragend talentierter Privatdetektiv Saul hatte mit Felicity und der Liste gearbeitet und auch die letzte Frau aufgespürt, die von diesem Mann angefasst worden war. Auf Elenas Drängen war Saul sogar bis zu Richards College-Tagen zurückgegangen.

Wie widerlich diese Untersuchung gewesen war. Richard hatte auf dem College einen Spitznamen gehabt. Oktopus. Sie hatte ihr verdammtes Bett mit einem Mann geteilt, den man *Oktopus* nannte.

Nun hatte sich Saul mit dem Endergebnis gemeldet. Elena war sprachlos gewesen. Sie hatte gedacht, dass es sich so großartig anfühlen würde ihn wie einen Geschäftsrivalen zu zerstören, wenn der Moment kam, in dem sie Richard zerquetschen konnte. Stattdessen war ihr übel geworden.

Elenas Gedanken rasten. Zumindest hatte sie noch den Duchamp-Artikel, um sich abzulenken. Aber diese Geschichte würde die langen Stunden jeder Nacht nicht füllen. Es war zur Gewohnheit geworden, mehr zu trinken als sie sollte und sich dann in ihrem Bett eingerollt ihrem Zorn hinzugeben, der sich endlos anfühlte. Anschließend würden die Tränen kommen. Dann noch mehr Zorn. Gelegentlich wanderten ihre Gedanken zu Madeleine und ihr Zorn wurde von Verlustgefühlen ersetzt. Es war lächerlich, eine Assistentin so zu vermissen.

Sie hatte bereits ein neues Bett bestellt. Sie wünschte sich, jemanden bezahlen zu können, um einen Scheiterhaufen für die Matratze ihres Ehebetts zu bauen. Sie wollte dabei zusehen, wie die Flammen es fraßen.

Ihre Aufmerksamkeit richtete sich auf die Straße drei Stockwerke unter ihr. Ameisen huschten vorbei. Menschen aus Sydney in hektischer Eile. Alle vermutlich mit ihren eigenen, kleinen Geheimnissen. Eine Frau, die in ein Stella McCartney-Outfit der letzten Saison gekleidet war, wich einem jungen Fahrradkurier aus. Welcher der beiden, fragte sie sich träge, hatte wohl am ehesten ein dunkles Geheimnis? Und welcher von ihnen war der arme Trottel, der es hätte besser wissen müssen, als seinem Lebenspartner zu vertrauen?

Ich hätte einfach nur einer von ihnen zur richtigen Zeit die richtige Frage stellen müssen. Der Hotelangestellten. Der Kellnerin. Der Maus.

Die Übelkeit wallte erneut in ihr auf. Sie runzelte die Stirn und hasste Richard mit jeder Sekunde mehr. Dieses abscheuliche Wiesel.

»Wenn du weiter so finster dreinschaust, werden Eiszapfen über das Fenster wachsen.«

Aufgebracht über den Eindringling drehte Elena ihren Stuhl herum. »Ich wusste nicht, dass wir ein Meeting haben.« Perry musste Todessehnsucht haben, sie in dieser Stimmung zu unterbrechen – ältester Freund hin oder her.

Er zuckte nur mit den Schultern und ließ sich auf dem Stuhl ihr gegenüber nieder. »Dann sagen wir einfach, dass ich für das nächste geplante Treffen zu früh dran bin.« Er legte sein elegantes, in Tom Ford gekleidetes Knie über sein Bein, überschlug seine Arme und sah sie sanft an. »Felicity hat mir gesagt, dass Saul gerade angerufen hat. Du hast also die endgültige Zahl?«

Sie stieß die Luft aus. »Einundvierzig.« Die Zahl schien ihr im Halse stecken zu bleiben.

Perry schob sich den Staub vom Knie und versuchte, sein Entsetzen zu verbergen. Aber Elena sah es.

»Himmel«, sagte er schließlich. »Ich habe gehört, du lässt ihn all diese Spenden an Frauenhäuser machen. Das ist klug. Du hast ihn in der Hand, da er nicht will, dass noch jemand davon erfährt.«

Bedauern kam in ihr auf und krallte sich in sie. »*Jetzt* bin ich plötzlich klug.«

Er legte den Kopf schräg. »Soll heißen?«

Erneut funkelte sie ihn an. Er wusste verdammt gut, was sie meinte. Perry schien sie entschlossen dazu zwingen zu wollen, diese unabwendbare Katastrophe zu verarbeiten; dabei versuchte sie das bereits seit Tagen. Elena überlegte, ob sie ihn aus ihrem Büro werfen sollte, damit sie nicht darüber nachdenken musste. Aber es würde das Unvermeidliche nur aufschieben.

»Nun, du bist offensichtlich der Meinung, dass ich ein Dummkopf war, weil ich es nicht wusste. Das tut ihr alle. Es ist nicht angenehm, es als Letzte zu erfahren.«

Ihre Stimme brach und Elena tat es beinahe auch. Scheiße. Ihr emotionales Durcheinander war nicht akzeptabel. Nicht einmal vor Perry.

Er sah sie sanft an, stand auf und kam um ihren Schreibtisch herum. Er setzte sich auf die Tischkante. »Hey, erinnerst du dich an Christophe, meinen Ex-Freund von vor ungefähr fünf Jahren? Der mit dem Strass-Fetisch und den perfekten Haaren?«

Verwirrt sah Elena ihn an. Wer konnte Christophe vergessen? Der Mann war wandelnde Performance Art. Sie nickte.

»Er hat eine Schwester, Lana. Sie ist Professor am MIT – Expertin für theoretische Schubkraft. Als ihr Ehemann sie dieses Jahr aus heiterem Himmel verlassen hat, hat sie einen Privatdetektiv engagiert, um ihn zu finden. Sie hat es bereut. Wie sich herausstellte, hat er an jeder Küste Freundinnen und eine Geliebte, die nur zwei Straßen weiterlebt. Sie war seit zehn Jahren da. Und dann war da Lana, wortwörtlich eine Raketenwissenschaftlerin, und wusste es nicht. Sie hatte überhaupt keine Ahnung.« Er sah sie bedeutungsvoll an.

»Obwohl das alles sehr faszinierend ist, sehe ich nicht –«

»Dann hat Lanas Mutter, die die beiden überhaupt erst verkuppelt hat, wie ich hinzufügen möchte, plötzlich der ganzen Familie verkündet, dass an ihm schon immer etwas *komisch* war. Und alle haben so getan, als hätte Lana es tief in sich spüren müssen und dass sie einfach weggesehen hat. Die alternative Erklärung wäre gewesen, dass sie eine Idiotin ist, weil sie die Anzeichen nicht gesehen hat. Und weil sie wissen, dass sie keine Idiotin ist, muss sie es also gewusst haben. *Irgendwie*. Und weißt du auch, warum sie das angenommen haben?«

Elena sagte nichts.

»Die Menschen fühlen sich dadurch besser«, sagte Perry. »Sicherer. Dass es uns nicht passieren kann, dass wir es bemerkt hätten. Man hat Studien darüber angefertigt. Menschen geben die Schuld unterbewusst den Opfern. Man findet einen Weg, um die Betrogenen irgendwie kompromittiert aussehen zu lassen – damit man selbst nachts schlafen kann. Das ist einfacher als zuzugeben, dass *wir* auch so leichtgläubig oder leicht zu täuschen gewesen wären. Aber Elena, diese Dinge … es passiert einfach. Selbst der klügste Mensch im Raum kann es nicht immer sehen. Also schieb die Schuld und die Verbrechen dem Arschloch zu, der sie begangen hat. Und lass sie da.«

Elena wandte den Blick ab und dachte erneut an ihre untypische Handlung, der ängstlichen Assistentin ein Empfehlungsschreiben gegeben zu haben. Es hatte für sie logisch keinen Sinn ergeben, das zu tun. Und trotzdem hatte sie es getan. »Ich … es gab Zeichen. Vielleicht … ist es nicht falsch zu denken, dass ich misstrauisch hätte sein müssen. Oder vielleicht habe ich es unterbewusst geahnt.« Ihre Wangen brannten.

»Hör auf«, sagte Perry mit fester Stimme. »Ich meine es ernst. Du bist nicht Gott. So sehr du dir das gelegentlich auch einredest.«

Sie warf ihm einen bösen Blick zu und er lächelte.

»Rückblickend ist das alles schön und gut, aber trotzdem nutzlos«, fuhr Perry fort. »Nur eine Person wusste mit Sicherheit, was er vorhatte. Und ich weiß, dass du mittendrin steckst, seine schleimigen Innereien zu zerfetzen. Das ist das Ende von all dem. Wir lassen es da. Zieh einen Strich drunter. Also jetzt was? Was passiert mit den Namen?«

»Ich werde sie meinen Anwälten geben. Die sollen sich darum kümmern. Es wird Entschädigungen geben. Ich habe sogar *großzügig* angeboten, dass das Geld für die Entschädigungen aus dem Betrag kommen kann, den ich normalerweise an Richard für die anstehende Scheidungsvereinbarung zahlen würde. Leider haben meine Anwälte gesagt, dass sie das nicht machen können, weil es offiziell besser wäre, wenn ich aufgrund meiner Position in der Firma nicht beteiligt bin. Der Aktienkurs könnte sinken, wenn ich durch Entschädigungsforderungen oder einen Skandal entblößt aussehe. Eine Schande. Ich würde ihm gern auf die Stirn tätowieren, was er ist. Ich werde ihn allerdings bezahlen lassen. Er wird leiden. Aber Gott, was für ein Chaos.« Ihr Ton würde härter, als sie an die Schlagzeilen dachte, wenn das rauskam.

Perry betrachtete sie einen Augenblick. »Besorgt, was die Medien daraus machen werden?«

»Eine weitere Scheidung und dazu noch ein dreckiger Skandal. Sie werden die Schande des Tigerhais groß aufziehen.«

Langsam umspielte ein Grinsen seine Lippen. »Du vergisst im Moment eine Sache – *heute* bist du Gold wert. Du hast den Exklusiv-Bericht des Jahrzehnts. *Style* wird an allen Verkaufsstellen der Welt ausverkauft sein. Die Medien sind zu sehr damit beschäftigt, über Duchamps verrückten Rugby-Spieler und ihre brillante neue Kollektion zu sprechen, um sich über deinen Ex Gedanken zu machen. Selbst, wenn alles heute rauskommen würde.«

Er grinste und Elena versuchte zu lächeln.

»Ich schätze schon.« Aber sie fühlte sich besser. Er hatte recht. *Style* flog geradezu aus den Regalen. Die Ausgabe war in Frankreich bereits ausverkauft.

Perry lachte leise. »Hey, willst du wissen, welche Farben Emmanuelles Gesicht angenommen hat, als sie unsere Geschichte gesehen hat? Mein Schwager kennt den Sicherheitsbeamten bei *CQ* und er sagt, dass sie abrupt stehen geblieben ist, das Cover angezischt hat und dann …«

Elenas Handy piepte. Sie nahm es in die Hand und lauschte Perry mit einem halben Lächeln auf den Lippen. Sie warf einen Blick auf den Handybildschirm und ihre Stimmung verbesserte sich rapide. Der Name *Madeleine* begrüßte sie. Als sie die nächste Nachricht aufrief, starrte Elena den Bildschirm mit langsam wachsender Verblüffung an. Und dann wurde ihr alles klar. Sie grinste.

»Wer zaubert dir so ein böses Lächeln auf die Lippen?« Perry hielt mitten in seiner dramatischen Anekdote inne, lehnte sich nach vorn und reckte den Hals, um den Bildschirm sehen zu können.

Elena drehte das Handy herum und zeigte ihm das Bild der Pitt Street-Anzeigetafel in der Stadt, zusammen mit der Nachricht, die darunter stand. *OMG HEILIGER HERR IM HIMMEL WILLST DU MICH VERARSCHEN OH GOTT!*

»Ich glaube, dass meine ehemalige Assistentin diese Nachricht an einen ihrer Freunde schicken wollte«, sagte Elena langsam. »Höchstwahrscheinlich an dich, wenn man ihr unzensiertes Luftmachen betrachtet.«

Perry schnaubte. »Ha! Ja, ich glaube, du hast recht.« Er wackelte mit den Fingern. »Soll ich antworten?«

»Nein, nein.« Sie winkte ihm ab. »Ich kümmere mich darum. Jetzt mach dich nützlich und besorg mir ein paar der Korrekturen vom Morrison-Shoot, die nicht aussehen, als wäre ein Regenbogen über dem Chiffon explodiert. Es ist mir egal, was du sagst: Regenbögen sind nicht die nächste große Sache.«

Perry grinste. »Sicher, Boss.« Er sah sie mit einem warmen Blick an – weitaus wärmer, als sie vermutlich verdiente – und ging.

Sie sah ihm nach und Zuneigung für ihren engsten Freund wallte in ihr auf.

Dann richtete Elena ihre Aufmerksamkeit wieder auf die in Großbuchstaben verfasste Nachricht. Nach einem Moment köstlicher Vorfreude drückte sie auf *Antworten* und konnte ihre Belustigung unmöglich unterdrücken.

Kapitel 25

Tierische Abkommen

Der Name *Elena* starrte Maddie an. Sie war sicher, die Nachricht an Perry geschickt zu haben. Na ja, irgendwie sicher. Okay, nicht sicher. Sie standen nebeneinander in ihren Bartell Corp.-Kontakten – Bartell, Marks, Simmons. Sie könnte den falschen Namen erwischt haben.

Mit zitternden Fingern öffnete Maddie die Nachricht.

Ich bin nicht ganz sicher, warum du Gottheiten beschwörst oder mir Obszönitäten schickst. Sollten weltweite Exklusiv-Artikel nicht beworben werden? E

Oh Scheiße! Sie starrte Elenas Nachricht an. Eigentlich war es seltsam, überhaupt eine Antwort erhalten zu haben. Ignorierte Elena nicht bekanntlich alles, was unter ihrer Würde war? Sie schrieb zurück.

Tut mir leid. Bin nur überwältigt. Wollte das Perry schicken. Hab nicht erwartet, meinen Schnappschuss zwei Stockwerke hoch zu sehen.

Maddie überlegte, ob sie ein lächelndes Emoticon hinzufügen sollte, entschied sich aber schließlich dagegen. Sie hielt den Atem an.

Ein paar Minuten später piepte ihr Handy.

Nur zwei? Anscheinend hast du noch nicht von der großen Anzeige am Times Square gehört. E

Maddie stand der Mund offen. *Heilige Mutter* ... Und, okay, dieses Mal konnte sie Elenas Grinsen in der Nachricht förmlich spüren. Kein Zweifel. Sie amüsierte ihre Ex-Chefin beträchtlich.

Sie grinste, als sie antwortete.

Du weißt, wie du einem Mädchen einen Herzinfarkt bescheren kannst, oder? Das ist für dich vielleicht ein alltäglicher Anblick, aber ich bin aufgelöst wie eine Pfütze.

Sie drückte auf *Senden*, bevor sie noch einmal darüber nachdenken konnte. Ihr Handy leuchtete so lange nicht auf, dass sie sich fragte, ob sie zu vertraut gewesen war oder Elena vielleicht sogar verärgert hatte. Dann piepte es.

Nun, dann ist es gut, dass ich dich gefeuert habe. Pfützen sind eine Rutschgefahr. Ich kann nicht zulassen, dass sich meine Mitarbeiter verletzen. Bist du heute Abend bei Véroniques Show? E

Maddie blinzelte. Hatte Elena gerade einen Witz gemacht *und* Interesse bekundet, sie heute Abend zu sehen? Sie wollte am liebsten Purzelbäume schlagen. Sie schrieb hastig zurück, ohne ihr Gehirn einzuschalten.

Jap. Willst du sie treffen?

Sekunden später verpasste sie sich gedanklich eine Ohrfeige. Elena von Nutzen sein zu wollen war offensichtlich eine Gewohnheit, die sich nur schwer durchbrechen ließ.

Sicher, Véronique hatte sich vielleicht *ihr* gegenüber geöffnet, aber Maddie wusste, dass die scheue Designerin Fremde im Allgemeinen und besonders Blumen-schickende *cafards* namens Elena Bartell hasste. Sie betete, dass Elena eine andere Verpflichtung erwähnen würde, zu der sie musste – oder vielleicht das plötzlich fehlende Interesse an der mysteriösesten Designerin der Welt.

Ja, genau. Gott. Wem mache ich etwas vor?

Sekunden später leuchtete ihr Handy auf.

Definitiv. Bis heute Abend. E

Oh Mann. Sie biss sich auf die Lippe. Vielleicht konnte sie Véronique anflehen? Nein. Okay, vielleicht würden sie Mitleid mit ihrem durch Hormone verkrüppeltem Verstand haben, wenn sie heute Nachmittag hart arbeitete und dem Duchamp-Team half, alles für den Abend vorzubereiten. Ja, okay. Aber unwahrscheinlich. Argh. Sie seufzte.

Maddie ging weiter in Richtung Hyde Park und hob den Blick. Das Duchamp-Zelt war gigantisch. Ein Zoofahrzeug parkte daneben. Seltsam.

Sie ging daran vorbei und fand den Vordereingang. Ein Sicherheitsbeamter überprüfte ihren Namen auf einem Klemmbrett und winkte sie durch.

Maddies Augen wurden groß, als sie den Trubel der Vorbereitungen sah. Es sah aus wie ein Zirkuszelt. Ein sehr schräges, modisches und teuer ausgestattetes Zirkuszelt.

»Madeleeeiiinnneee!«, rief Natalii bei ihrem Anblick und sorgte dafür, dass die Köpfe der Teppichleger, Set Designer und Maler herumwirbelten. Die junge Französin, die bekleckste, zerrissene Jeans und ein weißes T-Shirt trug, eilte heran und umarmte Maddie fest. »Du bist gekommen! Und nur sieben Stunden zu früh!« Sie gab ihr einen Kuss auf jede Wange. »Gut. *Maman* wird dich augenblicklich sehen wollen. Komm mit mir.«

Natalii zog sie in den hinteren, privaten Bereich, der mit einer umwerfenden Sammlung von roten Samtstühlen ausgestattet war. Riesige Skizzen und Illustrationen hingen an den provisorischen Wänden. Maddie erkannte sie als die Kleider der Designerin für die Show.

»*Non, non, non*!«, hörte Maddie, als sie eintrat. »Das rote Kleid muss *vor* allen weißen kommen. Sind Sie beschränkt? Und wo sind die Models mit den Brüsten? Hm? Warum schicken Sie mir verhungerte *Kinder*?«

Véronique hatte die Arme in die Luft gerissen und schimpfte mit demselben Mann, der auf dem Video vom Flughafen ihre Koffer geschoben hatte. Er ignorierte ihren Ausbruch, während er sich Notizen machte. Véronique klemmte eine nicht angezündete Zigarette im Mundwinkel und sie schien vergessen zu haben, dass sie da war. An ihren Armen hingen unzählige Armbänder und sie trug einen silbernen Overall, der mit buntem Glaselementen versehen war und bei jeder ihrer Bewegungen im Licht funkelte. Véronique drehte sich bei Maddies Ankunft herum und ihr Gesichtsausdruck wurde herzlich.

»*Ma chérie*!« Sie eilte hinüber und wollte Maddie auf die Wangen küssen, war jedoch verwirrt davon, dass die Zigarette plötzlich im Weg war. Sie spuckte sie aus. »Schmutzige Gewohnheit!« Sie lächelte. »Madeleine, ich habe die Geschichte geliebt, die du geschrieben hast. Jetzt schon bekomme ich so viele Komplimente. Von überall.« Sie deutete auf den Eingang, als würde er die Welt darstellen.

Maddie entspannte sich endlich. »Hat Perry euch beiden die Druckversionen aller Bilder geschickt? Er sagte, er würde es tun.«

»*Oui.*« Véronique blieb still stehen und sah Maddie nachdenklich an. Ihre Augen wurden schmal. »Hmm.«

Sie zeigte auf Maddie und sah den unversöhnlichen Assistenten finster an. »Sehen Sie? Es ist nicht so unmöglich? Sehen Sie! Haut und Knochen und Fleisch und so *joli*. Wunderschön. Gehen Sie jetzt! Finden Sie mir das. Genau das.« Sie schlug Maddie leicht auf den Arm.

»So schwer«, murmelte Véronique. »Ich versuche, die Kleider zu schaffen, die Frauen tragen wollen. Frauen, die umwerfend aussehen wollen. Und wir alle haben die Brüste und die Hüften. Diese Models? *Non*. Flach. Kinder, die wie Bügelbretter aussehen. Ich brauche Form! Vor allem für die Kleider, die ich dabei habe und die Kurven brauchen. Ich hatte das perfekte Model für diesen Stil und was ist passiert? Anastazie ist auf dem Weg hierher auf der Treppe ausgerutscht. Jetzt …« Sie schnippte mit den Fingern. »… einfach so, ist sie im Krankenhaus. Ich brauche einen Ersatz für sie, aber man könnte meinen, ich hätte Pascal um ein Feld voller Kamele gebeten. Obwohl er mir *das* wahrscheinlich besorgen könnte.« Sie runzelte einen Moment lang die Stirn, dann hellte sich ihr Gesichtsausdruck auf. »Also dann – du bist früh hier? Welchen Grund hat das? Hast du uns vermisst?« Sie wirkte hoffnungsvoll.

Maddie lächelte angesichts ihres Enthusiasmus. »Jap. Und ich dachte, dass ihr vielleicht Hilfe gebrauchen könntet? Ich meine, ich bin zurzeit irgendwie arbeitslos, da Elena mich gefeuert hat, also …«

»Die Bartell-Frau? *Pfft*.« Véronique spuckte den Namen aus wie einen Fluch. »Gut, dass du von dieser Wahnsinnigen befreit bist. Natalii, wo sind meine Zigaretten?«

»Nein!«, sagte Maddie. »Ich meine, ja, sie hat mich gefeuert, aber sie hat versucht, mich wiedereinzustellen. Alles ist irgendwie aus dem Ruder gelaufen, bevor sie es tun konnte.« Ihre Chancen, Elena eine Audienz bei Véronique zu verschaffen, tendierten schnell Richtung Null. »Ich meine, sie hat meine Geschichte veröffentlicht und war eine großartige Mentorin für mich in dieser Zeit. Aber sie wusste, dass ich weiterziehen muss, deswegen …« Maddie verstummte, als ihr klar wurde, dass das ihrem Fall wahrscheinlich kaum weiterhelfen würde. »Und, ähm, ich mag sie. Also …«

Okay, es wird schlimmer. Urgh.

Natalii fand ein Päckchen Zigaretten und reichte ihrer Mutter eine, während sie Maddie einen wissenden Blick zuwarf.

»Mm.« Véronique strich mit den Fingern über die Zigarette und tippte damit gegen ihr goldenes Mettallfeuerzeug. »Und empfindet sie dasselbe? Deine Chefin, die du magst?«

Oh Himmel. Von allen möglichen Fragen war dies diejenige, die Maddie am meisten plagte. Sie sah die launenhafte Designerin an und fragte sich, was sie sagen sollte. *Gott, ich hoffe es,* oder *Nicht auf diese Weise*, oder *Sie ist die Königin der widersprüchlichen Signale*?

»Ich bin nicht ganz sicher.« Maddie sah nach unten und errötete sicherlich unter Véroniques eindringlichem Blick. Himmel. Wenn sie so weitermachte, konnte sie sich selbst als Heizung vermieten.

Véronique zündete ihre Zigarette an und nahm einen tiefen Zug. Dann schenkte sie Maddie ein träges, neckendes Lächeln. »Oh, Madeleine, ich glaube, dass es ein Geheimnis gibt, das du vor der Blumen-Dame verbirgst.« Ihr Tonfall war leicht, aber ihre Augen waren scharfsinnig und neugierig.

Maddie stöhnte innerlich. »Sie ist verheiratet«, antwortete sie flüsternd. »Na ja, war. Es ist kompliziert. Sie ist nicht …Ich meine … Sie steht nicht auf Frauen. Oder mich. Ich weiß, dass das total erbärmlich ist. Ignoriert mich einfach.«

Véronique schien darüber nachzudenken, während sie rauchte. Dann glitt ihr Blick zu ihrer Tochter, die mehr als nur ein wenig interessiert an der Reaktion ihrer Mutter wirkte.

»Das einzige, was erbärmlich ist, *ma chérie*, ist die Seele, die unfähig für *amour* ist.« Véronique sah Maddie streng an. »Wenn sie dir allerdings wehtut…« In einer vagen Drohung stieß sie mit ihrer Zigarette in die Luft.

»Es ist … nichts. Ich weiß, dass es albern ist. Es wird vorbeigehen.« Gott, sie würde beim bloßen Gedanken daran noch in Tränen ausbrechen.

Véronique sah ihr geradewegs in die Augen. »Madeleine, wenn das Herz involviert ist, ist es niemals albern. Obwohl ich, wie du weißt, die französischen Rugby-*hommes* nicht empfehlen würde. Tu diese Gefühle nicht als nichts ab. Für dich sind sie echt.«

Maddie nickte und atmete tief ein. »Wäre es in Ordnung, wenn ich sie heute Abend herbringen würde, damit sie dich treffen kann? Nach der Show?«, fragte sie zögerlich. »Ich weiß, dass du es nicht magst, Fremde zu treffen, also ist es in Ordnung, wenn du nein sagst. Aber ich hatte einfach gehofft …«

Véroniques Gesichtsausdruck wurde spekulativ. »Das würde dich glücklich machen, wenn ich sie treffe? Diese Bartell-Frau?«

Maddie nickte.

»Warum? Weil es *sie* glücklich machen würde?«

Maddie nickte erneut.

»Hmm.« Véronique ließ ihren Blick durch den Raum schweifen. Er landete auf einer Skizze an der hinteren Wand. Sie ging darauf zu. »Das ist das Herzstück meiner Show.« Sie fuhr die Linien nach.

Maddie warf einen Blick darauf und war von dem wundervoll fließenden Stück Couture beeindruckt. »Es ist umwerfend.«

»*Oui*«, sagte Véronique ohne ein Anzeichen von Bescheidenheit. »Vor allem hier.« Sie tippte auf das Korsett. »Doch es betont etwas Entscheidendes, was den meisten *les modèles* fehlt.«

Sie drehte sich um und musterte Maddie. »Ich werde das Geschäft mit dir machen. Trag heute Abend das Herzstück für mich, zeig es, wie ich es geplant hatte, als ihm meine Gedanken Leben gegeben haben. Und ich werde deiner Bartell-Frau ein Treffen gestatten.«

»W-was? Ich?« Madeleines Kehle verengte sich vor Panik. »Ich bin kein Model! Ich habe noch nie in meinem Leben gemodelt.«

Véronique schnaubte schwach. »Das Model dieses Kleides muss nicht mehr als *un* Mal über den Laufsteg gehen. Nicht mehr. Kannst du nicht ein bisschen laufen, anhalten, dich umdrehen und wieder zurücklaufen? Bist du nicht zu so viel fähig? Hm?«

Maddie schluckte schwer. »Ich weiß es nicht. Ernsthaft. Ich meine, ich habe zwei linke Füße. Was, wenn ich hinfalle? Was wenn … alle lachen. Und Elena wird auch da sein und zusehen. Ich kann nicht! Ich würde sterben.«

»Madeleine«, sagte Natalii, »ich zeige dir, wie es geht. *Maman* hat es mir schon beigebracht, als ich ein kleines Mädchen war. Ich weiß, wie es gemacht wird.«

»Hervorragend!« Véronique klatschte in die Hände. »Es ist abgemacht. Pascal! Sie müssen keine busigen Models mehr anrufen. Es ist erledigt.«

Der Assistent tauchte auf, nickte und verschwand wieder.

»Oh Gott«, keuchte Maddie und starrte die beiden Duchamps entsetzt an, die sie synchron mit einem breiten Lächeln betrachteten.

»Hör auf, so auszusehen, als würde die Welt untergehen.« Natalii grinste und stieß sie mit dem Ellbogen an. »Du hast doch gesagt, dass du keinen Job hast, *oui*? Wir sind hier, wie ihr sagt, um den Tag zu retten!«

Maddie stieß ein leises, ersticktes Stöhnen aus.

Kapitel 26

Weiter mit der Show

Elena ließ sich auf ihrem reservierten Platz in der ersten Reihe der Duchamp-Show nieder. Sie sah sich um und betrachtete das bunte Zelt. Ein leeres Trapez hing von den Balken der Konstruktion. Der Raum war bis zum Anschlag gefüllt, wie es zur Premierenveranstaltung der Australian Fashion Week zu erwarten gewesen war.

Sie konnte Madeleine nirgendwo sehen. Ihre ehemalige Assistentin hätte doch sicher einen Platz in der ersten Reihe bekommen, weil sie mit der Tochter der Designerin befreundet war, oder? Allerdings war der Platz neben ihr frei, also würde sie vielleicht bald hier sein. Vorfreude breitete sich in ihr aus und sie entschied, diese Empfindung nicht zu eindringlich zu analysieren. Es war ganz natürlich eine … Freundin zu vermissen.

Elena wartete. Ihre Geduld wurde auf die Probe gestellt, während der Rest der Besucher eintraf. Als das Licht jedoch gedimmt wurde und die Musik einsetzte, war noch immer keine Spur von der plötzlich weltweit berühmten Mode-Reporterin zu sehen.

Perry, der links neben ihr saß, rutschte scheinbar aufgeregt auf seinem Sitz nach vorn. Véronique Duchamp hatte bei ihren exotischen Modenschauen immer ein paar Überraschungen parat, seine Begeisterung war also angebracht. Auf einem Platz zwei Reihen hinter ihr wedelte sich Felicity mit dem Programm Luft zu. Felicity würde niemals einen Platz in der ersten Reihe bekommen, weil sie offiziell kein *Jemand* war – sehr zu ihrer Verärgerung.

Ein Schatten tauchte neben Elena auf und sie drehte sich etwas eifriger um, als sie zugeben wollte. Das Wort *endlich* erstarb auf ihren Lippen. Anstatt ihrer ehemaligen Assistentin, ließ sich Emmanuelle Lecoq auf dem Platz nieder.

Elena schenkte ihr ein glänzendes Lächeln. »*Emma*. Es ist so schön, dich wiederzusehen.«

Die Lippen der *CQ*-Redakteurin zuckten leicht und zeigten einen Hauch von Spott. »*Elly*. Ich glaube, dass Gratulation angebracht ist. Wie hast du diese Geschichte bekommen?«

Ihre Worte waren kaum hörbar, da die Musik langsam lauter wurde.

»Von einer meiner einfallsreichen Mitarbeiterinnen«, erwiderte Elena.

Ein limonengrüner Scheinwerfer glitt einmal über die Bühne und wieder zurück. Das Rampenlicht allein war schon sehr *Véronique*.

»Du meinst doch sicher eine deiner *Ex*-Mitarbeiterin? Ich bin davon ausgegangen, dass du sie gefeuert hast – vor ungefähr einer Woche, wenn man dem Klatsch der Branche glauben darf.«

Elena runzelte in der Dunkelheit die Stirn und fragte sich, wer der Spitzel war. »Madeleine wollte neue Möglichkeiten erkunden.«

»Das klingt nicht nach dem, was ich gehört habe, meine Liebe.« Eine knochige Hand tätschelte ihr leicht das Handgelenk. »Wenn sie eine von meinen gewesen wäre, hätte ich sie niemals gehen lassen. Ich habe ihr sogar einen Job angeboten.«

Wut wallte in Elena auf. Sie riss ihre Hand zurück und verschränkte sie außer Reichweite in ihrem Schoß. Die Musik erstickte jegliche Möglichkeit für weitere Gespräche. Elena verspürte den ärgerlichen Drang, der Frau ihre große, angeberische Chanel-Sonnenbrille aus ihrem selbstgefälligen Gesicht zu reißen. Es war Nacht, um Himmels Willen. Stattdessen schnaubte sie gleichgültig und wandte sich wieder zum Laufsteg, während sich ihre Gedanken insgeheim auf Emmanuelles Jobangebot versteiften. Hatte Madeleine es angenommen?

Als das erste Model auf den Laufsteg kam, schweiften ihre Gedanken wieder zu etwas anderem ab. Wo um alles in der Welt war Maddie?

Véronique Duchamp wusste wirklich, wie man eine Show aufzog, entschied Elena. Das Zoo-Thema war gut umgesetzt. Models mit glitzernden, geometrisch geformten Tierköpfen hielten sich an den Seiten und Ecken des Laufstegs auf oder schlichen durch die Büsche, während andere darüber schwebten. Geräusche der Natur und Tierrufe waren unter dem mitreißenden Rhythmus der Musik zu hören.

Gegen Ende der Show wurde der Grund für das Trapez deutlich. Ein graziler, in einen Turnanzug gekleideter *Affe* schwang sich daran hinunter, schnappte sich den exotischen Hut vom Kopf eines Models und ließ ihn mit perfekter

Präzision auf den Kopf des nachfolgenden Mädchens fallen, als er sich wieder zurückschwang. Keines der Models zuckte angesichts der Akrobatik, die wenige Zentimeter über ihren Köpfen stattfand, auch nur mit der Wimper. Das Publikum klatschte begeistert.

»Grandios«, flüsterte Perry ehrfürchtig. »Véronique muss in einem anderen Leben Choreografin am Broadway gewesen sein.«

Elena schenkte ihm ein schmales Lächeln. Die umher schwankenden Scheinwerferlichter sammelten sich an einem Punkt und eine aufgenommene Stimme kündigte das *pièce de résistance* an. Elena, Emmanuelle und Perry rutschten auf ihren Sitzen nach vorn, als die Musik ihren Höhepunkt erreichte. Véronique hob sich das Beste immer für den Schluss auf. In drei Jahrzehnten hatte sie noch nie enttäuscht.

Das Scheinwerferlicht fing eine weibliche Form ein und glitt daran hinab, um mehr und mehr zu enthüllen. Ihr Gesicht lag im Dunkeln, aber das Kleid wurde vortrefflich angestrahlt. Die Robe war umwerfend – ein Wirbel aus wehendem Stoff, der so fein war, dass er den Körper wie fließendes Wasser umhüllte. Die Menge applaudierte. Alle außer Elena, deren Aufmerksamkeit auf dem Körper des Models lag und nicht ihrer Kleidung.

Es gab keine hervortretenden Schlüsselbeine, eckige Ellbogen oder hervorstechende Hüftknochen. Für ein Model war diese Frau etwas fülliger und hatte tatsächlich Oberweite. Das allein war schon unerwartet und gleichzeitig verlockend. Elena schätzte diese weichen, dezenten Kurven sehr. Außerdem betonte das Model das fließende Kleid, als wären sie und die zarte Hülle schon immer füreinander bestimmt gewesen. Der Gang der Frau war jedoch weder akkurat noch selbstsicher; sie hob ihre Füße nicht bewusst wie ein Dressurpferd und setzte sie dann wieder stoßartig nach unten. Nein, ihr Gang war gleichmäßig und beinahe träge; wie jemand, der mit einem Hut in der Hand über den Strand schlendert und sich um nichts Sorgen macht.

Elena hob eine Braue. Wollte Véronique den Raum wissen lassen: Du bist dieses Model? *Du* könntest das tragen? War es das? Das würde auch die Körperform erklären. Elena bewunderte Véroniques Wagemut, den Konventionen erneut eine lange Nase zu drehen.

Als sie die Füße der Frau beobachtete, die in schlanken, weißen Absatzschuhen steckten (*vielleicht Giuseppe Zanotti?*), fiel ihr ein kaum merkliches Schwanken auf, als das Model den Absatz auf den Laufsteg setzte. Sie waren nicht einmal wirklich hoch. Elena beobachtete sie verwirrt. Dann traf es sie. Das war *kein* Model.

Das Scheinwerferlicht glitt am Körper der Frau hinauf. Sie spürte, wie Perry neben ihr erstarrte, bevor er zischend die Luft einsog und flüsterte: »Ah!«

Bevor Elena ihn nach dem Grund fragen konnte, erreichte die Frau das Ende des Laufstegs und sah sie direkt an, als das Scheinwerferlicht endgültig ihr Gesicht erreichte.

Elena erstarrte beim Anblick des Gesichts, auf das sie sich schon den ganzen Tag gefreut hatte. Es dauerte einen Moment, bis sie den unmöglichen Anblick verarbeitet hatte. Warum sollte Madeleine auf dem Laufsteg stehen? Bildete sie sich das nur ein? Bevor sie einen Sinn dahinter erkennen konnte, tat das Model das Undenkbare. Sie lächelte. Es war nicht irgendein Lächeln. Sondern ein breites Lächeln, das genauso strahlend wie unpassend für den Laufsteg war. Sie schien sich nicht darüber bewusst zu sein, dass sie es überhaupt tat.

Felicitys entsetztes Quietschen wurde von dem gemeinschaftlichen Keuchen im Raum über diesen unerwarteten Faux Pas übertönt. Zu ihrer Linken schlug sich Perry eine Hand über die Augen und stöhnte leise. Das Lächeln war Elena so vertraut, dass sich ihr Herz zusammenzog, als sie es wiedersah. Sie konnte Madeleine Grey, ihre wenig graziöse, ungeschickte, ständig verlegene, ehemalige Assistentin, nur erstaunt anstarren. In so einem exquisiten Kleid gehüllt konnte sie als Göttin durchgehen. Unter dem wunderschönen Licht schien sie nahezu zu leuchten und ihre Augen glänzten.

Elena ließ ihren Blick über die umwerfende Frau gleiten. Das war es, was sie war, erkannte sie nun. Verborgen unter all diesen lächerlichen Grunge-Outfits hatte sich eine Frau von solcher Schönheit versteckt, dass sie Elena nun den Atem raubte. Sprachlos saß sie da, während sie Madeleines Anblick in sich aufnahm. Verlangen meldete sich in ihr, stechend und gefährlich – und es flehte sie um etwas an, worüber sie nie auch nur nachzudenken gewagt hatte.

Und endlich verstand sie es.

Madeleine war nicht ihre Freundin. Nicht wie Perry. Es war nicht normal, so für eine Freundin zu empfinden. Es war nicht normal, mit den Fingerspitzen über den Körper einer Freundin streichen zu wollen und ihn nachzuzeichnen, wie sie es plötzlich bei Madeleine tun wollte. Sie genoss ihren Anblick. Ihre Madeleine. Eine Frau, für die sie … tiefe Gefühle hatte.

Daraus kann nichts werden, flüsterte ihr die kleine Stimme der Vernunft zu. Natürlich nicht. Aus so vielen Gründen.

Sie erstickte die innere Stimme und konzentrierte sich wieder auf den Auftritt, während sie mittlerweile ausgelassen mit dem Rest des Publikums applaudierte. Der kalte, dauerhafte Schmerz in ihrer Brust, der begonnen hatte, seit sie diese Frau vermisste, legte sich zum ersten Mal in dieser Woche.

Wie hatte sie jemals glauben können, dass sie sie gehen lassen konnte? Nicht nur einmal, sondern zweimal?

Das Brüllen der Menge und der laut donnernde Applaus ebbten langsam ab, doch angesichts dieser höchst unerwarteten Entwicklung konnte Elena nur das Rauschen von Blut in ihren Ohren spüren. Ihre Lippen öffneten sich, um abgehackt die Luft einzuziehen und sie ebenso zittrig wieder auszustoßen, als Madeleine in ihrer Drehung übermütig die Hüften schwang.

Atemberaubend.

Ihr Herz schlug heftig. Elena hörte ein ehrfürchtiges Geräusch, das durch den Hintergrundlärm schnitt.

»Oh.«

Es kam aus ihrem Mund.

Kapitel 27

Nachglühen

Erleichterung durchflutete Maddie. Im Scheinwerferlicht blieb sie stehen, den Kopf gerade, und sie hielt die Pose so, wie Natalii es ihr gezeigt hatte. Die Kameras blitzten und klickten im Sturm. Selbst im Halbdunkel spürte sie Elenas Präsenz und wie ihr Blick sie auf der Stelle festnagelte. Die Lippen ihrer ehemaligen Chefin waren geöffnet und Maddies ohnehin schon rasender Puls schlug noch schneller.

Die Musik veränderte sich – ihr Stichwort, um den Gang über den Laufsteg zu beenden. Sie drehte sich um und ging den Laufsteg zurück. Maddie konzentrierte sich darauf, die Zehen gerade zu halten und setzte sie bestimmt auf (*»Es liegt alles in den Zehen, oui?«*), lehnte sich leicht zurück und wiegte ein klein wenig die Hüften. Am liebsten hätte sie Elenas Reaktion auf dieses freche Detail gesehen.

Ein Rascheln über ihr kündigte an, dass die Person von dem Trapez wieder da war und sie zwang sich, nicht zu reagieren, als ihr ein Gewicht auf den Kopf gelegt wurde. Diese überwältigende und mit blauen Juwelen besetzte Krone war auf dreihunderttausend Dollar versichert. Das hatte ihr Natalii vorhin sehr zu Maddies Entsetzen erzählt. Sie betete, dass sie nicht herunterrutschte.

Noch sieben Schritte. Sechs. Fünf.

Das Publikum explodierte, als Véronique hinter dem Vorhang am Ende des Laufstegs hervortrat und Maddie ein zufriedenes Lächeln schenkte.

Noch zwei Schritte. Einer.

Véronique ging an Maddie vorbei, zwinkerte ihr zu und …

Das war's.

Sicher hinter dem Vorhang, fiel Maddie vor Erleichterung in Nataliis Arme.

Zwei langbeinige, amazonenhafte Models marschierten an ihr vorbei, um sich der Designerin anzuschließen, die sich vor dem Publikum verbeugte.

»Oh Gott!« Maddie stieß den Atem aus und trat sich die Absatzschuhe von den Füßen. »Ich glaube, ich hatte einen Herzinfarkt. Oder vielleicht habe ich ihn immer noch. Bin ich überhaupt bei Bewusstsein?« Neidisch blickte sie auf einen Stuhl in der Nähe, wollte aber das Kleid nicht gefährden. Stattdessen legte sie die Krone darauf ab. Ein Sicherheitsbeamter eilte heran, um sie einzusammeln.

»Du warst *magnifique*«, sagte Natalii. »Komm mit mir und ich helfe dir mit deinem Kleid.« Sie zog Maddie vorwärts. »Erzähl mir alles. Hast du Elena gesehen? Hat sie dich gesehen? Gab es Himmelsfeuer?«

»Oh ja.« Maddie grinste, das Bild der geschockten Elena vor Augen.

Natalii führte sie in den nun verlassenen Umkleidebereich hinter der Bühne, der ursprünglich dem fehlenden Star der Show zugeteilt gewesen war. Sie drückte Maddie vor einem gut beleuchteten Spiegel auf einen Stuhl. Geschickte Finger öffneten ihr Korsett und Maddies Gedanken wanderten zurück zu Elenas Reaktion – bis sie Nataliis wissenden Blick im Spiegel bemerkte.

»Uh-huh! Ich wusste es.« Ein triumphierendes Glühen lag in Nataliis Augen. »Ich freue mich sehr auf diese Geschichte.«

Natalii zog die Bänder durch die Ösen, die die Rückseite ihres Kleides säumten, während Maddie noch einmal erzählte, was gerade passiert war. »Ich bin durch den Vorhang getreten. Ich habe daran gedacht, meinen Blick auf eine Stelle am Ende zu richten. Ferse, Zehen, nach hinten lehnen, nicht *zu* weit, genau wie du gesagt hast, aber ein bisschen, hübsch und entspannt. Ich bin nicht gefallen; Gott sei Dank waren die Absätze nicht so hoch.«

Natalii nickte, während sie arbeitete.

»Dann habe ich das Ende erreicht. Ich habe sie gesehen. Na ja, *gespürt* ist vielleicht das bessere Wort.« Maddie hielt inne, als sie sich an das Gefühl erinnerte. Es war, als wäre alles bis auf sie beide zusammengeschrumpft. Elenas Blick war wie ein Streicheln über sie geglitten. Euphorie erfüllte Maddie, als sie an den bewundernden Blick zurückdachte.

»Und dann?«, fragte Natalii.

»Und dann …« Maddie runzelte die Stirn. »Es war komisch. Ich habe gehört, dass Felicity wie eine verzweifelte Kuh gestöhnt hat. Ihre Stimme würde ich überall wiedererkennen. Ich war nicht sicher, ob es daran lag, dass sie mich erkannt hat oder ob ich einen dummen Fehler gemacht habe. Aber es war nicht nur sie.«

»Ah, *oui*, ich habe das Keuchen gehört. Was hast du getan, um es auszulösen, hm?«

»Keine Ahnung.«

»Nun, dann solltest du vielleicht *sie* fragen.« Natalii sah im Spiegel nach links. »Madame Bartell.« Sie trat vom Stuhl zurück und schenkte Maddie ein kleines, aufbauendes Lächeln. »Ich lasse euch allein, damit ihr reden könnt.«

Maddie öffnete den Mund, um zu antworten, aber Natalii hatte sich bereits umgedreht und ging zur Tür.

Elena trat in ihr Sichtfeld und ihr Blick glitt über Maddies entblößten Rücken.

Maddie errötete und hatte das Gefühl, nackt zu sein.

»Tut mir leid, falls ich störe«, sagte Elena, klang dabei jedoch nicht im Geringsten entschuldigend. Ihr Blick traf im Spiegel auf Maddies.

»Hat dir die Show gefallen?«, fragte Maddie und verschränkte ihre nervösen Finger ineinander.

»Sehr«, antwortete Elena leise und sanft. »Das ist vielleicht Véroniques bestes Sortiment seit Jahren. Und ihre allerbeste Darbietung.« Elenas Stimme verwandelte sich in ein Schnurren. »Aus einer Vielzahl von Gründen.«

»Wirklich? Nun, das ist gut.« Sie verstummte, weil sie nicht wusste, was sie angesichts Elenas intensivem Blick sagen sollte. »Wie ist die Arbeit?«, fragte sie und verfluchte sich gleich darauf für den lahmen Kommentar.

Elena hob eine Braue und trat einen Schritt näher. »Ich bin von Inkompetenz umgeben. Also eigentlich alles wie immer.« Sie legte ihre Finger an Maddies Nacken. »Dieses Kleid hat fabelhaft an dir ausgesehen«, sagte sie, obwohl sie nur die Haut berührte.

Die feinen Härchen an Maddies Nacken richteten sich auf.

Die kaum wahrnehmbare Berührung wanderte weiter nach unten zu den Wirbeln ihres Rückens und hielt zwischen ihren Schulterblättern an. »Die Designerin hat das Korsett so perfekt konstruiert und ausbalanciert, dass nur jemand mit deinen Maßen es hätte tragen und ihm gerecht werden können.«

Die Finger an ihrem Rücken lagen direkt auf Höhe der *Maße* des Korsetts, auf die Elena gerade angespielt hatte – eine Tatsache, derer Maddie sich nur allzu bewusst war. »Oh«, flüsterte sie.

»Mm, ja.« Elenas Finger bewegten sich in einem federleichten Kreis. »Also, wie kommt es, dass du für diese Aufgabe ausgewählt wurdest? Ich kann mich daran erinnern, dass du mir mehr als einmal gesagt hast, du wärst eine Reporterin und nichts anderes.«

»Ah«, sagte Maddie, erleichtert darüber, ein sicheres Gesprächsthema zu haben. »Véronique konnte in Sydney so kurzfristig kein Model in meiner Größe finden.«

Sie sah nach unten und lachte selbstkritisch. »Selbst jetzt bin ich nicht sicher, ob ich für dieses wunderschöne Kleid wirklich die Richtige bin.«

Elenas Blick bohrte sich im Spiegel in Maddies. »Du bist perfekt proportioniert. Und das ist der Grund warum du und das Kleid füreinander bestimmt seid. Allerdings, du und modeln …« Ihre Lippen zuckten. »Na ja, sagen wir einfach, dass du vielleicht an deinem neutralen Gesichtsausdruck arbeiten musst.«

»Meinem was?« Maddie konnte ihren Gedanken nicht mehr folgen, als Elenas Blick erneut einen kleinen Umweg über ihren Rücken machte, bevor sie Maddie wieder im Spiegel ansah.

»Du hast gelächelt. Am Ende des Laufstegs hast du posiert und dann gestrahlt wie die Scheinwerfer an meinem Lexus.«

Maddie erstarrte. Sie hatte *was* getan? Die Erinnerungen an ihren Gang brachen über sie herein, zusammen mit dem schwindelerregenden Nervenkitzel und wie großartig sie sich gefühlt hatte und wie sie einfach … Oh. *Oh!* Deshalb hatten alle gekeucht? Sie hatte sich blamiert. Der gesamte Raum hatte über sie gelacht. Sie stieß ein leises, leidendes Stöhnen aus.

»Ich habe nicht gesagt, dass ich es nicht gut fand.«

Elenas Stimme war sanft, aber Maddie konnte ihr nicht in die Augen sehen. Sie hatte nur *eine* verdammte Aufgabe gehabt. Und sie konnte nicht mal knapp zehn Meter laufen, sich umdrehen und zurückgehen, ohne es zu vermasseln.

»Eigentlich war es erfrischend«, fuhr Elena fort. »Ich habe die Abwechslung zu den sauertöpfischen Standard-Models der Branche sehr genossen. Ich bezweifle nicht, dass Véronique gerade da draußen ist und es als genialen Marketing-Streich verkauft. *Erschwingliche Mode für jeden* oder so etwas.«

Das war definitiv die freundlichste Interpretation, die irgendjemand dazu anbringen konnte. »Warum bist du so nett zu mir?«, fragte Maddie verblüfft.

»Ich bin nur ehrlich. Falls es dir entgangen sein sollte, heute ist der letzte Tag meines Anteils der Wahrheits-Wette.«

Ist es das? Gedanklich ging Maddie ihren Kalender durch. Während sie nur einen Tag lang hatte ehrlich sein müssen, hatte Elena einer ganzen Woche zugestimmt. Und sie lag richtig mit ihrer Berechnung. »Okay.« Maddie war wieder ernüchtert.

»Dir wäre die Vorstellung lieber, dass ich einfach nett zur dir bin?« Elena musterte sie mit einem neugierigen Ausdruck.

»Vielleicht. Ich … ja.«

»Nun, wir beide wissen, wie untypisch das wäre.« Sie sah belustigt aus.

»Vermutlich. Du machst keine netten Sachen, richtig?« Maddie fügte ihrer Stimme einen neckenden Tonfall hinzu, damit es sich wie ein Witz anhörte; aber sie war sich im Moment bei nichts mehr wirklich sicher. In der Nähe dieser Frau schien der Boden unter ihr generell zu schwanken.

»Ich bin froh, dass wir einer Meinung sind.« Elena legte den Kopf schräg. »Sieh dich an.« Mit der Rückseite der Finger strich sie über Maddies Wangenknochen. »Die Konturen deines Gesichts sind perfekt symmetrisch. Du könntest das Model eines Künstlers sein. Eine Muse, die inspiriert und studiert wird.«

Maddie schluckte. »Bin ich das für dich? Jemand, den du studieren willst?«

»Ja.« In Elenas Gesichtsausdruck lag nur Aufrichtigkeit. »Es gefällt mir, dich zu beobachten.«

»Ich sehe dich auch gern an«, sagte Maddie flüsternd. »Ich habe dich wirklich vermisst.«

»Es war nur eine Woche.« Die Worte waren leicht, aber Elenas Blick war intensiv.

»Eine lange Woche.« Maddie warf einen Blick auf Elenas geschmeidiges, schwarzes Kleid. »Du siehst übrigens atemberaubend aus. Ich weiß, dass das nicht gesagt werden muss – das tust du immer. Aber ich habe auf dem Laufsteg gespürt, wie du mich beobachtet hast. Du hast diese … Präsenz.«

»Dann solltest du mich gleich nach dem Aufstehen sehen. Nicht ganz so beeindruckend.«

»Ich *habe* dich gleich nach dem Aufstehen gesehen«, sagte Maddie mit einem schmalen Lächeln. »Und auch mitten in der Nacht. Selbst beim größten Druck und der engen Deadline wegen meiner Geschichte, warst du immer so konzentriert. Ich habe noch nie jemanden wie dich getroffen. Ich halte dich für eine großartige Frau.«

»Nicht jeder teilt diese Ansicht, das kann ich dir versichern.« Elena richtete sich auf. »Da wir gerade von deiner Geschichte sprechen, der Australian Legends of Publishing Ball ist der erste auf der Liste der Veranstaltungen, zu denen du mich begleitest. Er ist am Zwanzigsten. Sieh zu, dass du so etwas zum Anziehen findest. Das Korsett passt wirklich zu deiner Figur. Ich schicke Perry zu dir, damit er dir hilft, etwas Passendes zu finden.«

Elena strich über die Seite von Maddies Kleid und berührte dabei hauchzart ihre Rippen. Sie war ein wenig zu nah an ihren Brüsten, weswegen Maddie unwillkürlich den Atem anhielt. Unsicher sah sie Elena an und ihr wurde bewusst, wie offen ihr umherwandernder Blick war. Und dass sie Elenas verweilenden Blick so deutlich spüren konnte wie ihre streichelnden Finger. Moment, hielt Elena auch den Atem an?

»Ahhh! Meine *remarquable, magnifique célébrité*!« Eine hohe, französische Stimme schnitt durch den Raum und Elena und Maddie zuckten zusammen, als Véronique herein rauschte.

Eine Brise kalter Luft glitt über Maddies Rücken, als Elena zurücktrat.

Véronique eilte zu Maddie, küsste sie auf beide Wangen und kniff ihr schließlich zärtlich in die linke Wange. Dann drehte Véronique sich um und musterte Elena mit einem kühleren Ausdruck. »Madame Bartell?« Es hörte sich beinahe wie eine Anschuldigung an.

»*Oui*«, erwiderte Elena, bevor sie eine vollständige Begrüßung in der Muttersprache der Designerin herunter ratterte. Sie klang selbstbewusst und schien die Sprache fließend zu sprechen.

Maddie schnappte etwas darüber auf, dass die Show hervorragend gewesen war. Oder möglicherweise etwas über Affen?

Affen? Oh, die Dame auf dem Trapez.

Véronique wirkte trotz allem beeindruckt. Sie antwortete auf Französisch und Maddie ließ ihre Gedanken abschweifen. Sie war zufrieden damit, zwei die Modewelt beherrschende Frauen zu beobachten, die ein lange überfälliges Treffen zelebrierten.

Sie spielte mit den Haarnadeln auf dem Tisch vor sich, las die Marken der Haarspray-Hersteller und bewunderte die große Auswahl an Make-up-Produkten. Ihre Gedanken waren jedoch ein verwirrender Nebel. Ihre ehemalige Chefin hatte sie praktisch liebkost. Elena war mit ihren langen, sinnlichen Fingern über Maddies Haut gestrichen und hatte sie zum Glühen gebracht. Und der Ausdruck auf ihrem Gesicht, das Brennen in ihren tiefgründigen Augen, war hypnotisch. Maddie hätte ihren letzten Cent dafür gegeben, zu erfahren, was Elena gedacht oder gefühlt hatte. War es Verlangen? Oder nur eine Spielerei? Was wollte sie von ihr?

Sie erstarrte, als sie das Wort *amour* hörte. In dem Versuch, nicht zu offensichtlich zu sein, warf sie einen Blick in den Spiegel und stellte fest, dass Elena überrascht aussah. Und dann glitt ihr neutraler Blick zu Maddie.

Véronique grinste sie über Elenas Schulter hinweg an.

Maddie wurde panisch. Was hatte diese verdammte Frau Elena erzählt? Sie warf der Designerin einen teils aufmüpfigen und teils entsetzten Blick zu, der sie herzhaft zum Lachen brachte.

»Ich glaube, dass eine Feier angebracht ist, *oui*? Ihr kommt zur After-Show-Party? Ihr beide?« Véroniques Blick glitt von Maddie zu Elena und wieder zurück und Maddie sah den Schalk in ihren funkelnden Augen.

»Nun, ich werde dieses verblüffte Schweigen als Zustimmung sehen, denn wer könnte zu einer so exklusiven Einladung schon nein sagen? Mhm?«, fragte Véronique. »Eine Veranstaltung, zu der *cafards* noch nie eingeladen wurden. Deshalb denkt ihr beide natürlich *Oui, Véronique! Wir werden da sein!* Und nun …« Sie warf dramatisch den Kopf nach hinten und brüllte. »Pascal!«

Ihr Assistent huschte herein.

»Ich brauche Zigaretten. Und Champagner. Denn heute Nacht …« Fest legte sie beiden Frauen eine Hand auf die Schulter und erschreckte Elena damit so sehr, dass Maddie sie neben sich zusammenzucken sah. »… feiern wir!«

Pascal wuselte auf der Suche nach den Forderungen seiner Chefin aus dem Raum.

Véronique schoss ohne ein weiteres Wort an sie hinter ihm her und brüllte nach Natalii.

»Also gehen wir auf eine Party?« Maddie spielte mit der Haarfarben-Dose herum.

»Sieht so aus.« Elena klang abgelenkt.

Maddie hob den Kopf und stellte fest, dass der Blick dieser blauen Augen erneut auf ihrem nackten Rücken lag.

»Ich lasse dich allein, damit du dich umziehen kannst«, fuhr Elena mit belegter Stimme fort.

»Wir sehen uns bei … den Affen.«

»Den Affen?« Maddie versuchte, nicht zu lachen. Nie im Leben hätte sie geglaubt, dass Elena einmal so etwas sagen würde.

»Véronique hat mich darüber informiert, dass es bei der After-Show-Party Affen geben wird. Wusstest du das nicht?«

»Oh.« Das erklärte wohl den Wagen des Zoos. »Dann bis bei den Affen.«

Kapitel 28

Rein geschäftlich

In einem angrenzenden Zelt war in einem Tumult aus Dschungel-Dekorationen die After-Show-Party in vollem Gange. Vier Trommler in traditionell afrikanischer, bunter Kleidung bestimmten einen dröhnenden Rhythmus, während auf den Bildschirmen, die das Areal umgaben, Videos von Affen gezeigt wurden, die ihrem Tagesablauf folgten.

Maddie hatte versucht, in Véroniques Nähe zu kommen. Sie musste herausfinden, was sie mit Elena besprochen hatte. Aber die normalerweise zurückgezogene Modedesignerin war unter den anderen bewundernden Designern, schrillen Mode-Fans und Branchenmitgliedern das Zentrum der Aufmerksamkeit. Natalii war ebenfalls da und klebte wie eine Sicherheitsdecke an ihrer Seite.

Maddie suchte hoffnungsvoll die Menge nach Elena ab. Sie hatte kurze Blicke auf Perry erhascht und wusste, dass seine Chefin nicht weit entfernt sein konnte. Aber bis jetzt war sie nicht zu entdecken.

»Na, sieh mal an, wer da ist. Der Star des ganzen verdammten Universums.«

Maddie drehte sich um und sah Felicity, die ihr mit in die Hüften gestemmten Händen einen Blick zuwarf, der zu neun Teilen aus Eifersucht und einem Teil aus Felicitys typischer Herzlichkeit bestand. Oder war es andersrum? Bei Felicity konnte man das nur schwer sagen.

»Hey.« Maddie fragte sich, ob das ein langes Gespräch über all ihre Fehler auf dem Laufsteig werden würde, oder sie noch die Chance ergreifen könnte, diese hübschen Dschungel-Käsebällchen zu probieren, bevor sie kalt wurden.

»Denk nicht mal dran!« Felicitys Blick folgte ihr zu der Platte mit den Köstlichkeiten. »Ich habe gesehen, wie deine Augen diese Dinger belästigt haben und die sind pures Fett. Tu es nicht.«

»Sie sehen toll aus.« Maddie seufzte wehmütig.

»Ja, nicht wahr?« Felicity sah das Essen an, wäre es eine neue Handtasche von Versace. Sie wandte sich von der Parade aus Essensplatten ab und schlug Maddie auf den Arm. »Und das ist für vorhin.«

»Hey! Was habe ich getan?«

»Alles!« Felicity runzelte die Stirn. »Nichts! Ich weiß nicht – wie kann es sein, dass du in das Interview des Jahrzehnts hineinstolperst, das Kleid des Jahrhunderts auf der besten Show der Fashion Week tragen darfst und auf die exklusivste After-Show-Party der Welt eingeladen wirst? Eine After-Show-Party, in die, wie ich hinzufügen möchte, Perry und ich nicht reingekommen sind, bis wir gesagt haben, mit wem wir befreundet sind.«

»Elenas Name öffnet nun mal jede Tür.«

»Nicht diese Zeltplane«, sagte Felicity mit einem unangenehmen Blick. »Perry musste sagen, dass er *dich* kennt. Die Duchamps haben tatsächlich ein paar zusätzliche Karten auf deinen Namen hinterlassen. Ich nehme an, dass dein Kopf gerade die Größe eines Busses hat.« Sie schnappte sich eines der umhergetragenen Champagnergläser. »Allerdings weiß ich, was du sagen wirst.«

»Wirklich?« Maddie nahm sich ein Glas Orangensaft vom Tablett. »Was werde ich sagen?«

»Du wirst mich mit diesen Rehaugen und dieser australischen *oh-hoppla*-Unschuld ansehen und erklären, dass das alles einfach irgendwie passiert ist. Dass du Glück hattest.« Sie warf die Hand in die Luft. »Ich habe mir den Arsch wund gearbeitet, um auch nur ein Zehntel von diesem Glück zu haben. Ich schwöre, wenn ich dich nicht irgendwie mögen und dich für eine verdammt gute Assistentin halten würde, hätte ich dir schon längst die Augen mit einem Käsemesser ausgestochen. Obwohl ich dich töten werde, wenn du auch nur einer Seele erzählst, dass ich diese nette Sache gesagt habe. Na ja, ich würde es auch einfach so tun, wenn die Käsemesser nicht so verdammt nah an diesen Käseplatten wären.«

Maddie schüttelte den Kopf. »Ernsthaft? Ich habe genauso wenig Ahnung wie du, warum sich das alles so entwickelt. Aber ich weiß, dass du viel besser schlafen würdest, wenn du dich auf deine, anstatt auf meine Karriere konzentrieren würdest. Aber du magst deine eigene Karriere nicht mal, richtig? Warum bist du überhaupt Stabschefin? Du bist Mode-Fan durch und durch.« Sie dachte darüber nach und lachte. »Mein Gott, es ist ansteckend, nicht wahr? Du und Elena? Keiner von euch tut das, was euch am Glücklichsten macht.«

Felicity sah sie an. »Was weißt du schon darüber, was sie glücklich macht? Du kennst sie erst seit fünf Minuten. Ich kenne sie seit *Jahren*. Sie verlässt sich auf mich. *Mich*!« Sie schwankte ein wenig und Maddie wurde klar, dass die Stabschefin wohl tiefer ins Glas geschaut hatte als sie sollte. Das erklärte, warum sie sich weniger zensierte als üblich.

»Felicity …«, setzte sie an.

»Nein! Du kannst das nicht alles mit deinem Charme wieder gut machen. Wo wir gerade dabei sind – musstest du am Ende des Laufstegs wie eine Hyäne lächeln? Ich habe mich vor Verlegenheit beinahe unter meinen Sitz geworfen.«

Die aufsteigende Hitze in ihrem Gesicht ließ Maddie für die Dunkelheit dankbar sein.

Felicity nahm einen weiteren, großen Schluck von ihrem Champagner.

Betrank sie sich absichtlich?

»Elena hat mein Lächeln gefallen.« Maddie hoffte, dass ihre Röte nicht zu offensichtlich war.

»Natürlich hat es das. Alles, was du tust, macht sie irgendwie glücklich. Himmel, du hast sogar ihre Ehe ruiniert und stehst immer noch an zweiter Stelle. Wenn *ich* ihre Ehe ruiniert hätte, hätte sie den Fahrer höflich gebeten, noch ein paar Mal rückwärts über meine noch zuckende Leiche zu fahren. Und dann würde sie mich posthum feuern.«

»Richard hat ihre Ehe ruiniert. Wir beide wissen, dass sie etwas Besseres als diesen widerlichen Mistkerl verdient. Ich war nur diejenige, die ihr die Wahrheit gesagt hat.«

»Du bist so …« Felicity schüttelte den Kopf und klang besiegt. »*Bah*! Ich muss mich ordentlich betrinken und flachlegen lassen. Und du – geh mir aus den Augen, bis ich verarbeitet habe, dass du weiterhin im Lotto gewinnst, anstatt von Haizähnen zerfetzt zu werden.«

Maddie musterte die Verwirrung in ihren Augen. Felicity hatte irgendwie recht. In letzter Zeit war ihr Glück verrückt gewesen. Sie war abergläubisch genug, um sich zu fragen, wann das Blatt sich wenden würde.

Ein Kreischen ertönte. Das Mikrofon wurde angeschaltet und sie beide drehten sich zur Bühne, als eine punkige Frau mit blauen Haaren in einer dunklen, zerrissenen Jeans und einem grünen Tanktop nach vorne trat.

Maddie verengte die Augen. Wenn es sie es nicht besser wüsste, könnte sie schwören, dass die Frau wie Nataliis Freundin Adèle aussah. Dieselbe Frau, die Maddie erst vor ein paar Tagen durch eine Webcam gemustert und beschuldigt hatte, mit ihrer Geliebten zu schlafen. Und nun sank sie plötzlich vor dem verstummten Raum auf die Knie, sprach in schnellem Französisch und bot Natalii einen Ring an.

Oh wow. Ein Heiratsantrag?

Sie versuchte, die Worte zu verstehen, aber die beiden redeten zu schnell. Dann küssten sie sich. Und umarmten sich. Und weinten. Und winkten, während die Menge jubelte.

»Oh, scheiße«, sagte Felicity mit schmalen Augen, »selbst das löst sich von selbst für dich, nicht wahr? Hast du jemals einen schlechten Tag, der nichts mit deiner Kleiderwahl zu tun hat?«

»Was?« Maddie runzelte die Stirn. »Was hat ihre Verlobung mit mir zu tun?«

»Tja, nun wird die Presse aufhören anzudeuten, dass du das Interview bekommen hast, weil du mit ihr geschlafen hast.« Ihr Finger deutete in Nataliis Richtung.

»Ernsthaft, Felicity, warum interessiert es dich überhaupt, dass ich ein paar Mal Glück hatte? Ich arbeite nicht mal mehr mit dir zusammen.«

»Es interessiert mich *nicht*. Aber Elena schon. Und ich verstehe es einfach nicht. Sie hatte so eine schlechte Laune, als sie dachte, du würdest … Französisch essen. Oh, das erinnert mich an etwas!« Ihre Stimme wurde übertrieben diensteifrig. »Der Zwanzigste? Der Verleger-Ball, auf den du mit Elena gehst? Triff dich mit Perry. Elena hat anscheinend eine Menge Ideen dazu, was du dafür tragen kannst.«

»Hat sie?« Vor gerade mal einer Stunde hatte Elena nur vages und flüchtiges Interesse an ihrem Outfit für diese Veranstaltung gezeigt. Wo waren diese *Menge Ideen* hergekommen?

»Eine lange Liste an Ideen. Wirklich lang.« Felicity presste die Lippen zusammen. »Gleich nach der Modenschau hatte sie die ganze Zeit Erleuchtungen. Sie war auch ziemlich konkret. Und mach dir nicht die Mühe, mich zu fragen, warum es sie interessiert, was du tragen wirst. Elenas Geist ist ein Rätsel, das in Coco Chanel gekleidet ist.«

Coco Chanel! *Das* trug sie also. Sie sah auch umwerfend aus.

»Kannst du es einfach …« Felicity sah sie aus schmalen Augen an. Dann seufzte sie. »Ich weiß nicht, erklären? Du bist das Garagen-Band-Outfit-und-tote-Menschen-Kriminal-Mädchen. Warum?«

»Warum was?«

»Warum *irgendwas* hiervon?«

Und genau in diesem Moment sah Maddie es. Durch Felicitys Gepolter und ihre Theatralik hindurch, sah sie einen Ausdruck von Schmerz, Resignation und Verwirrung. Sie sah aus, als gäbe es nicht genug Dschungel-Käsebällchen und teuren Alkohol auf der Welt, um das Gefühl wiedergutzumachen, von irgendeiner hereingeschneiten, ahnungslosen, unmodischen Anfängerin wie Maddie überholt worden zu sein.

Felicity hatte Elena jahrelang wie eine Heldin verehrt. Jahrelang war sie loyal gewesen. Vielleicht hatte sie Elena sogar jahrelang geliebt. Und jetzt war es Maddie, die mit Felicitys Ikone als ihr Gast zu einem VIP-Ball gehen durfte. Na ja, vier davon, um genau zu sein. Wahrscheinlich wusste Felicity nicht einmal von den anderen drei Veranstaltungen.

»Warum?«, sagte Maddie mit freundlicher Stimme. »Weil ich einen Deal ausgehandelt habe. Es ist ein gutes Geschäft. Elena wollte Véronique und meinen Exklusiv-Bericht, also muss sie mir auf ein paar Bällen beim Networking helfen. Elena ist eine Frau, die zu ihrem Wort steht. Sie hat zugestimmt, mir ein paar wichtige Namen im Verlagswesen vorzustellen. Das bedeutet auch, dass ich gut aussehen muss. Deshalb hat sie Interesse daran, was ich trage. Das ist alles.«

Erleichterung breitete sich auf Felicitys Gesichtszügen aus. Es war beinahe greifbar. »Okay«, sagte sie so förmlich, als würde genug Haltung ausreichen, um die Eifersucht zu verbergen, die aus jeder ihrer Poren drang. »Ja, das klingt … logisch.«

Sie warf Maddie einen unbedachten, dankbaren Blick zu, der Maddie verriet, dass sie gerissener war als sie zu sein vorgab. Felicity sah nicht aus, als wäre sie von ihrer Erklärung überzeugt, aber sie war glaubhaft genug und sie nahm sie an.

»Es ist rein geschäftlich«, wiederholte Felicity. »Das ergibt Sinn«, sagte sie, als würde sie die Fakten gedanklich nachprüfen. »Weil Elena eine gute Geschäftsfrau ist.« Sie nickte.

»Jap.« Maddie sah sich wieder um. Sie konnte Elena nicht sehen, entdeckte aber die Duchamps, die endlich allein waren. Mutter und Tochter umarmten sich in diesem Augenblick. Maddie grinste und war stolz darauf, durch ihr Interview einen winzigen Anteil daran gehabt zu haben, sie einander näher zu bringen.

»Ich muss den Duchamps gratulieren.«

»Geh.« Felicity scheuchte sie davon und wirkte wieder etwas mehr wie ihr altes Selbst. »Ist ja nicht so, dass es mich interessiert. Ich meine *wirklich*!«

Maddie lachte, schüttelte den Kopf und schob sich durch die Menge. Als sie näherkam, eilte Natalii zu ihr und umarmte sie kurz. Ihre Mutter folgte ihr.

Vor Begeisterung übersprudelnd klärte Natalii sie über Adèles Ankunft auf. »Sie sagte, dass sie mich zu sehr vermisst hat.« Sie hüpfte beinahe. »Und nach ihrem letzten Auftritt ist sie zum ersten Flugzeug geeilt, damit sie mich sehen kann.«

Maddie drückte ihr einen Kuss auf beide Wangen – was die passende Erwiderung auf französische Ausgelassenheit zu sein schien – und grinste. »Ich freue mich so für dich.«

»Darauf wette ich.« Natalii lachte. »Nun ist deine befleckte Ehre wiederhergestellt!«

»Hey, das ist nicht der Grund! Aber ja, es schadet nicht. Ich bin nur wirklich glücklich, dass du diejenige gefunden hast, für die du bestimmt bist.«

Véronique, die schweigend zugehört hatte, beugte sich vor. »Was dieses Thema angeht, Madeleine … Ich glaube, dass diejenige, mit der du gern zusammen wärst, nicht so wenig Interesse hat, wie du glaubst«, sagte sie mit einem geheimnisvollen Blick. »Ich würde sagen, dass sie von dir *captivée* ist.«

Natalii wirkte plötzlich fasziniert.

Maddies Blick huschte zwischen den beiden Frauen hin und her, um herauszufinden, ob sie scherzten. Keine von beiden lachte. »Sie ist verheiratet, sie ist hetero. Okay, manchmal ist sie irgendwie auch überraschend stark auf Berührungen bedacht, aber trotzdem, sie ist –«

»Eine Frau«, sagte Véronique. »Und als ich ihr gesagt habe, dass das Gefühl, für das ich mein unverkennbares Kleid entworfen habe, *amour* war – *armour* für den wunderschönen weiblichen Körper – hat sie direkt dich angesehen.«

»Das hat nichts zu bedeuten. Komm schon, Blicke wandern!«

Véronique lachte und tätschelte ihr liebevoll die Wange. »*Oui*, mein liebes Mädchen, das tun sie. Sie wandern über deinen ganzen Körper.«

Maddie biss sich auf die Lippen und versuchte, nicht hoffnungsvoll zu sein. Sie konnte nicht … Sie würde es nicht wagen, zu hoffen. Wenn sie falsch lag, würde das vernichtend sein. Und vielleicht gefiel Elena wirklich nur das Kleid? Sie war nicht ganz sicher, was Elena vorhatte. Die Frau folgte bei allem ihren eigenen Regeln.

Verleugnung schien auf jeden Fall die sicherste Vorgehensweise zu sein, wenn sie es mit einem Paar viel zu neugieriger, neckender Französinnen zu tun hatte. Zumindest bis Maddie diese verwirrende Frau selbst entschlüsselt hatte.

Wie aufs Stichwort hob sie den Blick und sah, dass Elena schnurstracks auf sie zukam. »Oh Gott«, flüsterte sie. Sie war überhaupt nicht bereit dafür.

Natalii und Véronique tauschten einen amüsierten Blick aus.

»Die Damen«, sagte Elena, als sie die Gruppe erreichte.

Maddie schluckte. Und genau in diesem Moment entschuldigten sich die hinterhältigen, gemeinen Duchamps und verschwanden. Sie sah ihnen finster hinterher.

»Madeleine« Elena zog ihre Aufmerksamkeit wieder auf sich.

»Elena.« Maddie umfasste ihr Orangensaftglas fest und trank durch den Strohhalm, um etwas zu tun zu haben. Sie traf ein Luftloch zwischen den Eiswürfeln und ein lautes Schlürfgeräusch ertönte.

Elena schnaubte leicht. »Durstig?«

Maddie sah sie verlegen an, dann glitt ihr Blick durch den Raum. »Genießt du die Affen?«

»Eigentlich bin ich entschieden dagegen, Tiere zum menschlichen Vergnügen in Gefangenschaft zu halten. Ich weiß, dass es einige genießen, aber zu welchem Preis?«

»Es gibt Zuchtprogramme, oder nicht? Zoos wie dieser helfen, sie am Leben zu erhalten.«

»Ja. Aber sie können auch außerhalb eines Zoos am Leben gehalten werden«, sagte Elena mit fester Stimme. »Wie würde es dir gefallen, in einem Käfig gehalten zu werden? Einem, in dem du dich bewegen, aber niemals frei sein kannst?«

Maddie wusste nicht, was sie darauf antworten sollte. Sie wollte sagen, dass sie genauso für Tierrechte war wie jeder Student der freien Künste und seit Jahren an die Umweltorganisation WWF spendete. *Pandas for the Win* war der erste Aufkleber auf ihrem ramponierten, blauen VW gewesen. »Nein, es würde mir nicht gefallen«, sagte sie stattdessen.

»Ich bin froh, dass wir einer Meinung sind.« Elena berührte Maddies Arm.

Maddie war so überrascht, dass sie zusammenzuckte.

Elena zog ihre Finger zurück. »Worüber hast du mit den Duchamps gesprochen?«, fragte sie einen Augenblick später.

»Nataliis Verlobung.«

»Ah. Ja, das ist eine gute Sache für dich.«

»Warum sagen das alle?« Maddies Kopf ruckte nach oben. »Ich freue mich für sie! Das ist alles!«

»Und du glaubst, dass du dich nicht erleichtert und glücklich zugleich fühlen kannst?«

»Vermutlich kann ich das«, sagte Maddie und hasste es, wie abwehrend sie klang.

»Du bist in einer seltsamen Stimmung, Madeleine. Übrigens, hast du dir schon darüber Gedanken gemacht, was du auf dem ersten Ball tragen wirst, den wir gemeinsam besuchen?«

Es klang so ungezwungen, dass Maddie beinahe laut gelacht hätte. Als hätte Elena Perry keine detaillierte Liste gegeben, wie er Maddie für sie herrichten sollte. »Ich dachte, ich treffe mich vorher einfach mit Perry.«

»Ausgezeichnete Idee. Er hat sicher etwas Akzeptables.« Ihre Augen glänzten bei dieser Voraussicht.

»Hast *du* dir etwas Bestimmtes vorgestellt?«, fragte Maddie frech. »Was ich anziehen soll?«

Elena erstarrte. Ihr Bick war lang und abschätzend.

Maddie wartete auf die Lüge, auf oberflächliches Ablenken. Und erinnerte sich dann daran, dass es nicht passieren würde. Nicht heute Nacht, denn es war der letzte Tag ihrer Wette.

»Ja«, sagte Elena und sah mit ihrem Eingeständnis nicht glücklich aus. »Eine überraschend lange Liste von Dingen, die ich gern an dir sehen würde. Da«, fügte sie hinzu und warf ihr einen leicht finsteren Blick zu, »ist es das, was du hören wolltest?«

»Warum interessiert es dich, wie ich aussehe? Das ist ein rein geschäftliches Treffen, oder etwa nicht?«

Elena schien von der Aussage überrascht zu sein. »Es ist gut, das in Erinnerung zu behalten.« Sie stellte ihren Drink auf dem nächsten Tisch ab. »Meinst du nicht auch?« Sie sah Maddie lange an, als wäre es irgendwie ihre Schuld, dass Elena nicht geschäftsmäßige Gedanken hatte.

Moment mal … Das bedeutete, dass Elena nicht geschäftsmäßige Gedanken *hatte.* Kurz schlug ihr Herz einen Takt schneller, bis die Verärgerung einsetzte. Elenas Kommentar war so ein Haufen …

»Gut, in Ordnung«, sagte Maddie. »Wir stimmen überein, dass alles rein geschäftlich sein wird.« Sie schenkte ihr ein winziges Lächeln und entschied, ihr Glück herauszufordern. »Aber das ändert nichts an der Tatsache, dass du meinen Rücken heute Nacht ewig angestarrt hast.«

Elenas Wangen färbten sich rosa. Ihre Augen wurden schmal. »Nun ja.«

»Nun ja?« Maddie vermutete, dass das in Elenas Welt einer Zustimmung gleichkam. Oder vielleicht nicht. Es war so frustrierend.

»Ich nehme an, dass du nicht widerstehen konntest, diese Frage zu stellen. *Das* aus mir herauszubekommen, bevor die Wette abläuft.«

Was aus ihr herausbekommen? Wollte Elena sagen, dass sie Maddie gegenüber nicht so gleichgültig war, wie es schien? Natürlich ungeachtet des Rückenstreichelns. Maddie war noch immer nicht darüber hinweg und würde es wahrscheinlich auch nie sein.

»Also … du, ähm, *magst* mich also?«, fragte Maddie auf der verzweifelten Suche nach ein wenig Klarheit. Denn es war ihre letzte Chance zu fragen und Elena war mit ihren rätselhaften Antworten verdammt verwirrend.

»Ich könnte darauf antworten, aber dann würde ich dir die Frechheit dieser Frage hinterher übelnehmen. Willst du, dass ich dir etwas übelnehme, Madeleine?« Elenas Stimme klang so süß wie Honig und Maddie musste die clevere kleine Falle in dieser Frage einfach bewundern.

»Du spielst nicht fair.«

»Nein, vermutlich nicht.« Sie sah viel zu selbstzufrieden aus.

Maddie seufzte. Es gab immerhin einen Grund, warum diese Frau ein Medien-Imperium führte. Sie gewann immer. Andererseits war ein *Kein Kommentar* zu dem Thema, ob sie Maddie mochte, etwas besser als ein Leugnen.

Sie musterten einander.

»Ich nehme an, das ist der Abschied«, sagte Maddie. »Bis zu unseren gemeinsamen Veranstaltungen, meine ich.«

»Wirklich, Madeleine?«

Bei Elena klang es, als würde Maddie eine riesige Sache aus etwas Unbedeutendem machen. Ernsthaft? Sie war halb versucht, die Frage von eben noch einmal zu stellen und eher die Missgunst von Elena zu riskieren als sich mit solcher Herablassung abzugeben. Sie biss die Zähne zusammen.

Elena schien ihren lodernden Ärger zu spüren. »So irritiert von mir«, sagte sie mit einem wissenden Lächeln. »Du versteckst nicht viel mit diesen anklagenden Augen.« Elena musterte sie ein paar Augenblicke und zu Maddies Entsetzen erkannte sie, dass Elena sie dieses Mal sehr offen bewunderte.

Es war wie vorhin vor dem Spiegel, nur mehr. So viel mehr. Ein Schauer rann über Maddies Rücken, als sie sah, wie Elenas Blick gemächlich über ihre Haut glitt und sie damit förmlich entflammte. Beinahe hätte sie ihr Glas fallen gelassen.

Elena beugte sich vor und flüsterte in ihr Ohr. »Madeleine, seit langem bewundere ich Schönheit in all ihren Formen. Das ist Teil meines Berufs, der Leitung des weltweit führenden Mode-Magazins. Deine makellose, cremige Haut und wie sie sich neigt und bewegt und vor Vitalität glüht? Welcher Liebhaber des Schönen könnte dem Drang widerstehen, sie anzusehen? Vor allem einer, der in seinem Job so ausgezeichnet ist wie ich.«

Elena schenkte ihr ein volles, schelmisches Lächeln, das Maddie wie angewurzelt zurückließ, als die Hohepriesterin der Medien ihre Schultern straffte, sich umdrehte und in Richtung Ausgang ging.

Maddie sah ihr nach und versuchte zu schlucken. Schwach atmete sie ein und strich sich mit der zitternden Hand durch die Haare.

Elena hatte sie gerade schön genannt. Oh, sie hatte es als berufliche Aussage verpackt, aber trotzdem.

Elena Bartell dachte, dass sie wunderschön war.

Kapitel 29

Elfenbein

Maddie fühlte sich nicht besonders schön. Elena hatte ihr das bei ihrem letzten Treffen vermittelt und Maddie hatte sich seitdem an die Vorstellung geklammert. Aber in diesem Moment, fünf Wochen später, fühlte sie sich wie ein gewaltiges, hässliches Desaster. Der zwanzigste Juni war viel zu schnell herangeeilt und bevor sie es wusste, war die Zeit für ihren Termin bei *Style Sydney* gekommen. Jetzt war sie hier, wurde von Perry gepiekt und gestupst und nach Model-Standards beurteilt. Wobei sie versagte.

Der Art Director zerrte und zupfte und pinnte und glättete sie in eine Auswahl an Kleidern, von denen jedes umwerfender war als das vorige. Jedoch passte keines davon zu ihren durchschnittlichen Maßen. Die Körperform, die Véronique so bewundert hatte. Sie war definitiv in der Minderheit, wenn es nach der Branche ging.

»Gott«, sagte Perry schnaubend, »musst du so …« Seine Hände zeichneten eine kurvige Form nach.

»Wir kennen uns lang genug, ich verstehe also nicht, warum du so überrascht darüber bist, plötzlich meine Brüste zu entdecken.«

Er strich sich mit einer Hand über seine dunkle Kopfhaut. »Stimmt. Sie sind nur … störend. Trotzdem, ich bin ein Genie. Wenn alles andere scheitert – Klebeband.«

Maddie verzog das Gesicht. »Perry, ich werde mich für einen Verleger-Ball nicht abkleben lassen. Das sind nicht die Oscars.«

Perry warf einen Blick auf seine schwarze Cartier-Armbanduhr. »Wir haben nur noch fünf Stunden, um dich in Cinderella zu verwandeln, also wirst du abgeklebt, wenn ich das sage.«

»Aber –«

»Nein. Und hör auf, mich anzusehen, als hätte ich dein Kätzchen getreten. Wenn du fertig bist, wirst du umwerfend sein.« Perry sah sich um und schnippte mit den Fingern. »Wir brauchen Ausschnitt. Oh, wo war ich denn nur mit meinen Gedanken? Das Alberta Ferretti, natürlich. Die Dinge, die sie mit Chiffon und Seide tut! Göttlich.«

Er ging zu einigen Ständern voller Kleider. »Also«, rief Perry zwischen den Designer-Roben hindurch, »wie läuft das Leben als Berühmtheit?«

»Gut. Viel mehr Leute wollen, dass ich freiberuflich für sie arbeite. Als nächstes mache ich eine Geschichte für *Vanity Fair*.«

Er pfiff leise. »Ohh. Fantastisch.«

»Na ja, ja.« Maddie lächelte leicht. »Ich war ziemlich aufgeregt, als sie –«

»Doch nicht das, *das*!«

Wie der stolze Vater aus *König der Löwen* tauchte er wieder auf und hielt etwas aus elfenbeinfarbenem und transparentem Stoff in die Höhe.

Das Kleidungsstück schien viel zu durchscheinend zu sein, um Maddies Würde zu verhüllen. »Ähm … Ich denke nicht …«

»Keine Widerrede, es ist perfekt.« Perry wackelte mit dem Kleiderbügel. Das Kleid schien in der Luft zu schweben. »Es stand auf ihrer kurzen Liste der Kleider, die heute Abend für dich zur Auswahl standen.«

Maddie legte den Kopf schräg. »Und wie lang war Elenas kurze Liste genau?«

»Oh …«, er wedelte mit der Hand, »dreißig. Sie hat es dann auf ein Dutzend reduziert. Plus minus.«

Er hielt das Kleid vor Maddies Brust und nickte. »Richtig, Unterwäsche runter.« Er warf ihr einen hautfarbenen Tanga auf einem Kleiderbügel zu. »Zieh den an. Dann machst du die Pferde nicht scheu.«

»Perry! Die werden mich verhaften!«

»Probier es einfach an … vertrau mir. Und jetzt *husch*.« Er schob sie in die Umkleidekabine vor ihnen und schloss den Vorhang. Seine Schritte entfernten sich. »Schuhe«, murmelte er zu sich selbst. Seine Stimme entfernte sich weiter. »Hoch, aber nicht zu hoch, da du die Anmut eines Holzfällers hast.«

»Hey! Ich habe auf der Australian Fashion Week gemodelt, also kann ich gar keine so große Katastrophe sein!«, scherzte Maddie, während sie sich aus ihrer Unterwäsche schälte. Sie zog den Tanga an. Igitt. Sie zupfte ein wenig daran herum. Nicht viel besser. Tangas waren die Abkömmlinge des Teufels.

»Eine Schwalbe macht noch keinen Sommer«, erwiderte Perry. »Oh! Choos *pour vous.*«

Eine Minute später tauchte ein Paar geschmeidiger Jimmy Choos in der Lücke unter dem Vorhang auf, als Maddie gerade das Kleid anzog. »Ohh!« Die Schuhe waren umwerfend. Und glücklicherweise nicht zu hoch.

»Ich weiß«, sagte Perry viel zu selbstgefällig von der anderen Seite. »Du darfst nun meiner Genialität huldigen.«

Maddie starrte jedoch ihr Spiegelbild an. Das Kleid definierte das Wort *risqué* neu. Sie starrte weiter.

»Komm schon, bist du nicht langsam fertig?«

Maddie schlüpfte in die Schuhe und augenblicklich ergab sich ein völlig neues Bild. Sie keuchte.

Zur Antwort wurde der Vorhang aufgerissen. »Oha.« Perrys Blick glitt über ihren Körper. »Ja.« Er zupfte bei ihrem Nacken an dem Kleid und fummelte am Verschluss herum. »Tja, ich habe es immer gesagt – Elena hat ein Auge dafür. Sie wusste, dass es wie für dich gemacht ist.«

Maddie unterzog ihr Spiegelbild einer genauen Musterung und versuchte, sich so zu sehen, wie Elena es tun würde. Die Vorderseite des blassen, knöchellangen Kleides war aus einem zerknitterten, hauchdünnen Stoff gefertigt. Zwei breite Streifen waren gerafft und formten im Stil von griechischen Götterroben ein tiefes *V* über ihren Brüsten. Zum Glück verdeckten die vielen Schichten des Kleides ihre Nippel. Winzige, golddurchzogene Perlenstickereien umfassten und hielten ihre Taille wie ein zarter Gürtel. Der Rücken war tief bis zu ihrer Taille ausgeschnitten. Nur eine Schicht aus durchsichtiger Gaze floss über ihre Beine. Sie betonte die Länge ihrer Beine und schuf einen eleganten Effekt, wenn sie sich bewegte.

»Ich weiß nicht, Perry.« Zweifel wallten in ihr auf. »Ich fühle mich eher entblößt als angezogen. Ich bin nur eine starke Brise davon entfernt, zur Schlagzeile zu werden.«

Perry hob eine Braue. »Möglicherweise. Aber sag mir nicht, dass du dich nicht atemberaubend fühlst.«

Maddies Blick glitt wieder über ihr Spiegelbild. »Das ist es nicht. Das bin nicht ich. Es ist zu … *zu.*« *Glamourös. Himmlisch. Für ein Supermodel bestimmt.* »Ich bin nur ein Mädchen aus der Vorstadt von Sydney.«

»Bist du das wirklich? *Nur* ein Mädchen aus der Vorstadt von Sydney? Sollen wir noch einmal aufzählen, was du in letzter Zeit erreicht hast? Heute wirst du das erste Mal seit deinem weltweiten Exklusiv-Artikel am *Wer-Kennt-Wen* der Verlagswelt teilnehmen. Es wird aus einem bestimmten Grund der Legends Ball genannt. Du könntest dir natürlich etwas Durchschnittliches aussuchen und dich an der Wand verstecken. Oder du könntest dich zusammenreißen, gesehen werden und wirklich *erscheinen.* Du könntest ihnen allen in die Augen sehen und sie daran erinnern, wer du bist. Sei unvergesslich. Das ist dein Moment, Maddie; den bekommst du kein zweites Mal. Also hau sie von den Socken.«

Maddie atmete aus. *Na ja, wenn er es so formuliert.*

Ihre Blicke trafen sich im Spiegel. Perry lehnte sich vor und flüsterte ihr mit funkelnden Augen ins Ohr: »Und sie wird es lieben.«

Maddie hatte nicht vorgehabt, modisch zu spät zu kommen. Es hatte eine Verwechslung bei den Autos gegeben und das neue hatte dann einen Platten. Sie hatte Elena bereits geschrieben, um die Verzögerung zu erklären und ihr zu sagen, dass sie nicht auf sie warten musste. Nur falls sie das als ihre Pflicht ansah. Die ausbleibende Antwort machte sie noch nervöser.

Sie stieg aus dem Auto, richtete sich so unauffällig wie möglich zurecht und betete, dass jedes Stück des doppelseitigen Klebebandes seinen Job erfüllte. Sie gab ihr Bestes, die Stufen hinauf zu schweben und rief sich die Lektionen von Natalii in Sachen Couture und Absatzschuhen in Erinnerung.

Die an der Tür wartenden Fotografen drehten durch.

»Ooh!«

»Hey, Liebes, sieh nach links!«

»Sieh hierher!«

»Eins noch, eins noch!«

»Hier – Nataliis Mädchen – sieh hier rüber!«

Sie stöhnte innerlich, ignorierte sie alle und ging hinein.

Der Raum war opulent. In einer Ecke spielte ein Orchester, ein Kronleuchter hing von der Decke und die Leute mischten sich in schicken Anzügen und Roben unter die Menge. Maddie erkannte sofort einige der großen Namen aus der Welt der Verlage. Das waren Menschen, deren Karrieren sie seit Jahren verfolgte. Der Leiter eines Konglomerats aus internationalen Magazinen ging vorbei und Maddies riss bewundernd die Augen auf. Allerdings war er nicht der Medien-Boss, auf den sie sich am meisten freute. Immerhin waren es fünf lange Wochen gewesen.

»Oh. Mein. Gott«, sagte Felicity, als sie an ihrer Seite auftauchte. »Ich habe ihm nicht geglaubt.«

Maddie drehte sich um und stellte fest, dass Perry Felicity angrinste – in ihrem waldgrünen Kleid und den kunstvoll nach oben gesteckten blonden Haaren sah sie sehr elegant aus. Felicity betrachtete sie geschockt.

»Was glauben?« Maddie schnappte sich ein Glas Saft von einem vorbeiziehenden Tablett.

»Nichts«, sagte Felicity murmelnd. »Vergiss es.«

Perrys Augen funkelten heiter. »Ich habe sie vorgewarnt, wie du aussehen würdest.«

Maddie lachte verlegen. »Ah, richtig. Danke. Schätze ich.«

Ein Aufblitzen von rabenschwarzen Haaren und blasser Haut erregte Maddies Aufmerksamkeit und alle klaren Gedanken verschwanden aus ihrem Kopf. »Oh.« Ihre Stimme war ein ehrfürchtiges Flüstern. Sie drehte sich um und ließ die volle Erscheinung auf sich wirken. »Wow.«

Elena kam auf sie zu und nickte im Gehen einigen Berühmtheiten zu. In ihrem tiefvioletten Kleid, das jede ihrer Kurven umschmeichelte und ihre Schultern und Arme unbedeckt ließ, war sie eine Augenweide. *Das glückliche Kleid.*

Erst als Felicity nickte, anscheinend ohne es bewusst zu merken, wurde Maddie klar, dass sie ihren atemlosen Kommentar laut ausgesprochen hatte.

Elena war bloß noch wenige Meter entfernt, als sie endlich zu ihnen hinübersah und Maddie entdeckte. Ihre Schritte stockten kurz, ehe sie weiterging. Kühle, blaue Augen musterten sie vom Saum bis zu den Haarwurzeln. Maddie fühlte sich so offengelegt wie bei ihrem letzten Treffen.

»Perry«, sagte Elena und hauchte einen Kuss neben seine Wange. Sie drehte sich um und nickte. »Felicity.«

Ihre Stabschefin erwiderte das Nicken steif.

Elenas Blick richtete sich auf Maddie und wurde dunkler. Sie trat einen Schritt näher. »Und Madeleine«, sagte sie im Tonfall einer perfekten Salonlöwin, »wie schön, dich wiederzusehen.« Elena lehnte sich für einen Begrüßungskuss näher, wie sie es bei Perry getan hatte. Die hauchzarte Berührung ihrer Lippen war kaum spürbar, bevor sie sich zurückzog.

Maddie erschauderte unter der Berührung. »Ebenso.«

»Wie bezaubernd du in Alberta Ferretti aussiehst.«

»Danke.« Maddie versuchte, sich nicht aus der Bahn werfen zu lassen, als dieser durchdringende Blick ihre Brüste musterte und dann höher wanderte. Ein leichtes Lächeln umspielte Elenas Lippen.

»Perry.« Elena drehte sich abrupt um. »Du hast dich selbst übertroffen. Felicity? Wo ist diese neue Assistentin?«

»Sie kommt später. Sie musste –«

»Ist mir egal.« Sie winkte bei der Ausrede ab. »Ich brauche ein Glas Wein. Weiß. Und besorg mir einen Jahrgang, der älter ist als du. Ich meine es ernst. Perry, Samuel von *The SMH*s Straßenkleidung-Kolumne wollte deine Ansichten zur Dekonstruktion des Mode-Minimalismus oder so etwas hören. Geh und fasziniere ihn. Erinnre ihn daran, dass die Ansichten der *Style* zu jedem Mode-Thema die einzigen sind, die zählen.«

Überraschung zeichnete sich auf Perrys Gesicht ab, als er auf diese Weise entlassen wurde, aber er nickte nur. Felicity war bereits verschwunden – sie machte sich nicht einmal die Mühe zu erwähnen, dass sie keine Assistentin war. Vielleicht war das der Unterschied zwischen Maddie und Felicity. Nur eine von ihnen hatte jemals *Nein* zu Elena gesagt.

Jetzt, da sie mit der Frau allein war, fühlte sich Maddie unbehaglich und war sich dem fehlenden Abstand zwischen ihnen sehr bewusst. »Hey.«

Elena sah sie gleichgültig an, als hätte sie nicht gerade dafür gesorgt, dass sie etwas Zeit allein hatten. »Amüsierst du dich, Madeleine?«

»Ich bin gerade erst gekommen. Aber bisher ist es beeindruckend.« Ihr Blick glitt zu Elenas Kleid. *Sehr beeindruckend.*

»Verstehe. Und hast du das nur angezogen, um allen eine Reaktion zu entlocken?« Elenas Tonfall war spöttisch.

»Nicht allen.« *Nur dir.*

»Sieh sie dir an.« Elena lehnte sich weiter vor, sodass ihre Lippen nahezu Maddies Ohr berührten. »Die Männer können die Augen nicht von dir abwenden und die Frauen sind grün vor Neid. Du bist das Gesprächsthema im ganzen Raum.«

Ihr Parfum war berauschend. Maddie hatte Schwierigkeiten, sich zu konzentrieren. »Selbst, wenn das stimmt – und das bezweifle ich stark – hast nicht *du* das Kleid persönlich ausgewählt?«

Elena leugnete es nicht; sie presste nur die Lippen aufeinander und drückte den Rücken durch. »Also, wen würdest du gern zuerst kennenlernen?«

Maddie warf einen Blick auf sie und vermisste die Nähe bereits. »Kennenlernen?«

»Das war unsere Vereinbarung. Du wolltest der Verlagswelt vorgestellt werden. Hier sind einige der Besten und der größten Namen anwesend. Lass uns mit dem Offensichtlichen anfangen. Hast du vor, für deine Karriere in Australien zu bleiben?«

»Ja.«

»Das dachte ich mir. Also, von all diesen Verlegern, mit wem würdest du gerade am liebsten sprechen?« Sie deutete mit einer Hand in den Raum.

»Mit dir.« Das rutschte ihr so heraus. Maddie wollte aufstöhnen.

Elenas Augen funkelten belustigt. »Nun, das ist schmeichelhaft, Madeleine, aber ich kann deine Karriere im australischen Verlagswesen nicht so fördern wie diese Leute hier. Nicht, wenn du nicht vorhast, im Mode-Bereich zu arbeiten. Folge mir.« Sie ging voraus. »Ich werde dich dem Verleger von *Beyond Magazines Consolidated* vorstellen. Maurice ist ein Mann mit Macht, Verbindungen und Möglichkeiten.«

Maddie spürte eine Hand an ihrem Ellbogen und sah unauffällig zu der Stelle. Sie wurde zu einer Gruppe Männer in Smokings geführt.

Sie nickten höflich, als Elena und Maddie ankamen.

»Ms. Bartell.« Der älteste Mann trat vor, nahm Elenas Hand und drückte ihr Luftküsse auf die Wangen. Er wandte sich um. Sein Blick wanderte vollständig über Maddie. Zwei Mal.

»Und wer ist diese umwerfende Freude?«, fragte er.

Die Hand an Maddies Arm verspannte sich ein wenig und Elenas Lächeln wurde gespielter. »Madeleine Grey, Autorin des Duchamp Exklusiv-Berichts, darf ich dir Maurice Slater von *BMC* vorstellen?«

Slaters Blick huschte von Maddies Brust zu ihrem Gesicht. »Ah, verstehe«, sagte er und Respekt schwang in seiner Stimme mit. »Nun, ich fühle mich geehrt, Ms. Grey.« Er deutete auf eine Frau hinter sich. »Meine Assistentin wird Ihnen die Karte von Colin Sattler aus der Redaktion geben. Ich hoffe, Sie rufen uns an, falls sie irgendwelche Ideen für weitere Biografien haben. Vor allem, wenn sie denselben Standard haben wie das Duchamp-Interview.«

»Danke, Mr. Slater.« Maddie nahm die Karte an und schob sie in ihre Handtasche.

»Sehr gern geschehen.« Erneut schüttelte er ihre Hand und hielt sie fest.

Der Griff an Maddies Arm direkt über ihrem Ellbogen war wie aus Eisen.

»Es war schön, Sie wiederzusehen, Maurice. Nun müssen wir wirklich weiter.« Elenas Stimme war fest, als sie Maddie schnell wegführte.

Als sie aus Slaters Blickfeld verschwunden waren, wurde Elena langsamer und ihr Lächeln verschwand zusammen mit ihrem Griff. »Nun«, sagte sie knapp, »Kürze ist bei einigen unserer Branche eine notwendige Tugend.«

Bevor Maddie etwas dazu sagen konnte, änderte Elena die Richtung und steuerte sie auf die nächste Gruppe zu.

Während die Nacht voranschritt, traf Maddie jeden, der in der Verlagsszene irgendetwas war. Ihre Handtasche füllte sich mit wichtigen Visitenkarten.

»Bist du zufrieden?«, fragte Elena, als Maddies aufgesetztes Grinsen ein wenig verrutschte.

Sie versuchte, ihre Emotionen zu ordnen, um die Frage zu beantworten. »Da ist so viel Getue im Spiel, nicht wahr? Viel Ego. Sie sind so rücksichtslos, ehrgeizig und gierig. Es ist ein wenig beunruhigend, wie sehr sie mit mir sprechen wollen. Letzten Monat hätten die mich nicht mit dem Hintern angesehen.«

»Nun, so läuft die Verlagswelt. Deine Geschichte ist das große Gesprächsthema. Viele Leute in diesem Raum haben jahrelang versucht, dieses Interview zu bekommen. Und stattdessen bist du hier – eine Unbekannte, die hereingestürmt ist und ihnen allen den Hauptpreis unter der Nase weggeschnappt hat. Sie wollen dich abschätzen und herausfinden, ob du eine Eintagsfliege bist, oder jemand, der auf ihre Seite gezogen werden muss.«

»Interessante Wortwahl. Einige dieser Redakteure haben mir das Gefühl gegeben, ich wäre Teil einer Treibjagd in Afrika.«

»Du hast einen wertvollen Pelz.« Elena grinste und strich demonstrativ mit den Fingerspitzen über Maddies Unterarm. Sie hinterließ eine Gänsehaut. Auch ihr intensiver Blick war zurück. Der Blick, bei dem Maddie verzweifelt wissen wollte, was sie dachte.

Eine gehetzte Felicity tauchte wieder auf. Die Haare hatten sich aus ihrer Frisur gelöst und sie trug eine prall gefüllte Tasche über der Schulter. Sie reichte Elena ein Weinglas. Maddie erinnerte sich, dass sie vor einer Weile nach einem Jahrgang verlangt hatte, der älter als Felicity war. »Frag mich *nicht*, wo ich den herhabe. Es ist das Beste, wenn du es glaubhaft abstreiten kannst.« Sie klopfte vielsagen gegen die Tasche auf ihrer Schulter.

Elena nahm das Glas kommentarlos an. Sie nickte Felicity zu. Als sie einen Schluck trank, betonte die Bewegung ihren eleganten, blassen Hals.

Maddie war wie gebannt – bis der berauschende Anblick von einem von Elenas besten Chefredakteuren und Führungskräften der Zeitung verdeckt wurde. Jason Lucas trat unangenehm nah an Maddie heran und lächelte sie an.

»Hallo nochmal«, sagte er mit einem übertrieben charmanten Tonfall, den Maddie bereits kannte.

Sie entfernte sich einen Schritt, um sich ihren Raum zurückzugeben. Der Mann war harmlos. Er war oft zum plaudern an ihren Schreibtisch gekommen, während er darauf wartete, dass Elena Zeit hatte. Die Tatsache, dass die Unterhaltung meistens einseitig war, schien ihn nie gestört zu haben. Aber Zuhören war keine seiner Stärken.

»Mr. Lucas«, sagte Maddie.

Elena hatte das Glas von ihren Lippen genommen und ihr Blick glitt zwischen ihnen hin und her.

»Warum so förmlich?«, fragte er. Seine Augen hellten sich auf, als er sie musterte. »Mensch, Madeleine, du siehst wunderschön aus.«

Ohne Elenas dezent französische Betonung fühlte sich die Art, wie er ihren Namen aussprach, zerfleischt an. »Maddie. Maddie reicht.«

»Nicht, wenn es nach meiner Chefin geht.« Er schenkte Elena ein gewinnendes Lächeln, das nicht erwidert wurde. Er wandte sich wieder an Maddie und zog ihren Namen in die Länge. »*Mad-a-lin.*«

Harmlos oder nicht, der Mann hatte die Auffassungsgabe einer Zehnagelinfektion. Sie seufzte.

»Du hast mir einen Tanz versprochen«, sagte Jason mit einem Zwinkern. »Du kannst mir dabei alles darüber erzählen, warum dein Name hier allen auf den Lippen liegt.«

Welches Versprechen? Sie hatte überhaupt nichts versprochen. »Nein«, sagte Maddie entschlossen. »Ich habe nie …«

Elenas Aufmerksamkeit richtete sich nun auf Maddie. »Lass dich von mir nicht aufhalten. Wenn du meinem *Junior* Executive einen Tanz versprochen hast …«

Maddie schüttelte eisern den Kopf. »Nein! Und, hör zu, ich bin heute Abend hier, um Networking zu –«

»*Mad-a-lay-na.*« Elena übertrieb ihre eigene Aussprache. »Ein Tanz wird dem schon nicht im Weg stehen.«

»Siehst du?« Jason sah entzückt aus. »Du hast sogar die Erlaubnis vom Boss. Also lass uns …« Sein Arm lag um ihre Taille, bevor sie reagieren konnte und er zog sie auf die Tanzfläche.

Maddie, die ihm mechanisch folgte, versuchte noch immer zu verarbeiten, was gerade passiert war. Wurde *das* von ihr erwartet? Erzwungenes Tanzen? Elena schien so zu tun, als wäre es das. Wenn das Networking war, hasste sie es.

Jason wirbelte sie herum, sodass sie ihm zugewandt war. Elena lag in ihrem Blickfeld.

Maddie starrte ihre ehemalige Chefin an und versuchte eine Erklärung dafür zu finden, was zur Hölle Maddie plötzlich mit Elenas Junior Executive auf der Tanzfläche machte. Alles was sie sah, war ein Bild des Desinteresses. War es Elena egal, dass Maddie hierzu gedrängt worden war?

»Halt«, sagte Maddie und atmete tief aus. »Jason, komm schon, du weißt, dass ich dem hier nicht zugestimmt habe.«

»Hey, es ist nur ein Tanz. Jetzt sind wir hier, also lass es uns durchziehen.« Er grinste und zog sie an sich. »Komm schon, das wird lustig. Nur ein ganz kurzer Tanz. Was kann das schon schaden?«

Maddie trat zurück und schob ihn mit steigender Wut von sich weg. »Da du es anscheinend nicht verstehen willst, werde ich es mit einfacheren Worten sagen: Verzieh dich!«

»Was?« Jasons Grinsen erstarb. »Liegt es an etwas, das ich gesagt habe?«

Himmel.

Neugierige Blicke bohrten sich in Maddie. Die um sie herum Tanzenden waren stehen geblieben. Sie warf ihnen allen düstere Blicke zu und floh.

Sie verließ das Gebäude und hob ihr Kleid an, um auf ihren Absatzschuhen sicherer über die steinerne Treppe laufen zu können. Plötzlich war sie sehr verärgert über die bewundernden Blicke, die Männer ihr zuwarfen, als sie an ihnen vorbeieilte.

Ein Teil von ihr fragte sich, was mit ihr nicht stimmte. Warum sie das Spiel nicht spielen konnte, das alle anderen zu beherrschen schienen. Ihnen gelang es ohne großen Aufwand. Warum war *sie* so schlecht darin? Maddie konnte Leuten einfach keinen Honig ums Maul schmieren, es nicht vortäuschen und sich anpassen. Sie hatte sich in New York nicht einfügen können und jetzt fühlte sie sich in dieser Welt auch wie ein Fisch auf dem Trockenen. Sie reagierte allergisch darauf, so zu tun, als sei sie jemand, der sie nicht war. Wie mit diesem verdammten Kleid.

Sie riss den Arm nach oben, um sich ein Taxi zu rufen, aber keiner der vorbeifahrenden Wagen hielt an.

Toll – genau jetzt schenkten sie ihr keine Aufmerksamkeit mehr.

»Madeleine.«

Sie zuckte zusammen und drehte sich um. Elena stand hinter ihr. Nicht ein Haar war verrutscht, aber eine leichte Röte auf ihren Wangen deutete darauf hin, dass sie sich schnell bewegt hatte, um sie einzuholen.

»Oh. Elena.« Konnte das hier noch peinlicher werden? Sie drehte sich zur Straße. »Bist du gekommen, um mir zu sagen, was für ein Idiot ich bin?«

»Nein. Aber bitte erklär mir, warum du weggerannt bist.«

»Ich werde mich nicht zwingen lassen, mit irgendjemandem zu tanzen.«

»Zwingen?«

»Ich wollte nicht mit ihm tanzen. Ich weiß, dass Jason Lucas ein aufsteigender Stern unter deinen Führungskräften ist und du dachtest, ich sollte mit ihm networken oder was auch immer. Aber ich wollte nicht, dass er mich anfasst. Warum sollte ich da mitmachen? Warum sollte ich zu jemandem nett sein, der denkt, dass meine Augen auf Brusthöhe sind? Was ist falsch daran, einfach nicht tanzen zu wollen?«

»Nichts.« Elenas Tonfall war unergründlich.

»Aber du hast mich ihm praktisch zugeworfen.«

»Das habe ich ganz sicher nicht getan. Ich habe dir einfach die Erlaubnis gegeben, für den Fall, dass du dich verpflichtet gefühlt hast, an meiner Seite zu bleiben. Wegen des Networkings.«

Elena klang so vernünftig, dass sich Maddie albern fühlte. Hatte sie alles falsch interpretiert? Sie betrachtete die Straßen, die vom Licht der den Laternen schimmerten. Vorhin hatte es geregnet und nun sahen sie beinahe hübsch aus.

»Die ganze Nacht«, erklärte Maddie leise, »habe ich mich wie ein … Objekt gefühlt, nicht wie ein Mensch. Alle wollten ein Stück von mir, professionell oder … anderweitig. Und Lucas war der letzte Tropfen. Er hat nicht einmal gefragt, sondern sich einfach genommen, was er wollte.« Sie sah an sich selbst hinunter. »Ich fühle mich heute Abend zu bloßgestellt.« Sie sah wieder zu Elena auf. »Ich glaube nicht, dass ich dafür gemacht bin, wie ein teures Schmuckstück vorgezeigt zu werden.« Sie verschränkte die Arme über der Brust, um ihr Zittern zu überdecken. »Vielleicht bin ich für nichts hiervon gemacht.«

»Ich dachte, du wolltest bei ihm sein«, murmelte Elena.

»Was hat auf dich bitte diesen Eindruck gemacht?« Maddie drehte sich um und sah sie entrüstet an.

Elena musterte sie neutral. »Er sagte, du hättest ihm einen Tanz versprochen.«

»Er hat gelogen.«

»Ah.« Unsicherheit huschte über Elenas Gesichtszüge und sie wandte den Blick ab. »Das war mir nicht bewusst.«

War das nicht der Punkt von all dem? Maddie rieb sich über die Arme und dachte darüber nach. »Weißt du, wie viel ich über dich gelernt habe, als ich mit dir gearbeitet habe? In neunundneunzig von hundert Fällen konnte ich vorhersagen, was du tun oder als nächstes von mir verlangen wirst. Das hat mich zu einer erfolgreichen Assistentin gemacht.«

Elena musterte sie und schien von der Richtung ihrer Unterhaltung verwirrt zu sein. »Du warst eine effiziente Assistentin«, sagte sie mit einem winzigen Nicken.

»Und was mich heute Abend so vor den Kopf gestoßen hat, war …« Maddie verstummte. Sie verhielt sich unsinnig. Elena war eine vielbeschäftigte Frau, die ein Multimillionen-Dollar-Unternehmen leitete und zusätzlich ein weltweites Mode-Magazin managte. Sie hatte keine Zeit dazu, über Maddies Empfindungen nachzudenken. Vielleicht hatte sie hin und wieder einen schwachen Moment und berührte sie, als würde sie ihr etwas bedeuten. Aber wie oft hatte Elena in der Vergangenheit ihre Gleichgültigkeit Maddie gegenüber gezeigt? Seit sie in Sydney waren, hatte Elena ihr keine persönlichen Fragen gestellt oder sie um ihre Meinungen gebeten. Sagte ihr das nicht alles, was sie wissen musste? Sie war eine Närrin, zu glauben, dass Elena sie wahrhaft kannte. Oder zu erwarten, dass sie das wollte.

»Nichts«, sagte Maddie schließlich und fühlte sich plötzlich erschöpft. Das Adrenalin war aufgebraucht und sie wollte nur noch ins Bett kriechen. »Es tut mir leid. Ich habe zu viel von dir erwartet. Das war ungerecht von mir. Und ich habe einfach einen schlechten Abend.«

Elena sah sie direkt an. »Lass mich raten. Es hat dich heute Abend geärgert, dass obwohl du das Gefühl hast, mich zu kennen, ich dich nicht genug kannte, um Jasons Aufmerksamkeit als unerwünscht zu erkennen. Irgendwie wurde von mir erwartet, dies telepathisch zu erraten. Und du hast das Gefühl, dass ich dich mehr oder weniger in seine Arme gedrückt habe. Bin ich nah dran?«

Maddie zuckte zusammen. »Es ist nicht deine Schuld. Ich weiß, dass es absurd ist, zu erwarten …«

»*Absurd*. Ja. Weil ich Elena Bartell bin. Und ich nehme nichts wahr, das nichts mit dem Geschäft zu tun hat. Ich wusste ja nicht mal, was mein Ehemann direkt unter meiner Nase getrieben hat. Richtig?«

Maddie zwang sich, nicht zu nicken. Aber ja. Elena würde niemals Preise für ihre sozialen Kompetenzen erhalten. Das war nicht ihre Stärke. Maddie wusste es und trotzdem hatte sie größeres Einschätzungsvermögen von Elena erwartet. Weil sie geglaubt hatte, sie würden sich näherstehen, als es eigentlich der Fall war. Das war wohl ihr eigener Fehler.

»Ich deute das Schweigen als Zustimmung«, sagte Elena mit kühler Stimme. »Ich hatte keine Ahnung, dass ein Tanz mit diesem Mann für dich eine Aussage darüber treffen würde, wo wir beide miteinander stehen.«

Maddie musterte das wachsame Gesicht vor sich. »Und wo ist das? Wo *stehen* wir miteinander?«

»Elena!«, erklang eine Stimme hinter ihnen.

Sie drehten sich um.

»Oh, Gott sei Dank.« Felicity keuchte. »Ich hatte Angst, du wärst gegangen und …« Ihr Blick fiel auf Maddie. »Oh. Tut mir leid. Unterbreche ich gerade ein weiteres Wegrennen?«

Maddie erwiderte ihren finsteren Blick. Auch ihre Geduld hatte Grenzen.

Elena ersparte ihr eine Antwort, indem sie ungeduldig fauchend sagte: »Was gibt es?«

»Morgan Rosenfeld hat gerade vor einem Dutzend Reportern absurde Aussagen über die Zukunftspläne von *Style Sydney* gemacht. Er ist angetrunken und keiner weiß, ob er nur Witze macht, oder nicht. Kannst du …?«

Elena nickte grimmig. »Ich kümmere mich um die Reporter. Hol Perry, um unseren Vorstandsvorsitzenden von der Bar wegzulocken. Ich stoße gleich zu euch.«

Felicity zögerte, ließ ihren Blick zu Maddie gleiten und drehte sich dann um, um auf ihren Absatzschuhen davon zu klappern.

»Madeleine«, sagte Elena mit sanfter Stimme, »wir stehen an folgendem Punkt: Ich bin eine verheiratete Frau, die bald eine hässliche, öffentliche Scheidung vollziehen wird. Die ganze Welt wird Makel auf meiner weißen Weste suchen. Ich kann mir keine Fehler leisten. Ich kann jetzt nichts mit dir anfangen. Verstehst du, dass es in meiner Position unmöglich ist?«

Mit der Wahrheit so direkt vor Augen geführt fühlte es sich an, als würde der Boden unter Maddies Füßen weggerissen werden.

Unmöglich.

Elena beugte sich vor und flüsterte: »In der Zukunft werde ich Jason Lucas allerdings bei lebendigem Leib häuten, wenn er dich ohne Erlaubnis berührt.« Es folgte eine Pause und warmer Atem tanzte über Maddies Ohrläppchen. »Und nur für den Fall, dass du es trotz der Reaktionen, die du bekommen hast, noch nicht glaubst: du sahst heute Abend wunderschön aus. Exquisit. Aber für unseren Ball in New York, warum ziehst du dich nicht so an, wie du es willst, statt so, wie jemand anderes es schätzen wird? Obwohl ich es *definitiv* zu schätzen gewusst habe.«

Elena richtete sich auf, warf ihr einen amüsierten Blick zu und sagte: »Wir sind hier fertig.« Sie drehte sich um und verschwand über die Treppen nach oben.

Maddie sah ihr nach, während Schauer durch sie hindurch rannen.

Kapitel 30

Grün

Der Unterschied, für *Vanity Fair* statt *Style Sydney* zu schreiben, war so gravierend wie Tag und Nacht. Maddie verbrachte jede Minute mit ihrem bevorstehenden Exposé. Dieses Mal war sie auf sich allein gestellt, ohne ein eingespieltes Team zur Unterstützung im Rücken. Und sie spürte es.

Maddie hatte es sich zum Ziel gemacht, allen zu beweisen, dass sie keine Eintagsfliege war. Und einer Person im Besonderen, dass sie harte Nachrichten schreiben konnte. Sie war eine echte Journalistin.

In ihrer Geschichte ging es darum, ob die Träume von New York den Erfahrungen von jungen Hoffnungsvollen in der Mode-Branche gerecht wurden, die aus allen Teilen der Welt in die Stadt kamen. Sie konzentrierte sich auf die Mode-Branche, weil sie dort dank ihres ersten Knüllers Kontakte hatte. Die Leute wussten nun, wer sie war. Ihr Exklusiv-Bericht hatte ihr Türen geöffnet, als würde sie zum Königshaus gehören. Sie hatte Respekt. Und sie hatte Perry, der sie mit einigen seiner Freunde in New York in Kontakt gebracht hatte.

Die Geschichte war eine perfekte Ablenkung dafür geworden, nicht über das Wort nachzudenken, das Elena ihr ins Ohr geflüstert hatte. *Unmöglich.*

Mittlerweile hasste sie dieses Wort. Nachts hallte es ununterbrochen in Maddies Gedanken wider und es fühlte sich nie weniger schmerzhaft an. Also hatte sie sich in die Arbeit gestürzt, ihre Geschichte vorgestellt, grünes Licht bekommen und dann ein Flugzeug zurück nach New York bestiegen. Der nächste Ball fand ebenfalls in sechs Wochen in New York statt, also hatte es sich gut eingefügt.

Für den *verlorene-Träume*-Anteil ihrer Geschichte hatte sie einige junge Designer und Models gefunden, die von einem widerlichen Magazin-Redakteur zu Drogen und Prostitution verleitet worden waren, obwohl er angeblich nach der nächsten großen Sache gesucht hatte. Dann war da ein Fotograf mit atemberaubendem Talent, der seine Träume auf Kosten seiner Familie umgesetzt hatte. Erfolg war wichtiger – und er hatte keinen Weg gesehen, beides zu haben. Nicht in New York. Der schlimmste Teil war, dass er wusste, dass er sie verlieren würde, aber keinen Ausweg gesehen hatte. Also hatte er eine Entscheidung getroffen. Jeden Tag ging er zur Arbeit, schoss beeindruckende Bilder, ging dann nach Hause in eine leere, prunkvolle Wohnung und trank, um die Schattenseiten seines süchtig machenden Traums zu vergessen.

Nach vielen inneren Debatten entschied Maddie, die weit verbreiteten, sexuellen Übergriffe in der Branche miteinzubeziehen. Sie arbeitete die geheime Liste der Assistentinnen ab. Gleich an dem Tag, als sie das Buch gefunden hatte, hatte sie eine Kopie angefertigt, um es zu Hause zu lesen. Mit der Liste bewaffnet spürte sie ein halbes Dutzend von Elenas ehemaligen Assistentinnen auf und sprach mit ihnen. Der schlimmste Teil kam, als sie die Frauen danach fragte, welche sexuellen Forderungen der Ehemann der Chefin an sie gestellt hatte.

Maddie benutzte Pseudonyme für die Assistentinnen, wusste aber, dass Elena sehr genau verstehen würde, von welcher Firma, welcher Chefin und welchem Ehemann diese anonymen Frauen sprachen. Der Rest der Welt wäre im Dunkeln, aber Insider – nun, die würden definitiv spekulieren.

Es war eine schwierige Entscheidung gewesen. Maddie hatte nächtelang wach gelegen, von Zweifel geplagt, die ihren Magen nicht zur Ruhe kommen ließen. Sie wollte das Thema beleuchten, aber sie wollte nicht, dass Elena deshalb leiden musste. Letztendlich kam sie zu dem Schluss, dass das Thema zu wichtig war, um nicht ehrlich damit umzugehen. Abgesehen davon, war Elena nicht dafür berühmt, das Notwendige zu tun und nicht das Leichte?

Maddie hoffte, dass sie ihre Entscheidung verstehen würde. Aber wenn sie es nicht tat? Nun … es gab nicht viel, was sie dagegen tun konnte. Maddie war entschlossen, den Opfern eine Stimme zu geben.

Die Einsamkeit des Projekts war seltsam für sie. Sie hatte noch nie zuvor allein gearbeitet und vermisste menschliche Interaktionen. Selbst Felicitys dramatisches Schnauben und ihre bissigen Kommentare hatten ihr das Gefühl gegeben, Teil eines Teams zu sein. Allein zu arbeiten gab Maddie auch Zeit zum Nachdenken und das tat ihr nicht gut.

Ihre Gedanken schweiften erneut zu ihrem letzten gemeinsamen Ball ab und wie Elena die Möglichkeit auf ein Zusammensein endgültig abgewiesen hatte. Es war verwirrend. Hatte Elena nicht mit ihr geflirtet? In dem Umkleidezimmer bei Véroniques Show in Sydney? Diese Finger, die über ihren Rücken gewandert waren? Als sie Maddie *schön* genannt hatte? Was *sollte* das alles?

Als die Tage ineinander übergingen, fragte sie sich, ob sie sich das alles nur eingebildet hatte. Oder vielleicht war es passiert, aber es war nur Elenas Art, ihr Interesse an schönen Dingen auszudrücken – seien es nun Zeitungen oder ehemalige Assistentinnen. War Maddie nicht mehr als *Kunst* für Elena? Oder vielleicht ein Spiel? Jemanden, den sie umgarnte, um zu sehen, ob sie es konnte, und dann wieder wegstieß?

Maddie seufzte. Diese Gedankengänge würden ihr nicht helfen. Sie öffnete ihren Kalender. Bis zum Abgabetermin der *Vanity Fair* waren es noch zwei Tage. Fünf, bis sie Elena wiedersehen würde. Der Ball der Auslandskorrespondenten. Sie freute sich darauf, den hoch geschätzten Kriegsberichterstatter Trent Dalton sprechen zu hören, der der Ehrengast war. Maddie hatte seine Arbeit aus den Kriegsgebieten im Nahen Osten nachverfolgt. Sie begrüßte es, dass er die Ortsansässigen zum Thema seiner Artikel machte und nicht bloß das Militär.

Die Gedanken an den Ball brachten sie zu ihrem nächsten Problem. Was sollte sie anziehen? Sie hatte jeden Vorschlag abgelehnt, den Perry ihr geschickt hatte. Ihre Wangen brannten noch immer vor Demütigung über Elenas sanft formulierten Vorschlag. *Zieh dich für dich selbst an, nicht für jemand anderen.* Das war absurd, da Elena schließlich diejenige gewesen war, die das letzte Mal die Liste mit Kleidern für sie zusammengestellt hatte.

Ein heftiges Klopfen ertönte an ihrer Tür. Maddie runzelte die Stirn. Wer sollte sie hier besuchen? Nur Simon und ihre Eltern kannten die Adresse der *Airbnb*-Wohnung, in der sie in Manhattan untergekommen war. Maddie kam auf die Füße und öffnete die Tür.

»Ah, gut. Du bist hier.« Natalii schob sich mit dem Arm voller Pakete an ihr vorbei. »Okay. Ich bin bereit. Wir müssen mit dem arbeiten, was wir haben, *oui*?«

»Ähm … was?« Maddie schloss die Tür hinter sich ab.

»Wir haben keine Zeit zu verlieren.« Natalii wedelte mit dem Finger. »Aber fürchte nicht! Ich habe es genau hier!« Sie hielt einen Kleiderbeutel nach oben.

Maddie starrte sie an. »Nicht, dass ich mich nicht freue, dich wiederzusehen – aber als ich dich in meiner E-Mail nach Rat für mein Outfit zum Ball gefragt habe, habe ich damit nicht gemeint, dass du herkommen sollst. Und warum bist du nicht in Paris und triffst Hochzeitsvorbereitungen?«

»Ich war bereits geschäftlich hier. Ich war auf dem *Facebook* und habe mit deinem Simon gesprochen. Er hat alles erklärt. Nun, meine *mère* und ich, wir haben eine Lösung. *Oui*? Ein Weg, wie du für deine Frau unvergesslich wirst.«

Maddie sank auf ihr Sofa. »Meine Frau?« Sie schüttelte den Kopf. »Okay, ich fürchte, dass du ein wenig zurückfahren musst. Können wir nochmal zum Anfang zurück? Was hat Simon gesagt?«

Natalii legte den Kleiderbeutel über die Küchenanrichte und musterte sie gebieterisch. »Er hat mich über das Desaster deines Legends-Ball in Sydney informiert.«

»Desaster.« Maddie sank der Magen bei dieser Erinnerung förmlich bis in die Kniekehlen. »Ein gutes Wort dafür. Also, was *genau* hat er gesagt?«

»Er hat mir die Bilder aus den Zeitungen geschickt«, sagte Natalii. »Von dir in dem *magnifique* Kleid. Er hat auch gesagt, dass du zu, wie heißt das Wort, *Befangenheit* warst, um Spaß zu haben. Und dass es deine Elena nicht interessiert hat, als ein Tölpel ihrer Angestellten dich zum Tanzen zwingen wollte. Und er sagt, dass du glaubst, sie würde sich *gar nicht* für dich interessieren. Dein Kleid, es war der Grund für diese Dinge, weil du nicht du sein konntest. Nun!« Natalii deutete auf den Kleiderbeutel und setzte sich dann neben Maddie auf die Couch. »Was hat es für einen Vorteil, die beste Designerin der Welt zu kennen, wenn man sie nicht nutzt? Mm? Mach dir keine Sorgen, ich habe auch *Maman* gefragt, mir ein wenig zu helfen!«

Natalii grinste über ihren eigenen Witz. »Wie auch immer, dieses Mal wirst du *du* sein und deine Lady wird keuchen und in Verzückung geraten.« Sie nickte, als wäre das eine Tatsache.

»Natalii.« Maddie schwirrte der Kopf. »Es ist wirklich süß, dass du glaubst, das tun zu müssen, aber es ist zwecklos. Elena hat deutlich gemacht, dass sie kein Interesse hat.«

»Oh? Und wie hat sie das getan?« Natalii sah sie schelmisch an. »Du vergisst, dass ich euch zusammen gesehen habe. Die Chemie? Sie explodiert!« Ihre Hände flogen ruckartig auseinander, um ihre Metapher zu unterstreichen.

»Sie hat mir gesagt, dass sie sich scheiden lässt, von der Öffentlichkeit beobachtet wird und es sich nicht leisten kann, Fehler zu machen. Dass es für jemanden in ihrer Position unmöglich ist.«

»Und wann hat sie das gesagt? Vor oder nach dem tanzenden Tölpel?«

»Danach. Ich bin rausgegangen, um zu gehen und sie ist mir gefolgt und hat all das gesagt.«

»Ahhh«, sagte Natalii. »Lass uns das überprüfen – deine Chefin, die sich nicht interessiert und die so gleichgültig ist, läuft dir nach, um dir diese Dinge zu sagen. Deine Elena, sie tut das nicht oft, habe ich recht?«

Maddie war entsetzt, dass ihr dieser Gedanke nicht gekommen war. »Ich glaube nicht.«

»*Oui*.« Natalii nickte zufrieden. »Und sie hat dir gesagt, dass sie sich scheiden lässt, also dürfen keine Fehler gemacht werden.«

»Ja.«

»Wenn sie nicht interessiert ist, warum sollte sie dir dann von der Scheidung erzählen? Hm? Warum sagte sie nicht *Geh weg! Ich mag dich nicht auf diese Art und werde es niemals tun? Verschwinde!*«

»Ähm, weil sie nicht gemein sein wollte?«

Natalii lachte und schlug Maddie auf den Oberschenkel. »Deine Elena liebt es, gemein zu sein. Ich sehe sie; manchmal amüsiert es sie. Es ist ein Spiel. *Non*. Das ist es nicht. Scheidungen, die sind vorübergehend. Sie sagt dir, dass du Geduld haben musst. Sie sagt, nicht jetzt, noch nicht. Sie hat nicht *non* gesagt.«

»Sie hat gesagt, es ist unmöglich.«

»Weil sie noch immer verheiratet ist. *Oui*?«

»Ähm.« Plötzlich war sich Maddie weitaus weniger sicher, was Elenas Worte bedeuteten. Aber sie wusste mit absoluter Sicherheit, dass sie es nicht wagen sollte, etwas anderes zu glauben. Nichtsdestotrotz war die Hoffnung, die in ihrer Brust anschwoll, atemberaubend.

Natalii strahlte. »Also, hier bin ich. Hier, um dich glücklich zu machen, wie du mich und *mon* Adèle selig gemacht hast.« Sie stand auf, öffnete den Kleiderbeutel und zog vorsichtig das Outfit heraus.

Maddie starrte es überrascht an. »Heilige … Oh!« Sie sprang auf, rannte zu dem Outfit und strich mit den Fingern über den Stoff. Dann umarmte sie Natalii, die ihr ins Ohr lachte.

»Ich nehme an, das bedeutet *un succès*?«

»*Oui*!« Maddie war ehrfürchtig. »Heilige Scheiße! Deine Mutter könnte eine ganz neue Linie damit herausbringen. Du weißt das, oder?«

»Oh, das tue ich. Aber es ist mein Design und ich bringe bereits eine neue Linie damit raus. Das ist das erste Stück meines eigenen Labels, *Natalii.* Du sollst am Abend mein Model sein. Sorg dafür, dass du allen erzählst, wer es gemacht hat, wenn die Fotografen *Knips, Knips, Knips* machen. Okay?«

»Das werde ich«, sagte Maddie. »Oh mein Gott. Ich glaube, Elenas Kopf wird explodieren, wenn sie dieses Design sieht.«

Natalii runzelte die Stirn. »Ist das gut?«

»Oh ja. Wirklich gut. Ein neues Duchamp-Design? Aber die Überraschung ist, dass es jetzt die Tochter ist? Wow, sie wird … das ist …« Sie verstummte, als ihr ein Gedanke kam. »Ich meine, wenn sie noch immer mit mir redet.«

»Oh? Warum sollte sie das nicht?«

Maddie zuckte zusammen. »Kurz vor dem Ball wird ein großer Magazin-Artikel erscheinen, den ich geschrieben habe. Der enthüllt ein für sie sehr heikles Thema. Und es kommt ihr ziemlich nahe. So richtig.«

»Es hört sich nach einer wichtigen Sache an, dieses Thema?«

»Ja.«

»Wenn deine Lady überhaupt etwas wert ist, wird es sie nicht stören. Sie wird wissen, dass du es nicht getan hast, um ihr wehzutun. Dass es angemessen ist.«

Maddie sagte nichts. Sie wusste wirklich nicht, welchen Weg Elena in dieser Sache einschlagen würde. Alles war aus dem Licht der Öffentlichkeit herausgehalten und Bestrafungen im Geheimen ausgeführt worden. Bald würden jedoch Menschen in Elenas Branche – Menschen, mit denen sie täglich arbeitete –die Wahrheit herausfinden. Sie würde sich gedemütigt fühlen. Maddies Herz schlug bei diesem Gedanken schmerzhaft. Sie wollte ihr nie wehtun, aber es gab keinen Weg, der daran vorbeiführte.

Vanity Fair hatte die Geschichte aufs Cover gesetzt. Es zeigte das Bild einer kunstvoll hergerichteten Frau, die wie eine Assistentin aussah. Schwarzes Panzerklebeband befand sich über ihrem Mund und in ihren Augen lag ein gehetzter Ausdruck. Eine zerbrochene Kamera lag neben einem Paar glitzernder Absatzschuhe zerstört auf dem Boden. Die Überschrift lautete: *Kleider und Schrecken in New York: Die Wahrheit über zerbrochene Mode-Träume.*

Der Artikel schlug ein, sobald er ins Internet kam. Die Geschichte wurde auf jedem großen Mode-Blog verlinkt und löste Gespräche und Debatten darüber aus, was die Hoffnungsvollen des Modegeschäfts durchmachen mussten, um weiterzukommen. Ihr Handy spielte erneut verrückt, weil ihr alle gratulierten. Der einzige Name, der nicht auftauchte, war Elenas. Maddie hörte nicht eine einzige, knappe Silbe von ihr.

Na ja, nicht bis zum Tag des Balls.

Ich komme von der anderen Seite der Stadt. Du wirst allein hinfahren müssen. E

Die Nachricht kam sechs Stunden vor ihrem ausgemachten Termin an und klang viel zu kurz angebunden, um ihr ein Gefühl von Sicherheit zu vermitteln. Maddie rief augenblicklich Perry an, der sich zusammen mit seiner launenhaften Chefin wieder bei *Style New York* befand.

»Auf einer Skala von geringfügiger zu thermonuklearer Kernschmelze, wie sauer ist Elena auf mich?«, fragte Maddie, sobald er rangegangen war.

Er lachte. »Ah, Maddie, ich habe mich schon gefragt, wann du den Kopf über den Zaun streckst und anrufst. Du hast echt riesige Eierstöcke, das muss ich dir lassen.«

Ängstlich kaute Maddie auf ihrem Nagel herum.

Als sie schwieg, sagte Perry: »Hör zu, sie spricht überhaupt nicht darüber. Sie ist still geworden und hat ein paar Untergebene für ihre Inkompetenz gefeuert und das war es. Allerdings sieht sie aus, als könnte sie jeden Augenblick explodieren und alle halten Abstand. Felicity droht, dich bei Sichtkontakt sofort zu erwürgen, weil du ihre Göttin aufgeregt hast. Also solltest du vielleicht deine Ausweichmanöver üben.«

Maddie zuckte zusammen. »Hatten es die gefeuerten Untergebenen zumindest verdient?«

»Natürlich. Ich bin sicher, dass selbst du das Sprichwort kennst: *Blau und Grün sollte man nicht mischen, es sei denn, eine Farbe ist dazwischen.* Nun, das haben sie nicht getan. Sie waren wandelnde Schandflecke der Accessoire-Abteilung der *Style* und hätten es besser wissen müssen. Wo wir gerade davon sprechen, wann kommst du, um dir ein Kleid auszusuchen? Ich habe welche von einigen aufsteigenden Designern gelagert, die bemerkt werden wollen. Ich kann dich heute um … hmm … vierzehn Uhr sehen. Es wird verdammt knapp, aber es sollte –«

»Ich komme nicht vorbei. Ich habe mein eigenes Outfit gefunden.«

»Maddie! Betrügst du mich?«

Sie lachte über seinen entsetzten Tonfall. »Und wie. Warte nur, bis du es siehst.«

»Bitte sag mir, dass du nicht bei Target einkaufen warst. Ich würde dich verstoßen müssen, wenn du dich den Gefahren von Polyblend hingibst. Ich habe Grenzen.«

»Nein. Eine gewisse Duchamp-Dame hat mir etwas zur Verfügung gestellt. Es ist Nataliis neue Line. Spar dir dein Urteil also bis nachher auf.«

»Nataliis?« Perry schnaubte fasziniert.

Maddie wertete das als Zustimmung und verabschiedete sich.

Das Plaza-Hotel auf der Fifth Avenue bebte unter munteren Bässen und einer riesigen Menschenmenge, als Maddie ankam. Ihre Nerven hatten sich einzig und allein auf eine Sache versteift: mit der anstehenden Ankunft von Elena fertig zu werden. Würde ihre ehemalige Chefin sie öffentlich häuten oder sie für das Unvermeidliche in einen Nebenraum führen?

»Hier, hier drüben! Miss?« Ein Kamerablitz war zu sehen und Maddie drehte sich zu ein paar Fotografen sowie Mode-Bloggern um, die Kameras und Mikrofone in ihre Richtung hielten.

»Wen tragen Sie?«, fragte die am nächsten Stehende neben einer Kamera auf einem Dreifuß. »Ich erkenne es nicht.«

Maddie glaubte, sie von ihrem Blog zu kennen. *Daring to Dazzle*? Auf jeden Fall irgendwas mit *Dazzle*.

»Natalii. Zwei *I*s.«

»Zwei *I*s? Wie in Duchamps? Wie in Natalii, die Tochter von Véronique?«

»Ja. Die einzig Wahre.«

Der Gesichtsausdruck der Frau wurde starr. »Oh mein Gott«, hauchte sie und es schien gut möglich zu sein, dass sie gleich zu hyperventilieren anfing. »Ist das der weltweit erste Auftritt davon?«

»Ja.«

»Wann wird die Kollektion erscheinen? Warum Sie? Wie sehen die anderen Stücke aus? Wie viele gibt es? Was wissen Sie? Ich habe so viele Fragen!«

»Alle Einzelheiten sind auf ihrer neuen Website zu finden: *nataliiduchamp.com*.« Maddie erhaschte in der Ferne einen Blick auf einen dunkelhäutigen Mann in einem eleganten Anzug.

Perry blieb wie angewurzelt stehen, als er in Maddies Richtung sah. Er deutete auf ihr Outfit und faltete seine Hände anschließend zustimmend über seinem Herzen. Dann zeigte er auf das Innere des Gebäudes und verschwand anschließend in der Menge.

Sie lächelte. »Tut mir leid. Ich muss mich mit ein paar Leuten treffen.«

»Okay, sicher. Jederzeit. Und danke!«

Als sie ging, sah Maddie aus dem Augenwinkel, wie die Bloggerin eifrig auf ihrem Handy herumtippte. Zweifellos informierte sie die Welt über eine weitere Duchamp, die in die Mode-Welt einbrechen würde. Sie straffte die Schultern und betrat den Ballsaal mit einem Selbstbewusstsein, das sie dieses Mal wirklich spüren konnte.

»Maddie Grey, nicht wahr?«, fragte eine Frau mit einem freundlichen Lächeln, die auf sie zukam. Sie war blond und attraktiv, mit scharfen Augen und einem gemächlichen, entspannten Gang.

»Das bin ich.«

»Theresa Hunter vom *Time Magazine*. Ich habe Ihren Artikel über zerbrochene Mode-Träume in New York gelesen. Der war sensationell.«

»Danke.« Maddie strahlte.

»Also, wer war die Geschäftsführerin? Die mit dem grabschenden Ehemann? Wir alle wollen es wissen.«

Maddies Begeisterung zerfiel. »Das werde ich nicht verraten.«

»Das ist alles, worüber geredet wird. Wie wäre es mit einem Hinweis?« Theresa grinste. »Ich nehme einen Anfangsbuchstaben. Oder kann ich einen Vokal kaufen?«

»Nein. Wenn ich Ihnen den Namen sage, würde es dabei helfen, die Opfer zu identifizieren.«

»Gutes Argument. Nun, wenn ich keinen Vokal kaufen kann, dann vielleicht einen Drink für Sie?« Sie schenkte ihr ein freches Lächeln, das bewies, dass es genauso gemeint war, wie es sich anhörte.

»Die Getränke sind kostenlos«, sagte Maddie und war nicht begeistert davon, dass irgendjemand in den Medien andeutete, sie würde bei dem richtigen Angebot die Opfer gefährden. »Tut mir leid. Im Moment muss ich mich mit ein paar Freunden treffen.«

»Eine Schande. Ich wollte Sie meinen vorstellen. Trent Dalton und Alan Kadinsky. Wir sind alle gerade aus dem Nahen Osten zurückgekommen. Ich bin Kriegs-Fotografin.« Ihr selbstsicheres Grinsen überquerte die Grenze zur Arroganz.

Maddie zögerte. Es würde ihr wirklich gefallen, Dalton kennenzulernen. »Vielleicht später. Ich möchte zuerst mit meinen Freunden sprechen.«

»Sicher«, sagte Theresa und tätschelte ihr spielerisch den Arm. »Später dann.«

Maddie drehte sich um und stellte fest, dass sie dem laserscharfen Fokus von Elena Bartell ausgesetzt war, die sie durch den Raum hinweg beobachtete. Ihr Puls beschleunigte sich, als sie Elenas Kleid sah – eine geschmeidige, weiße Robe mit einem Schlitz an der Vorderseite, der vom Saum bis zu ihren Knien reichte. Er war genauso lang wie ihr Ausschnitt. Symmetrie und Stil. Wow. Sie ging auf sie zu.

Als sie näherkam, trat ein Mann in ihr Blickfeld. »Maddie!«, keuchte Perry, packte ihre Arme und streckte sie vor sich aus. »Lass mich dich ansehen! Das ist es also? Nataliis dramatischer Sprung aus dem Nest?«

Er musterte sie genau und drehte sie. Maddie spürte, wie Elenas Blick dabei Löcher in sie brannte. Sie sah an ihrem Outfit hinunter und fragte sich, was ihre ehemalige Chefin davon hielt.

Schwarz. Durchscheinend. Feminin. Ein Anzug. Über der weiten Palazzo-Hose lag ein hauchzarter Netzstoff, sodass es von jedem Winkel aus so aussah, als würde sie einen fließenden, eleganten Rock tragen. Ihre tiefschwarze Jacke war formell wie bei einem Smoking, mit einem tief ausfallenden Revers. Das Ende der Jacke wölbte sich im fünfundvierzig Grad-Winkel, was zum parallelen Schnitt der im Creme-Ton abgehobenen Taschen an Hüfte und Brust passte. Darunter trug sie eine vielschichtige, cremefarbene Brokat-Weste – wie ein Anwohner des Palasts in Versailles – mit winzigen goldbestickten Knöpfen. Ein passender Seidenschal in Gold und Creme war locker um ihren Hals geknotet und gab ihr das Aussehen einer verwegenen, aber betuchten Dame. Sie trug kein Hemd unter der Weste, sodass Maddies glatte, blasse Haut den endgültigen Kontrast bot. Es war formell, aber gewagt; dreist und bedeckte doch alles.

»Grandios.« Perry nickte. »Ich flehe nicht oft, aber wir brauchen sie für die *Style*. Du kannst nicht darin herumstolzieren und uns nicht groß darüber schreiben lassen.«

»Ich werde sie fragen.«

»Gut. Aber es muss ein Exklusiv-Bericht sein. Oh.« Er drehte sich um. »Elena will mit dir sprechen. In der Zwischenzeit finde ich heraus, warum Felicity so lange mit den Getränken braucht.«

Er verschwand und der abgelenkte Ausdruck auf seinem Gesicht sagte Maddie, dass er gedanklich schon das Shooting für Nataliis Kollektion plante.

Maddies Blick huschte zurück zu Elena, die sie schweigend musterte. »Hallo.«

Elenas Blick glitt über das Outfit und ihre Augenbrauen hoben sich. Die Andeutung eines Lächelns legte sich über ihre Lippen. »Sehr stilvoll. Elegant. Wie die Mutter, so die Tochter. Wie ich sehe ist sie mehr als nur ein hübsches Gesicht.«

»Ja, das ist sie.« Schweigen breitete sich aus. Maddie zappelte. »Wegen des Artikels …«

Elenas Gesichtsausdruck verlor seine Leichtigkeit. »Habe ich dich auf dem letzten Ball so sehr verärgert? Oder hast du nur vor, deine Karriere durch mein Leid voranzutreiben?«

Oh Scheiße. Elena war *wirklich* sauer. »Es ging nicht um dich. Du hast in meiner Entscheidung, den Artikel zu veröffentlichen, keine Rolle gespielt.« Maddie flehte sie mit ihren Augen an, die Wahrheit darin zu erkennen. »Du hast beinahe eine Rolle dabei gespielt, den Artikel nicht zu veröffentlichen. Aber letztendlich …« Letztendlich hatte sie gewusst, dass es das richtige war, es zu tun. »Letztendlich musste ich es.«

»Gut.« Elena nahm einen Schluck von ihrem Drink.

»Gut was?«

»Gut gemacht. Es ist wichtiger Journalismus. Und ein gutes Stück Schreibkunst.«

»Warte, du bist nicht wütend auf mich?«

»Du hast geglaubt, ich wäre so kleinlich, meine persönlichen Gefühle über das Wohlergehen verletzlicher Menschen zu stellen? Ich kann nicht sagen, dass es mich freut, dass Zentrum dieser geschmacklosen Kontroverse zu sein, die meine Branche auseinandernimmt. Aber dein Artikel war ehrlich, ausgeglichen, hat Klischees vermieden und wiederholt betont, wer die eigentlichen Bösewichte sind.«

»Was ist mit Richard?«

»Er hat Todesangst. Und schäumt«, sagte Elena mit einem boshaften Lächeln. »Also hat es definitiv etwas Gutes. Plötzlich war er besonders entgegenkommend, was die Regelungen für unsere Scheidung betrifft. Was das angeht, er ist ermutigt worden, einige große Spenden an New Yorker Frauenhäuser zu tätigen, um zu vermeiden, namentlich erwähnt und bloßgestellt zu werden. Aber jetzt, da deine Geschichte öffentlich ist, wurde mir gesagt, dass er bis in seine Zehenspitzen zittert, aus Angst, jemand könnte eins und eins zusammenzählen und bei Richard Barclay rauskommen.«

»Es tut mir übrigens leid. Wegen der Scheidung.«

»Mir nicht.« Elena musterte sie einen Augenblick. »Lass uns das Thema wechseln. Was hast du mit Theresa Hunter gemacht? Mach einen großen Bogen um sie.«

»Warum?«

Elenas Augen wurden schmal. »Weil ich es vorgeschlagen habe. Sie ist berüchtigt.«

»Du weißt, dass ich nicht mehr für dich arbeite«, sagte Maddie. Ihre Empörung wuchs. »Du weißt auch, dass ich mir keine Zustimmung für die Wahl meiner Freunde oder romantischen Interessen einholen muss.«

»Romantische Interessen? Du musst scherzen. Diese Schlange?«

Maddie zuckte zusammen. Das lief schnell aus dem Ruder. »Okay, Moment. Hör zu, können wir … diese Unterhaltung nochmal beginnen? Ich habe kein Interesse daran, mit Theresa Hunter auszugehen. Wir haben uns eine Minute lang unterhalten. Nicht mal. Okay? Könntest du bitte aufhören, davon auszugehen, dass ich auf jeden stehe, der Interesse an mir zeigt? Zuerst Jason und jetzt diese Frau?«

Elena sagte nichts, aber ihr Gesichtsausdruck entspannte sich.

»Komm schon«, sagte Maddie sanfter, »warum tust du das? Denkst du so von mir? Dass ich nur darauf warte, das kleinste bisschen Aufmerksamkeit von jemandem zu bekommen, und der Person dann sofort verfalle?«

Elena musterte sie. »Wenn du dich so sehen könntest, wie ich es tue, würdest du auch davon ausgehen, dass jeder im Raum einen Versuch wagt.«

Maddie erstarrte bei den unterwarteten Worten kurz. »Das ist schmeichelhaft, aber nur zur Information, ich habe kein Interesse an einer Kriegs-Fotografin, die meine Quellen erkaufen will und ihre Berufsbezeichnung dann als Anmachspruch benutzt.«

»Sie ist *wirklich* eine Schlange.« Elena presste die Lippen aufeinander. »Ich habe nicht übertrieben.«

»Nein, hast du nicht, aber das ist irrelevant.« Sie sog tief den Atem ein. »Wir sind darum herumgetanzt, aber du müsstest mittlerweile wissen, dass ich nur Augen für eine Frau habe. Und das ist nicht sie.«

»Madeleine.« Elenas Stimme war leise und enthielt den Anflug einer Warnung. »Wir können nicht. Ich meine –«

»Als wir uns das letzte Mal gesehen haben, hast du mir gesagt, dass ein kein *Wir* gibt.« Maddie musterte sie. »Dass es so etwas nicht geben könnte. Es ist unmöglich. Du sagst solche Dinge und verhältst dich dann aber so, als würdest du mehr wollen. Und dann erstickst du die ganze Unterhaltung, so wie jetzt gerade. Kannst du mir sagen, was du willst? Es ist so verwirrend.«

»Dasselbe könnte ich von dir behaupten.« Elena schnippte mit einem arglosen Wischen ihrer Fingerspitzen einen Fussel von Maddies Ärmel. »Du sagst, dass du vorhersagen kannst, was ich will und brauche, aber bei diesem Thema scheinst du unsicher zu sein. Ich habe erklärt, warum ich keine Versprechen machen oder dir Hoffnung geben kann.«

»Aber du bist nicht länger verheiratet.«

»Ich bin auch noch nicht geschieden und ich kann die Tatsache nicht ignorieren, dass die Tinte auf den Trennungspapieren kaum getrocknet ist. Ich bin die Besitzerin einer Firma mit hunderttausenden Angestellten und einem Umsatz von knapp einer Billiarde Dollar. Wenn ich falsche Entscheidungen treffe, fallen die Aktienkurse. Wenn sie Schwäche oder einen Skandal wittern, fliehen die Investoren. Ich kann keine Fehler machen. Sag mir, dass du das verstehst.«

»Das hört sich nach der Hölle an.«

»Hölle?«

»Ja. Das Schlimmste.«

Elenas Augen wurden schmal. »Jetzt minderst du also herab, was ich tue? Begreifst du überhaupt, wie mächtig ich bin? Wie wichtig meine Stellung ist? Das ist nichts, worüber man mit den Schultern zucken kann. Das alles kommt mit einer enormen Verantwortung. Du hast keine Ahnung, wie –«

»Du bist nicht mächtig genug, um deinen eigenen Weg zu wählen. Das ist es, was ich höre. Du hast eigentlich noch weniger Kontrolle über dein Leben als ich – und ich bin nah dran, ein Niemand zu sein. War *das* wirklich dein Traum? Du darfst niemals Fehler zulassen. Wirst kein Risiko eingehen. Es tut mir leid, aber für mich klingt das schrecklich.«

»Du verstehst nicht –«

»Ich verstehe, dass du Angst davor hast, dir Fehltritte zu leisten. Es ist traurig. Und auch schade. Weißt du, es gibt einen Grund, warum du meinen Blog geliebt hast – es liegt daran, dass wir die Welt auf dieselbe Weise sehen. Wir sind sehr verschieden, aber in allen wichtigen Dingen verstehen wir einander. Du fühlst es auch, sonst würden wir diesen … verwirrenden Tanz gar nicht aufführen. Wir denken gleich, schätzen Entschlossenheit, lachen über dieselben Dinge, nehmen die Welt auf eine ähnliche Weise wahr – als Außenseiter. Und ich weiß, dass du insgeheim meine lettische Folk-Musik magst, also mach dir nicht die Mühe, es zu leugnen«, fügte sie mit einem Lächeln hinzu. »Weißt du, wie selten und wunderschön es für zwei vorsichtige und einsame Seelen wie uns ist, einander zu finden?«

Elena schwieg, aber die Emotionen standen ihr ins Gesicht geschrieben. Zweifel. Angst. Und etwas anderes, bei dem Elena ihre Kiefer anspannte.

Perry kam mit Felicity im Schlepptau zurück und sie verteilten die Getränke, die sie bei sich trugen.

Felicity blinzelte heftig, als sie Maddies Outfit musterte. »Gütiger Gott. Perry hatte recht. Natürlich darfst du dieses Meisterstück tragen. Weil deine Glückssträhne noch nicht lang genug ist.«

Maddie öffnete den Mund und wollte ihr sagen, dass sie sich ihre Einstellung sonst wohin stecken konnte, als Elena sie unterbrach.

»Perry, bitte bleib mit Madeleine in Kontakt, um Natalii Duchamp für einen Bericht zu gewinnen. Das Konzept der Designerin ist vielversprechend.«

Perrys Blick huschte zwischen ihnen hin und her. »Natürlich. Ähm …«

»Wenn ihr mich jetzt entschuldigen würdet, ich habe Kopfschmerzen. Felicity, lass Amir den Wagen vorfahren. Ich muss gehen.«

Felicity huschte davon, um eine ruhigere Stelle zum Telefonieren zu finden. Perry drehte sich um und schnappte sich eine der vorbeihuschenden Hors d'oeuvre.

»Bitte geh nicht«, murmelte Maddie, sobald er ihnen den Rücken zugewandt hatte. »Nicht wegen dem, was ich gesagt habe. Komm schon, bleib. Es ist so lange her. Ich habe dich vermisst.«

»Nichts hat sich geändert«, sagte Elena mit leiser Stimme. »Ich habe meinen Standpunkt bereits erklärt.«

»Bitte«, versuchte Maddie es erneut. »Ich glaube, wir …«

Sie ließ den Satz verklingen, als ihr klar wurde, dass Perrys Aufmerksamkeit wieder auf ihr und Elena lag. Sein Blick huschte zwischen ihnen beiden hin und her und sein Mund formte ein *O*.

Elena sah den Ausdruck, machte auf dem Absatz kehrt und marschierte davon.

Entsetzen erfüllte Maddie, als sie ihr hinterher sah.

»Warum geht sie?« Perrys Brauen zogen sich zusammen. »Was ist los?«

»Nichts.« Maddie nippte an ihrem Drink.

Perry sah sie skeptisch an und schwenkte die Flüssigkeit in seinem Glas.

»Was?«, fragte sie ihn.

»Versprich mir nur eins.« Er sah sie ernst an. »Fang nichts an, das du nicht beenden kannst.«

»Hm? Ich weiß nicht, was –«

»Sie ist im Moment verletzlich. Ich weiß, dass sie nicht so aussieht, aber ich habe das schon einmal gesehen – damals, als *CQ* sie für Emmanuelle übergangen hat. Es hat sie zerstört. Ich kenne diesen Ausdruck. Dank dieses Mistkerls von einem Ehemann hängt sie am seidenen Faden. Ich schwöre, wenn du deine Meinung änderst und sie brichst, werde ich ein sehr unliebsamer Mensch dir gegenüber sein.«

»Ich weiß nicht, wovon zur Hölle du sprichst, Perry.«

»Sicher tust du das nicht«, sagte er und sah seiner verschwindenden Chefin nach. Er nahm einen Schluck von seinem Sekt und sah sie grimmig an. »Sicher tust du das nicht.«

Kapitel 31

Rot

Als Maddie nach Hause kam, saß Natalii auf ihrer Couch. Sie hatte gesagt, dass Natalii sich wie zu Hause fühlen sollte, als sie vorbeigekommen war, um Maddies Designer-Anzug anzupassen, ihr Make-up aufzulegen und dafür zu sorgen, dass sie angemessen *magnifique* für den Abend war. Offensichtlich war sie geblieben. Ein Pizzakarton und Rotwein standen auf dem Couchtisch und die Französin war gerade damit beschäftigt, den Fernseher anzuschreien.

»*Non*! Nicht sie. Das ist Wahnsinn.« Sie hob den Blick, als sich Maddie neben ihr auf die Couch fallen ließ. »Sieh sie dir an. Sie ist eines der Topmodels? Schwachsinn!«

Maddie warf einen Blick auf den Bildschirm und sah eine Auswahl an Kandidatinnen für *America's Next Top Model.*

»Siehst du ihr Gesicht? Es ist wie die Mondlandung. Überall Krater. Ihre Augen – sie schielt, siehst du? Und was sagt dieser blinde *homme*? Sie hat einen außerirdischen Zauber? Was ist das? Außerirdischer Zauber? Ist sie grün? *Non*! Das kann nicht echt sein.«

Maddie lächelte sie matt an. Ihr Magen knurrte, als sie die Reste von *Mario's* Pizza betrachtete. Sie hatte den ganzen Abend nichts gegessen, weil sie so gestresst gewesen war, Elena wiederzusehen.

Natalii schob den Pizzakarton zu ihr rüber. »Es ist noch mehr da. Ich hatte die, wie sagt ihr das …? Die New York-Erfahrung.«

»Ah.« Maddie nahm sich ein Stück Pizza und eine Serviette. »Alles klar.«

Natalii musterte sie. »Du hattest also keinen *magnifique* Abend?« Enttäuschung schwang in ihrer Stimme mit. »Deine Lady hat nicht zu schätzen gewusst, dass du …« Mit einer Hand deutete sie auf Maddies Outfit.

»Es hat ihr sehr gefallen.« Maddie nahm einen Bissen. Die Aromen explodierten auf ihrer Zunge. *Gott, genau das, was ich gebraucht habe. Ein fettiges, öliges*

Wunderwerk, um meinen Kummer zu ertränken. Sie kaute und schluckte. »Allen hat es sehr gefallen. Das erinnert mich daran – mach dich darauf gefasst, dein Design heute Nacht auf allen Blogs zu sehen. Die Mode-Reporter haben es geliebt.«

Natalii lächelte nicht, auch wenn sich ihre Augen vor Freude aufhellten. »Das ist gut, aber ich habe es nicht für sie getan. Was ist mit dir? Was ist passiert?«

Maddie biss erneut ab und spürte, wie sie eindringlich von einem scharfen Blick gemustert wurde. »Elena ist früher gegangen. Wir hatten einen … ähm, winzigen Streit. Na ja, eigentlich nicht mal das.«

»Einen Streit?« Nataliis Augen weiteten sich.

»Irgendwie.« Maddies Laune sank, wenn sie es nur aussprach.

Ohne ein Wort zu sagen, ging Natalii die vier Schritte in die angrenzende, offene Küche und holte ein zweites Weinglas. Sie kam zurück, füllte es fast bis zum Rand mit Rotwein und reichte es Maddie. »Jetzt erzähl's mir. Worüber habt ihr beiden euch auf einem albernen Ball gestritten?«

Maddie nippte an dem Wein und war verblüfft, wie köstlich er war. Ihr Blick glitt zum Etikett. Ah. Ein französischer – natürlich.

»Sie war mit einer Frau nicht einverstanden, mit der sie mich gesehen hat. Eine Frau, die ich nicht kannte und an der ich kein Interesse hatte. Sie hat mich vor ihr gewarnt.«

»Und dann?«

»Ich habe ihr gesagt, dass sie nicht mehr mein Boss ist und mir nicht vorschreiben kann, wer meine Freunde sind, oder …« Maddie hielt inne. *Autsch.* »… meine romantischen Interessen.«

Okay, beim Nacherzählen hörte es sich wirklich schlimm an.

Nataliis Augenbrauen schossen nach oben.

Maddie sah ihre Pizza verlegen an. »Wir haben uns irgendwie aus dem Schlamassel zurückgezogen. Aber dann hat sie gesagt, dass sie noch nicht geschieden ist und nichts riskieren kann, weil sie der Boss der Hälfte des verfickten Universums ist und warum ich das nicht verstehen könnte?« Das hatte wirklich wehgetan.

»Madeleine, warum hast du sie in dem Glauben gelassen, dass du romantisches Interesse an dieser Frau hast, wenn das nicht der Fall war? Ahh.« Natalii schnippte mit den Fingern. »Du wolltest sie eifersüchtig machen. Grün!« Sie grinste. »Nun denn, dieses Spiel der *amour*, es hat angefangen!« Sie hob ihr Glas und trank, als würde sie Maddie für eine Art meisterhafte Strategin halten.

»Ich wollte sie nicht eifersüchtig machen! Und ich bin wirklich nur wütend, weil sie zu viel Angst davor hat, Risiken einzugehen. Ich wünschte, sie würde es tun.«

»Hast du den Teil vergessen, als sie sagte, dass sie *noch* nicht geschieden ist. Sie möchte berücksichtigt werden. Später.«

»Trotzdem habe ich sie gebeten, mehr mit mir darüber zu sprechen und sie ist einfach gegangen. Ich habe es satt, diejenige zu sein, die alle Zeichen entschlüsseln muss. Warum kann sie nicht einmal in ihrem Leben weniger kryptisch sein? Kann sie sich nicht daran erinnern, dass sie *die* Elena Bartell ist? Für uns einfache Sterbliche ist das schwer.«

Sie stürzte den Rest ihres Weins hinunter und hielt Natalii ihr Glas entgegen, die es auffüllte.

»Es scheint, dass du zu viel über diese Sache nachdenkst«, sagte Natalii. »Was wir tun müssen ist, dich betrunken zu machen, damit du das nicht mehr tust. Du musst dich mehr entspannen. Du bist viel zu gekrampft. Und das auch noch in meinem himmlischen Outfit? *Non*, ich habe das nicht für dich entworfen, damit du so voller aufgestauter Gefühle bist.«

Maddie sah an sich hinunter und war entsetzt, als sie feststellte, dass sie sich in Nataliis Designer-Outfit auf der Couch breitgemacht hatte. »Oh! Oh Gott!« Sie setzte sich auf. »Ich sollte mich umziehen. Es tut mir so leid.«

Natalii hob eine Hand und schüttelte den Kopf. »Es ist in Ordnung. Du darfst es so tragen, wie es dir gefällt. Aber zieh dich trotzdem um, weil ich vorhabe, dich beschwipst genug zu machen, dass du deine Frau vergisst.«

Maddie stand auf. »Oh, das erinnert mich an etwas. Perry Marks? Von *Style New York*? Er möchte deine neue Kollektion im Magazin präsentieren.«

»Möchte er das?« Nataliis Augen wurden skeptisch. »Und was hast du ihm gesagt?«

»Dass ich dich fragen werde.«

Ein Lächeln breitete sich sehr langsam auf Nataliis Gesicht aus. Maddie hätte nicht sagen können, ob das für irgendjemanden etwas Gutes bereithielt. »Danke, dass du mir dieses Detail weitergegeben hast. Ich werde morgen persönlich mit deinem Perry sprechen. Jetzt geh … finde ein Kleidungsstück, das sagt: *betrunken und sorglos mit meiner stylischen Freundin Natalii.*«

Maddie lachte und ging ins Schlafzimmer, um sich umzuziehen.

Maddie erwachte mit pochendem Schädel. In Anbetracht des Katers, den sie gerade hatte, konnte sie kaum glauben, dass sie noch immer am Leben war. Sie drehte sich um und öffnete ein Auge. Ein Glas Wasser und eine Aspirin tauchten zusammen mit einem Zettel in ihrem Sichtfeld auf. Sie nahm den Zettel und versuchte, sich auf die Worte zu konzentrieren.

Danke für die ausgezeichnete Nacht, liebe Madeleine. Ich werde jetzt gehen. Es ist ein Treffen mit deinem Perry vereinbart. Trink aus und ruf mich später an. Wir essen zusammen am Abend, oui? Natalii.

Maddie stöhnte. Der Gedanke an Essen war unerträglich. Ihr Blick fiel auf das Handy auf ihrem Nachttisch. Gott, die Zeit! Es war fast elf.

An der Tür ertönte ein lautes Klopfen.

Sie kämpfte sich auf die Füße und machte sich wie ferngesteuert auf den Weg. Sie öffnete bereits die Tür, als ihr klar wurde, dass sie sich nicht einmal die Haare gekämmt oder etwas anderes angezogen hatte. Sie trug ihre kurze Schlafanzughose und ein Tanktop.

Elena Bartell stand ihr gegenüber. Mit einem Gesichtsausdruck so düster wie ein Gewitter.

Maddie blinzelte verwirrt und war nicht sicher, ob sie träumte. Aber nein, sie war ziemlich sicher, dass Elena sie nicht *so* ansehen würde, wenn es ein Traum wäre.

»Ele–«, setzte sie an.

»Was ist *das*?«, sagte Elena zischend, als sie an Maddie vorbei in die Wohnung stürmte und die Tür hinter sich zuknallen ließ.

Maddie zuckte zusammen und hielt sich den Kopf. »Nicht so laut. Und bitte, komm doch rein«, fügte sie sarkastisch hinzu.

Elena wedelte mit einem Stück Papier in ihre Richtung, als würde das alles erklären.

Maddie versuchte, die Worte darauf zu lesen, aber Elena bewegte sich zu ruckartig. »Ich dachte, ich hätte meinen Standpunkt klargemacht. Und dann rennst du zu *ihr*?«

»Ich … was? Wer?« Hinter Maddies Stirn pochte es.

Elena sah sich im Raum um und blieb vor den zwei Weingläsern und den Pizzakartons stehen. »Ich nehme an, sie liebt fettiges Essen? Hunter?«

»Woher zur Hölle soll ich das wissen? Ich habe niemanden mit nach Hause genommen, schon gar nicht diese arrogante Frau.«

Elenas Nasenflügel bebten. »Zwei Gläser, Madeleine. Du trinkst jawohl kaum für zwei?«

»Natalii war hier. Sie wollte wissen, wie das Outfit angekommen ist.«

Das ließ Elena innehalten. Doch dann richtete sie sich gebieterisch auf und ihr Gesichtsausdruck nahm eine ganz neue Art von Zorn an. »Ah, ja. Natalii. Das bringt mich hierzu.«

Erneut wedelte sie mit dem Blatt unter Maddies Nase. »Ihre Bedingungen für die Zustimmung, in einem *Style*-Artikel zu erscheinen, sind, dass ich allein zur dir kommen und *nicht weniger als eine Stunde über Dinge spreche, die nichts mit der Arbeit oder Mode zu tun haben.* Was ist das für ein Schwachsinn? Warum hast du das verlangt?«

»Hab ich nicht.« Seufzend rieb sich Maddie übers Gesicht. Sie war überhaupt nicht in der Verfassung für dieses Aufeinandertreffen. »Ich bin gerade erst aufgewacht. Das ist das erste Mal, das ich davon höre. Natalii denkt wahrscheinlich, dass sie hilft.«

Elena blieb stehen und betrachtete sie ausgiebig. Ihr Blick glitt über Maddies Schlafkleidung und blieb dann an ihren Haaren hängen. Es war ein seltsamer Gesichtsausdruck.

Maddie errötete. »Apropos, ich sollte mir wahrscheinlich etwas anziehen. Ähm … mach's dir bequem. Oder geh. Was auch immer. Ich werde dich nicht zum Bleiben zwingen. Ich sage Natalii, dass du getan hast, was sie wollte.«

Nachdem sie in Schlafzimmer geschlurft war, schloss Maddie die Tür und schlüpfte in eine Jeans und ein weißes T-Shirt. Als sie ihre Strümpfe anzog, fragte sie sich, ob Elena vor Wut kochend aus der Wohnung gestürmt war. Und wenn ja, lachte sie Maddie wahrscheinlich aus, weil sie wie eine halbtote Katze aussah. Sie warf einen Blick in den Spiegel und stöhnte. Ihre Haare standen von ihrem Kopf ab, als hätte sie sich mit einem Luftballon gekämmt. *Großartig.*

Maddie fuhr mit einer Bürste durch das Vogelnest und legte ein wenig Make-up auf, um die Schatten unter ihren Augen zu kaschieren. Anschließend warf sie einen letzten Blick in den Spiegel. Okay, lässig und relativ annehmbar. Zumindest für Menschen, die nicht Elena Bartell waren. Die Kuratorin der Schönheit.

Maddie lauschte durch die Tür und konnte kein Anzeichen von Bewegung hören. Elena war höchstwahrscheinlich gegangen. Toll. Sie würde Natalii später für ihre Kuppelversuche umbringen müssen. Sie verließ das Schlafzimmer und entdeckte Elena. Mit ihrer typisch königlichen Anmut saß sie auf der Couch, die wesentlich aufgeräumter aussah, als Maddie sie hinterlassen hatte. Die Weingläser und Pizzakartons waren sogar verschwunden.

Hatte Elena tatsächlich für sie aufgeräumt? Sie versuchte sich vorzustellen, wie die Medien-Chefin ihr dreckiges Geschirr einsammelte. *Oh Gott, oh Gott.*

Maddie war auf besten Weg zu einer ausgewachsenen Krise, als Elena sie davon abbrachte.

»Nicht«, sagte sie. »Es musste getan werden und ich hatte nichts anderes zu tun.« Elena spielte mit einem ihrer Ringe. Zumindest war der aufgebrachte Ausdruck von ihrem Gesicht verschwunden.

»Danke. Möchtest du einen Kaffee oder sowas?«

»Nein.« Elena warf einen Blick auf ihre Uhr. »Wir haben eine Stunde. Ich bin eine Frau von Ehre, ungeachtet dessen, was unzählige Klatschmagazine von mir denken. Was würdest du gern besprechen?«

Maddie starrte sie an. »Du willst das immer noch machen? Eine Stunde mit mir reden?«

Elena zuckte kaum merklich mit den Schultern. »Ein Deal ist ein Deal. Und ich werde nicht zulassen, dass Emmanuelle Lecoq einen Exklusiv-Bericht mit Natalii bekommt.«

»Oh.« Natürlich. Hier ging es ums Geschäft.

Elena legte den Kopf schräg. »Also? Möchtest du mir vielleicht erklären, warum diese Hunter denkt, ihr beiden wärt ein Paar? Ich wurde heute informiert, dass sie, nachdem ich die Veranstaltung verlassen habe, die Nachricht verbreitet hat, ihr beide hättet letzte Nacht weitaus mehr vor als nur ihre Foto-Kollektion zu betrachten.«

»Die spinnt vollkommen. Ich habe den Rest des Abends nicht nochmal mit ihr gesprochen.«

Elena musterte Maddie. Dann nickte sie. »Verstehe.«

»Es ist eine dumme Lüge. Warum sollte ich mit ihr mitgehen, wenn ich nichts anderes will, als mit dir zusammen zu sein?« Sie konnte so nicht weitermachen. So vieles war noch immer unausgesprochen. Es war Zeit, die Karten auf den Tisch zu legen. »Aber wenn du das auch willst, selbst wenn es nicht jetzt ist, sondern später, musst du es sagen. Ich bin wirklich nicht gut im Raten. Nicht in dieser Sache. Egal mit wie vielen Hinweisen. Ich muss es ausgesprochen hören.«

»Ich dachte, du könntest meine Gedanken lesen«, sagte Elena und senkte die Lider ein wenig. »Hast du das nicht gesagt?«

»In vielen Dingen. Arbeitsdingen.« Maddie verschränkte die Hände im Schoß, um ihr Zittern zu verbergen. »Hier ist es anders. Ich muss es wissen. Habe ich dich falsch verstanden? *Willst* du mehr von mir?«

»Ich lasse mich scheiden«, sagte Elena mit flacher Stimme. »Es wird hässlich. Die Presse wird involviert sein … und jetzt, da die Anschuldigungen aufwallen …« Sie verstummte mit einem unzufriedenen Gesichtsausdruck. »Ich will die Dinge wirklich nicht noch schmutziger machen.«

»Oh.« Plötzlich fühlte sich Maddie lächerlich. Also hatte Elena nur mit ihr geflirtet, nichts weiter. Sie war ein kleines Vergnügen, weil sie sich necken ließ. Und gelegentlich wurde Elena ein wenig besitzergreifend. Aber sie würde nichts für Maddie riskieren. Sie würde es nicht wagen, ihre Position aufs Spiel zu setzen.

Eigentlich wusste Maddie das bereits. In ihrem Herzen *wusste* sie es. Sie hatte sich selbst etwas vorgemacht. Nichts versetzte jemandem einen so festen Schlag in den Magen, wie *das* laut ausgesprochen zu hören.

»Also«, sagte Maddie und betete, dass ihre Stimme festbleiben würde, »all das war was, ein bisschen Spaß für dich? Magst du Frauen überhaupt auf diese Weise?« Das Zittern wurde stärker und sie ballte die Hände fest zu Fäusten.

Elena betrachtete sie. »Du bist ziemlich dreist.« Sie seufzte.

Maddie wünschte sich, Elena würde sie einfach von ihrem Elend erlösen. Eine einzelne Kugel zwischen die Augen war besser als das. Und auch schneller. Sie senkte den Blick. »Okay, schön, ich hab's kapiert. Endlich. Lass uns einfach vergessen, dass ich je etwas gesagt habe und wir können getrennte We–«

»Du bist eine faszinierende Frau, Madeleine.«

Maddies Kopf ruckte nach oben.

»Klug, einzigartig und talentiert«, fuhr Elena fort. »Du schaffst mit Worten und Essen Kunst. Ich habe dir mal gesagt, dass ich Schönheit schätze …« Ihr Blick glitt über Maddies Körper. »In all ihren Formen.«

Maddie spannte sich an und wartete auf das *Aber*.

»Jeder sollte stolz darauf sein, mit dir zusammen zu sein.«

Sie kniff die Augen zusammen.

»Ich eingeschlossen.«

Maddie riss die Augen auf. »Was?«

»Aber nicht jetzt.«

Verwirrt starrte sie Elena an.

»Ich dachte, ich wäre deutlich gewesen. Bei der Duchamp-Show? Ich war aufrichtig bewundernd. Ich versichere dir, dass ich … das noch nie mit jemandem getan habe. Aber du bist inspirierend. Du hast mir auf diesem Laufsteg die Luft aus den Lungen geraubt. Du warst eine Offenbarung. Ernsthaft, kannst du meine Gedanken bei dieser Angelegenheit wirklich nicht lesen? Sehen, wie sehr ich dich begehre?«

»Ich wollte nicht falsch liegen.« Maddie breitete die Hände aus. »Du bist *Elena Bartell*! Und ich bin nur …« Sie warf einen Blick auf sich selbst. »Ich bin nur die Frau mit dem Kater, die dachte, sie hätte es vermasselt.«

»Ich kenne dieses Gefühl.« Elena sah sie reumütig an. »In beiden Punkten.«

Nun, da sie das gesagt hatte, konnte Maddie die Müdigkeit um Elenas Augen erkennen, die kein Make-up der Welt vollständig verbergen konnte.

Elena erhob sich von der Couch und Maddie stolperte auf die Füße.

»Ich weiß, dass die Stunde noch nicht rum ist, aber ich habe eine Deadline. Würde es dir etwas ausmachen, Natalii zu sagen, dass ich dich … *befriedigt* habe?« Belustigung zeichnete sich in ihren Augen ab.

»Nur wenn du versprichst, das später wirklich zu tun.« Maddie grinste über ihre eigene Dreistigkeit.

»Wirklich, *Madeleine*.« Elena schnalzte mit der Zunge und trat einen Schritt näher. »Ich glaube, du flirtest mit mir.«

Maddie grinste sie schief an.

»Es ist eine Schande, dass ich noch immer verheiratet bin und nicht riskieren will, meine moralische Überlegenheit während der Scheidung zu verlieren.« Elena sah sie empört an und beugte sich näher. »Sonst würde ich dir dieses selbstgefällige Grinsen direkt aus deinem wunderschönen Gesicht küssen.«

Elena hob den Zeigefinder und zog die Konturen von Maddies Gesicht nach, als würde sie ernsthaft darüber nachdenken.

Maddie erschauderte und nahm einen betörenden Hauch von Parfum wahr. »Ich würde es nicht verraten«, sagte sie flüsternd. Sie lehnte sich nach vorne. »Niemand würde es wissen.«

»Ich würde es wissen.«

Enttäuschung durchströmte Maddie, als Elena ihre Finger wieder sinken ließ.

»Ich würde an nichts anderes denken können, wenn wir …«, fuhr Elena fort. Dann seufzte sie und legte ihre Hände an Maddies Kragen. Sie zog sie näher und überbrückte ungeduldig den Abstand zwischen ihnen.

Es war ein drängender Kuss und Maddie kam ihm leidenschaftlich entgegen. Hitze schoss durch ihren Körper. Ihre Knie wurden weich, als sie die weichen Lippen endlich spürte. Der Kuss wurde langsamer und süßer. Ihre Zungen trafen sich und Maddie klammerte sich an Elenas Taille, als die Erregung sie auf der Stelle zu überwältigen drohte.

Elena stieß ein winziges, frustriertes Seufzen aus und zog sich zurück. Mit eindeutig geröteten Wangen stieß sie abgehackt den Atem aus.

»Das ist nie passiert«, sagte Elena. Mit einem reumütigen Ausdruck streckte sie die Hand aus, um mit dem Daumen ihren Lippenstift von Maddies Mund zu wischen. Sie tat es langsam, als würde sie hoffen, damit den Kuss verschwinden zu lassen. Sie hielt inne und tippte auf Maddies Lippe. »Ich wünschte …« Sie schüttelte den Kopf. »Viele Dinge. Aber bis ich geschieden bin, haben wir das nie getan.«

»Was getan?«, fragte Maddie unschuldig. »Wir haben uns nur unterhalten.«

Elena lächelte und lehnte ihre Stirn an Maddies. Ihr Atem traf warm auf ihre Lippen. »Ich wünschte, wir könnten uns länger *unterhalten*, Madeleine, aber ich muss …«

Sie entfernte sich ein Stück, warf einen Blick auf die Uhr und ihr Gesichtsausdruck wurde angespannter. Bittend sah sie Maddie an.

Maddie nickte. »Es ist in Ordnung. Geh.« Sie trat zurück.

Elena hielt inne und dann zuckten ihre Lippen, als sie ihre Tasche nahm. »Wir sind hier fertig«, sagte sie und ließ die typische, arrogante Härte in ihre Stimme einfließen. Es reichte aus, um Maddie den Atem stocken zu lassen, denn das Verlangen überkam sie wieder.

Der Blick in Elenas Augen, die mit wissender Belustigung glänzten, hielt Maddie für einen Augenblick gefangen. Dann verschwand sie aus der Tür.

Nein, sagte Maddie ihrem wild hämmernden Herzen, sie waren definitiv *nicht* fertig.

Kapitel 32

Liebes törichtes Mädchen

Elena saß am Schreibtisch in ihrem Penthouse-Büro der Bartell Corp. und ließ den Blick über die New Yorker Skyline schweifen. Der beeindruckende Ausblick aus ihren breiten, gewölbten Fenstern konnte sie nicht wirklich fesseln. Sie sollte feiern. Die offiziellen Zahlen waren da. Die Duchamp-Ausgabe hatte alle Verkaufsrekorde gebrochen und die sinkende Auflagenzahl der *Style Sydney* korrigiert, indem sie neue Leser gewonnen und die schwankenden Leser wieder eingefangen hatte, die es bei *CQ* hatten versuchen wollen.

Global gesehen war *Style International* noch nie stärker gewesen. Also war sie in ihr Hauptbüro zurückgekommen und bereit für die nächste Herausforderung. Sie war wieder da, wo sie hingehörte, hatte sie Perry gesagt. Der Mann hatte ein kurzes Schnauben von sich gegeben und ihr einen ungläubigen Blick zugeworfen, den sie keiner Reaktion würdigte.

Natürlich war sie sich seiner Meinung bewusst. Eigentlich schienen Madeleine und Perry die gewisse Sichtweise zu teilen. Aber Elena hatte nicht eine der größten Medienfirmen der Welt aufgebaut, um dann alles wegzuwerfen und ihren Träumen von der Mode-Redaktion zu folgen, die sie schon als Teenager gehabt hatte. Gewinnen ging nicht ohne Opfer. Und sie genoss es, zu gewinnen.

Warum fühlte sie sich also nicht besser?

Elena fing an sich zu fragen, ob sie verflucht war. Der Richard-Schlamassel war schlimm genug. Außerdem war es auch ärgerlich gewesen, festzustellen, dass ihr lästiges Interesse an Madeleine nicht dadurch verschwunden war, dass sie sie in Sydney als Assistentin eingestellt und sie auch wie eine behandelt hatte. Madeleine hatte ihr Verhalten als Hinweis verstanden, sich von ihr zurückzuziehen und war eine perfekte, professionelle Assistentin geworden. Genau wie sie es gehofft hatte.

Allerdings war es ein Verlust, den sie eindringlicher gespürt hatte, als sie es sich jemals hätte vorstellen können. Wenn überhaupt war ihre Zuneigung nur gewachsen, je mehr sie Madeleine weggestoßen hatte. Sie hatte angefangen, die Dinge zu bemerken, die sie vermisste. Ihr strahlendes Lächeln. Ihr Lachen. Ihre ironischen Bemerkungen über das Leben. Wie sie Elena mit zusammengezogenen Brauen musterte, als wäre sie erstaunt, dass jemand wie sie auf dieser Welt existierte. Wie sich ihr Gesichtsausdruck aufhellte, wann immer Elena ihr Westen-Outfit trug. Sie hatte es bewusst häufiger getragen, nur um eine Reaktion zu bekommen.

Elena hatte die Wahrheit nicht erkennen wollen. Jetzt sah sie es ein. Rückblickend betrachtet war es so offensichtlich. Bei jedem einzelnen, faszinierten Blick von Madeleine hatte sich Elena lebendiger gefühlt als jemals zuvor.

Sie hatte angenommen, dass ihre verwirrende Faszination mit Madeleine irgendwann verschwinden würde. Der Schleier der Verleugnung war ihr bei der Duchamp-Show abgerissen worden. Der Anblick von Madeleine auf dem Laufsteg hatte etwas in ihr ausgelöst. Elena war hilflos gewesen und hatte sich nicht zurückhalten können, als sie die Freiheit und das Privileg hatte, sie zu berühren. Nur für einen Augenblick. Die Erinnerung an ihre Fingerspitzen, die über die weiche Haut glitten und eine Gänsehaut hinterließen, hatte sie wochenlang zu den ungünstigsten Zeitpunkten abgelenkt. Nach dieser Nacht hatte es nur wenig Zweifel darangegeben, was es war. Dies war keine Freundschaft oder vorübergehende Anziehung. Es war etwas Lebendiges. Es brannte heiß und tief in ihr.

Elena hatte nicht nur Angst, sich selbst zu verlieren. Wenn es nur das wäre. Aber es war alles so unmöglich. Es gab so viele Gründe, warum das eine schreckliche Idee war. Sie war fünfzehn Jahre älter. Hatte die Verantwortung für ein globales Firmen-Imperium. War frisch getrennt. Sie hatte einen Ruf zu verteidigen. Sie konnte keine klischeehafte Midlife-Crisis-Affäre mit der Sekretärin haben. Das war unmöglich.

War es *wirklich.*

Und dann war *der* Ball gekommen. Das war jetzt, was, einen Monat her? Elena hatte bei dem Gedanken, dass Madeleine etwas mit dieser Fotografin anfangen könnte, einen heftigen Stich der Eifersucht verspürt. Ihre Reaktion war ebenso unerwartet wie extrem gewesen. Im Allgemeinen mied Elena emotionale Extreme. Aber aus heiterem Himmel hatte dieses sie wie eine Faust direkt zwischen die Augen getroffen. Wut. Verrat. Verlangen. Und so viel Eifersucht. Die volle Hässlichkeit dieser Gefühle hatte sich in ihrem Bauch breitgemacht. Es war beunruhigend, wie beißend der Schmerz bei der Vorstellung geworden war, dass Madeleine eine andere Frau küssen konnte. Das Chaos ihrer Emotionen war furchterregend gewesen.

Nach einem Moment, in dem sie zu verstehen versucht hatte, was das bedeutete, war sie zu einer unausweichlichen Schlussfolgerung gekommen: Ihr Herz hatte Anspruch auf diese Frau erhoben. Madeleine gehörte zu *ihr*. Kein Wunder, dass sie es anfangs nicht bemerkt hatte. Noch nie zuvor hatte sie bei jemandem diese Art von Verbindung, dieses Gefühl, verspürt.

Am nächsten Tag war Elenas Laune von purem Gift durchtränkt worden, nachdem sie die dreckigen kleinen Gerüchte gehört hatte, die Hunter über Madeleine verbreitete. Sie hatte sich mordlüstern gefühlt, als sie sich ausmalte, wie die Frau mit ihren Fingern über weiche Haut strich, die Sommersprossen auf Madeleines Nasenrücken küsste, sich in ihrem Haar vergrub und den Duft genoss. Dann war der Anruf von Perry gekommen, der Natalii Duchamps Forderung offenbart hatte, dass sie sich bei Madeleine meldete.

Ihr Zorn war bei ihrer Ankunft gewaltig gewesen. Wie eine Untergebene nach dieser Demütigung zu einem Treffen befohlen zu werden? Sollte sie Zeugin des Morgens danach werden? Um ihr unter die Nase zu reiben, was sie nicht haben konnte?

Und dann … hatte sie es gesehen. Die Verwirrung. Das aufrichtige Leugnen. Den Schmerz. *Das* sollte nicht auf Madeleines Gesicht zu sehen sein. Elena hatte sich dafür geschämt, diese Emotionen in Mageleine ausgelöst zu haben. Sofort hatte sie entschieden, das wieder richten zu müssen.

Und dann … hatten sie sich geküsst. Madeleines Lippen waren warm gewesen und schmeckten nach süßer Ambrosia, die das Sehnen nach mehr in ihr auslöste.

Elena hatte nicht vorgehabt, das zuzulassen. Sie wünschte sich beinahe, nicht zu wissen, wie berauschend Madeleines Küsse waren. Sie hatte gemeint, was sie gesagt hatte – sie wollte Richard während der Scheidung mit dem Bewusstsein in die Augen sehen, dass ihr Gewissen rein war. Aber nach diesem Kuss? Würde sie das können?

Noch immer fiel es ihr schwer, den Gedanken zu verarbeiten. Sie hatte nie bewusst eine Beziehung mit einer Frau in Erwägung gezogen und sich zweimal für den obligatorischen Ehemann entschieden, wobei es eher darum gegangen war, ihre einzige wahre Liebe zu beschützen und zu fördern: Ihr Geschäft. Alles, was sie getan hatte, sollte ihren Erfolg sichern. Und Richard war keine schlechte Gesellschaft gewesen. Aber sie hatte die raue Kraft von Verlangen nicht verstanden, bis sie durch die aufgeladene Luft gegriffen und Madeleines Rücken berührt hatte. Noch nie hatte sie einen solchen Nervenkitzel erlebt.

Hatte sie es in ihrem Unterbewusstsein immer gewusst? Dass ihre viel gepriesene emotionale Kontrolle bei einer Frau ins Wanken geraten konnte? Hatte sie deshalb nicht einmal über irgendetwas abseits der sicheren Normen nachgedacht? Hatte sie deshalb nie innegehalten und ihre Liebe für die weiblichen Formen hinterfragt? Obwohl sie ihren Körper auf eine Weise zum Summen brachten, die nicht vergleichbar mit ihrer Sicht auf den männlichen Körper war?

Sie rutschte auf ihrem Stuhl herum, als ihr ein neuer Gedanke kam.

Warum gerade sie?

Elena fand weibliche Formen häufig ansprechend, hatte aber nie zugelassen, dass ihr Interesse die Grenze zur Intimität überschritt – es sei denn man zählte Jenny Copelands argloses, aber enthusiastisches Fummeln unter dem Schlafsack während eines Schulausflugs dazu. Aber Madeleine war die erste, bei der sie alles riskieren wollte.

Warum sie? Der Gedanke pochte in ihrem Kopf.

Der sanfte Schwung von Madeleines Hintern oder die Enge ihrer T-Shirts hatten ihre Aufmerksamkeit in vielen Nächten in New York auf sich gezogen. Ganz zu schweigen von diesen neugierigen Augen. Und ihrem noch neugierigeren Verstand. Sie war ein Rätsel, ein Widerspruch. Traurig und doch amüsant. Isoliert, sich aber der Welt stark bewusst. Ihr Blog war noch eine weitere Sache gewesen, die sie besonders machte.

Es hatte einen Grund, dass Elena immer später und später in diesem Fischglas von einem Büro mit der Arbeit begonnen hatte. Sie musste mehr wissen. Ihre Neugier musste gestillt werden.

Madeleine hatte eine Direktheit an sich, eine Art, hinter Elenas Maske zu sehen. Sie hatte kein Interesse an Elenas Berühmtheit. Sie bat sie um nichts und war noch heute von ihrem Status so unbeeindruckt wie am Tag ihrer ersten Begegnung. Aber was Elena am meisten schätzte, war die furchtlose und leidenschaftliche Art, mit der sie Dinge anging, die ihr wichtig waren – Worte, Essen oder Menschen. Wenn man Madeleine Grey wichtig war, spürte man es.

Elena *spürte* es.

Aber jetzt war einiges schiefgelaufen. Sie drehte sich zu ihrem Computer um und starrte die E-Mail finster an, die sie bekommen hatte. *Einmalige Gelegenheit* lautete der Betreff. Offensichtlich hatte Madeleine ihren Lebenslauf auch zu den entlegendsten Orten geschickt, um Aufträge zu bekommen. Und *Condé Nast Traveller* hatte geantwortet. Maddie war von dem Job, den sie ihr anboten, begeistert.

Vietnam! Ich fliege nach Vietnam! Alle Kosten werden von der Regierung in Singapur übernommen. Okay, ich weiß, dass sich das komisch anhört, aber Vietnam ist zu arm, um Reporter für Reiseberichte einzufliegen und sie brauchen dringend Touristen, um ihre Wirtschaft anzukurbeln. Deshalb bezahlt Singapur die Medien-Vergnügungsreisen als Teil eines außerpolitischen Hilfsabkommens und ... oh, ich plappere, richtig? Wie auch immer, die Anweisung von CNT lautet, dass ich mich abseits des Weges umsehen soll, nachdem ich die üblichen Touristen-Sachen gemacht habe, zu denen mich das Werbe-Team schickt. Und was auch immer ich erlebe, ich soll es interessant und ausgefallen gestalten. Sie sagen, wenn ich die Geschichte einer Mode-Designerin faszinierend wiedergeben kann, kann ich alles schaffen. Drei Monate! Kannst du das glauben? Ich bin so aufgeregt! Ich habe ein paar tolle Ideen und in keiner davon geht es um das gewöhnliche Zeug. Tut mir leid, ich werde die nächste Gala verpassen, die wir zusammen besuchen wollten, aber für die danach bin ich wieder da.

Maddie.

Auf Elenas Schreibtisch stand eine weitere nicht-Exorzismus-Pflanze – sowohl eine Erinnerung an Madeleines absurden Sinn für Humor als auch eine Entschuldigung. Sie war vor nicht einmal zehn Minuten angekommen.

»Noch mehr Hexen-Pflanzen?«

Elena hob den Blick und stellte fest, dass Felicity das Gewächs finster ansah.

»Oh Gott! Ich werde sie sofort entsorgen!«

»Nein.« Elena schob ihre Hand weg. »Sie bleibt.«

Felicity zog sich mit einem so verwirrten Ausdruck auf dem Gesicht aus dem Büro zurück, dass Elena beinahe gelacht hätte.

Elena hatte nicht gewusst, wie sie auf diese E-Mail antworten sollte. Sie hatte keine Worte, um zu beschreiben, wie sehr sie Madeleine vermissen würde. Also hatte sie nichts gesagt. Sie holte sie allerdings in ihrem Lexus ab, legte diese dubiose, lettische Folk-Musik in die Anlage des Autos ein – sehr zu Madeleines Freude – und fuhr die unerschrockene Reporterin höchst persönlich zum Flughafen.

Sie saß neben ihr in der Abflughalle und trank fast zwei Stunden lang einen schrecklichen Tee nach dem anderen. Madeleine plapperte vor sich hin, breitete ihre Vietnam-Karten aus und zeigte ihr ihre Pläne. Elena vertraute drauf, dass sie an den passenden Stellen nickte.

Als es Zeit war zu gehen, zögerte Elena, ehe sie Madeleine in eine feste Umarmung zog und ihren Geruch und das Gefühl ihrer Nähe genoss. Aufgrund einer gefütterten Jacke, die sie mit allerlei Reiseutensilien gefüllt hatte, war sie ganz klumpig. Madeleine erwiderte die Umarmung und seufzte ganz leise an ihrem Ohr.

Elena hatte an diesem Morgen vielleicht nicht viel gesprochen, aber sie hoffte, dass Madeleine verstand, was sie ihr sagen wollte. Konnte sie nicht ihre Gedanken lesen? Hatte sie das nicht gesagt? Sie lösten sich voneinander.

»Ich schreibe so oft ich kann«, versprach Maddie und schwang sich den Rucksack auf die Schultern.

»Das solltest du.« Elena war stolz darauf, wie trocken und autoritär sie klang. Überhaupt nicht wie jemand, der sich wünschte, ein Flugzeug am Boden halten zu können.

Madeleine lachte über ihren Tonfall und winkte, als sie in der Menge verschwand.

Obwohl sie einen Berg Arbeit vor sich hatte, blieb Elena und beobachtete, wie das Flugzeug fast vierzig Minuten später abhob.

Drei Wochen waren seitdem schleichend dahingezogen. Tief in ihrem Inneren fing Elena an, sich Sorgen zu machen. Okay, sie war weit über das *Anfangen* hinaus. Vietnam war ein stabiles und wunderschönes Land, erinnerte sie sich selbst. Es war bloß rustikal und in den ländlichen Gegenden nach westlichen Standards primitiv. Im Grunde war es aber all das, wovor Elena zurückschreckte, weil man diese Variablen nicht kontrollieren konnte. Aber Madeleine schien unerschrocken zu sein. Und ja, es gab Probleme mit Armut und Verbrechen, aber Madeleine würde sich dessen bewusst sein. Also würde alles gut werden.

Elena runzelte die Stirn und tippte mit ihrem Zeigefinger auf den Tisch.

Andererseits war Madeleine entzückt gewesen, abseits der Touristenpfade zu wandeln. Das hörte sich riskant an, oder nicht? Und was waren diese Ideen für Geschichten, die nicht das *gewöhnliche Zeug* beinhalteten? Würde sie etwas Gefährliches tun? Waren Teile von Vietnam nicht auch Malaria-Gebiete? Oder von der Cholera heimgesucht? Elena war sich außerdem ziemlich sicher, dass sich in Ha Long Bay noch immer Piraten versteckten. Sie würde das nachschlagen müssen.

Jedes Mal, wenn sich Elena diese Fragen stellte, flüsterte ihr eine kleine Stimme in ihrem von Schuld getriebenen Kopf zu: *Du hast ihr gesagt, dass sie keine echte Reporterin ist. Was, wenn sie dir das Gegenteil beweisen will und etwas Törichtes tut?*

In jeder ihrer E-Mails hatte Elena betont, dass es ungemein wichtig war, dass Maddie nichts Unüberlegtes anstellte. Das gleiche hatte sie auch während der seltenen Telefonate getan, die Madeleine von irgendwelchen abgelegenen Flecken der Landkarte aus führte, zu denen sie in der Zwischenzeit gereist war. Elena betete, dass Maddie verstand, was sie wirklich sagen wollte – *Pass auf dich auf. Du musst nichts beweisen.* Aber jede Nacht quälte sich Elena im Bett damit, dass es ihre Schuld wäre, wenn etwas Schlimmes geschah.

Nach vier Wochen schluckte sie ihren Stolz herunter und schrieb Madeleine eine E-Mail. Ausführlich und lange erklärte sie, was für eine beispielhafte Journalistin Madeleine war – und ja, das schloss eine Nachrichten-Journalistin ein, wenn man den eindrucksvollen *Vanity Fair*-Artikel bedachte. Ihre Geschichten wurden gut angenommen und gab es nicht etwas Interessanteres, das sie näher an Zuhause tun konnte?

So. Das war kein Einmischen, oder?

Es hatte nicht funktioniert. Madeleine hatte sie angerufen und vor Begeisterung überschäumend erzählt, von welchen Zielen mitten im Nirgendwo sie noch erfahren hatte, die sie besuchen wollte.

Eine weitere Woche verging und dieses Mal traf ein handschriftlicher Brief ein. Madeleine drückte ihr Bedauern darüber aus, ihre geplante Branchen-Veranstaltung verpasst zu haben.

Ich stelle mir gern vor, was du trägst. Wie mir dein Blick durch den Raum folgt. Das sind die Dinge, an die ich in meinem kleinen, einsamen Zelt denke. Ich vermisse dich. Maddie.

Elena schlief dagegen nicht zu der Vorstellung ein, wie wunderschön Madeleine auf Galas aussah. Sie sah nur ihre grünen Augen, die auf sie gerichtet waren. Liebevoll und voller Verlangen, aber immer ein klein wenig zu weit von ihr entfernt.

Sie runzelte die Stirn darüber, dass Madeleine ein Zelt erwähnt hatte und suchte online nach *tropische Krankheiten Vietnam*. Dann, nach einem kurzen Innehalten, suchte sie auch nach *Entführungen Vietnam*.

Müßig fragte sich Elena, wie sauer Madeleine auf sie wäre, wenn sie ein bewaffnetes Sicherheitsteam schicken würde, das ihr wie ein Schatten folgte.

Irgendwann hatte sich Madeleine sehr gut mit den einheimischen Frauen einer bergigen Gegend im Norden Vietnams, nah an der Grenze zu China, angefreundet. Anscheinend hatte sie herausgefunden, dass sie am besten das Eis brechen konnte, indem sie mit ihnen kochte und Rezepte austauschte. Natürlich war es Madeleine, die alle für sich gewinnen konnte. Ihre Arglosigkeit, ihr albernes Grinsen und das göttliche Essen konnten jeden von ihr überzeugen.

Ein paar Tage und viele schlaflose Nächte später entschied Elena, dem Chefredakteur der *Condé Nast Traveller* die Angst vor Gott beizubringen. Sein Magazin gehörte nicht zur Bartell Corp., aber der Mann würde sicher einen Grund finden, seine Freiberuflerin nach Hause zu schicken, wenn sie ihn höflich danach *fragte*. Oder ihn aufkaufte.

Ein Hochgefühl explodierte angesichts dieser genialen Idee in ihr, bevor der gesunde Menschenverstand dazwischen ging. Ihre Schultern sanken nach unten. Es wäre kein vielversprechender Beginn einer Beziehung, wenn sie das Magazin aufkaufen und Madeleines aufstrebende Karriere beenden würde, nur um sie nach Hause zu holen.

Fünfeinhalb Wochen. Das Warten war *nicht* akzeptabel. Elena verstümmelte eine Büroklammer, während sie einen finsteren Blick auf ihre To-Do-Liste warf. Sie wurde nicht kürzer, vor allem angesichts der Veränderungen, die sie geplant hatte.

Sie würden eine Rakete durch ihre Firma schicken. Madeleines bohrende Fragen vor all diesen Monaten hatten sie innehalten und wirklich Gedanken um ihr Leben machen lassen. Ihre Arbeit. Ihr Glück. Jetzt war ihr Vorhaben eine unerwartete und einnehmende Ablenkung davon, Madeleine zu vermissen. Ihre Stimmung beeinflusste ihre Arbeit. Die Ausgabe von *Die groben Seiten von Vietnam*, die sich nun immer in Elenas unmittelbarer Reichweite befand, hatte ihr bereits schräge und verwirrte Blicke von Perry eingebracht.

In letzter Zeit hatte er angefangen, wahllose Belanglosigkeiten von sich zu geben. Eines Tages war er hereinmarschiert und hatte verkündet: »Wie ich höre soll es morgen ein sehr heißer Tag in Hanoi werden. Ich würde sicher meine Sonnencreme auftragen, wenn ich irgendwo dort in der Nähe wäre und empfindliche Haut hätte.«

»Nun, was hast du doch für ein Glück, dass du es nicht bist und das nicht hast.« Elena warf einen vielsagenden Blick auf seinen Hautton. »Außerdem sind einunddreißig Grad kein heißer Tag in diesem Teil der Welt. Und Sapa ist dreihundertneunundvierzig Kilometer von Hanoi entfernt, also ist das wohl kaum wichtig, oder?«

Er blinzelte. Dann grinste er. »Wie konkret. Und auch noch so aus dem Stehgreif.« Damit tänzelte er wieder hinaus.

Sie knirschte mit den Zähnen. Oh, sie wusste, dass er sie ködern wollte, über die Sache zu reden, die sie nie besprachen. Er *wusste* nicht, was los war, aber er hatte erkannt, dass irgendetwas zwischen ihnen los war. Hinzu kam, dass er auch wusste, dass Madeleine irgendwo in Vietnam war. (*Nicht sicher.*) Abseits der Wege. (*Voller Risiken.*) Also hatte er seine Schlussfolgerungen gezogen.

Wie dem auch sein. Die Sache mit Madeleine gehörte ihr. Elena wollte sie nicht mit ihrem neugierigen, wohlmeinenden Freund oder sonst jemandem teilen. Also behielt sie ihre Gedanken für sich und fuhr mit dem normalen Strom aus E-Mails fort, hoffend, dass Madeleine bald eine Stadt erreichen würde, die groß genug war, um Internet zu haben.

Liebes törichtes Mädchen ... So begannen alle von Elenas Korrespondenzen – immerhin war sie absolut subtil. Sie berichtete Madeleine in allen Einzelheiten und in ihrem besten, unbeeindruckten Tonfall Anekdoten über ihr Leben und ihre Angestellten, vor allem Felicity. Madeleine würde da drüben sicherlich etwas zum Lachen brauchen.

Nach ihrer üblichen Zusammenfassung von Einblicken in das Büro- und ihr persönliches Leben beendete Elena ihren Austausch mit einer aufrichtigen Unterschrift. ***Pass auf dich auf. E.***

Wenn sie das siebzig Mal unterstreichen könnte, würde sie es tun. Sie hatte das Gefühl, es zumindest deutlich zu machen, indem sie es fett schrieb.

Jede von Madeleines Antworten war ihr, wenn sie kamen, so kostbar wie reines Gold. Anschaulich und einfühlsam. Sie nahm ihre Umgebung so aufmerksam war, verstand den Puls und die Temperamente der Orte und Menschen um sie herum. Es war eine Eigenschaft, die sie als ihre Assistentin bereits gekonnt gezeigt hatte.

Während die Wochen weiterzogen, hatten Madeleines Diplomatie und Freundlichkeit ihr offensichtlich die Zuneigung einiger älterer Frauen in einem abgelegenen Dorf eingebracht. Sie waren zu der Ansicht gekommen, dass sie mehr Gewicht und einen Ehepartner brauchte. Deshalb war ihr eine Auswahl an Söhnen angeboten worden. Madeleine hatte es als Notwendigkeit erachtet, ein Bild von den besagten drahtigen, jungen Bauern mit ihren hoffnungsvoll grinsenden Gesichtern anzuhängen.

Elena spürte, wie sich ihr Magen unangenehm regte. Sie zwang sich zur Ruhe, bevor sie antwortete.

Liebes törichtes Mädchen,

was für exotische Liebhaber du doch anziehst. Ich habe ganz besonders den anzüglichen Charme von Verehrer Nummer sechs bewundert. Soll seine Zunge so aus dem Mund hängen? Seine Mutter muss sehr stolz sein.

Nicht mehr lange, Madeleine. Der zehnte. Der nächste Ball ist in Sydney. Zwing mich nicht, Felicity an deiner Stelle mitzunehmen. Das würde nicht gut ausgehen. Nicht nur für sie, sondern auch für den Redakteur vom Condé Nast Traveller-Magazin, von dem ich zu erfahren verlangen würde, warum er seine freischaffende Vietnam-Schreiberin von dringenden Geschäften in Australien abhält.

Den Rest der E-Mail füllte sie mit den üblichen Einblicken in die Branche, von denen sie wusste, dass sie Madeleine gefallen würden. Nach kurzem Zögern fügte sie dann noch einen weiteren Absatz hinzu.

Felicity bekommt endlich die Beförderung zur stellvertretenden Betriebsleiterin, die sie verdient. Ihr Geschäftssinn ist unvergleichlich, aber verrate nie, dass ich das gesagt habe, denn mit Komplimenten kann sie nicht umgehen. In diesem Zusammenhang sollte ich wohl auch erwähnen, dass Mark, Elizabeth und Tony ordnungsgemäß befördert werden, um die verschiedenen, täglichen Angelegenheiten der Bartell Corp. zu leiten.

Sie beendete die E-Mail mit ihrer typischen Zeile.

Pass auf dich auf – *vor allem vor lüsternen Verehrern. E.*

Madeleines Antwort ein paar Tage später war so scharfsinnig, wie sie es erwartet hatte.

Liebe Elena,

gibt es etwas, was du mir nicht erzählst? Entweder ist es erstens, du stirbst; zweitens, du bist dazu übergegangen, Gras zu rauchen; drittens, du gehst in den Ruhestand (in dem Fall, siehe Punkt zwei); oder viertens, du reduzierst dein Arbeitspensum in der Firma, weil du endlich eine Offenbarung gehabt hast und selbst Elizabeths Job als Chefredakteurin von Style International übernimmst. Was ist es? Und du sollst bitte wissen, dass ich im nächsten Flieger nach Hause sitze, wenn es Punkt eins ist. Du solltest auch wissen, dass ich geneigt bin, dich selbst umzubringen, falls du Punkt eins vortäuschst. Ich bin wirklich nah dran, ein Rezept für das perfekte cá kho tô zu bekommen. Also, ich will damit sagen – stell dich nicht zwischen mich und traditionell geschmorten Fisch. Ich mach dir welchen, sobald ich nach Hause komme. Vorausgesetzt, ich kann einen Lehmtopf finden.

Maddie.

Elena lächelte, als sie antwortete.

Schön, es ist noch nicht offiziell und das wird es auch noch eine Weile nicht sein, aber es ist Punkt vier. Ich freue mich darauf, dein cá kho tô zu probieren. Bis du wieder da bist, habe ich einen Lehmtopf für dich aufgetrieben.

Pass auf dich auf. *E.*

Tief beeindruckt lehnte sie sich zurück. Diese Frau kannte sie wirklich viel zu gut. Madeleine hatte recht gehabt, als sie gesagt hatte, dass es sie nicht glücklich machen würde, seelenlose Gebäude zu errichten. Es hatte ihr nur Kopfschmerzen bereitet und riesige Haufen aus Vertragsproblemen beschert, für die sie kein Interesse hatte. Natürlich würde das *Hudson Shard* großartig werden – dafür würde sie sorgen – aber das war nicht ihre Leidenschaft. Nein. In diesen Tagen begeisterten sie nur zwei Dinge. Und bloß eines davon war der Gedanke daran, endlich und offiziell selbst ihr globales Mode-Magazin zu führen.

Liebe Elena,

ich freue mich so für dich, dass du endlich das tust, was dich glücklich macht – du bist die Seele dieses Modemagazins. Zweifle nie daran. In den Büros von Style erwachst du zum Leben. Ich hoffe wirklich, dass du einen gut platzierten Spion hattest, um dir zu sagen, wie Emmanuelle Lecoq auf die Neuigkeit reagiert hat, dass ihre alte Rivalin wieder zurück auf dem Spielfeld ist. Ich hoffe, dass sie irgendwo in der Öffentlichkeit vor zwanzig Fotografen ihren Champagner ausgespuckt hat.

Wie hat Felicity die Neuigkeit über ihre Beförderung aufgenommen? Oder ist sie nicht sicher, was sie mit sich selbst anfangen soll, wenn du sie nicht mehr 24/7 mit Befehlen bombardierst? Ich werde mal nach ein paar Therapeuten für ihr Stockholm-Syndrom suchen.

Wo wirst du dein Hauptquartier einrichten? Da Style fünf Ausgaben hat, nehme ich an, dass du aus fünf Städten wählen kannst. Ich hoffe, dass Sydney in die engere Auswahl kommt, vor allem, da du dort ein Haus besitzt. Falls nichts, sammle ich eben viele Flugmeilen. So leicht wirst du mich nicht los.

Ich weiß, dass du dir Sorgen um mich machst, was irgendwie albern ist, weil Vietnam ein so wunderbares Land ist. Aber du bist nicht allein damit. Du solltest die Mails von Simon und meinen Eltern lesen. Simon hat gedroht, mich an meinen Wanderschuhen zurück zu schleifen und mich mit so viel Schokolade und Alkohol zu versorgen, dass ich das Haus nie wieder verlassen will!

Gott, Elena, es ist unglaublich, hier zu sein. Es ist so anders, die Welt aus einer nicht-westlichen Perspektive zu betrachten. Und die Luft ist außerhalb der Städte so frisch und sauber, dass ich vielleicht nie hier wegwill.

Aber obwohl ich hergeschickt wurde, um die Möglichkeiten des Tourismus in Vietnam darzustellen, habe ich mein Nachrichten-Gehirn nicht vergessen. Und ich bin kürzlich über eine Geschichte gestolpert, die so herzzerreißend ist, dass ich eine Woche lang jeden Abend geweint habe. Im Anhang findest du das Foto, das ich gemacht habe. Ich werde dir nicht sagen, worum es geht. Du wirst es verstehen. Die Leute sagen, dass sie die Wahrheit wollen, nicht wahr? Die ungeschminkte Wahrheit? Ich weiß, dass du immer dachtest, du würdest sie wollen. Was wird die Welt also sagen, wenn sie das sieht?

Maddie.

Liebes törichtes Mädchen,

dein Foto hat meinen Atem stocken lassen. Das kleine Mädchen, das auf dem Boden liegt und die Zeichnung einer Frau im Dreck umarmt? War das eine Zeichnung, die sie von ihrer Mutter angefertigt hat? Hat sie ihre Mutter verloren? Ich habe es eine Stunde lang angestarrt und mich damit auseinandergesetzt, was ich da sehe. Der Schmerz und die Sehnsucht im Gesicht des Kindes. Sie sieht kaum älter aus als sechs. Dieses Foto ist alles, was ich sagte, dass du bist. Du fängst pure Emotion ein.

Nach diesem Bild vertraue ich darauf, dass du einsiehst, dass du nichts mehr beweisen musst. Wir sind uns vielleicht nicht einig, als welche Art von Autorin ich dich sehe, aber das ist nicht mir überlassen, richtig? Ich erkenne nun, dass es anmaßend war, einmal das Gegenteil behauptet zu haben. Aber Madeleine, du musst nicht in irgendeinem von Verbrechen heimgesuchten, unfallanfälligen Gebiet sein, um zu beweisen, dass du alles tun kannst. (Hast du Statistiken aus Ho Chi Min bezüglich der tödlichen Verkehrsunfälle gesehen? Achthundert Verkehrspolizisten für zehn Millionen Menschen. Rechne selbst.)

Felicity hat die Neuigkeiten so aufgenommen, wie ich es erwartet habe. Ich hatte das beunruhigende Gefühl, dass sie mich umarmen wollte, was uns beide mehr als nur ein wenig in Verlegenheit gebracht hätte. Glücklicherweise hat sie ihre Arme bei sich behalten. Sie hat es sich verdient. Nicht nur wegen ihres Verstands in Sachen Geschäft, sondern weil ich dir nicht sagen kann, wie lange ich darauf gewartet habe, dass sie dagegen protestiert, eine Pseudo-Assistentin zu sein. Du hast, zu Recht, bei unserem zweiten Treffen bereits widersprochen, wenn ich mich recht erinnere.

Felicity hat Jahre gebraucht, um zu verlangen, dass sie nur ihre Rolle als Stabschefin erfüllen sollte. Endlich hat sie es getan, in einem Ausbruch aus Wut und Bedauern, bei dem sie meine Lieblingstasse an die gegenüberliegende Wand in meinem Büro geschmissen hat. Ich bin endlich zuversichtlich, dass sie bereit ist. Die Beförderung wird ihr gut stehen. Und ich mag die neue Tasse, die sie mir besorgt hat.

Ja, Sydney ist eine von zwei Städten in der engeren Auswahl. Style Sydney braucht eine viel strengere Hand, aber bei Style New York befinden sich meine internationalen Büros. Wir können das besprechen, wenn du zu Hause bist.

Perry ist übrigens sehr selbstgefällig, was meinen Karriererichtungswechsel angeht. Ich habe ihn daran erinnert, dass ich noch immer weiß, wie man internationale Art Directors feuert und dass es mir überhaupt keine Umstände machen würde. Er hat den Wink verstanden.

Ich glaube, dass er für den nächsten Ball ein Kleid für dich finden will. Er hat einen neuen Designer kennengelernt, der etwas hat, was perfekt für dich wäre. Bist du rechtzeitig für eine Anprobe wieder da? Wie genau sollst du dich laut deinem Redakteur an den dreimonatigen Zeitplan halten?

Pass auf dich auf. *E.*

P.S.: Alles Gute zum Geburtstag.

Liebe Elena,

ich konnte meinen Augen nicht trauen, als ich dein Geschenk bekommen habe. Es ist wunderschön, danke. Ich bin ganz paranoid, dass ich es hier draußen verliere oder es gestohlen wird, also habe ich mir angewöhnt, es tagsüber in mein Höschen zu stecken. Ich würde den Gefallen gern erwidern. Oh, das klang falsch! Oder richtig. Ähm, also wann hast du Geburtstag?

Sag Perry, dass ich nicht glaube, es rechtzeitig für eine Anprobe zurückzuschaffen. Das ist schon in Ordnung, ich bin ziemlich sicher, dass ich zu Hause etwas habe, das ausreichend ist. Warum kleidet er dich nicht in den Stoff seines neuen Designers, damit wir trotzdem umgehauen werden?

Und ja, das war ein kleines Waisenmädchen, das die Zeichnung ihrer Mutter umarmt hat. Ich habe es bei einer Fotoagentur eingereicht. Mit Zustimmung meines Verlegers. Es wird verkauft und als eigenständige Nachrichtengeschichte laufen. Es passt natürlich nicht zu dem Reisebericht von Condé Nast.

Ich vermisse dich wirklich.

Maddie.

Liebes törichtes Mädchen,

ich freue mich, dass dir mein Geburtstagsgeschenk gefallen hat. Ich sollte Tiffany & Co. bescheid sagen, dass ihr Blue Divine-Armband sicher in der Unterwäsche einer umherstreifenden Reporterin von Condé Nast Traveller verstaut ist. Ich bin sicher, dass sie diesen Vermerk in all ihrer Werbung unterbringen würden.

Ich habe gesehen, dass L'Express die Geschichte deines Waisenmädchens aufgenommen hat und dein Foto ist in aller Munde, seit sie es auf ihre Webseite gestellt haben. Das verdient es auch. Die Menschen müssen das sehen. Wie kann es sein, dass du mich immer wieder überraschst?

Mein Geburtstag ist ein Staatsgeheimnis. Aber sagen wir einfach, du hast den Tag schon einmal identifiziert, warum nicht ein zweites Mal?

Pass auf dich auf. *E.*

Liebe Elena,

dein Geburtstag ist an den Iden des März? Moment mal – das bedeutet, dass du letztes Jahr vorhattest, deinen Geburtstag zu feiern, indem du die ganze Belegschaft einer Zeitung feuerst? Hast du versucht, deinem Ruf gerecht zu werden? Feiern Tigerhaie auf diese Art?

Nach dieser Mail werde ich dir nicht mehr schreiben können, weil ich mich wieder mal außerhalb jeglicher Internetverbindung bewegen werden.

Danke, dass du mir die Links zu meinem Foto geschickt hast. Es dürfte dich nicht zu sehr überraschen, dass ich eine Crowdfunding-Kampagne starte, damit das kleine Mädchen versorgt werden kann und eine gute Ausbildung bekommt. Sie hat jetzt auch eine Pflegefamilie.

Wir sehen uns bald in Sydney. In einer Woche und einem Tag.

Denke jeden Tag an dich.

Maddie.

Kapitel 33

Felicitations

Maddie kroch am Flughafen von Sydney mit der Anmut einer zerknüllten Decke aus dem Flieger. Ihr Rucksack fühlte sich plötzlich zu schwer an. Sie drehte sich um, um nach einem Taxi Ausschau zu halten.

»Spar dir die Mühe. Ich habe einen Wagen«, sagte eine vertraute Stimme neben ihr.

Maddies Kopf wirbelte herum. »Felicity?« Es war schön, nach langer Zeit ein bekanntes Gesicht zu sehen, selbst, wenn dieses Gesicht sie manchmal nur gerade so tolerierte.

»Hier lang.«

»Hat Elena dich geschickt? Ich habe ihr – wiederholt – gesagt, dass sie niemanden schicken muss, um mich abzuholen.«

Felicity warf ihr einen ungeduldigen Blick zu. »Nein, sie hat mich nicht geschickt. Und jetzt komm.«

Oh. Tja, soviel zum Smalltalk.

Innerhalb weniger Minuten saßen sie in einem hochklassigen *Uber* und fuhren in Richtung des Geschäftsbezirks von Sydney. Jegliche Unterhaltungen wurden durch Felicitys Entscheidung verhindert, auf dem Beifahrersitz Platz zu nehmen.

Maddie streckte sich so gut sie konnte aus, in der Hoffnung auf ein Nickerchen, nachdem sie einen halben Tag lang in der Luft gefangen gewesen war. Sie konnte es nicht erwarten Elena wiederzusehen. Nach all ihren E-Mails und den wenigen Anrufen stand Maddie vor Vorfreude ziemlich neben sich. Sie hatte sie so vermisst.

Eine halbe Stunde später öffnete Maddie flatternd die Augen und sah sich um. Sie waren in der Innenstadt. Sie sah die vorbeiziehenden Schilder mit schmalen Augen an. Paddington? *Was zur Hölle?*

»Felicity, das ist nicht der Weg zu meiner Wohnung.«

»Wer hat gesagt, dass wir dahinfahren?«

»Was? Himmel, Felicity, ich habe nur zwei Stunden Zeit, um mich fertigzumachen und dann zum Oceania-Medienball zu gehen. Ich muss mein bestes Kleid finden und dafür sorgen, dass es zumindest gebügelt ist. Ich muss mir die Dreckschicht vom Flughafen abwaschen und habe keine Zeit für Umwege!«

»Würdest du aufhören, dich zu beschweren? Wir sind gleich da.«

»Gleich wo?«

Wenige Augenblicke später lenkte das Auto in eine ruhige Straße ein. Die Reihenhäuser sahen elegant, reizend und teuer aus.

»Das Blaue«, sagte Felicity dem Fahrer. Er hielt an und sie zahlte. »Kommen Sie in neunzig Minuten wieder her.«

»Was …?« Maddie sah sich um. Wo zur Hölle waren sie?

»Wir reden drin.« Felicity sah nicht einmal nach hinten zu Maddie. Sie schloss die Tür des Reihenhauses auf und hielt sie ungeduldig offen.

Maddie ging an ihr vorbei, ließ ihren Rucksack hinter der Tür fallen und sah sich um. Das Haus war in Pastelltönen dekoriert. Kunstvolle Gemälde hingen an der Wand und waren so friedlich und gemäßigt wie alles andere. Nichts davon passte zu der stark angespannten Frau neben ihr. Es war so konservativ und sicher. Felicity wohnte doch sicher nicht hier? Wie konnte sie sich das leisten? Sie hatte eine Wohnung New York.

»Setz dich.« Felicity deutete zum Wohnzimmer. »Was zu trinken?«

»Ähm, Wasser?«

Felicity verschwand hinter einem Alkoven und Maddie ließ sich wie angewiesen auf der schwarzen Ledercouch nieder.

Eine Uhr tickte laut und Maddie zappelte. Das war zu seltsam.

Felicity tauchte wieder auf. »Hier.« Sie drückte ihr ein Glas mit gekühltem Wasser in die Hand und ließ sich anschließend auf den passenden Ledersessel gegenüber der Couch fallen. Sie schloss die Finger um die Knie ihrer hübschen Designer-Hose. »Ich wusste, dass es knapp werden würde und du nicht die Zeit hättest, ein Kleid für den Ball heute Abend auszusuchen.« Felicity deutete auf einen Haken an der Wand neben der Tür. Ein in Plastik verpacktes Kleid hing daran. »Das ist für dich. Eine Aufmerksamkeit von Perry.«

Es war ein einfaches Kleid, schwarz, elegant und klassisch. Der V-Ausschnitt und die fehlenden Ärmel ließen es nach etwas aussehen, das Audrey Hepburn bei einem Bummel durch Rom getragen hätte. Ein Schuhkarton stand darunter.

Maddie starrte sie an. »Hat Elena …?«

»Nein, hat sie nicht. Du hast ihr verboten, sich einzumischen, schon vergessen?«

»Ja.«

»Tja, sie hat drauf gehört.« Felicity musterte sie eindringlich. »Fall jetzt nicht in Ohnmacht oder so, aber das ist mein Werk.«

»Warum?«, fragte Maddie vollkommen fassungslos.

»Weil du recht hattest.« Felicity starrte ihre Finger an und spielte mit einem Ring an ihrer rechten Hand. »Auf der Duchamp-After-Show-Party, als ich ein wenig angetrunken war, hast du mir gesagt, dass ich mich mehr auf meine eigene Karriere konzentrieren soll und nicht auf deine. Und du hattest recht. Du hattest auch recht damit, die Wahrheit über *ihn* zu sagen, obwohl deine Vorgehensweise echt selbstmörderisch war. Aber es war falsch von mir, dich an dem Tag nicht zu unterstützen. Und du hattest recht, als du sagtest, dass ich in meinem Job nicht glücklich wäre. Nein, nicht weil ich eine frustrierte Modeverrückte bin. Weißt du, dass mich Mode eigentlich gar nicht so sehr interessiert?«

»Was?« Maddie blinzelte. »Aber du bist mit Elena auf allen Veranstaltungen.«

»Ja. Das bin ich. Ich bewundere sie sehr. Manchmal glaube ich, dass ich es zu sehr tue. Deswegen habe ich sie mit zu vielen Dingen davonkommen lassen.« Ein Stirnrunzeln zog ihre blassen Augenbrauen zusammen.

»Was meinst du?«

»Ich habe zugelassen, dass sie mich wie einen Laufburschen behandelt, obwohl ich studierte Anwältin bin«, sagte Felicity. »Auf der Geschäftsseite meines Jobs bin ich außergewöhnlich. Weißt du das? Ich bin brillant, verdammt nochmal. Meine Qualifikationen sind erstklassig … und trotzdem hole ich ihr Getränke. Weil *sie* darum bittet. Ich habe den Grund erkannt, warum es Elena nie interessiert hat, wie lange eine Assistentin bleibt. Einfach weil sie weiß, dass ich übernehme, wenn sie sie feuert. Tja, ich habe darüber nachgedacht und entschieden, dass ich weitaus mehr wert bin. Ich habe ihr das gesagt. Ein wenig … ähm … robuster, als ich es geplant hatte.«

Das Bild von Elenas Teetasse, die gegen die Wand geschmissen wurde, tauchte in Maddies Gedanken auf.

»Und weißt du, was passiert ist? Diese Eiskönigin von einer Frau, die mich jahrelang beeindruckt und in Angst und Schrecken versetzt hat, hat sich kaputtgelacht. Sie hat gesagt *Wurde auch Zeit*. Und dann hat sie mich befördert!« Felicity schüttelte den Kopf. »Ich werde stellvertretende Betriebsleiterin sein und sie lernt mich an, damit ich die Leitung über Bartell Corp. übernehmen kann.«

»Das ist großartig.«

»Ja. Nun. Es ist verdient.« Felicity sah sie angesichts dieses Lobs misstrauisch an.

»Ich stimme zu.« Maddie verstand nun, was Elena damit meinte, dass sie Komplimente nicht gut aufnahm.

»Also, ich wollte mich bei dir bedanken. Und ich habe mich irgendwie mit der Tatsache abgefunden, dass du und sie mehr als nur ehemalige Kolleginnen seid.«

Maddie erstarrte.

»Oh, sieh nicht so entsetzt aus. Ihr seid im Geheimen befreundet. Ich sehe das. Ich weiß, dass sie dir die ganze Zeit E-Mails schreibt. Plötzlich nimmt sie Anrufe aus Hanoi oder Kon Tum an oder wo auch immer dein Arsch sonst noch war. Ich *weiß* es. Und ich … ich kann das akzeptieren.« Sie sah Maddie gequält an, als würde sie sich noch immer selbst davon überzeugen müssen.

Moment. *Freunde?* Felicity war definitiv nicht so aufmerksam, wie sie glaubte.

»Das ist also meine Art, mich bei dir zu bedanken, weil du das gesagt hast, was ich hören musste.« Felicity deutete auf das Kleid. »Ich habe dir ein Outfit organisiert, das sie lieben wird und habe ein Badezimmer, indem du dich fertigmachen kannst. Wir sind nur drei Blocks vom Veranstaltungsort entfernt, du hast also etwas mehr Zeit. Und ich werde auch …« Sie warf Maddie einen unfreundlichen Blick zu. »… aufhören, mich darauf zu versteifen, wie oft du gewinnst. Selbst, wenn es total unfair ist.«

Unfair?

»Na ja, vielleicht werde ich ein wenig darauf versteift bleiben«, berichtigte sich Felicity mit einem aufrichtigen Blick, bevor sie sich zu einem kleinen Lächeln hinreißen ließ. »Aber du bist wirklich unerträglich, das musst du zugeben.«

»Ich gebe gar nichts zu.« Maddie lachte. »Und ich kann nichts für meine Glückssträhne. Wenn du wüsstest, wie beschissen ich darin war, in New York zurecht zu kommen, und wie ich kaum mit allem fertig geworden bin, würdest du deine Worte runterschlucken. Außerdem bist du auch unerträglich. Du tust so, als wärst du besser als alle anderen und du redest wie eine verklemmte englische Nanny, aber wenn du aufgeregt bist, hört man deinen geheimen Akzent. Du stammst aus dem Mittleren Westen.«

»Das ist einfach … Das ist … Tue ich nicht.« Felicity sackte zusammen und verdrehte die Augen. »Weißt du, ich habe eine erstklassige, britische Rhetoriklehrerin dafür bezahlt, mir das auszutreiben. Mrs. Allsop wird sehr unglücklich sein.«

»Nun, ich werde es ihr nicht verraten.« Maddie stand auf. »Weißt du, es ist nichts falsch daran, aus der Mitte der Staaten zu stammen. Eines Tages würde ich gern erfahren, wie du es von dort in die beste Medienfirma der Welt geschafft hast, aber ich habe jetzt nicht viel Zeit. Also sage ich einfach danke, dass du all das tust. Und wo ist die Dusche?«

Felicity deutete in die Richtung des Gangs. »Zweite Tür links.«

»Ich werde versuchen, dir heißes Wasser übrig zu lassen. Aber ich habe viel Sand und Dreck an unaussprechlichen Stellen.«

»Mach dir darum keine Sorgen. Lass dir so viel Zeit, wie du willst. Ich gehe heute Abend nicht mit.«

Maddie erstarrte. »Nicht?«

»Nein. Es ist ein Teil der Versprechen, die ich mir selbst gegeben habe. Keine Teilnahme an Veranstaltungen, nur, weil sie da sein wird. Ich werde in Zukunft nur zu den wichtigen Terminen gehen.«

»Oh.« Maddie konnte sich Elena ohne Felicity an ihrer Seite gar nicht in der Öffentlichkeit vorstellen.

»Außerdem«, fügte Felicity hinzu, während ihre Wangen leicht rötlich wurden. Sie räusperte sich. »Ich habe ein Date.«

»Ein Date? Mit jemandem, den ich kenne?«

»Nein. Er ist ein Anwalt, den ich auf der Duchamp-After-Show-Party kennengelernt habe. Du befindest dich gerade in seinem Haus und er hat dir freundlicherweise gestattet, dich heute Abend hier fertig zu machen.«

»Er? Oh. Hm.« Maddie hielt inne.

»Was?«

»Ich dachte nur, dass du vielleicht auf Frauen stehst. Oder Elena im Besonderen. Du weißt schon. Auf romantische Weise.«

»Was?« Felicity stand der Mund offen. »Wie kommst du denn darauf? Und du weißt schon, dass sie hetero ist, oder? Oh, es gab ein paar Assistentinnen, die sich hier und da in sie verliebt haben, aber ich arbeite seit Jahren mit dieser Frau und sie hat nie das geringste Interesse an –«

»Hey«, schnitt Maddie ihr hastig das Wort ab, »es tut mir leid, dass ich das angenommen habe, okay? Ich freue mich nur wirklich, dass du jemanden gefunden hast.«

Felicity stieß schnaubend die Luft aus. »Ja, nun.« Sie verschränkte die Arme. »Phillip ist ein guter Mann. Es stört ihn nicht, dass ich bei allem zu spät komme oder lächerlich lange Arbeitszeiten habe, oder …« Felicity senkte die Stimme zu einem dramatischen, gequälten Flüstern, »… aus dem *Mittleren Westen* komme.«

Maddie unterdrückte ein Grinsen und sagte: »Toll. Ich würde ihn gern irgendwann kennenlernen.«

»Auf gar keinen Fall! Glaubst du, ich würde ihn auch nur in die Nähe von Miss Glückssträhne lassen? Nein! Jetzt geh … mach dich vorzeigbar. Das Auto ist schneller wieder da, als du denkst.«

Kapitel 34

Der letzte Tanz

Elena hatte immer erwartet, dass die Auflösung ihrer zweiten Ehe so problematisch sein würde wie die erste einfach war. Spencer hatte einfach gepackt und war gegangen. Er hatte nicht diskutiert, geschweige denn gewimmert. Bei Richard hatte Elena von dem Moment an, als sie ihn rausgeschmissen hatte, sorgfältig zu planen begonnen und sich mit ihrem Anwalts-Team auf alle Eventualitäten vorbereitet.

Deshalb war es verblüffend, in den Klatschkolumnen zu lesen, wie *sehr er sie liebte.* Zweifellos wollte er als guter Kerl dastehen, wenn sich die Nachricht über ihre Scheidung verbreitete. Das war amüsant, wenn man bedachte, dass sie herausgefunden hatte, dass er jetzt mit Janice aus der Marketingabteilung seiner Arbeit zusammen war – einer Frau, die den Ruf hatte, Männer mit Geld zu schätzen.

Vor einer Woche hatte Elena ihre Bekannte, Annalise Taylor, angerufen und ein gemeinsames Mittagessen vorgeschlagen. Sie war die Frau des neuen Vizepräsidenten in Richards Firma. Annalise war die indiskreteste Frau auf dieser Welt – was mit Sicherheit ihre nützlichste Eigenheit war.

Also hatte Elena bei ein paar Cocktails *fallengelassen*, was Richard in den letzten Jahren so getrieben hatte. Sie hatte um Verschwiegenheit angesichts ihres *Ausrutschers* gebeten und Annalise hatte so heftig genickt, dass sich ihre tropfenförmigen Diamantohrringe wie Wildpferde aufgebäumt hatten.

Annalise war ihrem Ruf gerecht geworden. Richard war schon einen Tag später suspendiert worden, während seine Vorgesetzten eine vollständige Untersuchung einleiteten, ob er sich auch in ihrer Firma unangemessen verhalten hatte.

In dem Moment, als ihr Handy mit seinem zugewiesenen Klingelton *Der Ritt der Walküren* klingelte, wusste Elena, dass der Zorn ihres Ehemanns heftig sein würde. Sie schloss die Bürotür und drehte den Schlüssel um, bevor sie sich genau mittig auf ihren Stuhl setzte und ausatmete. Dann ging sie an Telefon.

»Ja?«

»Du Miststück! Du warst das. Du musst es sein. Wer wusste sonst davon?«

»Auch dir hallo, Richard.« Ihr Ton war berechnend und verbarg den Hass, den sie nun für ihn empfand. Kontrolle war Macht.

»Die feuern mich vielleicht, du bösartige, kleine Fotze.«

»Zweifellos aus gutem Grund«, konterte Elena. »Mögen die Frauen bei Better Health United USA erleichtert aufatmen.«

»Warum hast du das getan? Wir hatten eine gottverdammte Abmachung!«

»Eine Abmachung?«, fragte sie unschuldig.

»Du weißt, dass wir eine hatten. Warum hast du mich Entschädigungen an all diese weinerlichen Schlampen-Assistentinnen zahlen lassen und mich gezwungen, Spenden an die Frauenhäuser zu schicken, wenn du die Geschichte über mich trotzdem verbreitest? Das ist Schwachsinn, Elena! Fick dich!«

Sie lächelte grimmig und richtete die Position des Stiftebechers auf ihrem Schreibtisch. »Es ist wohl kaum meine Schuld, falls du irgendwie den Eindruck gewonnen hast, ich würde es im Austausch für deine finanzielle Buße niemandem erzählen. Ich habe das rechtliche alles meinen Anwälten überlassen.«

»Es war *inbegriffen*!«, schrie er. »Du weißt das. Einer dieser Arschlöcher im Anzug hat gesagt, dass wir es nicht schriftlich festhalten können, weil ich nicht wollte, das man es nachverfolgen kann. Aber er sagte, dass wir eine Abmachung haben. Ich hab dir vertraut. Ich hab dir vertraut und du hast mich betrogen!«

»*Ich* habe *dich* betrogen? Oh, armer Schatz. Sag mir, wie fühlt sich das an?«

Abgehackter Atem war einige Minuten lang die einzige Reaktion, während Richard ihre Worte verdaute. Sein Tonfall verwandelte sich dann von erhitzt zu frostig kalt. »Ich werde dich verklagen, du verfickte Eis-Schlampe.«

»Versuch es ruhig.« Elena legte auf. Er würde sie nicht verklagen. Der rückgratlose Mistkerl wollte schließlich nicht, dass seine dreckige Wäsche auf dem Hof zum Trocknen aufgehängt wurde.

Es hatte nur eine Woche gedauert, bevor Richards Firma genug Dreck ausgegraben hatte, um seine Suspendierung in eine Kündigung zu verwandeln. Zumindest hatte Annalise ihr das bei der nächsten Runde Cocktails erzählt. Seine Freundin war allerdings bei ihm geblieben, trotz seiner widerlichen Mätzchen auf der Arbeit. Wie bezaubernd.

Elena fragte sich, wie lange Janice noch in ihn vernarrt sein würde, wenn sie herausfand, dass fast sein gesamtes Geld verschwunden war. Für sie war das jedoch nicht mehr wichtig. Ihre Aufmerksamkeit galt etwas sehr viel Befriedigenderem. Sie war nicht länger mit diesem Mann verbunden. Ihre Scheidung war endgültig. Und jetzt wussten es alle. Heute Morgen hatte Richard die Scheidung zusammen mit seiner Verlobung mit Janice verkündet.

Es hätte demütigend für sie sein müssen, aber verwirrenderweise hatte sie festgestellt, dass es sie kaum interessierte.

Und so bestürzend die Ereignisse der Vergangenheit auch gewesen waren, nun begann ein neues Kapitel für sie. Sie war frei. Nun konnte sie sich auf andere, bessere Dinge konzentrieren. Zum Beispiel ihre ehemalige Assistentin, die sie bald für den dritten Ball, den sie gemeinsam besuchen würden, treffen würde.

Sie sah aus dem Autofenster, während die Straßen von Sydney vorbeizogen. Die Nacht war warm, denn in Sydney war auch im Dezember noch Sommer. Elena war froh, dass sie ihre Stola zu Hause gelassen hatte. Außerdem war sie schon den ganzen Tag mit Wärme erfüllt worden, wenn sie an den bevorstehenden Abend gedacht hatte.

Sie stieg aus ihrem Wagen und richtete ihre Handtasche. Ein weiteres Fahrzeug fuhr hinter ihr heran.

»Elena!«

Ihr Puls beschleunigte sich, als sie die Stimme erkannte. Sie hob den Kopf. Ihr Blick fiel auf den wunderbarsten Anblick seit Monaten.

»Madeleine.« Sie war überrascht, dass ihre Stimme so gefestigt klang. Es kostete sie all ihre Willenskraft, nicht gleich an Madeleine heranzutreten und mit den Lippen über ihren Kiefer zu gleiten.

»Elena! Oh mein Gott, du siehst umwerfend aus!« Madeleines Blick glitt über ihr trägerloses, smaragdgrünes Vera Wang-Kleid, als würde sie es ihr auf der Stelle ausziehen wollen.

Madeleine war in einen schwarzen, figurbetonten Stoff gehüllt – ein wunderschöner, klassischer Schnitt. Und dazu noch ein ziemlich vertrauter. *Perry*. Sie würde seinen modischen Fingerabdruck überall erkennen. Die Wirkung war grandios. Sie trug ein außergewöhnliches Armband – das Geburtstagsgeschenk von Tiffany's, das Elena wagemutig der internationalen Post anvertraut hatte. Madeleine war hinreißend.

Elena beugte sich vor, um ihr einen Kuss auf die Wange zu hauchen, konnte aber nicht verhindern, dass ihre Lippen dort verweilten. Schließlich – als ihr wieder bewusst wurde, dass sie in der Öffentlichkeit waren – trat sie einen Schritt zurück und musterte ihr Gesicht. Obwohl sich eine gewisse Müdigkeit um ihre Augen abzeichnete, schien Madeleine zu strahlen. Der bewundernde Blick, mit dem sie Elena bedachte, half dabei, ihre Stimmung erheblich zu verbessern.

»Du bist ein umwerfender Anblick. Himmlisches Armband.« Elena tippte zustimmend darauf, ehe sie ihre Finger auf Madeleines Handgelenk ruhen ließ. »So ein erlesener Geschmack.«

Als Madeleine lächelte, zog sich Elenas Herz zusammen, weil sie diesen offenen, einnehmenden Ausdruck so sehr vermisst hatte.

Madeleines Finger strichen hauchzart über das Armband. »Ich liebe es. Gott, es war das denkbar unpraktischste Geschenk da draußen und es war Wahnsinn, es mir zu schicken. Ich meine, wirklich wahnsinnig. Aber ich habe es angebetet. Es war, als hätte ich die ganze Zeit ein Stück von dir bei mir gehabt.«

Elena wurde innerlich ganz warm. »Das war die Absicht dahinter.« Sie sah sich um. »Nun, ich sollte dich warnen – die Medien haben seit heute die neue Theorie, dass Richard einer der Bösewichte aus deinem *Vanity Fair*-Artikel war. Ich werde heute Abend vielleicht von ein paar Geiern der Presse ausgefragt.«

»Nun, du könntest ihnen sagen, dass du diejenige warst, die seinen Namen hat durchsickern lassen.«

Elena erstarrte.

»Ach, komm schon, Elena, natürlich warst du es. Ich wusste, dass du ihn nicht davonkommen lassen würdest, nachdem du alle außer ihm bestraft hattest.«

Elena schüttelte kaum merklich den Kopf. »Ich genieße deine blühende Fantasie. Und ich bin froh, dass du auf meiner Seite bist.«

Madeleine lachte. »Du bist zum Totlachen. Ich glaube nicht, dass viele Leute das merken, oder?«

Elena lächelte, schob ihre Hand in Madeleines und drückte sie kurz. »Nur die Klugen.«

Der Abend war akzeptabel gewesen. Elena hatte sich wie gewöhnlich mit der australischen Medien-Welt auseinandersetzen müssen. Mit der richtigen Gesellschaft an ihrer Seite war es aber deutlich angenehmer als gewöhnlich. Manchmal wurde ihre Aufmerksamkeit von einem glitzernden Armband, einem fein geschwungenen Hals oder dem Aufblitzen tizianroter Haare und einem aufrichtigen Lachen auf sich gezogen. Manchmal sahen sie grüne Augen an und das Versprechen, das in ihnen brannte, ließ Elena alle kohärenten Gedankengänge vergessen.

Madeleine tauchte wieder an ihrer Seite auf und sagte mit leiser Stimme: »Deine Assistentin sagt, deine Nachbarn würden sich darüber beschweren, dass die Paparazzi die Straße vor deinem Haus blockieren, um einen Kommentar zu der Richard-Geschichte zu bekommen. Sie dachte, ich sollte dich warnen.«

Elena kräuselte die Lippen. »Die Reporter sind definitiv hartnäckig. Ich wurde heute durch die ganze Stadt verfolgt.«

»Ist das der Grund, warum du es so lange vermieden hast, Richards Namen zu nennen? Du wusstest, dass sie auch dich bedrängen würden? Wenn ja, wieso hast du seinen Namen dann überhaupt rausgegeben?«

»Ich habe mich zurückgehalten, weil ich mich erst von ihm scheiden lassen wollte. Und sobald das getan war, habe ich es erwähnt, weil ich die Macht, die Mittel und die ethische Verantwortung dazu hatte.«

»Warum willst du deine Rolle in seiner Entblößung dann geheim halten?«

»Hast du es nicht gehört? Der Tigerhai ist böse, rücksichtslos und brutal. Sie ist *niemals* schwach.«

»Und du darfst nicht dabei erwischt werden, Mitgefühl zu zeigen«, sagte Madeleine mit aufblitzendem Verständnis in ihren Augen. »Wow. Das ist schrecklich.«

»Es ist notwendig. Ich habe einen Ruf. Manchmal ist er nützlich.«

»Aber jetzt glauben die Leute vielleicht, dass du ihm geholfen hast, es zu vertuschen. Dass du eine Komplizin bist.«

»Das tun sie bereits. Die Klugen werden das Timing zwischen der Scheidung und seiner Bloßstellung bemerken. Aber Menschen werden immer das Schlimmste annehmen. Es gibt Spekulationen über mein Wissen hinsichtlich seiner Verbrechen, die selbst meine Anwälte nicht zum Schweigen bringen können.«

»Also hängst du praktisch in der Rolle des Bösewichts fest?«

»Es wird die Angst der Leute vor mir verstärken. Die Öffentlichkeit mag einen guten Bösewicht. Ich erreiche mehr, wenn die Menschen mich fürchten.«

»Aber ich kenne die Wahrheit.«

Elena musterte sie. »Im Allgemeinen wissen es die Menschen, die mir wichtig sind.«

Madeleines Gesichtszüge nahmen einen sanften Ausdruck an.

»Du musst aufhören, mich so anzusehen. Das ist überhaupt nicht gut für meinen Ruf.«

»Du hast recht.« Madeleine drückte den Rücken durch. Sie spielte mit ihrem Armband, indem sie mit den Fingern am Reif herumfummelte und es erst nach links und dann nach rechts drehte. »Also, die große Frage lautet also, ob du jetzt, da Richard weg vom Fenster ist, bereit für … andere Möglichkeiten bist?« Sie biss sich auf die Lippe.

Elena legte den Kopf schräg. »Du stellst gute Fragen. Das habe ich immer an dir gemocht.«

Madeleine scheiterte bei dem Versuch, ihre Nervosität zu verbergen, und brachte Elena damit zum Lächeln.

»Ich bin jetzt geschieden. Mir fallen keine weiteren Hindernisse mehr ein.« Ihr Herz klopfte schmerzhaft, als sie Madeleines Reaktion abwartete. Nach dieser langen Zeit der Trennung könnte Madeleine entschieden haben, dass sie eine deutlich ältere Frau mit so viel Medien-Aufmerksamkeit und emotionalem Ballast nicht in ihrem Leben wollte.

»Das ist gut zu wissen.« Freude leuchtete in Madeleines Augen auf und Elena spürte, wie sie von Erleichterung durchströmt wurde. »Weißt du, ich leide ein wenig unter dem Jet-Lag. Ich habe in dieser Menge meine Runden gemacht. Ich glaube, ich sollte gehen.«

»Was?« Elena sah sie besorgt an. Hatte sie Maddie irgendwie beleidigt? Ihre Gedanken rasten zurück zu ihren Worten.

»Und da dein Zuhause verbarrikadiert ist, sollten wir wohl zu mir gehen«, fügte Madeleine hinzu.

Wir? Elena stockte der Atem. »Bist du wirklich müde, Madeleine?«

»Das kommt drauf an.« Madeleines Gesichtsausdruck war verspielt. »Komm mit mir nach Hause und lass es uns dort beurteilen. Vielleicht bekomme ich ja neuen Aufschwung.«

Elena setzte ihren unfreundlichsten Gesichtsausdruck auf. »Nun, ich kann nicht zulassen, dass du mir hier vor Erschöpfung zusammenbrichst. Da du heute Abend mein Gast bist, würde das ein schlechtes Licht auf mich werfen.«

»Ja, ja, das würde es. Das können wir nicht zulassen.« Madeleine klang ernst, doch ihre Augen schimmerten dunkel.

Elena riss sich von ihrem Blick los und zog ihr Handy hervor. »Ich bin bereit zu gehen. Der Wagen. Jetzt.«

»Kluger Zug.« Madeleine stellte ihren Drink auf den nahegelegenen Tisch. »Dich so gut um eine ehemalige Angestellte zu kümmern. Ich bin sicher, dass die Personalabteilung das gutheißen würde.«

»Oh.« Hitze stieg Elena in die Wange, als sie Bilder vom potenziellen Rest des Abends heraufbeschwor. »Ich bin ziemlich sicher, dass sie das nicht tun würde.«

»Deine neue Wohnung ist entzückend.« Elenas Blick glitt durch Madeleines Zuhause.

Maddie schluckte und fragte sich, ob sie überhaupt stehenbleiben konnte, weil sie so nervös war. Sie ließ ihren Blick über die glatten Linien, das warme Holz und die Marmoroberflächen schweifen. Es war ein ganzes Stück besser als ihre Mietwohnung in Manhattan, in der Elena sie das letzte Mal besucht hatte.

»Ja, nun, bedank dich bei *Style*, dass sie bei meinem ersten Gehaltsscheck so großzügig waren. Oh, und *Vanity Fair*, *Time*, *New Yorker*, *Rolling Stone* und *Condé Nast Traveller* sind auch nicht schlecht. Ich liebe den abschließen-und-gehen-Aspekt der freiberuflichen Arbeit. Außerdem hat die Wohnung nur ein Schlafzimmer, sodass sie in mein Preislimit fällt und …«

Madeleine verstummte. Elena brauchte das Immobilien-Geschwafel nicht zu hören. Sie war einfach nur so verdammt nervös.

Elena trat einen Schritt näher. Und dann noch einen.

Ihr trägerloses, grünes Kleid lag geschmeidig an ihrem Körper an. Maddie war von dem gewagten Korsett aus straffer Seide hypnotisiert, das nur von Elenas cremefarbenen Brüsten gehalten wurde. Sie stellte sich vor, ihre Hände hineinschlüpfen zu lassen, ihre Brüste zu umfassen und sie aus ihrem Gefängnis zu befreien. Sie leckte sich über die Lippen. Ihren halb gesenkten Lidern nach zu urteilen hatte Elena ganz genau erraten, in welche Richtung Maddies Gedanken abgedriftet waren.

»Madeleine? Woran denkst du?«

Als würde sie das nicht wissen.

»Möchtest du etwas trinken?« Maddie vermied die Antwort auf die Frage, indem sie sich zum Kühlschrank drehte. »Ich habe Wein und Wasser und sonst nicht viel. Hatte noch keine Möglichkeit, einkaufen zu gehen.«

Elena strich mit dem Finger über ihren Arm und beendete damit Maddies Ablenkung.

Gänsehaut breitete sich auf Maddies Haut aus.

»Nein, ich bin nicht durstig«, sagte Elena. »Hungrig? Definitiv.«

»Oh.«

Elenas Finger glitten zu ihrem Nacken und zogen sie zu einem kaum wahrnehmbaren Kuss heran. Sie lehnte sich zurück.

»Wow.« Maddie rauschte das Blut in den Ohren. Ihre Lippen prickelten.

Elenas Lippen wanderten zu ihrem Ohr. »Warum lässt du mich warten, Madeleine? War ich nicht geduldig? Ich glaube, du hast behauptet, dass diese Wohnung ein Schlafzimmer hat. Ich schlage vor, du hörst auf, Zeit zu schinden und bringst mich dorthin.« Ihre Lippen hoben sich zu einem Lächeln an Maddies Ohr. Sie unterstrich ihre Worte mit der sanften Berührung ihrer Zunge.

Erregung schoss durch Maddie hindurch. Sie legte ihre Finger um Elenas und führte sie zum Schlafzimmer.

Sie sah zu Elena zurück. Ihre Lippen waren leicht geöffnet und ihre Augen vor Verlangen dunkel. »Du bist so wunderschön«, sagte Maddie. »In New York habe ich gespürt, wie du mich von deinem Büro aus angesehen hast. Es hat sich wie ein Streicheln angefühlt. Wie Finger auf meiner Haut, aber so sanft. Ich habe mir gesagt, dass ich es mir nur einbilde. Dass jemand wie du niemals an jemandem wie mir interessiert sein würde.«

»Du warst … eine ablenkende Versuchung. Du hast meine Konzentration aufs Äußerste getestet. Aber ich war verheiratet.«

»Und nun? Bin ich immer noch eine Versuchung? Oder verlierst du nicht länger deine Konzentration?«

»Es ist noch viel schlimmer geworden.« Sie lächelte. »Aber mittlerweile weiß ich die Vorteile von Versuchungen zu schätzen. Die fehlende Konzentration ist nicht mehr so wichtig.«

Elenas Blick glitt zu dem großen Doppelbett hinter ihnen. Dann erregte ein hölzerner, weiß gestrichener Frisiertisch ihre Aufmerksamkeit, auf dem ein Spiegel angebracht war. Elenas Lippen verzogen sich zu einem gefährlichen Lachen. »Madeleine«, sagte sie mit sanfter Stimme. »Komm her.«

Maddie trat nach vorn und Elena drehte sie zärtlich um, damit sie dem Spiegel zugewandt war.

»Sieh dich an.« Elena lehnte sich von hinten an sie und ihre Blicke trafen sich im Spiegel. »Wie ich sehe, hat Perry Sinn für Humor. Oder einen Sinn für Romantik. Er weiß, wie sehr ich Audrey Hepburn liebe. Die Einfachheit ihres Stils war umwerfend. Ich erkenne dein Kleid. Einer von Perrys aufsteigenden Designern macht gerade eine Tribut-Phase durch. Das Kleid ist dem nachempfunden, was Hepburn in *Frühstück bei Tiffany's* getragen hat.«

Elena zupfte an dem Stoff an Maddies Schulter und strich mit den Fingerknöcheln anschließend über ihre nackte Haut, sodass sich die winzigen Härchen dort aufrichteten. Während Elena sie berührte, ließ sie Maddies Blick nicht los.

»Oh«, keuchte Maddie angesichts des Versprechens in diesen neckenden Berührungen.

»Mhm«, murmelte Elena. »Du wirst diesem ikonischen Kleid wirklich gerecht.«

Ein leises Geräusch ertönte, als der Reißverschluss des Kleides hinuntergezogen wurde; Elenas Finger folgte ihm mit einer feurigen Spur. Dann schob Elena die kurzen Ärmel über Maddies Schultern und rollte das Kleid über ihre Brüste, bevor es sich an ihren Hüften raffte. Warme Hände legten sich auf Maddies Rücken und strichen über ihre Haut.

»Ich bewundere die Weichheit der weiblichen Haut sehr. Und liebe die Rücken schöner Frauen. Deiner hat mich in diesem umwerfenden Kleid in Véroniques Umkleideraum beinahe in eine Menge Schwierigkeiten gebracht. Ich habe mich in der schockierenden Position wiedergefunden, gegen meinen Instinkt anzukämpfen, dich über den Frisiertisch zu beugen und dich mir gleich dort zu Willen zu machen. Ich hätte es genossen, deine Augen im Spiegel zu beobachten, während ich dich für mich beanspruche. Und das alles, während du das exquisiteste Kleid trägst, das ich je in meinem Leben gesehen habe.«

Maddies Kehle wurde trocken. Hitze durchflutete sie bei dem Gedanken an diese Fantasie. Ein Zupfen von Elena ließ das Kleid über ihre Hüften und zum Teppichboden gleiten. Sie trat heraus.

»Natürlich kann ich das noch immer mit dir machen«, sagte Elena mit sanfter, anzüglicher Stimme. »Oder?«

»Ohh.« Maddie wimmerte. »Ja.«

Elenas Hände legten sich wieder auf ihren Rücken und strichen hauchzart über ihre Haut. »Du siehst es vor dir, nicht wahr?« Verspielt zupfte sie an Maddies BH und öffnete ihn dann. Er fiel auf den Boden. »Meine Augen auf deinen, die Stars der Mode-Welt direkt vor der Tür. Und wenn ich den weißen Saum dieses umwerfenden Kleids angehoben und über deine Hüften geschoben hätte, was hätte ich da gefunden? Hm? Welche Unterwäsche hast du in dieser Nacht getragen? Oder warst du nackt?«

»Oh, Ich … S-String. Einen Spitzen-String.«

»Mmm. Ja, ich hätte es genossen, ihn dir auszuziehen. Ihn über deine festen Schenkel zu ziehen. Und so viel mehr zu tun.«

Maddie keuchte.

»Dir gefällt die Vorstellung.« Elenas Blick brannte. »Mir auch. Ich denke ziemlich oft daran.«

Elena drückte ihre Lippen auf Maddies Schulter, ehe die feuchte Wärme ihrer Zunge darüber glitt. Sie hob den Kopf und ihr Blick legte sich direkt und musternd auf Maddies schmerzend harte Nippel und die sich ausbreitende Röte auf ihrer Brust. Sie legte die Finger um Maddies Brustkorb und griff nach ihren Nippeln, ehe sie sie zwischen ihrem Daumen und Zeigefinger rollte. Die Empfindung jagte Wärme zwischen ihre eigenen Beine.

»Deine Brüste sind so ablenkend«, sagte Elena. »Wunderschön. Aber nun möchte ich gerne konzentriert bleiben. Wo waren wir?«

Sie beobachteten im Spiegel, wie Elenas ihre Hände zu Maddies Taille gleiten ließ, während sie an Maddies Schulter knabberte und sie küsste. Ihre Finger schlüpften unter den Bund von Maddies schwarzem Höschen und schoben es hinunter, sodass sie das dunkle Lockennest enthüllten. Ein verräterisches Glitzern darin entlockte Elena ein Lächeln.

»Oh ja«, hauchte sie, als Maddie errötete. »Sehr gut. Und was hätte ich in deinen Augen gesehen, wenn ich dich berührt hätte, Madeleine? Wie hätten sich meine Finger angefühlt, wenn ich sie in dich geschoben hätte?«

Maddie stöhnte, als Elenas Hand über ihren Bauch nach unten glitt, um über ihre feuchten Locken zu streichen. Sie bebte. »Bitte«, flüsterte sie.

»Erinnerst du dich an die Nacht, in der ich dich nicht haben konnte, aber oh so sehr wollte? Wolltest du mich auch? Wolltest du, dass ich mich an deinem Spitzen-

String vorbeischiebe und dich berühre, so wie ich es jetzt tue? Ich hätte meine Finger in dich gestoßen. Dich dabei beobachtet. Wolltest du das?«

»Ja«, sagte Maddie. Sie wölbte Elena den Rücken entgegen. »Gott ja, das wollte ich. Ich *will* es.«

Elenas Finger drückten sich nach unten gegen Maddies geschwollene Klitoris, sodass sie heftig zu pulsieren begann. »Das wusste ich«, sagte Elena an ihrem Ohr. »In dieser Nacht habe ich deine Erregung und meine eigene gespürt. Dein Gesicht verbirgt keine Geheimnisse. Ich wollte dich so sehr.«

Sie rieb sie fester und entlockte Maddie ein Stöhnen. Elenas Finger krümmten sich, glitten durch ihre Hitze und zwischen die feuchten Schamlippen, um in sie einzudringen.

Maddie beugte sich vor und ihre Hände, die sie mittlerweile flach auf den Frisiertisch drückte, wurden klamm. Sie keuchte angesichts der Empfindungen zwischen ihren Beinen und dem Aufblitzen der Ekstase in Elenas Gesicht.

Elenas Lippen waren geöffnet, ihre Augen wild und voller Verlangen. Ein weiteres Stöhnen ertönte, tief, dreckig und rau – und es kam von Elena.

»Gott«, sagte Elena schwer atmend, »du bist sogar noch heißer, als ich es mir vorgestellt habe.«

Sie wiegte sich Maddie entgegen. Ihre Finger verschwanden aus ihrem Sichtfeld, als Elena sie in Maddie versenkte und sie antrieb. Ihre andere Hand umfasste Maddies Brust, um ihre Nippel zu zwicken und zu rollen.

Maddie war von den Augen im Spiegel hypnotisiert – brennend, begeistert und dunkel – und ihre Kontrolle schwankte. Obszöne Geräusche erfüllten das Zimmer und ihre Nässe glänzte auf Elenas tanzenden Fingern.

»So nah dran.« Maddie kniff die Augen zusammen. Gott. Es war atemberaubend.

»Ich weiß. Ich kann dich spüren. Du pulsierst beinahe. Sieh mich an, wenn du kommst. Ich will es sehen. Zeig es mir.«

Maddie öffnete die Augen und erwiderte Elenas offenen Blick. Der unverhohlene Hunger, den sie in ihren Augen erkannte, ließ Maddie über die Klippe stürzen. Sie drückte den Rücken durch, ihre Mitte spannte sich an und ihr Körper bebte. Ihre Hände schwankten auf dem Holz, an dem sie sich abstützte.

»Oh, Madeleine, so wunderschön.« Die Worte wurden an ihrem Nacken geschnurrt, als Elena ihre Finger zurückzog und damit die Nässe auf ihrem gesamten

Bauch verteilte. Sie hob die Finger an ihre eigenen Lippen und kostete sie. Dann lächelte sie Maddie an.

Maddie schluckte, doch ihre Kehle war staubtrocken. Sie drehte sich um und küsste Elena. Es war schmutzig und heiß und so verdammt erregend. Maddie küsste sie, wie eine Frau geküsst werden sollte. Mit auch dem letzten bisschen Leidenschaft, die sie empfand. Mit all der Liebe, die sie besaß.

Sie trat einen Schritt zurück und ließ ihre Hände in Elenas grünes Mieder gleiten. Sie hob zärtlich ihre Brüste heraus und musterte sie voller Befriedigung. »Du bist atemberaubend.«

Maddies Lippen schlossen sich um einen erregten, tiefroten Nippel und ihre Zunge glitt darüber. Elena presste sich fester an sie.

Als sich Maddie schließlich zurückzog, flüsterte sie Elena zu: »Das wollte ich schon den ganzen Abend machen.«

»Ist das alles, was du mit mir machen wolltest?«

Elenas eingebildetes Grinsen war zurück und Maddies Herz hüpfte bei ihren anzüglichen Worten.

»Nein. Zieh dein Kleid aus. Ich will den Rest von dir sehen.«

Elena griff nach einem versteckten Reißverschluss an der Seite, öffnete das Kleid und ließ es zu Boden sinken. Sie stand vor Maddie in nichts weiter als einem weißen String und hohen Strümpfen. Der String war zwischen ihren Beinen dunkler und verriet ihre Erregung. Elena stemmte die Hände in die Hüften, als würde sie sagen *Also?*

Maddies Herz hämmerte bei dem berauschenden Anblick einer praktisch nackten Elena Bartell. »Setz dich.« Sie deutete auf den Frisiertisch.

Elena folgte der Aufforderung und stützte sich nach hinten auf ihre Hände, um ihre Brüste nach vorn zu drücken.

Maddie schob Elenas Knie auseinander und ließ sich auf den Boden sinken. Sie schob Elenas String zur Seite und betrachtete den Anblick ihrer feuchten Schamlippen.

»Du *willst* mich.« Maddies Worte waren nicht mehr als ein ungläubiges Flüstern. Sie pustete über die Haut und staunte über das Zittern, dass sie erntete.

Elena spreizte die Beine weiter und lehnte sich zurück. »Ich will dich.«

Maddie bedeckte mit ihrem Mund Elenas intimste Stelle. Als ihre Zunge sich gegen Elena bewegte, spürte sie, wie ihr Kinn immer nasser wurde. Elenas Schenkel begannen zu beben. Sie hatte die Hände in Maddies Haaren vergraben, wo sie sich wiederholt anspannten und wieder lockerten. Elena erstarrte schließlich unter ihr und gab einen kurzen, erstickten Schrei von sich.

Der Anblick dieser großartigen, herrischen Frau, die sich vollkommen gehen ließ, sich verletzlich zeigte und sie mit einer so unverhohlenen Zuneigung ansah, brannte sich in Maddies Kopf ein.

Sie würde das nicht aufgeben, entschied Maddie, als ihr Mund zu Elenas Schamlippen zurückkehrte und sie ihre Zunge darüber gleiten ließ. Als Antwort auf ihre unnachgiebige Zunge begann Elenas gesamter Körper zu zittern.

Maddie würde Elena immer bei sich halten und sie so oft lieben, wie sie konnte. Sie würde das niemals aufgeben.

»Bett«, krächzte Maddie. »Bett, bevor meine Knie nachgeben. Dann müssen wir das nächste Mal nicht aufhören. Denn wir müssen das wirklich wiederholen.«

Elena rutschte vom Frisiertisch und sah ein wenig zerzaust aus, auch wenn sie immer noch erhaben und angemessen befriedigt wirkte. »Auf jeden Fall.« Ihre Stimme war ein Schnurren. »Bett.«

Aber als sich Maddie umdrehte, um dorthin zu gehen, schnappte Elena sie und zog sie an sich. »Warte«, flüsterte sie drängend. Sie küsste sie und umfasste sie mit ihren Armen, als hätte sie Angst, dass Maddie gehen könnte.

Ihre drängende Zunge und sanften Lippen brachten alles in Maddie erneut zum Pochen.

»Oh Gott«, murmelte Maddie, als sie sich schließlich voneinander lösten. »Ich hatte keine Ahnung, dass du so großartig sein würdest. Aber ich hätte es wissen müssen. *Du* bist es. Wann versagst du bei etwas, das du dir in den Kopf gesetzt hast?«

Elenas Lächeln war sowohl strahlend als auch zufrieden.

Nein. Maddie wurde das absolut niemals aufgeben.

Elena kuschelte nicht im Schlaf. Oh nein. Sie eroberte. Sie waren irgendwann zu müde gewesen, um noch etwas anderes zu tun, als unter die Decke zu kriechen. Elena hatte gleich den Großteil des Betts, zwei Drittel der Kissen, die Hälfte der Decke und alles von Maddie eingenommen, als wäre es eine Art post-orgastische Firmenübernahme.

Maddie fragte sich, ob sie am nächsten Morgen ein Brecheisen brauchen würde, um sie zu trennen, während sie den sinnlichen, nackten Körper betrachtete, der sie festnagelte und mit einem Bein ihre Hüfte umklammerte.

Noch nie hatte sie sich so begehrt, gewollt und vollkommen eingenommen gefüllt. Und all das von jemandem, der dafür berühmt war, abweisend zu sein.

Wenn die nur wüssten.

Als Maddie aufwachte, fühlte sie sich ausgelaugt und durstig. Muskeln, von deren Existenz sie bisher nichts gewusst hatte, beschwerten sich. Ihr Blick glitt zur Seite und entdeckte Elenas sanfte Augen, die sie musterten. Der Frau lag ein träges Grinsen auf den Lippen, wie eine Katze, die die Sahneschüssel stibitzt hatte.

»H-hey«, murmelte Maddie. Ihre Stimme klang mitgenommen.

»Nun«, sagte Elena, als sie sich streckte. »Endlich wach. Ich dachte, ihr Millennials habt mehr Ausdauer.« Die Decke rutschte zu ihrer Hüfte und gab Maddie den Blick auf ihre üppigen Brüste frei. Und der Ausdruck auf Elenas Gesicht verriet Maddie, dass die berauschende Zurschaustellung absichtlich geschehen war.

»Gott, wie kannst du so wach aussehen? Hast du überhaupt geschlafen?«

»Schlaf wird überbewertet.« Elenas Arm glitt unter ihren Kopf. Sie drückte die Brust gegen Maddie und lächelte sie belustigt an.

Maddie hätte beinahe den Faden verloren. »Hast du dich denn gut amüsiert?«

»Ich nehme an, du willst hören, dass du die Beste warst, die ich jemals hatte?« Elena warf ihr einen intensiven Blick zu. Ihr Gesichtsausdruck wurde dann sanfter. »Das wäre mehr als präzise. Es war außergewöhnlich. Ich glaube, dass ich endlich den Reiz von Sex verstehe. All diese Sonette haben tatsächlich recht.«

Maddie platzte beinahe vor Stolz.

»Aber lass es dir nicht zu Kopf steigen.«

»Zu spät. Mein Kopf ist bereits bis zum Anschlag aufgebläht.«

»Das sollte er auch sein.« Elena lächelte und sah sie fragend an. »Ist das normal? Drei Stunden? Ist das bei Frauen immer so?«

Maddie riss die Brauen nach oben. »War das dein erstes Mal mit einer Frau? Ernsthaft?«

»Ich nehme an, dass ich zufrieden sein sollte, dass du es nicht bemerkt hast.« Elena lächelte sie träge an. »Um ehrlich zu sein, ja. Aber seit ich dich kennengelernt habe, habe ich viel öfter darüber fantasiert, als ich zugeben sollte. Wie ich schon sagte, du warst schrecklich für meine Konzentration.«

»Ich fühle mich geehrt.« Maddie grinste. Sie ließ die Decke von ihren eigenen Brüsten hinunter sinken und sah Elena frech an. »Also ist das eine Ablenkung?« Sie legte eine Hand an ihren Nippel und drückte ihn. »Oder das?«

Ein abschätzendes Glühen trat in Elenas Augen. »Ich bin nicht sicher. Mach weiter und ich sage es dir.«

Maddie ignorierte das und lehnte sich über Elenas Körper, um sich von oben an sie zu pressen. »Mir gefällt die praktische Erfahrung lieber. Außerdem solltest du das Beste aus meiner Anwesenheit machen, nachdem du so geduldig gewartet hast.«

»Guter Einwand.« Elena legte ihre Hände auf Maddies Rücken. »Ich hab immer gewusst, dass du klug bist.«

»Ja? Wie kommt es dann, dass jede deiner E-Mails mit *Liebes törichtes Mädchen* angefangen hat?« Maddie stach ihr gegen die Rippen. »Keine dieser Mädchen-Sachen mehr, in Ordnung? Ich bin eine Frau, Elena. *Deine* Frau. Und während der nächsten Stunde werde ich dir zeigen, wie wahr das ist. Oder während der nächsten Tage. Wochen. Monate.« Sie atmete tief ein und gab alles von sich preis. »Jahre.«

Elena starrte sie an, ohne sich zu bewegen.

»Das ist nicht irgendeine Affäre für mich. Ich hoffe, du weißt das«, sagte Maddie und schluckte. »Ich meine, das ist … Es bedeutet etwas. Ich … ich mache solche Dinge nicht leichtfertig. Ich mag keine Spielchen.« Sie fragte sich, ob Elena ihr rasendes Herz hören konnte.

Elena strich mit den Fingern über ihre Wangenknochen. »Wie kannst du es nicht bereits wissen? Sonst wäre ich nicht hier. Ich habe mehr zu verlieren als du. Ich habe auch keine Affären. Und ganz sicher nicht mit jemandem, der mir so viel bedeutet wie du.«

Maddie spürte, wie ihr Magen einen kleinen Purzelbaum schlug. Elena sah so aus, als würde sie es ernst meinen. Sie atmete beruhigt ein. »Ich bin in dich verliebt. Ich glaube, dass es seit New York so ist.«

Elenas Blick war sanft und voller Wärme. »Oh Madeleine. Und du sagst, ich soll dich nicht töricht nennen. Was siehst du in einem alten, zweimal geschiedenen, arbeitssüchtigen Hai wie mir? Selbst mein Hund ist nicht begeistert davon, mit mir zusammenzuleben.«

»Ich sehe all die Dinge, die du nicht zeigst. Und bitte, Oscar ist verklemmter als Felicity. Ich würde die Meinung dieses Hundes zu deiner Gesellschaft nicht ernst nehmen.«

»Das mag sein, aber du weißt nicht, wie ich wirklich bin.«

»Oh? Ich weiß, dass du heimlich an Organisationen spendest, von denen du denkst, dass sie niemanden interessieren. Badezimmerrechte für Transgender Personen, Frauenhäuser, polnische Gemeinschafts-Zentren. Du warst diejenige, die Ramel sein Leben zurückgegeben hat. Dieser schicke Anwalt, den du finanziert hast, hat dafür gesorgt, dass alle Anklagepunkte fallen gelassen worden sind.«

Elena sah Maddie überrascht an, schüttelte dann aber den Kopf. »Diese Spenden sind nicht, wer ich bin. Das sind oberflächliche Dinge – Gelegenheiten, mein Geld für etwas auszugeben, an das ich glaube.«

»Na schön. Ich weiß auch, dass du vollkommen gestresst davon bist, die Zügel der Bartell Corp. an deine Berater abzugeben, obwohl du es niemals zeigen würdest. Du hast Angst, dass du vielleicht einen schrecklichen Fehler machst. Aber du bist genauso begeistert, bald wieder in der Mode-Branche zu arbeiten. Du kannst es nicht erwarten.«

Elena blinzelte. »Nun ja.«

»Ich weiß, dass du viel zu viel trinkst, wenn du traurig bist. Und du bist weit öfter traurig, als du es irgendjemandem gegenüber zugeben würdest.«

Bevor Elena ihrem Schock Ausdruck verleihen konnte, fügte Maddie hinzu: »Ich war mal deine Assistentin. Wer, glaubst du, bezahlt die Alkoholrechnungen, die du vor deiner Haushälterin versteckst? Ich weiß auch, dass du meinem Blog gefolgt bist. Ich gebe es nur ungern zu, aber nur traurige Menschen haben ihn geliebt und sich damit identifizieren können.«

Elena sah unbehaglich aus. »Und trotzdem willst du mit mir zusammen sein?«

Maddie beobachtete ihre Abwehrhaltung und drückte sich enger an sie. »Du hast meinen Blog gelesen, Elena.« Sie legte ihre Finger an Elenas Rippen. »Diese Traurigkeit und Einsamkeit geht in beide Richtungen. Du hast dich von mir angezogen gefühlt, weil ich diese Emotionen auch gefühlt habe. Du hast von all meinen Unsicherheiten und Fehlern erfahren, bevor wir uns überhaupt getroffen haben. Und trotzdem magst du mich. Macht das nicht eine Beziehung aus? Jemanden hinter seiner Maske zu kennen und ihn trotzdem zu wollen?«

Elenas Finger strichen kaum merklich über Maddies Wange. »Was soll ich nur mit dir machen?«

»Musst du das wirklich fragen?«

Elena betrachtete sie mit einem liebevollen Blick. »Nun, ich nehme an, dass es dein Plan ist, näher an Zuhause zu arbeiten? Dieser töricht– unpraktische Teil deiner Karriere ist nun vorbei? Oder werde ich die Witwe einer Reisejournalistin sein?«

»Das ist vorbei. Und ich will nicht noch einmal so weit von dir getrennt sein. Ich habe dich viel zu sehr vermisst.«

»Nun. Das trifft sich gut.«

Maddie grinste sie leicht an. »Hey, kann ich dich was fragen? Warum die Wahrheits-Wette? Ich habe nie verstanden, warum du es getan hast. Es schien so gar nicht zu dir zu passen.«

»Es war eine Ausrede.« Elena richtete sich ein wenig auf und ihre Lippen trafen auf Maddies Hals. »Ich habe dich gebeten, meine persönliche Assistentin zu sein, weil ich dich zu sehr vermisst habe, als du nicht an meiner Seite warst. Das war für mich ein schwieriges Eingeständnis. Also habe ich gehofft, dass mein Interesse an dir in Sydney nachlassen würde, wenn ich professionelle Distanz zwischen uns schaffe. Als Antwort darauf hast du aufgehört zu lächeln, dich mir mitzuteilen und mich herauszufordern. Das habe ich mehr vermisst, als ich in Worte fassen kann. Also habe ich die Wahrheits-Wette benutzt. Es war eine Kurzschlussreaktion, aber ich wollte dich auch wieder kennenlernen. Natürlich ist das nach hinten losgegangen. Ich habe mehr über mein Leben erfahren als über deins.«

»Das lustige ist«, sagte Maddie, »ich dachte, du würdest mir nur das Geständnis entlocken wollen, dass ich so peinlich verknallt in dich war.«

»Oh, das wollte ich«, sagte Elena mit einem absolut bösartigen Grinsen. »Wir hätten uns schon noch deinen sehnsüchtigen Blicken gewidmet. Aber die Ereignisse haben sich überschlagen.«

»Hey, das ist so hinterhältig.« Maddie lachte erleichtert auf. »Gott, ich wollte wirklich nicht zugeben müssen, dass ich meine Chefin liebe!«

»Mir hätte das allerdings gefallen«, sagte Elena und ihre Augen nahmen einen weit entfernten Ausdruck an. »Es wäre nur fair gewesen. Immerhin hast du mich so lange Zeit verzaubert – bevor wir uns überhaupt getroffen haben, war ich von deinen Worten eingenommen. Wenn ich also sage, dass ich geduldig auf dich gewartet habe, übertreibe ich nicht. In Wahrheit kann ich nicht glauben, dass du mich so lange auf dich hast warten lassen. Ich meine, wirklich, Madeleine.«

Maddies aufrichtiges Lachen über Elenas gespielte Empörung erfüllte das Zimmer.

Elena erstickte es mit einem forschen Kuss.

Dann, als sie unter Elenas Lippen und Fingern dahin schmolz, war sich Maddie sicher, dass sie niemals eine schönere Liebeserklärung erhalten hatte – selbst, wenn es nicht mit Worten geschehen war.

Wer brauchte schon Worte?

Kapitel 35

Unausgesprochen

Maddies Schulterblätter drückten gegen die Vorderseite ihrer Wohnungstür. Sie krallte ihre Finger in geschmeidiges, schwarzes Haar und stöhnte leise, als sich sanfte Lippen auf ihre legten. Sich von Elena zu verabschieden, nachdem diese über Nacht geblieben war, wurde immer schwieriger.

Der Gedanke ließ sie wimmern und sie genoss das Ziehen an ihrer Hüfte, das darauf antwortete. Hände begannen zu wandern. Ein Schauer ging durch sie hindurch. Dann schaltete sich ihr Kopf allerdings wieder ein. Oh nein, sie konnten das definitiv nicht im Flur tun. Außerdem musste Elena arbeiten und Maddie wollte an den Strand.

»Mm«, murmelte Elena. Sie atmete an ihrem Ohr. »Köstlich.«

Okay, wer brauchte schon Arbeit oder Sonne?

Maddie stöhnte.

Ein Räuspern ertönte.

Maddie wäre beinahe aus der Haut gefahren. Sie öffnete die Augen und Elena trat schnell zurück.

Simon. Mit einem unglaublich selbstgefälligen Gesichtsausdruck. Toll. Damit würde er sie bis in alle Ewigkeit aufziehen.

Maddie setzte ihre höflichste Miene auf und stellte genervt fest, wie warm sich ihr Gesicht anfühlte. »Tja, so habe ich mir eure erste Begegnung zwar nicht vorgestellt, aber Simon Itani, das ist Elena Bartell. Elena, Simon.«

»Entzückt.« Er wackelte mit den Brauen. Er hatte die Hände voll mit seinem Surfbrett und einer Handtuchtasche, daher versuchte er zumindest nicht, ihre Hand zu küssen oder etwas ähnlich grenzenlos Uncooles. Es war schon heikel genug, dass er Badeshorts mit Blumenmuster, seine Altherren-Sandalen und ein ausgewaschenes *Big Bang Theory*-T-Shirt trug.

Elena warf ihm einen langen, äußerst zufriedenen Blick zu und brachte ihren Lippenstift mit einem Finger wieder in Ordnung. »Nun, hallo.« Ihr schnurrender Tonfall war so sinnlich, dass sich Maddies untere Körperhälfte verkrampfte. »Der verwegene Simon, endlich lernen wir uns kennen.«

»Ich? Verwegen?« Er lachte.

»Deine Kleiderwahl verrät dich.« Ihre Augen funkelten, als würde sie ihn dazu ermutigen, ihre Herausforderung anzunehmen.

Simon grinste und wirkte vollkommen unbeeindruckt. »Und die einschüchternde Elena Bartell. Obwohl ich sagen muss, dass du weitaus weniger einschüchternd wirkst, jetzt, wo ich gesehen habe, wie du meiner besten Freundin mit deiner Hand –«

»*Toll!*«, ging Maddie mit panischer Freude schnell dazwischen. »Okay, ähm, wir können uns alle bald ausgiebig unterhalten. Viel Glück heute auf der Arbeit, Elena. Simon, beweg deinen Arsch hier rein.« Sie warf ihm einen finsteren Blick zu.

Er lachte heftig, als er sich an ihr vorbeischob und in ihrer Wohnung verschwand. Dann schloss er die Tür hinter sich.

»Tut mir leid«, sagte Maddie. »Manchmal vergesse ich, dass er nun mal das Gehirn eines Jungen hat.«

»Oh, aber ich kann ihm nicht widersprechen. Ich hatte meine Hände auf gewissen Körperteilen, die viel zu verlockend waren.«

Maddie schüttelte den Kopf. »Du bist unmöglich. Und ich vermisse dich jetzt schon. Ich wünschte, ich könnte dieses Wochenende mehr Zeit mit dir verbringen. Wir könnten ein bisschen mehr, ähm, *reden.*« Ihr wurde schon wieder ganz warm, wenn sie nur daran dachte, wie diese *Unterhaltung* verlaufen würde.

Elena beugte sich nach vorn und drückte ihr ein sittsames Küsschen auf die Wange. »Amüsier dich am Strand. Warum kommst du nicht vorbei, wenn ihr fertig seid? Rosetta würde sich zweifellos freuen, dich wiederzusehen. Ich vermute, dass sie dich mit Schokoladenkuchen vollstopfen wird. Wenn du möchtest, könntest du auch von meinem Haus aus arbeiten. Dann können wir unsere Diskussion fortführen, wenn ich nach Hause komme.«

»Das hört sich großartig an.«

Elena verließ sie mit einem so lüsternen Blick, dass Maddie zurück gegen die Tür sackte. »Tschüss«, flüsterte sie in den nun leeren Flur.

»Hey, Mads«, drang ein paar Augenblicke später eine gedämpfte Stimme durch die Tür.

»Ja, Simon?«

»Wenn du mit dem Anhimmeln fertig bist, können wir dann zum Strand gehen?« Seine Stimme verwandelte sich in ein Quengeln.

Maddie verdrehte die Augen. »Wie kommst du darauf, dass ich am Anhimmeln bin?«

»Hallo? Ich *hab* deine Freundin getroffen. Und bin beinahe in einer Pfütze ihres Charismas ausgerutscht.«

Sie lächelte im leeren Flur. Freundin. Elena Bartell war ihre Freundin. Wow.

»Weiß du, langsam habe ich deine Einstellung satt.« Maddie, die sich auf der Couch breitgemacht und einen Laptop auf dem Schoß stehen hatte, sah sich gereizt um. »Immer so überheblich. Du läufst über mich drüber und ich lasse es mir einfach gefallen.«

Oscar ignorierte ihren demonstrativ finsteren Blick und tapste weiter über ihren Bauch und ihre Oberschenkel, bevor er seine lange Nase über den Rand des Laptops schob.

»Es würde dich nicht einmal interessieren, wenn ich gerade eine Pulitzer Preis-Geschichte schreiben würde«, beschwerte sich Maddie. »Und du kommst damit durch, weil du süß bist.«

Oscar lehnte sich vor und leckte ihr über die Wange.

»Oh, ich verstehe schon. Du denkst, du könntest deinen Charme bei mir einsetzen?«

Oscar stieß mit dem Kopf gegen ihren Laptopbildschirm, sodass er sich über ihren Händen schloss.

»Schön! Du gewinnst.« Maddie fuhr den Laptop herunter und legte ihn auf den Couchtisch. Anschließend kraulte sie den Hund ausgiebig hinter den Ohren.

Oscar ließ sich gegen ihre Brust fallen und schloss die Augen.

»Lass mich raten, du wirst auf mir einschlafen und ich werde mich drei Stunden lang nicht bewegen können? Weil die Haustier-Regeln gelten? Was, wenn ich eine wichtige Deadline hätte, hast du mal darüber nachgedacht?«

Oscar blinzelte sie an. Er machte keine Anstalten, aufzustehen.

»Du bist unwiderstehlich und das weißt du.« Maddie seufzte. Ihre Finger glitten durch Oscars wunderschönes Fell und sie lächelte. »Genau wie dein Frauchen.«

»Meine Ohren brennen.«

Maddie hob den Blick und sah, dass Elena am Türrahmen lehnte. Sie hatte die Arme vor der Brust verschränkt und einen belustigten Ausdruck auf dem Gesicht.

»Wie ich sehe hast du endlich die Hausregeln gelernt«, fügte Elena hinzu. »Es geht entweder nach Oscars Wunsch oder nach Oscars Wunsch. Du solltest dich geehrt fühlen. Er mag nicht viele Leute. Sieht aus, als hätte er dich wahrhaftig und vollständig für sich beansprucht.«

»Vielleicht hat Oscar einfach guten Geschmack.«

»Da werde ich nicht widersprechen.« Elena kam zu ihr und schob sanft Maddies Füße von der Couch, sodass sie sich neben sie setzen konnte. »Ich hatte gehofft, dass du hier bist.«

»Hast du mich vermisst?«

Elena seufzte lang und leidend. »Du hast einen so ablenkenden Einfluss, dass es einfacher war, nach Hause zu kommen und meine Arbeit hier zu erledigen, als im Büro zu sitzen und den ganzen Samstag an dich zu denken.«

Wärme erfasste Maddie und sie grinste dämlich. Sie liebte es, wenn Elena solche Dinge sagte. Sie sah immer aufrichtig aus. »Das ist mein böser Plan. Dich an meine Seiten locken und zu Tode zu lieben. Wie funktioniert es bis jetzt?«

»Ich würde sagen, dass es der gerissenste Übernahmeversuch, den ich je gesehen habe. Ich bin beeindruckt.«

Maddie kraulte Oscar noch einmal hinter den Ohren. »Ich wünschte, ich könnte auch in allen anderen Bereichen so brillant sein.« Sie sah ihren Laptop finster an.

»Ah. Wie kommt deine neueste Geschichte voran? Soll ein zweites Augenpaar drüberlesen?«

»Das wäre gut. Aber später, wenn ich nicht mehr in gegensätzlichen Zeitformen denke. Im Moment kann ich mich nicht einmal daran erinnern, welche Fakten ich schon überprüft habe.«

»Du wirst es herausfinden. Du bist gut darin.«

»Gut im Geschichten erzählen?«

Elena musterte sie. »Ja.«

»Aber nicht bei Nachrichtenartikeln.«

»Das auch. Du bist eine ausgezeichnete Journalistin. Wie ich schon in meinen E-Mails erklärt habe, als du in Vietnam warst. Glaubst du mir nicht?«

»Ich dachte, du würdest mich nur überreden wollen, nach Hause zu kommen.«

»Oh, das wollte ich.« Elena warf ihr einen verlegenen Blick zu, den sie dann in ein Augenrollen verwandelte. »Aber trotzdem habe ich es ernst gemeint. Du bist eine der besten Reporterinnen, die ich je gesehen habe. Ich bin nicht sicher, wie ich in New York übersehen konnte, dass du nach ausschließlich vortrefflichen Leistungen strebst.«

»Na ja, ich muss zugeben, dass du recht hattest. Ich war unbeständig – weil ich schreckliches Heimweh hatte.« Sie musterte Elena. »Du glaubst ernsthaft, dass ich eine der besten bin?«

»Du brauchst doch sicher nicht mehr meine Anerkennung, oder? Das müsstest du mittlerweile wissen. Oder die von anderen. Ich sage das nicht einfach nur.«

Maddie dachte darüber nach. In letzter Zeit hatte sie viele Auszeichnungen erhalten. »Das stimmt, aber deine Meinung bedeutet mir trotzdem viel. Ich glaube, dass ich die Worte manchmal einfach wirklich von dir hören muss.«

Stille breitete sich aus. Die unausgesprochene Frage hing zwischen ihnen. Was Maddie wirklich wissen wollte. Monate voller Flirten, Ausgehen und Liebe machen waren vergangen. Sie bezweifelte nicht, dass sie schwer verliebt war. Allein der Gedanke an Elena reichte aus, um sie abzulenken; sie war wie Luft, so sehr brauchte sie ihre Nähe. Aber was empfand Elena?

Elenas legte ihre Finger auf den grauen Leinenstoff ihrer eigenen Hose und strich ihn glatt. »Ich schätze Schönheit mehr als alles andere auf der Welt, Madeleine.« Sie sah ihr in die Augen. »Und alles, was ich will, ist, mit dir zusammen zu sein. Sagt dir das nicht alles?«

»Es sagt mir, dass du mich schön findest. Und ich liebe das, aber …« *Wenn sie nicht bereit ist, ist sie nicht bereit.* »Hey, vergiss es. Es ist egal.«

Aber es war nicht egal. Maddie senkte den Blick.

»Ich habe immer gedacht, ich hätte alle Antworten«, sagte Elena langsam. »Bevor ich dich getroffen habe, dachte ich, ich wäre grausam ehrlich. Ich habe die Wahrheit wie eine Waffe geschwungen. Jetzt sehe ich ein, dass die wahrhaftigste Sache all die Lügen sind, die wir uns selbst erzählen. Es ist furchterregend – als würde ich überall winzige Risse in einem Glasfenster sehen. Jetzt kann ich mich selbst nicht mehr einschätzen. Ich habe das Vertrauen in meine eigene Wahrnehmung verloren. Mein Blick auf die Welt ist für immer zerbrochen.«

»Weil du das mit Richard nicht wusstest.«

»Weil ich immer noch Angst habe, dass ich es wusste. Der Gedanke quält mich, dass irgendwo tief in mir ein Teil von mir Bescheid wusste und ich mich selbst belogen habe, um mich dem nicht stellen zu müssen. Wie du siehst, habe ich nicht länger die gleiche Sicherheit in meine Absichten. Meine Meinungen zu persönlichen Dingen fühlen sich nicht mehr fehlerfrei an. Aber ich weiß folgendes: Wenn ich dich ansehe, bist du alles, worauf ich meinen Blick richten will. Ich weiß, dass ich nicht gehen will, wenn wir zusammen sind. Aber ich weiß nicht, ob ich darauf vertrauen kann, was diese Gefühle bedeuten. Verstehst du das? Es fühlt sich an als … wäre mein fundamentales Verständnis von mir selbst gerissen.«

Maddie fiel das untypische Zögern in ihrer Stimme auf. »Du brauchst Zeit. Um wieder an dich zu glauben.«

Elena nickte. »In der Zwischenzeit … Kannst du nicht die Wahrheit erkennen, wie auch immer sie lauten mag, wenn du mich ansiehst?«

»Das kann ich. Ich sehe sie.« Maddie hatte immer geglaubt, dass die Wärme in Elenas Blick mehr sagte als ihre Worte. »Danke, dass du erklärt hast, wie du empfindest. Und danke, dass du heute dein Zuhause mit mir teilst. Ich bin ziemlich sicher, dass ich weitaus mehr schaffe, wenn ich dabei den Sydney Harbour durch das Fenster sehen kann. Wusstest du, dass ich eine Schneekugel mit fast der exakt gleichen Aussicht habe?«

Sie verstummte, als sich ein seltsamer Ausdruck auf Elenas Gesicht ausbreitete.

»Was ist?«, fragte Maddie.

»Nichts. Mir ist nur klargeworden, wie sehr ich mich darauf gefreut habe, dass du hier bist. Das ist noch nie passiert. Ich fand es immer stressig, wenn in meinem Zuhause jemand um mich herum war.«

»Ich bin ziemlich leicht zu handhaben.« Maddie lächelte. »Ich bin wie Oscar, nur mit besserem Atem und ohne Komplexe bezüglich billigem Futter.«

Elena strich mit dem Handrücken über Maddies nackten Arm. »Nun, ich mag dein Fell. Und es ist ziemlich nützlich, dass du stubenrein bist.« Sie nahm ihren Hund von Maddies Schoß und setzte ihn auf dem Boden ab. Oscar protestierte mit einem halbherzigen Bellen, rollte sich dann jedoch vor ihnen zu einer Kugel zusammen und schlief wieder ein. Elena streckte sich neben Maddie aus, ehe sie sich auf ihren Schoß legte und Maddies Mitte umfasste.

»Willst du heute Abend ausgehen?«, fragte sie und schloss die Augen. »Ich bin zur Eröffnungsnacht eines neuen Theaterstücks im Belvoir St. Theatre eingeladen worden.«

Maddie musterte ihr entspanntes Gesicht, noch immer fasziniert, dass es ihr gestattet war, Elena so zu sehen. Sie strich mit den Fingern durch Elenas dunkle Haare. »Nein, danke. Nicht, wenn du so in meinen Armen liegst. Was soll da der Ansporn sein, dich loszulassen?«

»Also bleibst du hier? Ich muss noch ein paar Anrufe tätigen, ein paar Leuten die Hölle heiß machen, einen Vertrag unterschreiben und Schlaghosen wieder modern machen, aber später würde ich mich über Gesellschaft freuen.«

Spielerisch schlug Maddie ihr auf den Arm. »Elena! Du wirst Schlaghosen nicht zurückbringen.«

»Nur über meine Leiche.« Elena lächelte, öffnete die Augen und sah in Maddies Gesicht. »Aber das Angebot steht. Bleibst du hier? Es sei denn, du hast etwas anderes vor?«

»Ich habe etwas vor. Ein neues Gemüse-Gericht, das ich an dir ausprobieren will. Meine Mum hat es mir gegeben und gesagt, dass du es lieben wirst. Warum sie annimmt, deinen Gaumen so gut zu kennen, ist mir allerdings ein Rätsel.«

»Na ja, wir haben uns das eine Mal gut verstanden, als wir über deinen Geburtstag gesprochen haben.«

»Mhm. Tja, wir werden herausfinden, ob sie recht hat. Ich muss nur noch ein paar Zitate abtippen. Den Rest meiner Geschichte kann ich morgen schreiben.«

»Du könntest deine Geschichte morgen auch hier schreiben. Oder mehr als das, wenn du willst.« Elena zögerte. »Oben ist ein leeres Arbeitszimmer, das nur Staub ansetzt, also müsstest du dich nicht mit Oscar um die Couch streiten. Und nebenan ist ein Gästezimmer, falls du eine Auszeit brauchst. Oder mein Zimmer, wenn du das bevorzugst. Bleib solange du willst. Außerdem habe ich aus verlässlicher Quelle erfahren, dass sich der Ausblick auf den Sydney Harbour gut zum Schreiben eignet.«

Maddie hielt inne. *Hat sie gerade …?* Sie musterte Elenas Gesicht und ihr Herz fing an zu rasen. »Elena? Tut mir leid, wenn ich das alles falsch interpretiere, aber bittest du mich gerade, hier einzuziehen?«

»Kommt drauf an.«

»Worauf?«

»Ob du ja sagst.« Elena spielte am Ärmel ihrer Bluse herum. »Ich weiß, dass du dein eigenes Leben hast und wahrscheinlich deine Unabhängigkeit nicht aufgeben willst. Ich bin sicher, dass es dir gefällt, dass Simon vorbeikommen kann, wann immer er will. Er ist dir wichtig. Das sollten Freunde auch sein. Aber das würde sich nicht ändern müssen. Ich glaube, dass es mir sehr gefallen würde, mein Leben mit jemandem zu teilen, den ich … Jemandem, den ich respektiere, der mich herausfordert, der mir etwas bedeutet, den ich schätze und von dem ich es nicht ertragen kann, wenn er nicht hier ist. Also, wenn du ebenso denkst …«

Maddie richtete sich auf. »Dann frag mich. Denn exklusive Quellen verraten, dass ich wahrscheinlich ja sagen werde.«

Elena fragte nicht. Sie war zu sehr damit beschäftigt, sie zu küssen.

Maddie hatte keine Einwände.

Kapitel 36

Wie du mir

Der Australian Legends of Publishing-Ball war immer der kulturelle Höhepunkt des Jahres – und er stand bereits wieder an. Es war Maddies und Elenas vierte und laut Vertrag offiziell letzte Veranstaltung zusammen. So viel war passiert – zum Beispiel der Einzug bei Elena vor vier Monaten – dass es schwer zu glauben war, dass seit ihrem ersten Legends-Ball erst ein Jahr vergangen war.

Das Auto hielt an und die strahlende, herumschwirrende Menge aus elegant gekleideten Menschen erregte Maddies Aufmerksamkeit.

Der Fahrer stieg aus und öffnete Elenas Tür.

Maddie rutschte über den Rücksitz und folgte ihr hinaus.

Wenige Minuten später waren sie im Inneren des großen, zum Denkmal erklärten Hotels. Sie standen in einem langen Flur, der den Hauptballsaal umgab. Verstohlen nahm Elena ihre Hand, um sie weiter hineinzuführen. Ihre warmen Finger gaben Maddie den Selbstbewusstseins-Schub, den sie brauchte.

Elena hielt in einer durch Schatten verdeckten Ecke an und musterte sie durchdringlich. »Entspann dich. Ich habe deine Rede gehört. Alle elf Versionen. Und du wirst großartig sein. Du wirst sie beeindrucken. Sei einfach du selbst.«

»Das ist verrückt.« Maddie strich mit der Hand über ihr Kleid und fragte sich, wie all das hier passiert war – ihre Karriere, ihr Leben in Sydney mit Elena, und dann gebeten worden zu sein, dieses Jahr die Legends-Rede zu halten. »Ich meine, ich weiß, dass ich nur für Alan Kadinsky einspringe, aber hätten sie nicht jemand anderen finden können? Es ist ein Fehler. Ich bin keine Legende. Ich –«

»Ernsthaft, Madeleine, wer war die jüngste Gewinnerin des Coleman-Preises? Wer hatte drei große Knüller in einem Jahr? Einer davon sogar international?«

»Hier geht es nicht darum, Dinge zu gewinnen. Es geht um mich.« Maddie zögerte. »Das bin so *ich*. All diese Zweifel. Zu glauben, dass sie einen Fehler gemacht haben müssen. Es gibt eine Menge Dinge, von denen ich denke, sie nicht verdient zu haben. Ich habe Angst, dass alles zusammenbrechen wird.«

Elena musterte sie schweigend. Sie beugte sich vor. »Ich werde dich niemals als Fehler betrachten, Madeleine.«

»Das habe ich nicht gesagt.«

»Vielleicht, aber du hast daran gedacht. Ist dir je in den Sinn gekommen, dass ich das Gefühl habe, *dich* nicht zu verdienen? Du bist jung und wunderschön und klug und die Welt liegt dir zu Füßen. Ich bin eine Frau, die den Ruf hat, kalt und herzlos zu sein. Obwohl es befriedigend ist, dass es der Bartell Corp. gut geht, ist die Firma das einzige, was mich für die Welt irgendwie beeindruckend macht.«

Maddie zuckte überrascht zusammen. »Was? Das ist verrückt! Du bist …« Sie drückte Elenas Hand. »Verstehst du nicht, wie ich dich sehe? Du bist großartig. Mit oder ohne Firma. Und das hier … wir … ist nichts Vorübergehendes für mich. Das ist *es*. Ich bin mit Leib und Seele dabei. Ich bin für den Rest meines Lebens dabei. Verstehst du das?«

Mit einem liebevollen Lächeln trat Elena näher an sie heran. »Madeleine, ich habe vor, dich so lange in meinem Leben zu halten, wie ich kann. Und dann noch länger.« Sie legte ihre Finger an Maddies Wange.

So nah war Elena noch nie dran gewesen, Maddie zu sagen, dass sie sie liebte. Trotzdem zeigte sich noch die Unsicherheit von Elenas Gefühlen am Rande ihrer Aussage.

»Was ist, wenn die Öffentlichkeit es herausfindet?«, flüsterte sie. »Ich meine, die Medien sind nicht blind. Irgendwann werden sie schon draufkommen. Zum Beispiel nächsten Monat bei Nataliis Hochzeit? Was wirst du tun, wenn die Leute sagen, dass du deine hilflose Assistentin verführt hast, und sie mich eine Goldgräberin nennen?«

Elena streichelte mit dem Daumen über ihre Hand. »Ich habe schon schlimmere Anschuldigungen gehört – und die stammten von meinem Mentor. Einem Mann, dem ich mein Leben anvertraut hätte. Ich habe das hinter mir gelassen. Warum sollte es mich also interessieren, was Fremde denken? Für mich geht es in Ordnung. Für dich auch?«

»*Natürlich.*« Maddie versuchte, gleichmäßiger zu atmen. Sie schenkte Elena ein Lächeln. »Tut mir leid, ich glaube, dass ich wegen dieser Rede durchdrehe. Es sind nur die Nerven.«

»Das sehe ich«, sagte Elena. Ihre Lippen verzogen sich amüsiert. »Es ist gut, dass du jetzt erfolgreich und berühmt bist, sonst würde es gar keinen Vorteil haben, mein Leben mit dir zu teilen.«

Maddie fing an zu lachen. »Gott, du bist witzig. Ich glaube, ich behalte dich noch.«

Elena lächelte breiter. »Ein ausgezeichneter Plan. Weil es eine ziemliche Herausforderung war, jemanden zu finden, der meinen Hund mag und umgekehrt. Oscar hat meine beiden Ex-Ehemänner gehasst – was lustig ist, wenn man bedenkt, dass er ein Geschenk meines ersten Mannes war.«

»Oscar mag mich nur, weil du meinetwegen nach Sydney gezogen bist, wo das warme Klima herrscht, das er mag.«

»Hm. Gut möglich. Ja, du hast recht. Das ist sicher der einzige Grund. Aber natürlich genießt es nicht nur Oscar, dich in seinem Leben zu haben.«

Maddie grinste. »Ah, ja. Rosetta. Richtig?«

»Ganz genau. Meine Köchin, die ich nach Sydney gelockt habe und die sich mit dir verschworen hat, um mich zu mästen.«

»Du vergisst zu oft, etwas zu essen.«

»Angeblich. Also, zusammengefasst: Oscar toleriert dich und Rosetta vergöttert dich.«

»Ja. Meine beiden zuverlässigen Verbündeten.«

»Tja, wie du siehst, bist du dank deines kunstvollen Networkings inzwischen unmöglich zu ersetzen. Ich habe dich jetzt am Hals.«

Maddie lachte. »Danke.« Sie drückte Elenas Hand. »Dass du mich abgelenkt hast. Dass du mich zum Lachen gebracht hast, als ich es brauchte. Dass du bist, wie du bist.«

Elenas Augen strahlten und ihre Finger schlossen sich fest um Maddies. »Natürlich.«

Ihr Lächeln war sanft und ehrlich.

Es ließ Maddies Herz kurz stocken. Ihre Liebhaberin fand immer hundert verschiedene Wege, um ihr zu sagen, dass sie sie liebte, ohne die Worte auszusprechen. Sie würde die Worte vielleicht nie hören, aber es stand Elena ins Gesicht geschrieben und jede sanfte Berührung zeigte es. Maddie beugte sich vor und hauchte ihr ein leises *Danke* ins Ohr.

Felicity und Perry kamen etwas weiter entfernt tief in ein Gespräch versunken um die Ecke und Maddie grinste erfreut über Elenas Schulter hinweg. Sie hatte die beiden vermisst. Da ihre Ex-Kollegen in New York geblieben waren, hatte sie sie seit Monaten nicht gesehen. Und sie sahen gut aus. Vor allem Felicity sah wirklich glücklich aus. Es schien, als wäre ein Großteil ihrer verkrampften Eigenart mit ihrer Beförderung verpufft.

Maddie trat von Elena zurück, um den beiden eine Begrüßung zuzurufen. Ihre Hände waren noch immer mit Elenas verbunden. »Hey! Wie geht's …?«, fing sie an, bevor sie angesichts Felicitys verwirrtem Gesichtsausdruck verstummte. Maddie folgte ihrem Blick zu ihren ineinander verschränkten Händen.

Oh. *Das*. Ernsthaft? Felicity hatte es noch nicht begriffen? Verleugnung musste ihr zweiter Vorname sein.

Perry schnaubte nur selbstgefällig und winkte freundlich.

Elena ignorierte ihre Angestellten und zog Maddie an ihrer Hand wieder zu sich. Sie fing Maddies Blick ein. »Bevor du dich von den beiden einnehmen lässt und ich gehen muss, um mit langweiligen Anzugträgern zu reden, wollte ich, dass du etwas weißt«, sagte sie mit leiser Stimme. Elena beugte sich zu ihr, die Lippen ganz nah an Maddies Ohr. »Du wirst heute Abend fantastisch sein. Dein Schreibstil ist unterhaltend, aufmerksam und elegant, genau wie du. Glaub mir, wenn ich dir sage, dass der Raum dir gehören wird. Und ich liebe dich. Von ganzem Herzen. Das kannst du auch glauben.«

»Oh.« Maddie stieß den Atem aus. »Oh, ich liebe es, das zu hören.« Sie hatte nicht erwartet, sich so überwältigt zu fühlen. Ihre Finger zitterten und wollten Elena in eine feste Umarmung ziehen. Tränen brannten in ihren Augen. »Heißt das, dass du es nun glaubst? Du vertraust deinen Gefühlen?«

»Sehr sogar«, sagte Elena mit sanfter Stimme. »Etwas so Tiefes, so Wunderschönes? Das kann nur Liebe sein. Ich habe noch nie etwas Vergleichbares erlebt. Das muss die Wahrheit sein.«

»Es ist etwas sehr Besonderes für mich, das zu hören.« Maddies Lippen formten ein winziges Lächeln. »Und ich hoffe, dass es keine einmalige Sache war. Ich sollte dich warnen: das ist alles, was ich in Zukunft hören will. Du musst mich jetzt verwöhnen.«

»Ist das so?«

»Mhm. Und ich muss sagen, dass mir deine Vorstellung von der Wahrheit gefällt.«

Schalk tanzte in Elenas Augen. »Geht mir auch so. Immerhin habe ich ein- oder zweimal erwähnt, dass ich die Wahrheit in allen Bereichen bevorzuge.«

Ohne Vorwarnung zog Elena Maddie an sich, küsste sie leidenschaftlich und hielt sie mit einem Selbstvertrauen umschlungen, das jedem Zuschauer verriet, zu wem Maddie gehörte. Und wen Elena liebte.

Wärme durchflutete Maddie und sie klammerte sich an sie.

Aus dem Augenwinkel sah Maddie, kurz bevor sie die Augen schloss, wie Perry strahlte und sich die Hände vor die Brust hielt.

Felicity sackte währenddessen gegen eine Säule. Über die dumpfe Hintergrundmusik des Orchesters hörte Maddie ihre Worte leise und in abgehacktem Tonfall, der zum ersten Mal amüsiert klang.

»Oh, natürlich! Längste Glückssträhne *aller Zeiten*!«

Über Lee Winter

Lee Winter ist eine erfahrene und preisgekrönte australische Zeitungsjournalistin. Sie hat in beinahe jedem Bundesstaat Australiens gelebt und über Gerichtsverfahren, Verbrechen, Nachrichten und humoristische Themen geschrieben. Mittlerweile ist Lee Vollzeitautorin und Teilzeitlektorin. 2015 und 2016 gehörte sie zu den Finalisten für den Lambda Literary Award und sie hat zwei Golden Crown Literary Awards gewonnen. Zusammen mit ihrer langjährigen Partnerin lebt sie momentan in Westaustralien, wo sie über ihren Garten, die US-Politik und neue technische Spielereien nachgrübelt.

Ebenfalls im Ylva Verlag erschienen

www.ylva-verlag.de

Aus der Rolle gefallen

Lee Winter

ISBN: 978-3-96324-259-5
Umfang: 335 Seiten (114.000 Wörter)

Ein lesbischer Liebesroman an dessen Ende sich keiner mehr ans Drehbuch hält.

Die britisch distanzierte Star-Schauspielerin Elizabeth Thornton spielt Amerikas meist gehassten Bösewicht in einer populären Ärzteserie. Eine Rolle, die sie verabscheut. Zu allem Übel wird ihr wegen der Tollpatschigkeit ihrer neuen, chronisch gut gelaunten Co-Schauspielerin Summer Hayes auch noch eine romantische Beziehung zu eben jener nachgesagt. Als ungeoutete Schauspielerin kann Elizabeth das gar nicht gebrauchen.

Überraschend rückt eines Tages ihre Traumrolle in greifbare Nähe. Das einzige Problem? Der exzentrische französische Regisseur besteht darauf zuerst ihre »Freundin« Summer kennenzulernen.

Von wegen versprochen

G Benson

ISBN: 978-3-96324-141-3
Umfang: 400 Seiten (130.000 Wörter)

Die renommierte Neurochirurgin Samantha Thomson muss heiraten. Obwohl die Krankenschwester Hayden Pérez nicht weiß, warum, ist sie bei einem Angebot von über 200.000 Dollar bereit, sich darauf einzulassen.

Ein Jahr Ehe. Und Hayden weiß von Anfang an, dass ihr ein Alptraum bevorsteht. Sam ist kompliziert, unfreundlich, abweisend und auf der Arbeit schon kaum zu ertragen. Wie soll Hayden alle in ihrem Umfeld davon überzeugen, so in die frostige Samantha verliebt zu sein, dass sie sofort zum Altar stürzen will?

Spontan und glaubhaft den Bund fürs Leben schließen – was kann dabei schon schief gehen?

Bibliografische Information der Deutschen Bibliothek
Die Deutsche Bibliothek verzeichnet diese Publikation in der Deutschen Nationalbibliografie; detaillierte bibliografische Daten sind im Internet über www.dnb.de abrufbar.

1. Auflage
Taschenbuchausgabe Januar 2020 bei Ylva Verlag, e.Kfr.

ISBN: 978-3-96324-229-8

Dieser Titel ist auch als E-Book erschienen.

Übersetzung: Anne Sommerfeld
Lektorat: Jenny Spanier
Korrektorat: Katrin Hockert
Coverkonzept: Adam Llyod

Kontakt:
Ylva Verlag, e.Kfr.
Inhaberin: Astrid Ohletz
Am Kirschgarten 2
65830 Kriftel
Tel: 06192/9615540
Fax: 06192/8076010
www.ylva-verlag.de
info@ylva-verlag.de
Amtsgericht Frankfurt am Main HRA 46713

Printed in Poland
by Amazon Fulfillment
Poland Sp. z o.o., Wrocław

66656629R00218